SONGS OF THE DYING EARTH

Stories in Honor of Jack Vance

[美] 乔治·R.R. 马丁
[美] 加德纳·多佐伊斯 编

黄林松 冰村 等 译

濒死地球之歌

重庆出版集团 重庆出版社

SONGS OF THE DYING EARTH

Copyright © George R.R.Matin and Gardner Dozois,2013
This edition arranged with The Lotts Agency Ltd.
Through Andrew Nurnberg Associates International Limited
Simplified Chinese Translation Copyright © 2024 by Chongqing Publishing House Co.,Ltd.
All right reserved.

版贸核渝字(2020)第060号

图书在版编目(CIP)数据

濒死地球之歌 /(美)乔治·R.R.马丁,(美)加德纳·多佐伊斯编;黄林松等译. —重庆:重庆出版社,2024.10
书名原文:SONGS OF THE DYING EARTH
ISBN 978-7-229-18587-9

Ⅰ.①濒… Ⅱ.①乔… ②加… ③黄… Ⅲ.①短篇小说—小说集—美国—现代 Ⅳ.①I712.45

中国国家版本馆CIP数据核字(2024)第076101号

濒死地球之歌
BINSI DIQIU ZHI GE

[美]乔治·R.R.马丁 加德纳·多佐伊斯 编
黄林松 冰村 等译

责任编辑:邹 禾 唐弋淄 陈 垦
装帧设计:谢颖设计工作室
封面图案 / 插图:汤姆·基德
责任校对:杨 婧
排版设计:池胜祥

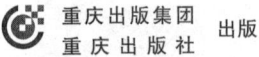
重庆出版集团
重庆出版社 出版

重庆市南岸区南滨路162号1幢 邮政编码:400061 http://www.cqph.com
重庆豪森印务有限公司 印刷
重庆出版集团图书发行有限公司 发行
E-MAIL:fxchu@cqph.com 邮购电话:023-61520646
全国新华书店经销

开本:890mm×1230mm 1/32 印张:22.75 字数:604千
2024年10月第1版 2024年10月第1次印刷
ISBN 978-7-229-18587-9
定价:186.00元

如有印装质量问题,请向本集团图书发行有限公司调换:023-61520678

版权所有 侵权必究

前　言

　　我完全没有想到有这么多世界一流的作家会根据我早年的一些作品来集体创作一部小说集。我很吃惊，也很高兴。有言在先，上面这番话完全发自肺腑，绝不是官样文章，能够得到这样的认可真叫我受宠若惊。

　　《濒死的地球》是我在货轮上当海员的时候写的，那是一段大部分时间都漂在太平洋上的时光。一有空闲我就会拿起笔和本子，在甲板上找个好地方坐下，眺望蓝色的海浪，让想象力在如此理想的环境下启航。

　　我写的这些故事主要受到了《诡丽幻谭》的影响，那是我十一二岁时订的一本杂志。其中我最喜欢的作家是凯瑟琳·露希尔·摩尔，直到现在我都还十分敬佩她。我母亲也很喜欢读幻想奇谭，还收集了罗伯特·钱伯斯的全套小说，那是一位20世纪初的作家，现在早就被人忘了。不过他写下了《黄衣之王》《造月之人》《寻迹迷踪》，还有其他很多小说。我还买了莱曼·弗兰克·鲍姆的《绿野仙踪》，埃德加·赖斯·巴勒斯的《人猿泰山》和"火星公主"系列。恰好雨果·根斯巴克在那段时间开始出版《惊奇杂志》的月刊和季刊，于是就成了我每期必买的刊物。除此之外，爱尔兰作家邓萨尼爵爷写的奇幻故事和另一位现在已经被人遗忘的伟大作家杰弗里·法诺尔写的《剑侠奇谭》也对我产生了非常重大的影响。总而言之，我早年读过的所有作品都或多或少融入了我自己的作品当中。

　　在《濒死的地球》首次发表后又过了许多年，我又沿用同一套设定写下了库格尔和里亚托的冒险故事，不过新故事的氛围节奏跟原来的已经很不一样了。我非常高兴这些故事能继续活在读者和作家们的心中。我要对你们脱帽敬礼，还要对每一位继续在这套设定下耕耘的作家表示最诚挚的谢意。而且我还要向广大读者保证，只要翻过这一页，你们就一定能从阅读中得到乐趣。

——杰克·万斯
2008年写于奥克兰港

谢谢您，万斯先生

1966年，21岁的我刚出大学校门。当时的我只是个傻瓜，恐怕还有点精神错乱，虽然还不到危险的程度。我是个阅读量丰富的傻瓜，尤其是在科幻小说方面。十二年的时间里，我每周至少会仔细阅读一本科幻小说。比起我出生的世界和时代，我更属于那些故事里的世界，或者说是故事里的遥远未来，但与其说我有强烈的浪漫主义倾向，倒不如说我缺乏自信，又渴望摆脱命运加诸于我的"镇上那个酒鬼的儿子"的身份。

在我靠写作谋生的最初五年里，我创作的大都是科幻小说。我不太擅长写这个。我的书都卖了出去——二十本小说，二十八部短篇故事——但其中几乎没有值得铭记的，有些更是非常差劲。这么多年以后，当我重读那些作品的时候，只有两本小说和四五个短篇不会让我生出想要轻生的念头。

作为读者，我可以说出伟大科幻小说和平庸著作的区别，而且我很喜欢优秀的作品，也经常重读。考虑到我灵感的来源，我本不该写出这么多枯燥的故事。我被迫追求写作速度，是出于经济方面的考虑；我和格尔达结婚的时候，家里只有150美元和一辆二手车，虽然收债人没有闯进过我的家，贫困的幽灵却始终纠缠着我。然而，金钱需求算不上什么充分借口。

在1971年11月，当我创作的题材从科幻转向悬疑小说和喜剧小说的时候，发现了杰克·万斯。考虑到我当时已经读过数百本科幻小说，我为自己这么晚才尝试阅读万斯先生的作品而感到惊讶。在此之前，我买过他的好几本小说的平装版，当时打算看，但始终没能翻开任何一本，部分原因是封面给了我关于小说内容的错误印象。我的书架上仍旧放着一本王牌出版社版本的《灵界之眼》，封面价格是45美分，上面画着"聪明人库格尔"身穿花哨的粉色斗篷，背景是卡通风格的蘑菇。还有一本50美分，王牌版的《大行星》，封面上是绘制精美的人们手拿光线枪，骑着绘制粗糙、解剖结构令人起疑的外星野兽。我在1971年11月读到的第一本杰克·万斯的著作，那是《埃菲利奥》，出版价格是突破了我的预算的75美分。封面图——也许是杰夫·琼斯的作品——复杂精致又透出神秘感。

每个作者都有一张简短的清单，上面会列出让他"来电"、鼓舞他尝试崭新叙事技巧和新鲜修辞手法的小说。对我来说《埃菲利奥》和《濒死的地球》就是那种小说。前一本让我沉醉其中，就这么坐在扶手椅上看完了整本书，又在当天读完了后一本。在1971年11月和1972年3月之间，我读完了每一本杰克·万斯的小说，以及他当时已经出版的每一个短篇——虽然他尚有许多作品等待问世，但他那时的作品书目已经相当长了。只有另外两位作者让我同样痴迷，我在那段时间沉浸在他们的作品里，完全看不进其他读物：接触到约翰·D.迈克唐纳以后，我在三十天内读完了他的三十四部小说；尽管我在高中和大学固执地抵触查尔斯·狄更斯的作品，但在1974年，我读到了《双城记》，于是在接下来的三个月里读完了狄更斯的全部小说，一字不落。

万斯先生的作品有三方面尤其令我着迷，首先是那种鲜明的"场所感"。远方的行星和遥远未来的地球刻画得如此出彩，在脑海里铺展开来，仿佛真实又五彩缤纷的风景。为了达到这种效果，作品运用了许多手法，但主要凭借的是对建筑风格的密切关注，尤其是关键建筑的风格；我说的建筑风格也包括室内设计。在《最后的城堡》或者《龙主》的开篇章节就能看到绝佳的例子。除此之外，

谢谢您,万斯先生

当杰克·万斯描述自然界的时候,他选择的视角既非地质学家也非博物学者,甚至不是诗人的口吻,而是又一次去观察自然界的建筑风格,不仅仅是它的地质特色,也包括那里的动植物群落。比起事物的表象,事物的结构更令他着迷。因此,他的描述具备深度和复杂性,令读者油然而生的想象也堪称诗意。这种对结构的迷恋在他作品的方方面面都显而易见,无论是《保的语言》里的语言结构,还是《濒死的地球》里的魔法体系结构;而在他创作的所有小说和中短篇故事里,外星文化和遥远的未来人类社会都是那么真实,因为他为我们展现的是矩阵与晶格、地基与框架,正是它们支撑了那些看不见的高大墙壁。

万斯先生小说让我着迷的第二个优点,就是他在调动情绪方面的高超技艺。他的每部作品都会出现经过巧妙改动的语法规则,意象布局,以及独属于那个故事、条理清晰的修辞体系,通常具备隐含的意义,但始终服务于情绪,而后者会因为他的潜台词自行萌生。我很难抗拒这种情绪调动。我可以原谅作家的许多缺点,只要他能从头到尾都让我的情绪跌宕起伏就行。杰克·万斯的作品有个了不起的特点,那就是他的读者会沉迷于每一段调动出来的情绪,甚至不需要特意忽视其中的缺点。

第三,虽然万斯科幻小说里的人物没有他为数不多的悬念小说那么真实,又受限于那个类型的惯例(好几十年里,比起有深度的角色,科幻更重视色彩、动作和时髦概念),但那些人物仍旧令人难忘,而且从他的大部分作品能够看出,作者为自己故事里的出演角色倾注了许多心血。在1971和1972的两年里,我对作者的认识主要是通过故事里形形色色的关键角色,这也往往是我科幻小说失败的首要原因;作为在贫困和暴力威胁中长大的孩子,我阅读科幻小说主要是为了逃避;因此成为作家后,我在写科幻的时候不愿借鉴自己印象最深刻的人生经历，却总是纯粹以逃避现实的态度去创作。

尽管杰克·万斯的作品风格奇异又多姿多彩，在极短的时间里大量阅读他的作品，还是让我明白自己刻意让灵魂与创作的故事保持距离。如果我在那次恍然大悟后留在科幻领域，我就会写出和我在1967到1971年之间那些作品迥然相异的故事。但我沉醉于万斯宇宙的同时，也转而去创作《追逐》这样的悬疑小说，以及《坚持住》这样的喜剧小说；于是我抛弃了他喜爱的类型，却把从他那里学到的东西用在了自己之后的每一部作品里。

我对杰克·万斯的人生一无所知，只知道他写过的小说。但在1971和1972年那五个月里，以及之后那些年每次读完万斯的小说，我都明白这些小说的作者恐怕有个大体上幸福的童年，或许还是理想的那种。就算我判断有误，也不希望有人来纠正我。沉浸在万斯故事里的时候，我看到的是那种惊异感、自信感和慷慨的精神，这些都属于长大成人的过程中无需恐惧，也不会追求恐惧的人，他用那些年探索世界，又在此过程中兴高采烈地接受了世界。尽管我通向幸福成年生活的这段旅程，走的是一条时而令人绝望的黑暗道路，但我并不嫉妒杰克·万斯的道路如此光明；倒不如说，我喜爱他凭借那种人生经历才得以创造的奇妙世界，尤其是那个在逐渐褪色的太阳下等待终结的独特世界。

《濒死的地球》及其续作构成了类型历史上最有影响力的奇幻/科幻小说概念之一。其中充斥冒险，但同样有丰富的创意，那种无数人类文明层层叠叠，仿佛糕点酥皮般的想象，在令人兴奋的同时也让人敬畏——完完全全字面意义上的敬畏。那是种心灵上无法抗拒的感觉，因为你所面对之物宏大到无法彻底把握所有细枝末节，其核心却又必然藏有难以言喻的神秘。万事万物的脆弱与短暂，人类对抗熵增带来的必然结局时的崇高，都赋予了《濒死的地球》在幻

谢谢您,万斯先生

想冒险小说里罕有的辛辣意味。

谢谢您,万斯先生,感谢您多年以来带给我的这么多快乐,也感谢您在那个重要的时刻启发了我,如果我从未读过《埃菲利奥》《濒死的地球》以及您其他的非凡故事,我的作品也不可能达到今天的水准。

迪恩·孔茨[1]

---

[1] Dean Koontz,美国著名悬疑小说家,纽约时报畅销榜常客,作品融合有恐怖、奇幻、科幻、解谜等多种元素。

目录 Contents

厄尔祖女妖佳酿	罗伯特·西尔弗伯格 / 著　金国 / 译	3
阿尔默里的格鲁林	马修·休斯 / 著　金国 / 译	29
考皮斯魔门	特里·道林 / 著　金国 / 译	61
逐巫者寇尔克	莉兹·威廉姆斯 / 著　于洋 / 译	92
在劫难逃	迈克·瑞斯尼克 / 著　黄林松 / 译	110
庇罪领	沃特尔·琼恩·威廉姆斯 / 著　黄林松 / 译	127
卡兹的传统	保拉·沃斯基 / 著　黄林松 / 译	157
巫师萨诺德的最终使命	杰夫·范德梅 / 著　黄林松 / 译	193
青鸟	凯奇·巴克尔 / 著　黄林松 / 译	228
最后的金线	菲利斯·爱森斯坦 / 著　小龙 / 译	256
尤斯科沃斯克一事	伊丽莎白·穆恩 / 著　小龙 / 译	300
赛迦摩的预言	卢修斯·薛坡德 / 著　黄林松 / 译	327
啼笑皆非的惨剧	泰德·威廉姆斯 / 著　黄林松 / 译	360

馆长古耶尔	约翰·C.赖特 / 著	冰村 / 译	386
了不起的魔法师	格伦·库克 / 著	冰村 / 译	427
火焰女巫归来	伊丽莎白·汉德 / 著	冰村 / 译	464
魔法师学院	拜伦·蒂特里克 / 著	朱朱 / 译	504
老实人埃维罗	塔尼斯·李 / 著	冰村 / 译	528
乌尔芬特·班德罗兹的导引鼻	丹·西蒙斯 / 著	冰村 / 译	565
蛙皮帽	霍华德·沃尔德洛普 / 著	朱朱 / 译	644
湖畔客栈之夜	乔治·R. R. 马丁 / 著	Zionius / 译	657
无视咒语	尼尔·盖曼 / 著	于洋 / 译	694

罗伯特·西尔弗伯格

罗伯特·西尔弗伯格是当代最著名的科幻作家之一，其名下的小说、故事选集以及合集多达几十部。西尔弗伯格身兼作者和编辑（他是原创故事系列选集《新维度》的编辑，该选集或是当时最负盛名的故事集），堪称20世纪70年代后新浪潮时期最具影响力的人物，直到今日依然是该领域的前沿先锋。他曾赢得过全部五项星云奖和四项雨果奖，以及由美国科幻奇幻作家协会颁发的被人奉为圭臬的"大师奖"。

西尔弗伯格的小说包括广受赞誉的《垂死的内心》《瓦伦丁伯爵城堡》《骷髅之书》《坠向地球》《玻璃塔》《人类之子》《夜翼》《内部世界》《与死神同生》《火炉里的沙德拉克》《荆棘》《离线》《迷宫里的人》《汤姆·奥贝德兰》《吉普赛之星》《冬暮》《水神之面》《长城王国》《早晨的热天空》《域外岁月》《普雷斯提米老爷》《马吉普山脉》，以及两部著名的艾萨克·阿西莫夫故事的衍生故事《黄昏与丑小孩》和《返家最远的路途》，以及融合小说《洛马·艾特尔纳》，其篇幅达到小说规格。他的故事合集包括《陌生的领地》《摩羯游戏》《马吉普编年史》《罗伯特·西尔弗伯格精选集》《康格罗梅罗德鸡尾酒会》《安全区以外》，以及正在创作的由地下出版社推出的故事集，该项目现已运作至第四卷。同时还有《月相：60年故事集》，以及一部早期的合集作品《肇始》。西尔弗伯格再版重印的故事选集不胜枚举，多达几十部作品，包括了《科幻名人堂》第一卷，以及精彩绝伦的《阿尔法》系列。他与作家妻子凯伦·哈勃一起生活在

加利福尼亚州的奥克兰。

本篇作品里,西尔弗伯格带领大家前往阿尔默里南部,到安逸的吉乌兹,位于克罗奔泰恩海边的克莱恩特半岛,那是在濒临灭亡地球上的一片温柔乡,前去见一位诗人和哲人。他铭记着古训:饕餮、豪饮、开怀,明日众皆归西——尤其是豪饮。

厄尔祖女妖佳酿

  吉乌兹的普伊雷恩是一位方方面面均天资过人的男子,他的父亲是大地产家,位于克莱恩特半岛风景秀丽的南部海岸,他母亲是巫师世家的后裔,承袭有众多强大魔法,而普伊雷恩自己则被赋予了壮硕的体格,身体康健,智慧超群。

  可是尽管他天赋异禀,但普伊雷恩却是一位忧郁气质"患者",其根深蒂固得教人不可思议。他独居在一幢能够眺望克罗奔泰恩海的豪宅里,其规模庞大,装修精美,配有护墙、堡垒、凉廊和亭阁,还有射击孔、炮塔和宏大壁柱,只容许三五好友步入他孤寂的生活里。他的灵魂始终笼罩着一层晦暗的忧郁,唯有杜康方可解愁。世界业已迟暮,即将寿终正寝,岩石经历时光的洗刷都已圆润平滑,每一根青草的"刀锋"均镌刻着历史的苍凉。早年的经历让普伊雷恩深知,"未来"是一席虚无,只有悠远的过去苦苦支撑着脆弱的当前。这,便是他痛苦寡欢的根源。豪饮,唯有豪饮,方能让他时而

跳出阴暗，这并非出自饮酒本身，而是通过对艺术的实践，即诗歌：他的葡萄酒就是通向诗乡之路，诗歌滔滔不绝倾泻而出，让他从沮丧中得到短暂的解脱。普伊雷恩对每个时代的诗歌形式均信手拈来，不管是十四行诗，还是六节诗、十九行二韵体诗，抑或是谢普敦安不喜押韵的诗人们钟爱的自由小调，在每一种诗歌里他都表现出妙不可言的精通。这就是普伊雷恩。然而他最华美的诗句却总是渲染上一层黑暗的绝望。即便在觥筹交错间他亦无法逃避"世界已濒临末日"的基本事实。太阳纯属一颗红色煤渣，在日益黑暗的天空中耗尽热量，它为地球及其居民所付出的所有努力均皆付诸东流。荒诞和讽刺污染了普伊雷恩的每一根神经。

凡此种种，在远远深入克罗奔泰恩黄金大海里，在克莱恩特幸福大陆的首都，在俯瞰吉乌兹大都会的高地上，在杂乱无章的一个个厢房里，普伊雷恩与世隔绝。他卧坐于收藏品中间，沉寂于稀世名酒、珍奇珠宝和不寻常的植物中间，徜徉于艺术奇迹的花园里，用如下的诗歌来盛情款待三五好友：

> 夜幕降临，寒气逼近，
> 银色的葡萄酒在我琥珀色的酒杯里闪烁着光，
> 且慢饮，先待我吟唱。

> 欢愉已过影聚集！
> 黑暗来临乐终止！
> 太阳虽渐暗淡，
> 但我灵魂借酒飞升。

> 危墙有何妨？
> 枯叶有何干？

厄尔祖女妖佳酿

且看此一杯！

今夜末日未可知，
明朝晨曦不再来，
末日在眼前，友人呐，干一杯！

黑暗……黑暗……
夜幕降临，寒气逼近，
友人呐，干一杯！
干一杯！

"多美的诗句啊。"吉姆比特·索普坦说道，那是一位满面春风的男子，常穿着绿色锦缎马裤和猩红色海蚕丝衬衣，他也许是普伊雷恩小团体里最亲密的一位，虽然性情与他截然相反，"这些诗句引我翩翩起舞，纵情歌唱，还要……"吉姆比特的兴头渐渐消弱，但意味深长地朝房间远处尽头的餐柜瞥了一眼。

"嗯，知道，知道……还要喝酒。"

普伊雷恩站起身子，朝黑檀木大餐柜走去，那柜子镶嵌有一条条由雌黄、群鱼和雪花蓝构成的锯齿状条纹，里头存放普伊雷恩为当前一周所挑选出来的葡萄酒。他面对紧密摆放的一排排酒瓶停顿了片刻，接着伸手靠近淡紫色水晶样式的酒瓶瓶颈，透过瓶颈可见樱桃色光泽的佳酿。

"我最好的美酒之一，"他宣称，"红葡萄酒，阿克莱斯的斯考塞德葡萄园出产，等待四十年，就为这一晚。不过为何还要等待呢？也许将来就没有机会了。"

"就像你曾说过的，普伊雷恩，'今晚可能是世界末日的一晚'。可那你又是为什么仍然不愿意打开'厄尔祖女妖'呢？正如你自己

SONGS
OF THE DYING EARTH

所言，机不可失时不再来，可是你却又不肯。"

"因为……"普伊雷恩表情凝重地笑了笑，朝向那橱门上刻有浮雕图案的壁橱瞥了一眼，壁橱里的绝世佳酿都静静地躺在解读不了的咒语"藩篱"背后，"毕竟，这也许并不是世界的最后一晚，因为没有显露出什么致命的大灾难。绝世佳酿只配在最盛大的日子里享用。我要再等久些开启它。不过我手头的这瓶酒倒没有那么多讲究，你睁大眼睛瞧好了。"

只见普伊雷恩摆好一对晶莹剔透且紫金镶边的高脚杯，对着拆封的酒瓶默念只言片语，而后将其提起准备倒酒。随着葡萄酒降落到酒杯里，形成一条变幻形状的壮丽光谱，时而猩红，时而深红，时而洋红，时而淡紫。淡紫色掺杂着黄玉色，然后沉淀到其最终的色调，如某种华美的紫铜色黄金。"来。"普伊雷恩一边说一边领着他的朋友走到可远眺海湾的观景台上，他们肩并肩站着，中间隔着黑陶瓷制成的大花瓶。这是普伊雷恩最喜欢的宝物之一，花瓶里有一条陶瓷鱼，光泽同样乌黑，正肆无忌惮地在空气中游来游去。

夜幕才刚刚降临，微弱的红日晃晃悠悠挂在西方大海上。刺眼的繁星已绽放出猛烈的光芒，它们在北方和南方的朦胧天空中自动排列成我们熟悉的星座组合：古老的雨云座、甲胄座、坎特纳克斯斗篷座和利爪座。黄昏时分的空气降温迅速，这片遥远的南方之地受高耸的凯尔普萨山脉庇护，免于遭受在阿尔默里及大莫索兰余部肆虐的凛冽寒风，但即便如此夜晚的寒冷依然避无所避，每个地方，甚至此处，微弱的阳光刚一褪去，每天日照的热量即向上升腾穿过日渐稀薄的大气。

普伊雷恩和吉姆比特顿时缄默不语，细品葡萄酒的力量，它微妙地穿越躯体，从灵魂一处抵达下一处，直至牢牢稳固在心房。对普伊雷恩而言，这是今天的第五款酒。他每天都击败与生俱来的晦暗心境，将自己带到远离清醒世界的化外之地。此刻脑海里泛起一

厄尔祖女妖佳酿

股天旋地转的快感。他最先喝了考齐克,一种银白色带有金色微粒斑点的葡萄酒,而后继续饮了淡红宝石色的、高沼地出产的酒,来自萨米撒角的一种格兰尼托烈酒,最后是口感润滑但异常干涩的哈彭迪恩,以此作为前奏,而后才品尝现在手头正与朋友分享的珍贵的格兰蒂斯姆斯。这种品酒顺序对普伊雷恩来说是非常典型的,自从刚成年开始他便酒杯不离手,清醒的状态不会超过一小时。

"这酒有多美啊。"吉姆比特最后开口说。

"这夜有多黑。"普伊雷恩说。即便此刻,他依然无法摆脱根深蒂固的心绪阴霾。

"不要管什么黑暗,亲爱的朋友,尽情享受着葡萄酒的美好吧。可是……对你而言它们永远互为交织的对不对?黑暗和美酒。环环相扣,无尽追逐。"

在这片遥远的南方,太阳迅速扎进地平线以下,此刻刹亮的星光是冷酷的,两人若有所思地抿了一口酒。

在一阵为时更长的沉寂后,吉姆比特开口说道:"普伊雷恩,你知道吗?有几个陌生人在镇子里打听你的消息。"

"陌生人?打听我?此话当真?"

"三个从北方来的人,长相粗野的家伙。我是从我家园丁那儿听来的,他告诉我说那些人正在搭讪你家的园丁。"

"果然。"普伊雷恩说,语气里没有流露出太大的兴趣。

"这些园丁,一窝地痞无赖。他们全都监视着咱们,然后把隐私秘密贩卖给任何出高价的买主。"

"没啥可大惊小怪的,吉姆比特。"

"一群陌生的粗汉正在四处打听你,你难道不担心吗?"

普伊雷恩耸耸肩说:"也许他们是我的诗歌的仰慕者,前来听我吟诵。"

"也可能是江洋大盗,大老远跑来掳走几样稀世珍宝。"

7

"说不定兼而有之。倘若果真如此，他们得先听听我的诗歌，方才准许他们动手。"

"你真是从容淡定，普伊雷恩。"

"朋友，咱们此刻站在此地，太阳自己都快不行了，我难道还会因为什么陌生人可能偷走我一点儿小玩意儿而睡不好觉吗？瞧这眼前的美酒，你那番话都害得我分神了。请喝吧，吉姆比特，把那些陌生人抛到脑后。"

"我可以不去想，"吉姆比特说，"但我希望你花一些心思在此事上。"接着他便不再多言，因为他知道普伊雷恩是一个天不怕地不怕的人，深层的抑郁镌刻在他精神的核心处，将他与日常的平凡琐事分隔开来。普伊雷恩生无可恋，因而也坦荡无忧。而今天这一回，吉姆比特心里明白，普伊雷恩更加迫使自己留在无法冲破的美酒屏障里。

然而这三个陌生人对吉姆比特而言却是一个麻烦。那天的早些时候他亲自去侦查他们，吉姆比特的首席园丁说那些人已经寄宿在一家名叫蓝色飞龙的老旧客栈里，就位于从前的五金大巴扎[①]和丝绸香料大巴扎之间，当他们沿着集市区主干道行动时吉姆比特可以轻而易举地定位他们。其中一人是矮胖结实的家伙，穿厚重的棕色毛皮衣、紫色马裤和皮靴，还有一顶金丝镶边的黑色熊皮帽；另一人是四肢灵活手脚敏捷的高个子，头戴一顶美洲豹皮制成的塔布什帽，身着一件黄色棉布袍子，红色靴子装配有深红色刺猬脊椎作为马刺，甚是扎眼；第三人则低调得很，身上裹着一件简朴的灰色束腰外衣，拼接缝制的绿色斗篷粗糙厚重，是一位不起眼的角色。他站在那两位华丽同伴身旁简直犹如无形一般，直至你注意到他的双目如爬虫类动物的眼珠，深邃而坚毅，透着那种不怒自威的严厉，就好像在

[①]中东国家每个城市必有的集市。

那白垩色脸庞上凸显出的椭圆形黑曜石。

吉姆比特尽可能在客栈里摸清他们的情况，可是他所能获悉的只是那些人是从西瑟阿尔默里甚至更远的北方过来的行走商客，前来南方赚点买卖。可就算是客栈老板也很清楚那伙人听闻过大都会伟大诗人普伊雷恩，而且渴望谒见一面，所以吉姆比特当然要给好友敲个警钟，可是他发现自己除提醒之外什么也做不了。

普伊雷恩漠不关心的态度同样也并非惺惺作态，凡是走访过虚无之海的毒瘴海岸然后返回的人是不会轻易大惊小怪的。普伊雷恩很清楚世界就是一片构筑在风云迷雾之上的幻想，认真执着于任何一种想法都是非常愚蠢的。当然了，在略微清醒的时候里，吉乌兹的普伊雷恩跟其他人一样容易陷入绝望和焦虑，可是一旦感到现实的触须对他的身心制造有毒的入侵时，他就会立刻投入解毒药的怀抱。但对于美酒，普伊雷恩则无法摆脱永久的阴郁做派。

于是乎第二天在他自甘孤寂的时候，普伊雷恩通常每日不慌不忙地来回好几遍穿梭于他的藏宝宫殿里。黎明破晓时分起床到贯穿花园的泉水里洗澡，然后通常摄取少量食物作为早餐，接着花费一个小时来选择当日的葡萄酒并从第一瓶里取样。

约摸早上九十点钟，第一瓶葡萄酒引起的微红脸色仍然萦绕于身，普伊雷恩坐下来抿一口第二瓶酒，然后阅读一会儿某些收藏诗集。如今诗集已经有五十或六十卷了，统一用黑色皮纸装订，这种皮革由重赏下捕获并宰杀的迪奥丹猛兽皮肤制成。这些诗歌只不过是普伊雷恩头脑尚且清醒足以创作和保存的，由他胸中悲情而自由抒发。普伊雷恩一直都饶有兴致地一遍又一遍阅读它们，尽管在他人面前故作谦逊，但在灵魂躯壳里他毫不掩饰地热爱着自己的诗歌，所以第二瓶酒总是酒兴大发。

而后，在第二瓶葡萄酒的酒劲尚未完全褪去之前，普伊雷恩每天都会漫步于那些设有宝物橱柜的房间，总是饶有兴致地视察那些

在年轻时代行走各方收集而来的古董神器，那时他的脚步向北远至苍凉的菲尔天鹰，向东跨越沉壁大地直到野兽遍地的死亡之地，那里食尸鬼和恐怖怪物成群结队地壮大。而朝西，则到荒芜的安彼达维尔，以及黑色的苏波斯提蒙海天边晦暗阴沉的阿泽德拉克。年轻的普伊雷恩在每个地方都觅得古董，倒不是因为收集行为本身能给他带来什么特殊乐趣，而是这么做能够暂时把他的心绪移到别处，与喝酒有异曲同工之妙，使他不会去想从孩童时期便持续拷问他意志的挥之不去的忧郁腐蚀。如今普伊雷恩通过沉溺于这些事物来聊以自慰，它们能帮他想起那些曾经到访过的远方，能唤起回忆，或壮美，或悠扬，或宁静，或艰苦卓绝，或痛不欲生。那些曾经的惊天动地，如今已云淡风轻，只要回忆这一行为本身能够把他带离眼前的此时此地即可。

接着便是前去享用午餐，午餐与早餐相差无几，总是伴有用于催眠的第三瓶酒。随之而来的总是一小段的昏昏欲睡，然后跳进花园水泉里给身体做第二次降温，接着就迎来了一天里最精彩高光的时刻，即正式开启第四瓶酒，这令普伊雷恩精神放飞、诗兴大发。他疾速挥毫，从不停顿修改，直到创作激情散去为止。随后再读一遍，或在嘴里默默念叨，音律配以海边的自然声韵。接下去就是晚饭，比中饭和早餐更加炫目的一顿，充分彰显当天的第五瓶酒，也是精心挑选的最华美的一瓶。随后期盼像往常那样，落日在夜空中退散，最终帮他从悲伤的心绪中解脱，送他去孤寂无梦的他乡。

如此周而复始日复一日，直到吉姆比特·索普坦拜访后的第三天，吉姆比特告诫过的那三名陌生人最终还是出现在普伊雷恩的宅邸门前。

他们挑选在第二瓶酒的时段不请自来，当时普伊雷恩正从书架上取下牛皮纸包裹的几卷诗歌。为了住家所需，普伊雷恩还供养了一小股鬼怪与亡魂，他不喜欢雇佣当地的活生灵作为仆从。其中一位苍白的精灵来到他跟前,带来了造访者的消息。

普伊雷恩朝那鬼怪打了个招呼,它刚才还令人讨厌地话到嘴边欲言又止,就好像态度漠然地想要发点儿牢骚。"告诉他们欢迎到来,半小时后引见。"

这与普伊雷恩上午待客的习惯大相径庭,这种惊人的破例显然令那鬼怪感到为难。"老爷,请容我斗胆说一句……"

"不要讲了,半小时后引见。"

普伊雷恩利用间歇时间给自己套好上午的正装:一件浅色轻薄的塑腰衣,一袭紫色披风,同样颜色的绑带裤子穿在深红色内裤外面,而最重要的是一套面料笔挺的亮白色无衬礼服。普伊雷恩已经选好了一瓶产自桑里尔湾的冰镇葡萄酒,而另一瓶口感清洌、色泽如亮金属灰的陈年佳酿则作为第二瓶。现在他将其放置于第一瓶的旁边,屋子里的小鬼引神秘客人而来,半小时一分不差。

不出吉姆比特·索普坦所料,那些人都是一群粗鄙的蛮汉。"我叫凯兹特雷·萨耶。"三人中个子最矮小的那位说道,他看起来像是个领头的角色:身材结实,裹一身粗制的野兽毛皮,头戴金边毛皮帽,但材质较光滑,两者有所不同。浓密的黑胡子几乎完全渲染了他粗笨而平淡无奇的形象,活像是裹了一层附加出来的皮毛。"这是厄沙·孚尤恩。"他朝一个傲慢模样的瘦子轻轻点了一下头,那家伙身穿黄色袍子,华丽繁复的红色靴子,以及一顶有奇异流苏和豹纹斑点的帽子。"那是……"凯兹特雷一边说一边瞥向第三个人,那人肤色苍白,穿着打扮很不起眼,显得极端突兀而又毫不起眼,但他那双眼睛冷峻又深邃,"那是马林·盖瑟斯特。俺们三个是您伟大作品的忠实爱好者,从摩雷荣山区老家前来表达敬意。"

"吉乌兹的普伊雷恩,真人就在跟前,此时此刻我太激动了,简直找不出词儿来。"瘦子厄沙·孚尤恩说,轻声细语假客气,似乎还略带嘶嘶声。

SONGS
OF THE DYING EARTH

"依我看你很会找词儿。"普伊雷恩审慎地说道,"但也许你只是客套而已。尝尝我的葡萄酒如何?早上这会儿我一般就随便来点儿,酒我也挑好了,就这个桑里尔。"

他指着一对圆形的灰色小瓶酒,但凯兹特雷·萨耶从他厚厚的皮毛衣里掏出两个自带的绿色球状酒瓶,然后将其放置到身边的桌子上。"大师,您挑的酒肯定是最好的,但我们都很清楚您对葡萄酒的热爱,俺们带来很多见面礼,还捎来这几坛自家好酒给您,最棒的,摩雷荣蓝色蜜酿。也许您还不熟悉这酒,它能给您的味觉一种新的体验。"

其实普伊雷恩确实还从未品尝过所谓的"摩雷荣蜜酿",但他觉得这应该是一种酸涩难喝的东西,只适合用来擦拭抽筋的手脚。不过他还是保持友善的客气,佯作姿态,假装端详手边靠近的那一瓶,将其举到亮光下掂一掂分量,就好像在估测这里头的确切比重。"你们这瓶酒我倒是闻所未闻,"他委婉地说道,"但我想咱们今天还是暂且放一放,我已经解释过了,我在午饭前只喜欢喝口味淡一点儿的酒,而且我估计你们也是一样。"普伊雷恩好奇地看看他们。那些人没有表示反对,于是普伊雷恩嘴里嘟囔几句开瓶的咒语,而后为他们每人和自己都倒了一些桑里尔酒。

作为致辞,厄沙·孚尤恩从普伊雷恩最著名的小诗里引用了一段:

> 我方世界为何物?恰一叶扁舟而已。
> 日落即逃离,漂流无踪迹,
> 不留下痕迹点滴。

他的语调是粗鄙的,节奏飘忽不定,但至少把词儿给念对了,普伊雷恩猜想他的用心是善意的。当普伊雷恩轻轻抿一抿美酒时,他饶有兴致地打量起这古怪三人组。他们看上去像是粗鄙的流氓，但也许不修边幅的举止只是摩雷荣那方人群的典型风格，那是他从未涉足的地方。普伊雷恩觉得，那些人是北境之地的王公子弟和达官显贵。他对那些人是何企图也有疑问，但基本上不太在乎。长途跋涉仅仅为了念诗颂曲给作者听，似乎动机不足。吉姆比特认为他们心怀不轨，其敏锐的眼光世间罕有，此番他可能是对的。不过眼下喝了一天的酒，迫使他不为此事深究焦虑。对普伊雷恩而言他们此刻只不过是个令人费解的新鲜物件，有待观察而已。

"你们这一路上……"他谦恭礼貌地说，"还挺累的吧？"

"咱们会施点儿小法术，几条管用的咒语可以指引我们方向。穿过凯尔普萨的路上只有一条道称得上有些艰难，"厄沙·孚尤恩说，"就是在十一难山上的那个岔路口。"

"噢，"普伊雷恩说，"那地方我熟。"那是一片令人晕头转向的地方，旅行者要面对层峦叠嶂又完全相同的群峰，每条山路都非常相似，但只有一条是正确的路，其他都会引入可怕不幸的境地。"不过显然你们找到了通路，而且也轻巧地通过了紧随其后的'鬼门关'以及凶险的阳苏石柱。"

"脚下这地方就是当时我们心中的目标，它指引着我们穿越艰难险阻。"厄沙·孚尤恩说，比看上去更油嘴滑舌。接着他又再次吟诵了普伊雷恩的诗篇：

> 踏过山途万丈高，
> 蹚遍河川万鬼搅，
> 瀑布轰鸣盖人声，
> 披荆斩棘不折挠。
> 穿过层层迷雾，
> 望见金色的克罗奔泰恩，

艰难险阻仿佛从未有过。

他如此野蛮地亵渎这华美的诗篇！当他读到最后的对仗时语气竟然如此平淡！然而普伊雷恩掩饰了自己的鄙夷之情，这些都是外国人，都是客人，虽说是不请自来的。而他的责任就是让他们感到宾至如归。普伊雷恩觉得他们正在以自己的方式自娱自乐。这几年他逐渐养成一成不变的生活模式，能够引经据典的北方野蛮人倒是送来一段有趣的插曲，一改平常拘束的日子。如今他比之前更加不信吉姆比特断定那些人要加害于他的假设。除了沉默不语者的那双冷峻眼睛之外，这三人身上似乎并无任何危险之处。好友吉姆比特显然把傲气错认作了杀气。

浑身裹满皮毛的凯兹特雷·萨耶说："俺们也知道，您是珍奇古玩收藏家，所以俺们带来点小玩意儿，让您乐乐。"然后他也引用了一小段诗词：

让此生尽欢，
因来世深渊！

"来，马林·盖瑟斯特……"

凯兹特雷·萨耶朝那个眼神冷峻沉默寡言的人点了点头，只见那人不知从哪里掏出一个普伊雷恩先前没注意到的袋子，然后从中拿出一架梅檀那鼓，这鼓包一层拉紧的"索平"皮，上面还有九个红眼珠侏儒表演艳舞。接下来是一颗绿玉髓小球体，里面是一个受困哭泣的魔鬼在窥视，还有一只酒杯溢出诱人芳香的黄色液体，落到地板上面后又返回到容器里。其他小玩意儿相继被拿出，直至最后共有十至十二个物件排列摆放在普伊雷恩面前。

与此同时普伊雷恩几乎喝完了瓶子里给自己预留的酒，感觉身

厄尔祖女妖佳酿

体有点儿开始眩晕。至于三名访客，尽管普伊雷恩只给了他们一人三分之一，但依然几乎滴酒未沾。难道他们只是过日子简朴吗？或者是这微微发亮的桑里尔美酒对这些粗汉子的味觉来说根本就不算什么？

等他们的破烂货戏法似乎表演完的时候普伊雷恩说："假如这酒诸位不太满意，我可以再选一瓶上好的来，要么我们就开了你们带给我的那瓶也行。"

"这是上好的酒，大师，"厄沙·孚尤恩说，"咱们了解您，知道您的酒窖是天下无敌的，是世界名酒的仓库，而且实际上还藏有无与伦比、难以搞到的绝世佳酿——厄尔祖女妖。您给我们的这桑里尔酒肯定跟那个不是一个档次的，但慢慢品尝的话各有各的风味，我们珍惜每一口。就像现在这样在吉乌兹的普伊雷恩本人家里品尝吉乌兹的普伊雷恩酒，这件事本身就已与有荣焉，沁人心扉，让我们不禁想更加细致地品尝。"

"你们听说过那瓶绝世佳酿？"普伊雷恩问道。

"谁没听说过呀？盖美考有史以来最顶级的诺尔威尼斯，奇迹般的美酒，给人极乐体验的美酒，轻抿一口即像打开了新世界的大门……"此刻瘦高个的眼神里发散出毫不掩饰的贪婪目光，"要是能尝一口就好了！唉，就算瞄一眼那神仙佳酿的瓶子也好啊！"

"我几乎从不拿出来，瞄一眼也不会的，"普伊雷恩说，"要是从储藏之处取出，我恐怕会经不住诱惑提前喝了，我可不想屈从于这种诱惑。"

"有定力！"凯兹特雷·萨耶诧异道，"坐拥厄尔祖女妖，却不去试尝一口！恕我多嘴，这是为啥？世间极乐就在眼前，您为啥犹犹豫豫？"

这是一个普伊雷恩从前听到过许多次的提问，因为坐拥"厄尔祖女妖"可不是一件能够瞒过朋友的事。"嗯，我只是个写点儿小诗

的怪文人,"面对他们的愤愤不平,普伊雷恩说道,"小诗儿小词儿,数量何其多,假如我都保存下来,恐怕如滔滔江水把这宅院都填满好几遍了。我只保留一小部分。"他略有焦躁地指了指用迪奥丹牛皮纸包装的五十卷诗,"不过在我心底某处隐隐约约藏着某首伟大的诗篇,囊括尘世历史所有浮沉,末日绝境里我们生存佐证的宏大史诗。将来有一天我要感受那诗篇,充盈我的大脑并将之释放。那种感觉会来到的,等我们的太阳逼近极限、逐渐入侵的黑暗即将来临之际。到了那时,也只有到了那时,我才会刺入厄尔祖女妖的瓶塞,畅饮那传奇佳酿,那时世间大门将会一一敞开,包括创造之门,酒之精华便会释放出我体内真正的诗圣,在最后一口畅饮的欢愉下我会记录那首我渴望书写的伟大诗篇。"

"大师,您这样对我们不公啊。假如您要等到世界末日前夕再写那首史诗……"厄沙·孚尤恩说,语气似乎由衷地难受,"等到世界都变成冰雪和黑暗的时候,那我们又怎么能读到它呢?等我们都躺下死在那最后的寒冬时,大家是无法传诵诗歌的。您吝啬才华!拒绝分享天赋!"

"就算这样,"普伊雷恩说,"现在也不是打开那瓶酒的时候,不过我可以给你们其他的酒。"

于是普伊雷恩从他的橱柜里挑选了一大瓶古酿的费乐纳斯白葡萄酒,上面贴有一张磨损的标签,因年久而焦黄。这个圆形大酒瓶没有塞子,谁看了都明白这酒瓶是空的,里面剩的是内部的残渣碎屑。普伊雷恩的访客们一脸迷惑地看着。"不要害怕,"普伊雷恩说,"有位相熟的魔法师将我的一些瓶子施以复生魔咒,这便是其中的一瓶。它取之不尽用之不竭。"

普伊雷恩扭过头来,轻吐了几句,只见须臾间奇迹般的液化反应开始了。当大酒瓶被填装时,普伊雷恩召唤出新的一套酒杯,为他的客人和自己几近斟满。

"这真是神奇的美酒,"凯兹特雷·萨耶抿了一两口后说,"大师,您的客气真没得说了。"只见他胡子浓密的脸庞开始泛出红光。厄沙·孚尤恩也在这烈酒下流露出类似的反应,那位沉默寡言的马林·盖瑟斯特坐得有点儿开,似乎与室内周遭的一切隔绝,可就算是他,也微微舒缓了那习惯性的怒视。

普伊雷恩亲切一笑,背靠后坐着,任由祥和宁静的氛围悄悄降临。他本没有想要在今天这个日子去喝费乐纳斯酒,因为这酒的酒劲颇大,尤其是在这么早的钟点喝的话。然而他看到在大中午喝醉也并没有比平常多出多少害处。这些粗野的信徒很可能乐意见到创造力的真正展现。同时,普伊雷恩慢条斯理地抿了一口,感到周围的墙壁开始摇摆滑动,他仿佛渐渐升腾起来,直到最后感觉自己轻轻地飘浮于体外头顶上方,成了观察自身的旁观者,脑海里萌生出愉悦的好奇和混沌感。

颇为令人吃惊的是,他的客人此刻正围坐在他身旁,就好像沉迷于探讨某种犯罪哲学一样。

凯兹特雷·萨耶提出,世界末日的紧迫情势使得人们不再受法律的束缚,因为假如一切很快就会同归于尽的话,守法不守法就变得无关紧要了。"我不同意,"厄沙·孚尤恩说,"我们仍然要对自己的行为负责,因为假如侵犯了规矩和法条可能会加速末日威胁的来临。"

普伊雷恩精神恍惚地插话说:"此话怎讲?"

"个人犯了事儿,"厄沙·孚尤恩回答道,"影响损害周围环境与人类相关的各方面细微处,它不如违反人类社会法律来的那么直接。我觉得我们本性的残忍、原罪和恶行都消耗了暮阳的活力。"

马林·盖瑟斯特被这个想法搅得焦躁不安,就好像他最终准备要发言似的,可是只见他努力克制住自己,再次恢复默然。

普伊雷恩说:"有趣的理论嘛,你的意思是我们多行不义必自毙,千百年里损耗了太阳,所以我们都是自己的掘墓人。"

"嗯，也许就是这样。"

"既如此，恐怕此刻再拥抱美德也为时过晚了，"普伊雷恩略带伤感地说，"我们屡教不改的恶行已经无法挽回，在世界悠远存在史的这一晚期阶段这些损害肯定无可弥补。"他深深地叹了口气，悲意难平。令他感到惊愕的是，他发现漫长上午的这番饮酒后的反应竟突然弱化如此之甚：墙壁圆形旋转减少了，令人愉悦的混沌感变得清晰，他感到几乎又恢复了清醒，无法抵御情智深处根深蒂固的阴郁，这是熟悉的场景，再多的酒都不足以永远躲避那片黑暗的阴霾。

"大师，您好像突然难受了，"凯兹特雷·萨耶察觉道，"尽管这酒很棒……也许正因为酒太棒了，**我瞧您心情有些波动**。"

"我顿时想起我的死期定数。咱们那颗灯尽油枯的太阳……湮灭必将很快降临。"

"唉，大师，不如庆幸才对，**就像您说的**，一想到大难临头摧枯拉朽，总比被迫陷入绝望要好吧。"

"庆幸？"

"嗯，八九不离十。因为咱们终究是要死的……这是宇宙规律……真正难受的是我们躺在那儿**奄奄**一息的时候心里却清楚我死了别人还活着！可要是大伙同归于尽，那么就不会有丝毫眼红的理由，我们可以平等地一同赴死。"

普伊雷恩固执地摇摇头。"有点儿道理，但**没什么可庆幸的**。我的死期不可逆转地降临，这将使我绝望，旁人是死是活无关紧要。我一刻都不会去艳羡生者。对我而言，我死了**就好像**全宇宙毁灭，而太阳的毁灭只不过是给早已极度难过的结局雪上加霜而已。"

"大师，您这是自寻烦恼啊，"厄沙·孚尤恩轻描淡写地说，"您应该再来一杯。"

"嗯，此刻我的想法可悲无聊，这样胡思乱想丢人现眼。即便在黄金时代，明亮金黄的太阳光照最强烈的时候，死亡这件事依然是每个成年人被迫要面对的,只有懦夫和傻子才会抱着恐惧、愤怒或其他什么心情看待它,而不去坦然接受和自然超脱。既然是避无所避的事,就绝不要愁眉苦脸。不过这也是我的错,无法逃避那种心绪。我发现美酒是我唯一的止痛剂,尽管无法完全令人满意。"

普伊雷恩又伸手去端白葡萄酒,可是凯兹特雷·萨耶迅速打断说:"大师,正是这酒害你产生副作用的,还是打开我们国家的酒吧,咱带给你的礼物。您也许不知道,这酒是出了名的利于抚慰烦躁心情。"萨耶对马林·盖瑟斯特暗示了一下,对方嚷地站了起来,手脚麻利地开封了两大瓶绿色的摩雷荣酒,接着从普伊雷恩的橱柜里取出几个新的酒杯,为普伊雷恩倒上一大杯淡蓝色葡萄酒,为自己和其余两人倒得少量一些。

"大师,祝您健康,常乐,长寿。"

普伊雷恩觉得他们的葡萄酒出奇地清澈且富有活力,丝毫没有预想的粗制和酸涩。在试探性地抿一抿之后他就喝了一大口,接着又是第三口。这酒实实在在地明显有一种镇静的作用,迅速将普伊雷恩从跌入的沮丧泥淖中抬升起来。

然而又过一会儿,他察觉到舌头好似包裹上一股奇怪的毛糙感,对他而言在这酒表面的醇厚活力下隐藏着些许不适的口味,某种几乎像碱性的东西爬上他的味蕾,抵消了一开始那一瞬间的宜人快感。然后他感觉到头脑沉重,四肢虚弱,这令他回想起那些人先给自己从一个酒瓶里倒了酒但给他倒了另一瓶,再后来普伊雷恩无法动弹,于是他便清楚这葡萄酒里已经被下药了。目光凶狠的马林·盖瑟斯特直接站到普伊雷恩面前,终于开口说话了,发出有节奏的颂唱,即便在被下药的状态下普伊雷恩也能辨识出这是一种简单的捆绑咒语,使他无助地受缚。

就像任何富裕人家一样,普伊雷恩也把自己的宅邸用一套防御魔法保护起来,他家的魔法师向他保证这套魔法可以抵御多种形式的危害事故。最为浅显的就是盗窃：这里有许多他人觊觎的宝物。此外，住户还得防范火灾、地震、巨型陨石坠落，以及自然界的其他灾害。然而，普伊雷恩也常常醉酒，这很可能导致行为不慎或行动笨拙，于是他还采购了一套附魔盔甲来预防重度酗酒的灾祸。

在此危急时刻，对他而言似乎应该召唤希特拉珊达护卫的精灵，于是他用迟钝的笨厚舌头开始背诵咒语。可是年代已久，他对世间危险总体上漠不关心的态度已经粗心大意地导致守护精灵的能量随时间而衰弱，普伊雷恩也没有按照那些维护能力所需的步骤来施法，所以他的咒语是无效的。他家里的小鬼们在此时困境下同样也毫无用处。它们几乎没有肉身形式，对实体活人是没有威力可施展的。只有他的园丁们才是有血有肉的活人，然而即使他们这么晚仍在府邸的话，也不太可能注意到普伊雷恩的召唤。普伊雷恩意识到他此时此刻完全孤家寡人毫无守护。做客的人，如今是捉他的人，他们轻轻戳普伊雷恩一下，使他从沙发上跳起。凯兹特雷·萨耶说："请尊驾陪同咱们走一遭，看看贵府声名远播的无价之宝。"

普伊雷恩已经完全丧失任何抵抗能力。尽管他们尚且保全普伊雷恩的行动能力，但四肢就像被无形的枝条捆扎无法冲破，他的意志也被他们牵着鼻子走。他无能为力，只是被领着穿过自家博物馆一间又一间大厅，在酒的作用下有些步履蹒跚，当他们问及这件那件工艺品的质地时普伊雷恩别无选择只能如实相告。不管是什么东西，只要入了眼，他们就从箱子里拿走，由马林·盖瑟斯特来充当苦力，东西都被搬至中央大厅，战利品越堆积越高。

于是他们选择了卡瑟芬佐恩水晶枕，眼前还有琳琅满目的物品，从地下七世界随处可见的日常物件到法里尔王朝某位被人遗忘的君主的锦缎衬袍，穿着一小时能增强男性功能二十倍。还有沙潘尼宫达钥匙，那是一种不用刺穿皮肤就能够触及并治愈任何病灶器官的外科工具。那些人还抢走无限翡翠宝盆，此物曾一度是莱瑟盖勒冷山谷头巾劫掠者的最高战绩；桑加尔凤凰，它一扇动羽毛就会撒下一身金粉；奇帕瑟根的彩绘地毯；红宝石外壳装有天翡翠熏香的盒子；许多其他普伊雷恩多年积累的珍奇宝贝。

普伊雷恩越看越气。"所以你们大老远跑来就是为了打劫我？"

"没那么简单，"凯兹特雷·萨耶说，"咱们说敬重您的诗歌时您必须要相信，而且希望能亲眼拜见一面才是我们忍受旅途各种艰难的主要动力。"

"那你们选择了一套奇怪的方式来表达对我艺术的尊敬，在表现尊崇的同时竟然还要抢走我心爱的东西。"

"'间歇期'即将来临，这些东西归属于谁真的有那么重要吗？"大胡子问道，"不用过多久，所有权概念本身也将毫无意义。您在自己的诗篇里反复强调过这一点。"

普伊雷恩承认这话有点儿道理。随着战利品越堆越高，他试图接受凯兹特雷·萨耶的观点并以此来缓和自己的心情，既然太阳很快就要寿终正寝，地球将被笼罩在无尽的黑暗里，他本人和一切财产都将埋葬于厚达20个马拉桑的冰雪外衣之下，那么今天盗贼们抢走这些身外之物又有何妨呢？明天后天一切都将灰飞烟灭，不管有没有把这恶棍三人组领进门。

可是这番诡辩法并没有给他带来安慰。对现实可能性的评估告诉他太阳的湮灭也许会在一千年以后，甚至更久，尽管是必然的，但何时湮灭尚未可知。虽然普伊雷恩终将失去全部财产，就像其他人一样，包括那三个恶棍，但他此刻意识到在其他因素不变的情况下他更倾向于活在这堆收藏品中间来等待世界末日而不是失去它们的陪伴。此刻，他决心采取积极的自卫态度。

于是，他再次尝试念出希特拉珊达护卫咒语，精确地重读每个音节，希望可能加强咒语的威力。然而当他念出来时强盗们却自信满满，知道不会有效果只不过是笑场，不必费力堵住普伊雷恩的声音。在这点上他们是正确的,跟先前一样,没有守护精灵出来帮助普伊雷恩。普伊雷恩感到除非他能找到有效措施,不然将失去所有被盗贼相中的东西,而且他很清楚包括自己的小命也将不保。在此一刻,就在今天,他真真切切地面临生死,他很清楚自己成天视死如归只不过是一种矫揉造作,他绝对没有任何离开人世的实际准备。

自救的可能性尚存一种。

"假如你们放我走,"普伊雷恩说,停顿片刻以吸引他们的注意力,"我将告诉你们厄尔祖女妖在哪儿,并跟你们共享。"

这番话对他们的影响是即刻且显著的。他们双眼放光,脸色泛红发亮,激动得面面相觑,流露出赤裸裸的欲望之情。

普伊雷恩理解这种狂热反应,刚一获得小小的欲望满足显然就让他们冲昏了头脑,一旦将普伊雷恩置于掌中摆布,他们就觉得自己可以为所欲为,得到各个房间里的金银财宝,却忘记了宅邸里藏有的不仅仅是希普托彩绘地毯和无量宝箱这类小玩意儿,某处还囤积着大量绝世佳酿,更加令人垂涎,堪称酒中之王,极乐之源,欢愉灵药,即"厄尔祖女妖"。此刻他提醒那些盗贼这美酒和极乐的存在,此刻他们渴望得到,急切之情难以抑制。

"好主意,"厄沙·孚尤恩说,厚重的嗓音流露出强烈的欲望,"把那好酒从藏匿处召唤出来,然后咱们一块儿喝。"

"这酒谁的召唤都不认,"普伊雷恩宣称,"必须我亲自去取。"

"那就快去拿。"

"你得先给我松绑。"

"你自个儿能走路不是?只要带我们过去,剩下的就交给我们好了。"

"万万不可,"普伊雷恩说,"你以为这绝世名酒是怎么才会完好保存这么久的?它由一张高度奏效的魔法大网保护着,比如沙皮龙守卫魔法。它确保这酒只听命于瓶子内部所刻的所有者的意愿,眼下就是我本人。假如酒瓶察觉到这违背我的心意，那么它就拒绝打开。假如知道我被置于极端的胁迫之下，那么这葡萄酒就会自行毁灭。"

"那你想怎样？"

"解开我的双手，我会把酒瓶从其栖身之处带出来，给你们打开，你们可以分享，希望你们喜欢。"

"然后呢？"

"然后你们将有千载难逢的机会，我将献出你们酷爱的世纪史诗。再然后，我们就扯平了，你们把我的小玩意儿都留下，返回你们北方荒凉的洞穴里。这般如何？"

他们面面相觑，不消言语便立刻达成一致意见，凯兹特雷·萨耶"哼"了一声表示赞成，向马林·盖瑟斯特示意，叫他念出解绑咒语。普伊雷恩感到捆绑双臂的枝条融化了。他展开双臂伸了一个大懒腰，活动活动手指，以期盼的眼神望着强盗们。

"拿名酒去。"凯兹特雷·萨耶说。

他们陪着普伊雷恩穿过一间又一间屋子，最后抵达存放最上乘好酒的大厅里。普伊雷恩煞有介事地在一个个架子上搜寻了好一番，同时摇摇头自言自语着，"我很肯定就藏在这儿的呀，"过了一会儿后他报告说，"倒不是为了防贼防盗，而是本想弄得更不易找到，以防我在醉酒冲动时轻易拿到它。"

"我们懂，"厄沙·孚尤恩说，"但请快找出来，哥几个耐心不好。"

"容我想想，假如我有意把如此一瓶珍奇好酒藏起来不被自己拿到，那么我会摆到哪儿去呢？特里耶克斯奖杯收藏柜？不太可能。朱红前厅？金圣杯？塔布拉柜？特洛格尼可大厅？"

正在普伊雷恩思考之际，他同时也可以看出那些人越来越难以控制自己，他们手指轻拍大腿，双脚左右摆动，手伸进衣服里乱摸，就好像有武器藏在里头似的。普伊雷恩不作理会，继续皱着眉头喃喃自语。然后他突然灵光一现。"啊，对，对，当然是那儿！"接着他穿过房间，猛地打开远处墙上一扇矮门，伸进一个传菜孔积灰的内部。

"在这儿，"他兴高采烈地说，"厄尔祖女妖！"

"就是这玩意儿？"凯兹特雷·萨耶略带狐疑道。

普伊雷恩捧给他们的这瓶酒是灰色锥状、布满灰尘、其貌不扬，只贴着一小片标签，淡灰色墨水的符文字迹勉强辨认得出。

面对这文字，他们一个接一个困惑不解，无人可以破解它。

"这是哪门语言？"厄沙·孚尤恩问道。

"这些都是诺尔威尼斯语的符文，"普伊雷恩回答道，"瞧见没，这儿，这就是酿造者的名字，著名的酿酒师'厄尔祖女妖'，而这里则是葡萄酒生产的日期，其中的年代表我估计对你们来说不知所谓。那里是盖美考国王的印信签章，这酒装瓶的时候正值他的治期。"

"您不会骗咱们吧？"凯兹特雷·萨耶说，"弄点什么次酒糊弄我们？趁我们不认识这些七扭八歪的字就想占我们便宜？"

普伊雷恩哈哈大笑。"不要有任何怀疑！虽然我不否认，我确实很怨恨你们如此胁迫我，但这并不意味着我会罔顾三十代家族名誉。你们肯定知道在我父亲这一系我是十八代纳兰达的马迦达，作为神圣世袭领袖我身上有箍心魔法禁止我做任何欺骗行为。我向你们保证，这瓶酒，就是'厄尔祖女妖'，如假包换。请诸位劳驾站开一点儿，这样我好不用激活沙皮龙魔法就将其打开。容我再提醒各位，出现任何我被胁迫的迹象都会毁坏里面盛装的好酒。保存这么久的葡萄酒，到头来在开启一刻却变成一瓶醋，那该有多可惜。"

"此时此刻您是自由的，"厄沙·孚尤恩说，"是您自己决定给我们这瓶酒，不是我们执意。"

"此话不假。"普伊雷恩回应道。他动身取出四个酒杯，若有所

厄尔祖女妖佳酿

思地注视着这瓶酒,念出开封咒语。

"三个杯子就够了。"凯兹特雷·萨耶说。

"我不能一起喝吗?"

"假如您喝了,我们就少了。"

"你们可真狠心,就连四分之一的酒都不放过。这酒我煞费苦心才搞到,旷日持久的拉锯战我都不愿意去想。可是也罢,我啥都没有。就像你们指出的,等到无尽长夜无法逃避地降临时,这酒又有什么要紧呢?有什么事是要紧的呢?"

普伊雷恩把一个酒杯放到旁边,斟满了其他三杯。马林·盖瑟斯特第一个去拿,如北欧狂暴战士那样紧紧握牢,疯狂地一饮而尽。顿时间,他那奇怪的凌厉的双眼如燃烧的煤球那样光亮。其他两人喝的时候更为审慎,初抿一口时略皱眉头,就好像原以为会有更多气泡泛起,而后再抿一口,又皱了皱眉,而后在颤抖。普伊雷恩再续满了酒杯。"尽情喝,"他倒光了酒,"我真羡慕你们极乐中的极乐!"

马林·盖瑟斯特此刻跌倒在地上,奇怪地四处乱滚着,片刻后凯兹特雷·萨耶同样发作,犹如一棵被砍倒的树那样翻滚,双手猛拍地砖,就好像要表明体内有极端痛苦的痉挛。长腿的厄沙·孚尤恩突然满脸死一般地苍白,不规律地摇摆着,他抓紧喉咙,喘着气说:"这是毒药对不对?看在索蒂大帝的分儿上,你欺骗了我们!"

"正是,"普伊雷恩语气平淡地说,此时厄沙·孚尤恩也与同伴一样在地板上翻滚,"我给你们的不是'厄尔祖女妖',而是吉布拉克拉海尼溶解剂。作为十八代纳兰达的马迦达,对声誉的要求绝不至于忽视掉我自卫的需求。你们身体的骨架已经开始溶解,内脏肯定也深受打击,也许你们很快就会失去意识,将你们从此刻经历的痛苦里解脱出来。你们有没有纳闷,我怎会采取如此狠辣的一招?你们以为我是个无可救药的闲散呆子,但事到如今八成要改变这种轻蔑的看法了。闯进我的密室，还要夺走我的宝物，此等行径使我从超脱中惊醒，让我重新找回那份对生命久违的热爱，末日降临也不再把我包裹在麻木的意识里。面对你们的掠夺，我选择采取行动，而且因此……"

然而普伊雷恩意识到没有必要再继续阐述说明了。他的造访者们已经化作几摊黄色的烂泥，剩下的只是他们的帽子、靴子和其他衣物，他会将其加到自己的收藏宝库里。其余东西只需叫小鬼们搬走即可，然后他就可以继续以清醒的头脑迎来日常的午后活动。

"可是你现在还不愿享用'厄尔祖女妖'吗？"两天以后吉姆比特·索普坦问普伊雷恩，此时他和普伊雷恩的其他几个密友正在诗人的宅邸花园里举办庆祝晚宴，他们欢聚在一顶天蓝色丝绸帐篷里，空中弥漫着令人陶醉的卡拉维德拉花的芬芳，以及甜蜜纳吉斯那浓烈的气味，"他们差点儿就将这好酒从你手里轻易夺走了，天知道将来会冒出来哪个更厉害的坏人？要我说，还是现在就喝吧，今朝有酒今朝醉。嗯，现在就喝！"

"此刻还使不得，"普伊雷恩以坚定的语气说道，"我理解你这执拗的念头，把握当下，今朝有酒今朝醉。按此说来我应该在恶棍倒地时就畅快痛饮。可是你必须记住我保存这瓶酒是为了更高的用处，享用这酒的时候还没到呐。"

"没错，"格罗兹的伊米特说，这是一位白发贤者，在普伊雷恩好友圈里就数他对作品最为熟悉，"你计划在太阳湮灭那一刻谱写伟大诗篇……"

"嗯，等时机到来之际，我手头必须有未开封的'厄尔祖女妖'，尽管还有许多名气不大的好酒同样值得关注。我提议，咱们今晚多干几瓶。"普伊雷恩朝一长排之前摆放好的葡萄酒大手一挥，示意朋友们可以自便，"你们喝的时候……"他说，从锦缎袖子里掏出一小片羊皮纸，"今天下午我献给你们这几首诗。"

厄尔祖女妖佳酿

午夜将至,又奈如何?
我难道不照样欢乐灿烂,灿烂,再灿烂?
没有黑暗,没有悲伤,
只要手握杜康。

采花少女在翡翠亭边细语歌唱,
火红飞虫在绿森林里扑腾翅膀,
我纵情欢笑,一饮见底,
噢,金色的葡萄酒!噢,灿烂光辉的一天!

诚然我等尚在寒冬之初,
我知道死亡不过是一场梦,
当我手握杜康。

后 记

我在20世纪50年代末期购入第一版《濒死的地球》。找到此书并非易事,因为短命的平装书悄无声息地出版。我读了它,爱上它,在以后的几十年里我一再阅读,趣味渐增,还时常撰文圈点褒扬,但从来没有想过自己有幸能运用万斯原作的设定和口吻来写一篇故事。但如今我做到了,写至最后一页时我恋恋不舍,不得已带领自己走出那稀奇美妙的世界。所幸的是我已经留下了另外三四个序章,但小小的麻烦是《濒死的地球》的世界亦属于其他人。分享是多么令人高兴,只要一小会儿就好。

——罗伯特·西尔弗伯格

马修·休斯

　　收容一位陌生来客住到家里，助其摆脱魔鬼四伏的黑暗之夜，这么做对陌生来客和屋主而言通常都有一定风险，特别是在濒临灭亡的地球上，此地的事物皆不似表面一般——包括屋主和陌生来客！

　　马修·休斯出生于英格兰的利物浦，但成年后大部分时间是在加拿大度过的，直到去年才搬回英格兰。他曾经担任过记者，也做过加拿大司法部长和环境部长的演讲撰稿人。休斯在不列颠哥伦比亚省从事过商业和政治方向的自由撰稿人，后来他决心专职开展小说写作。作为作家的休斯显然受到万斯的强烈影响，在细致描写亡命徒历险故事方面享有盛名，譬如像汉吉斯·哈普索、古斯·班达尔和勒夫·英布里那些生活在过去背景年代的人物，他们均活跃于诸如《愚夫艾兰特》《二度陷阱》《黑色布里林》和《麦捷斯顿》这样的流行短篇故事和小说里。休斯的作品也被收录在《捕猎人及其他故事》里，其最新的小说是《希斯派拉》《螺旋迷宫》《模型》和《芸芸众生》。

阿尔默里的格鲁林

当我再次觅得安身之处时,发现主家就在府邸的大厅里正同一位旅行者交谈。为了躲避他的视线,我飞向高处某个角落,上面的房梁穿过石头外墙,我遂于此安顿下来倾听。这里的主家几乎不接待来访者,唯独"亡命徒"例外。他挺着巨大的肚皮,能变换八种怒容,身上还有一把切"牛鹰肉"的刀。

每当"亡命徒"造访时我很少会过去,而是养精蓄锐以备良机。但如今这位造访者却与众不同,他活蹦乱跳地在室内到处走动,弯曲膝盖以"外八字"的怪异方式慢跑,时常猛地一下转到门边窗帘一侧朝黑暗处偷窥,然后检查挡门的横杠是否装置妥当。

"怪物进不来,"主家说,"门阶和门梁,以及整座房子和围墙花园,全都用凡达尔魔罩大法附魔。你知道这条符咒吗?"

陌生人的口吻颇为随性:"我熟悉那条咒语在阿尔默里的变体,

SONGS
OF THE DYING EARTH

这里也许会有所不同。"

"符咒能挡住不该来的。那追踪你的家伙跨过门廊第一步便会吃到苦头。"

"追踪者知道吗？"这位访客问道，同时又朝窗外凝视。

主家走到他身旁。"瞧，"他说，"瞧它'鼻孔'张得好大，苍白的脸上乌黑的一处。它嗅到了魔法，但畏缩不前。"

"但并没有后退太远。"陌生人那一头浓密蓬乱的黑发，额头处垂落得很低，随头皮抽动而动，呼应他持续摆动的身体，"我临近村子时它就猛烈地追逐我，等太阳落西山后变得更加肆无忌惮。要是你当时没有开门的话……"

"你现在安全了，"主家道，"那食尸鬼最终会去寻找其他猎物的。"主家邀请那人进入会客厅，并叫他坐到壁炉旁。我跟随在他们后边，觅到高架子上的一处。"你吃饭了吗？"

"只在沿途采摘了一点儿林子里的食物。"他接过递来的椅子，如是作答。尽管他不再于屋内大步流星，但双眼依然到处乱瞟，搜索着一个个架子和玻璃面的橱柜，就好像在给物品编纂目录，为每一样东西估价并细致计算所有物品的总价似的。

"我有一碗炖煮的汤，是内院种的龙葵，还有昨天吃剩下的'牛鹰肉'，"主家说，"还有半块薄饼和一小桶艾尔棕啤。"

陌生人尖尖的下巴一抬，显露出刚毅和勇气。"来，咱们物尽其用。"

他们入定座位并各自手握汤勺，主家开口说："格鲁林，讲讲你的故事可好？"显然在我来之前他们已经各自报过家门。

那位尖嘴"狐"腮的家伙表情一变，犹如高贵清白之身惨遭旷世奇冤。"在下承袭阿尔默里多处土地和一袭爵位，但眼下被奸人所害，强没了家产。如今云游四方，等候时机，望有朝一日杀奔回去，一举拨乱反正。"

主家说:"在下听闻有云,今日形成之世界势必乃正道之法,万能造世之主必不准乱纲违常。"

格鲁林觉得这种说法天真幼稚。"我观天下之皆在人为,尽由英雄胆色。"

"如此说来,阁下莫非……"

"正是。"陌生人边说边塞一大块"牛鹰肉"入口,先浅尝滋味,然后就眯着眼津津有味地咀嚼起来。

与此同时,我在思考刚才所听到的内容,得出两个结论:首先,尽管这位自诩阿尔默里贵族的家伙也许曾在那片破败不堪的土地上久居过,但他并非贵族子弟——他说起话来的腔调并没有阿尔默里最上层贵族那种结结巴巴;其次,他的名字不叫格鲁林,假如是的话我就不会回想起来了,我是从来记不住那些住户或"亡命徒"的名字的。以我当前状态已经心无余力去记忆真名或任何需要强记的法术,不然的话我早就发起冷酷的复仇行动来。

主家把碗一倾,将最后几口炖汤舀进嘴里,然后眼睛朝上一瞥,视线落到我藏身处。我后退身子,但为时已晚。他从衣领里掏出一个挂于脖颈的小木哨子,吹出一记洪亮的哨声。接着我听到走廊里传来翅膀的皮肉扑腾声,于是我腾空而起试图逃脱,但小怪物守着他的卧房——从前曾是我的房间——用形似手掌的爪子一把抓住了我。它扯下我的双翼,抓我到卧房门上方的横梁,把我塞进它的嘴里,残忍的奸笑布满它那张形似人类的面庞。我"脱壳"而出,它那黄渍斑斑的牙齿咬碎了我那"借来"的肉身。

❋

待我返回时,晨曦透过窗帘的隙缝钻了进来,往灰暗的石砖地板撒上一抹玫瑰色的娇羞。我穿梭于一间间屋子,但对主家卧房敬而远之。我发现格鲁林在底楼那间能俯瞰内院花园的工作室里,想

SONGS
OF THE DYING EARTH

当初多少个日日夜夜我一直跟那些心怀鬼胎的助手们待在里面。此时格鲁林正在检测复杂的星爆机器，巨大的托盘占据了地板的大部分面积，该设计将各种活跃和微小的光影色彩都展列其上。我在窗外徘徊，俯瞰内院花园，可以看到这一架构机器已接近完工。

格鲁林屈膝跪地，伸出一根手指去触碰这尊精心制作、五光十色的作品：孪生的华丽舞曲，它们相互交织着，用个性化的阿卡拉哈树叶和灯泡一闪一闪作为装饰。格鲁林从不打理开裂的指甲，还未来得及触碰并弄乱一千个小微粒，它们每个绿色金色、蓝宝石紫水晶、火焰红炙热黄的光环闪亮点，被门口一股气流停止住了所有运动。

"退下，"主家说，"机器架构尚未完成，擅自侵扰有高度危险。"

格鲁林"噌"地一下火速站立起来，双眼朝那机器飞快打量，试图一览全部，但他当然是白花功夫。"这东西派得上什么用场？"他说道。

主家走进屋子，一把拉开他。"这是本座宅邸的前主人着手搞的，可惜他从不愿意完全透露其运作规律和运作原理。它必须利用位面间的偏角差来做才行。显然这屋子坐落在数个维度空间交汇之处，这种联结产生一处薄弱点，就在隔离位面的那些膜里。"

"那位'前主人'如今身在何处？为什么他会半路扔下这么危险的工程？"

主家意兴阑珊地挥了挥手。"这些都是老黄历啦，古老的地球早已沧海桑田，咱们不必挂怀此事。"

"言之有理，"格鲁林说道，"咱们只能关注眼前。可是某些所谓的'眼前'，却关联着某些特定的'从前'，思维缜密的人通常会去注意这些关联的。"

还没等他把话说完，主家就走开了，那位旅行者跟在后头，进了一间饭厅，却撞上了新的话题。

阿尔默里的格鲁林

"您是有眼光的主儿,您也明白……"主家说道,"我这儿的资源有限,虽然很喜欢跟您相处,但无止尽的款待恕在下有心无力。光是给您提供食物、安排一宿住宿,就已经超出了我的职权范围。"

格鲁林上下打量他。这座宅邸设备齐全,家具用品既没有多余备用之物,也并非纯粹的实用必需。许多房间的墙上都挂着艺术画,地板到处铺满了毯子,灯光柔和而且无影。"既然条件所限,"他说,"这些东西看起来倒没有大多数物品那样沉闷压抑。"

"哟,"主家说,"这些可都不是我的东西。我只是村社委员会的一名卑微职员,受雇来照看这些房子,等将来房主的事最终忙完为止。我的报酬少得可怜,大部分以艾尔酒和'牛鹰肉'的形式发放。"

主家所得到的回应只是一个漠不关心的手势。"我会给你……"格鲁林说,"一张巨额支票,等我一旦恢复身份地位,即可兑现。"

"你的财富毫无疑问将会失而复得,但无法保证能在太阳耗尽之前实现。"

格鲁林还有话要说,但主家抢先开口。"'亡命徒'每隔一天给我送来报酬,我猜他很快就要到了。我会请求他的允许,雇你做我的助手。"

"那再好不过,"格鲁林顿然灵光一现,脸都亮堂了,"说不定还能弄个管事儿的职位干干,激励他人拼命卖力是我的一项天赋。"

主家朝他瞟了一个冷眼,接着用更为冷淡的口吻说:"我不需要什么激励,能添几把手就行了。困难的是如何说动那个'亡命徒',那可是只臭名昭著的'铁公鸡'。"

"这挑战让我浑身热血沸腾啊,"格鲁林摩拳擦掌地补充道,"咱们不如做一顿美味早餐吧,我肚子一饱,口才最好。"

主家吸了口气。"我可以给你松饼的外皮和半壶苦茶,然后咱们必须得干活的。"

"先说清楚条款岂不更好？我可不想违反当地的劳动法规。"

"此事不足为惧，咱们村社很看重积极主动的工人，你只要给'亡命徒'瞧见你已经做了积极的贡献，那你有什么要求在他进门之前就等于答应一半了。"

格鲁林似乎没有完全信服，但主家占有优势，他有对方渴望的东西，即便那只是一片面包皮和一杯难喝的茶而已。于是他的观点胜利了。

我知道主家会如何利用新来的人。我撤回到内院花园，悄悄藏身于围墙上一道很深的裂缝里，不用显山露水即可审视观察。就在没多久之前他们刚吃了少量的饭，两人又再次出现在视线里。

不出所料，主教将访客的注意力引向花园另一端高大的荆条树上。它有几十条分枝，在延伸的多肉枝条上开花，吸吐空气时不断地蠕动。有几根远远地捕捉到花园那一头的香气，已然抬头朝那两人摸索而来。

我陷于墙缝之中无能为力，距离太远听不清他们的对话，然而我能根据格鲁林面部表情的变化和反对的手势来了解讨论的实质。他的抱怨没有得到认可。只见旅行者耷拉着肩膀，行走缓慢，步履沉重地来到大树底下。两条爬行的藤蔓立刻从身侧而来，被他打到一边。他凝视着紧密交织的树枝，寻找最少苦痛的攀爬路线。此刻主家回到他的工作室里，从窗户里朝外张望庭院，以便在忙于星爆工作时也能留心注意新来雇员的工作进度。

我离开藏身处，呈斜角掠过围墙，想趁那人尚未爬树就跳到他肩膀上。他审视客厅布置的模样昭显出敏锐的洞察力以及肆无忌惮的贪婪。我也许能想出某种法子来跟他交流。然而我太过于专注目标，穿过一小片红日光照射区域时未加十二分的小心，一只大肚皮蜘蛛从上方墙壁潜伏处一下子落到我身上。只见它迅速结出一张捆绑的丝网，带黏性的丝线束缚住我的翅膀，然后它轻巧地把我身子

阿尔默里的格鲁林

翻转过来，尖锐的口器插入我的下腹部。消化液在我内脏里溶解，我感觉灼烧般剧烈的侵犯。接着我"脱身"撤到了一个既是避难所又形同监狱的地方。

※

当我再次有能力观察周遭环境时，格鲁林和主家已经停止手头的工作而在接待"亡命徒"。我发现他们在大厅里热烈地交谈着，主家迫切要辩称开给格鲁林的这份额外支出是物有所值的，往后的生产力会有提高。"亡命徒"注意到此前为数众多的助手都尝试失败而且统统不知所终，因而惺惺作态，假装难以轻易信服。

于是主家退让了，但他补充道："其他人都不合适，全是些品行顽劣的闲散游人。但格鲁林是块好材料，阿尔默里名门大户的子孙。"

"亡命徒"挺着肚子转向格鲁林，他此刻正走向半开掩的外门，以便查看外面的马路和对过的森林。"您果真是贵族出身吗？"

"什么？噢，对，"接着那人应声道，"你们刚才一路走来时有没有看见一个藏在黑暗处的食尸鬼？"

"今早注意到了，被我们用'嗥猎犬'和火棍赶走了。""亡命徒"说。

"果真如此？"格鲁林说。他侧身继续朝门口挪动过去，用一根手指的背面轻轻触碰大门使之开得更大些，接着伸长脖子朝外面的道路东张西望，一股疑惑猜度似乎控制了他的举止身躯。

"好吧，""亡命徒"说，"现在让我们讨论一下条款……"

格鲁林转头朝向说话者，好像要专心听他的提议。但当这位长官开始说话时，旅行者一把拉开大门，直接夺门而入。然而令他大吃一惊的是，这道出口"抓"住了他，将他抛回客厅。只见格鲁林瘫坐在地上，头晕目眩，接着双手抱头哀嚎起来，面部表情显示他

35

的脑袋突然变成剧痛之源。

"凡达尔魔罩大法,"主家说,"除了能挡住不该来的之外,还能拦住不该走的。"

"快收回咒语,"格鲁林说,痛觉扭曲了他的嗓音,"食尸鬼早就走了。"

"他撤不了,""亡命徒"说,"只有布设下魔法的人才能撤走它。"

"从前的主人?"

"正是。"

"那就是说我们被困在这儿了?"

主家开口说:"我也一样被困,只有把活儿干完才行,然后位面之间的能量流动才会被释放,将所有魔法解开。"

格鲁林对"亡命徒"说:"他时来时走捉摸不定的。"

"咒语会自行辨别的……正因此而得名。"

"来,""亡命徒"说,用脚后跟轻轻触碰格鲁林,"你叽叽喳喳我忍受不了,请站起来,注意力集中。"

于是这场讨论继续进行,主家的计划得到了认可:格鲁林被授予艾尔酒、薄饼和"牛鹰肉",配额根据其工作表现而定,直至项目完成。若表现不尽如人意则配额减少,严重失职的话将受惩罚,到潮湿恶臭的地窖里关禁闭。

对这些条款格鲁林提出了好几条修正,尽管没有一项被批准。接着"亡命徒"从他的皮包里掏出一把折叠刀,展开时显露出黑石刀锋。他在长餐桌上方凭空这么一挥,切口处就掉落下一小片"牛鹰肉"来。接着他重复了一遍,又得到一小片。格鲁林看到这两处"伤口"似乎就暴露在半空中,滴落的液体就像深色的血液。然后一刹那间,裂痕收拢,目光之下只有餐厅的四周墙壁和橱柜了。

"亡命徒"走了。格鲁林的炊事任务就是准备"牛鹰肉",其中

阿尔默里的格鲁林

包括几道费时费力的工序,主家对他做了简明扼要的指示,然后就回到工作室捣鼓那个设计作品了。我抓住时机去跟格鲁林接上头,此刻他正在案桌旁做饭,手握一把沉重的木槌猛力敲打一片"牛鹰肉",就好像这块肉冒犯了他似的,似乎不单单只是肉质太老气味太臭的缘故。格鲁林嘴里悄悄嘀咕着可怕的咒语,我在他头顶上盘旋,有节奏地在两侧移动,假如能引起他的注意,就将是迈向彼此畅谈的第一步。

格鲁林抬头注意到我,我开始来来回回地上升和下降,从某个角度去看似乎画出阿尔默里字母表的第一个字母——这也许是颇为合适的开场白。格鲁林用敌对的眼神看着我,嘴里仍在恶毒咒骂主家。我继续开始画第二个字母,但当我摆出某个精确的角度姿势时,格鲁林的脑袋先向后转然后"唰"地转头向前,嘴里飞速吐出一团唾沫。小水球在空中打到了我,把我的翅膀黏到一起,导致我螺旋式下坠跌落到那块被敲打到一半的"牛鹰肉"上。我抬头看到木槌子下落,然后又再次"脱壳"而逃了。

✿

待我找到又一个"附体"——一只大块头的"隆隆蜂"时已是好几个钟头以后的事了。主家在工作室里用镊子和模块扩大设计,日爆的最后一个"手臂"几近完成。一旦完工,中央的三股螺旋就可以安装入位,那么工程就最终完成了。

格鲁林正在荆条树上攀爬到一半,双脚稳稳地站在某根树干上,一只手抓住如臂膀那般粗壮的树枝,手指小心翼翼地在茂密长芽的荆棘丛中来回摸索,其中许多荆条上有困死于此的小鸟和飞行蜥蜴的干尸,它们都是前来捕食那些爬满枝叶的蝴蝶幼虫的。此时格鲁林尚未注意到有一条绿色管状的细小藤蔓,其开口端环有一圈牙齿状的刺尖,它已嗅到格鲁林指关节的肉味,正准备凑上来咬食。格

SONGS
OF THE DYING EARTH

鲁林全部的注意力都聚焦于另一只手上，仔细裹住一只刚刚脱茧而出的紫金色阿尔默飞蛾。阳光穿过层层密布的枝条，在暗淡的光线下那只昆虫正晾干其透明的双翼。

格鲁林轻轻地朝那只小生物吹气，温暖的气流加速了晾干的过程。然后，当阿尔默飞蛾弯曲并伸展双脚准备初次弹跳起飞时，格鲁林手法熟练地包合住了它，随后将其装入一个用绳线系于脖颈的广口玻璃瓶里。容器的塞子在他齿间咬着，他把木塞子拿出，塞进瓶口，接着开始费力地往下爬，被藤蔓刺穿的手挣脱了撕咬。格鲁林沉重身体的摆动触发了藤蔓猎食的反应，它朝格鲁林慢吞吞地戳过来，试图将其定在原地。格鲁林常常不得不停下来拔除那些戳破衣服的松动尖刺，有一两根甚至深深地扎进了肉里，迫使他必须停顿下来处理方可继续往下爬。

经历此番困苦，格鲁林针对自身处境的晦暗不公以及责任人员发表了一大通牢骚，表达了对将来愿景由衷的渴望。主家和"亡命徒"在那些愿景里扮演主要角色，至于其他的人我估计是阿尔默里从前的熟人。格鲁林的控诉喋喋不休，使我无法吸引他的注意。于是我退回花园墙壁裂缝里，透过工作室窗户来偷偷观察主家。

主家正在星爆旁跪着，用银色色粉勾勒一条由延伸至机臂边缘的天蓝色圆圈交织起来的带状图案。而这银色色粉，就像设计作品里所有其他的色粉一样，是从一条空心管末端轻拍下来的珍贵粉末。我看到主家的食指又朝管子叩了三次，接着拿起一把末端仅一根毛的小刷子，将一小片粉末"推"进整齐的"队伍"里。

格鲁林出现在门口，嘀嘀咕咕，骂骂咧咧，手里提着那个塞牢的瓶子。主家连忙生气地甩了甩手轰他退下，唯恐他手肘上会滴落下来一丁点血滴沾到模板上。随后，主家站起身子，拿来托盘接住那个容器。

"看好了，记住了，"他一边说一边把瓶子放到工作台上，示意格鲁林凑近过来，"假如我提拔你为高级助理，那么这项任务就交给你了。"

"那也就是说会有其他人去爬那棵荆条树？"

主家趾高气昂地打量他，说："高级助理的职责包含并不限于初级助理的职责。"

"所以只是干更多的活儿。"

"你思考问题的角度要改正改正。获得更多信任，赢得更多尊重，那才是端正的态度。"

"可是我的苦日子依然尽是些'去干这个'、'端来那个'，而且只能吃园子里的蘑菇和'牛鹰肉'。"

"艾尔酒不错，"主家反驳道，"这你得承认吧。"

"反正不值当。"格鲁林说。

"哼！"主家说，"我对你寄予厚望，但你跟其他人半斤八两！"

"哪些其他人？"

然而问题被挥挥手无视而过。"够了！不要说了，看好，学着。"主家移除容器上的塞子，伸入两根手指进去，迅速捏住一条脆弱的腿。他把这扑腾的生物拽出来，放到工作台上的一块由田皂角做的垫子上，然后取来一把半月形小刀锋的解剖刀。凭借精确熟练的一刀，从胸腔入手划开阿尔默飞蛾三角形的头颅。

在反射性的死亡痛苦下，阿尔默飞蛾的翅膀和双脚依然在动。主家戴上细薄纱面罩并要求格鲁林跟着照做。"轻轻一呼气就会损失许多鳞片。"他一边说一边拿起一把袖珍的刮擦器。他细致小心地触碰翅膀，剥离细微的一层紫金沙，演示操作技巧，用左侧的器具堆起一小撮金沙于一侧，又在右侧积攒另一堆微粒色粉。待四条翅膀全都剥离直至皮下白肉时，主家弄来两根空心管，透过薄纱极轻地一吸，把色料从桌子上吸起。

"好了，"他说，"颇有成效的上午。格鲁林，艾尔酒和'牛鹰肉'是你该得的。"

格鲁林并没有回应。他一直都没有关注这套演示，反而被对面墙上摆放圣典和魔法书的书架吸引了目光，其中一个是用"凡达尔"特色工艺的蓝色羊皮包裹的。

主家察觉助理心有旁骛，于是严厉呵斥道："返回工位！我已看见那枝条上有个绿橙相间的虫茧，就像无力的手臂那样悬着——就在左边，接近顶部！它肯定能为我们提供一大盏夜灯。"

"我必须照料一下伤口，"格鲁林说，"可能会化脓的。"

"哼！我有药膏和特效药。今晚你可以用。现在你给我上去。假如那'夜灯'逃跑了，你就休想喝艾尔酒，吃'牛鹰肉'。"

"翻脸比翻书还快，"格鲁林说，"刚才还祝贺我，要升我的职。"

"老子就是性情多变，"主家说，"很多人都想改变我，但老子就是不服输的性子。你必须调整自己来适应我。赶紧，现在就去。"

助理垂着肩膀，犹如无声的责备，返回荆条树。既然有主家监视工作，那我跟踪过去是失策的。但是格鲁林并没有再去爬那棵树，当他靠近宽大根基，即粗壮树根钻入地下的地方时，他突然停下脚步，然后急忙后退，就好像某些可怕的威胁阻挡了他的去路。

主家注意到情况。"什么事？"他大喊道。

格鲁林并未转身，而是专心凝视那团盘结的树根，既恐惧害怕，又惊奇入迷。"我不知道，"他说，而后小心翼翼地朝前弯下身子，"我从来没见过这种东西。"

主家走上前来，但在旅行者背后某处停下脚步。"那东西在哪儿？"他说。

此时有一根触手朝格鲁林伸来。只见他将其拍打开，然后蹲伏下来，身子前倾。"它躲到那树根后边去了，就是粗的那根。"

主家朝前挪了挪。"我什么也没瞧见。"

"在那儿！"格鲁林说，"它在动！"

阿尔默里的格鲁林

主家把身子弯得更低,到齐腰位置,全神贯注朝下看。"我还是看不……"

格鲁林站起身子火速行动,一只沾满血污的手一把揪住主家的喉咙,另一只手捂住他的嘴,双手配合协调达到目的,令主家团团旋转,将其背靠地按到大树的下端部分,荆条和倒刺又密又长的地方。

四散的卷须朝格鲁林的胳膊冲来,但他不理会那些吸吮的嘴巴,而是更用力地把主家按压在树干上。现在更厚重的块茎从两侧靠近过来,嗅出紧压在树皮上"头发毯子"的人肉气味,须臾间那人便不再仅仅是格鲁林双手之下的囚徒。助理将双手从主家喉咙和嘴上拿开,但同时警告说:"说一个字的咒语,我就拿泥土堵住你的嘴,把你扔给那棵树。"

"这里不能施展新的咒语……"这位"囚徒"气喘吁吁地说,"位面的薄弱点……产生过于庞大的能量流动,哪怕……微不足道的一句小咒语……都会酿成吓死人的后果。"

"好极了,"格鲁林说,"艾尔酒呢,统统拿出来。"

对话持续了一段时间。格鲁林颇为体谅地拉开那些爬行触手,让主家保持稍有捆绑略费力气的状态。我硬着头皮去听主家背信弃义的龌龊历史和村社委员会的沆瀣一气,尽管我早就熟知这个故事:清楚他们是如何妨碍我的正当调查,密谋篡夺我的权力,最终用残暴的武力对付我。

"他对天国的五光十色非常着迷,"主家说,"我是他的高级助理,有两名手下从员。我们都只是村子里的小伙子,但学东西很快。他在这里扎根下来,因为他说天时地利都特别合适。四叶状位面的交汇处,从这个节点出发就有可能一路到达邻近天国的两个维度空间,以及地狱的一个。"

此时一条边缘长满牙齿的吸虫,嗅到了他呼吸的味道,朝他的嘴巴上试探，但被格鲁林一下子打到旁边。主家继续说："他特别渴望能观赏到某种在天国被称为'光影渐变'的色彩。这种颜色不可能在我们周围环境里存在，我们嘴里所谓的'光芒'只不过是对他方世界盛行之物的拙劣模仿罢了。"

"可是我们村庄坐落在伊匹特的法鲁梅的领地上，远在第十七宙年前。法鲁梅施展的法术如此强大，他永远破坏了位面之间的隔膜。我师傅的研究已经向他展示过了，这里并且也只有在这里，他才能够创造出一个上天之国的复制品，并无限期地予以维护。在这个环境里他可以舒适地沐浴在'光影渐变'的光芒和其他超自然辐射的照耀之下，赐予他梦寐以求的享受。"

细节如下：天国的微观模型会在那座由特殊材料制成的设计作品完成后自动生成。四种蝴蝶的有色鳞粉，其幼虫只食用某种特定树木的汁液和树叶，那种树木跟许多昆虫构成相互共生的状态——前来捕食昆虫的动物被引入枝蔓的迷宫，被带刺的荆条刺穿，遂成为其植物伙伴的美餐。

那种树木有一项特性，它们能够同时在不止一个位面里存在，尽管在每个环境里的形态会有所不同：在天国的第一层，它是某种多足的动物，捕猎那些从我方位面殒灭的小生灵的转世灵魂；在地狱，那些树木就成了多节的毒蛇，其猎食习性尚不完全明确但令人厌恶。所有三种环境的属性都在树木内部汁液里共存。它被爬满枝条的虫子食用并消化，脓水经加工反应而变质，将虫茧化为蝴蝶，并在它们淡绿色翅膀的鳞片上沉淀下来。假如新鲜活捉，那么鳞片的颜色是可以调制的，在这个特定的地方，色彩设计可以实现对天国的复制。在那个环境里，"光影渐变"就能够焕发出光芒。

此刻格鲁林喝止住了主家，我目睹他表情的剧烈变化，在摸清来龙去脉后激动万分，接着问了一句意料之中的话："这个'光影渐变'，很值钱吗？"

阿尔默里的格鲁林

"价值连城，"主家说，此刻我看到那位助手的双眼里燃起贪婪的火焰，但被"囚徒"后续的话扑灭了，"同时又毫无用处。"

格鲁林浓密的双眉紧锁起来。"此话怎讲？"

"它只能存在于复制世界里，而复制世界只能存在于此地，位面交汇的地方。"

格鲁林转而望了望工作室。"所以说星爆不能够移动的咯？也不可以拆卸开来运到其他地方再组装？"

"这样会干扰物质的颗粒，然后就会分崩离析，把你、我，连带这房子统统同归于尽，很可能还包括整个村庄。"

狻黠的脸庞拉得老长，尽显怒容。"还有呢？快说。"

"师傅建立起这座宅邸，构架好庭院，种植了树木。村社欢迎他，近些年来路上的交通变得稀稀拉拉，财富不再流向我们这里。于是他们做了个调整：村庄提供给师傅几名助手和各种杂项必需品，而他呢，作为回报就施展一些小魔法，带来'牛鹰肉'这一好处。"

"那这个'牛鹰肉'是什么东西？"

"它是游弋于邻近位面无尽大海的巨型怪兽……你得明白'大海'和'游泳'这些词儿都只是大概的说法。师傅给村子里一把刀，只能用来割'牛鹰肉'。只要凭空一挥，就有一小片肉出现。每一刀都掉下来一片，还滴有'生命之液'。于是我们再也不会挨饿了。"

"一把有用的工具。"

"唉，"主家说，"这东西只在位面间隔膜薄弱处奏效，出村子一英里，那就是另一把刀的事儿了。"

格鲁林挠了挠他浓密粗糙的蓬发。"难道'牛鹰肉'就不怨恨这种盗窃肉的行为吗？"

"我们还从未想过这茬儿。"

村民们接受了这桩交易。一切就这样按部就班，但唯独那棵树长得比预想的更加繁盛。因为时不时有某些打错算盘误入泥沼被迫沦为"助理"的关系,鸟儿和蜥蜴也必然增多了。雪上加霜的是,粗壮的爬行触手开始于夜间在村子里悄悄潜行,钻入敞开的窗户或甚至强行闯入不太牢固的房门。住户们早晨醒来会发现宠物和牲畜变成了干尸,最后一滴血也被吸光。然后,那棵树开始祸害儿童。

"村社来找我师傅,但发现他已沉溺于个人野心。毕竟,几个可轻易替换的儿童跟实现高贵梦想比起来又算得了什么呢?他建议村民安装更牢固的房门。

"但村庄威胁要取消物资供给,包括撤走我们这些辅助人员。于是师傅勉勉强强地召唤出'凡达尔魔罩大法',将那棵树限制在一定范围内。可是咒语同样也约束了我们。"

听到此番言语,我又黯然神伤,回忆起当时我虽然工作出色但村社也同样如此短视。我不想去听主家余下来的话:当初趁我熟睡之时助理们是如何哄骗看守喝了一杯下过毒蜂蜜的牛乳酒,然后带着刀械偷偷闯进我的卧房。

接着卑劣的袭击降临,顿时从三个方向步调一致而来,我在睡梦中不知不觉被抓。我苏醒过来自我防卫,但没有了魔法就使我陷入被动窘境。不过我吃一堑长一智,也没有擅自运用三色大法。叛徒们惊讶地发现我早就给自己在第四位面打造好了一处坚不可摧的避难地,势单力薄之时我就可以逃往那里。不幸的是,我的身体被他们打得支离破碎,只有魂魄得以逃脱。

"他留下了自己的肉身,"这位我从前的助手告诉格鲁林说,"我们将其装入一口充满锑元素的铅制棺材里。这样一来他就无法钻出来复原自己,而是只能从藏身处蹦出来驾驭过往昆虫的感觉器官,挖空心思监视我们。"他咽了一口口水然后接着说,"有什么东西正在钻入我的脚踝,假如你放了我,救我逃离这棵树的魔爪,我发誓以后肯定不会伤害你。"

格鲁林扯开那根啃噬主家腿脚的块茎,然后又打走另一条正在试图钻入"囚徒"耳朵的藤蔓。他把已经紧紧缠绕在主家身上的那些藤蔓扯松开来，然后拉拽那人。主家痛苦地哀叹，后背和臀部上那些血染的衣物碎片以及小片的碎肉都显示了荆条尖刺扎入身体的位置。

格鲁林把那人的袍子撕成条状绑住他的手腕和脚踝，在重新检查工作室和机器之前他先将那受缚之人拖拽出荆条树的可触范围。他想召唤"凡达尔大法"，但当他的手指快要碰到蓝色羊皮纸时一道刺眼白光从缺口中射出，同时伴随着一记尖锐的爆裂声。格鲁林尖叫一声，迅速收回手，使劲甩动，接着把两根指尖放入嘴里吮吸。

格鲁林撤离房间，来到庭院一侧的长凳上，该处位置恰好与树木和工作室等距离。他坐下跷着二郎腿，食指和拇指托着尖尖的下巴，一副若有所思的样子。他时不时抬头往荆条上面看看，或者朝工作室窗户里张望，偶尔关注一下被绑着的主家。

几分钟后，他又对主家说："当时你们有三个人。那么其余两个人呢？"

主家目光朝树上瞥了瞥，作了悄然无声却意味深长的回复。

"明白了，"格鲁林说，"那么我原本会是怎样的下场？"

主家的双眼目光闪躲，唯独不看提问者。

"明白了，"格鲁林又说道，然后再度沉思起来，片刻过后，他说，"那口铅制棺材呢？"

"在地窖里，"主家说，"在院子下面，楼梯在'鸣唱鱼'水池的喷泉后面。但如果你打开它的话师傅就会复原，那他铁定会把咱们喂给那棵树的。从前他只关心那个'光影渐变'，而谋杀他的人以及多种昆虫的附体肉身，大多都死得非常恐怖，这些经历可能会更加助长他的残酷倾向。"

格鲁林前去查看。那里有一块正方形的宽大石板，一条边上镶有一个铁环。他抓住用力一拉，随着花岗岩与花岗岩之间的摩擦，这扇活板门被抬升起来了，底下滑轮处还有很多看不见的平衡重物。只见一长条阶梯引向下方。

我没有跟随其后。刻在我棺材侧面和顶部的符文图案会对我造成杀伤，这本来就是设置符文图案的目的。于是我飞到主家上方的墙壁裂缝里，既然没有东西占据其中，就安顿下来静静等待。

我知道格鲁林将会见到何等景象：地窖里裂痕累累的墙壁和潮湿不平的地板，一片漆黑的环境，唯有的光亮来自上方花园格栅处通下来的两道狭窄的透气井。阶梯底部有几捆衣物，是我从前的初级助理和中级助理的干枯遗体，还有那些独自过来躲避"亡命徒"食尸鬼的旅行者，他们结果却被迫服苦役。而另一侧的墙壁则被荆条根挤得崩开碎裂，它们长着长着就好像向下穿过了墙壁上方的天花板和土壤似的。

当然了，在地窖另一端尽头的高台上，就是那口安放我肉身的棺材。肉身既没有死也不算活，而是处于某种被称作为"不明确"的状态。我认为格鲁林不会有这份闲心去抬起棺盖一看里面究竟。我相信格鲁林确实有这份好奇心，但应该不会被好奇心冲昏了头脑，在恶臭熏天的黑暗中窥探下去，不至于那么蠢。

当格鲁林走上来返回红日光辉之下时，他的双眉紧锁表情专注。"今天收工，"他告诉主家，"我要好好想一下。"

此时那棵树已被主家身上的各种气味所刺激，其树枝在无风吹动的情况下也自行搅动起来。一根粗壮的管状物，环齿的那一端张开捕捉主家的气味，沿着地面朝他坐的地方伸展开来，而主家依然被绑着但奋力地一寸一寸挪动。格鲁林朝触手上重重地踩了一脚，然后踢回它来的地方，然后拽着主家的衣领朝庭院更远处的工作室方向拖动他。顿时他转身回望那棵树，然后接着又朝"星爆"看过去。他自觉无人发现，便不费心思去遮挡自己的脸。那棵树是个大麻烦，没有丝毫正面的机会可言。既然那个设计作品必须留在原地，那么就算完工也没有价值。架子上的"凡达尔"是无价之宝,但守护起来却很艰难。

他转回主家跟前。"等设计作品完成以后会怎样?"

"天国的微观缩影会出现在其上方,而且它会被吸收掉。"

"我们能够进入微观缩影吗?"

被缚之人做了否定的手势。"天国的能量太强烈了,哪怕只是在复制世界里,我们要么被融化要么燃烧成火焰。"

"但你师傅还是打算进去。"

"他花费了好多年锻炼自己以便忍受那种气候环境。这就是为什么很难干掉他。"

格鲁林垂头丧气地迈着大步子。"所以我们被困住了,一棵吸血鬼般的植物,还有一个不完工就会毁灭我们的魔法装置。只有你师傅才真正明白必须怎么做,但如果让他复活,他很可能把我喂给那棵树,以便得到必需的材料去完成他的工程,实现他的人生目标。"

"就是这么个情况。"

格鲁林凭空挥拳。"我反对,"他说,"再无奈的窘境总是会向足智多谋资源充沛之人低头的,这是我的人生经验。我会努力超常发挥的。"

"朝哪个方向努力?"

"我会消灭'中间人'。"

主家正准备酝酿一个新问题,而此时从走廊里传来一个声音。片刻后,"亡命徒"的肚子先挺进了拱门,紧接着是身体。他看到眼前一幕,注意到主家被绑,但只说了句:"工作进度如何?"

主家准备要回答但被格鲁林掐断了。"新的领导接班了。眼下情况不容乐观,有新力量注入。"接着他朝"亡命徒"走过去,气氛中带着可怕的企图。

"这是什么?""亡命徒"说,皮下脂肪的运动使机警的表情跃然

"脸"上。他抬起壮硕的手保护自己，但格鲁林用对待藤蔓同样的方式威胁它们。他拉起那块遮盖"亡命徒"包裹的石板，抓起那把切割"牛鹰肉"的刀。他手腕一甩，那刀清脆的"咔"一声亮出锋利的刀刃。

"拿这个吓唬没用，""亡命徒"说，"那刀只能割'牛鹰肉'。"

"不错。"格鲁林说。接着他以独特的屈膝姿势大步向前朝那棵树发起攻击。"亡命徒"弯下腰为主家松了绑，但他俩都远远地躲着荆条树。尽管"隆隆蜂"已经疲惫，但我依然驱使它紧跟旅行者。

格鲁林大踏步走到荆条树底部，只见几条蠕动的管状块茎朝他而来，这棵树已经有好几天没有饱餐一顿了。格鲁林用黑刃刀朝空中猛砍，齐眉高处横向一挥，顿时"生命之液"喷薄而出，粉红的液滴沾湿了他手臂上的汗毛。他不做理会，接着又竖砍两刀，刀法连贯一气呵成。只见他再朝空中划第四刀，与膝盖等高并与第一刀角度平行。然后他用牙齿咬住宝刀，双手猛地塞入最上面的切口里，接着抓牢、猛扯、撕拉，直到最后一股"生命之液"喷出，只见如睡褥般巨大的"牛鹰肉""啪"的一声砸落到石板路上。

格鲁林后退几步，荆条树一条条触手在滴血肉块上方吸吮空气，然后步调一致俯冲下去，一张张长满尖牙的嘴紧紧地咬住那块肉，吞噬时细小的管状物有节奏地脉动着。格鲁林停下观察了片刻，然后再次挥刀，他走到侧方接着重复动作，于是另一块厚重的"牛鹰肉""啪"的一下落到地面上，那棵树随即又派出新的触手去吸干。

"好了，"格鲁林说，"轮到那台设计作品了。"他折叠好那把"牛鹰肉"刀，将其置入口袋里。那棵树正在那块"牛鹰肉"上忙活，格鲁林跳起身子进入荆条丛中，他越爬越高，不顾穿过荆棘一路上承受的伤口。他有条不紊地从每根枝条上剥离虫茧，有些已经成熟，有些尚欠火候，有些才刚刚结成。格鲁林把它们统统塞进衬衣里，直到鼓鼓囊囊为止。

阿尔默里的格鲁林

待到获得全部,他迅速跳下,穿过树叶丛停落到底部,为荆条树再切出一块"牛鹰肉",然后大步流星地朝工作室而去。"快跟上!"他朝身后喊道。

"亡命徒"和主家面面相觑,煞是恐惧,但依然遵命照做。我飞到一处,可全观事态进行。只见格鲁林在工作台边,从衬衣里抓出几把虫茧,取来一把解剖刀划开一颗虫茧,主家张大嘴巴惊讶地观望着。

一枚几近完成的阿尔默飞蛾展现在眼前。格鲁林以出人意料的敏捷动作剥离了其裂开的虫茧,将这脆弱的正在蠕动的生物放置于工作台上,再用一副镊子展开其翅膀。他用嘴轻轻地朝湿润的薄膜吹气,将其弄干,然后转向主家说:"现在你来收集鳞屑。"

主家一言不发奉命而行,与此同时格鲁林告诉"亡命徒"说他的任务是根据品种和目测成熟度来整理虫茧。这位官员的嘴巴近乎成了半圆形,他说:"我才不……"

格鲁林朝他脑袋一记重击,将"亡命徒"撂倒在地。接着他单腿站立,另一条腿做出踢小腹的姿势,迫使伏倒之人改变了态度。"亡命徒"跟跟跄跄地站立起来,唯命是从。

时间过去很快,荆条树喂饱了,人们也干活了,为"星爆"准备的鳞屑供量越积攒越充足。格鲁林从最后一只足够成熟的飞虫身上"收割"鳞屑,他开口问主家说:"够了吗?"

主家看了看那几根管子,每一根都装满了色粉,于是略有惊喜地说:"我想够了。"

"那就快去干活。"他对"亡命徒"说,"你充当助手,他要管子的时候你递给他。"

他们开始认真工作。同时,他们新的监工出门前往荆条树。那树已嗅到有大量食物送上门来,早已派出它的主触手。那是一条强壮的块茎,有格鲁林大腿那么粗,边缘环有与他大拇指差不多长的尖刺牙齿。它已牢牢抓紧两大块"牛鹰肉"中的第二块,那块肉正在迅速干瘪下去。这套动作伴随着响亮的吞噬声和野蛮的肉管脉动。而第一块肉如今已只是一块干肉板子而已了。

"给你忙活忙活。"格鲁林说,同时准备好黑刃刀。他又从空中切出一块新鲜的"牛鹰肉",是其他肉的两倍大,就让其坠落到现已几近干枯的肉旁边。只见那些管状块茎朝新东西一张一缩,粗壮的触手撇下吸干的肉板,向新到的肉甩出尖刺。那棵树颤颤发抖,声音像是从枝条丛中发出,犹如一声愉悦的呻吟。

格鲁林大步走回工作室。那两个人跪在设计作品旁边,抬头看了看,眼神里尽是恐惧,但格鲁林挥手示意他们继续工作。"一切按部就班,"他态度有些亲切地说,"很快我们就可以把不愉快抛之脑后。你们继续工作,我去检查场地。"

我离开那个地方,听见他"叮叮当当"地在其他房间翻箱倒柜。过了一会儿他重新返回花园,一手拎着鼓起的布袋。他把袋子放在工作室门口墙根,而后又朝那棵树走去,看到荆条树已把最后一块"牛鹰肉"完全吸干,其块茎再次在空中吸气。那人狐狸般狡黠的脸上露出一种想必是纯粹好奇的表情。他再次打开小刀,又凭空切了几下,踮起脚尖于上方切割,又弯下腰几乎贴近地面做下方切割,然后朝那些切口猛地插入,其深如臂长一般。只见一块巨大的"牛鹰肉"轰然掉落下来,格鲁林就站在黏性粉红液体里浑身湿漉漉的。他自己洗刷了几下,然后走到"鸣唱鱼"当中浸没身子,当水里味道变化时那些鱼儿就会激动地唱出音符。与此同时,那棵树狂喜般剧烈蠕动,朝四面八方发出新的嫩枝。

主家和"亡命徒"此刻正要完成"星爆"工程。前者在闪烁的白珍珠色楔子状底色上排列出一条深红色粉,然后让后者递给他一根填满暗黑色粉的管子。他用其勾勒出模版中心的螺旋形,小心翼翼地一点儿一点儿轻拍出色粉来。

阿尔默里的格鲁林

最后他用这根黑管完成任务,接着索要古金色和蜥蜴眼绿这两种在荆条颜料里极其稀有的颜色。"亡命徒"递给他几根管子,正当此时格鲁林从门口进入视线,身上湿漉漉地滴着水,弯下腰去拿战利品袋子。"现在怎样了?"他说,没拎东西的那只空手指向那台设计装置。

主家战战兢兢地宣布,"我马上就完成了。"模样就好像被自己的话吓着了。

"那就完成它,"格鲁林说,"我在此地已浪费太多时间。"

此刻时机已到。我飞过去靠近一些,但嗡嗡声惹恼了格鲁林,他粗暴地一下把我打到一边,我翻了跟头,重重地摔到门阶旁,螺旋形坠落到地面,折损了一条翅膀。我一抬头,看到他正对着我紧锁眉头,然后巨大的脚抬了起来。

"快看!""亡命徒"说,而碾压的那一脚却并未落下。所有眼光齐刷刷地朝向"星爆"中央上方,只见色彩斑斓的光点从管子末端掉出,在半空中点燃一抹火花。霎时间,它就像被风助长的火苗般越来越旺并散播开来,形成一个灼热发光的球体。起先它如豌豆般大小,而后像拳头一样粗壮,又接着跟脑袋差不多大,然后越来越膨胀,而且持续在变大。与此同时那个一直被小心翼翼置于工作室地板上的"星爆"迸发出一面逆向发射的色彩"瀑布",汇合成光的球体,闪耀着稀有的色彩,顿时间已经长成葡萄酒桶那么大,而且依然在焕发光芒。

三人看得入迷,眼前尽是五光十色,时而逐个演绎,时而一齐亮彩,世上没有几个凡人目睹过此情此景。然而此刻的我却全无心思,甚至对我遭受的背叛和不公虐待也暂且搁置一边。我展开那条受伤的翅膀,告诉自己它长期承受着"隆隆蜂"的体重。我弯曲六条腿,朝亮光处一跃而起,希望自己三片健全一片坏损的薄膜能够载我向前。

然而我却飘到了另一头，远离了目标，而且如今主家注意到我，立马就认出了我。他绕着托盘边缘走来，那里最后几道细流从复杂的设计装置汇聚到光的球体里。主家那只手依然握着最后一根管子，一下子朝我打来。我动作笨拙地闪躲到另一侧，最后几抹珍珠粉撒到后背的绒毛上，没有挨到重击。但我的行动路径再次靠近格鲁林，而他的手也做出与此前一致的击打动作，他毛茸茸的手指背部再次打得我旋转，无助地、笔直地坠入那个球体！

我穿过这层发光的"墙壁"，听到体内"隆隆蜂"最后衰微的惨叫。天国的小模型出现在我们的中间位面里，"隆隆蜂"紧实的肉体稀释融化其中。我从肉身里解脱出来，经历了天国那不可言说的超然感觉，斑斓的色彩甚至在它们治愈伤口时也令人如此着迷。"光影渐变"是我的，它有肉眼无法看见的万般色彩。此刻我了无生气，此刻我极乐又无力，被那狂喜之情荡得虚弱无比。

在光球外面的某个地方，主家、"亡命徒"和旅行者正在忙于他们俗世里的事务。我不关心他们以及他们恶心的勾当，也不在乎那副曾经收纳我魂魄的皮囊，那些肉、骨头和软骨如今都拘束在一口灌满铅和锑的棺材里。

他们害怕我报复。但不会有什么复仇的。此一时彼一时，我已然超脱，我已在天国。我欣喜，我雀跃。我痛饮着极乐的美酒。

❊

那个自称是"格鲁林"的人凝视着这颗色彩斑斓的球体，"隆隆蜂"掉入之后这颗球体就停止膨胀，所有"星爆"现已被全部吸收，而球体在空的托盘上方悬停，形态完整，能量自给。格鲁林十分好奇，朝球体伸出一只手，但只见沙美特兹，即那个完成设计装置的人，一把将格鲁林的手臂挡开。

格鲁林转身面露怒容，举起拳头，但此时沙美特兹说："就算朝熊熊烈火里扔一小片冰，其存续的时间都要比你肉体触碰那东西要长。"于是格鲁林的怒气消了下去。

格罗本斯，那位肥胖的村官儿，也收回了自己的手，此前他还一直犹犹豫豫心想要不要伸手去碰碰那个小宇宙。他嘀嘀咕咕，跟跟跄跄地费力站起身子。"结束了吗？"他说。

沙美特兹观察一下球体。"看样子是。"

"测试一下，"旅行者说，同时抬了抬下巴，指往架子蓝色的书本。沙美特兹伸出一根手指碰了碰书脊。"没有火花。"

格鲁林意味深长地做了个手势。沙美特兹没有表示反对但嘴唇难过地一噘，用凡达尔语说。"你们随意，"他说，"我要回渔场干老本行了。"

"把'牛鹰肉'刀还给我，"那个胖子说，"出了这片诡异的位面交汇处，这刀就毫无用处。"

"当作古董收藏有些价值。"狐狸般脸庞的人说道。

沙美特兹视线穿过窗户。"村子里也许需要这把刀来满足那棵树，它好像已经喜欢上了'牛鹰肉'。"而且不只是喜欢，这棵荆条树一直在生长，现在又比那天早上长出一半了，且更加结实强壮。此外，它已变得更加兴奋活跃。

"我要去再切一块，"他说，"我们离开时要让它忙活。至于以后嘛，那就是我的过去，我不再关心。你必须尽力应对，我推荐用火攻。"

在沙美特兹和格罗本斯看来，这个计划存在显而易见的缺陷，但还没等他们说出口那位旅行者就已朝树底大踏步而去。他又故伎重演，切得时而深时而宽时而长，不一会儿工夫又在觅食的触手跟前掉出一块"牛鹰肉"。只见它饥渴地一头扎进新肉里，这副植物模样总叫人如此作呕。

可是它的动作还有更恶心的收尾。主触手现已长成如人体躯干那样粗壮，甚至在小触手埋头吞噬"牛鹰肉"肉板时，它朝空中急冲过去，直指那条掉出粉红鲜肉并仍在收合的裂缝。趁这道开口尚未闭合，尖刺的利齿就刺穿了进去。它的末端消失了，但它连接住了，瞬间这条管状的藤蔓开始抽搐吞咽，越来越多的食物量穿过整条触手，就好像一条巨蟒正在美餐一大窝无止境的小猪仔似的。

此时树上发出一阵低沉的嗡响，一种既带有心满意足又显露无尽食欲的声音。只见它的高度和周长都在膨胀，同时一套崭新的荆棘藤蔓组合体从更大的分枝里冒出。握刀的人后退几步，树根全都蠕动起来，相互协调朝四面八方生长蔓延，崩裂墙壁和地面石板，掀翻喷泉，把鸣唱鱼送到无法生存的空气中最终窒息而死。

那人转身就跑，被那些从脚底下冒出来冲破石板的蠕动着的树根绊倒了。眼看那棵树新长出来的部分碰撞到花园内侧墙壁的地基，正当那时沙美特兹和格罗本斯火速逃离工作室。刹那间，墙壁从下至上全被震裂，房间轰然倒塌，上面的二楼也坠了下来。然而尘埃落定时那颗万花筒般的球体依然毫发未伤，保持着天国的复制模型，维护着房屋建造者乐观的初衷，闪烁的亮光穿透一股股灰尘翻腾的巨浪。

"战利品"包裹就在一根坠落房梁下面。来取回的人伸手去拿，发现扯不出来。接着他自己移动到横梁的一端，费尽气力，抓出凹痕，才将这笨重的家伙抬起挪到一边。可是当他弯腰去拿"战利品"时却听到沙美特兹因惊慌失措而鬼哭狼嚎起来。

只见那人站立起来，转身朝向对方凝视的方向。他看到荆条树如今更加壮大，在损毁的庭院上方若隐若现，如降临大地的雷暴云般翻滚。它的主触手现已粗壮得足以吞下一匹马，并继续从位面之外吞食一大块接着一大块的"牛鹰肉"。树根持续向外延伸，空中轰响着持续不变的重低音，地面不停地隆隆颤动。

沙美特兹大惊失色，同"亡命徒"两人转头就跑，逃往通向大厅和外部大门的走廊。然而这并非因为那棵树，而是那条垂直的裂缝，就是触手离开这个位面进入另一位面的那条裂缝，它在半空中上下撕开，朝高低两个方向同时越撕越大，而穿过裂缝出现一片黑色阴影。

旅行者呆呆地站着观望，攥着那包"战利品"的手松开了。只见一个像猪鼻子模样的圆形巨物，末端环绕许多触手，正在奋力地穿过那条裂缝。钻进来后四向张开，高处和低处均掀起一大波泥土和石块。越来越多的生物从中穿过，此刻能够看得清楚明白，假如它有一张脸，那么触手咬住的就是它的下巴位置。在尖刺被淹没之处的周围，是一片网般的细小伤疤，以及三处依然在往下滴粉红汁液的新鲜伤口。

长触手的"猪鼻子"现在一路全部穿过裂缝，其后方的躯体一度收缩而后又膨胀，四周出现一圈形如臂膀的吸虫在空中拍动，推动这个生物向前。它没有显露任何眼睛，只有那些触手，四根粗大的，以及十多根细小的，它们正朝那棵树摸索而去，就好像能够嗅出它的存在似的。

现在这块"牛鹰肉"较粗大的两条触手抓住了管状荆条树的藤蔓，将其从"脸"上撕下来，肉体的撕扯声清晰可辨，粉红的汁液从留下的深深的伤口里喷薄而出，而一根较为细小的触手则卷曲起来将其扁平如叶片状的尾巴敷贴到受伤之处。

触手被松开时荆条树哀嚎起来，声音就像是低音管乐的交响曲。主触手被"牛鹰肉"抓住不停地扭动，荆条树的每一条触手、分枝和管状藤蔓全都一张一缩地朝那既是营养又成了威胁的东西张牙舞爪。而"牛鹰肉"同样积极对抗袭击，"触手环"的中央出现一张"嘴巴"，从里面发出一阵嘶嘶声，听似犹如久未开启的蒸汽锅炉得到释放一般，紧跟着就是一长声厚重的响声，伴随着一波锉磨的钩子和锯齿状尖牙的声音。

那些触手将荆条树拉向"牛鹰肉",即便那棵树将攻击者包裹在一张翻滚且带尖刺的藤蔓大网中。旅行者听到"噼噼啪啪"的碎裂声、吼叫声、哀嚎声、嘶嘶声以及难以名状的声音。"牛鹰肉"猛力地一拔,将荆条树新长出的树根从地上拔起,旅行者感到地面又震颤了起来。

他告诉自己是时候离开了,于是转身面朝其他人逃亡的那条通道。然而身处于一片翻滚的树根丛中,土块和沙砾一波一波从地上弹起,打到他身上泛出瘀青。尽管步履小心,但踏踏实实地踩到硬处亦无可能。庭院的整片地面在不断地剧烈震动着。雪上加霜的是,有些树根已经折断,而其末端犹如辫子和短棒在空中乱甩。有一根重重地打到他大腿上,令他失去平衡,当他打转时,一条如他拇指般粗的树根甩到他的手腕。

拎包的那只手一下子被打麻了,包裹掉在两条树根中间。他伸手去拿,尽管也害怕两条齐上恐怕胳膊会被钩住。可是当手指触碰到包裹的布面时,花园的地面轰然崩塌,坠落到下方的地窖,将"战利品"一起带了下去,留下那人在坑洞的边缘摇晃不定。

他往后跳开,全然不理会从四面八方飞来的猛烈冲击,转身奋力朝外逃的通道而去。我会回来取包裹的,他这样对自己说。

在他身后,"牛鹰肉"余下的部分从位面之间的裂缝里涌现出来,那是一条分段的尾巴,其末端带有一副锋利的钳子,它加入进来冲锋陷阵,朝荆条树发起攻击。尾巴的增援被证明是决定性的。尽管那棵树带刺的枝条继续摆动并在"牛鹰肉"皮上撕扯,泼洒出一阵粉红色脓水,但这场实力有差的战斗即将分出胜负。触手和钳子扯下那棵树的枝条,切断树干上的树根,把残留物扔进那个原是地窖的坑里。荆条树的狂吼变成了哀嚎,进而成了哭泣。

于是尘埃落定。"牛鹰肉"大咬一口,把擎天大树撕成碎片,将其填满地上的大洞。最后,伴随着明显可见的轻蔑,它弯曲尾巴,

阿尔默里的格鲁林

从底部小孔直接喷出一道红色液体浇到残骸上。树木和绿色茎叶瞬间燃烧变成一团团颜色奇异的火焰，一道油腻的烟雾升腾入天空。

"牛鹰肉"不知怎地从天而降，在灰烬火堆周围飘浮，从多个角度观察废墟。其行走路径步入多彩的天国模型的威力范围内，模型悬于空中尚未被周遭的打斗干扰。"牛鹰肉"在球体前面停了下来，没有眼睛的脸似乎在打量球体表面持续移动如万花筒般的色彩表演。它伸出去一根较小的触手轻抚那个物体，停顿片刻就好像在决定是否完全喜欢它的味道，然后围绕其周围卷曲起来，接着就将其整个弄到"牛鹰肉"的嘴里。

嘴巴闭合了，这生物朝位面间薄膜上的裂缝处转个身子，顿时穿过消失了。匆匆一瞬间，快得连这位自称格鲁林的人都无法相信。天空重新闭合起来，只有正在燃烧的树木和已然破碎的花园默默述说着这里曾经发生过的一切。

那人从路边远处某个小土丘上目睹了最后一幕，他发现沙美特兹和格罗本斯，后者因慌乱逃跑以及毕生嗜好碧莓挞而气喘吁吁，前者因此而对他打趣说："格鲁林……假如这只是你真名的谐音……你绝对给这副困境注入了新的血液。"

旅行者没有心情接受这种调侃，作为回应，他一拳将沙美特兹打得坐到了马路地上，于是沙美特兹不再品头论足，一会儿过后他和格罗本斯返回村子。而另一个人则默默等待直到那团诡异的火焰熄灭为止。待到将近黄昏时分，一切都平静下来，他这才跟跟跄跄地返回宅邸。

房子已经倒塌，曾是地窖的那个大坑里填满了恶臭的烧焦物。至于那只包裹和里面的东西，他没有找到任何线索。唯一毫发无损的是那口铅棺材，其镌刻的咒语和图案不知怎地保护着棺材不受他方世界火焰的侵袭，甚至连温热都没有达到。

那人使用绳索和滑轮从深坑里拉起它，又在那座固定装置的建

SONGS
OF THE DYING EARTH

筑裙房里找到了一辆两轮小推车。于是他把棺材放到车子上，推离那火灭后的恶臭和烟灰。他仔细欣赏装饰棺材侧面和顶部的徽标和纹章，确信它们具有强大的力量。

当他把小车推出去来到大路上时，用手指挑动棺材板撬松它。他满心希望里面放的是珠宝或者珍贵金属，然而却只发现迅速腐烂的肉和黏湿的骨头，就连一枚拇指戒指或象牙饰环都没有，简直白费力气。他骂了句难听的话，然后将尸骨残骸扔进了路边的一个坑。

唯有棺材本身留存着，就算只为了所刻之字将来或许也会有用处的，可是此刻他眼看着这些内容都没了，图像和文字都渐渐褪去消失。

不过他依然相信自己可以记住其中的大部分。明天他会刻到铅里面去，然后把软金属切割成小片和护身符。他可以把这些东西拿到阿卓诺美展会上卖钱，谁知道到那时会发生什么呢？

后　记

回溯20世纪60年代早期，当时我正值青少年时期，我的大哥酷爱科幻小说。他把平装书和通俗杂志弄得满屋子到处都是，我常捡起来如饥似渴地阅读，其中有一期在《银河》杂志里刊登过的一则故事，名叫《龙大师》，是由某位名叫杰克·万斯的人写的。我读过后心潮澎湃。当我快到二十岁时，只要手头有点儿闲钱我就会流连于二手书店，竭尽所能地埋头猛读科幻作品。任何一天，只要偶然发现万斯的新书或载有他故事的新杂志，那就是心情愉悦的一天。

待我三十五岁左右已经基本不再阅读科幻小说而倾向于犯罪小说。但我依然会购买并阅读万斯的新作品。曾有一次我原本应在休假的，但躺在酒店床上全天什么都没干，光是在阅读利奥尼斯系列的第一部《索顿花园》。如今距离我初次邂逅杰克·万斯已有四十五年，

阿尔默里的格鲁林

他依然是唯一一个让我会反复阅读的作家,此等魔力我从未自拔。

在一个井然有序的世界里,显著的地理特征、宽阔宏伟的广场和大道将会以他的名字命名。

——马修·休斯

特里·道林

特里·道林作为澳大利亚作家中的翘楚，擅长诸多类型的作品，他获得过十一次迪玛特奖，四次摘取奥瑞丽斯奖和国际恐怖小说行会奖的桂冠。道林于1982年售出首部作品，从此作为科幻、暗黑奇幻和恐怖小说作家享誉世界。作为主攻短篇故事的写作者，特里·道林创作了系列故事集《里诺瑟罗斯》《蓝泰森》《暮光海滩》和《虫木》，以及其他故事集，诸如《古风未来：特里·道林佳作集》《丢失血红的人》《黑夜的秘密》《黑水时代》和《黑的底色：适度恐惧的传说》。他还写作了三部计算机冒险小说：《史兹：神秘之旅》《史兹第二部：变色龙》和《前哨：适时的后生》。作为编辑，特里·道林还推出了《关键的艾立森》《凡间之火：澳大利亚最佳科幻故事》（同范·伊金共同推出）、《杰克·万斯的宝藏》与《杰克·万斯的读者》（均与乔纳森·斯特拉恩合作）。他最新的作品是第四部亦是最后一部"汤姆·里诺瑟罗斯"系列故事《里内蒙》。道林出生于悉尼，居住在澳大利亚新南威尔士州的猎人山。（www.terrydowling.com）

在以下惊险刺激的故事里，主人公将带领我们穿越一道神秘的大门，进入一片时空之外的世界，向我们展现"速度快的不一定赢得赛跑、强者不一定取得胜利"的道理……

考皮斯魔门

那年春天的早晨,当小安柏林走进自己的工作室时他发现男仆蒂芬又朝克利夫魔窗外头凝视了。这间工作室在弗内斯宅邸东塔的最高层,朝外俯瞰那片宽阔的、银白色的斯考姆水域,穿越洛博森林便是远方的阿斯考赖斯。每每杂活儿差不多干完后总能在这个地方找到蒂芬,他总是眺望着日渐衰弱的红日,看它在特种玻璃的作用下重新焕发青春,绚丽而金黄。

那天早上,安柏林又纳闷起这位古怪的瘦高个,想想他是否找到逃脱"紧箍咒"的新方法。而这,已经不是头一遭了。

"蒂芬,我火眼金睛,体察一切。你给我去安托兄弟那里,问问他们,关于考皮斯魔门现在是何情况,完后立刻传话回来。"

年迈魔法师的旨意使这位手脚麻利的怪物瑟瑟发抖,希望这是恰如其分的悔悟，但也怀疑更可能是被压抑的喜悦。接着，那家伙不情愿地转过那张面向窗外的长脸。

"不对啊，老爷。您的指示非常明确。您看，我把它记在小板子上。您说过，要我出去带个口信儿回来，火速带到这里。'这里'就是'这里'，我是严格按照您的指示去做的，心急火燎地赶回来了。"

"可我人在外头花园里啊，不知是谁又忘记给海湾茉莉和昆汀花浇水了。难道你没有听到它们正在啜泣吗？"

"丝毫没有。我的心思全都扑在任务上了。既然您没有在'这里'……"

安柏林举起手说："就像你讲的，现在我在'这里'，正盘算着收拾收拾你……那对兄弟那儿有什么话传过来？"

"老爷，不出您所料，考皮斯魔门已经构建完成，千真万确，而且只要不再悄悄逃走，它就会一直待在那儿。兄弟俩按照您的指示始终将其隐藏在屏风之后，他们还会继续周全地遵守协议。只要您找到进入门里的法子，那么不管里面有什么，他们都拥有四分之一的份额。"

"那么他们是何反应？"

"没啥反应，老爷，他们只是高兴，还随口说了一句，说要留出三分之一的份额给您。其实他们都是忠诚良善的小伙子，显然是被闲言碎语泼了脏水，那些编闲话的人根本就不认识他们，也不晓得您和我二人。"

"确实。我对任何法术都很提防的，你把这一点告诉他们了？他们其实也是知道的。"

"我说过了，老爷。他们不太明白'提防'这个词儿的确切用意，但他们说自己一身的本事能够得到充分赏识总归是一件快事。"

"你其他没说什么？"

蒂芬摇了摇他那颗下巴长满赘肉的脑袋。"我只说了我名字叫蒂芬，原来他们早就忘了。他们还给了赏钱。"

"那他们也没说什么别的？"

"没有，有的话我会写在小板子上的。噢，对了，我想起来了，他们想在九十点钟的时候见见您。"

"什么！那就是现在啊！蒂芬，你办事太马虎了！"

那怪物拽着长下巴就好像冥思苦想的样子。"也许我写下来过，是板子上记错了，这样就说得通了。"

"也许你还不如把《家规书》拿来，我们好重温一下《善从德规》某些有益的地方。"

"可是老爷，没有时间了！在打扫清理的时候我顺手把最零散冷门的书都妥善放置到西塔的图书房里，以便改善一下整体布置。此外，您也很清楚的，这书的分量很重，如今堆在非常高的书架顶部。不如就由我来为您省点儿麻烦，就待在这儿将功补过，认认真真替您望风，时刻盯着有没有陌生人和亡命徒靠近？"

安柏林转过身来，思索着远古时代碧蓝天空中那一轮传奇般的金色太阳。"从克利夫魔窗看出去？"

"是的，老爷。卡洛树报告说有恶棍出现。假如他们胆敢如此前来，那么在'黄色'的太阳之下他们会看起来'人畜无害'得多。"

在斯考姆和泰维河交汇处附近，大魔法师达克的尤奈菲奥斯曾建造过辉煌的影子豪宅文达瓦鲁，一座拥有五个穹顶和多块复杂坡地田的精巧建筑，整套楼宇上方有六面精美的天窗，窗户周围布满了大莫索兰地区经典样式的捉鬼者和悬空精灵。

总的来看，几百年的岁月对这座建筑一直还算客气。然而后来尤奈菲奥斯不合时宜地消失，沦落到埃斯泰沃伊德里，想必是出自劲敌沙斯特蒙之手，于是其凝聚的魔法不可避免地逐渐失效，文达

SONGS
OF THE DYING EARTH

瓦鲁则化为一堆废墟。错综复杂的影子结构很快地被前来的异能者和影子精灵所劫掠，剩下许多部分也被影子尸鬼和其他受黑暗吸引的怪物挑拣走。于是，等到了第21个宙年，这里的原住民只剩下一小撮黑暗生物沿着河岸散落分布，简直微不足道。

唯独不同的是考皮斯魔门后面隐藏的东西。尤奈菲奥斯的狡猾始终不逊色于他的手下，他还安置完毕一座特殊的地窖，既能维持足够充分的物理形状又可以抵御任何外来入侵企图。考皮斯魔门时而敞开显现时而封闭隐藏，它根据建造者安魂曲延长的时间价值而进行校准，被安置在远高于斯考姆的堤坝上，就好像故意对那些贪心鬼和好奇者留下一句嘲笑和讥讽。

安柏林坚信他最终能够弄明白进去的路。

此刻安柏林正在一边研究太平魔镜内的镜像，一边为旅行作准备，他对眼见的事物十分满意。安柏林无疑已是垂暮之年，就像古老的太阳一样，但在一身深绿色袍子底下他的模样依然高耸挺拔，令人敬畏。他的衣袍镶有古旧的黄金纽扣，少女纺丝以及镶金花边。灰白的长发，个性十足的三分胡须，依然黑斑点点。安柏林觉得自己目光有神，世故而狡黠，那并非是过量的白兰地、泪水和炉边夜读的组合产物。面对那扇门和那对兄弟，他做好了准备，他们心怀鬼胎，老谋深算超出他的想象。

后来安柏林明白了考皮斯魔门并非解决烦恼的唯一答案，但心存希冀仍是近几十年里唯一值得的东西。倘若不是这样，那又会是怎样呢？将近一个世纪以前，在他风华正茂之时，安柏林通晓五十种以上的咒语和法术。他能凭记忆来背诵——简单干脆地读出复杂的音节和发音——哪怕是最吃力的"绕口令"。他完全不用魔法书或小纸条，无需依靠雇来的那些冲动易怒、时而反叛的小鬼在耳边尴尬地提醒。

然而，即便沧桑的岁月和失灵的记忆已将那五十多种咒语减少到尽心守护的十二条，但安柏林仍然绞尽脑汁痛苦不堪。

一场古代争斗，特别是对洛博森林里特定某棵良株的所有权的旷日争夺，怀恨在心的暴发户阿斯坡格的萨利曼斯施展"斯缇福曲解大法"将其枯死，于是安柏林后来念出的每条咒语的音节模式以及他依然记得的每个魔法就全部都被扭曲破坏并在某种程度上被异化了：这儿拉长了元音，那儿拖长了辅音，突然的分隔停顿转换或疑问。有些曾经非常微不足道的咒语，比如在蒂芬身上更新一遍使之顺从的指令——几秒钟的咕哝而已——如今也需要一个钟头精心仔细的酝酿，同时也很少有那种有效的、下意识吐露出来的魔法，在任何形式上都没有。

那天在铁星客栈安柏林陷入了与特劳克斯微不足道的交手，当时他召唤出最强大的咒语"阿斯帕林复苏大法"，这位后起之秀耍出一套炫目的银色树妖魔法，但安柏林只能用一只传唱"坠壁之地"下流民谣的粗制陶壶来予以反击，真是一桩尴尬的丢人事。在威利角避开"赎身者"的锋芒是有多么的痛苦，安柏林栖身于震颤的"灯树"高地上，从那里看见"阿斯特米克雷电大法"将整片山坡变成了伴随柔和风铃声的黄色花丛。"赎身者"要么是对奇异无比的法术感到无奈，要么更可能是出于无聊而瞎胡闹，但安柏林不得不在邻居和好奇过客的面前给自己正名，解释为什么他更愿意在高处喝四个小时的西北风也不去简单干脆地击倒那家伙。

安柏林的敏锐、善变和新的斯多葛哲学派头使整个事件给他带来了毁誉参半的名声，有些人甚至管他叫"哲人安柏林"，而这从来就不完全是一句玩笑话，而且假如要跟传说中同名同姓的先人相提并论的话就更可笑了，即安柏林一世与安柏林二世，大莫索兰悠久历史里继凡达尔之后的两位最伟大人物。不过情况原本也有可能还会更加糟糕。

然而安柏林明白这只是迟早的问题。那个怀恨在心的萨利曼斯，

SONGS
OF THE DYING EARTH

即暴发户特劳克斯，还有安托兄弟，甚至连任性固执的白痴蒂芬都会道出他们所见所闻的点滴真相，而安柏林则会沦为阿尔默里、阿斯考赖斯甚至更远地方的笑柄，当下季茶余饭后的猛料。

安柏林朝书桌上悬浮的古董航海精密表瞥了一眼，动身早已为时太晚。庆幸的是，弗内斯的家务和守护咒语只需要一个音节的单词即可，而今天仅仅尝试默读了十五遍就幸运地将其安排妥当。安柏林在走廊里轻快地大步流星，然后只朝正在凝望太阳落山的蒂芬瞟了一眼。他一把将下属牢牢抓住，派他穿过浸水的草地，前往玫瑰色晨光下文达瓦鲁残骸依旧矗立的地方。

❧

尽管安柏林残存的咒语已经沦为令人沮丧和不悦的痛苦考验，甚至包括诸如"克里克劳魔法实战基础"这类对术士而言属于基础性口诀的咒语，不值得开口一试。不过安柏林依然拥有其他一些辅助的东西，在漫漫人生路途里从他处借鉴而来、花钱买得或旁人赐予，它们根本无需用口头来念出。如果安柏林足够细心审慎，那他依然可以佯装出一副不太好惹的样子。

其中一项物品就是那扇古董屏风，安托兄弟正用它来隐藏自己以及很久以前尤奈菲奥斯打造的那个地下室。当安柏林沿着河岸迈着大步时，他将黄色玻璃硬币嵌入自己的左眼，看清楚了考皮斯魔门和故意躲藏在老宅地基中的兄弟俩。

很难弄明白在那些狡猾自私的脑子里幽默风趣或耍弄小聪明究竟为何物。此刻寂静气氛中他们似乎想让安柏林主动请他们现身，让他丢人出丑。

"那就动手！"安柏林喊道，目光精确地直视到每个人的隐藏处，心满意足地看着他们从咧嘴笑到一脸的惊愕和呆滞。如今他俩跟跟跄跄地站立起来，模样粗鲁，肤色古铜，几乎没有体毛，穿着一身不起眼的乡村工作服和厚皮革围裙，又傻乎乎地咧嘴笑了起来。

"大师，您多加小心，"琼托一边说，一边刷去围裙上的杂草。"您念的东西字字句句都准确吗？"

博托用手背擦了擦下巴说："大师，咱们准备好了，瞧瞧这里头有什么玩意儿。"

考皮斯魔门本身是一扇平滑的"牛奶玻璃"面，以45度角嵌入在山坡上。它从青草河边隆起，是老城墙和拱形地基的残骸，三三两两若隐若现，已经变得歪歪扭扭直至风化殆尽。衰败的红日透过它们播撒紫色的光，更拉长了日照的时长。安柏林不止一次纳闷是什么样的念头促使尤奈菲奥斯建造这么个地方，后世这些日子已经足够晦暗阴霾了。

安柏林撩起袖子，一如所有魔法师在自家密室里都会操练的华丽动作，这架势就好像要研究研究这面"牛奶玻璃"。

"琼托，拿好你的水桶舀一桶水来……这回小心点儿，不要沾染任何杂质。博托，你去那边草地上采五朵红野花来。要干净，你懂的。别有污点，不然没用。"

兄弟俩面面相觑，显然心情不悦，魔法师正在做的工作他们一点儿都掺和不上，但又不敢停滞久留。

安柏林看着他们匆忙赶去，嘴里嘟嘟囔囔，还回头瞥了几眼。然后，当琼托弯腰舀水而博托按指示一枝接着一枝寻觅完美花朵时，安柏林一手拿出为屏风准备的绿色"操作硬币"，而另一只手握着黄色"眼珠硬币"，将它们"啪"一下合掌到一起。结果蔚为壮观，华丽的一记闪电，紧接着一声雷响在山间回鸣，"芦苇鸟"们从斯考姆的大地上一跃而起。

兄弟俩当然视其为高超的法术而非古代烟火科技的作用。就算雷电渐渐散去，他们依然匆匆忙忙地赶回，琼托扔了他的水桶，博托把一手的鲜花都抛在了路上。

"没事！没事！"安柏林喊道，"最初级皮毛的雷电术打不开尤奈菲奥斯的门。快点起火把，咱们继续工作。"

博托又擦了擦下巴，仔细查看考皮斯魔门留下的正圆形大坑，它一片漆黑。"大师，弄一道魔法光束肯定更方便吧。"

"当然会更方便，"安柏林傲慢地回复说，"但你再想想，博托，你们两个身强力壮的小伙子如果还想确保四分之一份额的话就必须再继续出点儿力。"

琼托机灵地余光一扫。"可是……是咱们在是索尔夫阁楼上的行李箱里发现了那本安魂曲旧手稿，那天咱们正去……呃……正去探望他那又病又可怜……呃……现在已过世的母亲，然后立刻就回来把东西交给你了。"

"此话不假，但之所以带回来给我是因为你们知道我稀罕那些旧手稿和音节表，而且很可能会是买主，仅此而已。是我花了数小时研究尤奈菲奥斯并最终学会如何将那一小段唱律应用到这扇精致的考皮斯魔门上，这样咱们才能够摸准它的来去行踪。"

"好吧，大师，"琼托说，"我喜欢'咱们'这个词儿。'咱们'听起来比'我'要和善多了。"

"你们一直跟蒂芬互通往来，我看得明白。'咱们'商定的四分之一已经不少了，你们眼下就满足吧。"

博托擦了擦他的下巴。"可是万一那边的大坑里是空的呢？零的四分之一还是零。"

"确实。可是谁知道呢？弗内斯前途可期的学徒必须抓住任何机会展示些许本领。"

兄弟俩双目对视，思索着线人蒂芬长期夸口的那座令人艳羡、设备齐全的宅邸的进入口。

琼托很快开始着手点燃火把。"好了，大师。您收起您的魔法，我和博托会照亮道路的，通向丰富慷慨的回报。"

考皮斯魔门

"至少要通向岸边那个神秘洞穴的底部。琼托,你说的好,出乎意料的好,将来你会是个优秀的管家。去吧,上路,勇敢的小伙子们。"

兄弟俩小心翼翼、心不甘情不愿地一个接一个步入洞穴。安柏林紧随其后,找到传统石头阶梯向下,通向一条平淡无奇的石头走廊,嵌入在山坡里,于是他松了一口气。不管地面上的文达瓦鲁曾经是何般模样,但在山体内的部分却采用更为传统的工艺。更为重要的是,普通走廊一般都通向平淡无奇的目的地,以及诸如金银财宝和收藏珍品这样颇为寻常的奖励。

兄弟俩琢磨的无疑是黄金和宝石,或一些让生活变得更逍遥的宝贝,而安柏林则渴望得到咒语秘籍和护身符,不管多少,能有就行,好让他从那害人疲惫的"斯缇福曲解大法"噩梦中解脱出来。

安柏林当然不会对此吐露半字,只是凭借火光沿着走廊继续前进,走廊的地上和墙上都放置着规整的厚石板,前方的黑暗不断拉长,身后更令人不安的黑暗持续跟进。

这地方以前到底是做什么的?安柏林纳闷。肯定不是墓穴,许多魔法师更喜欢挑一个良辰吉日在理想的观众面前自焚于一束火花里,就好像在回应某种只有他们才感知得到的神秘召唤。其他人则宣称他们会选择在追求庄严肃穆的跨维度指令下"退场",某一种可以确保奇迹的遗产并且成为传奇的一部分。

安柏林也许颓废很久才变成如今这副落魄的样子,但他一刻也没有忘记任何行家的名声都是一分靠魔法、五分靠演技。正如传言中伟大的凡达尔曾经说过:"戏好不好全看压轴。"假如自从萨利曼斯诅咒开始这些年来演技的分量远远超过了魔法的分量,那么就随势而为吧,演技那玩意儿同样也需要相当多的技巧的。

最终,走廊引向一座宏大的圆形石头大厅。大厅内空空荡荡,只在远处墙壁上安放着一面黑色镜子。玻璃嵌在一副镀金的华丽框架里，几乎与大门的规格相差无几。

安柏林无需他常年与各种魔镜打交道的经验也能判断出如此特定形状的一片反射阴影并非什么好兆头。显然兄弟俩也同意，他们发现圆形大厅是空的，于是就开始相互窃窃私语。还没等安柏林帮他们消除疑虑，此时就有一个声音从身后传来。

"衷心感谢，安柏林。特劳克斯和我都一致认为你是把我们弄进去的那个人。"

安柏林转过身，心头窜起一腔愤怒与沮丧，难以自制。在走廊入口，"牛奶火球"焕发着光芒，队伍末端站立着他的老对手，阿斯坡格的萨利曼斯。这位法力强大的巫师看起来自信满满，身着朱砂锦袍，一如平常那样华丽，黑色卷曲的短发"包围"了他的圆脸。嗯，没错，还有那安柏林记忆中熟悉的、藏于最糟糕岁月里狂人般的咧笑。

除了萨利曼斯之外，同时还站立着特劳克斯，他是来自铁星客栈经常咯咯傻笑的暴发户，他高举着样式更为传统的灯笼，身着深蓝色旅行长袍，一副既瘦弱又紧张的样子，而萨利曼斯则身材圆滚，穿着炫目的红衣裳格外自信。

"萨利曼斯，你可把我害得好惨，整整痛苦了几个时辰。"安柏林只能想到这句话。他知道自己一直以来都疏忽懈怠，此刻即便出于自卫也无法念对任何一条咒语。

"没错，老朋友，"萨利曼斯回复道，显然享受着此一刻，"可是我敢肯定，只要情势允许，你早就会同样冷酷地不给我好日子过。你看起来样子很吃惊嘛，没想到咱们的小伙子们竟然这么直截了当，干脆邀请我们加入进来。"

安柏林脸色变得无比坚毅。"琼托，博托，你们不要再对弗内斯的工作抱有任何希望了。所有工作机会就此取消。你们就当是空头支票吧。"

兄弟俩站着互相暗自发笑。

琼托上前一步，朝地上啐了一口。"您瞧，大师，四分之三很快就变成一无所有咯。"

安柏林尽力保持沉着冷静。"还有，你们可以通知蒂芬，我不再需要他的服务了，他可以跟你们一块儿去阿泽诺梅等待工作岗位。"

"好了，好了，安柏林，"萨利曼斯一边抗议，一边朝屋内又进了一步，"世事就是这样，不要去责备天性。咱们再说明白些，你要记住有些丈夫拥有好几位妻子还要一碗水端平呐。你从前的下属在入职之前就已有工作，只是打两份工而已，你最好还是坦然接受这一点。但既然我们都来到这儿了，勇敢的旅人们齐聚一堂，那眼下准备拿这面玻璃镜子怎么办呢？"

安柏林知道，此刻脑子里蹦出的冷嘲热讽和反驳并无用处。"巅峰期的'达克的尤奈菲奥斯'号称在文达瓦鲁拥有好几扇镜门。"

萨利曼斯跨步向前，审视那不吉利的黑色影子。"那我们怎么才能打开它？你的书里有写到吗？"

在他身后，特劳克斯凝视着光滑的表面。"问题是，我们果真想要知道吗？"

"放轻松，特劳克斯，"萨利曼斯说，全程一直微笑着，"咱们这位令人生畏的老同行精通五花八门的魔法和本领。当然了……假设读出声是不必要的。"

这句挖苦的话把特劳克斯和那对兄弟逗得咯咯直笑。

安柏林假装没有听见。"我提议让琼托和博托先来擦拭镜面如何？灰尘和污渍会弄脏表面，还会影响其操作使用，原理就如同现在折磨着我的那条讨人厌的特定咒语。"

萨利曼斯笑了笑，但兄弟俩表示抗议。

"咱们正举着火炬呐！"琼托说，"一项需要全神贯注的重要任务，博兄弟也肯定这么想。"

博托猛烈地点头说:"而且……从我们站的地方看过去这玻璃特别光滑清澈。"

安柏林不耐烦地作声。"那你们得站近一点儿。快把火炬递给特劳克斯,由他来帮我们举火把,照亮玻璃,同时你们用方巾来擦镜面。"

"我们没有方巾啊!"琼托大喊道。

博托露出一副沉思的表情。"也许我们可以去阿泽诺梅的市场上买点儿,然后火速赶回来。"

萨利曼斯做了做手势,嘟哝了一声。"不用麻烦了。你们工作服的口袋里现在就有精美的方巾。"

"可是我们也没有口袋啊!"博托抗议道,"看来我们还是最好去……"接着他发现自己有了口袋和方巾,各有六个,琼托也是一样。

"呸,"琼托咕哝了句,抽出一条精美的蕾丝方巾,"有时候讨价还价的乐趣全被高傲的人扫兴光了。"

兄弟俩别无选择,只能心不甘情不愿地走近黑镜。琼托用他的布试探性地擦了擦,没有任何不幸的事情发生,于是博托也如法效仿。

"就一面魔镜而言它倒是非常乖巧哟。"博托说道。

"是的,博,"琼托表示同意,"也许它喜欢这种关心,还会奖赏我们的善意之举呐。"

受此鼓舞,他们开始认真卖力地做起了擦拭清洁的工作,而魔法师们则在旁观。

琼托变得前所未有的热情高涨,最后他朝玻璃啐了一口唾沫接着清除一处异常顽固的污点。此时这面镜子深叹了口气,接着出现一道闪光的黑影,其表面朝前隆起,如同一条假肢,只见它一把抓起兄弟俩,拽他们进入镜框后就从视野里消失了。从另一侧能听见遥远的哀嚎声，而后便是完全的寂静。

还没等任何一位魔法师对此一幕发表看法，有一个身影就从金色镜框里跨了出来。这是一位身材匀称的年轻女性，穿着紧身的黑黄色相间连体衣，只有脸部裸露在外，显露出一对清澈的蓝眼珠和灿烂的笑容。只见她朝那面镜门指了一指。

"先生们，有请。尤奈菲奥斯正在恭候诸位大驾。"

"尤奈菲奥斯！"特劳克斯大喊起来。尽管他精明狡猾而且野心勃勃，但这位年轻巫师的法术是从父亲即"导师伊尔德方斯"那里馈赠获得的，然而在行为礼仪方面特劳克斯却是一名新手。

"那就立刻带我们去见他！"萨利曼斯要求道，"我们都是响当当的人物，很想见一见他。"

安柏林一言不发，只是默默等待着那位可爱迷人的尤物。她到底是人类，还是山德斯汀人？还是某种稀有的可怕怪物？要分辨出来是不可能的。只见她站在镜框的一侧，指引众人进入镜子。

萨利曼斯思索片刻略有犹豫。"安柏林，按理讲这次探险是由你负责的，请劳驾带路。"

"乐意效劳。"安柏林说，然后走向那个镜框。其实又有何损失可言呢？既然尤奈菲奥斯可以轻易地将兄弟俩抓走，那就没有什么迟疑的理由了。此刻沿着胳膊和腿上稍有一记莫名的刺痛感，一刹那间，安柏林穿过了那道门，站立在一座金色暖光、设有廊柱的宏伟大厅里。头顶上照耀着一盏百万闪烁体，穿过两侧廊柱的外头就是开阔海湾的影子，因而黑暗同样也笼罩着高台窗。

安柏林对此番的回应做法心存疑虑。正如文达瓦鲁向来是古老地球衰弱日照的阴暗领地一样，此块地界则是阴暗面的对等物，在永恒阴暗之地中央的一座阳光灿烂的宅邸。

顷刻间，萨利曼斯、特劳克斯和那位女郎来到了安柏林身边，至于安托兄弟则不知所终。

"请上前来！"大厅远处尽头高台上传来一记洪亮的声音，而后魔法师们朝前走去觐见主人。

众人眼前迎来的一幕煞为绚丽。高台壮观的宝座上有一位长脚银发的人物，穿着黑色和金色的衣物。当他们走近时，那人犀利的脸庞和雄鹰般的目光投向了他们。在高台脚下是各种奇妙的怪物，源自大莫索兰被人遗忘的纹章：武装的怪物"赫力丁科"和"普力梅"、闪烁的"疤面影子"和蜥蜴皮的"霍力摩"——这些生物要么生于地狱或天堂，要么长在瓶子、仪器和自制的养殖园里。当安柏林、萨利曼斯、特劳克斯跟随可爱的向导来到宝座前的四节宽台阶时，那些带着传奇色彩的左右护卫们纷纷焦躁不安、自言自语、整理形象起来。

"伟大的尤奈菲奥斯，"可爱的女人说，她的嗓音响彻了这座黄金大厅，"首先第一位，小安柏林，三位山体大探险家的领头者，然后是阿斯坡格的萨利曼斯，来自阿泽诺梅，以及铁星特劳克斯，'导师伊尔德方斯'的私生子。他们各自都有本事打败您在文达瓦鲁的考皮斯魔门，因而接受了您的邀请。另外，他们还义无反顾，鼓足勇气走进山体里，斗胆来到您最神圣的圆形大厅。"

尤奈菲奥斯按名字依次注视每一个人。"谢谢，可爱的阿沙丽，"他说，"你可以入座了。"静待黑黄衣女郎鞠躬而后走过去站到两位蓝瓷漆"赫力丁科"中间，然后尤奈菲奥斯的黑色眼珠转而注视他的访客们。

"先生们，诸位能接受我的邀请，我很高兴。能得到各位的关注，我很荣幸。你们能过来，原本是很好的。"

安柏林注意到结束语中"原本"二字，但他没有说任何话。可是萨利曼斯觉得有必要讲点儿什么。

"伟大的尤奈菲奥斯，恕在下补充一句，我必须声明，我和伙伴特劳克斯都没有参与这位同行的探险活动。是安柏林最先想出来的主意。是他，拼命练习巫术最终设法打败您的考皮斯魔门。是他，不来征求好心肠的同行们的意见，执意要闯进您的领地。我和特劳克斯眼看他身陷这片神秘未知的地方，心里十分关切他的安危，觉得应该留心一下他的行程，说不定能说服他重新审视这次冒险旅行。我们对活动本身的投入只是表面上意思意思而已。"

"我非常明白你的意思，"尤奈菲奥斯说，"目睹朋友间为此事相互照应，甚为感人，不过既然你们来都来了，既然三名魔法师是规定的最少人数，那么就开始比赛吧。"

"比赛？尊贵的尤奈菲奥斯……"特劳克斯问道。

"一切都会水落石出的，但首先，请允许我介绍一下我们的评委。"

尤奈菲奥斯挥了挥手，只见三处巨大的壁龛在宝座上方的墙壁上形成，每处壁龛里都安放了一个人形大小的玻璃匣子。其中两个呈闪光发亮的银色，镶有老式玫瑰和闪光靛蓝色的纹理图案。他们中间则是一个纯金色的匣子，布满亮红色与褐橙色的弧线纹路。起先，这些炫目的匣子搅动得嘶嘶发响，但很快就安定下来，几乎像捕食动物那样安静而警觉。

"先生们，"尤奈菲奥斯继续道，"在诸位面前的是伟人们的'纪念匣'。摆在中间的那位尤为突出，永远首屈一指，正是伟大的凡达尔。在左右两边闪亮银色匣子里你们看到的则是安柏林一世与安柏林二世，他们将作为诸位的裁判。"

为达到戏剧效果尤奈菲奥斯故意停顿了一下，但特劳克斯无法保持沉默。

"这些肯定不是他们的遗体吧？"

"这一点我不能透露，"尤奈菲奥斯一如之前那样既威严又礼貌地回答，"那些伟人离开我们如此之久，谁知道他们去哪儿了呢？对于这类先人来说死亡和灭绝又意味着什么呢？请知足吧，至少他方

SONGS
OF THE DYING EARTH

世界和我方世界还剩有这种联系，一种跨越年代的重要联系，目睹我在文达瓦鲁摆下这小迷魂阵让他们深感欣慰。想象一下，后世由我来考验他们的继承者，他们该有多么高兴。有些人就像你们那样睿智慷慨，而其他人则自负、贪婪、蝇营狗苟。想象一下，当我将诸如三位这样的合格继承者吸引过来他们该有多么欣慰。你们足智多谋、勇敢无畏，而且有足够的决心穿越影子玻璃进入德辛加来参加比赛。不够宽厚的人也许认为这是一种淘汰过滤、去除杂质，而像你们这样的道德模范则无疑将其视作恰如其分的职责。"

特劳克斯朝前走了一步，"伟大的尤奈菲奥斯，我那位杰出的朋友兼同行刚才解释过了，萨利曼斯和我在这里对安柏林创始团队而言只不过是多余的存在……"

"此言差矣，特劳克斯大师，"尤奈菲奥斯反驳道，"您实在太过谦了，真是人品高洁。但我敢肯定您跟他一样意志坚毅。咱们的比赛属于斗法的一种，就在此时此刻，就在这座大厅，你们每个人轮流表演自己的拿手绝活。比试三轮，斗法三次法，每回合严格限制在两分钟之内，你们的表演要配得上我们伟大裁判的眼光。三轮，三次赢的机会。胜者自然能顺利离开，考皮斯魔门只向他一人敞开，其他人则将留下，将一腔热情和一身本领都献给德辛加，帮助维护这片黄金般的地界。"

"这是作弊！"萨利曼斯说，"不可原谅的偏袒，我们的朋友安柏林跟两位裁判同名，他们肯定会有倾向性，我建议比赛先取消，等任命两名新裁判再说。特劳克斯、安柏林和我会回来的，要不……一年以后再来看看……"

尤奈菲奥斯举起手，"萨利曼斯，听好了，你无法想象因为某个倒霉的伪装者坚持沿袭名头会让我们神圣的银界高人感到多么的耻辱、丢人和恶心。你有见到后世的凡达尔吗？并没有太多的罗里奥斯，也没有几个蒂巴卡斯迈尔斯对吧？谁敢有？谁会冒这个被打击报复的风险？然而，唯独你们胆大旅行的领头者非常有种，他无怨无悔地敢于借用先贤的名号。他肯定会说这是为了向祖先表示尊敬而不是出于骄傲和自负，或者是因为他父母粗心大意。但随便怎样，我们很快就会见分晓的。假如一定要说有什么偏袒的话，那肯定是有利于你们一方，而不是他。所以就让比赛进行吧！特劳克斯，你穿着这套精美的蓝色长袍看起来仪表堂堂，就从你先开始吧，然后是你，萨利曼斯，再后来就是这次旅行的领头者，安柏林。"

特劳克斯不再犹犹豫豫，自觉地大步走向大厅中央，然后一个转身，华丽地做了示意。

"伟大的尤奈菲奥斯，知名的裁判们，尊敬的观众们，还有魔法师兄弟，我向诸位致意，请欣赏'异人显形大法'！"

一瞬的停顿之后，众人面前出现一颗头颅悬浮于大厅内，其脸庞宽阔如月，亲切地咧嘴而笑，它东张西望，欢快且好奇地向周围示意。在二十秒钟的时间里，它向高台致意，向三个闪闪发亮的纪念匣致意，向魔法师们和站成排的随从们致意。接着，从下巴以下开始形成一副躯体，双脚向下延伸，最终这怪物站立在地面上。

双脚刚刚着地不久，头颅上就立刻长出畸角，每个角尖处均有红色发光的球状物。只见这怪物疑惑地抬头看，更多的结节沿着畸角形成，每个结节都在不断膨胀，最后像熟透的果子般落下。怪物接住"果子"，立刻开始玩起了杂耍。它的双手很快变得模糊进而消失，形成十个、二十个，很快变成一百个彩色的球体飞向空中。在表演的尾声，球体集体悬停在上空，先变幻成一群羽毛华丽的黄莺，它们齐声悲鸣，而后又爆炸开来，犹如一席光彩夺目的瀑布。

待炫目的表演退去后，那副躯体和配饰统统无影无踪。特劳克斯独自站着，向尤奈菲奥斯和诸位裁判鞠躬谢幕。

尤奈菲奥斯、萨利曼斯和安柏林全都由衷地鼓掌喝彩。然而随从们却呆呆地站着全神贯注，似乎不知应该作何反应。三个发光的匣子没有发表点评。

"精彩极了，特劳克斯！"萨利曼斯大声喊道，"看到老戏法能变出新花样真是好棒。"

"确实精彩极了，"尤奈菲奥斯说，"刮目相看啊，铁星特劳克斯。好了，萨利曼斯，请你下场！"

萨利曼斯大跨步向前，犹如昔日的红血魔鬼，他的魔棒顶端白色发亮。只见他身子也优雅地旋转，双臂打开好似要欢呼，不过没有变出东西来。安柏林观察到，萨利曼斯显然同他一样非常看重演艺细节的观赏性。

"伟大的尤奈菲奥斯，至尊的纪念匣，同僚们，朋友们，我为大家带来'次末级卡勒斯丁防御塔大法'，该法术首演于遥远的萨玛蒂卡，于九神面前。"

只见几波亮蓝色的光，就像大洋翻滚，从大厅两侧的拱门涌出，到中央开阔地相互拍打波涛起伏。顿时海鸥嘶鸣，海水的气味在空中弥漫。接着，从浪花和明亮的水泡中浮现出一艘全力张帆的小船，船桨拍打着波涛，还有一面面小旗在强劲逆风和水手的呼喊中挥动不停。

魔法师们都注视着这艘船，看它起先在初步形成的大漩涡里摇摆不定，而后旋转得越来越快，最终沉没在迷幻般的波涛里不知所终。然而即便海浪淹没了倒霉的船，但原地却抬升起一座巨大的塔楼，汹涌海浪之中一座灯塔若隐若现坚不可摧，大莫索兰纹章的色彩条纹贯穿于圆锥形楼体，其硕大的照明灯一闪一闪发射出的光芒亮彻了翻滚的海面。

接着它就消失了，灯塔、海风、海浪，皆无影无踪。经历此一番后，大厅内一片寂静，蔚为壮观。

"从未见过比这更好的'防御塔'法术了，"尤奈菲奥斯坦率地说，"萨利曼斯，你无疑是第一流的大师，我不敢猜想最后一轮你会给我们献上什么样的表演。"

"多谢夸奖，伟大的领主。"这位"红色魔法师"回复道，然后走回其他人当中。

"现在轮到你了，尊贵的安柏林，"尤奈菲奥斯说，"艺高人胆大，击败过考皮斯魔门的人，不畏艰险闯入德辛加，此刻仍愿赌服输的好汉，请您献上首轮回合的表演。"

安柏林朝前跨步，佯作自信，实则并未感受到。他做了一个华丽转身的动作，挥舞魔法棒。他猜想假如"普力梅"、"赫力丁科"和"霍力摩"这些古怪脑袋能吃这一套的话定能叫他们大开眼界目瞪口呆。

可是他又能试着变出什么魔法呢？什么咒语召唤出来能够不被"曲解大法"干扰呢？他有胆量尝试"终极卡丹蒂安三元法"吗？其语调是简明的，词汇大部分也都是单音节。但他不敢多作犹豫，咒语既出，就决意不会对后果流露出半毫的惊愕。不管发生什么意外，都要当作是原本的意欲而为。

他结束了开场亮相，华丽地做了个手势。

只见二十六只鸡坐在一大块阿拉兹恩布毯上，朝织物里啄食灰土，眨巴眼睛。

大厅里寂静无声，偶尔几阵嗤笑。在大师和随从们之中有人也许在赞叹古老布毯的美妙花纹，其他人则可能琢磨着有趣的看点，每三个鸡里就有一只不是斗鸡眼就是独眼龙，其中必定有不少引人思索的地方。

安柏林本人被这糟糕的结果弄得目瞪口呆，但依然强颜欢笑，似乎无人能洞察秋毫，接着他咯咯一笑，背水一战，这可能是最独创性的即兴表演，他朝身边最近的一只鸡摆动手指，就好像在指责那只鸡刚说了什么不合适的污言秽语。只见那只鸡眨了眨它的独眼，然后又回去啄食毯子上的尘螨了。

SONGS
OF THE DYING EARTH

自毯子和鸡出现四十二秒后,突然虎头蛇尾地凭空消失了,房间又恢复之前的样子。安柏林果断地大跨步经过高台前面走回自己的位置。

"真没想到!"尤奈菲奥斯说,"你要么觉得其中精妙唯有慧眼高人才能洞察,要么就有足够自信先用不起眼的表演打发我们,把最好的留到最后。"

"不过这块毯子确实不错。"特劳克斯承认,显然没有被整件事情困扰到。

"还有最奇怪的鸡。"萨利曼斯评价道,他几乎无法按捺住笑意。

"确实。"尤奈菲奥斯说,"反差表演总归有一席之地。不过还是让我们继续吧,特劳克斯,请下场!"

"伟大的领主,"特劳克斯顺势说道,"为什么不弄一些小点心呢?我知道在铁星客栈就有最好的……"

"一派胡言,特劳克斯大师,我们才刚刚开始呐,请你下场。裁判们刚看了几轮表演,还意犹未尽呐!"

于是特劳克斯再次朝前步入大厅中央。他不作开场亮相,张开双臂,从平生所学中选念了另一条咒语。

大厅里出现一个体格硕大的婴孩,脸朝下睡在地面石板上。婴孩宽阔的后背上站着二十名银色树妖,它们正弹奏着各种乐器:芳蒂管和旋转号角、福科管以及四角鼓。他们弹奏欢快的吉格舞曲,曲子来自比卡斯帕拉维他特斯更遥远的山区。而那婴孩的梦境形如美妙的画卷般螺旋上升,小丑和老鹰变成了城堡和农舍,仿佛依稀瞥见帝王和神灵为神龙的迹象而热烈争执,这一切均奇妙地融合到了一起。

到一分四十秒的时候,看似随机的元素全都涌到了一起,形成一张脸:尤奈菲奥斯本人,正在和蔼可亲地微笑着。

"凡事不求甚全。"影像饱含深意地吟诵着,然后这一整套梦幻般的组合效果全都烟消云散了,留下特劳克斯毕恭毕敬地朝高台上的那些人物鞠躬致敬。

这一回,四周的随从们跟着魔术师一起喝彩,根据他们在德辛加权力层级里的身份地位,论资排辈地敲动各自的护甲、武器、锁链和珠宝。

"很优雅,很宏大。"尤奈菲奥斯大声喊道,语气显然非常认可。

"银色群戏大法,"萨利曼斯说,"我记得清清楚楚,没有鸡,没有独眼龙或其他什么突兀的表演。"

安柏林也同样微笑着鼓掌,但谨小慎微一言不发,尽管他顺便注意到自铁星客栈会面以来特劳克斯的法术已大为精进,显然萨利曼斯一直在"润色"和总体设计方面给予指导。

安柏林的思绪立刻回到他仅存的十一条咒语模版里。他依次过滤,试图选定其中两条,好让自己在比赛中有机会逃过一劫。他的三条惩戒型魔法当然自动排除,剩下还有八条可供选择,其中只有两条适合做表演使用。然而问题又来了,谁能打包票呢?说不定"曲解大法"会让他因祸得福,献上什么漂亮的绝技呢,这种可能性也是存在的。

但态度始终亲切的领主尤奈菲奥斯招呼萨利曼斯再次下场就位。"萨利曼斯,再用你的法术让我们开开眼!"

"伟大的尤奈菲奥斯,如果可以的话,请允许美丽的阿沙丽助我一臂之力。"

尤奈菲奥斯朝同僚群中阿沙丽所站立的位置望过去,然后点了点头,接着这位身着黑黄相间紧身衣的可爱女郎走出队列来到"红色魔法师"身旁。

她转身向高台上的大人物们致意,此时那位通身朱砂的魔法师如僧侣派头地挥手,只见阿沙丽旋即以流畅优雅的动作腾空而起。一刹那间她惊讶地睁大双眼,但立刻保持冷静,一路抬升直到轻盈的躯体悬于空中有二十英尺高。

随后萨利曼斯的魔法棒射出一道白光，照到女郎身上，并以多种色彩穿过了她的躯体，如同穿过一块棱镜一般。多彩的光线从她身上呈螺旋形散发而出，化作支架、翅膀和关节，而后是跳动的薄膜，最终形成巨大的蝴蝶飞翼，伸展而开填满整座大厅。在那展开的光彩翅膀上突然出现了身形和脸庞，他们是历史上的传奇人物，走上前来透过阿沙丽的"翅膀棱镜"凝视下方正在注视他们的人群。

尤奈菲奥斯屏住呼吸，他自己父母的脸庞正在上面，正朝下笑容可掬地看着他。

到一分三十秒，翅膀开始在阿沙丽周围收拢，直至完全闭合，将她包裹在闪烁的亮光里，看起来就像一只光彩夺目的虫茧。到了一分五十秒，残余的部分完全褪净，女孩再次降落到地面上，短暂的变幻对她毫发无损。

魔法师观众们纷纷热烈地喝彩鼓掌起来。

"最精彩、最有品味的表演。"尤奈菲奥斯说道，他老鹰般犀利的脸庞再次放松了下来，似乎由衷地喜悦。

特劳克斯和安柏林都不愿附和。这是第二轮比试了，要知道他们当中只有一人能够穿越考皮斯魔门顺利返回，这一点是令人警醒的。

"小安柏林，"尤奈菲奥斯喊道，彬彬有礼却似乎暗藏揶揄，"请让咱们欣赏欣赏你的下一个绝活！"

"乐意效劳，尊敬的阁下！"安柏林一边说，一边动身走下场，心里酝酿着新方案。考虑到他手头合适的咒语少得可怜，现在不管"曲解大法"会造成何等后果，多半都好于他正经念出的效果。

只见安柏林一个转身，露出笑容，他希望自己看起来一半诙谐一半窃喜，而后默念咒语，跟之前一样抬起双臂挥舞起来。

一只孩童玩的红气球飘进大厅，伴随着由某个看不见的音乐盒发出的叮当响声。整整四十秒时间里这只气球就在旋律的伴奏下来回飘荡，然后打结的那一端突然松开，气球在大厅里窜来窜去，气瘪时发出异常不适的噪音。还未等它落地，只听见"啪"的清脆一声就消失了。

特劳克斯笑得前仰后合。

萨利曼斯站在那儿眼泪都从双颊上流下来了。

尤奈菲奥斯坐着咧嘴而笑，冷峻的面庞上写满了好奇和困惑。

铁星特劳克斯首先开口。"也许其余表演成分是在镜子的那一头，还忘记了上这边来的密码。"他又再次笑得前仰后合。

萨利曼斯努力保持克制。"亲爱的安柏林，至少……你省下了一笔雇佣毛毯和小鸡的钱啊！你至少给大伙儿瞧瞧那只音乐盒嘛，它幕后的存在一定程度上抵消了你的'吝啬'，事实上这曲子确实变得有点儿惹人厌。"

"够了！"尤奈菲奥斯大喊道，"我们兼容并蓄，好坏兼收。有些评委说不定就是更喜欢德辛加传统遗产。特劳克斯，劳烦你献上最后的表演！"

"乐意效劳，伟大的领主！"特劳克斯答道，事态的严肃性终于让他控制住了嬉笑。他再次朝前跨步，站稳位置，然后默念起一道新的魔法咒语。

顿时大厅暗了下来，墙壁上入口玻璃镜上方睁开一只巨大的眼睛。每当它眨一次眼，就有一张自带聚光灯照亮的小桌子出现，还连同一对就餐的男女，他们大多是年轻的小伙和姑娘，正心情愉悦地讨论着私事。然后巨大的眼睛一次又一次眨巴，一对对年长些的人也作为食客出现了。接着则是奇异的生物，长翅膀的、长犄角的、穿古典戏服的。巨大的厅堂里一派其乐融融的喧闹，人类的话语和其他生物的嗓音响彻在色彩交错的光影里，于头顶上形成一条无与伦比的彩带。

彩带开始翻转，把一条条光线变成持续延长的花柱节。此时一曲美妙的音乐响彻大厅，既庄严肃穆但又听起来苦涩无比，怀念缺席的朋友、失去的宝物和遗忘的时光。

在一分五十秒整的时候，这只眼睛眨了最后一眼，大厅内又再次变得空荡荡。

"巴亚特彩节大法，"萨利曼斯一边说，一边流露出难以忍受的苦笑，"空前精彩的表演。"

"好极了！太震撼了！太美妙了！"尤奈菲奥斯大喊道，"特劳克斯，你的评星肯定会上去！好了，萨利曼斯，使出你最强的法术！"

萨利曼斯悬空而起，螺旋式上升犹如一把朱红色的火炬，而后缓缓地降落到地面，安柏林认为这是多余无用的开场白，甚至有点儿卖弄。

萨利曼斯做个手势，大厅左右两侧形成两道金色的大门。通过左手边的出入口，走来了一长队大莫索兰最伟大的魔法师们。

头一位是"静者卡兰克塔斯"，在很久以前，他曾衣着华丽的紫绿橙三色长袍于阿兰克索节上打败过"哲人考纳马斯"。只见大师微笑地走过高台，恭敬地低头致意。

紧跟其后的是受到各地敬仰的蒂巴擦丝迈尔，他穿着用火苗繁复编织的长袍，双肩上还有两名火焰魔鬼在翩翩起舞。只见他抬起一只手打招呼，接着继续前进穿过右手边的入口。"百科全书辛克辛"尾随而至，双手捧着两本厚重的奇迹魔法书，以此确保自己在伟人年鉴里拥有一席之地。他也同样朝成排的人群低头致意然后穿过了大门。

接着出现了安柏林一世，他衣着金黄条纹的宝石绿长袍，而安柏林二世则紧随其后，他遮盖着面罩，一身亮黄色袍子。此二人较之旁人似乎极其严肃，他们朝尤奈菲奥斯及其随从们点头示意，规矩又礼貌，但举止却略显清高冷淡，接着依次步入右手边的门里就消失了。

然后出现的是"瓦普日尔斯三侠",只见三位放声欢笑,并用来自远方佩格雷的"永续酒杯"向观众们致敬。当他们走到右手边的出口时就把酒杯猛地摔掉,酒杯形如喷雾般破碎,奇异而别致,裂作深蓝、橙红和棕色的碎片。

随后女魔法师罗丽奥进入了大厅,她坐在轿椅上,由十几名穿制服的蜥头人抬着。倘若传言属实的话,那些蜥头人都是罗丽奥从前的追求者,为了与曼妙的情人共度一年才一夜的良宵而舍弃了性命。罗丽奥嫣然一笑,顾望那些翘首以盼的蜥头人,就好像事到如今她仍还在思量谁有侍奉的资格,真是令人紧张不安的一刻。

接着前来的是碧紫学院的成员,三位耀眼夺目的蜥蜴人和三位美丽的女巫师,裹着华丽的头巾,手持学院的权杖,大跨步前进并朝观众们挥手示意,显然很享受此一盛事。当他们刚经过高台抵达出口时大法师梅尔雷莱奥就冲进房间向尤奈菲奥斯和裁判们点头示意,看上去相当敷衍了事,就好像他更情愿待在其他地方,然后便继续前进了。

波菲希科斯的凯罗尔跟在后头,他看起来就像是为了给表演画个句号,因为这位身穿银色阿珊泰长袍、法术高强的黑皮肤巫师刚一通过队伍就出现一记停顿。

接着,"命运之角"一齐吹响,声音越来越洪亮,房间里掠过一道蓝白色的亮光,首先出场的是凡达尔,他春风得意,气宇轩昂。他真的在高台前停了下来,举起双臂做了个兄弟派头十足的敬礼,接着继续前进,"命运之角"则全程一直在吹奏。当他走入金色的出口时,他朝身后示意,接着大门亮出最后一抹闪光,顷刻间转眼不见了。

德辛加的东道主们欢呼雀跃起来!显然他们肯定都能认出那一连串华丽过场的人员,每一位都如数家珍。

SONGS
OF THE DYING EARTH

"萨利曼斯大师，此番有您蓬荜生辉啊，"尤奈菲奥斯说，"众所周知那些伟大人物不但对礼节相当敏锐，而且在排位先后的问题上都是出了名的坏脾气，很难驾驭，所以今朝我们看到他们同台亮相不太容易了。你成功地将他们请过来，在这种情况下还能彬彬有礼其乐融融。我很赞赏你，多谢了。"

"在下一片赤诚，只为博诸君一笑。"萨利曼斯说，然后返回在高台前自己的位置。

"安柏林，下场！"尤奈菲奥斯大喝道，"现在让我们瞧瞧你究竟藏着掖着什么好把戏！不说别人单说我，就早已等不及了。"

安柏林做了个漂亮的半鞠躬，礼数刚好，然后站定位置，接着一个转身。这是他最后的机会。要孤注一掷。

安柏林没有再多作思索，召唤出"阿斯帕林复苏大法"，这一度是他最强大的表演法术，安柏林希望此次发音和连读都保持准确，也期盼过"曲解大法"下新的口误能歪打正着地提升气势与威力。

只听横空炸裂出一声回响的雷电，一道道威力强大的闪电把四处都照亮了，然后一股强劲的漩涡完全出乎意料地开始在大厅内旋转搅拌，声势地动山鸣。

这兆头不错，安柏林斗胆地感到了希望。他望着这巨大的圆锥形气旋最终缩小了下来，然后在一个小光圈里缩成漏斗状。

接着"啪"的最后一声雷电，这一反常现象消失了，留下一片寂静。

只见一只廉价的陶制茶壶摆在地板石砖上，它试探性地发出一种嘶哑的破锣声，"我，我，我！"然后开始背诵一首来自"坠壁之地"的艳俗民谣。待它刚结束歌唱，就接着开始第二首，此时比赛时间限制已到，这个厨房用具和歌声均化作一股深红色烟雾消失掉了。

"伟大的尤奈菲奥斯，我可以解释一切……"安柏林开口说道，但尤奈菲奥斯打断了他。

"事后再说，"他从宝座上站起来说道，"不要作任何解释！现在是裁判们做出决定的时刻了！尊贵的魔法师们，请站出来，最后一次下场，面对你们的评委！"

三位魔法师依令而行，望着尤奈菲奥斯身后的玻璃匣子，它们全都嗡嗡作响，因新获的能量而裂开。最终经充分讨论后一道力量波从每个玻璃匣子里射出穿透尤奈菲奥斯的身体。此时他一开口，双目微微地发出柔和的白光，嗓音是由三个嗓音汇聚而成。

"根据出场顺序评定，"合声说道，只见达克的尤奈菲奥斯站着纹丝不动，仅有嘴巴和下巴在动，"铁星特劳克斯，干得漂亮。你从更强的高人处借鉴了魔法，但传承这东西在魔法上总是很难的，而你的表现非常高超。"

特劳克斯鞠了一躬。"感谢尊敬的大人们。诸位的榜样肯定会激励我下一次做得更好。"

尤奈菲奥斯似乎没有听进去。"阿斯坡格的萨利曼斯，你的创新展现了想象力和对大师的尊重，这一点着实值得赞扬。你技术娴熟，头脑聪慧，表演启发人心，仅仅略有瑕疵而已。"

萨利曼斯鞠了一躬。"伟大的领主，我对魔法的不懈追求是受您的教导和奉献所激励的。我们做梦也不敢想您能在我们中间，感谢您今天能给我表现的机会。"

尤奈菲奥斯再次未表谢意，而那些纪念匣同样也都没有。

"小安柏林，"三人合成的嗓音说，"今日如此重要的场合，你的选择让我们大为吃惊。但你却展示了原创意识和打破陈规的精神，在你身上有一股天不怕地不怕、不受羁绊的劲儿，我们都很喜欢。总之，你仍然牢记我们都是神通广大的魔法师，哪怕是纪念匣。对我们而言魔法和法术表演非常简单，就好比天性使然，我们身上丢失的是那种荒诞的元素和原创的惊喜，而你把这些东西都琳琅满目地带到了我们面前……所以你是胜者！"

萨利曼斯立刻大喝道："什么！大人们，我抗议……"

只见他顿时化作一团青烟不见了。

特劳克斯其实在考虑逃跑，但只跨出了两步，接着也消失了。

两处新的亮点出现在大厅天花板上数千个闪光点之中。

安柏林彻底目瞪口呆了，他走上前表示感谢，但是发现自己已经来到了文达瓦鲁，在考皮斯魔门外的河岸边，而蒂芬就站于身旁，明显正在瑟瑟发抖，好像是心里的石头落了地，同时还带着恐惧和害怕。

"喔，老爷，见到您真高兴。"瘦长的家伙说道。

安柏林设法重新让自己镇定下来。"蒂芬，你为什么在这儿？"

"老爷，我从克利夫魔窗望出去，看到外面阴沉了下来，有一张冷酷的脸出现，非常吓人。它说您已经赢得了一场魔法师大赛，而且再也不会见到安托兄弟了。今后要雇人也不雇萨利曼斯或特劳克斯了，靠不住。"

"好吧。还有什么事？"

"没了，大老爷……不过还有就是我把海湾茉莉和昆汀花都浇好水了，《家规书》又放回东塔了，而且似乎它高兴许多，这种事情魔法书都会自己显露出来。新的蒂芬规规矩矩，做事稳妥。"

"很好，"安柏林一边说一边整理一下自己的长袍，"咱们就花上一两天看看新的蒂芬到底是怎么个规规矩矩法儿。"

接着他们一起动身前往宅邸的塔楼，弗内斯屹立在那里于衰败红日的夕阳之下闪闪发光。

后　记

在我青少年时期杰克的作品对我影响很大，第一次接触是在十

考皮斯魔门

五岁的时候，《龙大师》刊登在1962年《银河》杂志的八月刊上，自此我迅速竭尽全力寻找杰克写的任何作品。当时我发现杰克一路青云直上，跻身屈指可数的科幻奇幻代言人的行列，他们当中有雷·布拉德伯里、J.G.巴拉德、考德维纳·史密斯和菲利普·K.迪克。杰克就像是在从事某件特别的事，或者更贴切地说，他似乎是在用某种特殊的方式在做同一类事。

直到十年之后我才发现《濒死的地球》这部作品，该系列合集夯实了我对杰克作品早已形成的一切热爱与崇敬：优雅圆润的行文，独到的节奏和韵律，绝对的原创和古风的属性，言简意赅却意味深长的写作方式，以及如何将"要呈现不要直述"的标准写作理论有效地演变成"不要只呈现而要懂暗示"。

1980年末，经蒂姆·安德伍德的引荐我结识了杰克及其家人，这对我而言意义重大，遂由此开启了一段特殊的友谊，这一直是无比快乐的源泉。1968年，我一度曾是一名士兵，坐在3TB军事基地的大门口阅读《星际之王》和《杀戮机器》，三十年后我沉浸于《夜灯》《召唤的港湾》和露如鲁那呼之欲出的文字之中，就如同杰克运用会说话的计算机程序来"阅读"自己手头的作品。我一度曾是一位坚定的追随者，初出茅庐的讲故事人，我在遥远的悉尼锤炼技艺，努力实现第一本书的面世。而后我成为了"走私犯"，成为了杰克的密友之一，每年都会去奥克兰山的豪宅看望他几次，只要他说桁端上方的太阳不错我就立刻打开导航灯，确保没有西葫芦来捣乱，当我用搓衣板配合杰克的班卓琴、尤克里里琴和卡祖琴同步协调时总是痛苦万分。"万斯生死，道林主宰！"这话杰克说过很多次，通常是几杯烈酒下肚后。我们大家都不懂这话是什么意思，不过作为祝酒辞倒是不错的。

多年以来我还与杰克和诺玛共同经历过许多难忘的冒险，其中有一次重要的旅行是在1984年1月，我们前往"三河"去拜访一位

SONGS
OF THE DYING EARTH

天才（我们坚持要去！）。大家花费了好几个小时讨论项目、流程和总体的叙事手法。从某种特殊意义上讲，《考皮斯魔门》是我多年来浸淫于杰克作品之中的成果，还有无数个在壁炉边闲谈、工作、聆听"黑鹰爵士乐队"的夜晚，我们从亲朋好友和社会名流当中挑选同伴一起驾驶万斯的帆船"海纳诺号"从奥克兰启航南下悉尼，进行梦幻般的航海旅行。

值得一提的是，我曾经在不经意间从杰克的《了不起的里奥托》里"借用"了安柏林这个名字作为我"汤姆·里诺瑟罗斯"故事里的咖啡馆名字。杰克则将我创造的"夏特拉克"化作位于埃塞和古老地球的死火山"夏托拉克"（这属于不经意而为之，我坚持这么认为！）。所以我在耕耘这本书时必须关照一位特殊的、名为安柏林的魔法师，这似乎是非常合适的。

那么这部故事是如何写就的呢？为何如此发问？这问题真是把我难倒了。我只是让安柏林在某个风和日丽的早晨步入他自己的工作室，处理一桩名叫"考皮斯魔门"的事务，然后静观后续事态的发展。从很多角度上看我都更愿意相信是杰克自己帮助我完成了写作。

——特里·道林

莉兹·威廉姆斯

英国作家莉兹·威廉姆斯的作品发表于《中间地带》《阿西莫夫科幻小说》《虚幻言语》《未知国度》《新儒勒·凡尔纳冒险记》《奇异视界》《奇幻领域》等刊物，她的短篇小说收录于小说集《夜之王的宴会和其他故事》中。她已经出版的书籍包括广受好评的小说《幽灵妹妹》《骸骨帝国》《毒药大师》《九重天》《毒蛇密探》《恶魔与城市》以及《暗域》。她最新的长篇小说是《阴影阁》和《永冬城》。威廉姆斯现居英格兰布莱顿。

在这篇小说中，她将带领我们跟随着一位逐巫者离开阿泽诺梅，沿着斯考姆河一路来到外海，远离阿尔默里，直到阿尔斯特荒凉的海岸——而这趟逐巫之行也将发生或好或坏的转变……

逐巫者寇尔克

逐巫者寇尔克趁涨潮时离开了阿尔默里,先是顺着克斯赞河航行了一小段距离,接着又沿斯考姆河一路向海边进发。他偶尔会把那绺头发从口袋里拿出来观摩一下:掌心里的这束头发是银色的,就像许久不见的月光;但他知道,如果在阳光下观察,这头发便会是陈血一样的暗红色。想到这里,寇尔克微微一笑,敞开外衣,整理了一下他的三十九把匕首,然后又理了理那些头皮。斯考姆河里的气味升腾起来,有一股咸味,让人联想起劣质的毒药。

到了午夜时分,寇尔克已经抵达了河流入海口。他给船下了锚,停了几分钟,把一根穿了虫子的线放了下去。等把线拉上来的时候,上面缠着蠕动着的玻璃鳗。他拿一个平底锅把这些鳗鱼一起煮了,心不在焉地吃完之后,便向宽广的大海走去。

逐巫者寇尔克

事情发生在一个月前的阿泽诺梅,当时寇尔克第一次遇到猫头鹰杀手。通常情况下,他不会跟这种人纠缠:寇尔克的标准非常苛刻,很不幸的是,这个猫头鹰杀手不符合标准。在一家酒馆里,这个人——他身材矮小,光头,长着一双苍白的大眼——摇摇晃晃地撞到了寇尔克,把廉价麦酒洒在了他那双黑色高筒靴上。恼怒的寇尔克嘟囔了几句,那个猫头鹰杀手斜眼瞅着他。

"我们可真不讲究啊,还来这种小店喝酒。"

"我是来办事的。"寇尔克冷冰冰地回答,他在擦靴子上的麦酒。

"谁又不是呢?"猫头鹰杀手咯咯笑着,轻轻地手舞足蹈起来,带羽毛皮在他的腰间拍打着,看上去有点猥琐。寇尔克眨了眨眼的工夫,那猫头鹰杀手就不见了。他不再去想这件事,专心等待自己的工作邀约,结果什么都没等到。寇尔克烦闷不已。考虑到现在已是黄昏,从阿泽诺梅回去就太晚了,于是他买了一碗韭葱,又在楼上的客栈订了房间。他顺着楼梯来到了自己的新住所:这间屋子层高挺矮,房梁乌黑,木板用的是一种黄褐色的木材。寇尔克觉得这客房蛮好的,就是床有点凹凸不平。而且,经过一番察看,他发现床垫上有些许颇为可疑的污渍。寇尔克用粗糙的毯子裹住自己,在忧虑不安中睡着了,还时不时地做起了吃韭葱的梦。

他醒来是因为遭到了攻击。一道刺耳的声音向他袭来,还有什么东西粗暴地从他面前拂过。寇尔克把毯子扔到一边,从枕头下面掏出一把匕首,朝着袭击者的方向刺了过去。匕首戳中了某种柔软的东西,继而有一声惊愕万分的鸟叫声响起。一只猫头鹰落到地上,已然死去,黄色的喙张开着。恼怒不已的寇尔克直抽凉气,他确定自己关了窗。他检查了一下,的确如此。那猫头鹰一定是蹲在了屋椽上。

过了一会儿,有人哐哐地敲起了门。

"小声点!"寇尔克喝道,"你想把整楼的人都吵醒吗?"

SONGS
OF THE DYING EARTH

"让我进去!"不知为何,说话声有点耳熟,"你现在闯到了我的地盘上,得给我补偿。"

寇尔克被惹恼了。匕首就位,他推开门,但一道玉色的光芒闪过,他一动也动不了了。匕首从他双手中落下,哐啷啷掉在地上。寇尔克挣扎着想要说话,但一道喃喃念出的咒语掐住了他的喉咙。寇尔克愤怒地盯着眼前这个猫头鹰杀手,只见他冲进房间,把那具圆滚滚的长满羽毛的尸体捡拾起来,放进一个袋子里。

"好了,"猫头鹰杀手用明亮锐利的目光注视着寇尔克,说道,"谈谈补偿吧。"

寇尔克对于这个小丑显而易见的能力颇感不安。他意识到自己能说话了。"这是意外!"

"算是吧。"

"我没想伤害它!那东西先动的手!"

"毫无疑问,你惊扰了它。"

"我当时在睡觉!"

"阿泽诺梅的话事人不怎么在意藐视、践踏他人地盘的行为,"猫头鹰杀手若有所思地说,"我知道有这么个人,就在上周,他被吊在木头绞刑架上示众,然后又被押送到古树林深处,他最后只能自己找路回家。据我所知,他的这番努力还没有什么结果。"

"但是——"

"更不幸的是,我的兄弟帕尔度亚·莫特恰巧是阿泽诺梅公平贸易委员会的会长。他是一个非常公正、正派的人,德行受人敬仰,甚至于他会让行为不端的亲生女儿脱掉内衣,在谴责堂示众。"

"我——"

"不过,我是一个讲道理的人,"猫头鹰杀手莫特沉着地继续说,"我打算承认你的行为在一定程度上是无意的。"

"那可太——"

逐巫者寇尔克

"而不是把你带到我亲戚面前受审,那么做只不过能稍微满足一下我自己。我会索要另一种形式的赔偿。你瞧,"猫头鹰杀手说道,他的目光锐利非常,"我需要一只特殊的猫头鹰……"

寇尔克沿着河口湾浅滩前行,经过远处的沙丘。此时,他回想起这件倒霉事的整个过程,心情变得非常难受。白阿尔斯特是著名的不毛之地,没什么吸引人的地方,除非有人凑巧是个鉴赏家,专门欣赏年代久远的晶矿石、堡垒废墟和令人恶心的漆黑沼泽。此外,莫特始终对于他的猎物的行踪含糊其词,很难让人安心。

"更何况,"寇尔克当时还受制于那令人窒息的咒语,他如此抗议说,"我是逐巫者,不是寻鸟人。这活儿当然该你自己干。"

猫头鹰杀手像鸟一样眨了眨眼睛。"确实,我当然也知道你是干什么的。你的高筒靴,你帽子上的褶皱,你外衣下的多重褶边,这一切都说明了你的职业。然而,不幸的是,一旦我踏上白阿尔斯特的海岸,我便会激活一个定位法术,而高声的尖叫则会提醒那些巫婆我的到来。更何况,你可能会遭遇的一切,基本上都会在你的专业领域之内。海巫婆和湖潭怪都是女巫,更不用说变形者了。"

寇尔克痛苦地承认,这话说得没错。

"我会帮你一把——这是猫头鹰女巫的一绺头发。仔细观察。它会朝着你该去的方向抽动。"

偷走女巫的一根头发,你便偷走了她的一丝法力。即便是新手也知道这一点。寇尔克眯起眼睛看着那绺头发,问道,"如果我拒绝呢?"

他不愿意回想接下来发生的事情:又一道咒语袭来,他再次被扼紧了;尽是屈辱。莫特欢快的笑声仍在刺痛他的耳朵。此时此刻,他顺风乘船驶向白阿尔斯特,将阿尔默里和那里的宅院远远地抛在身后。寇尔克意识到，有一阵突如其来的疼痛——并不仅仅来自于咒语——在刺激他继续前行。

航行了几天之后，他对死气沉沉的无边大海越来越感到厌烦。偶尔会有鼓胀的鱼儿从深海浮上来，用漠然的白色眼睛盯着他看。这时候寇尔克不得不施放一道起泡术，把它们赶走。有一次，有只大鸟扑打着翅膀，从地平线的一端缓慢挪动到了另一端；但除此之外，再也没有任何生命的迹象。直到寇尔克望见远处的海面上升起一片断断续续的海岸，他才松了一口气。但他心头仍然忧虑不已：白阿尔斯特到了。

假若真的有合适的登陆点，想找到它也不是轻而易举的事。有的地方一开始看上去是一排崩垮的塔楼，后来再看却消散成了区区岩石；还有一根粗短的石柱，看上去只是露了个头出来，而在它的另一边还能看见窗户，不过看不到任何码头或者泊位的迹象，等到寇尔克再回头去看时，那些窗户都已经消失了。

这是个荒凉的地方，垂垂将逝的太阳的最后一丝光亮，给这里罩上了一层血红色的光辉。寇尔克见过更糟糕的景象，但也见过更美好的场景。他想到了坍墙之地，想到那里的沙漠和白魔，禁不住打了个冷战。但是，听说白阿尔斯特也有森林，谁知道那里边藏着什么东西？寇尔克很想干脆转身回阿尔默里——但那道咒语捏住了他的神经元通路，疼得他脸上一阵扭曲。

正当他开始担心自己可能这辈子都要沿着海岸线毫无结果地航行下去的时候，他终于看到一块非常明显的平坦岩石台。石板上面覆盖着黑色的杂草，下面则是一座城堡的断壁残垣。寇尔克重新焕发了激情，他驱船向前，扔出一根绳子，牢牢套在那块长满杂草的石板上。寇尔克一点一点地把船往里拖，最后把船牢牢拴在了一枚古老的铜环上，然后他踏上了那块石板。

寇尔克一踏上白阿尔斯特的海岸，心头便油然而生一种悲怆感，

逐巫者寇尔克

这种感觉混杂着愁苦与热望。突然之间,他头顶那压抑的天空,连同天空那灰色与玫瑰色的阴影,以及被浮沫冲击着的海岸,都显得没有那么冷峻了,反倒平添了几分吸引力。他把脸转向那座城堡,结果发现有一张脸反倒正在盯着他看。

寇尔克不由自主地往后一退,险些从泊船处摔下去。那张脸——只能说算是一个苍白的椭圆体,上面有两道眼睛一样的缝隙——已经退到了城堡的阴影之下。是海巫婆吗?寇尔克离得太远,他无从判断。空气中传来一阵钟声也似的音符,寇尔克开始蹒跚前行。

不。他必须离开,马上就走。在落瀑一处魔怪洞里的记忆困扰着他,他以前遇到过这种东西。寇尔克喃喃念动咒语,一切都像从前一样:冰冷的海岸,翻滚的大海。然而,咒语像洗澡水一样流走了,寇尔克再度被拖向前方。

当他走到泊船处离大海最远的那一头的边缘时,他意识到那里有一道被侵蚀的朝上走的阶梯。钟声再度响起;海浪哗啦啦地撞过来,泡沫四溅,钟声在这样的氛围下听上去甜蜜而哀伤。寇尔克眨巴着眼睛,试图想起来他来到这里的原因。应该是跟猫头鹰有关……然而,钟声又一次响起来,寇尔克摇摇晃晃地走上楼梯,尽管自己的头脑正在抗拒着。

天色要黑了。淡紫色的暮光笼罩着海岸,全世界突然平静下来,寂然无声。大海的隆隆声响被厚实的岩石墙屏蔽掉了,而他此刻就站在这岩石墙之间。钟声又响了,这次不是钟声,或者说不完全是钟声,但在那构成主节奏的敲击声中,蕴藏着微弱的音符,这是一首古老的曲调,它的音量在逐渐减弱。寇尔克笑了,他开始大步往上迈,迫不及待。

她坐在她房间的中央,穿着紫灰相缀的衣服。乌黑的头发倾泻在她的后背上,用银饰扎起。这张白色的脸,正是刚才所见到的那张脸；而她那邃黑目光长久的凝视，也是寇尔克方才领教过的。她坐在一套复杂的东西前面，这是一件乌木仪器，几乎挡住了他看她的视线。仪器上有许多悬垂着的钉子和锁扣，她正在用一柄小锤子敲打它。

寇尔克犹豫了半天，终究还是晚了。歌曲已经蔓延开来，银色的声音之网已经将他困住了。他抓起一把匕首，但手却瘫软在身侧。海巫婆吹起了口哨。口哨声越来越响，最终与乐器的回响交织在了一起。寇尔克跌倒在了地上。

海巫婆站起身来，用长长的脚趾捅了捅他。

"哎哟哟，"她说道。"逐巫者，是吧？瞧你帽子的式样，你是从阿尔默里来的吧？"她舔了舔白色的嘴唇，"看来，得开个茶会了。"

❦

寇尔克躺在地上，被蠕动的音符一圈一圈地缠绕包裹住。这让他难以思考。他仍然在咒骂自己，居然中了海巫婆的圈套。

海巫婆自己则站在不远处，跟她的姐妹们在一起。一共有三个海巫婆，她们简直就是同一个模子刻出来的，不过其中一个海巫婆的头发颜色如柳叶一般，而另一个的眼睛像是毫无瑕疵的翠玉。她们每次看向寇尔克，都会笑着躲在她们长长的手臂之后窃窃私语。不过大部分时间里，她们都在欣赏他的那些匕首。

茶具摆在旁边的一张桌子上，挨着那套奇妙的仪器。透过薄薄的玫瑰花纹陶瓷杯，寇尔克能看到灯光。他竭尽全力想要挣脱声音的绑缚，但它们像绳索一样紧绷；他越挣扎，身上的声索也就越紧。海巫婆们小声笑着，兴奋不已。

"不早了，"其中一个说。她弯下身子，用指甲在寇尔克的脸颊上划了一下。他感到被划过的地方湿漉漉的，接着又闻到熟悉的铁器的味道。

逐巫者寇尔克

"我们想让你选一选,"另一个海巫婆说,"我们当中,谁最美丽?你选了谁,谁就可以拿走这把最长的刀。"

触碰逐巫者的匕首,那意味着死亡。他要是能离开这里,一定得把它们好好清洁一番。寇尔克做了个深呼吸,把刀收了起来。

"来吧?"柳叶色头发的巫婆一脸假笑。三姐妹在桌前坐下,仔细地整了整她们身上那破破烂烂的衣服。黑发巫婆倒了茶,热气腾腾的暗黑茶水流入杯中。这看起来不像是茶,寇尔克心想。他还在地上,眯着眼睛观察着。闻起来也不像。他又吸了一口气,判断着时机。声音在他周围蠕动着,紧紧束缚着他。

"那么,"黑发巫婆咬了一口苔藓小蛋糕,说道,"你要选我们当中的哪一个?"

寇尔克紧闭嘴巴,瞪大眼睛看着她。

"哦,"绿发巫婆低声说,"他不想玩!"

"我们会让他玩的!"黑发巫婆站了起来,从寇尔克的皮套上取下他的一把匕首,那匕首细得像一根针。寇尔克又吸了口气。

"说话!"

寇尔克没有说话。他认为时机已经到了。他拢起嘴唇,吹了声口哨,发出的声波高亢嘹亮。他听到这道声波缠住了绑缚他的声索,将后者向外抛出。海巫婆们尖叫起来,用手拍打着自己的耳朵。寇尔克狂吸一口气,把哨音吹得更响了。随着口哨越吹越使劲,他感觉到自己的脸也越来越红,但身上的声索仍未解开,依旧束缚着他……终于,他在声索断裂前一秒钟感觉到了,感觉到了音调的变化,这意味着这张声网即将崩断。只一瞬间,寇尔克便站起身来,左手握住那把细如针的匕首,而右手中的匕首白如骨。两个海巫婆的喉咙被刺穿了,绿色的血液喷洒在茶杯上。还剩下那个柳叶发色的女人,寇尔克用那把黑色的匕首捅在她肋骨下方,杀死了她。她在临死时连声咒骂,但是寇尔克在大笑之余,吹了声口哨便把咒骂声吹走了。

SONGS
OF THE DYING EARTH

气喘吁吁的寇尔克倚在了墙上，慢慢喘匀了气息。在房间的尽头有一扇小小的拱形窗，看过去只见一片黑暗。寇尔克透过窗，费力地向外张望，只见下方很远处，波涛汹涌的大海上泛着微光。盐水都是有魔力的。寇尔克用剩下的一道残存的咒语，召唤出一弧泡沫，将匕首清洗了一番。海巫婆们的尸体已经腐烂，化成了海藻和黏液。

他的头脑清醒了一些，于是他想起来猫头鹰杀手交代给他的指示。

她们经常去一个名叫兰陶的山中湖潭。这个小湖在北边，位于两座山之间，离海岸不是很远。我没地图可以给你。你得注意观察那绺头发。

这信息没太大用处，寇尔克当时这么想，那咒语还在他脑子里转悠。他现在依旧这么认为，不过，海巫婆的堡垒里或许会有张地图？他试着轻轻地推了推门，门开了。寇尔克走了出来，走进一条阴暗的走廊。海风吹过，发出尖细怪异的呼啸声。他往左右望了望。走廊里似乎什么都没有。接下来的一个小时左右，他没办法使用魔法变出一盏灯来。他悄悄地顺着廊道走下去，大海的隆隆声和哗啦声透过这座废墟的孔洞传入他耳朵里。寇尔克跑了起来，他穿过迷宫一般的廊道；但除了灰白色的巨型飞蛾——它们像幽灵一样飘浮在废墟之上——之外，他什么都没有看到。它们是海巫婆的眼睛吗？有可能。但它们似乎并不在意他。

寇尔克顺着楼梯冲了下去，他听见自己的脚步声在回响，好似是在敲击一架骨质木琴。他排查旁边的房间，但那些房间里没有任何人或物。外面似乎是一个更加干净、更加纯粹的世界。至少，他干了件好事，让白阿尔斯特摆脱了扎根在这里的巫婆巢穴。但愿他在解决这些事的时候，巫婆们还没来得及产卵，还没把她们那些胶状卵排入滞止的水潭里，等待它们成长。不过，他也不抱什么幻想：

逐巫者寇尔克

会有更多的巫婆闻见死亡的气息，搬进这座废墟里来。这个过程可能不需要太长时间，因而暂时失去魔法的寇尔克决心要尽快离开这里。他有气无力地穿过荒野，远离海岸，最后在一片灌木丛下焦虑不安地过了夜。荒野上隐约能看到一座石板墓：在寇尔克看来，最好离那儿远一点，因为那可能是维斯普怪和白魔的巢穴。

次日黎明时分，天空惨白灰暗。寇尔克四处张望，只见满地的黑色苔藓、像是黑曜石眼睛一般的湖潭和低矮的山丘。在灰暗的晨光映衬下，这幅景象显得格外阴沉。寇尔克叹了口气，用牛乳酒干酪勉强凑合了一顿饭。然后，他开始研究那几绺头发：它们在他手里抽动着，指向了北方。他上路了，希望自己是在朝着兰陶湖的方向行走。

夜里他没听见猫头鹰叫。他不确定这是好事还是坏事。如果真有猫头鹰女巫，那么或许她们会守在兰陶的狩猎场。又或许，猫头鹰杀手的信息已经过时了，那里没有猫头鹰女巫。寇尔克又叹了口气，这次的心情是沮丧的。他不认为"我找不到任何一个猫头鹰女巫"会是个令人满意的解释，在这种情况下，他将不得不被迫放个假，从阿尔默里离开，前提是脑海里的咒语允许他这么做。寇尔克不愿意测试它的限制边界。

那绺头发像条虫子一样蠕动，他按照头发的指示，继续前行。临近傍晚时，一片闪闪发光的黑色区域出现在视野中。这片区域位于一道阴森森的丘陵脚下，可能是兰陶湖，也可能不是。往深处看去，在玫瑰色和翠玉色杂糅的漩涡之间，有一弯彩虹微微发出亮光。寇尔克立即警觉起来：他以前在落瀑见过这种东西。沼泽妖灵和湖潭魔怪会用这些漩涡当作诱饵。寇尔克朝远方看去，目光敏锐。

湖潭周围是一簇簇低矮的乔木，树上长着白色的树皮和深绿色的叶子。空气中弥漫着一股胡椒气味——这多半是白阿尔斯特的春天了。寇尔克的鼻子开始发痒，这对于一个需要保持潜行状态的人来说，可不是什么好消息。他吸了一口气，定了定神，沿着迂回曲折的路线，往湖边走去。

倘若真有猫头鹰女巫住在这里，那她们也应该住在山上的悬崖边，而不是在这个湖周围。除了这些树丛之外，这里没有足够的庇护。寇尔克低低地蹲伏在一片刺柏树丛后面，一边吃着牛乳酒干酪，一边等待黄昏的到来。

什么都没有。仍旧什么都没有——随后，就在稀稀拉拉的几颗星星刺破天穹的时候，头顶传来翅膀的窸窣声。一只猫头鹰翱翔而过，穿越了涟漪起伏的湖面。刺柏树下的寇尔克身子僵硬，浑身冰冷。透过扩像镜，他看到了暴露出来的其余肢体，它们蜷缩在展开的翅膀之下：小小的萎缩的手臂和腿，变形魔法会将它们变化成人类手脚的形状。

得意和宽慰很快就被肾上腺素取代。猫头鹰女巫的确实存在，意味着现在需要想个办法捉住她，而不是带着一个失败的故事遗憾地回到阿尔默里。另一方面，捕捉女巫的尝试也可能导致他根本回不去阿尔默里。寇尔克观察着，与专业角度的顾虑博弈着；此时的猫头鹰女巫，正在湖的另一头，朝着某个东西俯冲下来。一声细厉的尖叫响彻整个黄昏，接着又传来一阵骨头被咬碎的声音。寇尔克小心翼翼地凝视天空，但他什么都没有看到，于是又退到了山坡上。捕捉女巫的最好时候是在白天，但是，此时他离狩猎场太近了。他爬上一堆巨石，然后躲了起来。更多的女巫从峭壁间飞了出来。寇尔克数了数，包括最开始看到的那个在内，一共有五个。他过于专注在女巫身上，结果没能闻到白魔的气味，后者几乎要扑到他身上了。寇尔克在最后一瞬间转过身来，瞥见了一个扁扁的脑袋，上面长着发光的眼睛，还龇着牙。那白魔蹲伏在地上，高声鸣叫着，把寇尔克的耳朵给叫出血了。他掷出一把匕首，结果白魔跳上一块巨石，坐下来冲着他咧嘴笑。寇尔克骂了一声，白魔又把一只手放在尖耳朵后面，笑得更欢了。它的生殖器在抽动着，这让寇尔克厌恶不已。恼怒之下，他又投出一柄匕首。白魔高高跃起，只听见黑暗中有翅膀拍打的声音，那白魔突然尖叫了一声，便消失不见了。一切都很好，很顺利，只不过这一阵骚动引起了其余女巫的注意。此时，她们来到巨石上栖息着，用闪闪发亮的眼睛好奇地盯着寇尔克。

"等一下！"寇尔克喊道，此时，最后一个女巫也落到了地上，她将那白魔的尸体砰的一声扔到了地上，"我是逐巫者寇尔克！"他挥舞着两把匕首，还把外衣敞开了怀，好让其他匕首明了可见，"我曾经在白阿尔斯特的海岸杀死了一窝海巫婆！我曾经在措勃尔沼泽猎杀过湖潭怪，在陶姆的圩田里抓捕过鼬女巫！"他把外衣拽得更开一些，展示出里面的头皮，"看见这些了吗？"

"太清楚不过了，"其中一个猫头鹰女巫说。她的身体在颤抖，小小的肢体伸了出来，慢慢开始长大；她那圆圆的脑袋也拉长了。最后，一个只披着羽毛斗篷、此外未着半缕的女人站在了寇尔克面前。发育不全的双乳和鹰钩鼻子对于他来说毫无吸引力；女巫的皮肤颜色则是一种淡淡的灰色，反射着发光苔藓的光芒。她微笑着，露出来的牙齿跟白魔的一样锋利。她颇为得意地向寇尔克展示着自己，寇尔克只能勉强在脸上挤出一丝钦羡的表情。

"死去太多姐妹了，"猫头鹰女巫说。在她身旁，其他女巫也都变身了。有两个女巫显然比其他的要更年老，但是，就像海巫婆一样，她们的外表看起来大差不差。又是个他妈的女巫巢穴，寇尔克心里这样想着，但依旧保持着那副钦羡的表情。

"别以为我会感到内疚，女士，"寇尔克说，"女巫之间没有感情。"

"但我们对逐巫者的感情更淡。"那女巫笑着说。

他对付不了这么多女巫，这一点他很清楚。"那你们对猫头鹰杀手有感情吗？"寇尔克问道。

女巫们一阵狂怒，她们嘶声连连，啐起了唾沫；与此同时，寇尔克迅速后退，伸手去拿更长一些的刀子。第一个女巫的嗓子咯咯作响，她呕出一枚带着毛发的骨块，一口吐在了寇尔克的脚边。

"你说这话是什么意思？"

"有人雇佣——哦不，是强迫——我来到这里，"寇尔克告诉她，"是阿尔默里的一个猫头鹰杀手，他叫莫特。"

更多的嘶嘶声响了起来。寇尔克再度向后挪了挪。

"我们知道莫特，"年长的女巫当中，有一位开口了。她撇了撇小小的嘴，满是不屑，"他是个坏人。"

"我没意见。"寇尔克迅速说道。

"莫特来不了白阿尔斯特，"年长的女巫说，她耸了耸肩，斗篷支了起来，"他会死的。他偷了我的头发。"

"啊哈！"寇尔克说，他拿出那绺头发，在她伸出爪子来拿的时候一把收了回来，"会不会恰好就是这些？"

"我的头发！"女巫一脸热切。

"你说你是被强迫的。"另一个女巫喃喃说道。

寇尔克哈哈大笑。"对于我来说，杀死猫头鹰女巫有什么好处？"他把那绺头发举得更高了，不让她们碰到它。"你们的毛皮在市场上不值一钱，而你们的美貌——"说到这里，寇尔克微微鞠了一躬，"在南方的窑子里也卖不上价。要不是有一道咒语缠着我，我何必大费周章？"

"我很想杀了你，"最年长的女巫凝视着他，说道，"不过我跟莫特还有一笔账要算。"

寇尔克望着苔藓，召唤出一道炽热的小闪电。苔藓窸窣作响，被电焦了。

"连荨麻都灼烧不了。"一个女巫轻蔑地说。

"或许不能。但却足以烧焦一绺头发。"寇尔克回答说。有那么

逐巫者寇尔克

一会儿,所有人都沉默了。

"逐巫者不是最好的人选。"那个年轻一些的女巫说。

较年长的女巫把头歪向一边,注视着寇尔克。"要是让他付出点代价呢?"

"什么样的代价?"寇尔克非常警惕地说。

"告诉我,"老女巫说道,"你现在的生活,幸福吗?"

寇尔克想了想。不太幸福,这是这个问题的回答。他在旧大陆上天南海北地追逐女巫,每天看着星星逐渐暗淡;如此辛劳也只是赚到足以维生的钱,除此以外几乎什么也没有了。而且,还有像莫特这种人三天两头地来烦他。年轻的时候,这项工作带来了一定程度的满足感,但最近,这种满足感也开始让他感到乏味了,这不是什么好事情……

年轻的女巫摩挲着她的斗篷,露出的些许皮肤也开始变得更有吸引力了。

"那么,我有个主意……"年老的女巫开口了。

❈

寇尔克的船在涨潮的时候回到了阿尔默诺梅港。他走到码头上,用另一番眼光审视着这座古老的城镇,评估着塔楼、山墙和屋檐。他心不在焉地揉了揉手腕上颇为酸痛的地方:那老女巫下手不轻;不过,下手轻也不是猫头鹰的作风,寇尔克现在更充分地意识到了这一点。然而,要是能平息那仍旧躺在他脑海里的咒语,这代价可以说不值一提。

按照吩咐,他得通过信使向莫特捎信儿,还要用到一种数字和字母的组合。猫头鹰杀手向他保证过,任何一家声誉良好的通信公司都能理解这种密文。寇尔克在客栈找到一名信使,然后去了楼上他跟莫特会过面的那个房间里等待着。这间房勾起了他的回忆,全

105

是不愉快的往事。不过，由此引起的变故颇有些耐人寻味……

有人敲门。寇尔克开门一看，门外是焦急的莫特。

"嘿，寇尔克，你找到我要的猫头鹰女巫了吗？"

"找到了。"

"在哪呢？"

"屋里。"

莫特小心地防备着有可能瞬间刺过来的匕首；寇尔克观察到了这一点，不过这并不是很重要。他用手指触摸着手腕上的咬痕。猫头鹰杀手不耐烦地往房间各处扫了一眼。"屋里看起来是空的。我没看到毛皮，也没看到悬挂的尸体。我的猫头鹰女巫在哪呢？"

"在这里。"寇尔克说。他感觉到了一阵突然的拽动，这是骨头在变化、皮肤在变化、灵魂在变化。他展开宽大的黑色翅膀，掠起至屋顶的高度，然后俯冲向下。这是莫特最后一次睁开他那双苍白的双眼。

过了一会儿，寇尔克呕出一枚骨块，吐在莫特残余的尸体上。然后，他腾空飞起，离开了客房，越过阿泽诺梅的重重屋顶，先是沿着克斯赞河一路飞行，然后沿着斯考姆河飞向外海。他跟姑娘们说过，那里有一座最近空出来的塔楼——比兰陶的巨石堆好多了，有足够的空间，风景也不错。他边飞边想，那里肯定适合作一个新家。

后　记

那时我11岁。当时是20世纪70年代中期，我住在西英格兰的一个乡下小城市。我渴望去戈壁沙漠、西伯利亚和南美洲旅行，但这样的选择权很……有限。所以我通过书本来旅行。在我11岁的时候，

逐巫者寇尔克

我已经游览过了很多地方——纳尼亚、普里达因[1]、绿丘庄园[2]和爱德华王子岛[3]。后来有一天,我的母亲厌烦了她一直在读的哥特小说,从当地图书馆带回来了不一样的东西——一本名为《查什之城》[4]的小说。我读完了这本书,读得很快。然后我又读了一遍。之后,我们又去了图书馆,逐渐带回一本又一本书,有《冒险星球》和《恶魔王子》系列,以及《濒死的地球》[5]。

自那以后,我去过了戈壁,也去过了西伯利亚。我从未乘坐宇宙飞船或者时光机去到茨查伊[6],也没有到过濒死的地球,但我知道它们都是真实存在的地方——毕竟我也曾经到过那里。到了11岁的时候,我开始写小说,它在多年以后变成了《幽灵妹妹》。几年前在西雅图,我靠着这本书被提名菲利普·K.迪克奖。[7]不仅如此,在这次大会期间,我采访到了杰克·万斯。我告诉他,这都是他的错。"妈的,"他低声说道,"你得小心对付这些东西。"

——莉兹·威廉姆斯

---

[1] 普里达因:美国作家劳埃德·亚历山大(1924—2007)于1964年至1968年间出版的五部曲系列小说《普里达因编年史》里的故事发生地,是一个虚构的国度。"Prydain"一词在现实中是现代威尔士语对大不列颠岛的称呼。

[2] 绿丘庄园:英国作家露西·波士顿(1892—1990)于1954年至1976年间出版的六部曲儿童小说《绿丘庄园》中的故事发生地。这座庄园的原型是波士顿当时的住所。

[3] 爱德华王子岛是位于加拿大东部的岛屿,加拿大作家露西·蒙哥马利的著名儿童小说《绿山墙的安妮》的故事就发生在这里。

[4] 《查什之城》:杰克·万斯于1968年出版的科幻小说。

[5] 《冒险星球》《恶魔王子》《濒死的地球》:均为杰克·万斯所创作的小说,都是包括多部长篇小说在内的系列小说。《查什之城》即《冒险星球》系列小说的第一部。

[6] 茨查伊:《冒险星球》系列中的一颗星球,距离地球十分遥远。

[7] 这次提名发生在2001年。次年作者又凭借《骸骨帝国》再度获得该奖提名。

迈克·瑞斯尼克

"有时候遥不可及的梦想可以成为一个人的动力。"

迈克·瑞斯尼克是最热门的科幻小说家之一，非常高产。他写过的长篇小说有《圣地亚哥》《黑暗女士》《追踪独角兽》《天赋之权：人之书》《天堂》《象牙》《预言师》《神谕》《路西法·琼斯》《炼狱》《地狱之火》《罕见设计的奇迹》《寡妇制造者》《噬魂者》《饥入魂灵》等等。他获奖的短篇小说曾收录在《最后一个人离开地球是否会熄灭太阳》《异星世界》《肯尼亚山》《老来新梦》《捕猎蛇鲨》等小说集当中。在最近十几年里，他几乎变成最高产的选集作家，以编辑身份出版了许多短篇小说集，其中有《十七个科幻故事》《未知单元》《未知单元续》《毛毛狗故事集》等等。他还跟马丁·格林博合作推出了许多短篇小说集，包括《另类总统》《另类肯尼迪》《另类武士》《神灯之主阿拉丁》《了不起的恐龙》《以任意之名》《另类绿林》《外太空的福尔摩斯》等等。他还跟加德纳·多扎伊斯合作出版了两部小说选集。他的《肯尼亚山》赢得了1989年的雨果奖，接着在1991年以《肯尼亚山》系列的另一个故事《马努蒙奇》再度赢得雨果奖。他的中篇小说《奥杜维谷七景》在1995年同时赢得了雨果奖和星云奖，《安塔尼安四十三王朝记》赢得了1998年雨果奖，《与吾猫同行》赢得了2005年雨果奖。他最近写成的有长篇小说《圣地亚哥归来》、小说选集《群星：根据珍妮丝-伊恩的歌曲改编的原创故事》，以及《科幻小说新声》，还有短篇小说集《另一个特迪·罗斯福》，长篇小说《星舰传奇：雇佣兵》《星舰传奇：叛军》《追踪吸血鬼》，还有一本跟《肯尼亚山》相关的中篇小说《乞力马扎罗：乌托邦的神话》。他现今和妻子卡罗尔一同居住在俄亥俄州辛辛那提市。

在劫难逃

他叫佩蒙多,他父亲里洛是远方之城祖尔的大书库馆长。跟所有父亲一样,里洛希望儿子接班,但佩蒙多也跟所有当儿子的一样,希望独自闯荡,渴望自由自在的生活。

他当过兵,也卖过武艺,最后在斯考姆河畔马洛什城里谋了一份守卫的差事。他戴着一枚五寸宽的银徽章,每天擦得锃亮。那既是他人生的欢乐和骄傲,也是他职务和地位的象征。他的剑很朴素,饱尝过血腥,收纳在一把破旧的剑鞘里。他的皮甲上除了标注着自己的职位,还绣着一只角蝠,代表着他蒙受着明眼翁巴萨留的庇护。那才是这里真正的守护者。佩蒙多的责任是管好街头的醉汉,收拾流氓和窃贼。但只有翁巴萨留才能对付来自异界幽冥的妖魔。

佩蒙多把这看成互惠共存。翁巴萨留帮助城里对付其他魔法,换来城里人对他自己的魔法视而不见。

然而，主宰佩蒙多思想的却并非翁巴萨留的魔法，而是另一位金色尤物，她不断在他思绪和睡梦中作祟。那是一位叫莉丝的女巫，她身段婀娜，举手投足完美无瑕，肌肤和长发都明亮如金。虽然她年方豆蔻，却尽显成熟女人的魅力，就算她没有丝毫魔力也能让人沉醉不已。

佩蒙多被这位金色女巫迷得神魂颠倒。她早已离家，从不提及父母。她在老林中一棵空心树上安了家，还在城里的拉雅金花馆卖花。这是一门古老的行当，但只有她这朵金花冠绝群芳。

佩蒙多一遍又一遍地向她靠近，可每次都被她的美貌震得瞠目结舌，败下阵来。每一次的收获只有她的欢笑。

她只会说："你只不过是个守卫，能拿什么来换取我的爱意？"

只要他说到自己的荣誉，她就会提到彩礼。只要他承诺真爱，她就会窃笑着指出哪怕最伟大的真爱也只是一夜昙花，比不上最廉价的首饰。一旦他开口央求，金色女巫就会立刻消失，只留下婉转的笑声在空中回荡。

于是佩蒙多前去寻找翁巴萨留襄助。这位巫师的洞穴在马洛什城外的孤岩之上，里面毒蛇遍地，蜡烛漆黑，摇曳的火光之上沉睡着千百只蝙蝠。它们日间垂挂在石笋之间休憩，夜里便外出执行巫师的指令。

"我是来请求……"他刚开口就被巫师打断了。

"我乃明眼翁巴萨留，知道你有何事所求。"巫师开口说道。

于是佩蒙多向他恳求。"您能帮我吗？您能对她施咒，让她眼中只有我一个吗？"

翁巴萨留笑了。"你是想让她对整个世界都视而不见吗？"

"我不是这个意思。"佩蒙多连忙反对，"但我对她的爱火难以抑制。"

"您能让她心中生出一样的爱火吗？"

"她已经有了。"

"可她根本正眼都不瞧我！"

"她心中早有爱火，却并非为你而燃，里洛之子。"巫师继续说道，"这团爱火只为她自己而燃。她是个完美的女人，因此只会追求完美。她需要完美的珠宝，完美的服饰，还有完美的男人。"

"但你能改变这一切！"佩蒙多有些着急，"你是斯考姆河一带最杰出的魔法师，你能让她爱上我！"

翁巴萨留点头承认。"我的确可以，但我不会这么做。我曾经对一个女人做过，她几乎跟你心上的金色女巫一样年轻，一样完美。我年轻的时候糊涂透顶，让她跟我坠入爱河。我们每晚都在罗帐中同眠，我再没有见过比她的反应更炽烈的女人。可哪怕她在狂喜中痉挛，我都能从她的双眼中看到憎恨，它被我的魔法驱逐，却挥之不去。然后我的快感就会立刻荡然无存。最后，我解除了咒语，她就立刻离我而去。你也希望莉丝也一样吗？"

"我不知道，"佩蒙多回答说，"可我知道，只要有机会，她会爱上我。"

年迈的巫师叹了口气。"我的话你恐怕都没有听。金色女巫只爱她自己。"

"她会爱上我的，不管有没有你的咒语。"佩蒙多的声音像铁一般坚定。

"那爱莫能助。"翁巴萨留在他离开洞穴前答复。

佩蒙多走回马洛什，恶劣的心情在他脸上一览无余。人们都纷纷回避，就连在街上翻找残羹的野狗都躲着他。最后，他走进七甘酒馆，瞪着眼向酒保点了菜单上没有的第八甘。片刻之后，他就拿到了满满一壶。初入口跟第七甘很像，不过却更加顺滑，更加暖心。他的心情终于开始好转起来。

他走出酒馆，来到拉雅金花馆，看到诈病鬼塔贾站在街上，盯着前门。

"你好啊，"塔贾跟他打招呼，"她今天肯定在。她就像招蜂的蜜糖一样招引着男人。"

"你这什么意思？"佩蒙多佯装无知。

"当然说的是金色女巫啦，"塔贾回了一声，"男人能从风中嗅到她的气息。只有她从老林来到马洛什，我才会上这儿来。"他朝佩蒙多眨眨眼，"你就承认吧，朋友。你也是为她来的。"

守卫望着他，一言不发。

塔贾继续往下说。"我只奇怪她为什么要来这里。也许她的女巫之力还不纯熟。"他又眨了眨眼，"又或者这就是她擅长的巫术，因为只要她一来，我这颗心就没法放在老婆身上，而你也再也没瞧过别的女人。"

"你的话太多了。"佩蒙多有些冒火，他不喜欢令人不安的真相这么轻易就从塔贾的嘴里蹦出来。

"基本上都说完了，"塔贾回答他，"蕾雅送下个男人出来后，就轮到我给莉丝上贡了。"

他话音刚落，满脸皱纹的老妇人蕾雅就走了出来。听说大概两百年前，她几乎跟金色女巫一样美艳。她领着丝绸商梅托索斯走到门口，跟他道别。门外二人忽然发现，莉丝就站在蕾雅身旁，婀娜的身段十分诱人，她的酥胸饱满，肌肤如金，发丝也如同金线。她双唇火红，满是笑意的双眼如同闪烁的火焰。

"好好准备吧，金色之女，"塔贾说道，"你马上要面对真正的男人，而不是梅托索斯那样不中用的老东西。"蕾雅立刻伸出拐杖，狠狠地敲了他的腿。

他叫出了声。"你干吗打我？"

"别瞧不起我们这些老东西。"她回答说。

"那来吧，"塔贾粗鲁地抓过莉丝裸露的手臂，"别管这疯癫的婆子，让我私下好好一饱眼福。"

"那你的眼睛会肿。我不喜欢肿眼睛。"她说完转向佩蒙多，"你不是守卫吗？这个人让我生气了。"

"他是个粗人，还喜欢吹牛，但他有权留在这里。"佩蒙多也不高兴了。

"毕竟这里是金花馆。"

"把他赶走，我就吻你。"莉丝说道。

"他是我朋友，"塔贾喊出了声，"他会对你的要求发笑。"

"那你就看看他，"莉丝掩饰不住笑意，"他笑了吗？"塔贾扭过头，发现佩蒙多毫无笑意。

"快走吧。"守卫说道。

"不！"塔贾喊了出来，"我带了贡品，才刚轮到我呢！"

"那你就排错了队，等错了花。"佩蒙多说道，"快走吧。"

他拔剑在手。塔贾盯了它一眼。这剑不新，没什么光泽，也没有珠宝修饰和符纹。它就是一把工具，在蓄意为敌的人手中十分要命。

"你再也不是我朋友了，里洛之子！"塔贾怒气冲冲，拂袖而去。

"我们从来都不是朋友。"佩蒙多回答说。

等塔贾走出百步之后，他才回过身来。蕾雅已经退入光线昏暗的门中，但莉丝还留在那里。

"来拿你的奖励吧。"她的声音轻柔无边。

他走上前。"你过去从来不让我碰你。"他指出来。

"现在也一样，是我碰你。"

"但是——"

"安静点，来吧，来拿你的奖励。"莉丝说了一声。

在激动之余，他的肌肉紧绷起来，腰间之物也因欲望而膨胀，佩蒙多朝她靠近。

"这就是你的大奖。"莉丝象征性地在他前额上亲了一下。

他后退几步，摇了摇头，仿佛这一切都不是真的，面前是莉丝狡黠的笑容。

"就这样？"他不知道该怎么说。

"塔贾就值这个价，"她的眼中满是愉悦的辉光，"更高级的奖励需更高级的代价。"

"最高级的奖励又需要什么样的代价呢？"他有些急切。

"那当然要付出最高级的代价。"金色女巫的脸上洋溢着顽皮的笑。

"说出来吧，我会去完成！"

于是莉丝开始讲述："我不在城里的时候，就会住在老林的空心树上。"

"这我知道。我去找过它，却怎么也找不到。"

这话换来莉丝的微笑。"它被我的魔法保护。恐怕就连明眼翁巴萨留都找不到它。"

"快说吧！要我怎么做！"他的声音灼烈非常。

于是莉丝开口继续："每当我往返马洛什，都会途经莫达那沼泽。"

这话忽然浇灭了佩蒙多心头的烈火，他知道女巫接下来要说什么。

"沼泽中住着一个怪物，它来自异界，既邪恶又恶毒。我每当经过沼泽，它都会威胁恐吓我。人们都把它叫做不可逃避的哥雷卜。只要把它消灭，我就给你终极奖励。"

"不可逃避的哥雷卜。"他有些丧气地重复了一声。

她摆了一个姿势，裸露的酥胸和臀部在明亮的月光下十分诱人。"难道那不值得吗？"她用笑脸回应他的难堪，"送他回地狱，我就送你上天堂。"

佩蒙多注视了她片刻。

"那他死定了。"他发誓说。

佩蒙多知道，没有魔咒的庇护，他不是那东西的对手。于是他再次来到马洛什城外的高岩，踏入翁巴萨留那烛火摇曳的洞穴。

"日安，拥有明亮之眼的大师。"他面对年迈的巫师说道。

"日安，里洛之子。"

"我是来请求……"他刚开口就被巫师打断。

"我知道你的来意，"翁巴萨留说道，"难道我不是世界上最伟大的魔法师吗？"

"除了尤考努。"一条绿色长蛇嘶嘶地说道。

翁巴萨留朝那条蛇伸出枯骨般的手指，迸发出一束闪电，把它烧成了灰烬。

"还有谁想发表意见？"他盯着自己的各色宠物，声音异常柔和，蛇群纷纷溜进黑暗的角落，蝙蝠们全都紧闭起了双眼，"既然如此，就让我跟这位年轻愚蠢的守卫好好聊聊。"

"我并不愚蠢，"佩蒙多纠正他，"只是被激情驱使。"

翁巴萨留沉重地叹气。"难道即便在我最神圣的洞穴里，我的话都没人听吗？"他发光的双眼注视着佩蒙多，"听我一言吧，里洛之子。金色女巫蛊惑了你。她并没有对你施咒，而是用的亘古以来女人一直对男人使唤的武器。"

"无论如何我都要得到她。"佩蒙多说道，"而我需要魔咒的庇护，让我能抵御不可逃避的哥雷卜。"

"哥雷卜是我的！"魔法师咆哮起来，"你动不了他！"

"是你的？"佩蒙多惊讶地复述，"连那样的生物你也要管？"

"你保卫城市，对付贼寇。我则为它对付更可怕的妖魔。哥雷卜就是我的武器。"

"可他用触爪般的大口吸走人们的魂灵,大快朵颐!"

"他只吸走那些常人没有的病态魂灵。"翁巴萨留说道。

"他还把受害人活生生地肢解。"

"你不也索求回报吗?"魔法师说道,"肢解就是他的回报。"

"他出言威胁金色女巫。"

翁巴萨留笑了。"那她为什么还活着?毕竟哥雷卜不可逃避。"

佩蒙多皱起眉头。这个问题他可没料到。

"那我就告诉你吧。"翁巴萨留继续说道,"如果你能进入她居住的空心树,就能看到一架金色织机,你的女巫用它来织一匹阿丽万塔魔法山谷的挂毯。这匹挂毯属于她,但这架织机属于哥雷卜,是用他在阴间杀死的金色生物的骨骼制造的。你的女巫并不是要求你用英雄壮举换取以身相许,而是要你替她除掉一个债主。她如果真像你以为的那般柔弱,那他早就取回了自己的东西。"

"既然他叫不可逃避的哥雷卜,那他为什么做不到?"佩蒙多问道,"因为他只被魂灵吸引,就像扑火的飞蛾,而她没有灵魂。"

"你不该这样说她。"佩蒙多出言警告。

"难道你就如此不爱惜自己的生命,胆敢在我的洞穴里对我出言不逊?"翁巴萨留厉声说道,"难道你没看到我的爱蛇是什么下场?"

"我无意冒犯。"佩蒙多连忙说道,但他的意志十分坚决,"我必须得到金色女巫,如果非要我杀掉你的生物,那我就必须这去做。"

"你把我的话置之不顾?"魔法师说道。

"是的。"佩蒙多回答说,"她就是我的愿望,是我梦寐以求的一切。"

"那么小心自己的愿望,"翁巴萨留露出神秘的笑容,"小心闯进你梦境的东西。"

"很抱歉变成这般田地,"佩蒙多说道,"我不希望与你为敌。"

"我们永远不会为敌，里洛之子。"魔法师向他保证，"但我们永不成友。"他最后笑了一声，"那么放手去做吧，请牢记我的告诫。"

"告诫？"佩蒙多皱起眉，"但不可逃避的哥雷卜你什么都没有说。"

"那没什么可说的。"翁巴萨留回答说。

佩蒙多转身离开洞穴，爬下高岩。他考虑着是否去找个寻常巫师帮忙，可要是哥雷卜真是翁巴萨留的爪牙，那就只有一个魔法师才能给他提供可以匹敌的魔咒。

"我将不得不打败你，就像对付其他敌人一样。"他低声咆哮，面朝莫达那沼泽的方向，那里就在马洛什和老林之间，"小心点，怪物，里洛之子佩蒙多找你来了。"

他说完便绕过城镇，走进莫达那沼泽阴郁的黑暗之中。他每走一步，泥泞都牢牢地抓住他的脚踝，仿佛在嘲笑他："愚蠢之人，难道你想逃过不可逃避的哥雷卜吗？"

忽然，他看到一个骑着蜻蜓的特微克人。这只蜻蜓围着他的脑袋转了两圈，停在了一片叶子上。

"你已经离家太远了，守卫。"特微克人说道，"你迷路了吗？"

"没有。"佩蒙多回答。

"那小心别被发现。"特微克人说道，"不可逃避的哥雷卜今天在巡游。"

"你看到他了？"佩蒙多问道，"他在附近吗？"

"要是他在附近，我可不敢来这儿。"特微克人说道，"他在永无止境地寻找，既寻找他的织机，也寻找偷走它的女巫。"

"那你无需害怕。"佩蒙多说道。

"我只有一条命，也只有一个灵魂，我不想把它们都丢了。"特微克人说道。

"你也最好如此，趁你还能喘气。"

"但你说了他在找莉丝。"

"他是在找她,"特微克人往下说,"但他也不会放过任何一个遇到的魂灵。"

"飞去找他吧,特微克人,"佩蒙多说道,"告诉他,他的大限已经来临。"

"去找不可逃避的哥雷卜?"特微克人抽了一口凉气,明显吓得不轻,"那你就去吧。但你要知道,今天之后你就再也不会恐惧了。"

特微克人拍了拍他的蜻蜓,又围着佩蒙多转了两圈。"我从没见过有人这般疯狂,竟然飞蛾扑火。"他大声说道,"我必须牢记这段遭遇,想必再也无人跟你一样。"

"等我杀了他,他们就不必如此了。"佩蒙多保证道。

"这太古怪了。"特微克人说道,"你可不像是争先恐后,白白送死的人。"

"要死的是他。"佩蒙多说道,莉丝曼妙的金色娇躯在他脑海中跳舞。

"守卫啊,她一定给你许足了诺言。"特微克人说道。

"她?"佩蒙多复述了一声。

"你真以为自己是头一个?"特微克人大笑而去,留下佩蒙多独自发愣。

"父亲,"佩蒙多轻轻说道,"我把即将来临的战斗献给你,因为我一旦将翁巴萨留的梦魇妖魔消灭,我的功绩必将谱写成歌谣,被世人传唱,有朝一日必将被您这位祖尔大书库的馆长纳入馆藏。"他接着目视前方坚定地说道,"小心吧,怪物,你已经末日临头!"

他在沼泽中越走越深,他的双脚被淤泥抓牢,汗水如雨点般滚落。"我来了,怪物,速速现身。"他喊了一遍又一遍,可到处都见不到那怪物的影子。

佩蒙多在沼泽中走了很久,却连半个活物也没看到。

SONGS
OF THE DYING EARTH

"那特微克人大错特错，"他高声说道，"今天此处根本没有怪物徘徊。看来我必须用合适的价码请一位巫师为我施咒，不然我就无法赢得金色女巫的终极大奖。"

他蹒跚前行，终于来到沼泽边缘。这里的树木稀疏了不少，狭长的阳光终于透过了茂密的枝叶。鸟儿在鸣叫，蟋蟀在歌唱，就连青蛙们也在周围的环境里安安静静。

然而忽然之间，一切都沉寂下来——这种沉寂几乎化为了实体。佩蒙多手扶剑柄，拔剑出鞘，却什么也没看到，周遭完全没有任何动静。

他左右巡视了一番，那怪物没有出现。他伸手拂过胸前的徽章，希望它带来好运，并把它稍微往心脏的位置挪动了少许，最后说道："无需害怕，沼泽的生物们。我的猎物已经逃离。"

"但你不可逃避的末日已经临头。"一个非人的声音从他后方传来。

佩蒙多连忙转身，发现自己面前出现了一个怪物，仿佛从他最可怕的噩梦中走出。他的头颅形如圆锥，双眼黑如焦炭，眼眸如正午的猫。他专门嗅探魂灵的鼻孔不可名状，多毛畸形的嘴唇只为从猎物身上吸取灵魂。他全身长满粗乱的黑毛。他的双手也只有一个功能，那就是抓取魂灵，并将其送入嘴中。他的双脚也只有一个用途，那就是让他可以跨过焦土、泥泞和水面，把他送到猎物跟前。

"我乃不可逃避的哥雷卜。"他大声咆哮，向前步步紧逼。佩蒙多不住后退，脚下的泥泞仿佛哥雷卜的双手，紧紧抓住他的脚踝，让他的双脚抽不出来。

"不，"佩蒙多说道，"你是我献给金色女巫莉丝的贡品。"

"她取走的东西不属于她，"哥雷卜说道，"现在她还拿不属于你的东西来诱惑你。"

"你我无冤无仇，怪物。"佩蒙多说道，"但你拦在了我和心上人之间，所以我必须消灭你。"

"你的心上人跟你毫无瓜葛。"哥雷卜轻蔑地说道，忽然间，这怪物笑了，"你我相遇实在太巧，我已整日未曾进餐。"

不可逃避的哥雷卜向他逼近，佩蒙多努力后退，但他的双脚深陷泥中，寸步难行。他知道自己不能如愿在坚实的地面上跟这怪物决战了，于是他拔剑出鞘，双手紧握剑柄，将宝剑直立，准备朝任何可能的方向砍去。

就在那一瞬间，一束阳光照耀在这名守卫的徽章上。

哥雷卜盯着闪耀的徽章，畸形脸上的笑意立刻褪去。他忽然发出痛苦的哀嚎，在整个沼泽中回响。他双手抱头，遮住眼睛，不敢再看眼前的景象。

最后，他放下双手，又朝徽章上的倒影看了一眼。

"那是我吗？"他惊骇不已。

佩蒙多提着剑，有些茫然。

"我曾生而为人。"哥雷卜的声音几乎听不清，"我做了一笔交易，但没想会变成这样！这超出了我的承受能力。"

"你以前从未见过自己的倒影？"佩蒙多问道。

"那都是很久以前了。那时候……我跟你差不多。"哥雷卜望着徽章里的自己，神情呆滞，"我的身体呢？"他问道，"也一样可怕吗？"

"更糟。"佩蒙多说道。

"那就遂你的意吧，"哥雷卜把丑陋的双手垂到两旁，"我不能再这样下去了。来吧，去拿你的金色大奖吧，那会给你些许欢愉。"

怪物闭上双眼，佩蒙多举起剑，接着手起刀落。不可逃避的哥雷卜的头颅滚落在地。佩蒙多朝它看去，发现那是一颗人头，既不英俊也不丑陋，就是一颗普通的人头，既不是怪物，也不是其他黑暗妖魔的头颅。

SONGS
OF THE DYING EARTH

佩蒙多在断头旁蹲下，皱起眉头。不管此人原来是谁，他都并不后悔将其杀死。他也并不为此人在死后重新变回人形而感到愧疚。但他心中恼怒，因为光凭这颗人头，他没法向莉丝证明他的确消灭了盘桓在沼泽里的怪物，领取属于他的奖品。

"这一定是翁巴萨留干的好事。"他大声咆哮，决定找那巫师当面对峙，要他把这颗人头变回狰狞的怪物，再不然要他向莉丝作证，自己的确完成了她的任务。

他走出几步，奇异的感觉油然而生。这种感觉跟他在七甘酒馆喝得酩酊大醉截然不同，而是仿佛整个世界都在难以言喻中悄然改变。整个世界的色彩变得更暗了，鸟虫嘶鸣得更加厉害。脚下的泥泞也似乎不再阻拦他的脚步。他还忽然能看到三个隐匿身形的特微克人了，两个骑在蜻蜓上，第三个坐在高高的枝头上。

他于是走向翁巴萨留的洞穴。在朝高岩上攀登途中，他发现自己忽然无法伸直身体，他伸出手，撑住一块岩石，发现自己的手仿佛一只爪子。

"这是光线弄的把戏。"他咆哮了一声，眨了眨眼。但他手并没有变回去。

"进来。"翁巴萨留的声音从洞中传来。于是他走了进去。

"我是来……"他刚开口就被巫师打断。

"我知道你的来意。"翁巴萨留说道。

"不过这次是我叫你来的。"

"我什么都没听到。"他说道。

"不是你的耳朵听到的。"翁巴萨留说道，"你杀了我的宠物。他是我的仆人，听从我的差遣。我现在要求赔偿。"

"你知道我没钱。"

"我要的不是钱。"巫师说道，"而你必须补偿。我警告过你不要伤害我的怪物，你却充耳不闻。既然我必须有一名仆人，那就由你来当吧。"

"不行。"他说道,"我是一名守卫,而且还有一份奖品在等我。"

"你拿不到了。"翁巴萨留说道,"哪怕金色女巫不会拒绝别人,也会对你避之不及。你已经变成了我的奴才,不再是一名守卫,而直到太阳燃尽才能让你解脱。看看你自己的手脚,把双手放在脸前好好看看,而你现在的脸就连哥雷卜都会感到恐惧。你已经属于我了。"

他摸了摸自己脸,感到轮廓十分古怪非人。他叫了一声,发出一阵非人的呼号。

"正是由于金色女巫,你才忤逆我的意愿,杀害了我的怪物,所以她也将为你所用,正如你臣服于我。你永远得不到她,但她会听你使唤。这美貌淫娃会不断招来爱慕者,仿佛无穷的潮水,哪怕远在厄尔泽大马士、西尔和斯费尔的男人都会赶来向她求爱。我会赐予你仅有的自由,仅有的欢乐:我会允许你在狂怒的妒火中将她招来的男人杀害。你会把他们死白的眼睛缝上一件斗篷,一旦斗篷缝满,再也容不下一颗眼珠,我或许会考虑让你复原。"巫师发出一声奸笑,"但我怀疑到那时,你还会不会愿意变回这孱弱不堪的肉体凡胎。"

他想开口,却发现嘴里的字眼变得十分陌生。

"我发现你的名字对此还有一丝羞愧。"翁巴萨留说道,"你需要换个新名号。"

"我……我是……"他努力想说"佩蒙多",可这个名字早已在他口中消亡。

"我是……"他费力地把这些字说出口,"我是……里洛之……"他停了下来。

"再说一遍。"巫师说道。

"我乃……"他的声音粗重非人,"我乃楚恩……"

"就这样吧。"翁巴萨留说道,他非常清楚自己的怪物叫什么名字。

"你叫楚恩。"

"楚恩。"他复述了一遍。

"你叫不可回避的楚恩。给你一天时间把事情处理好,然后听我差遣。退下吧!"

楚恩发现自己站在七甘酒馆和蕾雅金花馆之间的黑暗大街上。

一开始他还有些困惑,接着他在街角看到一个醉醺醺的身影在游荡。他知道自己的斗篷即将迎来第一件装饰。

诈病鬼塔贾在转瞬之间感到自己在夜幕下有人陪伴。

"我乃不可回避的楚恩,"他非人的声音十分低沉,"而你有我需要之物。"

后 记

我小时候买的第一本奇幻小说就是杰克·万斯的《濒死的地球》。当时我买的是希尔曼出版社出版的平装版,花了二十五美分,如今网上的卖价已经超过了一百美元。从那时起,我就变成了万斯的粉丝,接连买了他的《大星球》和其他所有作品。但时至今日,我最喜欢的还是他笔下那个濒临死亡的地球上发生的故事。我发现,有许多作家都有相同的爱好,还不仅仅局限于这本小说集中的作者。他们都纷纷模仿万斯的风格,借鉴他的构思和创意,在自己的作品中向他致敬。可以说,杰克·万斯对奇幻文学这一领域产生了非常深远的影响。

我和卡罗尔在20世纪70年代开始陆续参加世界科幻大会,我们一开始选择的扮相就是万斯笔下的金色女巫莉丝和不可回避的楚恩。

在劫难逃

我们还在1973年多伦多世界科幻大会上得了奖。如今在阔别近四十年[1]后,我非常高兴有机会能重新扭转时光,向杰克·万斯笔下这两位令人难忘的角色致敬。

——迈克·瑞斯尼克

---

[1] 本文写于2009年。

沃特尔·琼恩·威廉姆斯

沃特尔·琼恩·威廉姆斯生于明尼苏达州，现居于新墨西哥阿尔布开克市。他经常在《阿西莫夫科幻小说》上发表短篇小说，也常常为《科幻与奇幻小说》《命运之轮》《全球调度》《另类绿林》等撰写文章。他出版了小说集《切面与怪人》和《异界魔鬼》。他著作的小说有《进步使者》《骑士行动》《硬连接》《璀璨王冠》《飓风之声》《鞘翅之家》《救赎之日》《优越者》《大都会》《火焰之城》，以及一部大型灾难惊悚小说《裂隙》和一部星球大战小说《天命之路》。他还著有现代太空歌剧三部曲《恐怖帝国衰亡史》。

他最近写成的小说是《隐晦空间》和《此非游戏》。他在2001年以短篇小说《爸爸的世界》获得了星云奖，接着又在2005年以另一篇短篇小说《绿豹之灾》再度夺得星云奖。他也为游戏《孢子》撰写了剧本。

在接下来这个跌宕起伏的故事中，我们将跟随一位建筑师学徒穿越峭壁上的庇罪领，前往俄寇城上学。他将在这里陷入庇罪领的都统和佩克斯及卡拉布兰德的统治者们的三方之战中。机遇总是在不经意间出现，而当它出现的时候，你最好赶紧把它抓住。

庇罪领

来自罗埃的韦斯巴努斯急于赶往卡拉布兰德的俄寇城。他是一名建筑学徒,在一开春便动身离开伊斯卡尼,循着深入庇罪领大裂谷的狄姆威尔河逆流而上,前往湿润的佩克斯大草甸。为了等待关隘开启,他已经在这片沉闷枯黄的土地上滞留了整个冬天。

然而当地船夫不愿带他去上游。他们说过早逆游会撞毁他们的船舶。韦斯巴努斯只好骑了匹骡子动身。这是头奶白色的畜生,名叫忒思特。湍急的狄姆威尔河在左侧轰鸣,忒思特却山道上不急不慌。岩间仍有残雪,道路勉强可以通行。浑如泥浆的水面上凝结着大量浮冰,韦斯巴努斯不得不承认,在这样的水域上行船的确非常凶险。

夜晚仍然苦寒。不过韦斯巴努斯充分发挥了自己的建筑本领,又使唤他的疯魔使赫加迪尔,每晚都修起一间温暖舒适的小屋,给

SONGS OF THE DYING EARTH

骡子修起一间马厩，第二天清晨再把它们拆除。因此，韦斯巴努斯每晚都能躺在较为舒适的花边床铺上抽着弗龙水烟过夜。当他没有沉醉于烟草的时候，他还可以好好读一读魔典。

❦

在前往上游的第三天，韦斯巴努斯发现地平线上出现了一座要塞的塔楼和城垛。他知道自己已经进入了庇罪领都统的领地。船夫们警告过他，说这位大人是个强盗，既粗俗又贪婪，还出奇地时髦。他总喜欢向途经大裂谷的旅人敲诈一大笔过路费。韦斯巴努斯也问过有没有办法可以绕过这位都统的领地，可那些路都要多花好几周的时间，韦斯巴努斯于是只好认命，只求舍财免灾。

然而跟都统的会面却让他大感意外。这位大人名唤昂比乌斯，圆脸微秃，戴着一圈蕾丝颈圈，花纹繁复考究。这位都统热情好客，留他住了好几晚，却一个字都没提到过旅费。他十分热衷来自佩克斯的消息，还喜欢说伊斯卡尼的闲话，他似乎对这地方了如指掌。他还想了解最新的时尚，最新的音乐，讨论热门新剧的方方面面，倾听最新的诗集朗诵。为了满足这位东道主，韦斯巴努斯竭尽了全力。他用自己轻柔的高音陪伴他一同唱歌，佯装内行对这些歌曲作者的不伦爱恋品头论足。他还说起乔斯城的狄丝波伊娜，描绘她奢华的衣橱，还说在前往伊斯卡尼拜魔教会的队伍中看到过她，据说根据古老的习俗，她每隔九百九十九天就必须去那里一次。

"很不幸，我是个文化人。"昂比乌斯说道，"假如我只是个土匪强盗，那我定会在狄姆威尔河上方的堡垒里自鸣得意，对宝库里日益满盈的金银沾沾自喜。然而我身在荒芜的大裂谷中，却更向往着文明的造物，譬如绸缎、诗歌和城市。自从我取得如今的地位，已经有整整三十年没有亲眼领略城市的风采了。我只要前往佩克斯或卡拉布兰德，我就会马上被指控非法征税而人头落地。所以我只能满足于自己能搞到的这些文化元素。"他用谦虚的姿势指向墙上的画作，曼科毛绒制成的窗帘，还有他自己华丽古怪的服饰，"我命中注定只能留在这里，跟我的前任们一样，一边向过往旅人征税，一边向往着远方的城市。"

尽管韦斯巴努斯并不完全同情这位都统的困境，但他还是挤出几句宽慰的话。

昂比乌斯又快活了起来。

"不过我的热情好客也十分有名。"都统继续说道，"无论是诗人、艺人，还是剧团演员，只要能带来文明的造物，让我欣赏，我就不向他们征税。"他又朝韦斯巴努斯点头致意，"我也始终欢迎你这样的绅士。"

韦斯巴努斯谢过东道主，提出翌日清晨就要动身前往卡拉布兰德。然而昂比乌斯向他投去一抹狡黠的目光。

"那恐怕不行，早上会有一场风暴。"

风暴如期而至，大雪落入庭院，冰雹在屋顶上轰鸣。韦斯巴努斯只得在都统的屋檐下又多待了两晚。到了第三天，他再次谢过东道主，骑上忒思特，又开始朝大裂谷上游前进。

他走了不到半天，就在探路的时候瞥见前方朦胧的山岭上投来火红的亮光。那是一大片金属反射的阳光，他看到闪亮的马具，耀眼的长矛，烈焰标枪水晶矛尖进射的辉光，而无数高扬的卡拉布兰德总督大旗在阳光中十分红亮。

韦斯巴努斯赶紧让忒思特掉头。他不顾地形崎岖，连忙飞奔回都统的要塞，把卡拉布兰德总督大军正在朝大裂谷进军的消息告诉了惊讶的昂比乌斯。

昂比乌斯咬住嘴唇。"我想你不会留下来助我一臂之力吧？"

"为庇罪领都统死战能让我获得极高的名誉，"韦斯巴努斯说道，"但我恐怕在守城战中没什么用，只能徒增一张吃饭的嘴罢了。"

"既然如此,你能否给我在佩克斯的眼线捎个信,叫他招募一支佣兵?我承认当前的兵力的确不足。"

"我已经观察到了,"韦斯巴努斯说道,"虽然这样说不太礼貌。"

"我习惯在春天募兵,"昂比乌斯说道,"然后在深秋遣散大部分士兵。在冬天维持部队不但费用昂贵,还很危险。只要把士兵限制在营房里度过漫长枯燥的冬季,他们就很容易在倦怠中哗变,把我杀害,再拥立一名新头领做他们的领袖。所以我在冬天只会把没有野心的平庸老兵留在身边。"

"这是明智之举,"韦斯巴努斯说道,"但在当下却不合适。"

昂比乌斯再次咬紧了嘴唇。"是我的亲身经历养成了这个习惯。三十年前,我就是这样一个有野心的头领,在新年前夕杀掉了前任都统,把他的尸体从黑瑠塔上推进了狄姆威尔河。"

"这也算是件好事,"韦斯巴努斯委婉地说了一句,"但如果你打算让我送信,那就要赶紧。我可不想被总督的大军俘虏。"

待昂比乌斯写好信,韦斯巴努斯便再次骑上忒思特动身。他这一次直等到夜幕彻底黑尽,白钩虾妖暗淡的星光在东方升起才使唤疯魔使修建小屋。到了早晨,为了不被飞天密探发觉,他都要小心翼翼在窗口观望清楚后才离开小屋,给忒思特备鞍。他刚骑行一百余码,就看到雾气弥漫的狄姆威尔河下游约两里格的地方有一支军队正在沿路赶来。他看到了武器的寒光,还有佩克斯蓝黄相间的旗帜。

韦斯巴努斯咒骂着自己的霉运,连忙驱赶骡子掉头,设法在卡拉布兰德的斥候在视野中出现前赶回了庇罪领要塞。获准进入城堡后,他发现整座城池都已经整备待战。滚石已经就位,准备随时朝攻城者头顶倾泻。城墙已经被士兵们布置好了弩炮和火投枪,他们很干练,可全都年过半百,死气沉沉。城垛和塔楼顶上的尖刺也都涂过了毒药,准备应对来犯的空袭。城里的仆人们也全都被武装起来,正在接受武器训练。

韦斯巴努斯在黑瑙塔上的观战点找到了昂比乌斯,发现这位都统已经换上了一身深蓝色的甲胄,顶上的盔饰仿佛一只长牙五爪的蜥蜴。韦斯巴努斯汇报了第二支军队正在赶来的消息后,昂比乌斯在房间里来回踱步,陷入沉思。

"看来是佩克斯和卡拉布兰德正在交战。"他最后说道,"他们双方都打算利用大裂谷偷袭对方。在这里相遇只是个巧合。"

"你觉得这可能性大吗?"韦斯巴努斯抱着希望问道。

"不,这可能性不大。"昂比乌斯说完,细细地打量了韦斯巴努斯一番,"想必你对奇术颇有造诣?"

"我会一些无足轻重的法术,"韦斯巴努斯说道,"实际上我正准备前往俄寇继续深造,可卡拉布兰德的大军挡住了我的去路。"

"那你有没有什么魔法可以帮得上当前的情况?"

"我准备了几个用来对付强盗和迪奥殆的法术,但没料到会碰上一支大军。何况我在您之前盛情款待时已经说过,我主修的专业是建筑学。"

昂比乌斯皱起眉。"建筑学。"他的声音颇为不快。

"我用幻想来创造建筑。我首先会根据客户的愿望生成一个幻象,完美展现它完工后的模样。接着我会使唤一名叫做'疯魔使'的精灵,它会从无穷时空的任何地点挪移原料,在几个钟头内就把它修好。客户只需要亲自动手装修,要么就出一个合适的价格让我来做。"

昂比乌斯眯起眼。"那你的疯魔使也会拆东西吗?譬如说攻城设备?"

"任何精灵都能办到。但我担心如果让我的赫加迪尔去对付这样一支装备精良的大军,那恐怕任何一个有能力的巫师都可以在他完成使命前杀害他。"

昂比乌斯点点头。"我的书库里藏有一些魔典,都是生长于斯的前任先辈们留下的。善用法术和魔咒是军人的天性,不过我承认其中的内容我大部分都难以领会。我欠缺魔法天赋,主要依赖于防护魔符、护身符和其他防御性咒符。"

"也许最好让我查阅一下这些魔典。"韦斯巴努斯说道。

"你说出了我的希望。"昂比乌斯说道。

于是昂比乌斯带领韦斯巴努斯穿过他的私人房间,顺便解除了不少陷阱。韦斯巴努斯这才了解到东道主生性多疑。接着他来到了一间狭小舒适的房间,里面铺着阔步兽的毛皮地毯,排列着许多书架。

韦斯巴努斯好奇地望向狭窄的窗台,他看到上面有一个水晶瓶,里面有个迷你的黑发女子在不停地比画着。

"你有一个迷你人?她会变戏法吗?"

"这是我妻子。"昂比乌斯装出一副漫不经心的样子,"她想取代我,在六年前打算把我缩小。结果在她诱我进陷阱前,我先把她推了进去。只要这个瓶子完好,她就永远只有这么大。而她非凡的巫术也会被我完全压制。"

"救命!"瓶子里传来她微弱的声音。

"那些魔典在那边等你。"昂比乌斯朝书架上一指。

韦斯巴努斯尽量不去关注伫立在满架魔典前的三座曼妙雕像,她们全都是青铜打造的婀娜少女,都能活化成甜美动人的活色生香,这就能解释昂比乌斯在将妻子缩小后靠什么来抚慰他自己。韦斯巴努斯研究了一番魔典,发现虽然它们据说都是大法师范达尔的著作,可大部分都出自后人小辈之手。他粗略地看了其中一些,然后选出了三本。

"是否可以?"他问了一声。

"请随意。"昂比乌斯说道。

庇罪领

在返回都统私人房间的路上，昂比乌斯又重新启动了那些陷阱，接着他们俩穿过庭院，前往黑瑙塔。就在此时，城堡上空燃起无比明亮的黄焰，仿佛青年时代太阳的光芒般耀眼。韦斯巴努斯抬手挡住耀光，赶紧在心中回顾一番备好的法术，希望能找到几个来应对当前的情况。

守城士兵们纷纷举起武器开火，可燃烧的标枪全都从上方那团耀光中穿过，落到城墙外很远的地方。

"停止射击，你们这些白痴！"昂比乌斯吼道，"停止射击，这只是个幻象，你们什么敌人都射不到！"

韦斯巴努斯惊诧地望着东道主。他发现这位衣着考究，佯装斯文的都统发号施令起来就是一位天生的领袖。他想起昂比乌斯此前提过，在获得如今高位之前，他本就是个素质过硬的军人。

在都统号令下，城垛上的士兵逐渐都平复下来。那团耀目的烈焰顷刻间减弱，变得仿佛一颗硕大明亮的水晶球，其中浮现出两个人影。其中一人白发苍苍，目光如炬，身上长袍颜色四分，既有象征佩克斯的蓝黄双色，也有其统治家族的红白二色。韦斯巴努斯判断此人应当是佩克斯的皇父，他的面孔的确和钱币上的头像颇为相似。另外一人消瘦得多，根据他斗篷上的图案，韦斯巴努斯认为那应该就是卡拉布兰德的总督。[①]

他们二人俯视着昂比乌斯，神情倨傲，充满了藐视。

"篡夺者昂比乌斯，"总督开口说道，"你已被正式宣布为流寇。你若不交出城堡，束手投降，那就准备跟你这群微末的乌合之众在联军天威之下灭亡吧。"

"我丝毫没有投降的理由，"昂比乌斯说道，"我倒愿意让你试上一试，也好让你找乐子。"

[①]原文中佩克斯统治者的头衔为 Basileopater，这是罗马东部帝国时代的一个称谓，意思是皇帝（Basilius）之父（pater）。

佩克斯的皇父笑了。"我就知道你是这态度。"

昂比乌斯鞠了一躬。"我会尽量让贵客满意。"他说完又鞠了一躬,"也许您二位能赏光跟我在城堡中共进晚餐。我已经为自己备下了一桌佳肴。"

"出于谨慎考虑,"皇父说道,"恐怕我们必须拒绝。你变节弑主才攀上如今高位,我们不相信变节者的道德水平会有所进步。"

昂比乌斯耸耸肩。"既然你们如此欣赏我的前任,那为何过了十三年才想起为他寻仇?"

总督往前探了探光秃秃的脑袋。"我们认为你的任期不会超过你的前任。虽然我们强烈谴责你掠夺了本应属于我们的税款,但我们还是很欣赏你的倔强。"

"说到税款,我有个问题挺感兴趣。"昂比乌斯说道,"假如你们攻占了我的要塞,那你们哪一位会把它收归己有?从今往后税款又归谁所有,谁又会空手回家?我想知道,你们哪一位会取代我的位置?"韦斯巴努斯知道,昂比乌斯击中了要害。

只有控制这座要塞才能从大裂谷吸血,他们二人必然有一个要吃亏。虽然这两位领袖也有可能共同占领要塞,平分财富,但韦斯巴努斯难以想象这样的协议在这两位野心勃勃的统治者之间能维持多久。

昂比乌斯提出问题后,皇父和总督二人相互瞥了一眼,接着又俯视起都统,脸上扬起不悦的微笑。

"我们谁也不会占领这座要塞。"总督说道。

"你们打算把它交给第三者?"昂比乌斯问道,"那你们如何保证他的忠诚?"

"不会有第三者,"总督说道,"一旦我们占领要塞,就会把它夷为平地。我们会各自退回大裂谷两端的收税关隘,然后定期巡逻,以免再有人重建庇罪领要塞。"

昂比乌斯没有回话。韦斯巴努斯可以从他紧抿的嘴唇看出这个答案出乎他的预料，让他心烦沮丧。昂比乌斯已经明白，他的要塞和自己已经注定灭亡。

既然如此，韦斯巴努斯就得抓住机会保全性命。

"大人们，"他喊道，"能否听我一言？"

两位统治者望了他一眼，既没有表情，也没有回话。

"我是罗埃的韦斯巴努斯，是个建筑学徒，"韦斯巴努斯说道，"我要前往俄寇继续深造，仅仅在此过夜，结果却发现自己被困在了城里。我跟这场战争各方均没有任何瓜葛，恳求各位放我通行，让我去完成学业，把本地的争端留给各位去解决。"

他们似乎对韦斯巴努斯的这等小事毫无兴趣。

"你可以通行，"总督说道，"只要你愿意详细提供这座要塞的防守情报。"

韦斯巴努斯感到了一阵绝望。"我不能公开背叛都统的款待。否则他完全有理由把我扣下，甚至伤害我。"

他得到的回应只有两位大人无尽的冷漠。

"那跟我们无关。"皇父说道。

韦斯巴努斯怒火中烧。他很想朝两位统治者吐唾沫，但他知道自己的唾沫吐不到他们身上。

他们竟敢对他如此轻慢！在短暂的接触中，这两位大人一直对他不屑一顾。他们肯定觉得他对他们毫无威胁，也救不了都统的命，完全不值一提。他这辈子还没受过如此奇耻大辱。

浮在半空的二位大人再次转向昂比乌斯。

"你在我们的包围下毫无胜算，"皇父说道，"我们的娱乐马上就要开始。"

他们话音刚落，一道冰蓝色的闪电就从天而降，直接朝昂比乌斯劈去。都统大人却毫不慌张，举起手臂，亮出铭刻在他华美手镯

SONGS
OF THE DYING EARTH

上的符纹，那道闪电便偏转方向，落到韦斯巴努斯身旁的地面，激荡的冲击波把这位建筑学徒甩上半空，重重地摔在了地上，所幸没有造成伤害。他连忙爬起来，一边拂去袍子上的尘土，一边朝那两位漠然的大人投去愤怒的目光。

"我只想说一句，"昂比乌斯说道，"你指控我变节谋逆，自己却是精于此道的前辈。不知是谁雇了一位飞天刺客，还准备了以太靴和缩空咒，真是一点也不意外。"

总督露出不悦的神色。"那再见吧，恐怕我们再也没有机会说话了。"

"我也觉得继续谈判纯属多费口舌。"昂比乌斯说道。

天上的幻象再次发光，比垂暮濒死的红日更加明亮，接着消失得无影无踪。昂比乌斯朝天空张望了一阵，仿佛在期待着另一名飞天刺客。然后，他耸耸肩，走向黑瑙塔。韦斯巴努斯跟上他，为自己的失态惶恐不安。

"希望您不介意我打算抽身走人的企图。"他说道。

昂比乌斯就瞥了他一眼。

"在我们这个垂死的世界里，自我利益胜于一切。"

"您说得很对，"韦斯巴努斯说道，"我只想活下去，同时好好回敬这两位诬蔑我的白痴。所以我会竭尽全力助你守城。"

"我无比期待你的表现。"昂比乌斯说完，和他一起登上高塔。

那天再没有新的进攻。高塔的窗口可以调控，能够把近处和远方的目标看得清清楚楚。昂比乌斯和韦斯巴努斯观察着两支大军安营扎寨，发现没有一个敌人靠近要塞的射程之内。事实上，绝大部分敌人都在视线之外，被远方的山峦拦在了后面。韦斯巴努斯花了一个下午，努力把有用的法术装进脑袋，可他发现大部分都在他能力范围之外。

当巨大肿胀的太阳滑入西方地平线，白钩虾妖第一颗星辰在黑郁的东方闪耀，韦斯巴努斯打开扳指上的暗盒，召唤来他的疯魔使赫加迪尔。

赫加迪尔身穿一身奢华的蓝甲现身，仿佛精灵版本的昂比乌斯。他蠢圆的小脸在羽冠头盔中往外窥探。韦斯巴努斯连忙道歉。

"赫加迪尔总喜欢开些不合时宜的玩笑。"他说道。

"其实我都不知道这套铠甲在我身上到底怎么样。"他挑剔地朝精灵瞥了一眼，"你要派他去跟敌人战斗？"

"赫加迪尔不擅长战斗，"韦斯巴努斯说道，"他的专场是建造，当然，他还会拆毁。"

"如果对方的军队也有法术保护呢？"

"赫加迪尔不会直接攻击军队，"韦斯巴努斯说道，"但他可以破坏军队仰赖的环境。"

"我很期待他为我展示一番。"昂比乌斯说道。

于是韦斯巴努斯先派赫加迪尔化作旋风，巡查了一番敌人的行营。不消一个钟头，疯魔使就回来了。他变作一个矮小的白发老头，身上带纹章的四分长袍异常宽大，简直就是佩克斯皇父的翻版。他把敌人兵力部署详细汇报了一番。结果两支军队的规模都大大超出了昂比乌斯的预料，他沮丧不堪地对赫加迪尔提出新的指令。

午夜过后不久，总督军队驻扎的一段突悬山峰忽然塌方，好几个连队都被崩塌的山体掩埋。整支大军都连忙武装起来，朝四面八方开火，巍巍壮观的景象让清晨时要塞守军的火力相形见绌。

得到警报后，佩克斯大军也武装起来，整备待发。又过了几个钟头，一片河滩突然决口，将大队辎重冲进冰封的河流。佩克斯的军营里也陷入了混乱，士兵们连忙抢救剩余物资，把营地搬离河道。有许多士兵在黑暗中走失，坠入深谷和沟壑，还有些掉进了河里。

韦斯巴努斯对这个结果相当满意。他不但对赫加迪尔夸奖了一番，还免除了他三个月的契约。

次日清晨，攻城方打算复仇。随军法师们接连向要塞施放出一个又一个致命的法术。天空中燃起熊熊的火环，迸出青绿的射线，下起猩红的针芒，还有五彩斑斓的闪电。可这一切都毫无效果。

"这里每一寸泥土都有防护魔符，"昂比乌斯有些意洋洋，接着他想到了赫加迪尔和其他类似的角色，又补充了一句，"它们一直深入地基的岩层。"

赫加迪尔接下来的夜袭就不太管用了。敌人的营地加强了戒备，在薄弱地点放置的魔法警报会给法师们提醒赫加迪尔的到来。疯魔使设法从时空中搬运岩石，砸扁了几个哨兵，除此之外未得寸功。韦斯巴努斯只好失望地回房休息。

他在午后醒来，吃过饭后，他在黑瑙塔找到了昂比乌斯。他发现都统大人正在跟一个绿色的特微克人说话。他骑在一只蜻蜓背上，甚至比昂比乌斯的袖珍娇妻还小。

"这位朋友给我带来了消息，佩克斯大军正在前来攻打要塞。"昂比乌斯说道。

"这消息似乎有点滞后。"

"这已经是蜻蜓最快的速度了，"昂比乌斯说道，"蜻蜓在寒冷的早春表现并不好。"

"我现在就要吃盐。"特微克人的语气很坚决。

昂比乌斯给了他必要的给养。

"在夏天，我这里随时都有十几个特微克人。我满足他们的需求，他们就给我提供狄姆威尔流域的所有动向。"

韦斯巴努斯觉得那肯定还包括了伊斯卡尼的流言和狄丝波伊娜的闲话。

"敌人似乎早就料到了这一点，"韦斯巴努斯说道，"所以他们赶在了蜻蜓和消息的前面。"

韦斯巴努斯从高塔的窗户朝外眺望，看到敌人的军阵暂时没有动静。

"他们还在等待,"昂比乌斯说道,"我大概知道在等什么。"

韦斯巴努斯摸了摸没有修理的下巴。"那两位大人都很骄傲。我们是否可以挑拨他们不合?"

"这正是我们最大的希望。"昂比乌斯说道。

"那就让我去加一把柴吧。"

黄昏时分,他将赫加迪尔从建筑师扳指中召唤出来,让疯魔使将要塞东方的一座山丘夷平。那里在要塞和两支大军的射程之外。疯魔使在那里修起一座堡垒。当慵懒的红日爬上高空,这座堡垒的城垛和塔楼在晨光中闪烁,舞动的长旗在风中如同明艳的蛇信一样亮眼。旗帜上还写着"献给最武勇之人"。

韦斯巴努斯在高塔上看着城下的骚乱,攻城士兵们纷纷对新堡指指点点。军官们被封臣传唤,封臣们又被将领召集。最终,总督和皇父都在他们各自的大本营中现身,用远视仪观察新堡的情况。

随后,卡拉布兰德军向新堡派出了一支小分队。佩克斯军发现后,也派出了自己的人马。他们包围了新堡,朝里面派出了探子。他们回报说里面只有一张长椅,只适合一个人休憩。

两支队伍回到了他们各自的阵营。几个钟头后,什么也没有发生。军官们吃起了午餐,哨兵们重新开始了烦闷的巡逻。臃肿的红日蹒跚滑过黑暗的天空,仿佛一只吸满血的蜘蛛。

韦斯巴努斯只得取消他无用的计划,回房休息。

入夜后,两支大军又分别派出小分队,这一次是由士兵护送的巫师。他们在新堡倒影下的平地上扎营。每支部队都派出了一名全副武装的勇士走进新堡,大概要留在其中过夜。他们各自占了长椅两端,仿佛忸怩的少女。

他们显然在等待着进攻。但要塞的守备方当然并没有这个余力。到了早上,双方的勇士都赢得了己方阵营的喝彩,接着两支部队都分别回到各自的营地。

"这是个良好的开端。"韦斯巴努斯说道。

"还不算。"昂比乌斯回答。

他正在跟特微克人们开会。这天又来了四个,刚好组成一支微型中队。他下达指令,让他们监视敌人的动静。

"他们说有五艘驳船正从卡拉布兰德沿河而下。"昂比乌斯说道,"每艘船上都载了一个大家伙,但它们都被帆布盖了起来。"

"这可不是好消息。"韦斯巴努斯说道。

"没错。"昂比乌斯说道,"我有一种不祥的预感。之前我说过敌人还在等待,那恐怕就是在等待这些东西到达,然后大举进攻。我准备派特微克人去更仔细地查探这些驳船。"

然而特微克斥候到了下午也没有回来。昂比乌斯抿紧了嘴唇。

"也许赫加迪尔可以去试试。"他说道。

赫加迪尔前去查探了驳船,接着很快就回来了。他汇报说每艘驳船上都有一个托架,上面装着一个瓶状物体,长约八步,由漆黑的金属打造,上面铭刻着鲜花与荆棘的复杂纹饰。他还用手指在高塔的墙壁上描绘了其中一些花纹。

"是和谐毁灭大炮!"昂比乌斯叫了一声,"我们输定了!"

韦斯巴努斯强行按捺住恐慌。"怎么会?你不是说过这座要塞能防御任何魔法吗?"

"的确如此!"昂比乌斯说道,"但这种大炮并没有使用魔法。它是一种古老的机械装置,跟火箭大炮差不多。但和谐毁灭大炮可以把城墙轰塌成渣!"

韦斯巴努斯赶紧问赫加迪尔。"这些驳船还有多久到达敌营?"

疯魔使今天以奥斯特利-布兰兹的形象出现,他是韦斯巴努斯在罗埃的导师之一,双眼鼓起,牙齿突出,容貌十分吓人。他思考了一番。

"最多还有两天。"他说道。

"最多还有两天！"昂比乌斯重复了一声，"然后一切都完了！"

"不要绝望。"韦斯巴努斯告诉他，虽然他自己比都统大人更绝望，"我会派赫加迪尔把驳船凿沉！"

"他们恐怕早就有所防备。"昂比乌斯说道。

"无论如何都要试试……"韦斯巴努斯转向赫加迪尔。

"能让我继续汇报吗？"赫加迪尔说道。

"行，还有什么？"

"每艘驳船上都有七到十名船夫，还有十几名士兵，一名军官和一个术士。第一艘船头上有一根银钉，上面都是特微克人的尸体。"

"你去击沉驳船的时候，千万小心不要被银钉刺穿，或者小心其他类似的东西。"韦斯巴努斯说完，看到疯魔使转着双眼望着他。

"你要我怎么做？"他问道。

"撕开船底，掘开河岸，让它们撞上去。要不然就从空中扔巨石。只要能发挥你的天赋和想象力都行。"

"那好吧。"疯魔使犹豫地说了一声，接着消失了。他很快就回来了。

"那些驳船都有魔法保护。我没法击沉它们，也不能朝它们扔东西。它们在河流中道行驶，难以被决口的河岸冲毁。"

"那就从水下在河中建一座土垒暗礁。"韦斯巴努斯说道，"让它的高度刚好让驳船可以碰到。然后从要塞顶上取一些尖刺装在土垒上。"他带着胜利的喜悦望着昂比乌斯，"我们会把船底击穿。"

昂比乌斯挥了挥手。"那就这么干吧。"

赫加迪尔再次出发。结果驳船都安然绕过了暗礁。他又试了一次，结果仍然一样。

昂比乌斯阴沉地望着窗外。

"还是按照计划继续在敌人中挑拨离间吧。"他说道，"这是我们仅有的希望。"

"我在想，"韦斯巴努斯说道，"是否可以用自由的承诺让您妻子为庇罪领要塞而战？"昂比乌斯思考了一阵，然后摇了摇头。

"不行。"他说道。

当天夜里，赫加迪尔拆掉了敌方勇士们等待的新堡，又修了一座金色穹顶的公馆，四角各有一尊代表了知识、真理、智慧和洞见的塑像。这座殿堂的旗帜上写着"献给最有智慧之人"。

两支敌军再次在黄昏时派出了部队。这次是两名法师，一位须发皆白，一位须发皆黑。他们俩都在士兵护送下走进了公馆。

次日清晨，两位法师走出殿堂，他们的胡须整洁如初，表情却有点迷茫。

"接下来是什么？"昂比乌斯问道，"献给最整洁之人？献给最时尚之人？"

"请静观其变。"韦斯巴努斯说道。

他们在白天又想了许多办法来凿沉驳船，可都徒劳无功。它们载着可怕的武器在一天之内就将抵达。赫加迪尔回报说，驳船上的敌方法师脸上洋溢着完全一致的喜悦。

这天晚上，疯魔使拆除了为法师修建的公馆，接着又用纹理细密的大理石修起一座宫殿，周围是一圈如同宝冠的高塔，大旗上写着"献给最伟大的统治者"。昂比乌斯在黑瑙塔上不安地踱步，韦斯巴努斯却睡得很香。

入夜后不久，总督和皇父都各自点起一支精兵，前往宫殿，来到明知道是陷阱的地方就位。韦斯巴努斯欣慰地发现，虚荣心让他们俩容不得有其他选择。

韦斯巴努斯仍然没有直接向宫殿发动进攻。无论是他还是庇罪领要塞都不具备这个能力。

他给赫加迪尔下达命令，让他去封锁宫殿，用数不清的精金板将宫殿彻底封印。既然韦斯巴努斯不能直接杀害其中的人，那他就可以把他们困在其中，再往里面灌注毒气。

派出赫加迪尔后，韦斯巴努斯在城垛上焦急地踱步，等待着计划是否能够奏效。城外一片寂静，只有夜晚的寒气。韦斯巴努斯在心里想象着无数精金板无声地在远方的宫殿里。

忽然一束闪光照亮了大理石宫殿的高塔。呼啸的奔雷接踵而至。接着闪过更多五颜六色的亮光。空气中充满了呼喊、战吼，还有隐形的翅膀拍打的声音。

韦斯巴努斯不停咒骂，把他的运气、先祖，和方圆五十里格内的所有人都骂了个遍。等他冷静下来后，赫加迪尔才出现在他身边。他仍然采用了奥斯特里-布兰茨的模样，只不过胡须和衣服都烧得焦黑，不停冒烟，简直惨不忍睹。

"唉，"赫加迪尔很没好气，"他们早有防备，我差点就没命了。"

韦斯巴努斯心烦意乱，只好打开扳指，让赫加迪尔回去休养。他自己也无奈地回房睡觉。

次日清晨他被阵阵喝彩吵醒，原来是敌方两位领袖在士兵的欢呼中离开了那座宫殿。韦斯巴努斯开始盘算起逃亡的办法。等敌人发起总攻，他大概可以趁乱在赫加迪尔的帮助下游过河去，然后躲进疯魔使修起的避难所里……

这个计划极其糟糕，又非常危险，但这是他唯一能想到的办法。

他起床吃过早饭，前往黑瑙塔。他看到两个特微克人围着都统大人的脑袋盘旋，仿佛围着一座迪奥殆雕像欢呼的红帽精一样格格不入。昂比乌斯圆润的脸上似乎笼罩着无尽的惆怅，他朝卡拉布兰德军阵的方向指去，韦斯巴努斯看到要塞射程之外的一座山岭顶端被彻底夷为了平地。

"那是为和谐毁灭大炮准备的发射平台。"昂比乌斯说道，"特微克人说那些驳船会在今天上午抵达敌营。接下来，他们大概会花上一整天把那些武器从登陆点拖上平台。总攻就在明天早上。"

"只有像赫加迪尔这样的精灵才能把山岭夷平。"韦斯巴努斯说道。

昂比乌斯耸了耸肩。"他们人多势众,有精灵也不足怪。"

"也许我们应该把他揪出来。"

韦斯巴努斯打开扳指,召唤出赫加迪尔。这一次他变作一个垂死的特微克人,皮肤绿得发灰,肚皮下垂着一根长矛一般的尖刺。

"别用这么丧气的形象,"韦斯巴努斯说道,"去山岭那边,看看能不能破坏它,把大炮扔进你创造出来的坑里。"

赫加迪尔只去了几分钟,很快就回来了。他变成了矮人版的总督,这位大人优越感十足的微笑疯癫极了。

"有个叫夸德的精灵把守着平台。他比我强大得多,他警告我,只要我轻举妄动,就把我撕成碎片。"

韦斯巴努斯打开了扳指。

"你可以回去休息了。"

安置好赫加迪尔后,韦斯巴努斯走到窗边,调节窗户,把远方的山岭拉近。

"那边有许多工程师,"他说道,"他们使用的建筑勘探仪器我很熟悉。我看到有三脚架和测高仪,链条和长杆,还有经纬仪和分割器。他们在打算建什么?"

"恰好相反,"昂比乌斯说道,"他们准备施加毁灭。他们在精确测量要塞的距离和角度,好让大炮瞄准,把我们炸成废墟。"

韦斯巴努斯愣了片刻,感受着这些话里可怕的含义。他忽然觉得潜入狄姆威尔河都没那么骇人了。昂比乌斯似乎十分消沉,他站了起来。

"恐怕该跟我妻子见个面了。"他说道。

韦斯巴努斯好奇地跟着昂比乌斯走进他的房间。昂比乌斯丝毫没有介意。都统大人解除了各种陷阱，领着韦斯巴努斯走进书房。

这一次他总算可以好好看看都统夫人了。她体态丰满，发丝如金，即便被缩小的体形，她的声音依然刺耳。在都统大人跟她交流的过程中，韦斯巴努斯知道了她的名字叫亚梅。

从进门开始，亚梅就开始咒骂昂比乌斯，并贯穿他们谈话的始终。她把昂比乌斯从头到脚骂了个遍，连他个人习惯都不放过。她还说十分乐于见到要塞被毁，并且她决不想出手制止。

昂比乌斯发现自己的努力徒劳无功，于是他耸耸肩走到书架旁，从上面取下一个药瓶，里面装满了琥珀色的液体。他打开塞子，滴了一滴到玻璃瓶里。亚梅立刻抽搐起来，口吐白沫，迅速陷入了昏迷。

"有时我需要安静思考，"他把药品放回书架，"这种麻醉剂能给我带来好几个钟头的安宁。"

"很有效果。"韦斯巴努斯说道。

昂比乌斯望着妻子的卧姿沉吟。"恐怕在玻璃瓶里待了六年，已经让她对我产生了无法动摇的偏见。"

"看来的确如此。"韦斯巴努斯说道，"那让我跟她私下谈谈是否能有所帮助？"

昂比乌斯阴郁地望了他一眼。"你觉得这有用？"

韦斯巴努斯毫无希望地耸了耸肩。"说实话，我也觉得没什么用。"

韦斯巴努斯去了库房，吃了面包、起司，又喝了些酒。他设想是否可以在当天晚上就从黑瑙塔上潜入狄姆威尔河。也许再加上赫加迪尔的帮助，他就可以利用水流逃生。

不，这办不到。他知道要塞的守军会立刻向他射击。

他想到卡拉布兰德的工程师和他们的测高仪和分割器，还有总督麾下的法师们洋洋得意的笑容。他想到皇父和总督把他当作无足轻重的小卒,还想到他为保卫要塞制订的计划又是如何落空。

"就连他们的精灵都比我的强。"他嘀咕了一声,不由得想到这些精灵的本质来。他们能自由穿越时空,能够前往任何一个时代的地球,甚至连地球浴火初生的时代和在太阳寂灭后的永冰世界都能造访。他又开始联想这种能力对他们的心智造成了何种影响,因为这些精灵似乎无论周围的环境如何变化,他们都能心平气和地接受。他们经历过的诸多世界实在完全不同,也许他们只能在无奈中接受。而人类,恐怕难以像他们一样……

他又想到那帮工程师,想到那帮洋洋得意的法师,他脑子里忽然冒出来了一个主意。他立刻吐掉刚塞进嘴里的起司,把赫加迪尔从扳指中召唤出来。

"我想让你再去找一次驻扎在发射平台上的精灵,问问他是否接到指令,不允许你帮平台增高。"

"我会的。"赫加迪尔说道。

过了一阵他回来了。

"夸德说他没有收到这样的指令。"赫加迪尔说道。

"那就回到扳指去!"韦斯巴努斯说道,"我要马上去见都统大人。"

昂比乌斯正在黑瑙塔上视察敌情,第一座大炮已经被拖上了平台。

"我有办法了。"他说道。

在韦斯巴努斯的命令下,赫加迪尔将发射平台朝向要塞的一面缓慢增高,直到它略微产生倾斜,让大炮的角度比预定的略高一些。由于赫加迪尔没有对发射平台作出任何破坏,因此夸德全程袖手旁观。

当病恹恹的太阳爬上东方的地平线,韦斯巴努斯和昂比乌斯就看到敌军已经部署完毕,就待城墙被毁。总督的旗帜在发射平台上飘扬。而要塞另一面,佩克斯的皇父坐镇雪白亭阁之中,一整队精锐在他面前列阵。

"他们随时都会进攻。"昂比乌斯话音刚落,和谐毁灭大炮就开火了,呼啸的炮弹从要塞高塔上方掠过,落在佩克斯军阵中爆炸。皇父的亭阁被炮火轰成了碎片,烟尘四起。霎时间炮火不绝,雷鸣不止,皇父的大军在猛烈的炮火中分崩离析。

然而总督的部队对此毫不知情。韦斯巴努斯施展了建筑师专用的法术,在真正的城墙外筑起一道一模一样的幻影城墙。在敌人轮番炮轰中,他在幻影城墙上制造出爆炸的幻觉,还制造出逼真的碎片和尘烟。在总督看来,他正在一点一点地将庇罪领要塞炸为平地。

韦斯巴努斯对展示自己杰出的技艺十分满意。让他们轻慢他吧,他要对此加倍奉还!

近半个钟头后,总督才得知他的计划宣告流产。大炮终于停止了下来。总督似乎在发射平台上大发雷霆,用棍棒抽打着他麾下的巫师和工程师们。

而另一边,佩克斯的军阵里除了哭号和惨叫,别无其他声音。

战况陷入了僵局。到了下午,一个特微克人飞到昂比乌斯身边。

"我带来了大司徒特林诺的消息。他现在掌管着佩克斯大军。大司徒和佩克斯大军十分渴望向杀害他们领主的卡拉布兰德叛徒报仇。"

"我对大司徒提出的任何建议都很感兴趣。"昂比乌斯说道。

"大司徒打算在午夜时分向总督进攻。"特微克人说道,"但他需要通过您的要塞,您能同意吗?"

昂比乌斯几乎无法掩盖脸上胜利的喜悦。"可以,但他如果图谋不轨,我们会奋战到底。"

特微克得到食盐作为礼物后,前去回报大司徒。于是在这天深夜,昂比乌斯和韦斯巴努斯看着佩克斯军悄然无声地穿过要塞,朝卡拉布兰德军奔袭而去。卡拉布兰德在营地外围部署了探子和哨兵，因此并非毫无防备。但复仇之火驱使着佩克斯军的士兵们迅速冲进了敌阵。这天夜里到处都是兵刃相交的骇人声响，还有致命法术的闪光。

"看！他们搬走了大炮！"昂比乌斯喊道。

进攻者派出士兵和牲畜将大炮从发射平台上运回自己的大本营。他们花了大量人力把这些庞然大物缓慢地从敌营中运出来，当这些可怕的武器被运到要塞大门时，卡拉布兰德的追兵赶了上来，顷刻间，他们跟佩克斯军就在庇罪领要塞门口爆发了激战。

"开火！"昂比乌斯拔出剑，朝士兵们吼叫。"把他们统统干掉！如果我们能把这些大炮抢过来，我们将战无不胜！"

都统的士兵们在要塞城墙上朝下方混战的武士们开火，滚石和淬毒的箭矢如雨点般朝胶着在一起的两支军队洒落。侵略者们在混乱中挣扎着。

"士兵们，跟我来！"昂比乌斯扬起剑，"我们必须出击！"

韦斯巴努斯再次对昂比乌斯的军事才能感到惊讶。他的命令当机立断，并立刻能得到执行，他的士兵都莫不服从。都统大人率领自己的主力冲出要塞大门，将完全没有预料到这场突袭的双方大军统统驱散。大炮被逃走的士兵扔下了。昂比乌斯赶紧组织士兵，赶在佩克斯和卡拉布兰德的大军反扑前将其中一座运回要塞。韦斯巴努斯对战事一窍不通，因此只能在城垛上观战。他不止一次听到了庇罪领守军们的惨叫。

返回的守军折损了许多人手。他们还扛着昂比乌斯。都统大人也身受重伤。既然现在没有人发号施令，那么韦斯巴努斯就接替了他的位置。在他的命令下，城墙上的士兵们继续倾泻着火力。

战斗渐渐平息了下来。清晨时分，五座大炮都被遗弃在要塞之下，有几座托架翻了，其他的则指向随意的方向。现在，谁也别想从要塞守军手中夺走这些大奖了。

清晨之后,韦斯巴努斯在黑瑙塔上看到,两支大军都带着对彼此的恨意,垂头丧气地开始撤退。

一名士兵在中午的时候向他报告。

"都统大人逝世了。"

"恰恰相反。"韦斯巴努斯说道,"都统大人还活着,那就是我。"

他还记得,这里的士兵都是因为缺乏野心,习惯于服从才选拔留下的。因此这名士兵仅仅鞠了一躬,接着退下了。

韦斯巴努斯朝城垛外望去,思考着下一步行动。他接着走下高塔,穿过庭院,前往都统的房间。他荣升高位的消息已经传开了。韦斯巴努斯很高兴看到士兵们向他行礼致敬。他来到昂比乌斯的门前,试图解除他留下的机关,并设法避开了一束短暂喷发的火焰。付出一只被烧毁的袖子作为代价后,他终于进入了都统的书房,来到装着都统夫人的水晶瓶旁,搬来一把椅子坐下。他跟亚梅在完全沉默中相视了好一阵,最后他终于开了口。

"敌人已经被打败,要塞已经安全了。我相信你一定会跟我一起高兴。"他说道,"而你也会跟我一起向你的丈夫致哀。"

她低下头,接着抬起了下巴。"此时此刻,肆无忌惮的大笑和苦涩的哭泣都适合当前的情形,但我两者都不会选。"

"那就按你的想法做。"韦斯巴努斯严肃地说。

"也许你能帮我一个忙。"亚梅说道,"能否请你从那边书架上取下一个青铜仙女像,狠狠地朝这瓶子凿一下?"

"为什么?"

"这还用说?我想获得自由。"

"这恐怕有待商榷。"他仔细地望着她,"一旦你获得自由,想必会立刻自封为庇罪领的统治者,而不巧我刚刚宣布自己为新任都统。你我在这一点上有冲突。"

这个消息让亚梅十分惊讶。她扭曲着小脸，斟酌着该怎么回答。

"恰恰相反。"她说道，"我会帮助你，支持你，教导你。要成为大裂谷之主，你就需要我的帮助。"

"恐怕我有必要谨慎行事。"韦斯巴努斯说完，亚梅就深吸了口气，准备用辱骂她丈夫相同的措辞来羞辱他。可韦斯巴努斯抬起了一只手。

"已故的昂比乌斯大人跟我说过他在这里十分孤独。这里缺乏优雅，没有艺术。人们恐怕会认为他相当后悔成为这里的主人。"

"得了吧，他的野心可大了。"亚梅说道。

"但我的野心没他大。"韦斯巴努斯说道，"诚然，我也渴求物质上的安逸，但我不愿在贫瘠的国度里守着孤独的要塞空耗青春，也不愿跟各国为敌。"

"既然如此，你就应该放我自由，让我成为统治者。"亚梅说道，"我会慷慨回报于你。"

"我的计划略有不同。"韦斯巴努斯说道，"我会主宰此地一个季度，向往来狄姆威尔河的船夫和商人们收税。接着我会重新变回一个普通学生，带上赚取的利润雇一条船。一旦我驶出安全距离，一名士兵就会按照我的命令释放你，你就可以立刻成为庇罪领历史上最伟大的女主人。"

亚梅眨了眨眼睛，思考了好一阵。

"这很公平。"她说道，"虽然我丝毫也不想在这该死的瓶子里多待一秒。"

韦斯巴努斯礼貌地鞠了一躬。"然而其中不公平的地方在于，我必须给士兵发饷，招募夏季守军，而我却没有这个财力。所以我不得不启用前任的金库。不过在我们交往中，我已经发现前任都统生性多疑，在这里到处都设了机关，刚刚还烧掉了我一只袖子。他的金库想必也一样。因此，我需要你为我提供这些机关的信息，还有解除它们的办法。"

亚梅狐疑地眯起了眼睛。

"你完全可以用收到的税款来发饷。"

"刚结束的战争会让狄姆威尔河的贸易不景气,那样我的时候会身无分文。何况守军的表现十分勇敢,我希望好好犒劳他们一番。"

"金库里的钱都是我的!"亚梅喊道,"都是我挣的,结果我却在这瓶子里待了整整六年!"

"你还会在庇罪领住上许多年,无尽的财富会沿着狄姆威尔河流进你的腰包,你的未来不可限量。而我只会取走我能带走的财富度过余生。"韦斯巴努斯说道。

"你别想拿走我的钱!别想!"亚梅攥着双拳,开始用过去羞辱她丈夫的话痛斥起韦斯巴努斯。

"那好吧,"韦斯巴努斯说道,"看来没有释放你的必要。"

他从书架上取下昂比乌斯用过的药品,打开瓶塞,滴了一滴到水晶瓶的瓶口里。亚梅嘴里的咒骂还没说完,就立刻陷入了沉睡。

她醒来之后,发现自己躺在一张乌木大床上,床罩是洁白的绸缎。周围的房间很小,却十分精巧,布置着镶着珍珠的镜子,还有纹案复杂精美的地毯。

她先是很惊讶,接着坐了起来。在她面前有一张躺椅,罗埃的韦斯巴努斯躺在上面十分慵懒。"这是我的房间。"亚梅说道。

"你的亡夫把它保管得很好,就像你才刚刚离开。"她面前的人说道,"你愿意的话,可以把这当作他对你还有一丝爱意的证据。"

"我看他是缺乏想象力!"亚梅在屋里环视了一周,"我似乎自由了。"

她面前的韦斯巴努斯严肃地鞠了一躬。"我重新考虑了一番。这里的守军被胜利冲昏了头,打算忤逆我的命令。特微克人又带来了消息,说总督似乎准备卷土重来。鉴于当前的情形,我还是觉得水草丰美的佩克斯大草甸更有吸引力。"

"我已经订了本季度第一艘船。"韦斯巴努斯继续说道,"而且我也把前任都统金库里的一半财产搬上了船,不多不少,刚好一半,我认为你会觉得这非常公平。我之所以还留在这里,是因为你或许希望我帮你传话,以及你可能会给我一笔经费,帮你雇佣人手,增加守城驻军。"

亚梅在床上摆了摆双腿,接着有些谨慎地站了起来。"一半?你拿走了一半?"

"既然我释放了你,还维护了你的地位,那我自然应该得到一定的报酬。"

亚梅双眼冒光。"你的确应该得到一定的报酬,但需要一半那么多?"

他清了清嗓子。"如果你不需要我帮你传话,那我就该告退了。"他鞠了一躬,疾步朝房门走去。

"别走!"她喊了一声,趁他犹豫的时候快步跟了上去。

"我真的受够了。"亚梅喊道,"我被剥夺了尊严和巫术,被关在该死的玻璃瓶里整整六年。我被迫看着我丈夫当着我的面跟那些青铜玩偶鬼混。我真的受够了。我只能看着他的财富一天天增长,看着他把征收的每一枚金币都在我面前数清后再存入金库。"她盯着他,露出森森的白牙,"我居然还要忍受一个窃贼,他居然要拿走我一半的财产来作为帮我传话的报酬!"

他又鞠了一躬,伸手按住自己的胸膛。

"想想吧,我给了你自由。难道这不值得奖赏?"

"的确如此。"亚梅说道,"所以我会干净利落地杀死你,而不会把你倒吊在黑瑙塔上!"她凶神恶煞地比画起手势,开始念出亚泽尔缩小术的咒语。

然而什么也没有发生。亚梅瞪着韦斯巴努斯的脸,他也瞪着她,他们俩就这样四目相对。

"看来你准备了魔咒,可以抵御这个法术。"亚梅说道,"不过你不可能抵御强效虹光喷射①的威力。"

她再次念出咒语,凶神恶煞地比画起手势。然而还是什么也没有发生,换来的只有对方的眨眼。

"看来已经够了。"韦斯巴努斯的声音说道。亚梅不安地瞥了一眼周围,这声音似乎来自空气,而非对方的嘴巴。她开始后退,她看到韦斯巴努斯身形变幻,变成了一个神情猥琐,满脸胡子,还有一副地包天牙齿的小东西。

接下来的一幕让她感到疯狂。她看到这个猥琐的小人儿以不可思议的速度在屋内穿梭,飞快地拆除房间,不消片刻就把每一块都拆得干干净净,接着她面前就剩下了这个猥琐的小人儿和透明的水晶瓶壁。

韦斯巴努斯朝瓶子里指了指,"请允许我介绍我的疯魔使,他叫赫加迪尔"。

赫加迪尔敷衍地鞠了一躬。亚梅瞪了一眼疯魔使,又朝站在她丈夫书房里的韦斯巴努斯瞪了一眼。

"我觉得最好检验一下你的可信度。"韦斯巴努斯说道,"所以在你睡觉的时候,我让赫加迪尔在瓶子里复刻了你的房间。他很有模仿天赋,所以我让他扮成我的样子,试试看你在获得自由后会不会对我下手。很遗憾,女士,你没能通过……"

"我知道错了!"亚梅赶紧大喊,"我会回心转意的!"

"可我不傻,不会再信你一次。"韦斯巴努斯说道,"出来吧,赫加迪尔!"

---

① 虹光喷射是杰克·万斯"濒死的地球"系列里著名的法术,也被痴迷于该系列小说的《龙与地下城》祖师爷们搬进了龙与地下城的多元宇宙。在龙与地下城的历代规则书中,虹光喷射是一个法师/术士的奥术,属于塑能系。

SONGS
OF THE DYING EARTH

赫加迪尔穿过水晶瓶壁，飞进了韦斯巴努斯手上的扳指里。

"再见吧，女士。"韦斯巴努斯说道，"好好思考下自己漫长无望的未来吧。"

在她开口之前，他就走出了书房。他对亚梅女士并没有多少期望，但他还是觉得该试一试。无论如何，他还有整个夏季的时间来慢慢解除金库的机关，更何况他还有赫加迪尔帮忙，他无疑要可靠得多。

怀着对未来的憧憬，都统大人韦斯巴努斯走上黑瑙塔，在最高处俯瞰着他的新领地。

后　记

我这个人比较特别，长大成人后才爱上了杰克·万斯的小说。

绝大部多数万斯的读者都是在青少年时期接触到他的，我其实也一样，但不知道是因为我没有读到对胃口的作品，还是因为没有读懂，总之我当时并没有得到良好的阅读体验。

不过后来我不断听到我的许多作家朋友都不停跟我说杰克·万斯是一位多么了不起的作家，并毫不吝惜地表达对他的崇拜。而这些作家的品味我是相当信任的。

于是在他们的影响下，我去读了杰克·万斯的《恶魔王子》系列，接着又陆续读了《剑子手》和《冒险星球》系列和《大星球》，最后，当然就是大名鼎鼎的《濒死的地球》了。

从那之后，我对万斯的景仰之情便一发不可收拾起来。我对他取得的辉煌成就心悦诚服，对他敏锐的洞察力和广博的创造力十分佩服。

我非常喜欢《濒死的地球》系列小说中万斯笔下那些道貌岸然，

却凌驾于道德之上的法师,他们沉溺于争名逐利,喜欢玩弄阴谋诡计。我就很想讲一个这样的故事,只不过这个故事的主角初出茅庐,还没有跻身精英的行列。韦斯巴努斯还年轻,各方面都还很青涩,水平也很一般。所以想要在濒死的地球上成为统治集团的一员,他必须十分巧妙地运用手上仅有的力量。

庇罪领、佩克斯和卡拉布兰德是我自己按照万斯的风格虚构的三个国家,有许多万斯笔下的标志性元素,比如荒芜的土地,缩小的女巫,还有特微克人等等。当然我也加入了自己的原创,比如和谐毁灭大炮。

我还非常喜欢万斯笔下的测高仪、经纬仪和分割器,于是我在故事中安排卡拉布兰德的工程师们使用了它们。这些工具在现实世界中也是地质工作者们相当实用的工具。

说不定这正是现实世界对杰克·万斯的致敬。

——沃特尔·琼恩·威廉姆斯

保拉·沃斯基

本文讲述了一位吊儿郎当的公子哥急于完成自己的学业，因为如若不然，他将面临自己的死亡。

保拉·沃斯基写下了广受欢迎的《术士的新娘》系列，包括《术士的新娘》《术士的后嗣》《术士的诅咒》。她还创作了《白色审判庭》《黄昏之门》《巫后的诅咒》《幻象》《幸运的罗汉克鲁》和《冬之狼》等脍炙人口的小说。她出生于新泽西州范伍德市，现居新泽西州暖日岭。

卡兹的传统

　　卡兹的达鲁森在自家庄园里已经当了一辈子主人。他现在正端详着自己的侄子。他是一名朴素的青年，衣着雅致，头发漆黑，面容清俊白皙，乌黑的眼眸里透着一丝满足。达鲁森对此非常满意，他粉嘟嘟的圆脸透着欣慰，圆溜溜的眼睛里闪烁着慈祥的光。

　　于是他开口说话："我的侄子法诺尔啊，希望你生日快乐。今天你便步入了二十又一岁的殿堂，我们应当为此喝上一杯。"

　　"我很乐意，叔叔。"卡兹的法诺尔恭顺地垂下了头。

　　于是叔侄二人举杯庆贺。

　　"这酒可合你的意？"达鲁森的话里透着关怀。

　　"简直妙不可言。"

　　"侄子啊，我很高兴你长大成人。从今天开始，庄园里的一切都属于你了。跟我讲讲吧，既然你已经成为了庄园主人，你可有什么打算？"

"您问我的打算？那想必是继续投身于管理这座庄园，当然我还有别的追求。我在凯因有无数工作要做。我的剑术还不精熟，还需要多加磨砺。剧场也始终需要赞助。我要资助辩论赛、戏剧《弗林格的态度》，还有山地巡演和斯考姆河划艇赛，以及重现上古太阳金光的实验……"

"你称这些为工作？"达鲁森撇起了嘴，"我把它们都称之为消遣。侄子啊，你把自己的精力都在琐事上浪费，总是忽略了重点。你完全没提到过魔法，而魔法才是让我们家族光耀门楣的正道。卡兹的显贵望族都以魔法为立命之本，你呢？"

"唉，我没有魔法的天资，连最简单的咒语都记不住。它们总是像胆怯的鸟儿一样迅速从我脑中飞走。"法诺尔无所谓地耸耸肩，"可这有什么关系呢？我已经有许多别的追求值得称道。"

"唉，我的侄子啊。"达鲁森甩着肥嘟嘟的脑袋，笑得有些苦涩，"但是请恕我直言，你拒绝承认一个最基本的事实，那就是这座庄园的主人必须具备一定的魔法才能。这是卡兹的传统。这么多年以来你都荒废了自己的学业，而我也对你疏于管教，对此我很自责。既然你现在已经成年，那这件事就必须做出改变。"

"可现在为时已晚。我不想增加您的烦恼，叔叔。"法诺尔无所谓地劝道，"何况我也没那么糟，未来一切都会走上正轨。"

"你的人生观很豁达。当我仍然有希望说服你接受我的观念。"达鲁森说完敲了敲桌边的一面小锣，激起一声铜锣声。

葛威利斯走了进来。他为这个家族服务的时间早已数不清了，他干枯得如同一只风干的蝉蛹。

"拿它进来。"达鲁森下令道。

葛威利斯躬身告退。片刻之后，他拖着蹒跚的步伐，把一个硕大的物体放到了桌子中央。

法诺尔坐在椅子上，身体前探。他看到面前摆放着一大圈透明的玻璃线，盘根错节地纠缠在一起，其中大部分都没有颜色，只有一两处有一抹绯红。这团玻璃结中出现了一些形状，起初他以为是随机的，可他仔细观察后发现它们都是有规律的。他在其中看到一些闪亮的鳞片，接着又仿佛看到了一只爪子。他好像看到一只鼻吻，还有一颗闪亮的尖牙。在它闪闪发光的中心是一颗清晰可见的黑心，他还不清楚那到底代表什么。

"简直看不透，是吧？"

"的确如此。"法诺尔抬起头，正好碰到叔叔欣喜的凝视。一股逼人的压力扑面而来。

"侄子啊，玻璃结的中心有一个细小的铅盒，里面的东西你绝对会感兴趣。但只有通过巫术的力量才能拿到它。我想请你把这个盒子打开。"

"可巫术完全超出了我的能力范围。恐怕一把称手的铁锤也能把它外面的玻璃砸开。"法诺尔企图用轻松的话语掩饰心中的不安。

"那是不可能的。用锤子敲打只能大大加强守卫者的决心。"

"守卫者？"

"就是玻璃里的爬虫。它们看起来没有生命，但千万别掉以轻心。它们的防备意识尤其炽热。一旦被激怒，你就会领教到它们暴烈的脾气和致命的毒液。"

"是吗？"法诺尔仔细观察，总算看清许多透明的蜥蜴在玻璃中交错一团，那些绯红是它们的眼睛、爪子和毒囊，他数不清里面到底有多少，"看来它们的确是顽强的守卫。那不管那是什么，就让它们好好守卫自己的财宝吧，我不想打搅它们。"

"我劝你再好好想想。这个玻璃爬虫结中心的盒子绝对值得你操心。因为只有它才有解药。"

"解药？"

"它能解你刚刚喝下的毒药，就在那杯酒里。我还担心你会察觉到里面添加了来自异国他乡的佐料，但你的心似乎放在了别处。大概是山地巡演和《弗林格的态度》吧。"

"毒药！你要谋害我吗，叔叔？"

"我亲爱的孩子，可千万别这么想。难道你把我当成了吃人的妖魔？我这么做都是纯粹出于长辈的关爱。我要给你一个机会光耀卡兹的传统。如果你觉得我的行为过于极端，那恰好说明我对你的才能怀有绝对的信心。现在请专心听我说。你服下的药物并不严重，不会给你带来多少困扰。三四天后，在你感到不适之前它就会让你的内脏枯竭，再过两三天才会让你干枯的内脏化为火焰。整整十天后，体内的火焰才会将你的心脏、灵魂和生命烧成灰烬。不过这些并不重要，所以何必纠结这些丧气话？只需要运用最简单的魔法咒语，你就能解开这个结，打开盒子服下解药。毫无疑问，不消几个钟头，你就能解开这个难题，这座庄园的合法主人根本不可能失败。侄子啊，我肯定会以你为傲。"达鲁森从椅子上站起来，拍了拍他侄子的肩膀，接着就离开了。

卡兹的法诺尔呆若木鸡了好几秒。他端详着这团乱麻好一阵，头也不回地开了口。"葛威利斯，给我拿把锤子来。斧子和撬棍也行。"

"没用的，法诺尔少爷。"这位古老的仆人用高昂的音调说道，"只有魔法才能办到。达鲁森老爷吩咐过。"

"那我就从城里找个法师。"

"那样不算数。达鲁森老爷吩咐过。"

"那我就把玻璃结带到凯因。"

"玻璃结不能离开庄园。达鲁森老爷……"

"那这个命令我来下，仆人必须服从我。我已经成年了。"

"这座庄园里愚钝的仆人们大概还没有意识到这种改变。"

"唉，葛威利斯，看来我叔叔已经谋划好了一切。我必死无疑。

我只剩一个办法,那就是在毒发之前杀死达鲁森复仇。这什么也无法改变,但聊胜于无。"

"请允许我提出替代方案。诚然,您叔叔的计划和动机都非常可疑,但无可否认,他的提议完全可行。您极有可能的确具备一定魔法才能,并且您现在有足够的动力去把它找出来。您必须运用您自己的能力。"

"这不可能。我的大脑根本不是记忆魔法的材料,它天然对它产生排斥。"

❀

"可现在的形势容不得您排斥。何况大脑构造和能力秉性并非如您想的那样不可改变。住在赛恩斯冰碛边缘蜂巢里的解剖大师切尔恪正是能帮您剖析大脑,找到隐藏天资的人不二人选。"

"解剖大师?"

"我想这应该是个礼节性头衔。切尔恪是一位博学多才的魔法师,还特别乐善好施。如果您的困境能引起他的兴趣——我非常建议您这么做,他就会想办法替您弥补所有不足。去找切尔恪吧,千万不要拖延。"

法诺尔点点头。他感到自己体内有一团热量正在成形。

❀

法诺尔骑马离开卡兹庄园的时候,太阳正从天穹上下垂。老迈的恒星在紫纱般的雾气中散发着暗淡的光。很快,暖意在地平线上消褪,墨色覆盖了天空的湛蓝。他一路南行,凯因徐徐出现,暗淡的紫罗兰色灯火映衬着它的白墙。黄金王子坎代弗那座光洁的穹顶主宰着远方的天际。在更远方,桑瑞尔湾的海水闪烁着波光。他前方的小路狭窄蜿蜒,绕过整座城市的北端,穿过安宁的村庄,慢悠悠地栽进了旧城。那是一片寂静的废墟，遍布断垣残壁和倾覆的塔楼，在无穷的岁月打磨下早已风化得没有了棱角。他骑马走过一座倒塌的方尖碑，在它旁边是一座宽广的庭院。他发现路上到处都是没有眼睛的死尸。其中有一位全身披挂的武士，接着又是一个裹在绿色斗篷里的年轻人。死人很多，完全数不过来。他们空洞的凝视让他心生寒气，却不能扑灭他体内渐燃的火焰。他敦促着自己的马儿，继续前进。

当垂死的红日爬上天空，他才将旧城甩在身后。道路愈渐崎岖，地势不再平坦。放眼望去，遍布在弗恩山岭和洼地的原野上皆是青铜般的色泽，闪烁着玫瑰金色的光辉。

他又骑行了一个钟头，终于抵达了赛恩斯冰碛的边缘。

法诺尔紧勒缰绳，举目四顾，前方的大地作翻腾之势，仿佛无数被石化的海浪。早已被忘却的过去给这里到处留下了砾石堆积的小丘，它们全都光滑发亮。日薄西山的阳光把山峦照得通红，投下深如焦炭般的沉影。群峰之间有一条棕色的溪流劈凿而出，两岸皆是狭窄高耸的小丘，十分醒目，它们的形状和规模都仿佛出自智慧生物之手。但他端详了好一阵，都没有发现任何生命的迹象。最后，他敦促马儿小心前进。

这些废弃的小丘大都有两人高。走到跟前，他才发现它们都是石头垒成，外面包着一层发亮的结晶和光泽如黑瓷一般的物质。它们大多完好，但仍有部分小丘的外表不禁岁月的冲刷而剥落，露出里面密集的多边形房屋和其间狭小的通道。法诺尔忍住了想停下来仔细研究的冲动，因为太阳已经西沉，幽灵般的阴影开始从古老的大地上显现。他于是沿着温吞的溪流继续骑行。接着，他看到了一座巨大的土丘，高大兀立，足有五人多高，吸引着他朝它走去。他绕着这座小丘转了两圈，没有看到任何亮光，也没有发现任何活物的踪迹。他翻身下马，走到跟前拍了拍它粗糙的外表，没有听到任何反应。忽然间一个佝偻的身影从他视线边缘闪过，可他扭头去看的时候却没了踪影，只听到阴冷的风声。他心跳加速，心头涌起一股寒意。他深吸了口气，舔了舔发干的嘴唇，又敲了一遍。

附近一丛芦苇忽然颤动，接着分开，露出一个洞口。一个尖削的身影伸着脑袋出现在垂死的阳光下。法诺尔看到他披着一身灰衣，狭长的脸上戴着一张眼球凸起的狰狞面具，双手枯白如骨，指甲又长又弯，还罩着一件半透明的斗篷。

"你想寻求何物？"这怪人问道。

"我来寻求解剖大师切尔恪。"

"你找他有何贵干？"

"我要寻求他的帮助，我会付上丰厚的酬劳。"

"你的酬劳于他何用？能让他埋在赛恩斯冰碛的冻土里等待发芽吗？"

"我能为他讲述一个精彩的故事，讲的是一位愚蠢的年轻人，即将继承一座庄园。然而他却有个狡诈的叔叔，将在十天内谋害他的性命。"

"那我可以说切尔恪听到了，因为他就是我。进来吧。"他转身消失在了洞中。

法诺尔犹豫了。那个佝偻的黑影似乎又出现在他视野中，可他转身的时候仍然什么也没有看见。不能再犹豫了，他赶紧拴好马儿，探脚穿过芦苇，钻进洞里。这是一个圆形的甬道，四面墙壁的包浆上混着石块。这里很矮，他一度只能手脚并用，勉强爬过。甬道里很暗，只有洞外漏进来的暗淡光线和前方摇曳的一抹亮光。忽然，他终于进入了一间屋子，这里有六面墙壁和六边形的天花板，让他终于可以站直了身。屋里很简陋，只有一张矮桌，一个盘子，地上铺了一张破旧的草席。壁炉里跳动着微弱的柴火，书架上堆着许多书本、卷轴和其他小玩意儿。天花板上垂吊着许多干枯的草药、结晶的甲壳，还有隐约发光的骨头碎片。

解剖大师切尔恪转过身，用凸出的眼球打量着面前的客人。"想必你对我的住宅充满了好奇。这是按照赛恩斯蚁人的风格修的，他们在远古时期住在这里。赛恩斯蚁人是人类、鼩鼱、纽威人和白蚁的混血，他们的巢穴简单实用又美观，还在蜡板上留下了歌咏大自然神奇造化的颂歌。他们创造了世界上最优雅的美学标准，解决了最深奥的哲学和道德之谜。他们把最伟大的著作都封存起来，送入世界之间的无数虚空世界之一。后来他们就灭绝了，大概是不堪忍受自己的完美。他们留下的蜡板融化了，那个虚空世界的位置也失落了。不过他们的哲学遗产仍然留了下来，等待着再度被发现。正因为如此，切尔恪才住在这个地方，拥抱赛恩斯蚁人的生活之道，期待他们有翼的亡魂能再度归来给他启迪。"

"这发生过吗？"

"有过一回。十年前，一个透明的影子掠过了蚁穴，它浑身发光，形似耗子和白蚁。我不顾一切追逐它，它却消失了。我没有放弃希望，随时都准备好等它回来。"

"明智的措施。"法诺尔郑重地点头。

"我已经说过了自己，现在该轮到你了。年轻人，说说你的名字和故事吧。如果我感兴趣，你就可以留下吃饭。"

"我叫法诺尔，来自卡兹，我所求的不止一餐。我给来你讲讲。"法诺尔简明扼要地说了他的故事，但讲得绘声绘色。

切尔恪安静聆听。他戴着面具，看不到表情，但他昂起的头颅表明他十分专心。故事讲完后，他站在原地沉默了一分多钟，接着开口说话。

"这个故事确实如你所述，哪怕赛恩斯蚁人听到你的讲述，也会毫不犹豫伸出援手。说实话，我也一样。你需要我怎么做？"

"我需要一剂防止毒素腐蚀内脏的解药。"

卡兹的传统

"这好办,只要能弄清毒素的成分。据我所知,这个世界上共有九万六千四百零七种有毒的元素化合物。如果算上灰霉素,那就是九万六千四百零八种,不过我认为没有这个必要。"

"那你觉得它有哪些成分?"

"完全不清楚。"

"很遗憾,就算我们马上动手检测,也要坚持不懈好几年才有结论。"

"可我最多只有十天,恐怕现在只剩下九天半。你能否给我做一个魔符之类,解开那些玻璃魔兽打成的结?"

"那不成。只有法术才能解决如此复杂的难题。我的法术书里魔法众多,需要仔细查阅才能找到恰当的咒语。你会学会充满伟力的音符,让你复原,就连赛恩斯蚁人都会对此垂涎。你稍坐片刻,待我查阅魔典。"

"那这段时间我去照顾马儿。"法诺尔沿着低矮的甬道爬出去,拂开芦苇,再次站在开放的天穹下。

残阳西沉,无力的光线笼罩大地。他环顾四周,却没有发现马儿的踪迹。进洞之前,他把马儿拴在了附近一棵高大的莫斯梅禾上。可现在它的主茎上缠着残存的缰绳,枝干上荡着几缕棕色的马鬃,叶片上还有血迹。他目瞪口呆,朝莫斯梅禾边上靠近。

空气中寒气突增加,他赶紧转身进洞,看到东道主正端坐矮桌旁的垫子上,端详着一本栗色皮封的书本。

"我的马不见了,"法诺尔说道,"它多半凶多吉少。"

"你的推测正确无疑。定居在这片地区的巨虫既贪婪又毫无道德。不必为自己的损失哀叹,你应该培养一点哲学上的豁达,运用逻辑学的观点来说服自己,既然马儿已经失踪,那它就等于从不存在。现在言归正传,你前来寻求我的建议,而我已经找到了一道恰当的法术,它叫迅速互斥术,咒语也不复杂。你只需要记住它的音

SONGS
OF THE DYING EARTH

节,在必要的时候施放就行。只要没有发错音节,读错重音,搞错变位,颠倒顺序,也没有弄错语气,那么你的难题就会迎刃而解。它们的咒文就在这里,快记一记吧。"

"谢谢你,先生。"法诺尔坐定,审视起书本来。泛黄书页上的迅速互斥术就摆在他面前。书本上的字迹有些褪色,但仍然很清晰,注音符号也很清楚。咒文很枯燥,但并不长,要把它们全都记住并非没有可能。看来他即将打破自己不谐巫术的历史了。他过去年少轻狂,对魔法心不在焉,但这一次他将全神贯注,一定能取得成功。

于是他心无旁骛,在无声流逝的时间中专心阅读。他完全沉浸在书本中,完全没注意东道主悄然离开了矮桌。书本上,充满伟力的音符还想负隅顽抗,它们在字里行间扭动挣扎,仿佛想逃避他的目光。这光景让他既熟悉又不安,要是在过去,他绝对在如此困难面前败下阵去,但今天他却顽强地坚持了下来,一点一点地把书本上的字符刻进脑子。忽然间,他的灵魂中激荡起一声伟力之音。

"毫无疑问,你已经完成了这一重任,进入了冥想状态。来吧,检验成果的时候到了。"

法诺尔眨了眨眼,他抬起头,看到切尔恪拿了一个拳头大小的球体回到桌旁。

"来看看。"巫师朝他招了招手,"我给你准备了一个简单的题目,它是由五根单独的麻绳打成的结。毫无疑问,即便不用魔法,你最终也可以把它解开,但我们来设想一种时间紧迫的情况。施放迅速互斥术吧,强烈的斥力会立刻注入这五根麻绳,瞬间把它们分开,解开这个结。你准备好了吗?"

"是的。"法诺尔努力地相信这一切都是真的。他已经跟那些晦涩的文字进行了艰苦的搏斗,必然已经将它们征服。于是他自信地咏念出这道咒语。铭刻在他脑海里的伟力魔音瞬间销声匿迹,他茫然了好一阵,才回过神来看着那个结。

卡兹的传统

它丝毫没有变化，还是跟之前一样一团乱麻。解剖大师切尔恪发出一声低沉的惊呼，他抖了抖透明的斗篷，仿佛一只昆虫抖动双翅。

"不可思议，"巫师说了一声，"如此毫无效能前所未见，真是叹为观止。"

"唉，"法诺尔悲哀地发现脑海里空空如也，"我真没用。"

"倒也不是。这正是它的妙处。你的表现缺乏经验，但我并没有看到明显的错误，因此算不上根本性失败。这很有趣，我还需要再观察观察。你必须再试一次。"

"好的。"法诺尔吞掉失败的苦涩，重新开始研读。这一次记起来仿佛轻松得多。一个钟头结束后，他觉得自己终于掌握了迅速互斥术。然而第二次尝试打破了他的幻想。麻绳打成的结仍然纹丝不动，仿佛一个死物。

"还是没有明显失误。这太有趣了。"切尔恪用指甲敲了敲他的眼柄，"我必须好好想想。放下书本吧，年轻人，它没有用了。我们晚点再看看有什么办法。"巫师说完就陷入了沉默，对一切提问都仿佛充耳不闻。

听完东道主的话，法诺尔把书放到一边，但迅速互斥术的魔音却仍然在他脑海中疯狂地徘徊。切尔恪似乎帮不上他的忙，那他又该何去何从？随着幻想破灭，体内的火焰似乎又开始了灼烧。法诺尔抿紧嘴唇，伸手捂住肚子。脑海中的伟力魔音如烟消散。

东道主在桌上张罗晚餐，打破了这段漫长的沉默。这一餐很简陋，只有炖野根、豆子泥和野菜饼。他们俩无声地吃完饭，接着切尔恪开了口。

"经过仔细思考，我大概得出了一个结论。你的困难大概源自一种先天性缺陷。"

"应该不会。在服下这种不明毒素前，我一直很健康。"

SONGS
OF THE DYING EARTH

"那这种微小的病变一定瞒过了你的法眼。可能只是某个微小的腺体出了问题，发生了看不见的闭合，或者是难以察觉的硬化，不然就是一小段神经发生了错位。只要能发现原因，我自然就能对症下药。因此，我需要你的右手食指来做分析测试。来吧，我要给你截肢。你会发现我的名头绝非浪得虚名。"

法诺尔眨眨眼。"就没有替代方案吗？"

切尔恪想了想。"那半杯血应该也行，但效率会低得多。那起码要多花两个钟头才能得到结果。"

"我宁愿多花时间。"

"那按你说的办。"

切尔恪一抽完血就开始做起检查。法诺尔缩进仿佛棺材大小的睡坑里小憩，体内的火焰却让他辗转难眠。

❦

次日清晨，他发现东道主仍然盘腿坐在主厅的矮桌前。

"有好消息，年轻人。"切尔恪洋溢着胜利的喜悦，"我已经解开了谜题，很快就能让你脱困。"

"是吗？"法诺尔又燃起了希望。

"如我所料，你的血液中有一种化学失衡，导致你完全不能吸收法术的力量。这个问题好办，只需一剂灵药就能解决。它还是现成的，而且既然我已经踏上了赛恩斯蚁人之道，我就愿意为你去做。你唯一需要做的，就是为我取回最后一味草药。它就缺一种。"

"跟我说吧，我一定办到。"

"你必须给我找一块黑蝠怪的首石。"

"黑蝠怪。"法诺尔不禁打了个寒战，"这种东西哪里能买？"

"据我所知，地球上哪里都买不到。"

"消灭黑蝠怪需要强大的魔法，或者一整队全副武装的士兵。可我都没有。"

"不用如此沮丧，我们仍有希望。既然你只需要找一只死的黑蝠怪，又何必去招惹活的呢。"

"如果我知道的不错，那仍然难以办到。大家都认为黑蝠怪会吞噬同类的尸首。"

"那都是无根据的妄谈。黑蝠怪的首石很难消化。就算被消化了，它也必定会重新出现，这是一种不可避免的轮回。"

"那我就必须谨慎搜寻这些有翼饕餮出没的地方。"

"不必自谦，你必须十分谨慎。我会送你一件法器，它叫变色龙面具，无需魔法才能就能使用，可以为你提供无与伦比的保护色。"

"我怎么知道哪个首石合适？"

"我要的头顶石只有豆子般大小，颜色是群青和赭石，斑驳的表面永远有黑色的光点游弋。据说玻菲隆断崖以北有许多黑蝠怪出没，我建议去那里找找。"

"这段路程要花点时间。"法诺尔下意识地捂住肚子，仿佛这已经成了习惯。他的掌心能感受到体内的灼热。

解剖大师切尔恪抖了抖斗篷表示同情，"哦，我可以帮得上忙。我会给你一瓶失窃之眠精油。只要抿上一口就能让你把八个钟头的睡眠缩短成二十分钟。但千万小心，抿上两口会让你长睡一个月。它可以在路上助你节约不少时间。"

"既然我可以缩短八个钟头的睡眠，那我体内的毒素会不会一样压缩时间？"

"这倒是个有趣的问题。你可以实验一番，再跟我说说结果。来吧，我们时间紧迫。"

法诺尔的早餐是蒸豆荚、昨晚剩下的野菜饼，还有一杯酸刺莓汁。东道主把为他准备的魔法物品放进了他的包包，还给他准备了一小袋口粮。除此之外，他没别的东西可带，因为他放在鞍囊里的所有财产都随他的马儿烟消云散。最后，他对巫师开口："我会尽快回来。如果我此行失败，那我们就不会再见，请允许我感谢您的盛情款待和大度慷慨。您已经贯彻了赛恩斯蚁人之道。"

"感谢倒不必。我很乐意有机会得到黑蝠怪的头顶石，实际上，我已经想要很多年了。"

他爬过甬道，穿过芦苇，重回开阔的天空下。黎明初现，一轮深红的太阳在深紫中爬上东方的天际。墨蓝的天穹几近黑色，但暗红的阳光使赛恩斯蚁人留下的巢穴投下长长的倒影。在他前方，赛恩斯冰碛朝着杂乱的方向缓缓流淌，高大的冰山笼罩在微红的雾气，其中的深谷隐没在黑暗中。在远方，玻菲隆断崖在视野外若隐若现。

他小心环顾四周，没发现有什么异样。那些巨虫兴许已经被升起的红日逼退。他在凛冽的清晨深吸了口气，开始动身涉过赛恩斯冰碛。

他向北徒步跋涉了好几个钟头，中途稍息吃了顿午餐。他吃了草饼、刺莓干，还有柴得像干尸手指一般的黑香肠。他没有遇到活人，也没有碰到野兽，除了偶尔掠过头顶的飞鸟和翼兽，他没有见到任何活物。跋涉途中找不到参照，他不清楚自己到底走了多远，只有体内的变化提醒着时间在流逝。胃里的灼热在扩散，随着他越走越久，那团火焰逐渐变大，让他灼热难耐，却还没有带来真实的痛苦。但一想到未来变化，他就感到不安。

纠结内脏病变于事无补。于是他把注意力转移道周围的地形上。冰河沉钝起伏，碎冰光泽洁白，冲刷出灰绿色的低谷。他前方地势倾斜，连绵到远方草木葱葱的山岭，在靛青色的天空下黑压压一片。它们身后的高岭突兀着陡峭的崖壁，俯瞰着戴纳河，伸向法诺尔正在前往的森林。

卡兹的传统

  他跋涉了一整天，只有必要的时候才稍作休憩。日落时分，他总算抵达了高岭附近。黑夜降临，他只好扎营休息。他吃了干粮，脑中回放起凯因的浮华欢愉，对周遭的环境又留了一丝警惕。周围没有危险的迹象，但为了安全起见，他戴上了变色龙面具。厚重的魔法织物散发着似曾相识的气息，他发现自己的感知被一股强大的力量改变了，周遭的世界没入了黑暗，现实发生了扭曲，他本能地知道自己已经藏匿了起来，于是安稳地沉入了梦乡。

  次日清晨，异样沉重的变色龙面具把他唤醒。他起身四顾，暗淡晨光中的赛恩斯冰碛一片静谧。周遭没有危险，他如释重负地卸下面具，重新开始跋涉。

  午后，他穿过沉密的高岭，来到一片峭壁崖顶。他俯身望去，戴纳河中汹涌翻腾着铁锈般的波涛。他在悬崖上沿着河道前进，直到兴奋的神经告诉他已经抵达了目的地。切尔恪说过，黑蝠怪在玻菲隆断崖北方滋生，它们有可能随时出现。他朝天空多留了个心眼，同时扫视地面，期望在残尸断骨中发现他需要的首石。

  然而直到日落他都一无所获，忽然天空掠过一个飞影把他吓得摔倒在地，他不禁蜷起身子，牙齿发颤。他看到那个怪物形如蝙蝠，长吻弯曲，在空中沉稳娴熟。错不了，那就是一只黑蝠怪，油然而生的凉意瞬间冲散了体内毒素的灼热。

  黑蝠怪从长日中飞过，迅速消失无影。法诺尔松了口气，希望重新燃起。他找对了地方，看来黑蝠怪的确在这里生活，在这里殒命。当它们身亡的时候，必然会留下首石。

  他在森林中找了很久，都一无所获。黑夜彻底降临后，他戴上面具在树下过夜。当他再次被沉重的面具和闷燃的痛楚唤醒时，他看到黑蝠怪在晨空中翱翔。他有些畏惧，又有几分着迷。待黑色的怪物散去后，他又开始在森林中仔细探寻。他一度在草丛里发现一抹群青色的亮光，结果那却只是一块卵石。后来他又在一片暗处发现了一堆腐烂的骨头，可那长角三棱形的头骨却并不属于他需要的物种。随着他在林中穿行，胃中火焰仿佛开始灼烧起其他器官。

终于，他发现了一具让他心跳加速的残尸，小心翼翼地朝它靠近。它已经被啃食了一半，但巨大的皮翼，长长的黑角，有牙的长吻，狰狞的面容都说明这就是一头死去的黑蝠怪，有望成为他的救星。他从皮带上抽出匕首，在尸旁跪下。它头顶的黑色物质十分坚硬，但他也许可以从眼睛入手，又或许可以找块石头砸开它的头颅。法诺尔太专注了，丝毫没有发现一掠黑影伴随一抹微风悄然而至，粗鄙的声音在他背后响起。

"小伙计，好伙食。"

他猛然转身，对上黑蝠怪狞笑的双眼。黑翼上的爪子击中了他的头，让他眼前一黑。他没有彻底丧失意，还能感到自己被抓上了高空。脸上的冷风把他吹醒，听到黑蝠怪翅膀扑棱的声音，树林和河流在他下方渐行渐远，恐怕这就是他人生中最后看到的光景。黑蝠怪很有可能会找块突出的岩石把他抛下砸死，再悠闲地把他吞食。

然而黑蝠怪没有扔下他。它沿着戴纳河飞行，直到峭壁愈发高峻陡峭，植被愈发秃少。裸露的突岩上遍布着许多木头、芦苇、骨头和黏土堆成的巢穴。黑蝠怪抓着法诺尔飞向其中一个多刺的巢穴，把他扔在巢旁突出的岩石上，接着在他的反抗中剥光他的衣服，把他推进巢穴。里面有三只面目丑陋的黑蝠怪幼崽，都还在睡觉。他想赶紧爬出去，可黑蝠怪斧柄般的长吻把他推了回来。

"待着。"黑蝠怪的声音低沉严厉，却无疑是名雌性。

"放马过来吧，夫人，我不怕你。"

"啊，小伙食还挺辣。"她歪起畸形的脑袋，"正合我意。"

"让我毫发无伤地离开吧，否则我将见证你的凋零。"

"妙极了，你大可一试。"黑蝠怪发出一声诡异的怪叫，唤醒了她的幼崽。

卡兹的传统

三双皮翅张开翼展,三双红眼将卡兹的法诺尔团团包围,步步逼近。

"好好看看,孩子们。"黑蝠怪母发出指令,"我给你们带来了个标本,磨炼你们的技艺。这种生物叫做人类。跟我念,人类。"

"人类。"幼崽们齐声念道。

"千万不要被他滑稽的外表迷惑。这种两足动物很有一些低能的小聪明,有些还会魔法。来吧,有谁愿意给我们表演一下怎么放倒他?"

"我!我!我!"幼崽们异口同声。

"那你来。"黑蝠怪母比画了一下。

被选中的幼崽翼展张开,掠过巢穴朝他扑来。法诺尔一闪身,一拳把它打到石壁上摔了下来。它的兄弟姐妹顿时发出一阵哄笑。

"谁能表现得更好?"黑蝠怪母又比画了一下。

第二只幼崽扑向法诺尔双腿,被他踢到了一边,又引起一阵哄笑。第三只幼崽的攻击也没能成功。

"我太伤心了,孩子们。"黑蝠怪母的话明显不真,因为她仍然笑得不行,"你们的捕猎本领都还有待提高。都听好了,对付猎物最好出其不意,如果不行,那就要找准它的弱点。"她栖立在巢穴边缘,用翼尖进行指点,"这儿是他的脖子,这儿是他的肚子,还有他的腹股沟。最后,千万不要低估了膝盖的妙用,尤其是从背后靠近的时候。瞧好了。"她伸出坚实的双翼扣住法诺尔的关节和双腿,轻轻一推,就把他掀翻在地。

三只幼崽立刻扑向他,把他压在地上,它们身上的恶臭几乎让他窒息。他想把它们赶走,却毫无办法。幼崽们用初生的牙齿啃咬他的四肢,让他感到鲜血的湿热。黑蝠怪的新生儿们却发出了喜悦的欢笑。

法诺尔把绝望的目光投向它们的母亲,她正心满意足地端坐在

173

上。"听我一言,夫人!"他大喊一声,"我已经身中剧毒,无疑对你们也同样致命。你会让后代去吃有毒的食物吗?好好想想吧!"

"的确,我见识广博,但像你这样的倒从来没有见过。真不可思议,这个古旧的世界里居然还能见到新鲜事。不过你说得对,孩子们的确需要这类指导。"接着她提高了音量,"孩子们,停下来!先别吃掉他,这个人类还有利用价值。我们来做进一步练习。我说过了,停下。"

"噢,妈妈,他的肉可香了!"小崽子们齐声抗议,可它们的母亲不依不饶。三只幼崽只好发着牢骚住了手。法诺尔总算卸去了身上的重担,松了口气,慢慢地坐起来。他身上遍体鳞伤,体内火焰灼烧,心中惊惧如冰。

"再来一次。"黑蝠鬼母说了一声。

这一次三头幼崽齐心协力,分别同时扑向他的面孔、肚子和后颈。他费了好大力气,出了不少血才甩掉它们,精疲力竭地靠在石壁上。几秒钟后,精力充沛的小家伙们又发起了一场配合默契的攻击,轻易将他撂倒,如果不是黑蝠鬼母干预,恐怕法诺尔会被当场吃掉。

"还不忙,孩子们。不过你们不会等太久。你们进步得很快,简直令我骄傲!"

夜幕降临后,幼崽们全都在腐臭的窝里沉入了梦想。它们的母亲似乎也睡了,却明显留了个神。这天夜里,法诺尔连续三次想爬出巢穴,每次都被她逮了现行。最后,他在极度沮丧中断断续续地睡着了,不停梦到体内的火焰将他焚烧。清晨醒来后,他发现自己的梦境折射了现实,他体内的烈火已经沿着身躯朝四肢蔓延。

黑蝠怪们都醒了。幼崽们蹦蹦跳跳,它们的母亲则伸展着翅膀。

"我要出去觅食了,"她对幼崽们说道,"今天别担心,你们父亲身上的肉还很足。"

"肉！肉！肉！"幼崽们兴奋地尖叫。

"什么？你们吃自己家人的肉？"法诺尔惊得说不出话。

"浪费才可惜。何况我怎么能举止粗鲁，忘恩负义，拒绝男性作出伟大牺牲，奉献出肉体抚育他的孩子？"

"那这样的伟大牺牲是自愿的吗？"

"这个问题太不礼貌了。"黑蝠怪母说了一句，把注意力又转向了孩子们，"现在你们要单独留下跟他在一起，他是个什么动物啊，宝贝们？"

"是人类！"幼崽们异口同声。

"没错。你们可以跟他一起玩，但是要注意，他没法替代。所以等我回来，我要看到这个……"

"人类！"

"看到他还活着。不然我会生气。"说完，她拍打翅膀朝天上飞去，扑棱着翅膀飞走了。

一等她离开视线，法诺尔就连忙攀上巢穴的石壁。一只幼崽抓住了他的脚踝，被他踹到一边。他的双手把身躯拉上石壁，看到他的衣服、行囊、宝剑和鞘都散落在外面的断崖上。他的一条腿刚攀上去，另一条腿就被三头幼崽抓住。它们配合的本领明显看长，虽然法诺尔奋勇抵抗，却仍被它们拖了下去，摔在了地上。接着三个小怪物立刻扑在了他的胸膛、肚子和大腿上。

其中一个小怪物在他肩头咬了一大口吞下，发出兴奋的尖叫。另一只在他腿上也来了一下。

"够了，恶毒的怪物！"法诺尔绝望地大喊，"你们会自食其果，我的肉有毒！"

"呸，我们不怕！"

"我们是黑蝠怪，什么都能消化！"

"你瞧好了！"放话的怪物撕开了他背上的皮。

"你们的母亲会生气的。"法诺尔痛得不停喘息。

这话让幼崽们停了下来,它们交头接耳了一番,接着它们的老大开了口:"先玩游戏,再吃饭。人类必须跑一跑,最后再把他干掉。"

"玩游戏,玩游戏!"

三只幼崽从法诺尔身上跳开。他却一动不动。

"快起来,开始跑!"它们喊起来。

"不。"他还是纹丝不动,"反正你们最后还是要干掉我。"

"是的是的,我们就是这么想的。起来玩游戏!"

"我不跟你们玩,知道为什么吗?你们的游戏太简单了,只适合糊弄婴儿,对你们这样发育良好的年轻人毫无挑战。你们难道不想玩一玩需要点技巧,对未来的猎人有帮助的游戏吗?要知道,成年黑蝠怪最骄傲的成就之一就是从空中朝猎物扔石头、土坷和砖块,在很远的距离砸晕猎物,从而轻松捕捉它。这需要敏锐的双眼,沉稳的爪子,还需要冷静和准度。我怀疑你们三个有没有这个能耐?"

"有!有!有!"

"非常好。那你们来扔东西,我想办法躲避。东西不能大,不能重,要是把我砸碎了,你们的妈妈会生气。我发现凸岩那边就散落了好些合适的东西,就在巢外边。"

"我们会去拿的,准备开始躲吧,我们会抓到你的!"

幼崽们能够短暂地进行低空飞行。它们拍打翅膀,很容易就滑翔到巢穴外的凸岩上。法诺尔听到它们在石壁外喧闹了好一阵,回来的时候抓着许多东西。其中有一块石头,他的一只鞋,还有他的行囊。它们迅速飞到他头上,几乎同时扔下东西。他全神贯注避开了石头,但鞋子砸中了他的肩膀,行囊正中他的脑袋。

"我赢了,我赢了!"一头幼崽兴奋尖叫。

"下回我准赢!"

"不,是我!"

等它们再次回来的时候,朝他扔了另一只鞋和两块石头。他全都躲开了。接下来是几团软和的泥土,他觉得这次让它们击中比较明智,于是他的肩膀、脸和头发上都溅落了泥土。高亢的欢呼声再次响起。

"我认输。"法诺尔举起双手。"刚才要是石头,我就死定了。你们的确很厉害。"他捡起行囊,从里面翻出解剖大师切尔恪给他的失窃之眠药瓶。他拔开木塞,用里面的精油涂抹全身。

"你在干吗?"幼崽们栖立在巢穴边缘,好奇地睁大眼睛。

"我在准备一个新游戏。我会跑起来,你们可以试试来干掉我。不过这次绝对不容易。看好了,我在身上涂了一种油性物质,会让你们的爪子打滑,你们抓不住我的。"

"那走着瞧,我们会抓到你!"

"那就试试看。"

它们朝他飞扑而去。法诺尔奋力左右挪移,一度躲过了它们的攻击,最后还是被它们扑倒在地。

"我们又赢了!"它们剃刀般的牙齿咬在他身上,宣告着胜利。

更多啃咬接踵而至,黑蝠怪含糊着快乐的声音。

"肉真香!"

"新佐料很对我胃口!"

"新佐料真好吃!"

他感到这群小东西贪婪的舌头舔在他身上,接着又咬了他几口,然后它们热切的声音变得有气无力。失窃之眠生效了,幼崽们陷入沉默,接连从他身上跌倒睡着了。

法诺尔赶紧爬起来。他把自己的鞋子和行囊扔出巢穴,转身来到最近的幼崽跟前。他紧张地弯下腰,把这小怪物扛在肩上,背着它爬上石壁,把小黑蝠怪扔到外面的凸岩上,接着小心地跳下去。

他的行李仍然散落在外面。一拿回剑，他就拔剑出鞘，带着复仇的满足感切掉了这幼崽的脑袋。

这颗头颅还没成熟，还不太坚固，只消他用石头砸了几下就开了。里面很恶心，但他总算有所收获。他在大脑底部发现了他要找的首石，它小如蚕豆，硬如卵石，色泽群青，上面布满了游弋的黑光。他把首石擦干，放进行囊，接着用最快的速度穿好衣服。直觉告诉他，黑蝠怪的母亲很快就要回来了。

他一离开凸岩，就赶紧攀下山坡，朝高岭下的密林奔去。他非常小心地规避开周围遍布的巢穴，还不时张望天空。那片密林仿佛十分遥远，简直花了他几个世纪的工夫才终于溜了进去。他在树荫下又朝空中瞥了一眼，发现一个有翼的身影正朝凸岩上的巢穴俯冲而去。

黑蝠怪母回巢找她的孽种来了。

她降落之后沉默了一阵，接着发出一声尖叫。这声音恐怕是这片崖地有史以来最凄厉的惨叫，混合了悲伤和终极狂怒，吓得卡兹的法诺尔心惊胆战。他下意识地把变色龙面具戴在脸上，一动不动，跟周围的环境融为一体。

惨叫声在戴纳河畔激鸣，等它最后的回音结束后，黑蝠怪母飞上空中，如同一位老练的猎人，盘旋着搜索起猎物来。

法诺尔呆立在原地良久，但体内逐渐升温的热度迫使他再次动身。他朝逐渐发紫的天空望去，没有发现黑蝠怪母的踪迹。他摘下面具，它的刺痛几乎让他发狂，好在它帮了大忙。于是他在浓密的树荫下开始返程。

森林里阴暗僻静，道路清晰冷峻，但他的旅途却谈不上容易。体内的灼烧已经无法忽视，火热的毒素焚烧着他每一条神经，继续恣意地蔓延。它正在按照达鲁森叔父的预测日益恶化。

饥饿倒是替他分了一些心。解剖大师切尔恪提供的干粮都丢了，高岭里也找不到补给。更何况还有一个黑色的身影不时掠过头顶让他烦心。他绝不会弄错那宽大的翼展，浑圆的肚子，还有利斧般的外形。没错，黑蝠怪母还没有放弃。

他用最快的速度钻进一片完全陌生的林地。他上次一定是被怪物抓在空中掠过了这个地方。这里的树干弯曲如弓，沉甸甸的树冠上垂着长长的透明薄膜般的叶片。这些哭树的泪水在地面上滋生出茂密的黑色泪纳草，它们的枝干则滋养了无数色彩斑斓的昆虫。它们头颅巨大，音声如同幽怨少女般悦耳，整个林地里到处都是它们动人的悲叹。

在饥饿驱使下，法诺尔从树枝上捉了一只昆虫仔细端详。它头颅硕大如锤，生着绒羽般的触须，鼓起紫色的眼睛，躯干瘦长，形如三角，包裹着几丁质甲壳。它的样子谈不上可口，但他饿极了。

他手里的昆虫仿佛看穿了他的意图，用悦耳的声音发出一阵他无法理解的悲鸣。其他昆虫也都加入进来，霎时间林地里响起了一片幽怨的合唱，伴随着无数翅膀颤动的声响。就连树叶和草木都颤抖起来，跟昆虫们的哀怨产生了共鸣。终于，一个在空中盘旋的黑影发现了林地里的动静。

黑蝠怪母迅速从天而降，而他只能赶紧掏出变色龙面具，扣在自己脸上。

法诺尔在树下一动不动。他身下的黑土湿润松软，覆盖着泪纳草和发光的落叶。很有可能他自己的身躯现在也一样漆黑松软发光。怪母在他面前来回踱步，颀长的头颅左右四顾，红色的双眼四处打探。他不敢注视她，生怕受不了她的压力，因此一直垂着眼，盯着她的脚尖。她灼人的目光什么也没发现，她似乎也不能理解昆虫们热情的叫喊。于是她停下来开始嗅探，但哭树的香气掩盖了一切，她最后只能恼怒地撇起獠牙，闷哼了一声，展翅飞走了。

等她消失后，法诺尔待了好几分钟，等到他觉得危险彻底过去后才重新动身。他一边走，一边警惕着天空，接下来一个钟头里，头顶上一切无恙。接着黑蝠怪母回来了,从树林上低空掠过,距离太近了,她头顶上闪亮的装饰都清晰可见,她几乎都能发现他的动静。没准她已经发现了,因为她紧逼法诺尔的藏身处上方盘旋了好几圈,好几次都差点碰到了他的头,但最后终于扭转方向飞走了。

黑蝠怪母迎着太阳飞去,接着消失了。法诺尔又重新上路。饥渴和体内的灼烧拖慢了他的速度,好几个钟头他都进展缓慢。到了正午,他停下来从一棵倾倒的树上扯了几把白如珍珠的野菌,结果胃里的火焰仿佛烧得更凶,兴许那蘑菇不能吃。

一个钟头后,他走到了高岭中的一片缺口。这是一片宽广光秃的空地,没有植被,只有早已被遗忘的灾难留下的黑土,中间有一座光洁的穹顶,外壁乌黑发亮,遍布着如同肥皂泡沫般五彩斑斓的亮光。放在平时他肯定会谨慎从事,但今天他饿极了。

他瞥了一眼天空,没有发现危险。法诺尔离开了树木的庇护,快速朝穹顶走去。刚走到途中,那个黑影就在头顶重现。他没有掩护,用不了面具,只能被黑蝠怪母发现。她仿佛一枚瞄准好的炮弹一般俯冲下来。

皮翼的冲击力把他掀翻在地。黑蝠怪母落在了他身旁。

"弑婴者,我来找你报仇了!"她大喊了一声。

"并非如此,你这贪婪的鬼婆!"法诺尔躲过了一击致命的刺击,拔剑出鞘,朝对方的胸前刺了一剑。黑蝠怪母猛烈哀嚎一声,颓然跌倒。他趁这个当口连忙朝穹顶奔去。黑蝠怪母紧随其后。

他跑到光亮的建筑旁,在几乎无瑕的外壁上看到一道缝隙,表明这里有一道门,于是他重重地敲了敲。一个圆形入口应声而开,他赶紧钻了进去。沮丧的尖叫从他背后传来,随着大门关闭而逐渐减弱。

法诺尔眨了眨眼。他周围一片漆黑,还冷得要命。他持剑在手,竖耳聆听,四面却鸦雀无声。良久后,他试着开口问询:"这里有人吗？还是只有我孤单一人？"

"并非如此。"一个声音从身旁响起，温和沉着，分不出性别，"这里没人孤单一人，所有人亲如一家。我是奈弗恩，欢迎加入我们的行列。"

"非常感谢。我是卡兹的法诺尔，是个过路人。我被黑蝠怪追赶才来到这里，万分感谢你们为我提供屋檐。"

"那黑蝠怪误入歧途，才会犯下如此无知的罪行。也许在未来，伟神乌斯契会赐予她顿悟。"

"伟神乌斯契？"

"那是我们的神明，他是未来的盲眼之神，教导我们如何在太阳寂灭的未来世界中存续。那时候所有一切都将沉入无边的黑暗。"奈弗恩高昂的声音继续，"届时黑暗将伴随严寒，永无止境。我们乌斯契的眷属必须做好准备，应对未来的现实。因此我们在无光的环境中生活。太阳行将就木，我们这座家园的材料彻底排除了它微弱的光和热。必须外出的时候，我们会戴上眼罩，用来贯彻乌斯契的神意。我们当中有些虔诚之人会割下眼球，在乌斯契的祭坛上碾碎。他们的牺牲为我们换来了福报。"

"令人钦佩。"法诺尔点点头，"你们失去了视力，换来了远见。这是个有趣的悖论，不过……"

一声凶狠的叫声震撼了整座穹顶，打断了他的话。接着是一阵凶猛的击打声。

"是黑蝠怪，她打算拆毁你们的家园。"法诺尔非常不安。

"真是愚昧可悲，她只是在白费工夫而已。建造这座穹顶的物质沐浴了乌斯契的神恩，你在里面非常安全，卡兹的法诺尔。你想待多久就待多久。实际上，我希望你留下，加入我们，共同参悟乌斯契之道。"

"留下吧，留下吧，留下吧。"

许多温柔的声音在黑暗中低语,他不知道有多少人。许多看不见的手臂拍打着他的肩膀和后背,它们轻如爱抚,冰冷如尸,让他不寒而栗。他只能强迫自己不要畏惧。

"请原谅我们招待不周,"奈弗恩的声音再度响起,"毫无疑问你现在饥饿难耐,卡兹的法诺尔,你愿意跟我们一同进餐吗?"

"我很乐意,非常感谢。"法诺尔说道。

"那请与我们同赴餐桌吧,我们会在那里养精蓄锐,颂扬乌斯契的伟绩。这边走。"

奈弗恩挽着他的手给他带路。他什么也看不到,只能听到周围密集的人群发出的轻微脚步声,还有偶尔能感到他们冰冷的手臂扫过他的肢体和脸庞。他们似乎走了很远,道路蜿蜒曲折,仿佛穿过了寒冷的虚空。

"你们的家园内部真大。"法诺尔说道。

"黑暗可以扩展空间。黑暗无比壮丽,它舒适深邃,还神圣无暇。寻求未来之道的人很快就会发现它的壮美。"

"无比壮丽。"看不见的人们虔诚地低语。

"献出最宝贵祭礼的人也会得到最宝贵的回报,"奈弗恩继续说道,"伟神乌斯契最喜欢奉上双眼作为祭礼,这很值得考虑,卡兹的法诺尔。我们到桌边了,你可以坐下了。"

法诺尔照做了。他摸索了一番,发现餐桌只不过是一张破烂的织物平铺在地板上。他也没有发现盘子和其他器皿。

"伸手接受乌斯契的馈赠吧,"奈弗恩催促他,"这是他赐予仆人的恩典。"

法诺尔伸出手,摸到一个金属嘴,后面是条凹槽,里面的东西冰冷黏密,仿佛是麦片粥。他试探性地尝了尝,发现它冰冷浓稠却寡淡无味。但在饥饿驱使下,他狼吞虎咽吃了一碗又一碗。饭食的冰凉总算暂时压住了他体内的烈焰。

卡兹的传统

在他周围的黑暗里,法诺尔听到许多细微的吸吮声,还有克制的咂吧声。他还听到许多祈祷声、诵念声、赞美声,在他耳中无比庄重优雅。

用餐完毕,奈弗恩的声音再次响起:"卡兹的法诺尔啊,我辈敬神之人将要前往祭坛,在那里沐浴更衣,向乌斯契献上祭品。黑暗未来之神无上至伟,他不喜欢不诚的祭献。你现在愿意前往祭坛吗?你可以熟悉一下它的大小形状,逐渐培养习惯。"

"非常感谢,但还是算了吧。"法诺尔礼貌作答,"你们已经为我做了一切,但现在请允许我必须告辞。我还有任务在身,而且时间很紧。"

"告辞?绝对不行!"奈弗恩沉稳的声音里透着一丝惊叹,"好好想想吧,黑蝠怪肯定还在外面,你想自投罗网,羊入虎口吗?"法诺尔一时语塞。

"你只能留下来。来吧,该晚休了。今晚就睡在这里吧,也许乌斯契会在梦中开示,让你回心转意。"

"今晚留下吧。"黑暗中响起无数低语。

"那好吧,我今晚就留下。"他努力掩住自己的不情愿,"伟神乌斯契的信徒太慷慨了。"许多冰冷的手臂再次轻柔地搭在他身上,引他到了一张单薄得称不上床垫的毯子上。他躺在毯子上,原以为自己会很不舒服地彻夜不眠,但他立刻就睡着了。

他在彻骨寒冷中醒来的时候,完全不知道自己睡了多久。黑暗模糊了他的时间感,他也不知道穹顶外的世界是白天还是夜晚。周围一片寂静,只有鼻息和偶尔翻身的姿响,还有未知的震动声。他非常小心地爬起来,伸出手,迈着迟疑的步子向前摸索。他希望找到弧形的墙壁,并沿着它寻找出口的位置。他不知道黑蝠怪还在不在外面,但这并不重要,所有直觉都催促着他赶紧离开乌斯契的信徒之家。

在这段途中他的脚下碰到了不少东西。他碰到了一个颤动的硬物，踩到一片光滑的表面，还踩进了一片柔软的东西里。接着他的手掌摸到了一片光滑如镜的障碍，他知道自己总算摸到了墙壁。他轻轻地沿着它继续摸索，希望找到那扇有缝隙的大门。

黑暗中传来喘息，十几双冰冷的手臂轻轻搭在他身上，响起了柔和的声音。

"哦，是我们新来的弟兄，卡兹的法诺尔。"

"他还没有接纳黑暗之道，他心中还有疑惑。"

"也许他想为真神乌斯契奉上祭献。他在寻找祭坛，却没有找到。"

"我们来帮助他。不要害怕，卡兹的法诺尔。我们会带你去祭坛，让你重获新生。我们很高兴帮助你皈依。"

"你们误会了，"法诺尔赶紧说道，"我只想找到出口。我希望重新上路。"

"我们现在去祭坛。"

不管法诺尔如何辩解，如何挣扎都毫无作用。在他们半推半拉之下，他的膝盖很快撞到了一个坚硬的物体，他放下双手，摸到一个宽阔的平台，上面有许多干掉的凝胶状物体。他赶紧抽回手，大声叫喊："我的性格不适合当隐修士，放我走吧！"

"别害怕，卡兹的法诺尔。真神乌斯契会眷顾于你。"

正在法诺尔陷入绝望的时候，头顶上忽然传来一阵巨响，整座穹顶都猛烈颤抖起来。他抬起头，看到一缕温暖的光芒从天顶上的一丝缝隙中漏下来。很快，缝隙变成了裂缝，随着几下剧烈的撞击，天顶被撕开了一个巨大的裂口，现出黑蝠怪的身影。她正在用一块锐利的巨石砸开穹顶。

法诺尔在一片惊呼中重获了自由。他朝周围瞥了一眼，看到身边是一群惨白无毛的生物，它们面部狭小，凸出的眼睛却都硕大无比，其中许多人的眼眶里都空空如也。它们全都呆立原地，望着坍塌的天花板。他飞快地朝墙壁的方向打探，发现了那扇圆门的轮廓。他闪开周围的怪人，朝出口狂奔。刚到门口，一大块天花板就落了下来，接着黑蝠怪母飞进了穹顶。

法诺尔穿过大门，深红的阳光格外刺眼，但很快他就感到无比怀念。他飞快朝茂密的林地跑去，途中回头瞥了一眼，看到好几个信徒跌跌碰碰逃出穹顶。在他们身后大门洞开，里面传来屠杀的声音。

直到他奔进丛林，惨叫声才绝于耳旁。

跋涉了几个钟头后，他终于又来到了数日前路过的悬崖。尽管体内的烈焰燃烧得越来越猛烈，让他虚弱不堪，但他还是设法快速下了山。他走了整整一天，到日落时总算抵达了赛恩斯冰碛。他戴上变色龙面具，在旷野中睡了一晚。夜晚极冷，他却如火焚烧。他找不到吃的，但他完全不饿。

他用接下来的一天翻过丘陵和盆地。他步伐沉重，精神萎靡，很难集中精力观察环境，但仍然留了个心眼提防着来自空中的危险。他在空中看到那个黑色的飞影掠过了两次，但每次都用变色龙面具化险为夷。

当太阳一头栽向地平线的时候，他木然地发现自己走过了一条熟悉的溪流，周围遍布着熟悉的巢穴。解剖大师切尔恪的那座异常高耸的巢穴就在他的面前。这番景象让他精神一振。他会想起秘密入口的位置，赶紧拂开芦苇找到甬道的入口，却发现一块巨石将它堵上了。

也许切尔恪已经走了，或者已经死了。法诺尔心中一凉，连忙走到寂静的巢穴旁，双手捶打起它的外壁，大声喊起来："切尔恪，快出来！卡兹的法诺尔带着黑蝠怪的首石回来了，我费了很大的工夫！快出来！"

他听到身后传来一阵锁石撞击的声音，他转过身，看到那位瘦骨嶙峋的巫师戴着兜帽出现在洞口。

"是谁在大呼小叫？"切尔恪昆虫形状的眼梗在暗红的阳光中发光，"是你吗，卡兹的法诺尔？欢迎你！你看起来不太妙。"

"我叔父的毒素在蔓延，我的时日在减少，但我还没有放弃希望。"

"那就赶紧放弃吧。"伴随着皮翼呼啸，黑蝠怪母从天而降，她发光的眼睛在面前两人身上扫过，"哈，居然买一送一。"

解剖大师切尔恪立刻开始念出强效虹光喷射的可怕魔音。可黑蝠怪不慌不忙就把巫师扫翻在地，生着长爪的脚踩住他的后颈，把他的脸按在尘土里，防止他出声。

"好好待着，看着我怎么杀掉他。"黑蝠怪母指了指法诺尔。

"不然就准备好好飞一飞，你只有这两个选择。"

"还有第三种，夫人。"法诺尔拔出剑，朝她冲过来。

她轻而易举就避开这一击，接着长喙一伸叼住剑刃，把它抽出法诺尔的手臂，扔在了地上。

"我活下来的孩子很想吃你的肉，它们一直为此吵个不停。今晚我就让它们吃个饱。"

法诺尔瞪着她，心里充满了恐惧。此时此刻，无论是逃跑还是继续抵抗都同样毫无希望。他原本可以趁她收拾切尔恪的时候逃进洞穴，但那样一来也只能等待毒发身亡，结果还是只有死路一条。

切尔恪在黑蝠怪母爪子底下徒劳挣扎，他说不出话，只能发出昆虫一般尖锐的声音。他仿佛在表达哀求，可怪物仿佛无动于衷，她什么也没说。

黄昏中忽然响起了歌唱，一群有翼的幽灵在暮色中现形。它们十分纤小，形似白蚁和耗子的合体。它们虚无缥缈，绽放着诡异的光。

这群有翼的生灵发着细碎的声音，在怪母头上盘旋飞翔。她恼羞成怒，伸出巨大的长喙，却只能从它们无形的身体中穿过。她怪叫一声，又奋力戳了好几下，放松了脚下的分量。切尔恪终于爬了起来，揉了揉自己的脖子。当他的目光看到这群幽灵般的生物时，脸上顿时绽放出狂喜的光。

"快施法！"法诺尔喊着。

切尔恪却仿佛没有听见。他狂热的目光似乎全被那群飞舞的幽灵吸去。他伸出手，想触碰它们。

尽管飘渺无形，这群有翼的生灵却仍然具有力量。它们聚集在黑蝠怪母身上，如同一件闪光的大衣将她从头到脚包裹起来。它们不停盘旋发光，接着光芒越来越强，最后爆发出刺目的耀光。

法诺尔伸手护住双眼。当光芒消退，他松开手后，黑蝠怪母已经没有了踪影。他眨了眨眼，朝周围瞄了好几眼。黑蝠怪母彻底消失了。

那群幽灵又在嗡嗡声中盘旋了几秒，清冷的微光映衬在解剖大师切尔恪痴迷的脸上。接着它们透明的翅膀开始消退，消失在了蚁穴之间。

"赛恩斯蚁人终于肯定了我的存在价值！"切尔恪爬起来，从内到外都焕发着容光，"我终于目睹了完美的造物，我的毕生心愿已经达成！"

"也许它们还会回来，向你揭示虚空之间的那些世界。"

"我会继续向它们恳求。这回它们的态度更加坚定了我的决心。它们还没听我说话呢！不过言归正传，年轻的法诺尔，我们赶紧到里面去。太阳正在西沉，虫豸即将横行！"

切尔恪立刻钻进了洞穴，于是法诺尔连忙跟上。一进洞，他就把黑蝠怪的首石拿给东道主看。切尔恪立刻拿过去仔细研查。法诺尔趁他研究的工夫喝了一杯又一杯清凉的苦茶，却丝毫不能减轻体内愈来愈猛的火花。他什么都没吃，一想到食物他就反胃。时间又过去了很久，切尔恪终于递给了他一个杯子，盛满了邪恶腐臭的液体，表面还打着漩。他接来毫不犹豫一口喝干，顿时全身神经和血管都仿佛在扭曲中尖叫，接着他就晕了过去。

早上醒来的时候，他感到浑身无力，却十分清醒。他喝了凉茶，没吃东西。

"来吧，年轻的法诺尔，现在来打开你的心灵吧。"解剖大师切尔恪说道。

"你的灵药生效了吗？我现在可以理解魔法了吗？"

"试试就知道了。我的书本就在桌上，找到迅速互斥术，亲自试试吧。"

体内的痛楚时刻让他分神，但他坚持忍耐着，让自己沉浸在魔法的音符之中，把它们逐一刻进脑中。

"现在我可以试试那个结了吗？"他急切地想知道药效如何。

"不行。非常抱歉，但你现在的情况极不乐观，容不得片刻拖延。简言之，现在没时间做实验了，你必须马上返回卡兹取得解药，不管那有没有效果。为了报答你帮我赢得赛恩斯蚁人的首肯，我决定帮你传送回去。快来吧！"切尔恪迅速拍了拍手，"站在这块方砖之上，双手平伸，作深呼吸。我向你告别，年轻人，祝你好运。"

切尔恪一边后退，一边诵出咒文。法诺尔立刻被抛入了旋转的湍流。片刻之后，他的双脚再次碰到地面，他在震惊之余并没有失去平衡。卡兹庄园就在他面前，古老苍白的高墙上爬满了葱绿的蔓藤，高耸的山墙和塔楼上，风化的瓦片染着柔和的橙光。他愣了好一阵，最后才揉了揉发红刺痛的双眼，拖着步子走进自己的庄园。

忧心忡忡的管家出现在他面前。

"叫我叔叔马上到餐厅来见我。"他下了令，管家躬身告退。

法诺尔蹒跚着越过火炉来到餐厅。那个巨大的玻璃结仍然躺在桌上，锁在它里面的铅盒就是他求生的指望，他叔叔没说谎，达鲁森叔父向来不打诳语。

恰好就在此刻，卡兹的达鲁森在老葛威利斯的陪同下走了进来。他先审视了侄子一番，接着脸上挂起了假装慈爱的假笑。

"亲爱的孩子啊，太令人高兴了！你终于回来了，而且气色还真不错！"

法诺尔愤恨地笑了一声，什么也没说。

"既然你已经回来了，那毫无疑问已经做好准备，履行卡兹家族礼敬法术的传统了吧，侄子？"

"是的。"法诺尔说道。

"是吗？"达鲁森淡定的表情里闪过一丝不悦，但立刻又变回一位慈祥的长辈，"我想也是，侄子啊，你果然没有辜负我的期望。来让我开开眼界吧。"

"我会的。"法诺尔真希望自己说的是实话。他凝聚起最后一点力量，深吸了一口气，召唤来迅速互斥术的咒语。伟力魔音如飞箭一般随令而至，他心中燃起了从未有过的信心。他充满期待，看着那个结。

那一团纠缠在一起的玻璃开始蠕动。随着一声难以言喻的恸嚎，玻璃结开始剧烈扭动，嚎啕也变成了厉声尖啸。结散开了，五只玻璃蜥蜴朝四面八方如箭射而去。法诺尔不在乎玻璃蜥蜴的去向，他的目光紧锁着它们在桌上留下的细小铅盒。他打开盒子，看到里面有一瓶药水。他拔开塞子，把它一饮而尽。霎时间天昏地暗，四肢无力，彻骨的寒意直刺内心。他费力挣扎，瘫坐到最近的一张椅子里。他无法动弹，感到视线模糊，但勉强还能视物。

那五只玻璃蜥蜴争先恐后在膳厅里死命逃窜。它们推倒家具，接连撞到墙上，抓坏木器，喷洒毒液，肆无忌惮地嘶鸣，把整个房间变成了自己的战场。葛威利斯用跟年龄毫不相称的速度窜上桌子保命。可卡兹的达鲁森过度肥胖，没法有样学样。一只蜥蜴直接朝他冲去，双眼绽放红光，尾巴甩来甩去。达鲁森连忙抓起最近的椅子，用力朝它打去，然而那蜥蜴却轻易避开，以迅雷不及掩耳的速度攀上椅子，仿佛一颗出膛的炮弹击中达鲁森的胸膛，把他撞翻在地，毒牙咬中了他的脖子。

卡兹的达鲁森开始抽搐，不停痉挛。他的背高高隆起，穿着拖鞋的脚踝在地板上蹬来蹬去，嘴里吐着白沫。他的脸变成了吓人的绿色，接着就咽了气。

法诺尔把一切看在眼里，心里既高兴，又有些难过。

他体内的烈火正在熄灭。温度和痛苦在逐渐减轻，生命的感觉在血管中悄然复苏。他感到力量回来了，终于可以从椅子上站起来。他对上葛威利斯的双眼，朝他打了个眼色，老迈的仆人立即心领神会。葛威利斯小心翼翼地从桌子上爬下来。他们俩一起合力把膳厅的窗户敞开。

玻璃蜥蜴们终于察觉到了生路，朝洞开的窗户飞驰而去。它们接连从二楼飞跃而下，在底下的大理石地面上摔成了齑粉。

"您康复了吗，法诺尔少爷？"葛威利斯问道。

法诺尔思考了一阵。"是的，我应该是好了。看来达鲁森叔父说的解药的确是真的。葛威利斯，等你彻底恢复了冷静，请帮达鲁森叔父处理一下。"

"乐意之至。大人，能否冒昧问一句，您接下来有什么打算？"

"有什么打算？"他的回答脱口而出，仿佛早已为此等待了一辈子，"我要继续深造魔法奥义。毕竟我已经解开了那个结，而那毕竟是卡兹的传统。"

"那欢迎您，法诺尔老爷。"

"谢谢，葛威利斯。"

卡兹的传统

后　记

　　许多年以前，我还是一个住在新泽西州的孩子。当时我的父母经常跟他们的同龄人搞交换二手书的活动。每当他们带回一大口袋新的二手书的时候，我都会从里面翻一下看看有没有我感兴趣的书。于是有一回我找到了几本《科幻与奇幻杂志》。这份杂志我过去从没接触过，可我看了一期之后就对其中一位从未见过的作家写的故事吸引住了，那就是杰克·万斯写的《灵界》。我读着读着就彻底沉迷了，因为杰克·万斯笔下的《濒死的地球》实在太美了。我沉醉于他笔下的异域风情，沉醉于他描写的魔法与冒险，还那一个个惊心动魄的故事。我喜欢他用令人惊叹的笔法和精彩绝伦的段落描绘出一个个古灵精怪的角色，以及充满了巴洛克风格的风趣对话。我尤其喜欢他那近乎邪恶的幽默感。当然，我很快发现《灵界》只是聪明汉库格尔的第一次冒险，那么显然还有更多故事。我在父母带回来的二手书里翻到了其他几份，我又花了好几个月的时间在二手书店里寻找剩余部分，可直到好几年后，我才在另一本偶然入手的《科幻与奇幻杂志》里看到《灵界之眼》，我才终于看完了库出格尔的完整故事。

　　许多年过去后，我在《科幻与奇幻杂志》上陆续读到了许多其他作家的作品，他们的作品令人钦佩，令我羡慕，给我带来了无穷的享受，也让我的品味成熟了起来。但是万斯笔下的故事给我带来的惊奇和喜悦却一如数十年前一样丝毫没有变化。所以当有人问起对我影响最大的作家的时候，我的脑子里首先蹦出来的人始终都是杰克·万斯。

——保拉·沃斯基

杰夫·范德梅

世界奇幻奖得主杰夫·范德梅是一位资深编辑，写下了《恋爱中的德兰丁》《地下的维尼斯》《尖啸：编后记》等脍炙人口的长篇小说。他的大部分短篇小说都收录在《鸣蛙之书》《遗境之书》《秘境生命》《秘境人生》，以及《疯人与圣徒之城：龙涎之书》当中。在他的编辑生涯中，他同罗斯·色奎斯特一起发行了《利维坦2》，同弗瑞斯特·阿吉雷一起发行了荣获2003年度世界奇幻奖的《利维坦3》，同马克·罗伯特共同发行了《羊头庸医萨克里的错乱疯症口袋书》，跟他妻子安妮·范德梅共同发行了《全美最佳奇幻小说》系列。他的中篇小说《燕子湖的变迁》荣获了世界奇幻奖，也出版了许多非幻想类散文、评注和访谈录。他最新的作品有小说集《为何割人喉》，其中包括有他和卡特·兰博合著的畅销小说《医师传奇》。还有他同妻子安妮·范德梅合著的小说集《局势》，以及《快船》《黑帆》，以及和安妮·范德梅合著的《窥探巨兽：利维坦的妙处》。他还参与联合编辑了《蒸汽朋克文选》《新怪谭》和《全美最佳奇幻小说2》。

他和家人居住在佛罗里达州塔拉哈西市。

在随后这篇华丽的故事中你将结识一位名叫萨诺德的巫师。他居住在巴克尔湖畔一座孤独的石塔中度过了无数岁月，忽然有一天蛮横地派他的两名最得力的干将深入可怕的地下幽境，执行一次令人胆寒的危险使命。他们达成使命的希望十分渺茫，但倘若他们取得成功，后果难以想象。

巫师萨诺德的最终使命

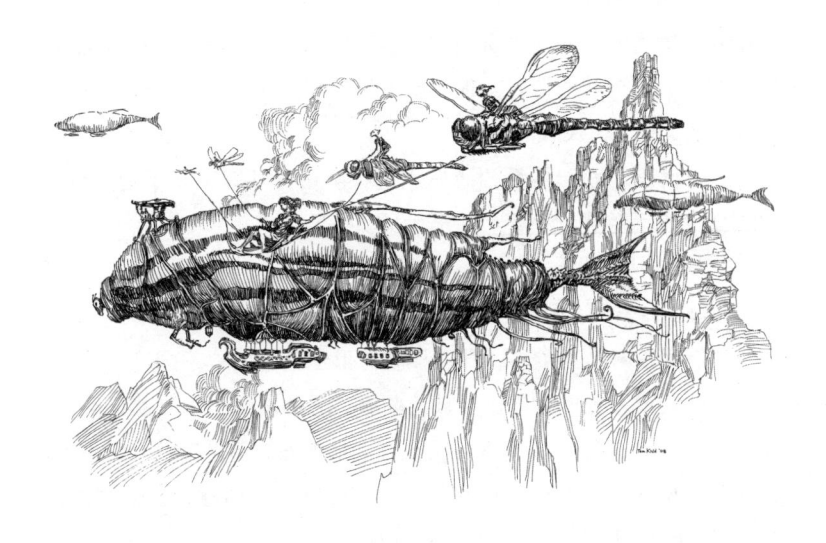

当忆境之鼻破坏他平静的那天清晨，巫师萨诺德如往常一样在行将就木的濒死地球上醒来。他穿上怪鱼鳞片织成的长袍，站在高塔之巅朝窗外远眺。再过一阵，他就会下楼享用火蜥烹制的早餐，那既能浇灭他的回忆，温暖他的内心，还能醒活他的大脑。但首先，他需要先俯眺自己的领地，满足自己的虚荣。

这座高塔屹立在巴克尔湖心的小岛上，蜿蜒的戴纳河水日夜流经。河流外是扭曲的森林和险恶的草原，根据他丰富的阅历和渊博的学问，他知道没有任何活物能够穿越那里，就连厄妖和迪奥殆都不行。但尽管如此，萨诺德发现近一年以来，每天清晨醒来都有一种愈发强烈的不安，仿佛一枚扎进心头的钩子，钓起了一种陌生的渴望，让他觉得又干又痒。放在卧室里的那碗水丝毫没用。湖水的气味清新湿润，它涌入窗户，仿佛拥有实体，比漆黑水面下游弋的巨鱼更危险。

萨诺德孑然生活在高塔里,只有两名仆人陪伴。他们俩都是根据需求,用他自己的鲜血缚誓而成。第一位仆人被他取名为私语,他始终在房内陪伴,是个奇妙的守护者。私语有着萨诺德难以理解的诗意,那是沉默的诗意。他无影无形,却又无处不在,他的话总是既简洁又充满了灵气。

此时此刻,私语的话语忽然出现在萨诺德耳畔,吓了他一跳。"在幽冥之口的金色之台上,一名生灵从下界浮现。"

"有东西从下面上来?这不可能。"

"一切……皆有可能。"私语回答说。

既然存在着地上世界,那同样就有形形色色的地下幽境。其中一个被萨诺德发现的世界已经被他驯服。它的名称不可具状,萨诺德只把它叫做"下界",最多加上重音。那地方微不足道,专门用来关押萨诺德的敌人,他们被罚住在微缩蜂窝一般的隧道洞穴之中,按照萨诺德的想法,作为他们战败的惩处。

"我会调查的。"萨诺德话音刚落,就感到私语在一阵冷热交替的风中掠向门口。这让他不禁有些发颤,他驾驭的到底是怎样的一个幽魂?

无论如何,有形之人和无形之影将一同去查探到底是什么打扰了他们的日常轨迹。

每天早上,另一位名叫善闻的仆人都会为他准备好火蜥烹制的早餐。但这天清晨,从肥沃湖沼中捕捞的火蜥发着幽绿的光,被剜了眼睛丢在厨房一角(他不喜欢被食物凝视)。洞悉之厅里传来呼吸的声音,幽冥之口和金色之台就在那里。

幽冥之口十分古老,在萨诺德占据此地之前就早已存在。那双难以言喻的嘴唇上方有两颗永不闭合的巨眼。

萨诺德亲自创造了连通下界各处的传送门。正如他不喜欢被食物凝视，他也不喜欢一张没有眼睛的大口。在萨诺德的调制下，幽冥之口如今也充当着从下界返回的传送门。

幽冥之口过去只说过三次话。

它第一次说："警惕回忆的虚假。"

它第二次说："除了自己，还有谁能了解自己？"

它第三次说："鱼儿从头开始烂。"

除此之外，除了浊气和沉香，它再也没有吐过其他东西，直到现在。

幽冥之口和金色之台静立在洞悉之厅的尽头。它左边有一扇巨大明亮的圆窗，将湖水和天空的湛蓝在洁白的大理石地面上留下荡漾的波光。

善闻站在金色之台边上，监视着入侵者。她肤白发黑的靓影如同一把钩子深深扎进他的心底。她张开双臂，双目空洞地注视着高台下方。善闻是一个女人的影子，是用遥远之地安贝隆买来的魔药依照故事中的模样在容器中捏成。这个影子从来不曾被他拥有，她不想要他，而他也选择了放手。他甚至没有把她真实的本相告诉她。她似乎根本没有原本应有的激情和火热——他多半弄错了配方，但他直到如今也没有弄明白出问题的到底是哪里。

见到萨诺德靠近，善闻只不过扬了扬眉毛。她的表情一如既往，阴郁惆怅得叫他心疼。她是最后一个从创生容器中揉捏成型的造物，萨诺德对自己的失败心灰意冷，于是把自己的精力挪到了别处。

"朝我们来的是个什么东西？"萨诺德发问。

"是个无头的活物，"善闻回答，"可无头怎么能活？"

"它来的时候伴随一阵冷风，一股热流。"私语在他左边看不到的地方说话。

萨诺德凑得更近些。那个被善闻抓到的东西被困在金色之台上一座硕大的钟罩里。

SONGS
OF THE DYING EARTH

萨诺德从袍子里取出一个放大镜。这东西也是从高塔中找来的，跟这里其他东西一样都有其自主的想法。因此当他把放大镜对准那个活物时，椭圆的镜片模糊了一阵，又恢复了清晰，握柄也忽然燥热起来。那个东西的确没有脑袋。它也没有眼睛，它也没有嘴巴。就在萨诺德聚集在它身上的时候，那东西却溜到焦点之外的角落里。它似乎蜷缩起来，接着伸直，仿佛一只猫儿。

奇异的念头油然而生，那是一段遥远的回忆，陌生得仿佛不属于他，就似乎一册尘封的书本，随意翻到了其中一页。

萨诺德大声把念头说了出来："这东西是忆境之鼻。它带来了某种消息。"

"我们要消灭它吗？"私语的声音由近及远而去。

萨诺德却抬起了一只手。"先看看它到底带来了什么。我不会让它造成半点危害。"他心中的不安一如既往，他也知道自己染上了善闻一样的忧心。但这个闯入者给他带来了好奇。

"私语，你准备好了吗？"在萨诺德看来，私语的本质是夜枭和苍鹭的合体，它们一个警醒，一个稳重，结合在一起具有致命的威力。

就在善闻退后的当口，私语告了一声遵命。这个声音就在萨诺德的左肩，这回它没有后退。

萨诺德放下放大镜，绕着钟罩施下了真形咒。

无头的忆境之鼻开始疯长。它越变越大，直到变成一条狗儿般大小。它矮胖发灰，慵懒地躺在金台一侧，显得十分无害。钟罩在它身上仿佛一顶笨拙滑稽的帽子。它身上散发着牛奶、香草和海水的气味，叫人十分不快。

忆境之鼻的形象总算名副其实了。它现在的样子就像一个长着五个鼻孔的鼻子，在某种程度上将此地的环境弥补成一张完整的脸庞。它在原地躺了一阵，直到萨诺德靠近。它忽然打了一个声如雷鸣的响鼻,把萨诺德吓了一跳。

"先别动,私语。"萨诺德一边说,一边准备好除效咒应对可能发生的情况。

忆境之鼻的每个鼻孔次第打起响鼻,直到五个鼻孔全部裂开。它用一阵飘渺的蓝烟传递信息,用翻腾的雾气书写文字,通过萨诺德的鼻孔在他脑海里拼成图像。升腾的烟雾汇在一起,越来越高,忆境之鼻却越变越小,重新变回之前的大小,变成了一个毫无生命的畸形。

烟雾带来的猛烈回忆让萨诺德忘记了他准备的法术。尽管他内心依然坚强,却不禁滴下了眼泪。他在这段回忆中看到了温德拉,那本是他为自己创造的爱人。他还看到了自己的兄弟甘德瑞,他们俩一起背叛了他。这段回忆仿佛在他口中嚼碎的酸果,味道猛烈、刺人,又转瞬即逝。

萨诺德曾经对他们俩都很好。在他结束了为蜥人王拉什喀工作的空档期里,他曾欢迎甘德瑞来塔中居住。结果最多才两个星期,他就发现他们俩在湖边林中如胶似漆。他的怒火将湖面化为了烈火,他的悲伤又将湖面凝为寒冰。最后他内心的麻木将湖面变回了原样。

随后,不管他们俩如何哀求哭泣,萨诺德都把他们一起打入了下界。就像对付其他敌人一样,他对那两个人同时施展了缩小咒、恒定咒、滞留咒和忘却咒。他们俩去了下界,如今已经在那里滞留了许多年。

恨意在他心头划下了不可磨灭的伤痕,让他寝食难安。他把怒火宣泄在每一个途经森林和荒原的活物身上。许多行人都被无形的巨手掳起,他们被扔到好几里外,陷入更危险的境地。

然而现在,如潮的回忆重新勾勒起昔日爱人的情影,往日的欢愉和两种痛苦一起涌上了心头。身体上的痛苦昭示着死亡。心灵上的痛苦则生出了悔意。他这辈子用凌厉狠辣的手段报复过许多人,其中有些行为甚至让他自己都不敢相信。

他终于意识到，没有温德拉和甘德瑞陪伴的日子有多么漫长难耐，既孤独又毫无意义。外面的世界已经变得越来越陌生，也越来越危险。对爱人的渴望和对兄弟的爱在他心头涌起，让他干渴难耐，愈发想要清凉的湖水浇灌。他有一瞬间几乎想从洞悉之厅的窗户中一跃而下，去寻求解脱。

"你是强大的巫师萨诺德。你的本性没那么无能。"他大声地喊出来。

"我们已然听闻，"私语的声音颇有一丝警醒，"虽然经过了数分钟的沉默。"

"谁能把这东西派来？"萨诺德发问，他的声音颇有一丝无助。

"我主，是否能宽恕我们无法回答连您也不知道的部分？"私语的声音仿佛在道歉。

善闻则叹了口气："我还要织一面挂毯。能容我告退吗？"

"够了！"萨诺德吼了一声，恢复了镇定，"我不关心它是怎么来的，为什么来。我只想知道用什么回敬。"

"要用什么回敬？"善闻的声音十分空洞。

"用你，还有你。"他指向善闻，再朝私语可能藏身的方向指去，"我要把你们俩都派往那个贴合你们本性的地方。你们要带回两个人，一个是名叫温德拉的女人，另一个是名叫甘德瑞的男人，他是我兄弟。他们很久以前被我打进了下界。"接着他又警告了一句，"只能把他们带回来，其他任何人带回来都只有死路一条！下界是座监狱，其他都应如常。"

私语只说了一声："您得把我们缩小。"

"我很喜欢现在的大小，"善闻说道，"我也很喜欢自己的工作。"萨诺德知道她只喜欢织挂毯，那都是因为他施下的迷恋咒所致。

私语用萨诺德听不懂的古语说了些什么，但他态度恭敬，仿佛荒原上大门开合的响声。

萨诺德没有理会他们两个，而是用寄居在高塔表皮上那台老迈的机器给二人展示了温德拉和甘德瑞的形象。他们俩在萨诺德造出善闻和私语之前就已经不在了此地。他又赐予他们俩力量，这样他们就可以在旅途中把目标的图像投射到任何人的脑海中。接着他把善闻缩小。而私语已经缩小了自己的尺寸，让他自己几乎可以不被看见，他仿佛就像一枚悬浮在眼角的黑子。

他们俩在金台上抬头仰望，萨诺德又给了私语和善闻三道咒语防身。

"当心我的兄弟甘德瑞，"他又告诫二人，"他也曾是一名术士，虽然技艺平平，但他也会想方设法让周遭屈从他的意志。至于温德拉，要当心她的狡诈。"

"你们还需谨记，下界的时间流逝跟此地不同。此地方一刻，下界已半年。所以你们在下界经历无穷冒险后归来，对我可能只过去了一天。"微型化是一种反复无常的奇术，它跟时间作了个恶作剧。

于是萨诺德把他们俩依次升上半空，旋转着飞进其中一只巨眼，把他们俩送入了下界。

就在他们消失后，幽冥之口轻蔑地说了一句："探寻之旅会失去很多。"

扎在萨诺德心中的钩子刺得更深了。

忆境之鼻躺在地上，仿佛一只装满湿骨头的皮袋，吐出了最后一口气。

※

私语丝毫没觉得下界这个恶臭不堪，叫做寂蕈之地的地方有什么亲切感，不过他也不在乎。这里绵长的洞穴里有骨白色的龙虾怪魔蛰伏在深潭里。又高又粗的蕈类紫绿发灰，它们张开菌盖，在寂

SONGS
OF THE DYING EARTH

静中监视。这里老鼠遍地，蝙蝠横飞，盲眼的食腐豕到处都是。巨型蠕虫四处游弋，仿佛无翼的巨龙。这里所有一切都在浓烈的恶臭中蒸腾，被惨淡的冷光照亮，仿佛阴森的海底。

尽管他无影无形，但却并非无声无味，因此他仍然紧绷着神经。实际上他并不具有真正的无形之躯，他只是被法术剥夺了人形，强迫他同时行走在濒死的地球和遥远的安贝隆，因此他同时身处两地，又永远不属于彼此，他的身体就如同一条长廊尽头的镜中倒影一样，永远对峙。现在，他被派来寻找被萨诺德无情放逐的男女，他的另一半则同时在探索安贝隆的森林。

周围环境凶险，耳目众多，于是私语放下自己的思绪，淡化自己的恐惧。他继续前进，但最后他听到远方传来一阵令人胆寒的嗡鸣，它越来越大，跟周围的低语混为共鸣。随着声音的方向愈发临近，它最终化为了清晰的措辞："肿蛤蟆，肿蛤蟆。"它不断重复，仿佛警告和颂词。

现在，他周围飘浮着巨大的白蕈，它们垂下的菌丝如同水母的蜇须般飘动，寻找着粗心和受伤的猎物。他看到一团挥舞如鞭的菌须，还有堆叠其中惨叫的血肉。他看到体色死白的冈斯怪魔游走其间，丝毫无碍。它拖着修长的肢体，长着獠牙，在永夜中游弋。

他唤来第一道咒语，对冈斯魔怪施下范达尔强制听命咒，接着把甘德瑞和温德拉的影像投入它的心灵。

见过他们之一吗？

然而冈斯魔怪的思绪却如同一只垂涎的蜘蛛，伸着多刺的长腿让他不寒而栗：我要撕碎你的四肢，我要唤来兄弟姐妹，我们要饱餐你的血肉。

私语又重复了一遍问题，他感到冈斯魔怪的大脑终于抵挡不住咒语的压迫。

越过洞穴，越过隧道，越过肿蛤蟆，找到小村庄，你要的就在那里。

肿蛤蟆是什么？私语问道。

那既是谜语，又是谜底。冈斯魔怪回答说。

这是什么意思？

冈斯魔怪大笑不止。私语不想留下来面对它意图报复的同胞，于是下令让它撞向隧道的石壁，等它殒命后，私语踏进了黑暗。

他立刻被不和谐的乱音包围，它们震动着，从四面八方的思绪中汇聚而来，交织成黑暗的强音：肿蛤蟆，肿蛤蟆，肿蛤蟆。

如果说私语的行动低调而缓慢，那么另一边善闻的行动则快如闪电，疾如飞鸟。她在下界抵达的地方叫做狂玻之地。这里一片黄昏，只有天顶上闪烁着点点暗淡的绿光。她发现自己被成百上千参差不齐的闪光表面包围，它们全都是开裂的镜面和紫色边缘的尖棱。它们倒映着纷繁的图像，让她分不清真实和虚幻。

尸熊和迪奥殒闻到了她的香气，迅速现身。善闻的构造不利于近战，于是她施展第一道法术飞旅咒，召唤来特微克人。它们骑着龙蝇从天而降，在这里仿佛小型飞龙。

四名特微克人把她载上嫩枝编成的筏子，飞在他们中间。龙蝇飞舞扑棱的翅膀间的间距很小，善闻觉得他们几乎要撞到一起，打乱节奏，撞到参差的镜面上坠毁。但他们没有。

特微克人一开始十分热切友好。这让她十分好奇他们是为什么被放逐到这里来的。

"我只不过给萨诺德汇报敌人情报的时候斗胆多要了一点糖。"其中一人说。

"我斗胆在他巡查的时候飞过了湖面，"第二人说道，"那时是夏天，我只想飞到湖面上给我的龙蝇洗洗翅膀。"

"我已经忘了是怎么来的了,"第三人说道,"不过那应该跟飞到水面也差不多。我们迟早要死在此地,再也见不到真正的太阳,反正它也要死了。"

第四名特微克人是他们的领袖,他没有作答,反而发问:"不管你要去哪里,不管你要做什么,你能给我们一点盐吗?"

"我在找两个流放者。"善闻一边回答,一边把温德拉和甘德瑞的影像送入特微克人的内心,接着他们用快如闪电般的语言交流起来。

"我们知道女人的下落。"特微克人首领说道,"你有多少盐可以作为带你去的报酬?"

善闻心头狂跳,她不想在此地久留。

"哪怕一小撮盐在这里也是很大的一块,如果我随身携带,那它的分量又会缩水得微不足道。所以你们只能服从咒语的号令。"

"那好吧。"特微克人的声音并不高兴,就连龙蝇翅膀的嗡鸣都更吵了。

"哪里能找到她,特微克人?"

特微克人大笑不止。"她就躺在浮在空中的筏子上,还有四个不幸的特微克人带她飞。"

"这肯定是个笑话。"善闻说道。

"也许这对你是个笑话,"特微克人冷笑着说,"又也许你的使命跟你想得不一样。"

"小心点飞,带我到安全的地方降落,否则我会再施一道法术。"善闻说道,虽然她需要尽量保留萨诺德给她的法术。

特微克人放肆地大笑,它们从包包里取出一面镜子对着善闻的脸。"在这里被萨诺德放逐的地方,我们都能在任何地方看到自己的脸庞。但也许你在上面看不到自己的脸?"

他们说得对。见到镜中的自己让她十分震惊,她过去怎么从来没有发现？萨诺德的旧爱居然跟她长得一模一样。难道这个使命是骗她自取灭亡？这个使命真的是要寻找温德拉，还有甘德瑞？

"我不喜欢你的诡计，特微克人。"善闻说道，"一点也不喜欢。"

"黑夜沉沉，"那特微克人说道，"要是咒语在我们离开前消散，你就会掉进万丈深渊。"

冈斯魔怪的话是对的。它提到的肿蛤蟆最多只有拳头大小，端坐在一个硕大宽广的洞穴中央，周围遍布暗红斑点，充斥着烂肉的臭气。私语原本以为肿蛤蟆应该高如雷龙，还更加可怕，然而除开它生了一对发光的金眼，多瘤的外皮上有许多发光的蓝绿棱柱外，其他一切都看起来十分平常。

在这座充斥着腐尘和浊气的圣所里，无形之影跟无动于衷的敌人正面相对。

肿蛤蟆瞪着私语。

是它忽然变大了？

还是私语突然变小了？

私语朝肿蛤蟆一侧踏出一步。他脚刚落地，就在一声突如其来，如洪钟般的鸣叫声中被忽然变得奇大无比的身躯扫到了洞穴一侧。私语被打倒在地，几乎背了气。尽管他同时存在于两地，但他仍然疼得百刀穿心。肿蛤蟆粗糙膨胀的身躯带着陈年深潭的恶臭，让私语喘不过气。

等压迫感过去后，私语才瘫倒在地上喘气。

等他恢复过来后，看到肿蛤蟆又端坐回了洞穴中央，又变回拳头般大小，闪烁着蓝绿色的光。

私语终于明白石壁上那些斑点是什么了。如果他只存在于这一个世界，那他早已归西。

他用了几分钟时间恢复体力,思考策略。为了过肿蛤蟆这一关,他又试了两次。一次匍匐潜行,一次亡命飞奔,然而每一次都被突然胀满整个洞穴的肿蛤蟆拦下,击倒在地。最后他觉得自己仿佛一只破了口的沙袋,在源源不断地漏沙子。

他费力地支撑着自己的身躯,弯曲着,颤抖着,最后终于又重新站到了肿蛤蟆面前。

现在,他在极度痛苦中把自己的思绪转移到远在安贝隆的另一个自己身上。那一个他正在漫游林间,原野簌簌着,变换色彩,倒映着天空的颜色。他的家就在林中深处,那里有他的妻子和刚出生的儿子,他们在这里劳作,浑然不必担心那些意图染指整个世界的君王和巫师。那些人根本不关心地球的死活,只求自己存续。谁知道他儿子如今有多大年纪?他妻子两鬓又多了几分银丝?恐怕他们俩现在都认不出他还是个活人了吧。

用不了多久,私语就可以不用分处两地,再次合二为一跟家人团聚了,但首先,他必须要渡过眼前的难关。

私语在肿蛤蟆面前瞪着它,肿蛤蟆也瞪着私语。

"你会说话吗,肿蛤蟆?你到底有没有神志?你就始终在这里一动不动吗?"他一边说,一边后退,期待自己的话能激活肿蛤蟆的力量。

然而肿蛤蟆却没有让他如愿。它瞪着私语,发出一阵洪亮的声音:"呱呱……"

要是换做旁人,此刻非恨不得拿锤子把肿蛤蟆砸个稀烂,在它遗骸上跳舞。但私语没有这样称手的锤子,他有的只有一副鬼魅如刺客般的身躯。

这终于让他想到了一个办法。他只需要再分裂一次就行。分裂自己的精华对他来说,不过是再割一道伤口而已。

私语做好决定,站在肿蛤蟆面前,他同时朝它两侧飞跃,就如同两扇失去身躯的翅膀，带着赴死的决心。

肿蛤蟆又开始飞速膨胀，它发出一声困惑的鸣叫，它的每只眼睛里都有一个不同的私语，接着他们都同时在转瞬间消失了。

✤

善闻在特微克人的筏子上飞越玻璃平原。她很快就发现了这个地方的真相，也明白了为什么没有活物愿意在此久留。这里的每一面玻璃碎片都折射了久远过去的时光，在断裂的棱面中疯狂徘徊。在飞行途中，特微克人不停给她解释下面的那些影像，她看到了魔法师玛兹瑞安的花园里有一大群食尸熊聚集起来，萨德拉克正在与下界恶魔交战。她看到疯王库特和他用魔法塑造的怪物大军，寇古特的凝血之塔，还有征服者戈利坎·柯代在保提库犯下的那场既臭名昭著又毛骨悚然的大屠杀，活人的血肉被堆积成五百尺高的金字塔，不停蠕动，这幅光景在镜面中不停重复，延绵好几里远。除了这些，尽管她选择视而不见，但她自己的影像出现在无数镜面之中，它们有小有大，还有些扭曲畸形，在下方的镜面中无比疯狂。经历最初的惊恐后，善闻开始忍不住想往下看，但这种感觉又让她感到罪恶。

"直接走在下面会怎么样？"她问驭着筏子飞行的特微克人。他们似乎正在飞向地平线尽头的一朵阴沉的云。

"会发疯。"一人回答道。

"会变成他们看到的样子。"另一人说道。

"他们会忘掉吃喝。"

"他们会坚信自己在黄金之主坎代弗的宫殿里赴宴，不然就是听到术士图尔真的低语，然后死去。"

"萨诺德是怎么造出这些玻璃的？"

特微克人头领讥笑了一声。"萨诺德才没有这个本事呢。这些玻璃全都是帕拉希斯宝珠的碎片，它能洞悉一切，却在下界之战中粉碎。萨诺德撞了大运才能在自家监狱里捡了这么个宝贝，叫他的敌人吃了更多苦头。"

"不仅如此，"善闻说道，"这些玻璃也给下界提供了照明。"

昼夜在这个没有太阳的垂死世界中毫无意义。在破碎玻璃绽放的明光中，周围一切都定格在清晨和黄昏之中。镜面中的古老战争继续打响，绮丽的舞蹈再次回放，幽灵般的航船在早已干涸的汪洋中行驶，玻璃中的金绿光芒仿佛某种虚弱的黎明。

很快，善闻发现他们前方的云彩变成了一个个奇异的椭圆气球。它们在移动，棕色外皮在风中勃动，两侧伸出纤长的肢体，却只有一个小点般大小的头。"它们是浮游奴。"特微克人说道。善闻看到它们身上都用缆绳和滑轮紧缚着大小不一的船体、舱室、露台，甚至还有篮子。更古怪的是，每艘飞船的甲板上都覆满青苔，上面长满了花朵、蔓藤和蔬菜。

"住在这上面的是什么人？"善闻问道。

"强盗、工人和园丁。"特微克人头领回答说。

"杀手、土匪、农夫和水手。"

"它们怎么可能同时有这么多身份？"

特微克人冷笑了一声。"被扔到这儿的只有恶棍，但必须学会别的才能活下去。"

"我不想去那里怎么办？"即使有咒语加持，她还是不免生出一股无助感。特微克人的戏弄让她气恼，但她更不想被不受咒语制约的陌生人摆布。

"你没得选。我们不想驮着你穿越整个世界。你的法术已经减弱了，如果你不愿放了我们，那我们也只有冒个险。再说这些家伙会到处飘来飘去。"

他们话音刚落，就加速飞行，把她扔在其中一艘飞船甲板上。

活气球打了个响鼻,排出一阵甜腻的废气。

船长正在等她。他身后的船员们严阵以待,也不知道他们是出于尊敬还是谨慎。

船长的左眼上戴了两副眼罩,仿佛因为里面的东西需要进一步禁锢。他另一只蓝眼睛让他看起来比外表年轻许多,浓密的黑胡子盖满了大半个脸。他体格健硕俊美,身上的烟草味也不难闻。

不过就像善闻很难忽略是头顶上那个活物让这艘船没有坠毁在破碎的玻璃平原上一样,她也很难不去想,这位壮硕的船长在她的世界里只有针尖一般大小。

"欢迎来地狱。"船长面无表情。

"欢迎咒语吧。"善闻说完,带着一股突如其来的激情施放出潘格瑞的凯旋咒,希望将他俘虏。

然而船长只是笑了一声,扯下自己的一枚眼罩,咒语就立刻反弹到了善闻自己身上。这下她不得不屈从于船长的意志,满足他的每一个欲望。

"别让我摘下另一只眼罩。"他的话丝毫没有幽默。

善闻抬头望着他那双完好的眼睛,竭力反抗着主宰自己的法术。"为什么?因为我会死?"

"不会,"船长说道,"但我眼睛里的东西会讨厌你,你就无法跟我共进晚餐了。"

※

离开了肿蛤蟆的洞穴后,私语发现它离奇地失去了踪影。不过他终于来到了冈斯魔怪所说的村外,他的目标就在这里。上方的空间很大,岩顶十分高远,覆盖着密集的青苔。他可以看到上面有东西在爬,让私语心存警惕。

他一开始以为这座村庄是修在一头早已死去的怪物骨骸之上,

但很快他发现它就是用怪物的骨骸建成。这地方显然在过去经历过许多摧残。摇摇欲坠的骨头屋里竟然还有人烟。他们面色惨白，世代累居下来已经变得双目失明，鼻孔很大，双耳大如蝙蝠。他们移动得很慢，几乎不留声音，也不知道是因为近亲繁殖过重，还是因为害怕未知的天敌。

他看到了一个双目空洞的老人坐在一枚三眼巨兽的颅骨旁边，它的牙齿奇形怪状。这老人的胡须全都是苍紫色的青苔，飘动的头发全是白色的菌须。他的袍子不停泛着涟漪，私语忽然觉得不敢久看。

私语走到他身边询问："别害怕，我只想找一男一女。"他把影像投进老人的心灵，"你见过他们吗？"

老人哈哈大笑。"你可知道我是谁？我只要动动手指就能置你于死地，只要一个念头就能掐灭你的生机。"

"那就动手吧。"私语说道，"收起这些无谓的威胁吧，我也一样可以送你上路，帮你解脱。我再问一遍，认识这对男女吗？"

"我很擅长捕捉隐形之物，小东西。"老人无视私语的警告，"我可以在脑海中看到你的轮廓，你既不是人，也不是鸟，而是两者合体。"

"别叫我东西。"私语说道。

"你还真不是个东西。"老人说道，"你知道自己是一扇门吗？"

"不准那样叫我。"私语感到累了。他的身体以阳光为食，但太阳却存在于另一个世界。这里根本称不上有光。他感到自己这一边的思维开始迟钝，另一边却更加明快。

"但你真是一扇门，不是个东西。"老人哈哈大笑，"只不过你自己忘了。虽然我没有视力，但我也能看到另一边的安贝隆透过你发亮。不管肿蛤蟆去了哪儿，它都是最近才当上这个村落的守卫。"

"你知道肿蛤蟆？"私语有些吃惊。

"聪明人早该怀疑是我安排它当上看门狗的。"

"我不太相信你说的话,"私语说道,"一个字都不信。"

老人却丝毫不理他。"只要你在这里停留够久,我就可以用你逃走,我可以穿过你的身体,呼吸安贝隆的空气。"

"就算你说的是真的,老东西,"私语说道,"你到了那边也只有蚂蚁般大小,命运也会一如蚂蚁。你想逃走后被过路的耗子碾死吗?"

老人又大笑起来。"这倒没错。可只要能见一见那边的阳光,摸一摸那边的地表,就算马上就死又何妨?"

"我绝不会留那么久。"私语说道。他的身体居然是一扇门,这个想法让他震惊不已。

"你这样活着不痛苦吗?"老人又问。

"再不小心点,你就会被一根带刺的羽毛穿心而死。"

老人冷笑了几声。"既然你要这样恐吓我,那我只能拿你当门,再把你关上。"

私语感到脑中激荡起一股强压,并发一阵猛烈的轰鸣,不论是他还是那个老人都没有动,但他们的心灵之间却展开了一场激战。跟以往不同,他跨越两个世界之间的巨大鸿沟被连接起来,强行忤逆他的意志。他们俩思想的军队在黑暗的平原上狭路相逢,在他们之间的空间中燃起无形的烈焰。

❋

晚餐跟善闻料想的不太一样。两名军官护送着她来到船长的舱室,这里连排的书架上摆满了古老的卷册和典籍。它们都是捡来的,这些书原本的主人都是被放逐到破碎玻璃平原上的可怜人,他们被困在那里,在那里发疯,然后在那里死去。很久以后,善闻会问他:"你肯定精通许多法术。"而他则会回答:"它们并非都是魔法书,明智的人也不会完全依赖法术。"

左舷的圆窗外闪烁着由绿变蓝，由蓝变紫的光。舱内弥漫着甲板青苔的辛香。顶上的梁木也有节律地发出沉稳柔和的声响，仿佛人鱼的歌唱。

船舱中央摆放了几张老旧的桌子，周围是一圈同样老旧的椅子。其中一个桌子上摆了一大张濒死地球的地图，它旁边另一张地图上有大片空白、草稿和标注。善闻后来才知道，那就是船长所知道的下界地图。

另一张桌子上摆放着丰盛的菜肴，显然经过了精心准备。有奇异的飞禽，还有甲板上种植的蘑菇和蔬菜。它们腾起的香气不免让善闻分神，差点忘了对施法对象的崇拜。

善闻在餐桌旁坐下，那两名军官从椭圆门中告退，接着船长解除了她身上的法术。她的心跳平缓了下来，终于可以把注意力挪到书本、椅子和窗户上，不必再始终停留在船长身上。

船长戴回眼罩，接着开口："只要你不再施法，我就不会再揭开眼罩。但要是你不听话，我就会把你扔出去。这里可非常高。"

"我知道了。"巨大的挫折感涌上她心头，"谢谢你的宽待。"

船长点点头。"我也谢谢你肯赏光赴宴，现在我要全神贯注了。"

船长把手绢塞回衬衫，不再说话，尽情享用起鲜美多汁的鸟腿、冒着热气的土豆，还有松脆可口的蘑菇。善闻也不得不承认，尽管菜肴看似寒碜，但的确非常可口。

然而她心里还是举棋不定。她不知道自己现在到底算囚犯，还是算客人，又或者两者皆是。她也不知道该不该告知她此行的目的，尤其是她现在只剩下了最后一道咒语。于是她抿了一口甘苦相融的美酒，望着船长大快朵颐。这位船长令她既困惑，又着迷。他一点也不像萨诺德，也不像其他任何人，虽然这么多年来她只知道萨诺德。他的手下显然很尊敬他，而他也没对手下下过狠手，说过狠话。

终于，船长吃饱喝足，擦了擦嘴，让人把盘子端走。

"我们这里很少有陌生人来，"船长说道，"被萨诺德流放到这里来的人很快就会被玻璃平原逼疯。所以我很好奇，是谁给你取了善闻这个名字，还有来这里有什么目的？你有魔法护身，还能驱使四个特微克人带着你飞，这些对我都是未解之谜。这样的谜有时会让我犯难，而且有可能让我的舰队陷入危局。所以我要不要为此担心？"

船长一边说话，一边凝视着她，让她心中躁动不安。然而在这一瞬间，她嗅到了一丝挑衅。她要不要撒个谎？但如果她不说实话，她会有什么下场？

于是她盯着船长那只好眼睛，"我来寻找温德拉，她是一个跟我相貌一致的女人，还有一个叫甘德瑞的男人。我可以把他们的样子投进你的内心，但你大概会误以为我在对你施法。"

船长强压着自己的笑意，"说得对，我的确会把类似的非自然侵入当成法术。我们可以先把这个问题放到一旁。你为什么要找他们？是谁要求你来的？"

他的凝视愈发严肃，即便摆脱了咒语的钳制，善闻也不得不和盘托出了实情。

"是萨诺德。"她只能承认。

她看不出他的态度有没有变化。

"那你找到了他们要做什么？"

"我要带他们一起离开这里。"

"如果我要求你带我走呢？"

她对面的船长忽然多了几分渴求，让她有些害怕。

"即使我愿意，我也做不到。"她回答说，"萨诺德说过，带其他人上路会送命。"

现在船长会拿她怎么办？他什么也没有做，只是坐回椅子上，叹了口气。"重要的不是这个,我不能丢下船员不管。我们如今已经是一家人了。"

善闻的恐惧暴露无遗,她有些生气地问:"那你的眼睛是怎么丢的?"

"哦?我没丢,它只是从我身上被取走了。"

"那换成了什么?"

他没有回答,而是说:"萨诺德拿走了我的眼睛,把我和船员一起流放到这里。我们用了很多年扩充船员,寻找逃走的机会,但机会一直没出现。"有那么一瞬间,他老态毕现。

但她觉得自己找到了答案。"直到我变成你们的囚犯。"

船长露出无奈的表情。"蠢人才寻仇,拿代理人寻仇更蠢。你只是一件工具而已。我更关心这件事背后的含义。这里的生活很危险,我们不知道该往哪里去,又交代在哪里,所以我才希望拼尽余生寻找答案。而你有可能就是答案的一部分……要不然就是萨诺德要的又一个诡计。"

他的这番话几乎要让善闻垂泪,哪怕他们是自己的敌人。

"我并非是故意要伤你的心。"他说道。

"让我伤心的是这个地方。"她说道,"你没有在破碎的玻璃里看到无数跟我相同的面目吗?"

"那很难忽略。"

"它们让我困惑无比。我只不过是一个倒映的倒影,从没有真正的自己。"

船长的声音忽然温柔如丝:"然而它们令我更加好奇,渴望早点跟它们的真身相遇。"

"这样的善意并不能减弱我的烦恼,但知识可以,你知道我的身世吗?"

"碰巧我还真知道,"船长说道,"是从这些书里知道的。"于是,船长把阿善和阿闻的故事告诉她,还有他们的结局。他还说到了图尔真和他的使命。善闻发现他很会讲故事,他的话既生动又扣人心弦,让人很想往下听。

待船长讲完故事,把他们俩从既神秘又古老的安贝隆拉回现实,对立而坐后,善闻大声告诉他:"可我跟你说的不一样。"

"你确定?"船长浅蓝色的眼睛盯着她,仿佛要把她活活剥开。

"相当确定。"

于是船长从靴子里拔出一把刀子,把它抛向善闻左耳。善闻惊讶地发现自己本能地接住它,仿佛是娘胎里带来的本事。

"这只是碰巧。"她说。

于是船长又朝她扔了一个苹果,被她用刀子干脆利落地刺穿,感受着它的重量和殷红的颜色。

"是啊,碰巧。"船长说道,"如果这个词还有别的意思的话。"

善闻皱起眉。"这不是我自己的意愿,这不是我干的。"她说完才发现这都是真的,她扔掉刀子,苹果掉在了地板上。

船长伸手穿过桌子握住了她的手。他的手很大,还很粗糙,但她喜欢这种感觉。

"有时候,只要知道一个人内心蕴藏着什么力量就够了,不需要把它用出来。"船长说道。

善闻望着他,仿佛他说的是世间唯一的真理。

船长松开手,站了起来。

"你明天就加入我们一道,只要你愿意帮助我们,我们就帮你达成使命,因为我碰巧知道上哪儿能找到你的目标。"

❈

战火愈燃愈烈,私语心中的强压已经不堪忍受,焚烧着他从未触及过的内心,他在极度痛苦中放声狂啸,把老人的攻势逼开。

"我不是任何人的大门！"

私语的咆哮吓退了缓步逼近围观的人群，他们纷纷躲到了早已褪色的骸骨背后。

他面前的老人一头栽倒在地，他叹了口气，承认了自己的失败。"我研究了很久，研究了很多，远超这里所有人，但看来还是不够。"

私语看到这场激战烧光了老人的胡子，也拂去了笼罩他双眼的迷雾。现在，他们俩四目相对，私语终于看清了他的真面目。

"我怎么没早看出来？"

甘德瑞笑了。"因为即便是你，偶尔也会被表象欺骗。"

"的确。要不然就是因为我不是我。"

"塔里现在是什么模样？"甘德瑞问道，"我记得那里一度是欢乐之地。只要萨诺德前去巡视遥远的领地，我和温德拉就会跟周围的村民大摆筵席。高塔源源不断给我们变出美酒佳肴，音乐宛如天籁。"

"塔里跟过去一样。"

"我兄弟还好吗？"

"你兄弟蒙受着内心的煎熬。他希望你跟我一起回去。"

"呵，开什么玩笑！"甘德瑞说道。"因为他，我失去了温德拉，折损了法力，只能驾驭这些可悲的东西。我兄弟报复心很重，而且被他流放只是他在濒死地球上犯下的最微不足道的罪行。我已经想出了很多离开这里的办法，为什么要跟你一起回去？"

私语耸耸肩。"我对萨诺德并无好感，只是被迫听令的仆从，我只想跟安贝隆的自己合二为一，跟家人团聚。"

"你的家人现在还认得你？"甘德瑞轻声低语。虽然在私语咆哮后，任何小动作都无比愚蠢。

"我会让他们认出我。"私语说完才忽然醒悟，他恐怕不会如愿，他们可能永远都认不出他了，要不然，他们早已魂归黄土。

甘德瑞别过头去，仿佛感受到他话里莫大的悲伤。"我跟你走。让我们一起去面对命运吧。我知道那扇通往萨诺德的传送门在哪里，但它只能送东西，不能传送我自己。这一点不会改变。"

"忆境之鼻是你派遣的？"私语问道。

甘德瑞点点头。"是的，它是我的替身，看看能不能改变萨诺德的心意。不过看来它成功了。"

"既然如此，那我们就需要尽快动身。"私语已经听到有许多动静正在飞速逼近。"我已经惊动了许多东西。"

"是的，这不可辩驳，也让我们更有离开的理由。"

私语的声音仿佛坠入汪洋的一块巨石，无数致命的活物从遥远的天顶上朝他们蹒跚涌来。

于是私语念出神行咒，领着甘德瑞逃了出去。

※

三个月过去了，善闻在浮空船上驶过了狂玻之地。她和船长已经成为了爱侣，有天晚上她还知道了他的真名实姓。三个月过去了，她的目标仍然一无所获，但温德拉的影像仍然遍布各地，在下方仿佛幽灵。三个月过去了，她丝毫没有怀疑船长是不是故意拖延行程。这地方让她分心的东西太多了。

他们在一起疯狂地缠绵，结束后，善闻会把头枕在船长多毛的肚子上，向他发问："既然这里有这么多我，为什么你还想要我？"

而他回答的声音则会比私语还要轻。"因为只有你是独一无二的善闻。我只想亲吻你脖子后面的绒毛，只想看到你欢欣的微笑。还有这里和这里。"说完，他们俩又会交织在一起，随后她会心满意足地陷入沉眠。

然而随着航行越来越久，越来越远，即便排除了日常故障的干扰，善闻还是总算觉察到，每当遥远东方的悬崖开始逼近，船长都会开始跟大副耳语，然后第二天悬崖就会变得更远，而非更近。

终于，她鼓起勇气问出那可怕的三个字：为什么？然后她从船长的眼神中看出来，他这次终于会带她前去，而不再冒险骗她。

一周后，他们俩单独乘了一条小船，拴上一只初生的浮游奴，抵达了玻璃平原和凸出的悬崖相交的地方。善闻看到自己的脸被刻在被蔓藤遮挡的斑驳岩石上。

"这是什么意思？"善闻转身问船长。

"你要找的她就居住在山崖顶上的石屋里。要谨记什么是真，什么是假。"船长说道。

"此话怎讲？"她一边问，一边给了他一个拥抱。

"这里有许多幻影，真假难辨。"船长如此说完，揭下第二层眼罩，把它递到善闻手中，"需要的时候就用它。"

善闻明白，他说的是如何通过悬崖和石屋这一关。

善闻离开船，攀上悬崖，船长在背后悲戚地道别："你背后有二十七块雀斑，你左腕有一道从马背上摔下的伤疤，你的头发香如晨间的芳草，你的声音不似蜜蜂，但你的爱却甘如蜜糖。"

✦

善闻抵达石屋，见到了一个和她相貌相仿，两鬓泛灰的女人。那个女人端坐在金箔王座之上，俯视着冷峻的大理石厅堂。她周围白骨累累，尸骸如山，其中有些还没有烂完。这地方喷洒了大量香水，甜腻得叫人发怵。

善闻小心翼翼地靠近。

那女人抬起头，露出诡异的微笑。

"我看到来者是我自己。我希望镜子待着别动，不希望它到处乱跑。"

善闻走近骨堆，向她发问："你可是温德拉？"

"瞧啊，这镜子还会说话！"那个女人说道，"它还说出了我自己选择的名字，而非别人所取的那个。事实上，我是自己永恒的倒影，这一点永远无法摆脱。"

"为什么这里尸骨如山？"善闻问道。她厌恶这里逼人的沉寂，厌恶仿佛大难即将临头的感觉。

温德拉挥了挥戴满戒指的手。"你说他们？这些人逃离玻璃平原，攀上悬崖向我敬拜。不过玻璃早已深入他们的内心，所以他们仍然不吃不喝，由此而亡。"

"为什么会这样？"善闻问道。

温德拉哈哈大笑。"因为看到我就跟看到玻璃没有两样。我是濒死地球的回忆，跟你一样，是一段活生生的倒影。所以不管如何，他们都前仆后继赶来送死。这就是暗影世界的法则。"

"是法术造成的？"

温德拉耸耸肩。"我不能走出这个地狱，但我从仰慕我的人那里学了一两道咒语。是咒语建造了这座宏伟的石厅，是咒语雕塑了悬崖上的面孔，它是标志，也是灯塔。它是标志，也是灯塔，是标志，也是灯塔……"

不过善闻感到腻人的甜香刺痛了她，于是她摘下眼罩，片刻之后，她想躺在尸堆中休憩的冲动消失了。

温德拉叹了口气，她的声音语调再次恢复了正常。她望着善闻，眼神颇有些不自然。

"我有意解除了你自己的咒语。"善闻开口道，"但如果你还想故技重施，那我发誓把你扔下悬崖。这里可非常高。"

温德拉长长地呼了口气，似乎有些发颤，她故作镇定，却不敢对上善闻的眼睛。"我并非有意杀人，但你态度坚决，不容置疑。你到底为何事而来？"

善闻差点不想告诉她，但她还是开了口："萨诺德派我来带你回去。"尽管她所言非虚,但这句话显然把温德拉吓得不轻。

温德拉苦笑了一声,仿佛善闻在她旧日伤口上又撒了把盐。"萨诺德天性残忍,但他内心可能仍有一线良知。他让我选一个名字,让我忘却自己的倒影,我现在只想和这个名字融为一体。"

善闻听罢开口:"他在创造我的时候,告诉我只是一个倒影,却从不提我的来源,让我误以为自己就是本源。"

"他做了那么多恶,却只有这一线良知。"温德拉说着。

"失去你后他很悲伤。"善闻又加了一句,虽然她拿不准这是不是真的。实际上,这话并没有让温德拉开心。不过这句话倒让善闻自己心跳加速,令她想起在等待她的船长来。"你打算怎么办?"他问过她,而她回答说:"我不知道。"

温德拉眯起了眼。"甘德瑞呢?"有那么一瞬间,温德拉仿佛年轻了许多,还毫无悔意。

"萨诺德宽恕了一切。他让我来带你回去,同样也包括甘德瑞。"

腐朽王座上的温德拉开始颤抖,仿佛正在重焕青春。她努力地让自己的声音充满希望:"这太动听了。虽然我明知道那不是真的。"

"他赐予了我送你回去的力量。"善闻继续说,"但我不会跟你一起回去。你可以告诉萨诺德,要杀要剐随他便。"

温德拉哈哈大笑。"我可怜的倒影啊,他才不会杀你。他只会把你流放到这里。"

送走温德拉后,善闻用最后一道咒语将石厅夷为平地,又根据她自己的喜好把悬崖上的人面轰塌,它跌进玻璃平原,彻底变成了碎片。

接着她重新返回了飞船。

"你有什么打算?"船长问她。

善闻面带微笑,把眼罩还给他。"你身上有十七道伤疤,四道在左臂,三道在右臂,两道在前胸,三道在后背,其余伤疤都在腿上。其中七道是刀伤,剩下的都伤自法术和其他武器。你留胡子来掩盖尖削的下巴。你的睡梦饱受折磨。你既忠诚又善良，又固执如牛。你的第二道眼罩底下什么也没有，只有一道发皱的伤疤。"这个回答让船长心满意足。

※

幽冥之口的尖叫惊醒了在塔顶休憩的萨诺德。他正梦见深邃凉爽的湖泊，一只干枯的手在法力加持下不停在他身旁那碗始终存在的水里游弋。

"他们从下界归来！他们回来了！"

萨诺德心跳加速，他赶紧起身，套上蓝绿相间的长袍，下到洞悉之厅，站在两只巨眼和重归寂静的大口前等待。太阳在椭圆窗户外升起，在大理石地面上留下恼人的温度，令偌大的洞悉之厅显得又闷热又促狭，仿佛一个陷阱。

"很快一切都会走向终点。"幽冥之口的声音丝毫没让萨诺德安心。

一声响彻全世界的尖叫传来。

他兄弟甘德瑞首先蹦了出来。尽管他面色苍白，双手斑驳，眼角布满皱纹，但他仍然精神飒爽。

甘德瑞盯着萨诺德，面露困惑。萨诺德知道自己一定在脸色上表露了出来。见到亲生兄弟，萨诺德心底却没有感到家人久别重逢的暖意，扎在他心头的钩子却更不舒服。他觉得很糟，内心反而更不安定。

当然，这种强烈的不适极有可能是他们上次极不愉快的分别造成的。想到这里，萨诺德迎上前去，对自己的兄弟说道："欢迎回来，亲爱的兄弟。毕竟这是一场极其漫长的悲伤、困顿和流放。"

甘德瑞的眉头却皱得更深，他没有接受萨诺德的拥抱。"跟我曾经的兄弟重逢已经够难了，可你根本不是我兄弟。你到底是谁？"他的声音十分冰冷,他的表情里没有一点友善的影子,"你凭什么在这里?"

私语的声音在萨诺德身边响起,他似乎十分吃惊。"如果他不是萨诺德,那这么多年来奴役我的又是谁?"

"你们俩都疯了吗?"萨诺德说道,"还是下界褫夺了你们的认知力?我就是萨诺德。而你甘德瑞就是被我错误流放的兄弟。而你,私语,我就是你的主人,你现在必须听我号令,否则就面临惩处吧。"

"我会听您号令,但您有何命令?"私语的声音忽然跟萨诺德十分靠近。

萨诺德还没回答,幽冥之口就突然吐了一句:"偶尔倒影也会变成影子。"

"这话不错,"私语说道,"可这有什么寓意?"

尖叫声再次响起,温德拉也从幽冥之口中蹦了出来。她现在跟甘德瑞一般老迈,却不知如何却仍有几分青春活力。她身后无人随行。

"现在您的号令恐怕更复杂了。"私语说道。温德拉的出现让萨诺德暂时把甘德瑞的羞辱放到一边。

"完美无瑕的温德拉啊。"萨诺德把自己的话放到嘴边,莫大的惊恐朝他席卷而来。他还是什么也没有感觉到,既没有激情,也没有痛恨。

然而温德拉却只凝视着甘德瑞,甘德瑞也凝视着她,眼里充满了萨诺德没有的深情。他把温德拉搂进怀里,背对着萨诺德,就在他的注视下叙旧。

"你比过去更美了。"甘德瑞告诉她。

"你的俊气减少了一些,"温德拉说道,"但仍然远胜你兄弟百倍。我们已重获自由,接下来做什么?"

甘德瑞的眼光里透着淘气。"我可以弹琴,你可以唱歌。我们可以重回蜥蜴王的宫廷，只要那里还存在。"

温德拉哈哈大笑，她很怀念他的幽默感。"亲爱的，难道你想靠卖艺谋生？还是想靠巫术出人头地？我在下界学了不少，正想找个用场。"

甘德瑞凝视着她良久，似乎不知该如何作答。接着他回答说："只要我们还活着，只要我们一起在这个更广阔的世界上，那又有什么关系呢？"温德拉似乎接受了他的话，但萨诺德却能感觉到她对这个回答并不太满意。

温德拉终于把注意力转到萨诺德身上。她翘起的嘴上透着讥讽，枕在甘德瑞肩上，双手搂着爱人，似乎永远也不愿意松开。

"萨诺德的仆人没告诉我，现在这座塔是个陌生人在管。你是谁？你不是萨诺德。"

温德拉的否认让萨诺德更加惊恐。他朝温德拉和扭头回望的甘德瑞大声咆哮，"我就是萨诺德，我就是这座塔的主人，你们必须服从我的号令！"他忽然觉得自己仿佛一处戏剧中的演员，怒火背后升起了一股莫名的困惑。他越想着萨诺德这个名讳，就愈发觉得它不属于自己。

他想施展咒语把两人打倒，可幽冥之口却说了一句："跟已有定论的人争论毫无意义。"

"跟还没有定论的人争论也没有意义。"私语也说了一句。

第三声尖叫送来了第三位客人。

这个人十分高大，他的身影笼罩在烟雾之中。待烟雾散去，他显露出了萨诺德自己的面孔。

萨诺德生出一股莫名的错位感。"这是什么诡计？私语，这是你搞的鬼吗？"

"我唯一的诡计就是双倍的人生。"私语回答，"这不是我干的。"

"这不是诡计，"甘德瑞说道，"比那糟糕得多。他是被一个无权履行承诺的人引诱来的。"

新来乍到的萨诺德瞥了甘德瑞一眼，接着迸发着灼人的目光注视着原来的萨诺德。"这不是什么诡计。他是我钓起来的巨鱼，用法术做成了我的替身，基本上具有我的全部法力和记忆。这样就没人可以在我离开的时候来占便宜。他什么都不是，就只是一条鱼。"

❦

"管好你的舌头！"萨诺德朝他大吼，"你才是冒牌货！"

然而初来乍到的萨诺德抬起手，嗤了一声。"还是管好你自己的舌头吧，鱼儿。难道我会允许自己的巫力忤逆我自己？难道我回来后还能允许你保留力量？你既没有当好守卫，也没有管好此地。我宣布鱼儿的乱政就此终结！"

❦

原来的萨诺德瞠目结舌，站在原地说不出话，一动不动，跟其他人面面相觑。无声的恐慌和挫折在他心中萌发出疯念，只不过没有咆哮出来：到底什么记忆是真，什么记忆是假？

私语说道："我不知道现在该听谁的号令，也不知道这是怎么回事。"

初来乍到的萨诺德朝甘德瑞和温德拉望去，他们俩有些警惕。"我离开是为了向同道们讨教，如何纠正创造中的失败，比方说，如何纠正她造成的偏差。"他指了指温德拉，"可你们两个却胆敢再次踏上我的领国，把我召唤了回来。你们俩一个是背叛我的兄弟，一个是毫无良心的爱人。你们怎敢逃出来？"

温德拉警告他："只要你胆敢施咒，我必将送你去更可怕的地狱。我可不想再回那个地方去。"

萨诺德嗤之以鼻："无用之人的警告毫无用处。"

甘德瑞开口道:"兄弟,我们何必如此。"

"轮不到你说话。"萨诺德说完,威胁性地踏前一步。

"坚强起来,甘德瑞。我们只有杀了萨诺德才能获得自由,杀掉他们两个。"温德拉说道。即便在惊恐之中,不再是萨诺德的那个人也看到甘德瑞向她投出一抹目光,仿佛她是个陌生人。

"我们不能杀了他们。"甘德瑞说道,"即便如此,萨诺德也是我的同胞兄弟。"

"这样做才是真正的慈悲。"温德拉说道。

真正的萨诺德大声喝道:"够了!你们俩的背叛我还记忆犹新,仿佛就发生在昨天。如果这条鱼儿心里扎了个钩子,那我的心里就扎了两个。"他全神贯注地朝甘德瑞、温德拉,还有不再是萨诺德的那个人望了一圈,"看来流放还远远不够,只有死亡才能惩罚你们的背叛。"

真正的萨诺德说完念出了飞旋至灭咒,企图用极高的速度将甘德瑞扬上天空。然而甘德瑞脖子上青筋迸发,念出四字真言,咒语的法力就被抛进幽冥之口,宣泄在了他境之中。接着甘德瑞就落回到了地面。

"你那点微末道行撑不了多久。"真正的萨诺德说道,而甘德瑞则面色如纸,跪倒在地。

萨诺德又念出了内解体咒,甘德瑞和温德拉痛苦地委顿在地。

温德拉忍受着巨大的痛楚,吐了口气,朝不再是萨诺德的那个人念出未知的话语,把真正的萨诺德施加的恶意偏转过去。法术的余波把她震飞出去,撞到了一根柱上。她蹒跚地站起来,满头是血。

甘德瑞开口恳求:"求你慈悲为怀,手下留情吧,兄弟。"

"慈悲为怀?愿克拉恩把你们的脑子活活地泡进硫酸!"真正的萨诺德咆哮着,"愿黑暗的提亚尔插穿你们俩的眼珠!"他咄咄逼人的面容呈现出至高无上的威严,"我要把你们俩的腐尸一同抛给禽兽啄食，这是我仅有的慈悲。"就算他投向甘德瑞的目光中有一丝悲伤，鱼儿萨诺德也没有发现。

真正的萨诺德说完，施展出第三道更可怖的法术，那便是虹光之泉。这道法术会朝他们迸射出致命的五彩射线，将他们打入残酷的死亡。他高举右臂，致命的光线按照他的号令在他头顶上方集结，越变越亮。甘德瑞和温德拉在绝望中一起施展起脆弱的咒语，抵消了法术的威力，却无力阻止光线凝聚。

那巫师哈哈大笑，仿佛早已丧心病狂。"你们俩在这里势单力薄。无论鱼儿还是私语都是我的人。就算你们俩能挡住我的法术，我也还可以派别人对付你们。"

真正的萨诺德说着转身，伸出左手朝不再是萨诺德的那个人迅速比画了个手势。"让这条蠢鱼现出原形吧！"不再是萨诺德的那个人感到心中的钩子断了，瞬间感到一阵难以言喻的解脱。他的人形消融了，现出了本相，那是一条奇大无比的蓝鳞巨鱼，用鳍和尾巴保持着平衡，渴望湖水的鱼鳃不停在空气中张合。古老原始的本能需求向他扑来，他喘息着，挣扎着，想要跟其他人说话，却发现他们十分矮小，都仰着头望着他。

"鱼儿，现在去吃掉我的敌人。"真正的萨诺德说道，"还有你，私语，拿出你无形的武器，你们俩赶紧把这场争斗解决。"

"遵命，萨诺德。"私语说道，"但恐怕要越过这条鱼儿跟敌人交锋需要费点时间。"

与此同时，伟大巫师的人生记忆在鱼儿萨诺德的脑海中飞速流逝，他茫然失措，惊惧万分，又无比愤怒，最后，他终于咆哮了出来："我才是萨诺德！"

洞悉之厅里的所有人都吓了一跳，甚至包括真正的萨诺德。他头顶致命的光线消失了。跪倒在地的甘德瑞望着鱼儿，委顿在地的温德拉也跟着他望去。

巫师萨诺德的最终使命

"这鱼儿坚信他才是你,兄弟,"甘德瑞说道,"说不定你才是个冒牌货。"

"也许这种想法还可以加强。"温德拉说了一句,接着她全神贯注倾注在鱼儿身上,"显然萨诺德的法术过于久远,很难简单解除去应付新的危机。"

于是鱼儿萨诺德瞪着眼前这些发出怪异声音的鬼影,最后高喊了一声"我才是萨诺德!"不过它已经不再能够理解这些字眼的含义。它话音刚落,朝着一切烦恼和冲突的根源一跃而去,不容真正的萨诺德惊呼一声就把他一口吞掉。它头顶上成形了一半的刺线在困惑中颤抖着,接着它又纵身一跃,破开巨大的玻璃窗,跃入冰冷、幽深又晦暗的湖水中。湖水仿佛是它的第二层皮肤,让它能够感觉到身后溅起的巨浪。萨诺德施加的所有法术都伴随他最后一声尖叫烟消云散了。私语在长叹中返回了安贝隆。在远方,善闻察觉到了一些根本性的改变。而深渊之口欢欣雀跃的智慧之语也随着鱼儿越潜越深而逐渐模糊起来。萨诺德的最终使命结束了,它终于回到了湖底厚厚的淤泥中。它只想放弃思考,放弃支配,只想饱餐一顿火蜥,然后被人永远忘却。濒死的太阳那惨淡的光芒照不到这个地方,它最后剩下的只有一份苍白的回忆,并且马上就将被遗忘。

后 记

我第一次接触杰克·万斯的书是他的中篇小说《巨龙之主》。那是我十二岁参加校外活动的时候发现的,我从此便一发不可收拾地迷上了他,到处寻找他的"濒死的地球"系列。作为一个孩子,我太喜欢他笔下的冒险故事和天马行空的想象力了。

长大后,我对万斯的喜爱反而愈来愈深,我看到了许许多多过

SONGS
OF THE DYING EARTH

去没有读过的故事。比方说库格尔的故事，他必须不惜一切代价才能在一个艰难的世界中存活下去。他是一个反英雄，他的行为往往会遭到道德上的质疑，甚至在某些时候还残忍无情。不过正是因为他周围环绕着许多比他更坏的恶棍才让他不那么讨厌，在他的故事里始终会出现比他更可恶的反派。

作为一个成年人，我更加推崇天才般的想象力。这是一种可以在青少年时代积累的能力。你可以透过字里行间去想象它，而非通过文字描述去了解它是什么，由此你就会对行文的缺陷更加宽容。在过去，我并不会认为万斯比其他作家更加出色。但是我非常欣赏万斯高质量的作品和他笔下的黑色幽默。

就我自己而言，万斯创造性地完善了"科幻小说"的概念，用奇幻小说的手法描写遥远未来的科幻故事，这引起了我的共鸣。我本人并没有多少科学背景，但我非常喜欢读者将来自过去的"法术"理解成某种迄今为止科学还没有掌握的先进技术。所以杰克·万斯就和柯德温纳·史密斯一起给我的小说造成了巨大的影响。要是没有他们，我恐怕永远写不出来科幻小说。

我认为杰克·万斯的影响是极其深远的。有些作家是依靠漫长的职业生涯和旺盛的生命力才成为了文坛上的标杆。然而万斯却不是这样，他是一个革新者，注定要让全世界的后来人追赶他走过的道路。如果没有万斯，恐怕我的作品和其他许多作家的作品中有许多元素都不会存在。他对许多不同类型的作家都产生了非常深刻的影响，因为读者可以按照不同的方式来解读《濒死的地球》，你既可以把它们当作纯粹的奇幻小说，你也可以通过它领略遥远的未来。你还可以按照后现代主义来理解它，因为它里面有相当多的潜台词。而这正是我认为它足以成为经典的原因，并同时对作家和读者都产生巨大的影响。

——杰夫·范德梅

凯奇·巴克尔

凯奇·巴克尔是20世纪90年代末期涌现出来的新生代高产作家。她于1976年在《阿西莫夫科幻小说》上发表了第一篇小说后，就成为该杂志最受欢迎的主力军。她用扣人心弦的故事讲述时间旅行特工们的冒险故事和悲惨遭遇。后来她又开始了两条全新的故事线，其中一个故事发生在古灵精怪的高度幻想世界中。她还在《奇幻国度》《科幻杂志》《惊奇杂志》等多种刊物上发表过小说。她的首部长篇小说《公司》系列的第一本《在伊登的花园中》在1997年一经发表就立刻成为当年最热门的作品。随后她又陆续出版了《公司》系列的其他小说，包括《天空之狼》《好莱坞的门多萨》《坟场游戏》《未来世界的生活》《机械的孩子》《天堂之子》等等。此外她还发表了自己的第一本长篇奇幻小说《世界之砧》。她的大量短篇小说都收录在小说集《黑色项目》《白色骑士》《埃及之母》《它故事》《公司之子》《黑色星期一》当中。她最近发表的三部长篇小说分别是：讲述加勒比海盗的《我家夫人拿钥匙》，奇幻小说《雄鹿家族》以及大长篇《火星女皇》。在写作之余，她还在生活历史频道担任过艺术家、演员和导演。她还教授伊丽莎白时代的中古英语。她住在加利福尼亚州的皮斯莫海滩。

在这篇小说中，我们将跟随著名的聪明汉库格尔造访白墙环绕的凯因，他随即将卷入一场复杂的阴谋，去偷一只宠物。而这个阴谋将给所有相关人员带来灾难性的后果。

青　鸟

　　凯因公正无私的法官哈比迪翁大人喜欢把罪犯扔进宫廷御园里的一座狱渊，并以此为乐。

　　这座狱渊又陡深，渊底铺满柔软的沙土，因此大多数令公正无私的哈比迪翁大人不悦之人都能从中活命。这样的安排很好，可以为他带来更多的娱乐。每逢阳光明媚的夏日午后，他就会把自己的御椅搬到露台上，那里既能俯瞰赏心悦目的御园，也能极好地观赏那座狱渊。只要看到那些滑稽可笑的人儿在狱渊里徒劳地试图逃生或相互厮打，就会令他会心微笑。

　　为了进一步捉弄这些被丢进狱渊的可怜虫，公正无私的哈比迪翁在狱渊的峭壁上种满了萨斯克沃伊魔藤。这种漆黑的植物盛开着嫣红的叶片，它们状如刀片，也锋利如刀，魔藤的每一根茎上都生

青 鸟

着不停张合的贪婪小嘴。每个初来乍到的家伙都想抓住魔藤攀出狱渊，但他们每个人不是丢了手指，就是丢了鼻子，攀不了多久就会重新跌落渊底。

哈比迪翁大人的园丁们鲜少给魔藤喂食，这是为了让它们时刻保持敏锐。但随着时间推移，囚犯们很快明白这些魔藤还是少碰为妙，因而得不到给养的魔藤也逐渐失去耐心，它们开始主动猎食，捕杀失智靠近的鸟儿和蝙蝠。

于是囚犯们用凉鞋系带做成的投石索朝魔藤射出石头，打落它们的猎物，他们会把猎物系在一起，欢天喜地地回到峭壁凸岩底下的临时窝棚，于是他们便得到了给养。

后来，一位来自厄尔泽大马士的矿井工程师改变了这一切。他忤逆了公正无私的哈比迪翁大人，被扔进狱渊之前偷偷在靴子里藏了好些工具。他一进狱渊就躲在最不起眼的凸岩底下挖起了隧道。他耐心地挖掘开渗水的岩层，挖出更加深邃的避难所，足以抵御冬日的寒风和夏日的骄阳。

随着时间推移，他掘出了一口泉眼，为囚犯们提供了水源。于是他们不必在每天清晨收集魔藤上滴落的那一点可怜的露水。他还为囚犯们带来了货币——他掘出了一座极纯的金矿，它们被打造成金环，在囚犯之间流通交易。

于是，一个崭新的社会在狱渊之下蓬勃兴起，还发展出了独立的风俗和娱乐。这一切公正无私的哈比迪翁大人都没有看在眼里，因为他上了年纪，早已老眼昏花。只不过他仍然会坐在露台上度过清爽的黄昏，狱渊之下偶发的尖叫仍令他欢笑不已。

※

偶尔被人叫做聪明汉的库格尔在入春第一天沦为了囚犯。他被扔进狱渊的时候，峭壁上正回荡起斯考姆河上浮冰断裂的轰鸣。他重重地摔进柔软的沙土,蒙了好一阵。渊底住民纷纷爬出来查探他还有没有气,如果他已经断了气,那无疑可以作为极好的养分。然而库格尔立刻察觉了他们的意图,很快坐了起来,没能让他们如意。

可怜虫的领头人发现他安然无恙,于是朝他咧开了笑脸。"欢迎啊,陌生人!你是犯了什么事被扔进来的啊?"

库格尔迅速爬起来,打量起面前的人。他看到一群衣衫褴褛的可怜汉,一些人身上披着破布,其他人身上裹着用鸟骨做的针和干肠做的线把蝙蝠和耗子的皮毛缝在一起的东西。

"犯了什么事?"库格尔说道,"完全没有,只有一场微不足道的误会,全都怪我那心存妒忌的情敌胡吹大气,居然在审判庭上把我的辩护人说得哑口无言。他只好在我被扔下来之前跟我讲:'好朋友库格尔啊,千万别灰心丧气,我还会继续上诉,这些无端的指控一定会如斯考姆河上的冰山一样融化。'我对他的能耐很有信心。"

听到他的话,库格尔身边最近的一名囚犯开了口。他分开双腿,生着一头纠结脏乱的红毛,一直垂到了肩膀。"毫无疑问,但敢问您这位朋友的尊姓大名?"

"他是库兹的佩斯塔里·尤罗斯。"库格尔话音刚落,周围的囚犯们便一同哄笑不停。

"告诉你吧,我的辩护人也是佩斯塔里。"红毛汉说道。

"我也是。"一个皮肤黝黑的斯费尔人说道。

"还有我。"许多人都附和起来。他们朝面色苍白的库格尔笑了笑,便转身各自散去。只有红毛汉上前了几步,从缠腰上掏出一个小口袋,两只手指从中夹出三枚扁平的金子。它们看起来一点也不像钱币,反倒像被压扁的粪饼。他打算用它们交换库格尔某些人身权利。

库格尔盯着金子想了好一阵,但最终拒绝了这场交易。

他掸掉身上的沙土,在狱渊之底徘徊了一周,抬头望见萨斯克

青　鸟

沃伊魔藤在飞鸟途经时扭动，在偶然之间以迅猛之势从半空中啄住一只。他当然还看到了囚犯们非常娴熟地击落魔藤的猎物。这个社会的一切都被库格尔敏锐的双眼看在眼里，接着他把修长的背靠在狱渊壁上，探着一双修长的腿。被扔下来的时候，他戴着长尾兜帽，上面绣着红晶绿钻的图案。他揭下兜帽，伸手朝长长的帽尾里探去，当他的整条手臂都伸进去的时候，他终于找到了需要的东西。他灵活的手指从里面取出了一对脏兮兮的骨骰子。

从那之后，库格尔用骰子从其他囚犯手里赢了不少鲜嫩多汁的蜥蜴和鸟儿，还赚了相当可观的金子。显而易见，讨厌鬼难以在社会上立足，于是他慷慨解囊，不厌其烦地把肉骨头和皮毛分给其他狱友，这样的交流给他带来了许多乐趣。他发现，几乎没有人对他的冒险故事感兴趣，但只要有机会就会滔滔不绝说起他们自己的故事，仿佛好不容易才找到人可以倾诉。

在交谈中，他了解到他们中有些人是马屁拍到马脚上的马屁精，有些人是真正的杀人犯，还有些人纯粹只是抱怨了几句税收得太高。来自厄尔泽大马士的工程师科洛肖则是一个倒霉的游客，他没注意当地风俗，在退房的时候非常失智地忘了在客房门上系上三根红绳。不过大部分时候，他都把无聊深藏在面孔底下，还不时点头，摸摸自己长长的鼻子牢骚几声"唉！这太不公平了！"或者"难以置信！我深表同情，先生！"

最后，他结识了一位身披天鹅绒破布的老者。这名老者独自端坐一边，神情里充满了浓郁的哀伤。库格尔和颜悦色地朝他靠近，邀他玩一局骰子。老者捋着胡子，斜眼望了他好一阵，最后才开口作答。

"谢谢你，先生。但是我不玩。我这辈子从没赌过钱，而且我可悲的教训告诉我最好待在自己的专业领域之内。"

"那敢问您的专业领域是什么？"库格尔一边问，一边在老者身边坐下。

"我叫梅德纳勒斯,是一个贤者,过去曾拥有数以千计的典籍和书卷。如果我能满足于自己的馆藏,那恐怕现在我还在遥远的西尔享受安逸。然而我输给了贪婪和好奇,踏上寻宝之旅,因而才落入如此绝境!"

"也许你能跟我说说看。"库格尔从中嗅到了有价值的信息。梅德纳勒斯则朝他翻了翻湿润的眼睛。

"你可听过心灵学家德拉狄罗的名讳?他是位法师,师从最伟大的范达尔。他的法力高深莫测,运用自如,却在很多年前遇害。而肇因他本可以预见。"

"我似乎没听过这个名字。他是被贼人所害?这么说,他的财宝是不是仍有可能安然无恙,还有可能藏在某个地方,好让某个走运的旅人发现?"库格尔一边问,一边朝梅德纳勒斯凑得更近,他希望自己的声音够低,没有被别人听见。

梅德纳勒斯继续说道:"的确如此。但他的财宝跟你想的并不一样。它们没有藏在黄铜宝箱和真丝锦囊之中。他的财宝都是法术。我自己过去曾经拥有一百零六道范达尔的时代流传下来的法术。相传德拉狄罗手上拥有的是这个数字的一倍,都是从摩索兰偷出来的。德拉狄罗虽然聪明绝顶,但他仍然如你我一样是一介凡人。我花了一辈子学习钻研,也只能最多同时记住五道咒语。相传德拉狄罗也能记住这么多,但不可能更多,虽说他天才般地发明了许多手段来克服自己的极限。"

"当年从坍墙之地来了个行商,给他带来了一对羽毛明丽的雏鸟,说它们能学说人话。于是德拉狄罗从行商手中买下了这对鸟儿,把它们带去了与世隔绝的堡垒,并把珍藏的法术都教给了它们,每一只都学会了一半。"

"我们人类的心灵记不住这么多。我练了一辈子才能记住五道,

青 鸟

再多一道，我的大脑就会被搅乱发疯。普通人只要往颅骨的空腔里填入一道咒语，都会令他泪涕横流。三道咒语会叫人痉挛失禁。然而鸟儿的心灵空明清澈，丝毫不像人类被野心和忧虑拖累，那种羽毛翠绿的鸟儿只把记忆法术当作一种乐趣。"

"德拉狄罗随时都带着两只鸟儿，每个肩膀各停一只。他只消提示一声，鸟儿们就会把需要的咒语在他耳畔低语，供他随时所需。"

"如此瞩目的成就显然引来了无数妒忌。许多人都想把那对青鸟据为己有。于是他遁入深宅，闭门谢客。登门拜访的人仍然络绎不绝，他们愿用无数奇珍交换那对鸟儿，却全都徒劳无功，他们全吃了闭门羹。"

"最后，他们开始用强。于是德拉狄罗被迫带着鸟儿出走。那帮人不肯罢休，一路追杀到阿斯科莱斯、艾默里，甚至跨越大洋追到银之戈壁。最后，他们把德拉狄罗围困在一座木塔里，还极不明智地放火烧塔。德拉狄罗跟他的鸟儿就这样在塔中身亡。然而……据说有人看到其中一只鸟儿飞了出来，消失在浓烟之中。"

"在一本庞伯杜罗斯的古书里看到了这个故事后，我又翻阅了许多书籍，发现有许多人都声称见过这只德拉狄罗的鸟儿，甚至还有人曾短暂地保有过它。于是我跨越五片大陆，穿越五个时代，就为了找到这只鸟儿的下落。当我从书里找不到更多信息的时候，我就亲自出去找。我是个学者，并不擅长跋涉，但我走过这只奇迹之鸟最后的记录中可能出现过的每个地方，追逐它的每一条流言。我用重金贿赂，只为得到禁断的神谕，又绞尽脑汁，只为从晦涩的文字中解读出进展，其间的过程我不想赘述。"

"我只能说，我在九十岁的那一年来到了这里，来到了这座白墙环绕的凯因，寻找德维亚提库斯·勒特的黄眼之女。"

库格尔挑起了眉毛。"那又是谁？她可是一位妩媚妖妇？还是坎代弗王子快乐宫里的异国尤物？"

梅德纳勒斯叹了口气。"完全不是这样。虽然薇莎年轻时以美貌闻名，但我要找的是两位富有的老夫人。她们是两姐妹，却容不下彼此。据说她们俩不共戴天，经常被父亲责备，但最终总会握手言和。因为德维亚提库斯·勒特立了遗嘱，她们俩必须同住在家才能继承遗产，但凡任意一个离家出走就会断送她们俩的财产。"

"于是她们俩偃旗息鼓。勒特家是一座有两座高塔的大宅，一座在东，一座在西。西边住着薇莎，那里珍藏着她的珠宝首饰、名贵晚装、珍稀香水。东边则住着德伦多娜，那里珍藏着她的书籍、仪器和试管。"

"等等，她是个女巫？"

"她们俩都是女术士，只是都不太积极。德伦多娜天性好学，喜欢离群索居。薇莎年轻的时候喜欢热闹，善于用魔力勾引爱人。她现在热衷于宫廷蜚语，为年轻人出谋划策，给他们调配爱情灵药。而德伦多娜则依旧在高塔中蛰居。"

"这对姐妹只有一个共同的爱好，她们俩都喜欢一只翠绿的鸟儿。我不知道她们是如何得到它的，但我毕生研究都告诉我，那一定就是德拉狄罗幸存下来的那只鸟儿。我想从勒特的女儿们手中买下它，却遭到了毫不犹豫的拒绝。"

库格尔摸着自己削长的下巴。"我知道了！她们俩肯定发现了它的神奇之处，它是一座古老法术的宝库。"

痛苦的回忆让梅德纳勒斯紧攥着拳头。"完全不是这样！她们根本不知道自己拥有了什么。那只青鸟显然向往着平静的生活，它拒绝向两姐妹张开真理的门扉！她们俩把它当作自己的孩子，傻乎乎地深爱着它。只有一生未婚的老处女才会如此钟爱自己的宠物。如果勒特家的宅邸不幸起火，薇莎一定会乐于见到德伦多娜被烧成灰烬，却肯定会不顾一切去救哔哔。反过来她姐妹也完全一样。"

"哔哔？"库格尔问了一声。

青 鸟

梅德纳勒斯有些悲伤。"这是她们俩给它取的名字。我不断上门求购鸟儿未果,于是百般无奈之下决定把它偷走。可惜我完全不是当贼的料,在翻墙的时候被抓了个正着。警卫就把我带到了公正无私的哈比迪翁面前,后面的故事你能猜得到。"

"太不幸了。你真应该请个专业的。"

梅德纳勒斯捋着自己的胡子,煞有介事地说道:"之后不久我就想到了。"

❋

后来,库格尔经常在众目睽睽下眺望狱渊的绝壁,又经常独自踱步,还在沙子上写写画画。他开始用金子跟狱友们交换破布,又用骰子赢了更多破布。狱友们都觉得他疯了,好在疯病在狱渊稀松平常,而他身上疯狂的症状一样不少。

当库格尔有了一大堆破布后,他就把它们拆开,用修长的手指把它们编成了一根长长的绳子。他又按照固定的长度在绳子上打了许多结。完工之后,他在一个明媚的清晨把绳子挽在胳膊上,把狱友们都召集了起来。

"先生们!你们可想逃离这苦难的深渊?"

所有人都瞠目结舌,只有红毛汉说了一句:"这里所有倒霉蛋都渴望自由,但毫无希望。"

库格尔露出大大的笑脸。"我有一个不必在此终老的方案!我们每个人都在这座地狱苦境中骨瘦如柴,没有染上肥胖的顽疾,这是我们唯一的优势。你们可曾见过杂耍艺人叠人肉金字塔的表演?我们可以有样学样!瞧瞧我编的这根上好的绳子吧。根据我的计算,只要你们能叠一个三十尺高的人肉金字塔,我就可以攀着你们的背爬上去,挥舞绳索用它钩住埃瑟迪亚女神像的臂膀,就是在公正无私的哈比迪翁大人的御园边上那个。然后我就可以攀着绳子荡过去,把它系紧，你们就可以拉紧绳子，摆脱魔藤，跟我一起奔向自由。你们意下如何？"

库格尔的声音如同号角长鸣，引发了囚犯们激烈的回响。红毛汉喊了一声，"我们怎么就从没想过？"

"终于能自由了！"

库格尔继续说道："我还有一个需求。我需要一根金属条，用来给绳头增重，它就可以愉快地钩住女神的臂膀。你们有谁可以提供？"所有人都朝工程师科洛肖望去，他手里拿着一个凿子。他有些犹豫地把它举起来。

"这可是上好的铁打的，要是它丢了……"他话还没说完，就被没耐心的狱友们夺了过去，递到了库格尔手中。

于是最强壮的一批人手连着手，在库格尔指定的地点搭起了金字塔的第一层。其他人脱下凉鞋，攀着他们的肩往上爬，手连着手搭起了第二层、第三层，最后两个人搭起了第四层。他们汗如雨下，金字塔在他们奋力支撑下摇摇欲坠。库格尔把靴子系在脖子上，迅速爬了上去。

"快点！"最底下的红毛汉喊了一声。

"别害怕。"库格尔向他保证完，就卸下肩头的绳子，把有配重的绳头在头顶抡成一个圆圈。他抡了一圈，两圈，三圈，再让它朝慈悲女神直飞而去。待凿子钩住女神的手肘后，把绳子收紧。库格尔拉住绳子在空中荡出一个弧线，却差点撞上了魔藤。库格尔赶紧抓住绳子奋力攀爬，魔藤却朝他毫不留情地咬来。

他爬出狱渊的时候失去了一只脚趾，接着一瘸一拐朝雕像奔去。他抓了一把干草止血，接着穿上了靴子。他迅速把绳子收上来，又从雕像上卸下了凿子。他检查了凿子好一阵，确信它在未来一定会派上用场。接着他把凿子塞进腰带，吹着口哨走出了哈比迪翁大人的御园。

青 鸟

半个月来赌钱赢得的金子足够用丰盛的大餐恢复元气。还可以置办一套上好的服饰,再到理发师的店里好好修整一番。库格尔盯着理发店里的镜子,对新形象十分满意。任何人看到他,都会把他当成一位温雅的英杰,既有风度,又值得信赖。

接下来,库格尔来到了黄眼之女的府邸附近。这座大宅不难找,它的两座高塔如同寡妇常戴的双角头饰一样高入云霄。他在府邸对面的旅店里订了间房,用了好几天时间仔细观察有哪些人出入两姐妹的门庭。他看到把守大门的是一名老迈的巨人,他沙砾般的皮肤跟府邸外墙颜色一致,远看去仿佛一尊塑像。

他发现,每日午后,都会有四名仆人喘着粗气,步履蹒跚地抬出一顶敞开的肩舆从他面前经过。肩舆上的女人又老又肥,戴着洁白和粉蓝的面纱,涂着蓝色的面妆,映衬着亮如黄铜的双眼,敏锐地注视着往来的人群。

她的作息很有规律。库格尔总是恭敬地跟着肩舆,发现薇莎夫人始终会前往坎代弗王子的宫廷。她会留在那里,纵情声色,给年轻爱侣们做调停,然后直到凌晨才打道回府。库格尔很满意,因为彼时凯因的街道漆黑一片,正是劫匪和恶徒们大展身手的时机。

于是库格尔躲在一条阴森的巷道里,等待薇莎夫人返回。当他听到轿夫们沉重的步伐声时,天空中已经有三颗星辰依稀可见。他从口袋里抽出一张白手绢挥舞了一下,如同黑暗中闪过一抹白色幽灵,但对潜伏在街对面他雇来的恶汉来说却清晰可辨。

肩舆来了,恶汉们涌了出来,挥舞着棍棒,打断了轿夫们的膝盖。他们跌倒在地,把薇莎夫人摔到了街上。他们痛苦的哀嚎被薇莎夫人的尖叫彻底掩盖。

"尔等狂徒还不退散!"库格尔掐准时机,拔剑出鞘,跃出阴影,

"尔等迪奥殆妖的孽种，一无是处的懦夫！竟敢袭击一位手无寸铁的女士！"他用平转的剑身狠狠地敲打距离最近的一名恶汉，用的力道远超约定好范围，于是那恶汉怒喝一声，扬起棍棒使上真力还击。库格尔的便宜剑碎了，就在他本该殒命之时，薇莎夫人费力地撑着地面，伸出戴满戒指的手指，她厉声念出一段咒文，恶汉们便瞬间如火炬般猛燃，顷刻间被烧成了白灰。库格尔松了口气，潇洒地靠近。

"美丽的夫人，请留步！"他一边喊，一边担心方才的激战有没有伤到他的眉毛，"敢问您可曾受伤？请容我无礼。"他热切地伸手，让薇莎夫人借力起身。可她的体重差点让他手臂脱臼，她的指甲又深掐进了他的肉里，让他叫苦不迭。好在黑暗掩盖了他扭曲的面容。

"好心的勇士，感谢您出手相助，我只有一点擦伤。"薇莎夫人的声音低沉沙哑，令人屏息，"哎呀，您的剑断了。"

库格尔灵机一动。"这是我父亲传给我的剑，但无关紧要，因为它为高尚的义举献身！夫人，此地可能还有歹徒蛰伏，所以不宜久留。请容我送您回府，再随您的家仆回来搭救轿夫。敢问您府上何处？"

得到许可后，薇莎夫人便在他引领下，踩着四英寸的高跟鞋返回勒特府邸。她强忍着晕厥的冲动，直到穿过门卫，回到她自己专用的门厅里舒服地坐下后才瘫倒下来。待她花了老长时间复原后才蹒跚着走到前门，念出咒文，如此一来，把门的巨人才可以对库格尔放行。要进勒特家的大门很难，要出去则更不容易。于是库格尔领着园丁和帮佣回去寻找受伤的轿夫。他们仍在原地哀嚎打滚。他留下施救的仆役，立刻奔回勒特府邸，欢喜地朝守门的巨人抛出通行口令。

薇莎夫人已经用白兰地乳茶调养好了元气，正等他回来。她千恩万谢，大施风情，如果不是库格尔把骑士风度模仿得惟妙惟肖，她多半还会塞给他一大袋黄金。她亲自送他到门边，再次为他跟门卫斡旋。她盛情恳求库格尔日间再来，好让她可以有更多时间跟他共度良辰。库格尔自然乐于答应。他离开的时候，注意到大厅左边的楼梯间打开了一扇门，大厅右边也打开了同样的一扇。他朝里面瞥了一眼，希望能看到一个鸟笼，却没能如愿。相反，他看到在左边楼梯的尽头有一抹枯槁的幽影，仿佛身披破旧裙装的瘦削女妖，用暗黄色的双眼俯视着他。

他朝薇莎夫人鞠躬吻别后，离开了府邸。

"如今的世道，想找一位勇敢善良的绅士实在太难了。"薇莎夫人斟了一杯淡薄的西尔灰酿，库格尔微笑着接过酒杯。她今天穿了一身金丝纹芥黄纱裙，戴着乌色的珠串和耳环，脸上堆满了白粉和腮红。

"好夫人，这只不过是任何一个正派人都应尽的义务，何况我还本应该做得尽善尽美！真希望我被赶出考奇克的庄园时能带走武器和铠甲！我们家族覆亡的命运竟然让我几乎无法履行挽救美貌女士的义务！"

"你就奉承我这老太婆吧。"薇莎吃吃地笑了。

"这么说，你现在应该暂时还没有找到生计？"

库格尔假意朝远方冷笑了一声。"好夫人，真正的绅士从来都无需为生计发愁，他只需考虑消遣。不过话说回来，我现在既无资金，也无赞助，所以的确如此。"

薇莎夫人微微前倾，把手搭在库格尔膝盖上。"那容我邀您在我府里供职如何？当然具体做什么只是个名头。不知你是否愿意给一个独居的可怜老妇人一个人情？"

"有何不可，好夫人，您的美意正符合我的荣誉。"库格尔说罢伸手拂过腰间，做了个拔剑的姿势，接着有些懊恼地垂头一视，仿佛这才想起自己的剑早已断了，"我如何能拒绝一份守护女士的差事？可我听闻您还有一位姐妹。"

薇莎夫人比画了个轻蔑的手势。"哦，她呀！她是个可怜的隐士，从没有踏进过社会，现在早已半疯，整日在楼上跟书本住在一起。我身体健康，胃口良好，而她却早已如老迈的蜘蛛一样枯萎。我可以保证，你根本不需要去认识她。"她琥珀色的眼珠忽然一亮，"如果你愿意留下来跟我们同住，那倒是有个人你应该认识认识。好先生，请扶我一把。"

她扭怩地伸出手，于是库格尔把她从铺着薰衣草色软垫的躺椅上扶起来。她跌跌碰碰走了几步，召唤来范达尔浮碟术，不消片刻，一个方圆不到一码的浮游碟出现在她面前，离地浮空约三英寸。它的一侧伸着一根仿佛黑瑙制成的长杆，末端弯成一个把手。薇莎夫人站上浮游碟，它便按照她的口令移动。

"那边！这就方便多了。亲爱的库格尔啊，我们这边走。"

她仿佛一个飘浮的气球一样跟他一起爬上楼梯，来到主屋二楼的一间暖阁里。一进屋，库格尔就感到前额渗出豆大的汗珠，因为这里温度高得不舒服。暖阁四面的墙壁和穹顶都是玻璃，极好地吸纳阳光，又阻挡了风。他看到巨大的花盆里种植着各色果树、蕨树和幽兰，盛开花朵的蔓藤爬满墙壁，仿佛挂毯。暖阁中央还有一尊迪奥殆妖撒尿的喷泉塑像，这进一步增加了这里空气中的湿度。

喷泉塑像旁边，有一个从天花板上垂下的铁环，它两端各有一个小杯。它们之间栖立着一只翠绿的鸟儿，拖着绯红的长尾，生着钳子一般的鸟喙。随着库格尔靠近，它竖起脑袋，用古老爬行巨兽般的眼神瞥了他一眼，接着转向面前的女人，她正切了一块粉色的水果喂给它。

"要不要吃一点甘甜多汁的早餐？这可是当季的头一批，是德伦多娜专门为她的哔哔小宝贝切的哟，要不要来一点呀？"德伦多娜一边说，一边把这块水果放到枯老的唇边，凑到鸟儿跟前，被鸟儿犹

青　鸟

犹豫豫地叼了过去。

"你怎么在这里？"薇莎厉声说道。德伦多娜夫人转过身，一脸怒容。库格尔认出这就是此前夜里在楼梯间里瞥见的那位老妇人。她此刻穿了一身灰天鹅绒褶裙，脖子上戴着白珊瑚珠串。她脸上丝毫不见粉黛，也没有描眉的痕迹。如果她脸上有一些脂肪掩盖突兀的骨骼，那恐怕库格尔还能从她脸上看出跟她姐妹的相似之处。

"我怎么在这里？我还要问你怎么在这里呢，你怎么不躲在闺阁里，继续像平常一样蒙头大睡？只有我能保证让亲爱的哔哔吃到早餐。要是只有你，它一定早就饿死了！还有这又是谁？怎么你又想在家里勾引情郎了？都这么大岁数了，你就不害臊吗？"

薇莎夫人抓住浮游碟的扶手怒不可遏。"你这冷血无情的老处女！你从来不知道什么叫感情，哪怕一盎司都没有！告诉你吧，我昨晚回家路上差点被暴徒和恶汉害了，要不是这位英勇高尚的绅士及时出手相救，后果不堪设想！你凭什么挪揄我不管亲亲的小哔哔！"

"是真的！"德伦多娜夫人朝库格尔控诉。"她从来都记不住给哔哔的杯子换水！"

"你胡说！"

"那你来瞧瞧！"德伦多娜夫人指了指青鸟铁环底下，绿色的粪便已经凝成了石笋状，凸出地面足有七八英寸高。"这就是她负责的！我观察了好几天，就想知道她到底会不会注意到，把它清扫掉。可你这个懒惰的废物真的亲自干过吗？你不是一直派用人代劳吗？我还亲眼撞见他偷勺子。"

薇莎瞠目结舌，气得说不出话。库格尔这才发现梅德纳勒斯说得没错。他琢磨着怎么进一步在两姐妹间挑拨离间。

德伦多娜继续告诉库格尔，"她这辈子都这样，总是粗枝大叶，毫无责任心。她根本不像我一样关心小哔哔。"

薇莎夫人终于爆发了出来。"我怎么不关心了！难道不是因为我身体娇弱，没法趴在地上擦地板吗？还有如果你真的爱护亲亲的小哔哔，早就该亲自动手打扫了，怎么还会把他留在屎堆里。你看看！他可怜的小眼睛都被熏得流泪了！还有，里奥多波夫从来不偷东西，你只是妒忌他只喜欢我罢了！正巧，这位来自考奇克的绅士已经同意为我供职。从此往后，他肯定会乐于让哔哔下面的地板一尘不染。"

"的确如此，我殷切地希望为您效劳。"库格尔终于逮住了说话的机会，"我父亲的庄园里有一间巨大的鸟舍，我也经常协助养鸟人照顾我家长羽毛的好伙伴。"他朝德伦多娜鞠了一躬，尽量把坎代弗王子朝臣们的举止模仿得惟妙惟肖。德伦多娜夫人则用柠黄色的双眸冷冷地瞥了他一眼，接着哼了一声。

"还真像那么回事。不过如果真有你说得那么好听，那不妨马上开工。看到那边的柜子了吗？就在开花的西西彼多拉花下面。那里面有一把钢刷和一个簸箕。赶紧去把鸟粪收拾了，堆到堆肥里去，再用掺了香的水把地板刷干净，最后用羚羊毛巾擦干。"

库格尔再次鞠躬。"马上照办。请您二位不必再担心，只消让我独自留下就行，我会尽快跟小哔哔熟悉熟悉。"

"这可不行！"德伦多娜夫人从天鹅绒袖口里伸出细如帚柄的臂膀，青鸟俯身用可怕的巨喙稳住身子，攀上了她的手腕，"把我们的心肝宝贝留下来跟陌生人独处？说真的，薇莎，你是怎么想的？"

薇莎夫人嘟起红彤彤的嘴唇。"你看看他可怜的小爪子！都整整一个月都没有修剪过了。不过没关系，亲亲的小哔哔，你现在应该跟我来，让我给可敬的库格尔演示一番是怎么给你修指甲的。"

她伸出胳膊，那只青鸟便轻快地跃了过来，屈着灰色的爪子蹲在她丰腴的胳膊上，似乎很高兴。她朝库格尔挥挥手。"先生，请伸伸手。哔哔，来站上去！就是这样！瞧见没，德伦多娜？哔哔知道

青 鸟

这是一位绅士。"

"好夫人,您谬赞了。"库格尔暗地里强忍着那鸟儿钢针般的利爪掐进他手腕的痛楚。青鸟沿着他的胳膊爬上他的肩头,它那钩子般弯曲锋利的巨喙在他眼里十分醒目。

在学习如何修剪鸟指甲的过程中,青鸟不时地啄他,提醒他注意这张巨喙。给它修指甲需要专用的银钳,专用的钻石锉,完工后还需要专用的油膏涂抹。薇莎夫人双手插在袖子里,在库格尔叫苦不迭的学习过程中耐心地指导,尽管她的声音在那小怪物振聋发聩的叫声中几乎听不见。她只有偶尔在小东西从库格尔的手指或耳朵上啄下几块肉丁时才如同呵护幼儿的慈母一样轻声呵斥几声。

"看来你有一阵子没跟鸟儿打过交道了。"薇莎夫人品论了一番,伸出手指打了个啵,哔哔便从他肩头一跃而下,在他肩头留下一堆发绿的粪便,而它猛然拍动的翅膀差点把他抽蒙。青鸟轻盈地攀上薇莎夫人的手臂洋洋自得。库格尔只能捂着伤口,咬着牙齿强装笑脸。

"我的手艺的确生疏了几年,夫人。而且它跟我还不太熟。我相信只要稍微花点时间,我们俩就能成为很好的朋友。"

薇莎夫人打了个哈欠。"可不是。好了,该做正事了!劳驾您把亲亲宝贝栖环下打扫一下行吗?然后替我到苦力行去一趟,帮我找几个新轿夫。跟他们说我要求身材魁梧,身高一致,最好都是栗色头发。你大概需要弄一双保护用的手套,还有你大概需要把东西都搬来,您现在的宅子是租的吧?您可以住里奥多波夫以前的房间,那里的布置很好。哦,还要劳驾您去一趟薇德农拉夫人的店里,找她给我做五瓶私人定制的香水。等她把香水送到,今晚请再陪我一同出门。亲爱的王子已经指名我来当情诗大会的首席评委!简直太好了!"

SONGS
OF THE DYING EARTH

❋

"该死的老东西！"库格尔牢骚了一声，躺倒在为他整理过的小床上。他长腿伸直，双臂叠在脑后。此刻已经过了午夜，而这一天大部分时间都在为薇莎夫人忙碌。头一件烦心事是薇莎夫人给他找了数不清的琐碎差事，叫他应接不暇，每一桩都让他远离青鸟和这座府邸。而且即便他再三竖起耳朵，也完全听不懂她跟门房巨人念出的通行咒语。第二件烦心事就是随她一同前去黄金王子坎代弗的宫廷。

这件事同样让他远离目标，但他也期望当着宫廷仕女们面一展风采。然而他却失望地发现，薇莎夫人出席宫廷盛会期间，他只能跟其他贵族的仆役们一道在前院等候，只能听到用人的闲扯，招待他的也只有橘花茶水和小饼干。

"不管怎么说，我还是那个聪明汉库格尔！"他安慰自己说，"我的进展已经超过了梅德纳勒斯，睿智如他也没能做到我这一步。难道我没有渗透进这座府邸，赢得姐妹俩的信任？我也知道了那只鸟儿在哪里。我现在只需要等待时机跟它独处，想办法让它安静，再把它拐出府邸。我还要学会出入大门的通行咒语。"

然而这头一桩就让他犯难。只要薇莎夫人睁着眼，他就只能疲于应付她的差遣，根本毫无指望。虽然她一般日上三竿才起床，但在那之前，德伦多娜夫人则跟青鸟形影不离。

一想到德伦多娜夫人那副尖酸的尊容，库格尔的脸就拉得更长。不过最终他还是耸了耸肩膀。"怎么了，库格尔！你不是总能吃定女人吗？如果你没法迷倒那个老巫婆，你就不配当爹。"

于是，在草草地睡了几个钟头后，库格尔便去了暖阁。他刚走到门边，就看到前面有一名厨房女佣，她手里拎了一大桶热气腾腾的东西。

青 鸟

"嘿,你这是拎的什么?"

厨房女佣面无表情地瞄了他一眼。"厨房烧的热水。我们家大人要沐浴。"

"你们家大人?你是指青鸟?"

"当然就是。我们家夫人要求每天早上都换干净的热水。只要有丝毫怠慢,我就得挨打。"她愤然地加了一句。库格尔的眼珠子在她身上丝毫没有找到他能把玩的曼妙曲线,最后他决定从女佣手里夺过水桶。

"今天我来送热水。回去刷你的碗吧!"

女佣嘟着嘴离开了。库格尔拧着水桶走进暖阁。一进门,他就看到德伦多娜让青鸟栖在肩头,一边哄着它,一边给它喂甜薯糕。

"早安,好夫人。"库格尔放下水桶。

"请看!我提来了干净的热水供小哔哔沐浴。"

"这是谁吩咐的呀?"德伦多娜夫人问道。

"看您说的,您的姐妹吩咐过要我时刻让鸟儿舒心。所以任何差遣我都义不容辞。"

德伦多娜夫人眯起杏黄色的眼睛。她有些不耐烦地朝一个宽大的银盆挥了挥手。它摆在一张青蛇纹雕的桌子上,旁边还有一把银壶。"那就快倒水!"

于是库格尔像奴隶一样毕恭毕敬地把水桶提过来。"接下来要怎么做?"

"当然是准备沐浴,蠢货。"德伦多娜夫人亲自拿起水壶,往银盆里倾了一些掺了奥德花精油的凉水,又放了一些玫瑰花瓣。"把手伸进去!水温必须温热适宜,既不能太凉让宝宝感冒,也不能太热把他烫到。"

"那恐怕您需要再加一些凉水。"库格尔一边说,一边强忍着把烫伤的手指伸进嘴里的冲动。

直到水温让德伦多娜夫人满意后,她才把青鸟放到银盆的边缘。他欢欣雀跃地一跳进银盆就开始玩水,把热水泼得到处都是,还故意把库格尔浑身淋湿。

"仔细看着他,别让他把水弄到小鼻孔里去。"德伦多娜夫人叮嘱他。

"没问题,夫人。"

德伦多娜走到壁柜边上,从里面取出一面仙德隆的面具,那是弗甘铎人崇拜的南风之神。她扬起双臂念念有词,这位神明面具张大的口中便立刻喷出一股暖风。与此同时,库格尔的目光紧锁在青鸟身上,他湿漉漉的羽毛耷拉在身上,看上去仿佛一只溺水的老鼠。库格尔一门心思都在琢磨着要怎样赢得德伦多娜夫人的欢心。显然他的个人魅力已经输了一局。

最后,他朝德伦多娜开了口。"夫人,我有点担心。"

"我的小心肝怎么了?"德伦多娜立刻回头,却看到青鸟安然无恙。

"不是,夫人,是关于我自己的。"

"那跟我有什么关系?"

"我觉得您大概能出出主意,因为您才了解您的姐妹。"库格尔耷拉着脸,露出十分懊恼为难的表情,却又努力表现出他想坚守骑士精神的底线。

德伦多娜夫人尖声大笑。"你又想胡扯些什么呢?薇莎有什么难懂?她脑子里只有自我放纵和虚荣心。她的水性杨花在年轻那会儿就尽人皆知。"

"我担心的正是这个。"库格尔不安地垂下头,一股洗澡水直接泼向他的面门,他拂去水,忽略青鸟对他的侧目,"夫人已经上了年纪。当她遇险的时候,我出手救援正如出手搭救自己的母亲一般。她好意收留我,给我生计,对此我不胜感激。可是……"

青 鸟

"可是什么?"

库格尔咬住嘴唇,似乎难以启齿。"我要如何出口才能不招到您的反感呢?昨天夜里,她作出了某些……举动,十分轻率。"

德伦多娜夫人把他从头到尾打量一番。"什么!跟你?"

"正是在下,夫人。"

她忘乎所以地大笑起来。"天下诸神在上,真没想到她居然饥不择食了!"

"我对此束手无策。"库格尔继续往下说,他注意到面前这位老妇人眼中闪过一抹心情转好的亮光,仿佛刚出熔炉的金子,"我决不会拒绝好夫人的任何正当要求,何况我也有正常男人的生理需求,但无论如何都必须要考虑到好夫人的名声。"

德伦多娜夫人笑得喘不过气。"她几十年前就没名声可言了!以前坎代弗的宫廷里有一间通宵营业的客栈,叫做王子之剑,可宫里的小年轻都把它叫做薇莎的大腿!"

"恐怕他们现在说的话更不堪入耳。"库格尔的声音近乎悲愤。

"哦?他们现在都是怎么说的?快告诉我!"德伦多娜一边叫喊,一边在热气氤氲中把一张名贵毛巾放在桌上,"快把我家小少爷从浴盆里抱出来。"

不过青鸟并不愿意离开温香的热水,库格尔被它的巨喙啄了好几道轻重不一的伤口后才总算把这可怕的小东西抱了出来。库格尔强忍住让它脑袋开花的冲动,把它放到了毛巾上。"夫人,他们现在说薇莎夫人如今是个可怜的老东西,不但失去了美貌,如今又失去了智慧。"

"此话当真?"德伦多娜笑着弯下腰,给毛巾上懒洋洋的青鸟擦干翅膀,"还有吗?"

"他们说她的美貌一开始就不值一提。还说她既贪吃又贪心,年轻汉子经常翻出她的窗户逃命,哪怕摔断腿也在所不惜。"库格尔现编现卖，他在衬衣上擦拭手指，希望把血止住。

"可不是。"德伦多娜夫人随口说着，给哔哔递了根糖棒，它一口就咬了半截，"真是个聪明的好孩子！他们的确如此。后来我就给他们展示了一下酒窖里可以直通河边的密道。于是他们就会借口下楼去拿一瓶上好的钻山陈酿增添风情，然后一溜出她的视线范围就逃之夭夭！趁她还在原地傻等的几个钟头里，早就跑到东艾默里找野女人去了。"

"天哪。"库格尔简直不敢相信自己的运气，"恕我直言，如果不是您的姐妹让我在这里供职，让我有机会跟哔哔相熟，那薇莎夫人的行为无疑会降低我对她的评价。"

"她就是个没长眼珠的老婊子。"德伦多娜夫人呵呵笑道。她注意到库格尔衬衫上有血痕，"被哔哔啄了？那边有个盥洗间，就在走廊的两扇门之间。角落里的红箱里有纱布和止血药。"

"您的和蔼善良远胜令妹。可言归正传，夫人，我该怎么办？薇莎还会继续纠缠我吗？我不敢拒绝她，尽管难以启齿，但恐怕我难以承担失去这份差事的后果，但一想到……"

"你直接拒绝就行了。"德伦多娜夫人咧开毫无血色的干裂嘴唇，"然后我会亲自挽留你，她准会气疯不可。"

✦

接下来一周里，库格尔几乎夜夜无眠。白天他要刻意经营他跟德伦多娜夫人的关系，晚上则需要陪薇莎夫人赴宴。然而那老恶婆却没有对他采取任何不良举动，这反而莫名地伤了他的自尊。不过她吩咐的差事却层出不穷。她不停派库格尔去为她购买新的高跟鞋、蜜饯、精油和假发，于是他满怀恶意地编了好些歹毒的宫廷八卦，逗德伦多娜夫人开心。他还给哔哔清理粪便，给它准备精致的点心，还用包扎过的手指弹起蹩脚的小夜曲，哄小哔哔安然入眠。

青 鸟

虽然库格尔赢得了德伦多娜夫人的好感，但哔哔对他却丝毫没有改观。这鸟儿仍然一逮到机会就狠狠地啄他。它也丝毫没有表现出巫术方面的任何才能，从没念过半句咒语。它只会发出震耳欲聋的尖叫，顶多再加一句"你好"，甚至用不同的音高一叫几个钟头，叫得库格尔甚至想干脆一头撞死在墙上。

每天等待两位夫人之间只有三个小时空闲，但他不敢用来补觉，因为还有一座酒窖等着他探险。他必须找到那条密道。他借着残烛的余光找了许多天，终于找到了那扇藏在一堆空箱背后的密门。那里蛛网密布，旁边挂着一把古老奇形的钥匙。他又花了一个钟头从厨房女佣那里搞到油脂给锁孔上油，再一个钟头才打开门锁。他俯望着潮湿的密道，闻到了河水的气息，暗自庆幸不已。

第二天下午，他趁薇莎夫人派他去采买三匹萨坡斯碎花布绢的机会开了小差。他去了趟码头，判断那条密道的出口到底在哪里。他发现那里有许多无人照看的小船，不禁喜上眉梢。待他勘察周详后，他抽空去市集找了个街头巫师的摊点，他在一大排可疑的药剂中找到了自己需要的东西，并用薇莎夫人的银币付了钱。

"快让开！给德维亚提库斯·勒特最高贵的女儿让道！"库格尔大声吆喝着，大摇大摆走在肥硕的轿夫前面。肩舆上的薇莎夫人堆着笑脸，在通往坎代弗王子宫殿的长道上不时对其他显贵挥手致意。长道两旁的柏树间点亮着高大的烛台，前殿大门两侧各有一树花苞盛开的木兰，粉红的花瓣洒落在刻有坎代弗王子纹章的巨大宫门内外。

宫殿高台上的窗户里投下橘色的灯火，将铺在前殿内的细白沙砾染成一池红炭。轿夫们在这里争相落轿，他们的阴影让这里的颜色变得更加幽深。库格尔大踏步走向距离宫门最近的泊位，再躬身朝薇莎夫人伸出手。他沉下脚步，把她从肩舆里拽出来，轿夫们才算松了口气。

这天夜里跟库格尔服侍薇莎夫人的其他夜晚并无不同。然而，当薇莎夫人挽着库格尔的臂膀攀上宽大的宫殿台阶时，他听到了一声十分微弱，但又十分清晰的声响，仿佛一口架在火上烧得太久的干锅断裂的声音。薇莎夫人忽然踉踉跄跄，要不是挽着库格尔的胳膊，她早就摔倒了。

"怎么回事？我的鞋子出了问题！"

"好夫人，让您忠诚的库格尔看看。"库格尔说完，让她坐到守卫宫门的一尊石狼背上，"哎呀，是右边这只，它的跟似乎断了。"无需似乎二字，他完全清楚是哪里断了。因为正是他偷偷用珠宝匠的锯子花了一刻钟小心地把它锯断的。

薇莎夫人不满地嚷出了声。"今天晚上宫里要品鉴斜眼斯基兰的《爱与美》！这下可要迟到了！这太不公平了！"

库格尔露出会意的微笑。"的确太不公平了。不过好夫人，为了专门对付这种情况，看看我为您准备了什么？我为您另备了一双您最爱的舞鞋。您不会因此耽误丁点时间。"

薇莎夫人面露难色。"但是它的颜色不对。这种绯红色跟我的晚装不搭。"她这话说得不假，她今晚穿的是一身松绿色的长裙，配的是月长石首饰。库格尔则按照自己预谋回答：

"既然如此，就请您先屈尊将就一个钟头，让我这个忠诚的仆人回去为您取来更合适的舞鞋。这样就不会耽误您的乐趣。您是不是想要那双葱绿色的钻石高跟鞋？"

"就是那双！"薇莎夫人脱口而出，"库格尔啊，行行好，帮我把它取来吧。你可以叫醒德伦多娜，她可以让你出门。"说罢她又咯咯一笑，"反正她也不用睡美容觉。"

库格尔把那双红鞋塞到她肥硕的脚上，扶着她爬上宽大的宫阶，穿过宫门。他一告退就在没有月光的夜色中拔足狂奔，手里揣着断裂的舞鞋，心里狂喜不已。

门房巨人朝他沉着脸，不过听到通行口令后还是给他放了行。一进大宅，库格尔就随手把断裂的舞鞋扔在过道的一张躺椅上。其中一只从绸缎软垫上弹了起来，啪的一声掉在了地上。

"是谁？"德伦多娜夫人尖厉的声音从楼上传来，她提着胸前的衣襟俯瞰下来。

"是我，可怜的库格尔，夫人。我有点头痛，于是令妹宽宏大量，让我提前回来了。"

德伦多娜夫人的声音软化下来，所有怀疑都烟消云散。"那好吧，你早点休息。"

"祝您好梦，夫人。"

库格尔赶紧进屋。他没有爬上薇莎夫人的高塔，而是直接去了暖阁。他直奔盥洗间去找他早已藏好的粗麻袋。

勒特的女儿们不想用照明干扰哔哔休憩，因此寂静的暖阁内一片黑暗。不过库格尔还是在幽暗之间找到了路，当他在玻璃幕墙上看到青鸟的轮廓时不禁展开了笑容。

"亲爱的哔哔，跟养尊处优的生活说再见吧。"他一边说，一边掏出在巫师小摊上买来的降伏索，"因为从今往后你有了一个新主人，瞧他怎么回敬你的羞辱！"

他把降伏索抡了一个圆圈，接着抛到青鸟脖子上，用力地往后拉，"来！到我这里来，听话！"

他把降伏索绕上一只手腕，空出另一只手抖开麻袋，打算把鸟儿装进麻袋，免得它在利用密道逃亡途中脱逃。哔哔却抬起头，双眼放出光。在短暂的惊异之后，它的羽冠竖立起来，这是发怒的征兆。

"我命令你……"库格尔硬生生地把说到半截的话咽了回去。他看到青鸟的羽冠连同它的体形一起变大,它从铁环上一跃而下,落在库格尔面前的地砖上。库格尔吓得把手里的绳索松开一大截,又徒劳地拉了一把。

"我命令你……"他话还没说完,就看到面前的生物举起了一只手,将身上的绳索甩在了地上。它现在比库格尔还高过一头,双眼如同两团燃烧的火焰。在咒语解除所绽放出的异光中,库格尔看清面前站立的是一个浑身赤裸,身体强健的中年男子。

库格尔想爬起来,可面前的巫师断然伸手一挥,库格尔便如浑身冻结一般无法动弹,只能勉强喘气。整座暖阁都忽然亮了起来。那巫师开了口,仿佛低沉的雷鸣。

"小贼,你胆敢干扰我温馨甜蜜又来之不易的隐退生活。我该不该取走你的小命?还是给你施加更严厉的惩处?"

那巫师召唤来紫色的长袍,直接在他身上具象成形。接着他双手拍打,发出一声尖锐的召唤。屋内上方顿时传来一声由远及近的尖啸,暖阁的房门忽然洞开,一只翠羽黄冠,双眼如金的鸟儿从门外直接飞落到巫师的左肩。不消片刻,夜空中又传来另一声尖啸。另一只鸟儿击碎暖阁的玻璃飞了进来。它除了脖子上戴着一枚月长石细链外跟头一只一模一样。它落在巫师的右肩上抖擞着羽毛。

"可怜的小东西们,我们得搬家了。"心灵学家德拉狄罗的声音里充满了遗憾,"这里原本是一处绝佳的藏身之地,你们俩也都是勇敢的好姑娘。可惜这只两条腿的黄鼠狼溜进了我们的家门。我们该怎么处理他?该不该让你啄出他的眼珠子?可那样的话,他还留着一根舌头,可以到处乱嚼舌根。我不能让你们去拔他的舌头,这腥臊的东西多半会咬你们。不会……你们的老爸会处理他的。"

德拉狄罗歪着头。"小薇莎,麻烦念一念菲罗扬的错乱咒。"

库格尔最后只听到其中一只青鸟尖如金属的声音,接着德拉狄罗用可怕的音调复述了一遍。他的整个宇宙就在面前坍塌成了毫无

青 鸟

意义的色彩和噪音。

厨房女佣等了一个钟头，早已过了库格尔平日里来取热水的时间。于是她只好决定亲自把热水送去。她刚走进暖阁两步，就瞠目结舌呆立在原地。她看到聪明汉库格尔攀在铁环之上，头颅耷拉在膝盖上，手肘像鸟儿一样反弓在身后。他竖起脑袋，用空洞非人的目光盯着女佣，接着笨拙地俯下去，把鼻子伸进面前的杯子里，找寻散落的种子。

后 记

在20世纪60年代早期，就在托尔金的小说在美国市场上引起轰动后不久，全美各地的编书人们都想抓住这个用异想天开的奇幻故事挣大钱的机会。当时我因为支气管炎从学校请了病假回家，我母亲从费格森药房给我顺道买了一本林卡特选编的平装本《年轻的魔法师》。这本书的封面上带有明显的暗示，说如果喜欢托尔金的作品，那么也肯定喜欢这本书。实际上这本书里的作品都是从美国各地的小杂志上搜集来的，其中有几篇霍华德的作品，还有几篇洛夫克拉夫特的作品，还有几篇是克拉克·艾希顿写的，还有几篇就是"密尔的托尔金"杰克·万斯的作品。万斯的作品给我留下了最深的印象，尤其是黄金王子坎代弗的腐朽宫廷和反英雄主义的善闻。我很喜欢万斯的文字风格，他把许多古朴的字眼像葡萄一样连成一串用在自己的故事里，把濒死的地球上的各种人物不加注释地抛出来，让我在兴奋之中用想象力给他们逐一上色。

又过了许多年后，我邂逅了聪明汉库格尔的故事。他是个骗子

SONGS
OF THE DYING EARTH

和毛贼，生活在一个充满了骗子和毛贼的行将就木的世界中，不但无耻，还特别无能。他几乎可以说是一个最没有吸引力的英雄了。说他是个英雄，是因为在这个行将就木的世界中，他遭遇的其他所有人都和他一样在挣扎求生。不过库格尔的故事始终是令人啼笑皆非的。如果早几十年编撰这部书的话，我多半会贡献一个关于善闻的故事，她不停地对这个不完美的世界产生着怒火。不过人到中年之后，我渐渐明白了出丑的妙处，给了我撰写库格尔的故事的灵感。

——凯奇·巴克尔

菲利斯·爱森斯坦

即使你出身于富裕而成功的家族，作为蘑菇商人的人生都算不上刺激。当这种家族的子孙决心抛弃蘑菇生意，转而追寻魔法师这门艰难而危险的行当时，他需要用上自己所有的勇气、才智和资源……没错，还得加上几朵蘑菇！

菲利斯·爱森斯坦的短篇故事刊载于《奇幻与科幻杂志》《阿西莫夫》等刊物上。她最为知名的恐怕是她关于"吟游歌手阿拉里克"的诸多冒险的一系列奇幻故事，这些作品随后合并成了两部小说，《天生流亡》与《在红领主的魔爪中》。她的其余作品包括《元素之书》中的两篇小说，分别是《术士之子》和《水晶宫》，以及独立小说《地球之影》和《在光荣之手中》。她的某些短篇小说，包括几个与她丈夫亚历克斯·爱森斯坦合著的故事，收录于《夜生：九个黑暗奇幻故事》里。她在芝加哥哥伦比亚大学教了二十年的创意写作，又和她丈夫负责 *Spec-Lit*——她的学生们的论文选集——的创作和编辑工作。她目前在芝加哥的一家大型广告公司担任文案编辑经理。菲利斯拥有伊利诺伊大学的人类学学位，在那里研究人类学和神秘信仰体系的传统社会。她和她丈夫出生于芝加哥，过去四十年都居住在那里。

最后的金线

作为家族的长子——年长了半个钟头——博斯克·赛普坦特里翁享有在正餐时坐在父亲身旁的特权。通常来说,他会避免使用这份特权,因为他早就对父亲无穷无尽的忠告失去了兴趣,但今晚他们有客人,而和返回阿斯科莱斯的旅行者分享饭菜是惯常的礼节。他知道父亲关心的只是和南方建立另一条贸易纽带;博斯克关心的则是他们餐桌上因为米尔的图亚安而长出的那株树苗。

"真是件迷人的礼物。"博斯克的父亲说着,将又一份汁多味美的三蘑菇汤递给图亚安。

"不值一提,"图亚安说,"它靠残羹剩饭就能存活,一年之内就能结出果实。"

最后的金线

博斯克对那棵树目不转睛，它优雅的树干和低垂的树叶就像一位长发柔顺的舞者，正在等待乐声奏响。他从未渴望过成为商人，但十个世代以来，这都是赛普坦特里翁家族的每个男性后代的宿命。现如今，他已经踏入人生的第十五个冬季，也终于明白了自己真正渴望之物。他看向弟弟弗鲁维奥，后者坐在桌子另一头，正戳着汤里的蘑菇，仿佛那些是可能逃跑的小动物。他知道，弗鲁维奥喜欢坐在他们的父亲旁边；弗鲁维奥才是赛普坦特里翁家族最合适的继承人。

博斯克伸出手，碰了碰那棵小树。苍白的树皮就像它所生长的陈旧桌面一样光滑。在桌下，他父亲穿着半高筒靴的脚碰了碰他的脚踝，于是他抽回了手，拿起水晶高脚杯，抿了一口气味芬芳的发酵蘑菇浸液：它是这顿晚餐的高潮部分，正如目前的话题是整场谈话的高潮那样。

"这味道恐怕得习惯以后才会喜欢。"图亚安说。

"很多东西都这样，"博斯克的父亲说着，将自己的酒杯高高端起，展示那种温暖的青铜色彩，"我们还发现，它能有效抑制过度放纵引发的头痛。"他对图亚安笑了笑，"你可以带一瓶走。"

图亚安放下自己的高脚酒杯，靠向椅背。"您给我的礼物已经够多够沉的了，赛普坦特里翁先生。"

博斯克的父亲摆摆手，示意他不用在意。"晒干的蘑菇几乎没有重量。我只希望您能记住在这里结下的友谊，"他朝博斯克歪了歪头，但视线仍旧留在图亚安身上，"您给我的孩子们留下了很深的印象，他们短时间里是忘不掉的。"

博斯克注意到，他甚至看都没看弗鲁维奥那边。

他几乎没有停顿地续道："也许我的长子可以带你在庄园附近走走。这儿有几处值得一看的风景。当然了，包括峡谷。"

"那当然好，"图亚安说，"或许，还可以去看看矿洞？"

博斯克的父亲摇摇头,一脸遗憾。"我们只有一个下午,这段路恐怕太长了点,而且那些矿工也不怎么喜欢陌生人。就连我们去拜访的时候,他们也不太乐意。"

"真可惜,"图亚安嘟哝道,"好吧,那就去峡谷,小博斯克?"他转向男孩,"我想在享用过这么丰盛的大餐以后,活动一下也不坏。"他推开椅子,站起身,朝东道主略微欠身行礼。

到了屋外,他们漫步走过精心打理的园地,图亚安赞美了草坪、树篱,甚至是那条向东的曲折小径两旁的装饰用岩石。

"庄园的土地是由矿工们打理的,"博斯克告诉他,"这是我们之间契约的一部分。"

图亚安点点头。"我相信作为回报,他们过得很好。你们的精美食物肯定能在南方卖出好价钱。"

"他们过得很好,"博斯克说,"在某些方面比我们还要好。他们的大厅不会在夜晚响起空洞的回音,而他们的炉火更能温暖自己的房间。"

图亚安回头看向那座宅邸,后者占地庞大,层层叠叠,又巍然耸立。"你们的大厅很壮观。你们的家族拥有让许多人艳羡的财富。"

博斯克将双手背在身后。"这一切都是通过为顾客服务得来的。"他说着,仿佛在这些字眼里听到了他父亲的声音。

"这是好商人该有的态度。"图亚安评论道。

他们穿过一片稀落的树木,而德尔纳河所在的峡谷突然出现在前方,深度将近一里。在谷底,河道就像一条细长的青铜缎带,水面在发红的午后阳光里闪烁着暗淡的光。

"噢,"图亚安说着,就像从前那些访客一样,他停了下来,一只脚靠近那道深渊,弯曲膝盖,仿佛随时准备向后跳开,"在米尔,河流同样位于地势较低处,但和这儿却天差地别。"他俯视下方,"那里可没有像这样令人心生畏惧的景致。"

博斯克的位置离悬崖仅有一步之遥。他想不起自己当年对峡谷的畏惧了——父亲带他前来时,他的年纪还很小。博斯克看着图亚安与峡谷眉来眼去,看着从他额头的潮湿光泽透露出的恐惧,却没有笑,虽然他知道,弗鲁维奥肯定会笑出声来。

"附近就从来没有桥吗?"图亚安问。

博斯克指了指北方。"据说那边过去有一座桥,交通往来颇为频繁。在我父亲小时候,这一侧还能看到几块代表桥梁存在过的石头,但它们在那以后也坍塌剥落了。"

图亚安退开几步,在自己和深渊之间拉开足够安心的距离。他招手示意博斯克过去。"有过什么人坠崖吗?"

他父亲向来坚持给出否定的答案,但博斯克不打算向图亚安撒谎。"我母亲,"他说,"她坠了崖,也可能是自己跳下去的。"

图亚安手按男孩的肩膀。"抱歉,我不该问出这么让人痛苦的问题的。请你原谅。"

博斯克摇摇头。"我对她没有印象。那是弗鲁维奥和我出生不久以后的事。"

"没有母亲的童年肯定很辛苦。"图亚安喃喃道。

博斯克深吸一口气。"作为赛普坦特里翁一员的童年很辛苦。"他明白想要得到任何东西,就只有两种方法——乞求,就像他对父亲所做的那样,或者交涉,就像他对矿工所做的那样——而他选择了乞求,"先生,无论您有什么要求,我都愿意全心全意去做。只要您能允许我当您的学徒,学习魔法的知识就行。"

图亚安将双臂交叉在胸前,盯着男孩看了很久。"看起来很让人激动,对吧?我是说在桌上变出一棵树来。"

"我知道不止如此,"博斯克说,"这世上有无可估量的智慧,以及上千种有待创造的奇迹。蘑菇生意怎么能相提并论?"

图亚安摇摇头。"与梵达尔曾经掌握的伟力相比,如今的魔法使用者所知不过皮毛。我们耗费毕生心力，试图取回众多失落之物，却只是徒劳。与其献身于我们寻求的学识，小博斯克，你还不如去当个四处旅行的杂技演员呢。"

博斯克用力咽了口口水。"我只要整体的小小一角就好，先生。我不会觉得自己有能力奢求更多。"

图亚安瞥了眼宅邸。"你为什么要放弃未来可期的安逸生活，选择追求充满谜团的世界？"

"先生……"

"博斯克，"他再次转向男孩，"你还年轻，不适合做出像这样重大的决定。"

"这么说，您的答案是'不'？"

"你父亲肯定会这么说。我猜你还没跟他谈过这件事。"

男孩摇摇头。

"那就去谈吧，"图亚安说，"如果他同意，我们将来可以再谈。或许是明年，如果你有时间进一步思考这件事的话。"

博斯克的双肩不由得垮了下去。"你不认为他会同意。"

"你也这么认为，否则你就会先请求他的许可了。"图亚安抓住男孩的肩膀，敦促他起身，"来吧，我们去宅邸附近走走，再聊聊蘑菇。无论如何，这都是你已经知晓的学识。"

博斯克叹了口气，点点头。

十个世代以来，赛普坦特里翁家族都在经销从"北风边缘"庄园运出的蘑菇，他们对自己商品的了解就像这座峡谷一样深。博斯克曾无数次和他的父亲与弟弟踏上前往北方、耗时一日的旅程，在那里，峡谷的西侧崖壁遍布隧道的入口，以及绿色蛇纹石的险峻小径——这些小径由数世纪以来的矿工开凿出来，路面倾斜向下，通向那些隧道入口。在隧道里，矿工们培育着自己苍白的收获，再晒干十数个能撑过向南这段旅程的品种。赛普坦特里翁家族每年两次把这些产品运送出去，再带回金币与南方人司空见惯、在北方却堪称佳肴的食品——面粉，果干，以及油浸蔬菜。

正是这种生意让博斯克有受困牢笼的感觉。

图亚安离开将近一个月后，男孩终于和父亲提起了魔法的话题。

"你在说什么胡话？"他父亲怒吼道，一家人正在木匠新做好的饭桌上用餐，长出树木的那张桌子已经搬去了某个附带窗户的凹室，"你要做我们全都做过的事，话题到此为止！"

博斯克推开他那碟脆皮烤蘑菇。"父亲，求你了。在为家族服务方面，弗鲁维奥能和我做得一样好。"

"让他去吧，父亲。"弗鲁维奥说。

"闭嘴！"他们的父亲说，"我们不会再讨论这件事了。"

两晚后，博斯克等到家族成员和仆人就寝，随后往腰带里塞了几枚硬币，将衣物、口粮、水、一把自己吃的新鲜蘑菇，以及一袋交易用的干蘑菇塞进驮袋，然后溜出了宅邸。他来到马厩里，给他最喜欢的马儿装上马鞍，这时听到身后有脚步声。一股寒意窜上他的背脊，他转过身，准备面对父亲的怒火，但看到的却是穿着睡袍和拖鞋的他弟弟。

"他是不会改主意的。"博斯克说。

"我会跟他说，你去了矿洞那边。这样应该能拖上至少三天。"

博斯克点点头。"你非常乐于看到这种发展。"

弗鲁维奥缓缓露出笑容。"我还在想你什么时候会说这句话呢。"

"他会像过去对我那样严格对待你的。"

"我不觉得他会。我后面可没有另一个孩子在等着了。"

博斯克转向马儿，驮袋固定在马鞍的这一边。"抱歉事情变成了这样。"

"我也不觉得你会。但等你走了以后，这些都不重要了。"他没有再说一个字，就这么转身离开了马厩。

博斯克借着星光向南方走去，循着熟悉的路线前往阿斯科莱斯的集市。这儿曾经也有一条道路，而在黎明的光线下，支离破碎的路面在茂盛的灌木丛下清晰可见。博斯克知道这条路，也知道散落在路边的那些孤零零的住宅，有些已经废弃，有些仍有人居住。他也顺道拜访过其中几栋有人的住宅，用蘑菇换取招待，这是沿袭多年的传统。屋主会把他路过的事告诉他父亲，但这无关紧要，因为他父亲肯定能猜到他的目的地。他惊讶地发现，最后一座废墟——在他的记忆里，它是一座半掩在高高的草丛间、破败不堪的小屋——被人改造过了。屋子恢复了完整，野草也经过修剪，露出一片宽阔平坦的空地。

门打开了一掌宽的缝隙，有人朝屋外窥视。

"下午好！"博斯克喊道。

门关上了。

他瞥了眼低垂的日头。他原本打算在废墟的遮掩下露营。附近有一条小溪，他可以在那里装满水瓶，再捕一条鱼来充当晚餐，而路边十几步远的地方就有充足的干燥木柴。现在他只希望自己还能在这儿歇脚，把帐篷架设在割过的草地上，在户外平安地过上一夜。他牵着马儿去喝了水，接着谨慎地和小屋拉开距离，把缰绳套在一根低矮的树枝上，然后取下马鞍，充当枕头。

那扇门再次打开，但开得不够大，他看不见屋内，还有个女人的声音大喊道："走开！"

他从其中一只驮袋里取出一根钓鱼线，用昨天晚餐的碎屑充当鱼饵，很快就钓上了一条鱼，而他用小刀去骨切片，放到一旁，开始生火。他把鱼儿放进一只光滑的平底锅，再配上几朵剩下的新鲜蘑菇，很快，晚餐的气味就包裹了他。准备好以后，他拿着锅子来到小屋的门口，敲了敲门，高声说道："欢迎你来分享晚餐。"

那只锅子突然被人夺走，随后一双有力的手扫过他的双脚，让他摔在某种栅栏般的坚硬表面上,一时间难以呼吸。他喘息着低头看去,发觉自己靠在一头迪奥殆肌肉发达的赤裸肩膀上。他入鞘的小刀卡在他们的身体之间,无法触及;但那些经常以打斗取乐的矿工教过他几招,于是他将一只手塞进那头生物的腋窝,充当杠杆,用另一条胳膊钩住它的脖子。他用力一扭。那头迪奥殆发出一阵喉音,爪子抓向他的双腿,而博斯克弯曲膝盖,抵上它的胸膛,以此增加对它脑袋的压力。

那生物很强大,但博斯克避免被吃的欲望同样强大,这场较量持续下去,直到双方突然间倒在了草地上。迪奥殆松开了爪子,而博斯克匆忙爬开,拔出小刀。

一支金色的箭插在那生物的背上。

"没必要逃跑,"那个女人的声音说,"它死了。"

他抬起头,看到她站在小屋门口,双手握着一把金色的弓,一时间说不出话来。他从没见过她这样的女人,美丽,苗条而又优雅,头发和双眼金灿灿的,堪比他腰带里的硬币,她的皮肤是较为苍白的奶油金色。他上气不接下气地说:"我没有逃跑。"然后他把小刀还入鞘中。

"我看得出你没有。"她说,然后换上了更加柔和的语气,"你还是个孩子。"

他站直身子,感受着双臂、双肩和大腿的肌肉紧张的跳动。"我是北风边缘庄园的继承人。"他说。只是说完以后,他才想起这已经不是事实了。

"我没听过那片土地。"

"在北方。"他朝那个方向含糊地摆摆手。手掌从他眼前经过,而他吃惊地发现它在颤抖。他的身体晃了晃。

"你受伤了。"那女子说。

"是被狠揍了一番。"他承认。

她似乎陷入了思考。"进来吧,"最后,她说,"你只能和我分享晚餐了,"她弯下腰,拿起了他的平底锅,那条鱼踪影全无,"我这儿有足够两人吃的份。"

"你真好心。但我应该先解决那东西,"他朝那头迪奥殆点点头,"趁食腐动物还没出现。"

"我来处理。"

他摇摇头。"我去那边挖个坑。"他朝路的方向指了指。

她绕过那具尸体,抓住他的胳膊。"来吧。"

被她碰到的时候,一股寒意涌过他的身体。她的个子矮上少许,而她仰视他的双眼很大,又略带倾斜,而她闪闪发亮的头发拂过他的皮肤,仿佛丝线。他在她的搀扶下走向小屋。

在屋子里,四个球体在房间的四角散发出黄色的光,照亮了一张两旁放着无扶手椅的圆桌,一只贴着旁边墙壁的小型橱柜,以及远处的一张窄睡椅。她把他按在其中一张椅子上,将平底锅和她的弓放到旁边的桌子上。她来到橱柜那儿,选中了一只小巧的罐子,拿了出来,然后打开盖子,将极少量沉重的深色尘埃倒在那头迪奥殆的尸体上。尘埃扩散成一片彻底覆盖尸体的尘云,而几次心跳的时间过后,它便消散无踪,只留下草地上的淡淡压痕,以及那支金色的箭矢。

博斯克张口结舌地看着返回小屋的她。

"它对活物没有影响。"她说,她收起罐子,从高处的架子取下一条面包和一碟切片奶酪,放到桌上,"你是不敢留下来吃晚餐么?"

他摇摇头,语带敬畏地说:"那可是强大的魔法。"

她歪了歪脑袋。"我确实了解一些微不足道的知识。"她坐到另一张椅子上,给自己撕了一块面包。

"我是博斯克。"他说。

"我是莉丝。"她微微一笑,在脸颊边抬起一根手指。橱柜最下方的门自行开启，一只玻璃水瓶和两只金色高脚杯飘了出来，落在面包旁边的桌面上。她弯曲手指，水瓶便将淡金色的葡萄酒倒入杯中。

博斯克拿起靠近他的那只杯子。"我正要去阿斯科莱斯当某位术士的学徒，"他说，"我希望能学习这种知识。"葡萄酒淡淡的香气里带着果味，十分诱人。但他还是等她喝下第一口酒，这才开始品尝自己那杯，又等到她进食后才去挑拣盘中的食物。他不想认为她心怀恶意，但他是那位商人父亲的儿子，知道任何礼物都有其价码。他本想用一顿鱼肉换取在她的草坪上生起营火的许可。可这下他不仅欠她一顿饭，更欠了她一条命，而她黄金般耀眼的美貌更让他无法忘记这一点。

"食物和酒里都没有毒。"她说。她抿了一口酒，"但保持疑心是个健康的习惯。如果你之前再谨慎一点，应该能表现得更好。"

"几个月以前，这地方还很安全。"

"真正安全的地方寥寥无几。"她说着，回头看向这栋小屋远端的墙壁。

他循着她的目光看去。睡椅上方挂着一块织锦，在球体的光线下闪闪发亮：这块织锦以色泽各异的金线制成，色调丰富而精细，上面描绘着宽阔的河谷，小小的村落，以及边境的山脉——这片景致栩栩如生，仿佛真正存在于那颗难以置信的纯金色太阳之下。织锦的底部有些毛边，仿佛有人在完工前将它从织机上扯了下来。或许，他心想，她还没织完。

她转过头来，又喝了一口酒。

"这条织锦很漂亮，"他说，"是你自己织的？"

她点点头。"一件强大的魔法物品。"

"魔法，"他饶有兴味地说，"什么类型的魔法？"

"一扇通向阿丽万塔的门。至少在它没有受损的时候是这样。"

"阿丽万塔?"

"我的家乡。"她眨了几次眼睛,他能看到她金色睫毛上的泪滴。她深吸一口气,"但那些都过去了,就像很多事那样。"她又喝了一口酒。

"一扇门?"他问。

她垂下目光。"我年纪还小的时候,曾经渴望去异国他乡旅行。我钻研魔法艺术,最后成功制造出了这块织锦,然后穿过它,来到了对你来说骑马就能到达,但对我却很遥远的地方。然后我开始了旅行。噢,我尽情旅行了一番。可随后,有人砍坏了织锦,偷走了收尾部分的丝线,阿丽万塔就变得无比遥远……"此时泪水开始顺着她的双颊淌落,而她用手背将其拭去,"抱歉,"她低声说,"我只是离开家乡太久了。"

他又瞥了眼那块织锦。"你没有别的办法能回去吗?"

她重重叹了口气。"据我所知没有。我在这里结识的所有人都不知道。"

他很想伸出手,抚摸她的头发以示安慰。"修补好这块织锦,你就能回去了吗?"

"有原本的那条丝线的话,就可以。"

"那个窃贼——你知道有关他的事吗?"

"噢,是的,"她将手肘放到桌上,额头靠向自己扣住的双手,"是躲不开的楚恩干的。"

他皱起眉头。"谁?"

"他住在凯因城北面的废墟,把收尾部分的丝线缠在一只古董电气石花瓶的瓶颈上。他觉得扣下我那条丝线很有趣。你应该明白,我和他不是朋友。他是个……令人不快的家伙。"

博斯克迟疑着碰了碰她的胳膊。"我能想办法帮你拿回来吗?如果他喜欢蘑菇,我身边有北方品质最好的一批货,比任何金制丝线都要值钱。"

她摇摇头。"他在食物方面的品味不太寻常。我不想去思考具体有哪些。"

他深吸一口气，从她皮肤光滑的触感中汲取力量。"我会找到一件强大的武器，强迫那个楚恩交出来。"

她又摇摇头，抽走了手臂。"你太不切实际了，小博斯克。楚恩比任何迪奥殆都要危险。你连他的殿堂都进不去。强大的咒语会阻止一切眼睛并非金色的生物，而你的双眼就像天空那样蔚蓝。"

"我会雇一队金色眼睛的亡命徒替我进去。"

她稍稍扬起一边眉毛。"你身上带着的蘑菇比我猜想的还要多。"

他想起了自己的腰带和驮袋，这才意识到自己的财产并不足以支撑这个计划。"噢，也许没那么多。"他低声道。

"别介意。等你离开的时候，我的处境也不会比现在更差，"她靠向椅背，"你还有很长一段路要走。你该休息一下。我的睡椅下面放着一张垫子，不算舒适，但足够过夜了。带上这些面包和奶酪吧。"

他很清楚，这是逐客令。屋外黑暗深沉，但他循着马儿欢迎的嘶声找到了它，随后把莉丝的垫子铺在马鞍旁边，躺了上去，又盖上自己的毛毯。他闭上双眼的时候，想到了她手臂柔滑的皮肤，而在半梦半醒之间，他仿佛看到她朝他弯下腰来，浅浅一笑。

第二天早上，小屋变回了废墟，莉丝消失无踪，就连他躺着的那块垫子都不见了。只有修剪过的草地证明这地方最近有人住过。擦洗干净的平底锅就放在他的马鞍旁边。

剩下的旅途中，博斯克经常会想起她：当他四天后在一家旅店（这是人烟开始增多的征兆）躺下的时候，当他在一座农场打听去米尔的路时，当他骑马沿着堤道靠近城堡大门的时候。当那扇大门回应了他的敲打，并且自行开启的时候，他的心脏在胸腔中加快了跳动，因为在那一刻，他明白自己肯定能学到某种巫术，然后帮上她的忙。

图亚安本人站在拱门里。"我还在想你要过多久才会踏上这段旅途呢。"

博斯克下了马。"我父亲禁止我来。"

"等你回家的时候，他会原谅你的。"

"我还会回去么？"

"我们都会回去的，总有一天，"图亚安说，"至于究竟在什么时候，就由你自己决定了。"他用手势示意博斯克进门。

马厩就位于大门附近，里面有好几匹骏马，有个马夫接管了博斯克的坐骑。

"相信你这一路上没出什么状况。"图亚安领着客人穿过一座小小的庭院，来到主厅里，这儿的天花板很高，地面铺着大理石，墙上挂着昂贵的帷幔，桌子嵌有珍贵的木料，椅子的坐垫是深红色的天鹅绒。

"出了那么一点状况，"男孩说，"我和一头迪奥殆在略显紧张的情况下遭遇，随后和一位名叫莉丝的美丽金发女巫分享了愉快的一餐。她有一座魔法寓所，会在夜晚消失不见。也许您认识那位女士？"

图亚安审视着男孩的脸。"你很幸运，因为你生就一双蓝色的眼睛。如果那双眼睛是金色，我不觉得我们现在还有机会说话。莉丝习惯了把金色眼睛的男子派去'躲不开的楚恩'的住所，让他们迎来令人不快的下场。我相信她就快把阿斯科莱斯的金眼人群消耗完了。"

博斯克暗自对比了这份信息与她给他留下的印象。"她似乎很不快乐。"

"她的不快乐已经有一阵子了。聪明人应该不去管她。噢，这儿有位更快乐的女士——而且也更可爱。"

有个孩子穿过了主厅一侧的门,那是个约莫九岁的女孩,留着漆黑的长长发辫,穿着与图亚安相仿的束腰外衣与紧身裤。她大步走到博斯克面前,脸上挂着亲切的笑容,朝他伸出了手。她的头顶只比他的腰高出一点儿。

"欢迎来到米尔,博斯克少爷。我是瑞安娜。"

"这是我女儿。"图亚安说。

博斯克深鞠一躬,吻了她的手。

"我们可以一起当学徒。"瑞安娜说。

"我受宠若惊。"博斯克说。

"你会在晚饭的时候见到她母亲,"图亚安说,"但首先,我们得带你去你的房间。"

他们爬上了大厅后部那段宽阔的楼梯,而他的房间几乎和他在"北风边缘"庄园的卧室一样大,有奢华的地毯,柔软的床铺,以及一扇能看到庭院的窗子。他的行李已经送来了这儿,里面的东西放在那只几乎占据整面墙壁的衣橱一角。崭新的衣服铺在床上,而房间远端的凹室里有个独立浴室,热气腾腾的洗澡水正在等着他。

"仆人之一会护送你去用晚餐。"瑞安娜说,然后她和她父亲离开房间,关上了门。

在用了这么多天的冰冷溪水——或者略过洗澡这一步——以后,能泡个热水澡令他心情愉快。他尽可能避免洗得太久,但等他穿好衣服的时候,仆人已经敲响了他的房门。在主厅里,桌子上摆设好了四套餐具,其中三套前面有人。坐在图亚安对面的那名女子显然就是小女孩的母亲。

"亲爱的,这是新来的学徒,"图亚安对她说,"博斯克,这是特瑟,我妻子。"

她黑发白肤,美丽的程度堪比莉丝,风格却截然不同,因为她的笑容匆忙却不失热情。图亚安和瑞安娜也在笑，博斯克对他们三人点点头，感到了几分嫉妒，因为微笑在北风边缘的餐桌上向来少见。这顿饭菜——其中并不包含任何品种的蘑菇——非常美味，而对话也顺畅地从一个话题换到另一个，从园艺到魔法，再到瑞安娜的玩偶屋最新的增建。

"你应该回头去看看。你不会失望的。"她信誓旦旦地说。

在他们的追问下，他讲述了迪奥殆的故事，而餐桌上属于女性的那一侧传来了合乎时宜的惊叹声。

"她早就知道了，"瑞安娜的语气带着毫不掩饰的愤怒，"她应该在它袭击无辜的旅人之前就杀了它。换成我就会。"

图亚安拍拍她的脑袋。"我毫不怀疑你会尝试这么做。但迪奥殆这种生物很危险。我觉得，她是认为无辜的旅人可以分散迪奥殆的注意力，让她有机会使用那把弓。"

"那是一把魔法弓，对吧，父亲？"

"也许吧。但就算用上魔法，迪奥殆也是个可怕的对手。"他看了看博斯克，又说，"这就是作为学徒的第一堂课——你不可能每次都毫发无伤地逃脱。"

"我不会忘记的。"男孩说。说话的时候，他发觉自己打起了呵欠，他试图阻止自己，却收效甚微。

图亚安推开椅子，站起身来。"第二堂课可以明天再上。"他用手势向匆忙上前收拾桌子的那名仆人示意，"这些不急。先带博斯克少爷去他的卧室。"

第二天早上，他在同一张桌子上吃了水果和麦片粥，然后图亚安带他去了图书室，那里是学习的地方。瑞安娜来得比他们要早，她坐在一张长桌边，读着一本厚度堪比她的拳头的书。她的右手边放着一张牛皮纸，正在一丝不苟地抄写某张图表。墙边的书架上放着许许多多的卷册，桌上又铺着各式各样的记事本和书写用具。

最后的金线

"这个房间里有可观的智慧,"图亚安说,"目前来说,你要用早上的时间进行钻研,等到每天的午饭过后,我们会考验你学会了哪些知识,再决定你需要提高哪些其他方面的技巧。藏书的排列方式是从最简单的原理开始,就在这儿。"他指了指最靠近门边,而且最为高大的那个书架,"你要从头读到这第一个书架的右边,等你到达尽头以后,就从下面一排开始。第一个书架需要花费大约一年时间。"

博斯克不无沮丧地环视房间。他看到了总共十二个书架。

"你以为魔法领域的学徒期会很短么,小博斯克?"图亚安说。

博斯克挺直背脊,走向第一个书架,取下了第一本书。它很重。他把书本放到桌上。"从书架上空缺的位置来看,您的女儿比我领先了不止一年。"

"的确如此。这是生在魔法家庭的优势之一。"

"那么,如果您允许的话,我会努力在向您学习的同时也向她学习。"

埋首于书本的瑞安娜抬起头来,却什么也没说。

图亚安笑了。"好啊,我们就看看她能成为怎样的老师吧。"他走到门边,然后说,"午饭会放在塔楼花园里。瑞安娜会带你去的。还有,博斯克——这些书是由许多不同的作者写成的,经过一段时间以后,你会发现他们会在某种程度上重复同样的内容,只是说法有所差异。对你来说,这点也很重要。"然后他便转身离开。

博斯克坐到瑞安娜对面,手指拂过自己那本书皮革加工的封面。上面的字体太过花哨,让他一时间无法辨认,但用手指摸索字母的曲线后,他成功拼出了"拉科德"这个词。他将书翻到第一页。内容是手写的,但能够辨认,然后他发现那是一段历史,讲述了拉科德尝试再现某位老法师的著作的过程,半是日记,半是练习册。博斯克挑选了一本记事本和一支尖笔,做了几段笔记,虽然他并不完全理解这些笔记的意义。又过了一会儿，他看向瑞安娜，后者正用神秘的符号和彩色墨水给图表加注释。她显得专心致志，让他犹豫着不敢去打扰她。但没过多久，她就抬头看向了他，而他觉得现在搭话应该算得上礼貌。

"你在研究什么？"他说。

她在自己那张图表的顶端又添了一笔。"玛兹瑞安缩小术的第三演化。"

"噢。"他想不到更得体的回答了。

"我的目标是在十岁生日前做到完美。"

"那会是在……？"

"没多久了。你已经开始厌烦拉科德了吗？他的散文简直浮夸到了极点。"

"不是厌烦。只是困惑。"博斯克说。

她抿着嘴唇笑了笑。"他是魔法的奠基者。他认识梵达尔本人。"

"你父亲在北风边缘提到过梵达尔。他是什么人？"

"想要学习魔法，就必须向梵达尔学习，"她的目光转回自己那本书，"只要你继续读下去，就能了解他和其余那些伟大人物了。"

他深吸一口气，将书翻到了开头部分。这次他没有记笔记，而是在记事本上写下问题。写完整整三页以后，他听到瑞安娜"砰"的一声合拢了书本。他抬起头，看到她正单手托着下巴，凝视着他。

"饿吗？"她说。

直到这时，他才意识到自己的肚子在高声抗议。

塔楼花园位于城堡的最高处，那里盛开着五颜六色的花儿，在博斯克经过时向他倾斜花瓣，仿佛对这位访客满心好奇。这里的景致令人印象深刻——戴纳河在陡峭的河岸间呈现出绿色，森林向北方和西方延伸，凯因城的高塔在南方的地平线上闪闪发光，仿佛苍白的海市蜃楼。饭菜摆放在搁板桌上——冷盘，肉冻汤，加入四种不同香料的蒸蔬菜。博斯克各自尝了一口，满意地发现每盘菜里都没有出现哪怕一块蘑菇。

"我们平时也吃蘑菇，"瑞安娜说，"但父亲觉得它们会比拉科德更让你厌烦。"

图亚安在他们吃完午餐后到来，询问了博斯克早上学到的东西。博斯克提出了问题，三人用一下午的时间进行讨论，对于博斯克先前一知半解的概念，图亚安用巧妙的方式领他入门，又让瑞安娜详细阐述。博斯克发现自己对于魔法学识的热情不断增长，因为每个答案都会引出新的问题。等到阳光直射他的双眼，他才发现红色的日头已经沉向西方。

图亚安站直身子。"你会学有所成的，小博斯克。你拥有对知识的渴望，没有了它，学习就只是死记硬背而已。"他看向窗外阴影笼罩的风景，"你今天学够了吗？"

博斯克在心中估算了傍晚到来前的时间。"如果您允许的话，我想在晚餐前再看看这本书。"

图亚安朝他露出微笑。"我觉得你现在有更好的事可以做，"他转向自己的女儿，"你都等不及想让他看你的玩偶屋了吧。"

她热切地站起身。

"只做个介绍，"她父亲说，"我们说好的。"

她已经招手示意博斯克跟上了。

往下走了一段楼梯后，他们来到了一个天花板很高、与这座塔楼等宽的房间，每一道墙壁上都有交替布置的高窗和壁突式烛台。房间中央是米尔堡的完整微缩模型，就连屋顶花园都铺着小巧的花朵模型。初看之下，博斯克便为其结构的丰富细节而吃惊，而那份震惊随即更上一层楼：因为在瑞安娜的触碰下，城堡模型的外墙分开，旋转开启，露出与外部同样细致的内部。他跪在地上，窥视那些精心布置的小卧室，覆盖墙壁的织锦不比手帕更大，精巧的枝形吊灯从天花板垂下。他找到了自己的房间，床铺、衣橱，甚至是浴室都以玩具的尺寸再现，还有个不比他的小指更大的假人站在门边。

"两年的成果，"瑞安娜说着，语气透出骄傲，"每个零件都是我亲手制作的。就连床单都是我自己织的。还有，看着。"她说了句博斯克无法分辨的话，然后窗帘自行拉起，烛台熄灭，留下一片深沉的黑暗，而他只好伫立在原地，生怕弄伤什么东西，甚至是伤到他自己。她随后又念出几个字，数百个小小的黄绿色光点——就像许许多多的萤火虫——出现在整个玩偶屋的枝形吊灯和枝状大烛台上，还有大门、庭院与开垛口周围的小巧壁灯上。这些光亮让博斯克敢于站起身来，以平稳的脚步绕了这座建筑一圈。

"真美，"他说，"等它彻底完成以后……？"

她交叠双臂，笑了笑。"然后我会去学习制作能走路——或许还能说话——的玩偶。"她从他的房间里取出小巧的假人，拿给他看，它有柔软的皮肤和可以弯曲的四肢，还可以弯腰摆出坐姿，放在小小的椅子上，瑞安娜把它放在主厅里，而另外三个玩偶坐在桌边，就像昨晚用餐时的情景，其中一个玩偶比其余那些要小，有长长的黑色发辫，她让那个玩偶站直身子，放在另一个房间里的小床上，"我试过劝几个特微克人住在这儿。这儿可比他们的葫芦舒适多了。"她从餐桌布拿起另外两个原本就在的假人，放到建筑另一边的床上，"但他们拒绝了。"

"特微克人？"

"你会见到他们的。"她退后几步，摸了摸大门，城堡模型随即合拢。

"你把我留在桌边了。"博斯克评论道。

瑞安娜轻笑出声。"那些只是玩偶，博斯克。"她又念出几个字，让壁突式烛台重新亮起，而另外几个字熄灭了那些微缩灯火。他跟着她下楼去吃晚餐，这次仍旧没有任何蘑菇。

最后的金线

拉科德的那本书占用了博斯克很多天的时间，然后是拉科德著作的第二卷，以及第三卷。等到他全部读完，又和图亚安和瑞安娜无数次谈论过内容以后，他觉得自己任何时候再见到拉科德的作品，都会对他的散文风格既熟悉又厌恶。但他在魔法方面的最初成果来自于拉科德——将黄水晶尘转化为紫水晶——而从黄色到紫色的简单改变让他不由得沾沾自喜。

"干得漂亮，"图亚安说，"现在把它变回去。"

博斯克花了两周才掌握这项技巧。

"有时候，解开魔法比施展魔法更重要。"图亚安说。

"我更喜欢紫色。"博斯克说着，再次改变了那种粉末，又存放在一只小瓶子里，好提醒自己学到了某些东西。对于他花费的那么多个星期来说，这样的成果似乎太小了点。

第二天，有个特微克人在午餐时间到访。他是个小巧的生物，不比博斯克的小指更大，肤色淡绿，身穿轻薄的罩衫，骑着一只蜻蜓。瑞安娜的母亲也来到了屋顶花园（她时不时就会过来）和学徒们共进午餐，所有花儿的花瓣都朝她转去，但当那个特微克人飞落时，它们又转向了她。特瑟伸出手来，那只蜻蜓跳了上去，而她将它举到耳边，对那位骑手仿佛嗡嗡声的轻柔嗓音点点头。然后坐骑和骑手迅速来到花丛中，那个小人儿在十来朵花儿里收集了花粉，装进固定在他双腿后方的两只袋子里。

"丹萏花盐，"特瑟向博斯克解释道，"特微克人的酋长。他们清楚阿斯科莱斯的一切消息。"

"他上次拜访的时候，"瑞安娜说，"把你要来的事告诉了我们。"

特微克酋长绕着博斯克的脑袋转了一圈，然后飞走了。

"他们的活动范围包括北方吗？"博斯克问。

"不会到北风边缘那么远的地方。"特瑟说。

"噢。"

"你的家族太远了,博斯克。"

"噢,我只是好奇而已。"但他的确感到一阵失望。

"如果你还想从特微克人那里打听消息,"瑞安娜说,"就必须支付酬劳。"

特瑟点点头。"他们是和你的家人同样的商人,但他们的商品是看不见摸不着的。"

他思考起来。"对这么小的生物来说,怎样的酬劳才是合适的?"

"他们喜欢我们的花粉,"特瑟说,"如你所见。"

"而我会用蜘蛛丝给他们做衣服,全世界最柔软的那种。"特瑟的女儿说,她皱了皱眉,"既然你见过他们的模样了,你觉得他们会喜欢住在我的玩偶屋里吗?"

"如果我是他们的一员,我会的。"

"我们讨论过这个话题了,"瑞安娜的母亲说,她这番话的对象与其说是她女儿,倒不如说是博斯克,"特微克人有自己的生活,他们的选择应当得到尊重。他们既不是玩具,也不是奴隶。"

瑞安娜低头看着自己的食物。"当然,你说得对。只是……创造活的玩具太难了。"

随后,在图书室里(他们两人泡在这儿的时间远比图亚安要求的要久),瑞安娜问博斯克:"你还想去拜访我的玩偶屋吗?"

"也许今晚吧。至于现在,我正在尝试理解梵达尔比较简单的咒语之一呢。"

"哪个咒语?"她伸长脖子,看向他那本书。

"暗示之眼。"

"这超出你的知识水平了。"

"我一直在预习知识,尝试分辨魔法在某种程度上的整体结构。"

"父亲说没有什么整体结构,一切都是偶然。"

"梵达尔觉得结构是存在的。"

"是拉科德说梵达尔觉得结构是存在的,这两者不是一回事。"

博斯克叹了口气。"魔法是有原理的。"

"我不觉得它们之间有多密切的关联。"

"你甚至还不到十岁!"博斯克高声道,看到她受伤的表情,他连忙说,"请原谅。我们在魔法方面的资历都很浅。我们怎么可能知道这些呢?"

"你比我资历更浅。"她小声说了一句,然后重重合上书本,离开了房间。

见她没有回来,他便下了楼,来到玩偶屋所在的房间,发现她盘腿坐在地板上,城堡模型在她面前开启。她正把小小的浅盘摆放在小小的餐具柜的抽屉里。她没有抬头看他。

他坐在她旁边。"我真的很抱歉。"

她一言不发。

他把重心换到一边的膝盖上。"请您原谅我,瑞安娜女士。"

过了好一会儿,她说:"我比你懂的多很多。"

"那当然。所以我才指望你帮我。"他放松身体,摆出坐姿,又指了指那只餐具柜,"我能帮你整理么?"

她摇摇头。"你那双手太笨了。"

"真希望它们能灵巧一点。"

她用指尖关上了最后一只抽屉。"你真的想为我做点什么吗?"

"什么都行,你尽管开口。"

她再次看向他,愠怒从她嘴角退去。"如果你保证不告诉父亲,我就教你一个咒语。他会说你还没做好学习的准备。"

"我向你保证。"博斯克说。

"是玛兹瑞安缩小术。"

"就是你在研究的那个。"

"对。我会教你第一和第二演化,你必须牢牢记下来。两个都要。"

"这些为的是……?"

这时她微微一笑。"拜访我的玩偶屋。"

"噢,"他说,"缩小术。当然。"

"你愿意吗?"

他想到了自己志得意满地创造出来的紫水晶尘。相比之下简直不值一提。"愿意!"

咒语很复杂,需要特定的停顿,特定的语调,再发出几次不太像是人类的声音。记住这些东西实在不能算简单。但经过一个小时出头的训练后,博斯克觉得自己掌握了。为了确保万全,他根据拉科德的音节模型表把咒语记在一张牛皮纸上,然后塞进口袋。

"我先来。"瑞安娜说。几次心跳的时间后,她就收缩到了特微克人的大小。

博斯克倒吸一口凉气。知道咒语会生效,和亲眼看到完全是两回事。

瑞安娜的嗓音又细又尖,但他知道她肯定已经在大喊了。"来吧!"

他深吸一口气,念出了咒语。他开始头晕。在他周围,塔楼房间的墙壁仿佛在向上窜去,而他跪倒在地,奋力控制自己翻江倒海的胃。但片刻过后,房间就恢复了稳定,眩晕感消褪,瑞安娜来到他身旁,扶着他蹒跚起身。在他旁边,那座微缩城堡庞大无比,而房间的天花板就像天空那么遥远。博斯克晃晃悠悠地走了几步,成功的纯粹喜悦让他大笑起来。等他和瑞安娜走进玩偶屋版本的米尔堡时,他的脚步已经恢复了以往的平稳。

博斯克觉得这场探险引人入胜。一切都很熟悉,却又在同时陌生而奇妙。他流连忘返,本想等到天黑,好欣赏琳琅满目的灯光,但瑞安娜担心她的父亲或母亲来接他们去吃晚餐,于是名副其实地把他拖了出去。他庆幸自己带着那张牛皮纸，因为他忘掉了反转咒语的一部分。瑞安娜提醒他在变化过程中远离城门，自己走到了更远的地方。当她像某种不可能存在的植物那样猛然拔高的时候，他无声地回忆了那些声音五六次，在脑海里专心聆听。

"博斯克，我们该去吃晚餐了。"瑞安娜说。她的声音如此响亮，他不得不捂住双耳才能承受。

他尝试了三次才念对咒语，但最后，他看到米尔堡的复制品不断缩小，而塔楼房间的天花板骤然下沉。他再次失去平衡，而瑞安娜用双手拉住了他，免得他倒在她的作品上。

"经过练习以后，眩晕感会减少，"她说，"现在告诉我，学徒博斯克，你究竟觉得我的玩偶屋怎么样？"

"瑞安娜，"他说，"你和你的玩偶屋都很了不起。"

她似乎很满意这个答案，而他猜自己先前的冒犯终于得到了原谅。他笑着去吃了晚餐，而当图亚安问他为何如此快乐的时候，他只说他觉得自己的学习进展顺利。

他喜欢玛兹瑞安缩小术，这是他学会的第一个强大法术，而在接下来的几周里，他勤加练习，努力完善两种演化，起初只在瑞安娜在场时练习，但最后，他在自己卧室独处时也会练习。他也会在那里研究暗示之眼咒语。图亚安知道后者，也允许他继续研究，前提是他能花些时间去阅读之前的著作。暗示之眼伤害施法者的可能性很小；它的作用只是允许他看到远处的事物而已。

在创造者这一边，暗示之眼的外观是个缟玛瑙圆环，其直径可以容纳他并拢后的拇指与食指的指尖，而在另一头，它呈现为飘浮在空气里的模糊环状物体。他第一次尝试操控它，结果看到了从森林到河面再到天空，全程都在剧烈震颤的景色。但没过多久，他就学会了无论速度多快都能保持平稳，以及细致而精准地调整距离和方向。在大多数地方，那个烟雾般的圆环似乎都无人察觉。的确，当他真的去窥探北风边缘庄园的时候,他父亲和弗鲁维奥都没能注意到它的存在。

博斯克让图亚安相信,他制作暗示之眼的动机是思乡之情,但他真正的目标却是"躲不开的楚恩"的殿堂。他毫不费力就找到了凯因城北方的废墟,而那座殿堂作为唯一完好的建筑也很容易辨认。他环绕殿堂外部,留意楚恩的身影。他曾两次从远处瞥见那个生物,随后立刻中断法术,在等待数日后重新开始监视。等外貌异常古怪的楚恩——他穿的斗篷上镶有金色虹膜的眼球——第三次离开时,博斯克观察到他的身影消失在废墟之外,这才让暗示之眼悄然进入殿堂。

殿堂里意外地空旷,几根立柱支撑着屋顶,墙壁苍白得仿佛雪花石膏。这儿没有睡椅,没有壁炉,没有古玩柜;仅有的陈设是一张小小的圆桌,位于入口对面的某个凹室里。桌上放着一只雅致的电气石花瓶,下半是绿色,上半是品红色。但它纤细的瓶颈上并没有缠着任何金线。

大失所望的博斯克在殿堂里再次搜寻,却徒劳无功。

在当天的晚餐桌上,图亚安沉默地盯着博斯克看了很久,让男孩在座位上不安地蠕动起来。"我做错什么了吗,先生?"

"我今天下午接待了一位访客。"图亚安说。

博斯克等着他说下去,心里既好奇又焦虑。

"相信你听说过他。躲不开的楚恩。"

博斯克的呼吸停止了。

"他要求你停止监视他。他的用词比这更严厉,但主旨就是这样。你刚来这儿的时候,我们就说起过楚恩,现在我明白,我应该更强烈地警告你别去惹他。幸好你在高墙之内是安全的。然而,他还是为自己的窘迫要求了赔偿。好好呼吸,孩子,否则你会晕倒的。"

博斯克大口吸进空气。"先生……您打算开除我么?"

"我们偶尔都会做蠢事。我们只能希望后果仅止于赔偿一颗人工培育的金眸眼球。"他的一边嘴角翘起,"看起来很适合作为你运用另一颗眼睛的代价。"

"那……您不打算开除我?"

图亚安靠向椅背。"恰恰相反,我很高兴,因为你把暗示之眼用得很好。所以这件事并没有你想象的那么负面。好了,你在楚恩的殿堂里寻找什么?"

"没什么,"博斯克说,"只是单纯的实验而已。"

图亚安叹了口气。"作为学徒,你现在就向导师撒谎还太早了。这是托辞,我料到了。"他瞥了眼他女儿,后者立刻低头看着餐盘,"但明目张胆的撒谎对于营造良好的师生关系并无助益。"

博斯克挺直背脊。"先生,我在寻找一根从织锦上扯下的金丝线。"

"噢。莉丝。"

博斯克点点头。"但那根金线似乎不在他手里。"

"我想我劝过你和那位女士保持距离的。"

"她救过我的命,先生。我不想总这么欠她人情。"

"又或者,她救你就是为了确保你欠她人情?"

博斯克思前想后,觉得这意见并非不可理喻。尽管如此,他还是无法忘记莉丝说起阿丽万塔的时候,眼里的那种悲伤。"总之,"他低声说,"我不知道自己还能为她做什么。除非我能说服楚恩透露位置,否则金线是找不回来的。"他期待地看着图亚安,"或许可以再给他一颗金眼?"

"我不想再和楚恩打交道了,小博斯克。"

"特微克人应该知道那条线在哪儿。"瑞安娜说。

博斯克转头看向她。

"当然了，你得付给他们酬劳才行。"

男孩看回图亚安。"你知道他们垂涎的是什么。我会报答你的，我发誓。"

"这是你自己的追求，小博斯克，"图亚安说，"继续研究吧。也许有一天，你会找到得偿所愿的方法。"

"也许吧。"博斯克说。但他感到很绝望。

他想到了那天晚上的莉丝，就像他在很多夜晚想到过的那样。但在回忆被开除的可能性带来的恐惧时，他也想到了自己的家。如果图亚安允许，他们会欢迎他回去，还是说他父亲庆幸有弗鲁维奥来代替他？随着升起的日头开始照亮他的卧室，他决定把暗示之眼送去北风边缘，或许是为了寻找某种证据。在暗淡的晨光里，他的旧房间和离开时别无二致；甚至没有积累任何灰尘，仿佛这里始终维持原样，以待他的归来。这让他一时间好受了不少；然后他才意识到，那些仆人必须将宅邸的所有角落打扫得一尘不染。

直到这时，思乡之情才涌上他的心头。他孩提时代的记忆就在那个房间里——有一把绿色蛇纹石的卵石，是他初次前往矿洞时收集的；几颗易碎的鸟类颅骨，是在庄园里的某丛灌木里找到的；还有一只他用陶土塑造，又在临时窑炉里烧制的杯子。那只杯子焦黑开裂，从窑炉蔓延出来的残留火焰摧毁了他充当工坊的那栋外屋。他父亲为此很不愉快。

他移动"眼睛"，让它靠近那把卵石。他真希望自己当时带走了其中一块。这些石头很小，应该能轻易装进口袋里。透过那只眼睛看去，它仿佛伸手可及。他用指尖轻点那只缟玛瑙环内部的空间，以为会遭遇某种阻力，但什么也没发生。他将手指探了进去，等到抽回的时候，那根手指似乎毫发无损，于是他壮着胆子加大了力道，试图触碰那些卵石，但它们比看起来更遥远。他抽出小刀，伸入环内，但刀尖不够长。他跑到楼下的厨房里，有个睡眼惺忪的厨师刚好开始准备明早的面包卷。厨师二话不说就借给了他一把厨用火钳，以及一根长度堪比长剑的串肉扦。两者都能穿过圆环，但只有串肉扦能碰到鹅卵石，而且操控起来极为困难，还将其中几颗碰落到了地板上。他抽回串肉扦，思考着能否将在其末端系上袋子，或者给它涂上某种胶水。两个主意似乎都不太可能成功。他能想到的其他方法只剩下了一个。

他用自己的枕头撑起那只缟玛瑙环，将他那份"玛兹瑞安缩小术第二演化"的笔记塞进口袋。然后他把自己缩到了玩偶大小，走进了圆环。他只需要稍微低头就能钻进去。

仅仅一步过后，前方出现了一条凉爽而黑暗的隧道，两旁的墙壁如同打磨过的金属那样光滑。隧道的尽头也不再是正常尺寸的博斯克所看到的自己从前的房间；那儿只有个位于遥远处的光斑。他朝它走去，双手扶着墙壁，带有弧度的地面让他在黑暗里步履蹒跚。光点缓缓扩大，又过了一会儿，他分辨出了其中一团模糊的绿色，而他猜想应该是那些卵石。他加快了步子，最后开始奔跑。光芒若隐若现，而他离开隧道，径直摔倒在其中一块卵石上——与缩小后的他相比，它的尺寸堪比巨石。他抓住那块石头，一时间难以呼吸。冲击没能让卵石移动，而他发现自己并不具备将石头搬回米尔的力气。但他不在乎。能够完成这段旅途就让他很得意了。他现在是个真正的术士了。他爬起身，坐在那块卵石上，凝视起他变得庞大的旧居来。

一阵微弱的噪声惊动了他。也许是门开了，也许是某个仆人过来打扫了。他没有留下来确认。他转向"眼睛"模糊的灰色圆环，跳了进去，然后奔跑起来。他在带有弧度的隧道地面上绊倒了几次，脑袋还被天花板擦伤了一次，但最后成功抵达了米尔。他倚着枕头，把手伸进口袋，去取第二演化的笔记。

它不见了。

他猜想它肯定是遗落在了隧道里，或者掉在了北风边缘的那堆卵石之间，那么一张纸屑恐怕永远不会有人发现。但他并不特别担心，因为那咒语在他记忆里十分清晰。他念了出来。

什么都没发生。

他又试了几次，最后只能承认他真的需要那份手写版本。他叹了口气，把缟玛瑙环推到枕头下面，然后坐到枕头上，暗自希望找到他的人会是瑞安娜。但他失望了。图亚安本人念出了法术书里的第四演化，将他恢复到了正常大小。

"有些咒语是很困难的，"图亚安说着，合拢书本，"就连我们之中最强大的那些，也很难同时在记忆里维持超过三四个咒语。你接触这门学识没有多久，能记得两种都很困难。"

"所以我才会记下第二演化。"

"或许你应该用墨水写在手臂上，而不是纸上。"

博斯克的表情明亮起来。"我下次会这么做的。"

图亚安笑出了声。"如你所愿，小博斯克。这么一来，你就能在眼睛任意一端毫不费力地恢复原样了。"面对博斯克警惕的表情，他补充道，"噢，拜托——难道你以为我不清楚在这片高墙之内使用的每一个法术？好了，如果你打算以毛毛虫的大小跑去那么远的地方，就该再学个能保护你安全的咒语。我可不想对你父亲说，有只家猫吃掉了他儿子。"

博斯克重重吞了口唾沫。

这天接下来的时间里，博斯克和图亚安窝在图亚安卧室的前厅里，而博斯克开始学习全能法球术。等他确认已经掌握后，图亚安考了他一次又一次。最后，博斯克用不可擦洗的墨水把咒语记在了手臂上。

"反复抄写，"图亚安说，"直到你牢记于心，永远不会忘记。"

博斯克点点头。

"我会不定时再考你一次的。"

博斯克又点点头。

"现在去问问特微克人在哪能找到你那根金线吧。"

"可先生，我没有能付给他们的东西。"

图亚安对他笑了笑。"你真这么确定吗？"

博斯克困惑地抬起双手。

"噢，小博斯克，也许这个消息对你有用：特微克人非常喜欢蘑菇。"

"可我手边没有。"博斯克说。

"真的？太可惜了。"

然后就到了晚餐时间，菜肴里完全没有蘑菇的影子。

那天晚上在卧室里，博斯克在他的驮袋里翻找起来，但就像他认为的那样，那些蘑菇在前往阿斯科莱斯的旅途中全都用完了。他爬上床，而当他把手伸到枕头下面，好让它贴着自己的脸颊时，他摸到了暗示之眼的缟玛瑙圆环。

然后他意识到，蘑菇——即使是新鲜蘑菇——也远比卵石要轻。

想通这点以后，他来到了北风边缘冰冷的食品室里，他的家族自己储备的新鲜蘑菇就存放在那儿。他每次只能搬走一朵，于是在这儿和他在米尔堡的卧室之间跑了五六次。

到了第二天的早餐时分，他请求他们找个特微克人来。

"他们想来的时候才会来，"特瑟说，"他们不会回应任何人的召唤。"

"那我只能去找他们了，"博斯克说，"有人能告诉我该怎么去吗？"

图亚安看了眼瑞安娜。

"我去过特微克人的镇子。"她承认。

在图书室里，她画了张地图。特微克人住在森林里，没有能够指引方向的路标，但途中的圆石与树木的排列方式非常明显，而最高大的那棵树就是终点。"如果你站在树下，呼唤丹苢花盐的名字，他就会到来，"她说，"你告诉他，是瑞安娜让你来的。"

那天下午，博斯克在卧室里开始引导那颗眼睛前往特微克镇，那是个约莫一百个空心葫芦组成的群落，高悬在那棵巨树的枝头。有那么一会儿，他看着特微克人和他们的蜻蜓坐骑将货物运到自己家中：那儿对他们来说很宽敞，正如博斯克对自己房间的观感那样。他看向几只葫芦里面，发现特微克人的家庭或是聚集在小小的桌椅边，或是在小小的箱子和橱柜里寻找东西，又或是在柔滑的吊床上打盹儿，而这些东西全都不比手套的一根指头更大。看着他们这副模样，他更能理解瑞安娜为什么希望特微克人住在她的玩偶屋里了。

他将"眼睛"的另一端设置在较大的葫芦之一的圆形入口处，又将自己缩到特微克人大小，然后坐在隧道的尽头，双腿伸出模糊圆环的边缘。没过多久，有只蜻蜓飞出那只葫芦，悬停在他旁边，它的双翼掀起的气流太过猛烈，迫使他抓紧了自己坐着的位置。以他现在的尺寸，那位骑手的嗓音就像人类那样低沉。

"你是谁。"那特微克人说。

"瑞安娜让我来的。我是博斯克，我来找丹苢花盐。"

那只蜻蜓迅速飞走。很快，另一名骑手赶来了。"我记得你，"他说，"你以前的个子更高。"

"这是瑞安娜的法术。"博斯克说。

"噢，她把你放进她的玩偶屋里了？"

"我已经拜访过那儿了。"

"那地方很邪恶，"那位特微克酋长说，"没有哪个特微克人愿意住进去。"

"我明白。但我不是来请求你住进去的。确切地说，我是来寻求信息的。"

"很多人都这样。可你有什么能交换的东西？"

"我是博斯克·赛普坦特里翁。也许你听说过我的家族。"

"我听说过。"那特微克人说。

博斯克把身体探入隧道，拿出一只比他的脑袋更大的蘑菇。"这是我们商品的上好样品，"他说，"而且是新鲜的，不是干蘑菇，没有任何口味方面的损失。无论是蒸、嫩煎，甚至是切碎后蘸芥末酱生吃，都是一道美味佳肴。这是我送给特微克酋长的礼物。"他递出蘑菇，"如果您和我能达成交易，我还有另外几朵蘑菇可以给您。"

丹苔花盐单臂抱住那只蘑菇，掐下一小块，丢进嘴里。他咀嚼起来，露出深思的表情。片刻过后，他说："这位从虚无中出现，还坐在虚无边缘的造物又想要我做什么呢？"

"某条黄金丝线的位置，"博斯克说，"先前落入了躲不开的楚恩手中，但却是莉丝——某位金发金眼的女巫——的财产。"

"噢，那东西啊。"丹苔花盐说。

博斯克点点头。"我希望把它还给那位女士。"

特微克人把蘑菇放到左臀后方的一只网子里。"那根线以极为公平的方式转了手。"

"但它是赃物。"

"新的物主可没偷它。过错是楚恩的。"

"如果新的物主不愿出于良心交出它，那我就买下来。我该向谁出价？"

特微克酋长歪了歪头。"我们去讨论一下具体情况吧。我家就在附近，我的坐骑也足够强壮，可以驮动两个人。"

酋长的家是那些较大的葫芦之一。里面和其他特微克人的住所一样，由墙壁上开凿出的窗户提供照明，又被搁架那样的平台——上面摆放着家具——分成几个部分。有个特微克人女性和几个孩子正在家里。丹苔花盐和博斯克在最低处的平台爬下蜻蜓的背脊，又走了好几段阶梯，来到最顶层。在那里，家族的卧室近在咫尺，每个人的吊床都从圆形的天花板垂下，用粗实的纤维松散地编织而成，又以蒲公英绒毛作为填充物。最大那只吊床的边缘有螺旋缠绕的金色绳索。

"很漂亮，对吧？"特微克酋长说。

博斯克没有回答。他知道自己看到的是什么。

"我和楚恩交易的一部分，就是绝对不会把这根线还给莉丝。所以你明白我的两难处境了吧。"

"我不是莉丝，"博斯克说，"事实上，我对这根金线非常中意，所以打算自己留下它。它会是我帽子上的绝佳装饰。"

"你没戴帽子。"那特微克人评论道。

"这个问题很好解决。你打算用这根金线交换什么？"

丹苕花盐凝视着吊床。"我不太舍得和它分开。"

"我可以提供大量的新鲜蘑菇，来自很多不同品种。"

"可我的家庭能在这些蘑菇坏掉前吃掉多少呢？"

"我可以在数周或者数月的时间里持续供应。"

"即便如此。一段时间以后，它们必定会变味的。"

博斯克必须承认，他理解这番抱怨。在他的记忆里，他能看到父亲坐在餐桌边，快乐地吃着自己那份蘑菇，又敦促儿子们也吃。他很想知道，是否有人把蘑菇失踪的事告诉了他父亲。或许还没人发现，因为丢失的蘑菇太少了。但在持续供货的情况下，情况会更加明显，而北风边缘的某些仆人也会因为失窃而遭受责罚。博斯克突然内疚起来，因为他轻率地答应提供这些蘑菇，却无法给出相应的补偿。无论算不算术士，他都是商人的儿子，而父亲将他抚养长大，不是为了让他欺骗家族的。

就这样，他心中的那个商人之子真正苏醒了过来。既然特微克人的个头小到能住进瑞安娜的玩偶屋，也就应该能够穿过暗示之眼。

288

最后的金线

"我有个提议。"他说。然后他大致描述了赛普坦特里翁家族与特微克人之间可以建立的合作关系。有暗示之眼充当运输用的道路,特微克人就能把新鲜蘑菇从北方送到凯因城,而博斯克负责把蘑菇提供给那些厌倦了普通食物的有钱人。付出劳力的特微克人会得到佣金,博斯克会为了他的事业牺牲小我,而赛普坦特里翁家族会从原本不存在的贸易中获利。

丹苔花盐显得半信半疑。

"干蘑菇味道很好,"博斯克说,"但你先前也注意到了,新鲜蘑菇美味无比。它们可以获得溢价,但只要限量供应,比方说每个月一次,就不太可能让干蘑菇的销量大幅缩水。"

"我更担心你的魔法隧道,"丹苔花盐说,"魔法有其危险,通常来说应该避而远之。"

"我过来就没受到任何伤。"博斯克说。

"你是个术士。"

博斯克想起了记在自己的双臂上、此时被松垮垮的袖子盖住的咒语。"我只是个学徒。就算真有危险,对象也会是我自己。"见丹苔花盐没有回答,博斯克继续催促道,"我以为特微克人的酋长会明智而果敢地为同胞造福呢。你能否认这些获利会改善他们的生活么?"

丹苔花盐交叠双臂,看向博斯克身后。孩子们爬上了下方的平台,正在聆听他们的对话。其中一个喊道:"带我一起去,爸!"

他父亲瞪了他一眼。"男孩子啊,"他嘀咕着,愤怒的目光转向博斯克,"你们全都一样。"

博斯克耸耸肩。"总得有人冒险吧。"

"很好,"特微克酋长说,"带我去眼睛那儿,我会自己判断的。"

他们骑上蜻蜓,回到飘浮在树枝间、仿佛一团烟雾的圆环那里。博斯克首先下了蜻蜓,走进隧道。他背靠着隧道一侧,朝特微克人伸出一只手。

丹苕花盐没有握住那只手，而是双手抚摸圆环，似乎满足于它的牢固。直到这时，他才试着踏出一只脚。博斯克向后退去，让他能够进入隧道。

"进入圆环以后，你就变成了最稀薄的雾气构成的幽灵。"特微克酋长说，"我想同样的事也会发生在我身上。"

"只有从外面看起来像是这样。"博斯克说。

"显然如此，"丹苕花盐说，"我们继续这场冒险吧。"

他们来到了暗示之眼的另一端，出现在博斯克的卧室里。

"这条隧道可以移动，两端可以连通我挑选的任何地方。"博斯克说。

特微克人活动双手，低头看向自己的身体。"我没有受伤，"他说，"所以这场交易就这么定了。我们的贸易何时开始？"

"等我和父亲做好安排，就马上开始。我提议，等第一批蘑菇货物在凯因城售出后再支付你们的酬劳。"

"听起来很合适。"

博斯克把他送回了特微克人的镇子。

博斯克走下北风边缘庄园的主楼梯时，他父亲和弗鲁维奥正在吃晚饭。弗鲁维奥坐在博斯克用过的座椅上，正在聆听高谈阔论，随后他父亲突然停了口。他们盯着走到桌边的博斯克。

"晚上好，父亲，弗鲁维奥，"他给自己拉开一张椅子，"希望你们一切都好。噢，看来晚上的饭菜又是以蘑菇为主。"

他父亲首先找回了说话的能力。"要我让人给你做点儿吗？"

"没必要，父亲。我会去米尔堡吃，"他点点头，"是的，我最近会用魔法方式旅行。我在米尔堡度过的这些时日很有收获，在未来的几年里还有望学到更多的东西。"

他父亲清了清嗓子。"图亚安大师找人给我们捎过信了。他对你的进展很满意。我还是不赞成,但你似乎有这方面的天资。"

"也许真是这样吧,"博斯克说着,交扣十指,放在桌上,"我没有忘记在你身边学到的东西。"他概述了自己打算雇佣特微克人的计划,只提到以魔法作为运输手段,没有给出暗示之眼的任何细节,"家族会从中获利。想要开始这门生意,我们只需要拿出一小笔银币,在那座城市的中心租个合适的店铺,再准备好第一批数量不多、但认真筛选过的商品。等凯因城的富人们品尝过我们的商品以后,就会毫不犹豫地购买了。或许我们可以将一份精选出的商品送给亲王,让他的嗜好带起新的风潮。您有兴趣吗,父亲?"

"价格要开得很高,"父亲说,"要配得上运输的复杂程度。"

"和我想的一样。"

他父亲眯起眼睛打量他。"我没料到你会用魔法为家族牟取利益。"

博斯克对上他的目光。"我是赛普坦特里翁的一员。"

他父亲点点头。"这是个优秀的计划。我们会贯彻实行的,"他转向弗鲁维奥,"如果你哥哥还有什么要求,就帮他解决。我去取银币。"

弗鲁维奥目送他们的父亲离开。"我们应该谈谈,"他说,"要不要去没人会偷听的地方走走?"

"如你所愿。"博斯克说。

到了屋外,弗鲁维奥压低嗓音说:"我们雇了两个新仆人。你刚才的话已经迅速传到了矿洞那儿,那些矿工会为货物开出更高的价码。父亲早该想到的。或许他是上了年纪了。"

"父亲还算不上老呢。而且新的收入来源没理由不让那些矿工分一杯羹。"

弗鲁维奥摇摇头。"干和以前一样的活,却要多分钱?我觉得不行。"

博斯克耸耸肩。"让父亲来决定吧。"

"我们应该统一意见。这样他就会听我们的了。"

"也许吧。"博斯克说。虽然他很怀疑。

"我们是赛普坦特里翁的新生代,"弗鲁维奥说,"家族生意将来是属于我们的。"

博斯克轻笑出声。"是属于你的,"他说,"我已经做出了另一个选择。"

"那你为什么还要回来?为什么要带来这个提议?"

"我有我的理由。"

他们在沉默中走了一会儿,弗鲁维奥低头看着草地,博斯克等着他再次开口,因为他确信他的话还没说完。

但弗鲁维奥却转过身,打中了他。那一拳很重,博斯克甚至没意识到自己倒下了。等他恢复清醒的时候,感到头晕目眩,发酸的胆汁塞满了他的鼻子和喉咙,而他发现自己的身体搭在某个会动的东西上面。有那么一瞬间,他以为自己再次落入了迪奥殆的魔爪。他咳嗽着吐掉嘴里苦涩的味道,然后抓向对方的背脊。那里似乎盖着布料,而他确信自己猜错了;迪奥殆的背脊应该是赤裸的。然后他理解了现实,明白扛着他的那人是弗鲁维奥。

他用不可擦洗的墨水将全能法球术记在了手臂上,但他此时头晕目眩,无法阅读。然而,数十次的反复背诵把咒语铭刻在了他的记忆里。他开始喃喃地念出咒语,等弗鲁维奥做出他预料之中的举动时,法球已经在他身周成形。因此他没有坠落,而是飘进了德尔纳河途经的峡谷,轻盈得就像蒲公英的茸毛,又在碰到崖壁后轻轻弹开,因为法球会将能够伤害他的任何东西阻挡在外。在起初的几秒钟里,他能看到弗鲁维奥站在悬崖边,凝视着他,然后他的视野里就只剩下了岩石和天空。

等他停在河边的时候,晕眩感已经消退。他的下巴开始传来剧痛，而他不得不将袖子塞进嘴里，好让他咬破的舌头停止出血。他打开法球，跪在地上，舀起少许河水来清洁口腔。从这里返回北风边缘可不算轻松。但在上游的矿洞那边，至少有一条绿色蛇纹石小径是连通谷底的。他需要走上两天才能抵达那儿。

他来到矿洞那边的时候又累又饿，饿得甚至都愿意吃蘑菇了。几天过后，三个矿工护送他回到了北风边缘庄园，而他对父亲说，他只是想在返回米尔堡之前拜访一下那些矿工。他没有提起自己和弗鲁维奥之间的不愉快，也没有解释他下巴上极其明显的瘀青。至于弗鲁维奥，他始终和自己的哥哥保持距离，寡言少语，不过博斯克觉得他们每次目光交会，他都能看到弗鲁维奥眼里的恐惧。对博斯克来说，这样就很好了。

他父亲已经准备好了银币，又对凯因城的好位置给出了建议。不出所料，玛兹瑞安的法术同样适用于银币，而博斯克回到米尔堡时比去的时候富有了许多。没有人问起他去了哪儿，也没有对他的新事业提出疑问，虽然瑞安娜盯着那块瘀青看了很久。

"我还以为你会达成更加简单的交易，"图亚安说，"但你毕竟是赛普坦特里翁的一员。这是否代表你的学徒生涯结束了？"

"我没有这种打算。"博斯克说。

"也就是说，你选择了折中方案。你要同时为你父亲和我效力。"

"我是这么希望的。"

图亚安摇摇头。"她不值得你付出这么多。"

"我为的是我自己和我的家族，不是为了她。"

图亚安脸上的怀疑显而易见。

等店铺敲定以后，十来个特微克人成为了蘑菇搬运工。博斯克已经将一份包装花哨的新鲜蘑菇送去了亲王那儿，又去店铺的门上贴了一张告示，宣布商品会在指定日期开始出售。那天早上，当他在店内恢复正常尺寸的时候，已经有相当数量的客人等待在店门外了。货品售罄之前，大量钱币转了手，而博斯克把这些全都记在一本小账簿上。中午的时候，他关上了空空如也的店铺，锁上店门，然后回到米尔，和图亚安、瑞安娜以及特瑟吃了午饭。

第二天早上，蘑菇搬运工通过暗示之眼各自带回了一枚银币，而博斯克帮助丹苔花盐解开了吊床上的黄金丝线。

"我明白，你不打算去拜访她，"特微克酋长说，"但你也许会对这个消息感兴趣：莉丝定居在了塞泊草地。"他若无其事地提到了前往那儿的路线。

"她和我不太可能再见面了。"博斯克承认。他卷起金线，挂在肩膀上。它分量十足。他考虑过用玛兹瑞安的法术缩小它，但又决定不去冒险，免得影响它内在魔力的效果。

回到米尔堡以后，他变回原本的尺寸，那条绳索也变成了闪闪发亮的丝线。他将它挂在脖子上，再塞到衬衣下面。

他的马儿已经装上马鞍，等待在城堡大门那儿。他先前告诉过导师一家，他要外出办点小事，但从他们的表情来看，他的话没能让他们信服。他在枕头上留下了一只封了口的信封，信里指点了他父亲、弗鲁维奥和图亚安在他离开期间如何继续贸易。他骑马远去的时候又回头看了一眼，发现瑞安娜正在塔楼花园里看着他。距离让她显得那么小，甚至都能走进她自己的玩偶屋，而他几乎折返回去感谢她——因为如果没有她的帮助，他根本不可能做到这一切。但他没有回去。

在旅程的第二天，接近傍晚的时候，他毫不费力地找到了塞泊草地。那栋屋子很矮小，屋顶铺着茅草，墙壁爬满了常春藤，不远处有条小溪。莉丝站在溪水里，将长袍挽到膝盖处，他靠近的时候，她刚好捞起一条鱼儿，后者奋力挣扎，直到被她用拳头杀死为止。

他下马的时候，她抬起头来，而留在他记忆里的美丽仍在，甚至更甚以往。"那个北方来的小子。"她评论道。

"我给你带来了礼物，"他从驮袋里拿出一袋蘑菇，"这些在北方是品质最好的。还有米尔堡的厨房新做好不久的面包。"又是一袋。

"你真好心。你带了这么多东西过来，如果我还不肯跟你分享晚餐，那就太没礼貌了。博斯克，没错吧？"

他点点头，听到自己的名字从她口中说出的时候，他的心跳加快了。

在帮她处理鱼肉和蘑菇的时候，他们简单交流了一下信息——他开始了学徒生涯，而她旅行了一阵子，但没去什么重要的地方。等用餐结束后，他没等撤下餐碟就拿出了另一件礼物。

看到那根金线的时候，她以手掩口，脸颊发白。她接过金线的时候手指发颤。"怎么做到的？"她轻声说。

"说来话长，"他说，"能拿回来你就该满足了。"

她再次低下头，双肩在哭泣中颤抖。

他将手伸过桌子，轻轻抚摸她的胳膊。"你应该高兴才对。"

她双手掩面。"你不明白。别管我了，拜托。拜托。"

他犹豫不决地站起身，不知该说什么。她没有抬头看他。最后，他走到屋外，牵马走出一段距离，将它拴在青草茂盛的地方。他用马鞍当作枕头，蜷缩在毛毯里，看着满天星辰，直到沉入梦乡。

到了早上，小屋仍旧伫立在塞泊草地上，但等他喊出她的名字时，她没有回答。他推了推门。门没锁，于是他走了进去。晚餐时的餐碟仍旧放在桌上，而他将这些拿到溪边刷洗，又用餐具柜里的一块布擦干，然后收好。他看到那块黄金织锦恢复了完整，而他凑近过去，凝视村子、群山与河流。从某个角度来看，金色的阳光似乎在水面闪烁，仿佛织锦里真的有河水在流淌。

他来到睡椅旁，将所有坐垫叠在一起，再用力将它们推向织锦，让它们与金色织锦高处的那条依稀可见的小径相接。他跪在坐垫上，念出玛兹瑞安缩小术的第一演化，但玩偶尺寸的他仍旧太过高大，让他只能再次使用咒语。这一次，坐垫化作了一片在他身后绵延的辽阔平原，而他从坐垫边缘跳到了那条小路上，穿过一道纤薄如肥皂泡的薄膜。

阿丽万塔包围了他，让他沐浴在金色的阳光里。村子比他预想的还要远，但他最后还是抵达了那儿，为那些居所的模样而惊讶：每一座都和莉丝的住处一样小巧，却是以贵金属制成，反射着耀眼的金色阳光。

在紧闭的门户和窗棂之间，没有哪怕一丝生命的迹象。

他在村子的广场上找到了莉丝，她坐在一张黄金长凳上，双手叠放于膝头。他坐到她身旁。

"他们都不在了，"她说，"我认识的每一个人，和我以家人相称的每一个人。曾经住在这儿的每一个人。都不在了。"她低头看着自己的双手。

"也许他们去了河的下游。或者山里。"

她摇摇头。

"你怎么能确定是这样？"

"这儿是我的故土。我非常确定。"

"那么莉丝女士……回我的世界去吧。"

她缓缓转过头来，用大大的金色双眼看着他。她忽然显得苍老了许多，细小的纹路出现在她的眼角，下方还有黑色的痕迹。又或者，他心想，这只是因为她整晚都没睡。"阿丽万塔是我的，"她说，"我不会抛弃它的。"

"可如果这儿没有人——"

"我不会抛弃它的！"她大喊着，一巴掌打在他脸上，指甲抓破了他的脸颊，仿佛锐利的鸟爪，"走开！阿丽万塔是我的！"

他跳起身来，一手按在开始出血的脸上。"我只是想帮你。"

"走开，小子！"

最后的金线

他一言不发地沿着金色小路返回，在村子的边缘转过身，开始飞奔。等到他冲出织锦的时候，肺里就像着了火，而他跪倒在坐垫化作的平原上，大口喘息。两次第二演化让他恢复了正常身高，而他滚倒在地板上。等他抬头去看那块织锦的时候，它已经缩到了他的拇指大小，而片刻过后，它彻底消失了。在他周围，这栋屋子开始摇晃，仿佛正在经受狂风，他才刚跌跌撞撞地走出门去，整座建筑就坍塌成了一堆瓦砾。

两晚过后，他回到了米尔堡，这次瑞安娜就等在大门口。

"结束了吗？"他把缰绳交给马夫的时候，她问。

"是的。"他喃喃道。

"真正结束了？"

他点点头。

"很好。现在你可以开始等我了。"

"等你？"

她钩住了他的手肘。"当然是等我长大啦，"她的嘴角微微翘起，"现在跟我来吧。我们留了些晚餐给你。里面完全没有蘑菇。"

他深吸一口气，回以同样的微笑。他们一起走进了米尔堡。

后 记

我是在十岁左右第一次读到杰克·万斯的小说的。当时我正在浏览我哥哥收藏的科幻小说，挑出一切看起来有趣的东西，直到我发现了他那些廉价杂志：一叠没有封面的《行星》《太空》，以及《惊人故事》。这些故事深深吸引了我，尤其是其中三篇：布拉克特的一篇，威廉姆森的一篇……以及万斯的《诅咒行星》，那是某种穷街陋巷风格的太空歌剧，主角是他笔下那些神秘而傲慢的标志性女性角色之一。我发现自己想要阅读很多类似的故事。然而，万斯的作品在当时似乎很难找到。等到上初中的时候，我只读到了他的另外两本小说，以及零零散散的几个短篇。然后我发现了《濒死的地球》。

尽管这是一部传奇之作，每个道地的奇幻爱好者都耳熟能详，当时的我却从未听说过。但那个书名足以促使我凑出75美分，买下枪骑兵出版社这本古怪皮革封面的平装书。很多年后，我才知道这是罕见的1950年希尔曼版本后的第一次再版。与其说我"阅读"了这本书，倒不如说我大快朵颐了一番。它是奇幻，也是科幻；它是两者的奇妙混合物。我当时十六岁，已经收集了杂志的不少退稿信，而我这才发现自己找到了应有的目标。当然了，我没法复制万斯的成功。但六年后，当我终于开始创作"阿拉里克"系列的第一部时，我的口头禅就是"想想杰克·万斯"，所以那种感觉留在了整个系列里。《濒死的地球》的回音同样会突然出现在我的小说的其余角落。多年以后，我仍旧会在辨认出这些痕迹时大吃一惊，然后再次想起万斯对我写作的影响有多么深远。

所以，当我受邀加入这场重返濒死地球的旅程时，就明白自己根本不可能拒绝。不是因为我觉得这份工作很轻松：想要披上大师的衣袍，心中不可能毫无惶恐。再次探访杰克·万斯在半世纪前打造的那个深奥难懂的薄暮世界，可谓一次特殊的挑战，但到头来，我也因此获益良多。因为这个世界——这个充满危险、奇迹与欢欣的世界——对我们想象力的影响之深刻，鲜有作品可以相比。

——菲利斯·爱森斯坦

伊丽莎白·穆恩

伊丽莎白·穆恩拥有历史和生物学方面的学位，曾在美国海军陆战队服役。她的小说包括《养羊人之女》《分裂的忠诚》《黄金誓约》《萨辛纳克》和《勇士世代》（与安妮·麦卡弗里合著），《绝不投降》《骗徒的誓言》《海盗行星》（与朱迪·林恩·奈以及安妮·麦卡弗里合著），《狩猎队》《险中求胜》《胜利之色》《昔日英雄》《交战规则》《改旗易帜》《逆境求生》《危险交易》《残存人群》《逮捕与报复》，以及《战火如荼》。她的短篇小说收录于《月球活动》《月相》与《月球航班》等杂志，而她负责过《军事科幻故事选集1》和《军事科幻故事选集2》的编辑工作。她的小说《黑暗的速度》赢得了2004年的星云奖。她最新的著作是一本全新的小说《胜利条件》。

在这里，她为我们提供了前排座位，让我们能近距离观看紧张刺激的竞速——《濒死的地球》风格的那种。

尤斯科沃斯克一事

曾几何时，有一座强大的城市在叹息之海的深邃海湾边崛起，商船往来不绝，又有富丽堂皇的建筑证明其富饶……但后来，留下的只有一座灰尘覆盖的城镇，房屋破旧不堪，又用早先那些宏伟房屋的石料进行修补。在大多数人眼里，尤斯科沃斯克无足轻重，只是个小型港口，是商队在穿过这片土地的路线中的一站，这座城市在太阳逐渐衰亡的荒凉千年中不断缩小和褪色，那里的居民又格外固执地保持着诸多特殊的信仰。

干旱期的下午——臃肿的太阳阴沉沉地挂在这座城镇的上空，大多数人除了瘫坐在窗边看行人往来之外无事可做——并非约会的最佳时间。然而，这却是"舱底与肚皮"——这是当地人对"赫里玛的一流餐饮场所，配有高级客房，另附海景"的称呼——的普通杂役佩特里确信他选择的那座附属建筑空无一人的时间。

在商队季，马厩将会拥挤而繁忙，但商队季还有四分之一年才会到来。现在，那些用来分开畜牲的隔间成了私密角落，在佩特里看来，很适合用一下午时间和镇上他最爱的娼妓来一场"探险"。他存够了她的"名誉费":那些磨损不堪的铜子儿是他去喝醉的商人房间里取走臭烘烘的夜壶时,小心翼翼地从他们的床下偷来的。她这个时间应该不忙。而且比起那种首先跑来"舱底与肚皮",再去"梅丽德尔姑妈的宝库"——那儿高墙环绕,是镇上最漂亮的行内女士过夜的去处——的男人来说,她应该宁愿和他上床,毕竟他看起来是个亲切又无害的小伙子。

此时伊莫拉蒂妮就站在门口,嘴唇丰满,体态丰腴,金色的发卷垂落在她圆润的双肩上,但她没有笑,而是皱起眉头——眯缝双眼,伸出下巴,双臂僵硬地叠起。"这算什么?马厩?我的惊喜在哪儿?"

"在这儿呢,"佩特里说着,摘掉学童帽,做了个说书人那样的欢迎手势,"整整十个铜板,我说的是实话。"他摊开手,让她看到那些铜币。

她的表情放松了些,但她没有向前迈步,尽管他鞠了一躬,又第二次挥舞帽子。"佩特里——你是个可爱的小伙子,但你恐怕是误会我了。我的确是床伴,直到我死的那天都是,但我不会和孩子上床。你还没完全长大呢,小子。过个一两年,等你长大一点儿,我们都能从中得到乐趣的时候再来找我吧。"

"可——可我已经够大——"佩特里尽可能抬高嗓门。

她再次眯起眼睛。"如果你真的已经长大成人,佩特里,那就代表你是个矮人。我不和孩子上床是在关心他们,而我不和矮人上床是在关心自己的尊严。你肯定明白,根据我们的风俗,这种倒霉事是会被处以石刑的。这么说,你是个假装成男孩的矮人?我相信赫里玛先生很想知道这回事,毕竟他是因为怜悯孤儿才给了你这份工作——"

佩特里缩了缩身子。真相大白的后果是灾难性的。另外,他并不是矮人,只是个非常矮小的男人而已。"我不是!我不是矮人!我只是觉得——码头那边有个男孩,说他有过一个女人,而且他只比我大上半岁——"比他看起来的年纪大半岁;他在上一次干旱期就三十了。

她嗤之以鼻。"如果你是指凯特尔伯特,他十五岁了,但长得特别年轻;他总拿自己的年纪撒谎。可是,小佩特里——"她靠近了一步,朝他的脸伸出一只手,轻抚他用脱毛膏保持孩童般光滑的脸颊,"你,小子,也太年轻了。我理解你的好奇心,也尊重你为了存够这笔费用付出的努力。不如这样吧。你可以瞧瞧在你长大以后等着你的是什么,这样你第一次看到女人身体的时候就不会吓着了。"她搔首弄姿地走进马厩;佩特里匆忙挤过她身边,甚至没敢拍拍她的屁股,就这么来到他铺着偷来的稻草和借来的被单的那个畜栏。这儿比巨鳊虫用的畜栏要小一点儿,足以充当有情人的舒适小窝。

"你坐在这儿,"她说着,指了指畜栏的远角,"做个乖孩子,别想着动手。这是教育,不是娱乐。"

佩特里坐在她指示的位置,咒骂着迫使他维持年幼假象的那种迷信。她不再拖延,掀起条纹裙子,露出带有凹陷的双膝,然后是丰满的白色大腿,再然后——他目瞪口呆地看着她单手拨开裙子,另一只手摸索胸衣下摆,寻找能开启她那只秘密牢笼的钥匙。

"佩特里!烂泥里长出来的懒货!这些锅子还是脏的!"

听到赫里玛的吼声,伊莫拉蒂妮皱起眉头,耸耸肩,然后放下裙摆,而佩特里匆忙起身。

"你该走了,小子,否则你会丢掉——"

"佩特里,你这该死的!如果我发现你在荫凉的地方闲混,我就把你皮包骨头的屁股一路踢到码头——"

欲火焚身的佩特里冲向前去;伊莫拉蒂妮抓住他的胳膊,强迫他摊开手,从手掌里抠走那些铜币,就像抠走西瓜里的籽儿。"你该不会打算抢走我的酬劳吧。"她把硬币丢进宽大袖子上的口袋,语气格外甜美。佩特里用力抽走了手；她的轻笑声跟着他来到炎热的午后，而人高马大、脸色气得发紫的赫里玛捏住他的耳朵，用一条木柴痛打他的屁股，又把他朝厨子那边丢了过去，后者用汤勺狠狠敲打他的脑袋，又在不久后让他头朝下地钻进最脏的一口大锅，擦洗到手指破皮为止。听到伊莫拉蒂妮和赫里玛聊天也无助于改善他的心情。她会把稻草和被单的事告诉赫里玛么？那样的话，他就死定了。

太阳沉入地平线下，仿佛一摊深红色的软泥，但佩特里的工作到了深夜方才结束：直到那时，他才把最后一口晚餐煮锅清洗到厨子满意的程度。赫里玛把他推出门外。"你偷了一下午的懒，"赫里玛说，"所以你没有睡觉的地方。明天一早就过来，要不就别来了。"

佩特里在两条巷子外的一堆垃圾下找了个舒适的藏身处，但这一天的厄运却紧追不舍：夜半时分，有个扒手跑过这条巷子，镇子里那些动作迟钝的守夜人之一追赶在稍远处。那窃贼踩到佩特里身上，惊醒了他，自己也绊倒在地；佩特里尖叫一声；那窃贼咒骂着跳起身，飞奔而去。佩特里挣扎着起身，听到又一阵脚步声靠近，自己垂下的一只手摸到了某种柔软的块状物体。他睡得迷迷糊糊，没能及时认出那东西然后丢开，而是刚好在守夜人绕过转角时将它拾起。

没过多久，他站在当班的军士面前，双手被绑，盗窃证据放在军士的办公桌上。那是个昂贵的天鹅绒女式钱包，上面绣着各式各样的花朵，散发着香水气味，如今空空如也：军士倒出内容物的时候，金特斯和当地的银制货币掉落下来，闪闪发亮，在桌上奏响了危险的旋律。

"行了，小子。"那军士说。他的身材又高又宽，让亮黄色制服的纽扣绷得紧紧的。两个男人背靠着军士身后的墙壁，其中一个抚摸着一条九尾鞭的握柄。"你还真是个小毛贼，对吧？我在'舱底和肚皮'见过你，听说过那儿有人时不时的丢个铜子儿——是你干的，这点我毫不怀疑。"

"我——我没有——这不是——"

"你指望我相信，有人碰巧从旁经过，把一只装着金币和银币的豪华女式钱包弄掉在你头上，而你当时无辜地——顺带一提，你在那条巷子里做什么？"

"睡觉。"佩特里说。

"睡觉，"军士说着，语气透出明显的怀疑，"在垃圾堆里。当然。所有人都知道，你应该睡在'舱底与肚皮'的马厩里……除非赫里玛发现你偷东西，把你扫地出门——"

"不！"佩特里试图想出某个既能让他摆脱麻烦，又能让他们不去找赫里玛的解释，"他没有把我扫地出门。他只说我今晚不能睡在那儿，但明天一早就得回去……"

"为什么你今晚不能睡在那儿？他客满了？"

"我不晓得，"佩特里说，"我是说，我不晓得他那里客满了没有。他只是说……"

"然后你就出现在了那儿，身上有个装满金币和银币的钱包。要是你没有在赫里玛那儿的稳定工作，你就该上绞架了。现在嘛……那就裸体游街，再加上一天监禁……"

佩特里努力显得幼小又可怜。裸体游街会揭露真相——也就是说，他根本不是什么男孩，而是个非常矮小的男人——某些人会称之为"矮人""怪胎""变种人"，然后把他绑在木桩上，用石刑处死他。

如果一天一夜不使用他费尽心力从荒原的女巫们那里弄到的脱毛膏，他的胡须就会长出来。然后石头就会飞来……而他会痛苦而彻底地死去。所以显得可怜又惊恐并不困难。但这招也不管用……他周围这些大个子的脸上没有任何同情。

接着，军士抿住嘴唇，叹了口气。"另一方面……"

"另一方面？"佩特里尖声发问。

"我是说比赛，你明白的。"

佩特里不明白，但只要能避免暴露身份，任何方法他都愿意听。

"蝙虫竞速比赛，孩子。离这里几天路程的地方，南海岸的年度竞速大会。我们以为自己今年赢定了。老麦格托里——他过去是本地警察队伍，也就是我们这些人的首脑——退休的时候跑去培育竞速用蝙虫了。他养了一只不错的蝙虫，真的很不错。在镇子外面赢过几场比赛，身体健康，而且训练有素。肯定能拿下这场大会的奖杯……至少我们曾经这么以为，所以才拿出全部养老金跟那些蠢牧虫手打赌：他们以为自己的船在海上开得够快，就代表他们能判断蝙虫的速度了。"

佩特里知道他想说什么了。"可是？"

"可是现在有传闻说，马拉坎德拉公爵——他从来没把自己那些宝贝畜牲派来过这儿——注意到了奖金的丰厚，打算派出他的冠军选手，那头在一百场竞速中保持不败的赢家。而那些牧虫人下注的对象正是这头蝙虫——他们在别的赛场上见过它奔跑的样子。"

"你干吗跟我说这些？"

"因为每一头蝙虫都有自己的乌贼螨，你肯定清楚这点——你偶尔会在马厩工作；你无疑也见过它们在蝙虫角质层的缝隙里拨弄摸索的样子。也许你也会注意到，就算其中一只吃饱喝足以后掉落下来，它也总会回到同一头畜牲的身上，对吧？"

"哎……没错。"

"我们咨询了多才多艺的法师克山达尔，他收取了一笔费用——我不会在此透露数目——随后告诉我们，公爵那头蝙虫的敏捷身手得益于某个特殊品种的乌贼螨，在这片地区不为人知。公爵弄到它们的虫卵，随后放置在马厩内，它们会在那儿孵化，依附在他那些蝙虫身上……也依附在他派来毁掉我们的冠军选手身上。"

佩特里仔细审视一只手的指甲,仿佛盯着里面的污垢看入了迷。"麻烦你解释——"

"你还不明白吗?竞速用的蝙虫肯定有自己的乌贼螨,这样才能维持角质层的清洁,去除缝隙里自然产生的分泌物——这种烦人又麻烦的东西一旦堆积,蝙虫移动起来就会摇晃而又缓慢。如果我们弄走马拉坎德拉公爵那头蝙虫身上的乌贼螨,转移到麦格托里那一头的身上,这么一来,公爵那头跑不好,我们的会跑得更好,我们的资金也就安全了。否则——我们就得输个精光。我们都没有借口去公爵的蝙虫身边转悠,也没人的个子足够矮小,足够轻巧,能够偷偷溜进马厩而不被发现,但你,我的孩子,正是那个可能拯救我们的人。"

"怎么会?"

"从明天或者后天开始,公爵的蝙虫肯定会安置在赫里玛的马厩里。你肯定能接触到它;赫里玛没有别的人手能清扫马厩。如果你完成这份工作,我们也许可以忽视你的盗窃行径,毕竟你年纪还小,可以改过自新……"

佩特里明白失败就代表他必死无疑,连忙同意竭尽全力。军士把他关在哨所里,直到他可以返回赫里玛那边的时间到来。"老实点儿,"军士说,"想要恢复地位,你该做什么就得做——因为我能肯定,你没有告诉我们全部的真相。如果你能完成这份工作,这些就不重要了。"

黎明之前,佩特里蹲在"舱底与肚皮"的正门外,洗好了脸,梳过头发,帽子时髦地歪向一侧。等赫里玛终于推开大门时,佩特里一跃而起,鞠躬致敬,一次、两次、三次,帽子每次都会挥到地上。

"好了,你这淘气鬼,"赫里玛说,"这么说你准备好工作了?"

尤斯科沃斯克一事

"全心全意。"佩特里说。

"只要你的双手就够了,"赫里玛说,"用来干活。你可以从打扫马厩开始;我们今天会迎来一头贵重的畜牲。"他领着佩特里穿过旅店楼下的主房间,甚至没给他从吧台拿几块面包屑的机会,他一路把他带到了马厩,嘴里说个不停,"马拉坎德拉公爵的著名竞速用蝙虫会来这儿——他们还为了独占整座马厩额外付了一笔钱。每间畜栏都要清洗,打扫和耙平。不能有粪便,不能有蛛网,不能有泥块。在这一间里铺上稻草,确保平整。我回头会来检查你的工作。必须让那头畜牲获胜——为了遵守传统,我必须用自己的全部财产,包括这家旅店来打赌。如果你干得够好,也许能给自己赚到面包和奶酪。"

等赫里玛走远以后,佩特里偷偷摸摸地来到这排畜栏的尽头,摸出他那只放着脱毛膏的小罐子,涂抹在脸和身体上。已经从他的皮肤长出的粗硬汗毛立刻脱落。然后他忙碌起来,饿得前心贴后背,却别无选择。他想到了许多可以施加在赫里玛身上的强大诅咒,但如果那家伙在公爵的蝙虫抵达前患病或者死掉,本地警队就会归咎于他。

赫里玛回来的时候,佩特里已经把所有畜栏打扫干净,又在赫里玛特别指明的那一个铺上了足足到他手肘那么深的稻草。佩特里鞠了一躬,又脱掉帽子挥舞了几下。"您瞧,仁慈的主人,我已经做到了您要求的一切,面面俱到。拜托,先生,给我点吃的当早饭吧。"

赫里玛把手伸进稻草里。"再深点儿,"他说,"深到现在的两倍。我说的深度是到男人的手肘,不是男孩的。你是既蠢又懒么?做完这件事,你就可以去厨房了。至少你确实干活了。"

佩特里嘟嘟嚷嚷地——但声音没能盖过他肚子的咕咕叫声——添加稻草,直到深及他自己的腋窝,然后去了厨房,而那厨子递出

SONGS
OF THE DYING EARTH

半条陈面包,外加一块边缘发了霉的硬奶酪,看都没看他一眼。

他的午餐才吃到一半,公爵的鲕虫就到了。身穿制服的驯鲕虫师簇拥着它,又各自握着一根沙蛛纤维编成的绳索,以免那头生物逃跑。他们穿着黑白相间的束腰外衣和红色绑腿,令那头鲕虫嵌有银色漩涡形装饰的深红色翅鞘熠熠生辉。公爵自己的特派鲕虫管理员走在最前面,头戴一顶黑色和白色羽毛装饰的宽大帽子,身披黑白色沙蛛毛皮镶边的白色斗篷,深红色衬衣的袖子宽大,宽松黑色长裤的裤脚塞进深红色的靴子里。他带着的那群牲畜驮着成袋的鲕虫饵,好让那头生物继续前进。赫里玛鞠了一躬,打起十二分精神,领着他们进了马厩;鲕虫管理员示意助手们跟上,然后那头巨鲕虫一条腿一条腿地挤进大门,来到为它准备的畜栏里。

"我们需要个清粪工。"鲕虫管理员的语气在暗示,他希望赫里玛给出供他审查的人选。

赫里玛抓住佩特里的肩膀,把他推向前去。"这儿就有,好先生。他叫佩特里——这小子很聪明,干起活来分毫不差。"

那管理员盯着佩特里,仿佛在盯着自己鞋子上的粪便。"好吧……如果这就是你能找到的最好人选……你,小子,你干起活来必须一分不多一分不少,听到没?也别在镇子上到处闲扯'辉煌'的事!"

"好的,先生。"佩特里说。

"也别偷听!"

佩特里装出一副震惊的表情,这似乎让管理员很是满意,随后他转向了赫里玛。"我自己要住你们最好的房间。我这些驯鲕虫师会跟冠军待在一起,他们需要睡在马厩里,饭菜也要送来这儿。"

"没问题,"赫里玛说,"这边来,好先生。"

那天接下来的时间里,驯鲕虫师对佩特里呼来喝去,完全把他当成了专属仆人。他被迫在那只鲕虫两旁的畜栏里铺好稻草,又拿

尤斯科沃斯克一事

来被单铺在上面;他被迫提来一桶桶的水;他们要求不在菜单上的菜肴,还抱怨陶制餐具的质量。在那段时间里,他根本没必要偷听,因为他们畅所欲言,仿佛佩特里根本没长耳朵。他听到了关于公爵宫廷的流言蜚语——他们跟哪个女孩上了床,喜欢哪个女孩,公爵夫人下次分娩会是什么时候,哪个仆人又在欺骗管家。在这些之中,他感兴趣的就只有公爵的矮人弄臣最近的患病与死亡。

"真是轻松的人生,"其中一个说,"跟公爵一张桌子吃饭,麦酒想喝就喝,只要扮成傻子让别人取笑就行。"

"我可不愿意。"另一个说。

"每天都有肉吃,还能喝酒喝到饱?他们想笑就笑吧,我也可以跟着一起笑。"

佩特里也有同感,但他想不到让公爵雇佣他的办法。在这儿,谁都觉得他是个没长胡子,又没啥本事的小男孩,只适合搬稻草、扫粪便和刷锅子。他要怎么证明自己,却又不至于送掉性命?

第二天下午,那些驯鯿虫师带鯿虫去了镇外练习,佩特里正打算打个盹儿,这时守夜人之一来到旅店,要求送一桶麦酒去哨所。赫里玛朝佩特里招招手。"带上手推车,千万别摔坏桶子或者弄坏推车,否则你就惨了。"在那名守夜人的陪同下,佩特里推着手推车去了哨所。

"全都告诉我。"等桶子放好,又凿开了口以后,那位军士说。他舔了舔胡须上沾着的麦酒;没有人给佩特里倒酒。佩特里描述了他所知的那一丁点信息——那头生物的大小,名字,还有接受的照料。

"那好吧。首先我们需要它的一小团粪便,好加到诱饵里。然后我们会把乌贼螨的诱饵交给你,还有装那些乌贼螨的水瓶。把诱饵从它身旁一路撒到水瓶边;它们会循着味道跟过来的。"

"他们不会允许我碰那头畜牲的……我要怎么弄到它的乌贼螨?"

"你负责收拾它的粪便……你肯定得接近它才能办到这点。"

"不——他们会带它出去练习；只有那时候，我才有机会进那间畜栏。而且驯蝠虫师会和它一起睡在马厩里——它永远不会无人看守。"

军士和手下们交换了几个眼神。"还是行得通的。我们弄到粪便，制作诱饵，然后——你负责给他们送饭，对吧？"佩特里点点头，"那你就可以给他们下药。"军士从桌子下面拉出个盒子，翻找了一阵，然后拿出个玻璃瓶塞的平底瓶子。瓶子上没有标签，"今天晚上，你就往每个驯蝠虫师的食物或者酒里倒上一丁点儿这东西。达加特会在下午巡逻的时候去粪堆那边弄点样本。等你完成工作，旅店也关门上锁以后，我们会有人以值班的名义跑到马厩后面，带去乌贼螨的诱饵。"

"要是那些驯蝠虫师发觉味道不对劲呢？"

"他们不会的。巫师卡兰达为我们制作了这种极其强力的催眠药，只有其他巫师才能察觉。非常适合用在——"军士突然停了口，脸色发红，"当我没说。今晚就用它吧；比赛的时间是后天，这样那头蝠虫会失去乌贼螨，却来不及从公爵的要塞里再弄新的来。"

佩特里把那瓶药剂放进背心的口袋，然后跑回旅店，把手推车还给愁眉不展的赫里玛。

"赶紧出去，把畜栏打扫干净，"赫里玛说，"他们的训练就快结束了。"

佩特里在畜栏里只找到了两个粪团，才刚拿到马厩外，那些驯蝠虫师就带着蝠虫来到了大门口。"请稍等，好先生们，"佩特里说着，鞠了一躬，"我这就去给你们端晚餐。"

"免了吧，"驯蝠虫师之一说，"你这身上也太脏了。找个标致又干净的女招待过来送饭，你这么告诉厨子就行——别碰我们的餐盘，听明白了吗？"

尤斯科沃斯克一事

这时候,特派蝙虫管理员已经进了旅店;驯蝙虫师领着"辉煌"进了畜栏。佩特里带着粪团穿过院子,来到粪堆那里,又慢跑着来到厨房的门前,同时祈愿那些家伙双脚双手都起水泡,身上别的地方都长满疖子。达加特走出旅店,踢了踢裤腰带,又转动手里的木柴,就像守夜人每天都会做的那样。佩特里没理他。厨子正把盛着肉片和肉汁的小盘、装着油炸昆虫的碗、水煮蔬菜,以及一整条还在冒热气的新鲜面包放进每一只托盘里。

"你总算是来了。"厨子说。

"麻烦你,厨师,那些驯蝙虫师想让女招待替我去送饭……"

"这不奇怪。男孩子总是脏兮兮的,"厨子说,"你这模样和味道确实让人倒胃口。"他重重叹了口气,又说,"我只能去找个丫头……"他转过身,开始大吼。

佩特里掏出药剂瓶,在每一份肉、每一份蔬菜里各滴了两滴,随后又小心翼翼地吐上口水,用脏兮兮的手指搅匀。就算他们全都生了病……也不会有人归咎于他。他把剩下的药剂倒进那瓶麦酒里。当他搬着厨师的炉子要用的那捆带刺树枝穿过庭院时,有个女孩走了出来,抱怨说她不可能一次端走那么多托盘。厨师大吼大叫,她也大吼大叫,最后另一个女孩出现了。她们两个端着托盘去了马厩。

等佩特里洗完最后一只锅子,拿到他寒酸的晚餐——没有肉,也没有肉汁——又听到身后的厨房闩上门闩的声音时,守夜人的第一次换班已经过去好一会儿了。他大步穿过庭院,来到洗衣房里,啃着他的陈面包,往他为厨子准备的那堆诅咒里又添了一条——虽然要等到他存够雇佣魔法师的钱以后。他听到鼾声从马厩里传来——至少两个驯蝙虫师正在呼呼大睡,或许其余那些不打呼吧。

他来到洗衣房后面,钻出那扇本该防盗的窗子——他提前弄松了铁栅——然后悄无声息地沿着小巷来到马厩的侧壁,然后绕到马厩后部,发现军士和几个守夜人等在那儿,手里拿着个陶制水瓶:

浸泡乌贼螨诱饵的布料，用来放下那块布的细绳，以及系着水瓶握把、以便将它拉起的绳索。佩特里将绳索缠在腰间。

两个男人将他抬起，直到他能触及屋顶边缘。佩特里爬了上去，趴在由不相称的扭曲木板、瓦片、盖板、树枝和有刺灌木铺就的屋顶上。赫里玛向来不愿意在非必要的地方多花一个铜板，他坚持说这样的马厩屋顶能提供优秀的通风，居住其中的畜牲也会更加健康。佩特里解开腰间的绳索，缠在他从屋顶拆下的那块木板上，然后系紧。

佩特里缓慢而谨慎地爬向前去，试探每一块松动不稳的表面，提防最为细微的噪声：如果下面那些驯编虫师受到药物的影响不够充分，就必然会听到。幸好守卫们布置在周围、用来防盗的那些发光球体提供了充分的光线，让他能够分辨屋顶的不同部分，也降低了失手坠入的可能性。

下面有什么东西沙沙作响。佩特里把脑袋凑向屋顶的许多缺口之一，看向那头在畜栏里不安地蠢动的巨型编虫。它优雅的翅鞘上镶嵌着银色的旋涡状装饰，在骑师乘坐的部位特意留了白。那头编虫抬起翅鞘，放出薄纱般的后翅，扇动起来，一股怪异的芬芳——诱惑而令人陶醉——随即飘进了上方的佩特里的鼻孔。随后，佩特里头一次看到了某种东西移动时的闪光：那肯定是乌贼螨在温柔地清洁那头巨兽的身体。他尽可能朝那头畜牲探出脑袋。敏感的长长触须四下挥舞，其中一条几乎碰到了屋顶。

佩特里轻轻挪开最靠近他的那块盖板——现在他看到了那些身穿制服的驯编虫师，他们正在巨编虫两侧的畜栏里酣睡。这么说药剂起效了，至少看起来是这样。他笨拙地顺着屋顶的斜面滑下，解开那条吊着水瓶的绳索，将它拉起。他冒险爬回屋顶上，拉开瓶塞，扯出那块系着细绳、泡过诱饵的碎布料，闻了闻。除了淡淡的编虫味以外，他什么都闻不出来，但军士发誓说它会比编虫本身更吸引

尤斯科沃斯克一事

乌贼螨。

他将那块碎布从两块木板之间的空隙——那是他自己弄出来的——放了下去,最后碰到了马拉坎德拉的"辉煌"的背脊,那儿正好是骑师乘坐的位置。军士说过,那叫"前背板"。那儿的神经被切断了,所以蝙虫在感觉到骑师的重量时,才不会反射性地张开翅膀。

蝙虫的触须扭动起来,但没有做出别的反应。佩特里很想知道,蝙虫是否能像乌贼螨那样嗅到诱饵的味道。他按照指示开始倒数。起先他没发现任何异状,然后有微弱的涟漪从蝙虫的后部向前、又从它的头部向后移动,他猜想那就是乌贼螨。乌贼螨爬上布料的时候,细绳勒痛了他的手掌。细绳的下端——位于布料上方的那一截——出现了磨损,因为那些乌贼螨也顺着它爬了上去,用触须触碰诱饵。最后,尽管还没有数到要求的数字,他还是忍不住拉起了细绳,但动作平稳,不慌不忙。

最困难的部分是将布料和乌贼螨拉出屋顶的开口,而且不碰到边缘。成功之后,他用木棍将碎布塞回水瓶,将细绳缠在上面,塞上瓶塞,然后爬下屋顶,来到马厩后墙边,用绳索将瓶子放到军士手里。等他落在小巷里的时候,军士和他的部下已经到了巷外的街道上;他顺利回到洗衣房里,没有惊动任何人,接着将窗栅在地板上扳直,然后装回原处。

第二天早上,他被混杂了担忧与愤怒的叫喊声吵醒,与此同时,有人踢开了洗衣房的门。

"不,他在这儿!"那是驯蝙虫师之一的声音,"也在呼呼大睡。起来,你这团虫粪!出来。我们在搜索证据。"

"证据?"佩特里的头发里痒痒的,他立刻断定那是一只能够证明他有罪的乌贼螨。他强忍着没有伸手抓挠。

"是不是你在昨晚喂给我们的泔水里下了药?"那驯兽师说着,晃了晃肩膀,"我在你们叫做麦酒的那种恶心液体里什么也没尝

SONGS
OF THE DYING EARTH

出来——"

"稍等一下。"赫里玛说，佩特里注意到，他又气得脸色发紫了。"这是侮辱，先生。我的麦酒没有任何问题。这是我们自己酿造的，品质绝佳……"

"从味道来看，得是用脏袜子和夜壶酿造的，"那驯蝙虫师说着，仍旧抓着佩特里不放，"如果不是下药，那就得是下毒了。我们从来没在看守的时候睡过觉，除非——"驯蝙虫师看了眼公爵的特派蝙虫管理员，后者地位最高，所以睡在旅店最好的房间里。

"我们考虑一下所有的可能性吧，"特派蝙虫管理员说，"我们东道主的麦酒确实不能跟公爵家酿酒师的作品相比，但就算它比端上公爵餐桌的那种酒要差，我也完全不觉得无法入口——那种淡淡的德伦金莓果味，还有似有若无的盐草味道，其实还挺迷人的。"

赫里玛的表情变了几次，最后定格于紧张的露齿笑容。按照佩特里的判断，理由是特派管理员的魁梧体格和他携带的武器……以及赫里玛自己腰带上鼓鼓囊囊的钱包。

"现在来问问这个小男孩，"蝙虫管理员说，"小子，昨晚是像以往那样，由你给这些人送饭的吗？"

"不——不是，"佩特里说，"他们——驯蝙虫师们——要我们找个女招待送过去——"

"噢，是嘛！"特派蝙虫管理员轻蔑地瞪了手下们一眼，"他们是不是特意说了要找个漂亮的？"

"没有，没有，"驯蝙虫师之一说，"只是这小子当时在搬运粪便，我们不想让他肮脏的手指碰到我们的食物。旅店里的丫头们更干净。而且我们当时很饿，不想多等了。"

"你们吃饭前给蝙虫喂水了吗？"

"是的，管理员——""当然，管理员——"

"女招待给你们端来晚饭的时候，这个男孩在哪儿？"

尤斯科沃斯克一事

驯鯿虫师们不知道,不过等到询问过所有仆人以后,厨师给出了决定性的证词:佩特里那天晚上来告诉他,驯鯿虫师们想要女招待去送饭;厨师承认男孩当时一身鯿虫粪味,所以吩咐他去搬第二天早餐烤面包要用的柴火。厨师找来了佩坎缇雅,后者抱怨说这活儿太难,然后赛琳塔去帮她,两个女孩不久后回来,脸泛红晕,连声嬉笑……他亲眼看到佩特里把成捆的木柴搬去了炉子旁边。

"他们是不是……"特派鯿虫管理员又瞥了眼自己的手下,而他们不安地挪动双脚,"噢,放开那个男孩吧,约斯特。就算有人给你们的食物下药,就算你们睡死过去不是因为喝了太多赫里玛先生的独家麦酒,又跟那些姑娘打枕头仗,也肯定不是这个小家伙干的。"

那个驯鯿虫师放开佩特里的肩膀,推开了他;赫里玛指着他。"既然你起来了,就该开始打扫了——好先生们,如果你们希望鯿虫的畜栏立刻收拾干净——"

"不!"驯鯿虫师们异口同声地说。特派鯿虫管理员解释起来:"那头野兽今天不太舒服,也许有那么一点点焦躁,这种时候最好别让陌生人靠近它。"

"病了?"赫里玛问,"那比赛——"他脸色发白;佩特里知道,他想到了自己下的赌注。

"比赛的时候就该没事了,"特派鯿虫管理员说,"训练中的鯿虫的确经常出现一些小问题——说真的,我们只是担心有人暗中破坏,而我怀疑我手下这些驯鯿虫师只是昨晚喝得太多,酒气涌入了那头畜牲的呼吸孔。今天——"他怒视自己的手下,"今天,只给他们清水和面包就好。帮他们排除杂念。"

那个早晨接下来的时间里,佩特里打扫和搬运东西,拿出一口口大锅进行刷洗,从始至终侧耳聆听。受到指控的时候,那两个女孩痛哭起来,否认了一切,包括明显的事实在内——因为她们身上都留有不正当接触所留下的痕迹,包括那些泄露秘密的小小瘀青和红肿（这些都在意料之中），而她们的袖袋里各有一枚银币，显然不是赫里玛付给她们的。

在佩特里看来，赫里玛大发雷霆不是因为女孩们在他的旅店里玩"兔子蹦蹦跳"，而是因为她们没有上交属于他的那份。他拿走了两枚银币，作为给她们的教训；她们瞪着他的后背，开始窃窃私语。他叫人拿来装麦酒的那只水罐，但佩特里已经把它洗掉了——"厨师让我把碗碟全洗了。"他说。

赫里玛怒视着他。"别装乖，臭小子。你在打什么算盘，别以为我不知道！要么是从厨房里偷块糖，要么是趁我不注意揩哪个女孩的油……你给我当心点，明白吗？"

佩特里觉得应该见好就收，于是打扫完了楼上的房间，没有从房客的财物里偷走一个铜子儿。

那天剩下的时间里，他一直看着驯蝙虫师们在马厩里进进出出。他应他们的召唤来到马厩门口，送去清水，又将潮湿的毛巾拿去阳光下晾晒。

"你们那头畜牲发烧了吗？"在频繁前往马厩门口的过程中，赫里玛终于忍不住发问，"让它待在开阔的院子不是更好吗？"

"不，"蝙虫管理员说，"它只是有一点点不舒服，我们在为它按摩……它的某个部位可能被鞍座磨伤了。"佩特里能听到马厩里传来沙沙声，仿佛那头蝙虫不只是在改换姿势，而是在稻草里扒寻。

某个部位可能被鞍座磨伤了？是那块浸泡过乌贼螨诱饵的布料在漫长的倒数中停留的部位么？是因为诱饵本身，还是因为聚集在那里大吃特吃的众多乌贼螨？

下午晚些时候，佩特里再次将一大壶麦酒送去了哨所——这次又有个守夜人顺路拜访了"舱底与肚皮"，要求送货——然后他把所见所闻全部汇报给了军士。

"你很擅长汇报，孩子，"军士说，"有没有考虑过长大以后当个

尤斯科沃斯克一事

守夜人?"

"呃……没有,先生……"

"也好,因为你的年纪还太小,还有那起盗窃的小问题。但既然你已经证明了自己的能力,我们也许会时不时交给你几件工作。如果公爵的蝙虫输掉比赛,赫里玛也因此破产,你就会需要另一门谋生的行当,我可不想看到像你这样天资出众的小伙子去当扒手。"

换句话说,佩特里反应过来,就算这件事结束,他和军士之间也不可能就此两清。

比赛日终于到来,而镇民们挤满了通向古老车道的街巷:那条车道曾经是战车竞速的赛道,如今为巨蝙虫竞速做了改造。赫里玛早早离开,好在商贩包厢里占据一席之地。佩特里本想再从洗衣房的窗户溜出去,还带上了几枚偷来的木制赌场代币,打算在赛道那边换点喝的,但有个守夜人咧嘴笑着等在外面,把他送去了军士那儿,后者在去赛道的路上始终紧抓着佩特里的衣领。

蝙虫有别于人类在过去千年中曾用来竞速的其他物种,既没有奔跑的本能,也没有追赶猎物的欲望。倒不如说,蝙虫奔跑是由于自身遭到追赶——被以蝙虫为食的生物追赶。在小规模的赛事上,人们会用更常见也更便宜的怨虫(此处物种存疑)来负责追逐,这样的话,就连腿脚较慢的竞速用蝙虫都能活着回家,但在类似这次的重要赛事里,主办人会租来一头巨鼩鼱,并承诺用一定比例的蝙虫作为租借费用。这点没法讨价还价,否则巨鼩鼱就会袭击人类。只有在吃饱了蝙虫的血肉以后,它们才会愿意戴上口套,安静下来。

蝙虫们会沿着规定的路线奔跑,只是因为它们的翅膀已经残废,无法飞翔,而向内弯曲的赛道边界又赋予了骑师杠杆作用的优势,可以在蝙虫试图爬上并越过边界时进行压制。高高的鞍桥上装有一系列绞盘,让骑师可以操控蝙虫的前腿。

SONGS
OF THE DYING EARTH

在随后的游行中，一队队驯鯿虫师领着竞速用鯿虫从鼩鼱的带轮笼子旁边经过，让它们闻到它的气味，理解自己身处的危机。麦格托里的参赛鯿虫——它是闪闪发光的金铜色，名叫"醒目"——高抬腿足经过唧唧叫着的鼩鼱旁边，触须甩动不止。它的赔率位列第二。佩特里从没见过它；它比马拉坎德拉的"辉煌"略长也略为苗条，尽管焦躁不安，动作却依旧顺畅。跟在它身后的是一头深棕色的鯿虫，属于港务长，它的翅鞘镶嵌有青绿色的波浪状装饰。

"毫无威胁，"军士说，"也许它擅长冲刺，但它是拉不开距离的。虽然也有人押它获胜。"

另一头暗淡无光的黄褐色鯿虫跟在后面。骑手紧张地看着那头鼩鼱。

"被鼩鼱追上的时候，他得动作够快才行，"军士说着，轻笑出声，"他知道自己骑着比赛里最慢的鯿虫。我打赌他试过解除合同，只是没能成功。"

公爵的特派鯿虫管理员在这时出现，带着"辉煌"，嵌有银色漩涡形装饰的深红色翅鞘在阳光下闪闪发亮，那些驯鯿虫师也身穿正式制服。它停下脚步，抬起一条腿，抽动了几下，又在催促后继续前进。它的翅鞘抬到尽可能高的程度，薄纱般的双翼拍打不止，脑袋也左右扭动。那位骑师——他同样身穿代表公爵的服色——操纵着与绞盘相连的绳索。

"他们在强迫它出丑，这样就能吓跑赌徒，拿到更有利的赔率。"佩特里身后的某个人说。

"我不晓得……"另一个人说，"在我看来不怎么像。"

军士抓住佩特里衣领的拳头攥得更紧；他一言不发。

第五头鯿虫是淡棕色的，身上的绿色条纹是颜料而非雕刻，在骑师的拖拽下匆忙跑过鼩鼱的笼子旁边。

此时，在起跑斜槽里，鯿虫们疯狂地挥舞触须，试图向前猛冲，

尤斯科沃斯克一事

但它们的每条腿都被一名壮实的驯蝙虫师牢牢拖着。当发令员的旗子挥下，驯蝙虫师们也放开手的同时，两百步外的饲养员放出了鼩鼱。

人群喧闹起来。港务长的蝙虫一马当先，"醒目"紧随其后。"辉煌"起先与"醒目"并行，却迅速转向外侧，用身体摩擦护栏，就像一头在给自己挠痒的猪，它的骑师拼命操纵绞盘，却毫无效果。它跑得很快，选择的路线却比其余蝙虫都要长。等那位骑师成功将它转回赛道中央时，它已经落到了最后一名，而那头鼩鼱就在不远处唧唧叫唤。彻底吓坏了的它发力猛冲，追上了前一只蝙虫——暗淡的黄褐色的那只——接着在下一个弯道超过了另一只。在前半直道上，港务长的蝙虫逐渐乏力，让"醒目"抢到了首位。"辉煌"继续加速，经过了港务长的蝙虫，但即使相距这么远，佩特里还是能看出"醒目"的步伐更加平稳，也不会把力气浪费在伸展翅鞘上。同样明显的是，"醒目"仍然留有余力，因为当"辉煌"追到旁边时，它开始加速，再度一马当先。它们靠近半程弯道的时候，"辉煌"重新发起了挑战。

两头蝙虫齐头并进，腿足迈动的速度快到几乎看不见。领先的先是红色，然后又是金色。后方远处，另外三头蝙虫明显不是对手，而鼩鼱扯下最后那头蝙虫的一条腿，又去追赶下一头。那位骑师跳离虫背，前去寻求场内护栏的保护——然后成功赶到了那儿，这让内场的观众有些失望。

佩特里兴趣盎然地看着这一切。军士的手丝毫没有放松，所以他非常清楚一旦"醒目"输掉比赛，等待着他的会是怎样的命运。他已经完成了军士的所有要求，但这并不足以救他的命。然而，他的现雇主就在商贩包厢里，如果失败的是"辉煌"，他同样会勃然大怒。就算赫里玛完全不知道佩特里做了什么，他的愤怒也足够让佩特里仿佛身在地狱了。

"得拉开距离，"军士在佩特里的头顶低声道，"离那头畜牲远点儿——"

"先生，你是说那头鼩鼱？"佩特里说，"它还离得远——"

"不，你这傻瓜！是离'辉煌'远点儿！靠得太近可不好——"

它们已经跑上了终点前直道，"醒目"开始缓缓超前……一掌宽，然后是一臂宽。"辉煌"的骑师身体前倾，催促它加速……然后突然间，一团闪闪发光的云彩从"醒目"那边升起，落到了"辉煌"身上。"辉煌"的骑师挥舞双臂，仿佛在面对成群的蜜蜂，险些因此坠落虫背。

"愿地狱里的所有魔鬼带走他！"军士说，"我们警告过他的！"

"警告谁？"佩特里问，"发生了什么？"但在军士答话之前，他就明白了。那些转移到"醒目"身上的乌贼螨嗅到了原宿主在附近的气味——它的气味因为这场赛跑和积累的分泌物变得更加浓郁——于是转移了回去。转眼之间，它们就像消失了似的，钻入那头巨兽外壳的缝隙，开始了清理。"辉煌"放慢速度，停了下来，而"醒目"继续飞奔，越过了终点线；"辉煌"的骑师使出了浑身解数，但它仍旧匍匐在赛道上，伸展触须。佩特里能想象那头鯿虫感受到的释然……所有痒处在同时用娴熟的手法挠到，仿佛天赐的舒适感压倒了恐惧。但此时此刻，港务长的鯿虫——它只是略微领先那头鼩鼱，却远远甩开了鼩鼱弄残的那两头鯿虫——从"辉煌"旁边匆忙跑过。冠军察觉到了危险，但太迟了；它收拢细长的腿足，试图奔跑，但太迟了……太迟也太慢了。

观众为获胜者送上的欢呼声逐渐止息，因为他们看到了难以置信的事……公爵享有盛名的竞速用鯿虫被鼩鼱扯下了一条又一条腿；骑师勇敢地尝试与它战斗，直到恼火的鼩鼱攻击了骑师，咬断了他的腿。尽管十来个人拿着武器赶去救援那位骑师，但没等他们找到医师，他就死去了，那头巨鯿虫也被吃了个干净。公爵的特派鯿虫管理员将羽毛装饰的帽子摔在地上,上蹿下跳,尖叫不止;驯蝙虫师们挤成一团,哭号连连。

"好了,"军士说着,终于放开了手,"就像我说过的,孩子,是时候和赫里玛划清界限,考虑其他的可能性了。如果你来我们这边,工作不会比现在更辛苦,等你长大一点以后,还有机会成为守夜人。"

如果发现他不会长大,他们就会开始思考原因,等他们发现原因……

佩特里努力露出灿烂的笑容。"真的吗?但我得去赫里玛先生那里收拾自己的东西,赶在——"

"赶在他反应过来,开始拿所有人撒气之前,"军士说,"当然可以。去吧。我留在这儿——那位蝙虫管理员肯定会提出正式抗议,虽然这是白费力气。他什么都证明不了。等日落后到哨所来……这里是几个铜子儿,聊表诚意。好了,可别去偷钱包……"他点出五枚铜币。

"不会的,先生!我想都不敢想。"佩特里接过铜币,转过身去,挤出人群。这些钱不够下注,不够打枕头仗,甚至不够吃一顿像样的饭菜,但已经超过了他眼下的全副家当,毕竟伊莫拉蒂妮拿走了他的所有存款。而且……赫里玛和军士都不在平时的地方。

他也许可以同时骗过他们两人。反正他也该离开这儿了:一整年没有成长的情况可能发生在任何一个男孩身上,但两年就有点勉强了。而且无论如何,他都想找个不需要依靠魔法脱毛膏来维持外表的地方。

果不其然,所有守夜人都在街道上,留下哨所大门紧锁却无人看守。大门紧锁,但对一个拥有对应经验,又只有孩童个头的成年人来说,它算不上无从下手。军士的办公桌里有个抽屉,里面放着那只天鹅绒钱包和那些叮当作响的东西。佩特里把钱包塞进背心口

SONGS
OF THE DYING EARTH

袋,在一枚木制赌场代币上潦草地刻下赫里玛名字的首字母,丢到地板上,再踢到军士位于带锁箱旁边的办公桌下面。他在那把锁的周围刮了几下,仿佛要尝试撬开它,但没有把锁打开。然后他重新锁上了哨所的门,一路回到了"舱底与肚皮"。

主厅里挤满了从赛场那边回来的人,他们灌下成杯的麦酒,扯着嗓子相互讲述自己的所见所闻。女招待们忙前忙后,来自"梅丽德尔姑妈的宝库"的半数行内女士也来到了这儿,其中包括伊莫拉蒂妮,他最近所有麻烦的起因。

然而,赫里玛不见踪影。毫无疑问,他在和庄家争论他损失的程度,尽管这是白费力气。走运的话,他还会和特派管理员吵上一架,然后几个钟头都不会回来。

佩特里溜进赫里玛自己的房间,把钱包放到他的床垫下面,只是事先取走了两枚金币。然后他上了楼,去了蝙虫管理员的房间,然后不出所料地发现那家伙在夜壶里藏了一笔钱。而且做标记的手法一如既往的外行:把首字母刻在亲王的头像和那句格言之间。要擦掉很简单,但佩特里有个更好的主意。他拿走了所有钱币,只留下一枚,将其中半数裹在一块碎布里,免得叮当作响,然后再放到衬衣下面的背心后部,用细绳系牢。他将另一半收到背心口袋里,和先前的铜币放在一起。

他再次下楼,两手各提一只夜壶,装出在工作的样子,只为确认赫里玛是否回来了。还没有……非常好。裹着蝙虫管理员钱币的那块布料跑到了赫里玛的枕头下面;佩特里拿着三只夜壶走出赫里玛的房间,免得有人注意到他去了哪儿,然后他走出后门,去粪坑倒空了夜壶。他装出刷洗夜壶的模样,擦去剩下那些钱币上的首字母,然后又用最快的方式弄脏了钱币,免得它们的光泽太过显眼。

蝙虫管理员仍未归来;他想象着那家伙和驯蝙虫师们与军士争吵的模样,然后露出了微笑。赫里玛也没有回来。佩特里笑得更欢了。他不需要更多的时间了……他回到旅店里，将蝙虫管理员做过标记的银币悄悄放入伊莫拉蒂妮的袖袋——她正忙着把舌头伸进某个牧虫人的喉咙里——接着去了马厩，取走了他那罐脱毛膏。

现在该去公爵那儿申请弄臣的工作了。他大步穿过镇子的市集广场，中途停了下来，给自己买了一块水果馅饼，作为旅行时的食物，又用那罐脱毛膏换了一份保证能促进毛发生长的药物，然后在染房的锅子里装满了那只空药剂瓶，接着不慌不忙地走出了无人看守的镇子西门。一旦那些盗窃事发，而他不见踪影，也许会有人试图归咎于他——但那枚赌场代币会导致赫里玛的住处遭到搜查，而他栽赃的证据会指向赫里玛，后者的贪婪和困窘又是众所周知的事。即使他的安排没能奏效，"男孩佩特里"也很快就不复存在了。

等特派蝙虫管理员和他的驯蝙虫师鼓起勇气回到公爵的宫廷，然后迅速被开除的时候，恐怕已经有个毛发非常茂盛的矮人——对那位高贵的老爷来说，他名叫奥托卡尔·佩特罗斯凯——每晚在公爵的大厅穿着五颜六色的衣服、戴着钟形帽四处蹦跶了。他会把头发染成蓝色，绑成辫子，再用缎带装饰，他染成红色的长长胡须也梳成小辫，末端挂着一只可以让公爵拉扯的铃铛，看起来和"舱底与肚皮"那个没有胡子、皮包骨头的小孤儿毫无相似之处，而他短小的身材也绝不会妨碍他其他方面的野心……毕竟他并非全身上下都是短小的。

～～

后　记

我在中学时代发现了杰克·万斯的作品，当时的我接触科幻已有几年，对任何相关作品都如饥似渴。与我先前的阅读经历相比，

SONGS
OF THE DYING EARTH

万斯的作品就像斯特金①那样，充满了异域风情——他想象出的世界与南得克萨斯的那座小城可谓天差地别。后来，其他作者引诱我放下了万斯的作品，但在我读过的作者编织出的那块织锦里，他却是一条色彩明亮的丝线。虽然我怀疑，他才是我当时花费一整个夏天，用紫色墨水创作那些（非常差劲的）故事的理由。

——伊丽莎白·穆恩

---

① 指西奥多·斯特金，美国奇幻、科幻与恐怖小说作家。

卢修斯·薛坡德

复仇是人类最古老也是最原始的驱动力,在下面的故事中,它将驱使一位恐惧战斗的武士走向濒死地球的尽头,那里也恐怕将是整个濒死的地球行将就木的尽头。

卢修斯·薛坡德是20世纪80年代涌现出来的作家中最受欢迎,最高产,也是最有影响力的一位。在那之后的几十年来,他仍然在源源不断地给我们提供更多扣人心弦的故事。他的代表作 *R&R* 在1987年赢得了星云奖。他还写下了《美洲豹猎手》《黑色珊瑚》《西班牙语课》《画龙点睛的人》《幽影》《行者的故事》《人类史》《风在玛达科特如是说》《内地之兽》《猎杀者的女儿》。他的小说《太空人巴纳克·比尔》赢得了1993年的雨果奖。1998年,他不朽的短篇小说集《美洲豹猎手》赢得了世界奇幻文学奖。随后,他的第二部短篇小说集《地球末日》又再次为他夺得了世界奇幻文学奖的桂冠。

到了90年代中期,薛坡德放缓了创作的速度,但步入新世纪后,他又重新变回了最初的那位高产作家。仅在2003年,他就发表了十余部小说,其中大多是中篇。其中有三部接近长篇小说篇幅的畅销书,分别是《路易斯安纳崩溃》《悬浮物》《卢浮斯上校的马驹》。他的故事质量也完全没有滑坡,《绿星辐射》《只有部分存在》和《骗徒之家》几乎可以列为他最好的小说,他的《在那边》赢得了西奥多·斯特金纪念奖。而他恐怕由此才开始大显身手。他又写下了《绿眼》《加里曼丹》《金色》《太空人巴纳克·比尔小说集》《特鲁希略》《列车成双》等小说。他还写过一些非虚构散文和评论文章,如

《运动与音乐》《大规模诱惑武器》以及《洪都拉斯的圣诞节：当代中美洲的男人、神话和恶棍》。他还写了一部自我回顾的文集《卢修斯·薛坡德的最佳小说》。他出生于维吉尼亚州林德伯格，现居华盛顿州温哥华。

赛迦摩的预言

　　弯爪旅店靠近喀斯巴拉·维亚塔图斯的中心。此刻，狄亚哥·艾维斯正透过二楼的窗户眺望日出。随着末日临近，这已然成为无数人着魔一般的习惯。一抹摇曳的红光乍现，揭开了马格纳兹山脉上方李子色的天空，宣告日出开始。接着又是几缕殷红的光攀上嶙峋的山岩。最后，太阳总算爬出了黑暗的深渊，在两座山峰之间喘息，绽放着洋红色的光。它肿胀喘息，仿佛一颗只灌了一半的水球。

　　如此惨淡的景象让狄亚哥皱起了眉头，他干脆转过了身。狄亚哥身强体壮，手臂、胸膛和大腿都生着紧实的肌肉，他步履轻盈，身法矫健。虽然他生就一副令人畏惧的相貌，却生性和善，还颇有几分率真，只不过偶尔会被没眼力的人误以为头脑简单。挑染了几缕灰色的黑发从尖削的脑门上垂下，他的额头上有个美人尖，这是他们家族世代遗传的特征。虚荣心倒是好好让他修整了一下饱受创伤的耳朵，但多年斗笼死战的经历却早已给他的五官留下了难以磨灭的印痕。疤痕让他的眼窝凸起，他的鼻子被打破了好几次，如今仿佛一株随意插在脸上的菜头，时常被孩子们取笑。

他穿上皮马裤，套上深绿色的外套，下楼走上王朝大道，穿过林立的巨大石碑，经一条小路走出城门。此刻，雨燕正掠过查茵河面，一艘双桅大船正赶着潮水出海。他在河滩上快步疾行，又不时停下来拉伸筋骨，待酸痛消退后，他才重新走回城门。这座城市有许多光怪陆离的尖塔，其中一些金漆黑瑙的圆顶上高耸着饰有花纹的塔尖。另有一些塔楼上用五彩琉璃拼成漩涡一般的纹路。还有一些则装点着火焰、云雾以及其他难以辨别的图形。每座塔中都住着巫师，这些图案都彰显着他们的秉性。这些夺目的高塔让天边丁香色的云彩黯然失色。

弯爪旅店的翠星大堂是一处灯火明亮、尘云弥漫的场所。那天清晨却没什么人烟，彩绘的窗户上描绘着黄金时代的狂欢盛宴，微弱的阳光却没能透进来多少。狄亚哥早上吃过裹着刺梅甜酱的肉饼，正考虑着要不要再点一份生煎蛤蛎子填填肚子，大门就哗啦一下被推开，四个裹着长袍、头戴褶帽的陌生人径直朝他走来。从他们复杂的头饰判断，这些人应该都是巫师。撇开装扮不谈，他们四个全都矮胖敦实，步履蹒跚，生着苍白阴郁的圆脸，剪短的黑发最多不超过两寸。片刻后，第五个人走了进来，他合上门，靠在上面。这个举动让狄亚哥警觉了起来。和前面四人不同，这人步伐沉稳，身穿宽松的黑马裤，套着黑色的高领外套，头上一顶硕大的黑宽檐帽遮住了他的面容。

蛤蛎子是一种甜美多汁的软体动物。曾有记载说蛤蛎子是一种智慧生物，据说生吃蛤蛎子的人都会表现出极痛苦的情绪，声称他们都听到了某种未知语言的恳求。正因为如此，如今才广泛采用生煎和炙烤的手法料理蛤蛎子。由于它们如今的数量已经严重减产，因此无法全面研究它们到底是否具有智慧。

"是否能有幸请狄亚哥·艾维斯一谈?"其中一名巫师开口道。他的眼珠没有焦点,四处乱转,仿佛要从眼窝里飞出来一般。

狄亚哥开口道:"我就是。不过有幸没幸得取决于你们那位年轻同伴的意图。他这意思是想堵我的退路?"

"完全没这个意思!"

那巫师嘘了一声,叫那青年离开大门。狄亚哥却并未松懈,因为他瞥见那青年腰间插了好几把匕首。

巫师继续开口:"我是瓦斯科,左边这位是可敬的迪塞瑞。"他指了指身旁那位绅士,那人双手无处安放,四处游走,仿佛在找自己的钱包,"这位是阿钦鲍斯特。"阿钦鲍斯特颔首致意,双手使劲抓挠着自己的大腿,"这位是贝拉西亚斯。"贝拉西亚斯哼出了一阵噪音,声音越来越响,直到他不停甩着脑袋打着干呕才抑制了下来。

瓦斯科继续说道:"希望我们能坐下一谈,因为我们有一个对您有好处的提议。"

"那就坐吧,"狄亚哥说道,"我正准备来一份蛤蛎子,再来一壶薄荷茶。我可以一边吃东西,一边听你们的提议。不过有言在先,我手头有一份要紧的差事,所以不管你们给多少好处,我都没工夫管。"

"可你必须得管……"阿钦鲍斯特抓挠了下手肘才继续往下说,"因为我们的提议里涉及你的表弟。你不是一直都在找他吗?"

狄亚哥擦了擦嘴。"库格尔?他怎么了?"

迪塞瑞说道:"你一直在找他,我们也一样。"

瓦斯科说道:"不过我们另有所长。我们已经占卜到了他的下落。"狄亚哥拿过一张餐巾抹了抹嘴,抬起头盯着他,"他人在哪儿?"

"他人在大厄姆森林深处一座叫尤科安沃的村落里。我们准备去那里找到他,不过如您所见,我们缺乏像您这样身强体健的好手。"

狄亚哥觉得那青年有些嫌恶地哼了一声,然后别过了头。

阿钦鲍斯特开口道:"既然只消几分钟就能把你送到尤科安沃,那我们何必涉险穿越废土荒原,越过凶险的夏杜恩海呢?"

迪塞瑞接着说道:"何况采用传统方式旅行无法达成目标。如果赛迦摩最近的预测无误,那距离太阳彻底消失的时间只剩下几天了。"

这话一出口,巫师们就立刻开始为赛迦摩的预言争论起来。瓦斯科坚持认为赛迦摩的公式推导结果预示着太阳将有大事发生,但并非即将终结,他乐观地估计那至少还有一百五十年才会发生。阿钦鲍斯特质疑起赛迦摩的占卜方式,迪塞瑞对此表示悲观,而贝拉西亚斯则悲戚地呼唤了几声。

狄亚哥猛然敲了下桌板,让他们安静了下来。这一举动同样召来了女招待。他点完餐,又开口询问他们为什么要找库格尔。

于是瓦斯科告诉他:"这件事很复杂,很难三言两语说清。简而言之,笑面术士尤考努偷走了我们的一些肢体和器官。所以我们用必要的知识武装了库格尔,派他去取回我们的东西,并彻底消灭尤考努。我们的肢体和器官回来了,但却并非完璧归赵,让我们饱尝苦痛,行动不便。可怜的贝拉西亚斯甚至只能像一头病犬一样呼号着自己的沮丧。"

狄亚哥觉得瓦斯科的言外之意非常明显。"所以你们觉得是库格尔的错?为啥就不能是尤考努和他的奴才干的呢?也许你们的肢体和器官在存放的时候出了错,要不然就是浓缩物之类用得不纯,你们的观点根本不成立。"

"您不了解库格尔到底有多么不义。我可以……"

赛迦摩的预言

"我很了解他,"狄亚哥说道,"他这人心胸狭窄,贪得无厌,毫无良心可言。但他从不无端作恶。你们落到这般田地肯定是咎由自取。"

在贝拉西亚斯带头闷哼之下,其余巫师们也都纷纷抗起议来。阿钦鲍斯特的声音更是不容置疑。"我们和他相聚的最后一天夜里用尤考努的美酒举杯相庆,还共享烧鸡。我们一起齐唱淫词秽曲,分享趣事。贝拉西亚斯还表演了《五种善音》,我们都以为这使我们缔结了神圣不可侵犯的友谊。"

"你们要是这么说,那我奉劝各位想清楚了再往下说。"待女招待放下茶,狄亚哥猛地吸了一口茶壶里喷出的刺鼻热气,"我这人受不了骗子,对两面三刀的巫师更没耐心。"

四巫师退到门边激烈地交头接耳起来,贝拉西亚斯更是发出了第四声哀叹。大约一分钟后,那青年便不满地嘤出了声。他揭下帽子,倾泻出一头如云的青丝,竟然是个五官标致的姑娘。她下颌尖尖,黑目含光,嘟着一张狡黠的小嘴。只可惜她脸上布满补丁一样的伤痕,摧毁了她曾经的美貌。其中最严重的一道伤疤从下巴一直延伸到脖子上,也比其他伤疤更宽,显然是一道致命伤。她走向狄亚哥,哑着声音说话,这肯定是那道伤口的后遗症。

"他们说在清点尤考努的财产时,库格尔发现了一张由巫师潘德隆绘制的地图。那位巫师居住在一颗遥远的星球上。"她说道,"那张地图标明了一座高塔的位置。那里面有一些法术,可以让掌握的人在太阳寂灭后幸存。"

"那库格尔的行为就说得通了,"狄亚哥说道,"他想摆脱追捕。"

四巫师从门边挪了过来。瓦斯科无奈地瞪了那姑娘一眼。"所以我们想把你和德薇传送到尤科安沃附近。那里有潘德隆的高塔。你们可以……"

"德薇又是哪位?"

那姑娘开了口："我就是东贝家族的德薇·科尔梅。你表弟跟我纠缠不清之前，我是西尔的女王。"她的声音颇有些嫌恶。

"这些伤也是库格尔干的？"

"他倒没亲自动刀。这是布萨契人的癖好。他们住在大厄姆森林，从内到外都丑陋卑鄙。不过库格尔也逃不了干系。他为了情报把我卖给了布萨契人，仿佛我就是一袋烟草。"

瓦斯科插了句嘴。"还是言归正传吧。你们得进那座塔去逮住库格尔。一定要留活口让我们问话。只要能完成任务，你们就可以分享我们学到的一切。"

女招待又放下了生煎蛤蛎子，狄亚哥心满意足地瞅了瞅碟子。

瓦斯科继续说道："只要我们拿到需要的东西，他就交给你们随意处置。"他略微停顿了一下，"怎么样，要不要成交？"

狄亚哥拍了拍自己的肩膀，亮出大大的笑脸。"成什么交？讨价还价才刚开始呢。阿钦鲍斯特脖子上挂的是不是嗅探法术用的？迪塞瑞帽子上那个护身符是不是可以让人立马睡觉？这些小玩意儿对让你们这种任务可管用了。再还有就是我的报酬怎么算？先生们，都坐下吧，来尝一尝蛤蛎子，希望等吃完了饭，你们就能满足我的要求。"

❦

大厄姆森林俨然一座庞大教堂的废墟。这里巨树参天，犹如飞檐的树冠遮蔽天日，在浓密的枝叶包裹下将一切都收入幽暗，仿佛一处上古灾变的遗迹。德薇·科尔梅和狄亚哥偶尔能听到一两声悚人的拍打和非人的呼喊，还看到一个丑陋的白物从树冠上落下，奔入幽暗的丛林，化为一枚越变越小的白点，最后消失在浓密的林中遥不可及的深处，仿佛要跨越真实世界的尽头。他们在崎岖的林间穿行，跨过陡峭的沟壑，走过遍布地衣和青苔的地面。他们将一段高耸的树桩变成了黑褐的食人魔堡垒，将一段坍倒的树干化为一座横跨翠绿凸岩之间的仙境之桥。它底下的溪流闪烁着荧光，有许多长腿的蜘蛛拖着浑圆的肚子张罗起难以看清的蛛网，等待伊莱克人自投罗网。那是一种灰白色的人形生物，只有夹子一般大小。落入网中的伊莱克人疯狂挣扎着，它们发出急促的叽喳声，将袖珍长矛刺进捕猎者多毛的腹部，将其迫退。

还是德薇最先望见了潘德隆的高塔。她从枝叶的缝隙中瞥见了那座细如长针的微黄石塔。待登上一处高地后，他们看到高塔远方的大地收拢成一段蜿蜒的河谷，仿佛山间开出的一道凿痕，其中一处河岸边排着十几间红色尖顶的小屋。再远方，河谷又重新没入了大厄姆森林。于是他们朝高塔疾行而去，却遇到一道被植被掩盖的深壑。他们沿着深壑走了半个多钟头也不见哪里可以涉险跨过。这道深壑十分陡峭，深不见底，根本无法翻越。

"瞧那群蠢货把我们送到了什么鬼地方！"德薇·科尔梅怒道。

狄亚哥却说道："找路得有耐心。马上就要天黑了，我建议在刚才那条小溪边扎营，等明天再找。"

"你知道大厄姆森林的夜里有什么吗？这里有板甲虫、极跃兽、麝锐魔，还有各种各样的妖魔。知不知道刚才一直有个迪奥殆跟着我们？你是打算跟他盖一床被子？"

"他在哪儿呢？把他指出来！"

她盯着他，面露嘲讽。"他就带着那没用的老二站在那棵橡树背后呢。"

于是狄亚哥大踏步走向橡树。

大概是从未见过人如此大胆，迪奥殆居然往后退了几步，望着狄亚哥的一对银眼睁得老大。它魔鬼般的漆黑面孔张开一道缝隙，露出嘴里一寸长的利齿。狄亚哥借着势头，给了它两拳，打得它东倒西歪。他抓住它一条腿，跨前一步把它放倒，伸脚踩住它的肚子，虽然迪奥殆的血肉硬如金石，可狄亚哥奋力一拧，就把它的膝盖拧脱了臼，随即又捏断了它的脚踝。在迪奥殆尖声惨叫之下，狄亚哥的脚跟又朝它另一只膝盖踩下，直到把它踩断。站不起来的迪奥殆只能嘶叫着用手爬行。然而狄亚哥却矫健地避开它的爪子，用手肘朝它的头颅发起猛击，直到打得它的银眼如同断裂的冰面一样迸裂，渗出溅落的体液。

迪奥殆打着滚，不停呻吟着。

"这怎么可能！凡人怎么可能打败我？"

然而德薇·科尔梅在它身旁俯身，用一柄细长的匕首割断了它的喉咙，断绝了它的发言。她又切断它殷红的舌头塞进它嘴中。不消片刻，它就被喷涌的鲜血噎死了。

返回小溪路上，德薇·科尔梅说道："我自己就有办法对付迪奥殆，而且更快。"

狄亚哥不耐烦地哼了一声："可你没说要干啊。"

"那只是时机未到。"

"等迪奥殆扑上来了还有啥机会啊。"

她停下脚步，摸向腰间的匕首。"你身手很好，可你这种本事在大厄姆森林里活不长。而我不一样，我在这里活了三年。"

"还有布萨契人罩着是吧？"

她握紧了匕柄。"不是这样。不到八个月我就逃出来了。接下来几年都是我在追杀布萨契人。"她略微换了个姿势，把重心都放在左脚上，"知道瓦斯科为什么雇你吗？他们希望你给我掣肘，免得我一看到库格尔就把他杀了，那些救命知识就彻底黄了。"

"那他们的判断对吗？"

她伸出左手拂去眼前一缕乱发，把它小心地别到耳后。"你掣不了我的肘。要洞察人心可没那么容易。所以连我自己也不知道见到库格尔会怎么样。不过要是你想挡我的道，那恐怕最好趁现在这个机会。"

狄亚哥觉察到了她愤张的怒意。"我打算再等个好时机。"

他继续赶路，片刻后，她追了上来。

"你找库格尔有什么目的?"她问道。"他只能被我杀掉。"

"凯因最有名的先知曾经说过，我杀不了库格尔，他只会死在自己手上。"

"真的吗？那他就是个傻瓜。库格尔不可能自尽。他这人可惜命了。"

狄亚哥耸耸肩。"那位先知很少说错。"

德薇·科尔梅颦起眉毛。"不过嘛，我也可以强迫他自尽。只要我对他严刑拷打，让他痛不欲生，那就可以叫他用我的刀子自我了断……这简直妙不可言。我们可以看着他把刀子刺进自己的身体，眼睁睁地看着自己的生命之源一滴一滴流干。他到时候会不会手太抖，没法给自己来最后一下?"

"这没准能成。"狄亚哥说道。

她垂着头又走了几步。"没错，我越想越觉得，你们那先知说的就是这样。"

黄昏时分，狄亚哥生了一堆营火，摇曳的光芒照亮了一片直径约十五码的空地。德薇·科尔梅望着恰好从光照边缘流过的小溪思索了一阵，然后站起来脱下了上衣。

"我打算趁天未退凉下河洗澡。我身上也有很多伤疤，跟脸上一样。如果你想看我洗澡，我阻止不了。但有言在先，我的刀子从不离手，所以千万别有任何非分的妄想。"

狄亚哥嘴里嚼着烫嘴的苞米和苹果干，哼了一声表示没有兴趣。可尽管如此他还是抵抗不住心中的欲念。从远处望去，她身上的伤疤像极了文身。溪水从她腰间潺潺流过，勾勒出曼妙婀娜的身段，她仿佛一位水中仙子，毫不在意岸边食人魔的觊觎目光。他不由得

SONGS
OF THE DYING EARTH

感叹魔法奇术居然把这般女子变成了被仇恨驱使的怪物，虽然这种事情他早已司空见惯……他一边想着，一边看着她双手捧起溪水浇在肩上，他想女人背影一定是世界上最纯洁的景象。

夜幕降临。她走出小溪，一边擦干身体，一边瞪了他一眼，仿佛彻底看穿了他的心思。待她用毯子裹住身体后，坐到了火旁。狄亚哥全程都表现得十分克制，以至于他都能从那姑娘的举止中看出愠怒，仿佛是因为他对她裸露的身体没什么反应。她身上的伤疤现在也失去了水中的灵气，跟她的美丽大相径庭。篝火在噼啪声中述说着自己的话语，一只夜行动物自顾长鸣，在它激荡的回音底下还有许多窸窣的嘶鸣。接着她问起他为什么选择以厮杀为业。

"我喜欢战斗，到现在也一样。凯因的信恩竞技场始终在招揽斗士填坑。我不像其他人那样喜欢折磨对手取乐。至少一开始没有。不过后来我也变了……我曾经是凯因的首席冠军，当了六年。"

❀

"是遇到了什么事吗？才让你变得更凶更狠？"
"库格尔。"
她等着听下文。
他朝火中吐了一口唾沫。"还是老一套，跟女人有关系。"
见他不愿言明，她于是追问他为什么直到现在才打算报仇。
"我以前没太放在心上。因为我还有其他女人。我以前很有钱，还有一大所房子，朋友也很多。直到听说了赛迦摩的预言我才恍然明白时日无多了。我开始想念那个女人，也想起了我表弟欠我的债。"

接下来是一段良久的沉默，二人都沉浸在各自的思绪中。草丛里有东西在动，接着是一声尖啸，然后草木猛烈摇动，最后一切又都平静了下来。德薇·科尔梅凑近他，试探性地伸手用指尖摸了摸他眉宇间的伤疤。

"我的伤口更深,但没想到你的伤疤更多。"她惊叹道。

她临时兴起的愠怒忽然消散了。她的手指悬在他的面颊上,在摇曳的火光中流露出某种期待。但她最终还是把手抽了回去,就如同忽然被注入青春活力的残阳迅速挥霍了最后一丝能量,重新暗淡无光。

狄亚哥恍惚在绿茵丛中的大道上瞥见乌黑凶煞的恶徒,他们的双眼红如火焰。无数小如黑点般的身影从树冠上落下。他眨眨眼睛,努力把它们赶走。过了一阵,德薇·科尔梅把他摇醒。他有些茫然,还有些窘迫,他只得向她道歉说自己不该睡着。

"别出声!"她说道。

他还想继续道歉,可她轻轻地把手拍在了他的面颊上。"听!"

深壑里传来了一阵声音。起初他觉得那是一头巨兽在大口吃草的间歇里发出的愉悦轰鸣。可随着声音越来越响亮,他才发现那是许多声音混成的合奏,而他完全听不出那是什么声音。

深壑里弥漫着夜晚的薄雾。其中有三点闪烁的白光,骑在一头庞然巨物顶上。那东西步伐迟缓,爬得很慢,每一步都深陷泥泞之中。狄亚哥听到深壑里传来轰然的喧嚣,仿佛底下有一场浩大的盛会。接着一声尖锐的哨声钻进他的耳朵。那头巨兽痛苦地从迷雾中抬起了头。它的脸庞仿佛铜铸的斯芬克斯,却非人般空洞,叫他心生畏惧。那是一头极跃兽!原来是他身旁的德薇·科尔梅发出了一声尖啸,让极跃兽停止前行,深邃的双眼朝他们栖身的丛林望来。它前额和太阳穴上光点闪烁,翅膀和矫健的身躯笼罩在迷雾之中,俨然一幅超现实的画面。

一个浑厚的声音响了起来:"我乃梅洛里奥斯,在此提供安全通行服务!是何人喧哗,快速速现身!"

这个声音止住了方才的喧嚣声。但不消片刻又重新响起,充满了对梅洛里奥斯调笑。极跃兽再次抬头往前跃步，试图爬出深壑，却没有成功。现在，狄亚哥的位置正好俯瞰极跃兽的背部。他透过迷雾，看到它背上两边都挂满了铁笼。每一个铁笼都有四个隔间，每一个隔间里都关着四五十个男女。狄亚哥琢磨着这里大概有好几百个人，却没有一个有囚犯的样子，反而像乘船的旅客，好些男女还在一起相拥缠绵。他看到另一边的笼子里有一队乐手正拿着长笛、五弦和号角在演奏。

极跃兽是人类、石像鬼、涡轮兽和跃虫的混合体。它们的幼体阶段相对无害，只不过仍会引起世代遗传的恐惧。它们一旦尝到人类的鲜血就会在几分钟内发生变异，获得可以支配弱小心灵的精神力量。据说它们的躯体也会产生蜕变，但未经证实，因为但凡目睹过成年极跃兽的男男女女即便幸存也无法再清醒地讲述他们的遭遇。极跃兽幼体呈黄铜色，面部有黑色的斑纹。成年极跃兽体色的唯一记录来自一位叫科图姆·假事通的盲人。他天生眼盲，却声称成年极跃兽的体色亮瞎人眼。

梅洛里奥斯又朗声说道："你们不必害怕极跃兽。我已用法术将它驯服，变成了我温顺的奴仆。快来加入穿越大厄姆森林的绝对安全之旅吧！跟百无禁忌的美女共度良宵！跟我们一同前往遥远的西尔和萨斯克沃伊吧！第一站就是到我的地下行宫享用无与伦比的盛宴！"

另一声尖啸让极跃兽又咆哮了一声，它再次打算从深壑中探出去。狄亚哥发现了一个机会。他迅速比画着手势悄声勾勒了一番。德薇·科尔梅听完惊骇地望着他，用口型坚定地说了一个"不"字。

"把你们抛在如此凶险的森林中等死会让我良心不安。"极跃兽的脖子上出现了一个肤色如蜜的男子，他身穿靛青色的金丝绸缎衣裤，做工考究，无疑便是梅洛里奥斯，他一手握着缰绳，一手拿着一枚喊话装置，他身旁还簇拥着好几个人，他们挤在一起，抓着极跃兽多褶的外皮。"速速现身！否则我将派出爪牙。它们都是纵横森林的冈斯魔怪和迪奥殆！我的手下有个特点，不管是谁，只要沾上它们的血肉就会腹中滋生魔虫，直至肠穿肚烂！"

丛林里的狄亚哥突然暴起，半拖着德薇·科尔梅就跑。她起初很不情愿，但当她发现已经无法回头后，她便越过他，奔向崖壁纵身一跃，极跃兽刚好把头探到深壑口边，她便正好落在它头顶，朝它眉宇另一边疾驰而去。狄亚哥也跳了下来，却没有落在他预想的位置。极跃兽警觉到有人进犯，想弄清楚情况，于是抬头望天，让落在它左眼边缘的狄亚哥脚下一滑。他原以为自己会穿透虹膜，在它眼中淹死，结果却从它光溜的眼面滑落，还让他无处可以抓握。极跃兽痛苦咆哮，猛烈摇头，把狄亚哥甩上高空，落进一丛荆棘丛生的草丛中。笼中的男女尖厉的叫喊声划破天空，让他震耳欲聋，几乎无法分辨自己身在何处。他探出头，才发现这是一片悬于深壑绝壁上的一处丛林。他看到一只身穿靛青色金丝绸缎的蜜色虫子悬在缰绳之上，吊在极跃兽空洞宽大的脸庞前方。梅洛里奥斯努力抓着缰绳，努力朝它畸形的脸上踢去，企图借此把自己荡回去，但每一次尝试都会把他重新送回它毫无表情的嘴边。他的手持喊话器掉了，于是他的声音和哨声也听不到了。狄亚哥觉得极跃兽盯着梅洛里奥斯的目光似乎带有一丝忧伤，仿佛知道自己青春期将尽，而成年仪式需要的祭献过于残酷，因而对此产生了本能的排斥。梅洛里奥斯又撞到了极跃兽的脖子，当他再次荡起来的时候，极跃兽伸出脖子，懒洋洋地把他一口吞掉。

狄亚哥顾不得疼痛，爬起来就跑。他拨开树枝，越过坍倒的树根，试图拉开跟极跃兽的距离。那怪物在他身后咆哮不止。虽然它的声音并未降低，却仿佛被什么东西卡住了喉咙，变成了古怪沙哑的嗡鸣。他不知道德薇·科尔梅在哪里。他努力回想有没有看到她爬上深壑的绝壁，却没有成功。不消多时，他的肺里就如同火焰灼烧，于是纵身朝蜿蜒如蛇的曼陀罗根底下跃去，摔得满身都是黑色的泥土。片刻后，他感觉头顶有一股灼流奔涌而过，他赶紧低头，在地上躺了很久。当他重新坐起来后，狄亚哥一边警惕地望着天空，一边从身上拔出荆棘，竖着耳朵关注着任何动静。

晨光初现时下了一阵疾雨。天空依旧阴沉，只有东方有些脉动的红光。狂风聚拢铅灰色的浓云，雷声轰鸣不断。狄亚哥到处找了找自己的包包，它已经不见了，因此他不但失去了食物补给，也失去了从瓦斯科那里讹来的宝贝。山峦之巅的高塔清晰可见，不过当他动身的时候雨又开始下了起来，把他淋得浑身冰凉。他在接近山顶途中经过了一处废弃的神龛。它的石造门楣大体完好，底下有人正盘腿坐在一团噼啪作响的营火前。那人一身黑衣，正是德薇·科尔梅。她炙烤着某种小动物，骨头都已经剔下来扔在身边。她朝他投去好奇的目光，舔了舔油腻的手指。

浑身泥泞的狄亚哥坐到她面前。背上有根他拔不到的荆刺让他苦不堪言。"还有吃的吗？"他问了一声。

她哀叹了一声，伸手从自己的包包里取了一份用布包好的块茎和坚果递给他。"你的包丢了？那不是咱们的吃的都丢在深壑里了？"

他咬了一口块茎，爆出苦涩的汁水，他感到下巴传来一阵剧烈的疼痛。

她望着他伸手去抠牙根，接着开口道："我们在喀斯巴拉·维亚塔图斯刚见面的时候，我很担心你跟库尔一样。你对付瓦斯科那帮人的样子太像他了。可见到你打废迪奥殆，我才明白你跟他是两路人。他根本没你这样的胆量，而且虽然你打架的作风算不上好，却说明你这个人喜欢直截了当，还算得上诚实。不过我又看到你鲁莽地害了几百条人命，我就搞不懂你这人到底是正直还是愚昧。我真不知道愚蠢和暴行有什么区别，最后反正都是无辜者送命。"

"你要是认为那个梅洛里奥斯真给笼子里那些家伙安排了狂欢盛

宴，那就太天真了。那些人都被施了法，他们早就死了。难不成你还给那个梅洛里奥斯抱不平？"

她张着嘴，把到嘴边的话都咽了回去，最后她终于说道："你强迫我跳下深壑，还跟我在它脑门上赛跑。你不觉得这很欠考虑吗？"

"的确很有风险。不过我们必须接近目的地。所以这不能叫很欠考虑。"

"找路得有耐心。这话可是你说的。难不成这就是你的耐心？"

"人们得知道什么时机该把耐心放下。所以我当时就做了决定。"

她从裤子上拂去污垢。"下次你再决定要不要送命的时候，麻烦先问我一声。"

到了上午，雨终于停了，高塔下的巨石在阳光下投下月牙形的影子。不过高塔自身却没有阴影，这让狄亚哥愣了一下，恰好一只黑蝠怪从空中掠过，盘旋一阵后飞回了巢穴。从它笨拙的飞行动作上，狄亚哥判断那是一只怀孕的雌性，这就让它更加凶残，它的行为也更难以预料。不过德薇·科尔梅对此似乎毫不在意，在朝高塔前进途中她显得越来越急切，等他们终于临近高塔后，她干脆不能自已地飞奔而去。然而当狄亚哥抵达塔底，却发现她双手摸着墙壁，一脸沮丧。

"没有门！这里什么都没有！"

这座高塔仿佛直接由岩石凝结而成，浑然没有丝毫缝隙。它往上延伸数百尺，到顶部变成了一个圆球，上面有好些雕花镂金的窗户，让其中的人既可以俯瞰四周，又不会暴露自身。狄亚哥留下德薇·科尔梅独自发泄，开始环绕塔底周行，检查塔身每一处细纹，希望找到暗门。一个钟头后，他至少绕行了三周，听到高塔另一边传来厮杀的声响，其中德薇·科尔梅声嘶力竭的声音最响亮。待他赶到之后，看到德薇正摆好防御架势，应对着五个人的围攻。地上还另躺了一个，手臂和胸膛上血如泉涌。他们一见到狄亚哥便往后退，凶煞的气焰顿时烟消云散。这些人不过是几个衣衫褴褛的乌合之众，还有老有少。为首的是个老人，戴着一顶跟下面村屋一样形状的红色锥形帽，帽檐低到了眉间，散落着低下弯曲的灰发。他们全都拿着耙子，穿着白色粗衣，腰间系着绿带，脖子上挂着的铅护符上雕刻着粗糙的人形。

"嘿，这是怎么回事？"狄亚哥扬起拳头，吓得那群人又退了好几步，"赶紧说清楚。"

他们把那老人推了出来。"我叫伊多，是尤科安沃的灵师。炎陀在上，我们只想问那女人几个问题，她却凶神恶煞地向我们进攻。可怜的斯特里格还受了致命伤。"

"胡说，是他们动手的！"德薇·科尔梅朝老人冲去，却被狄亚哥拦住了。

"给我讲讲这个炎陀是谁。"狄亚哥说道。

伊多说道："他是尤科安沃之神，也有人说他是一切被抛弃之地的神灵。"

"这是谁说的？"

"当然是炎陀亲口所言。"

一个胡子拉碴的胖子在伊多耳畔说了些话，接着老人又说道："我再解释一下。炎陀时常化身为浑身银焰的火人，威严不说人语。不过他最近另派来了一位化身，教导我们炎陀的真理。"

德薇·科尔梅取消了防御架势，大声嘲笑起来。她正准备开口，却被狄亚哥打断。

"你说最近？这个化身是在赛迦摩的预言之前出现的吗？"

伊多说道："恰恰相反。赛迦摩的预言公布后不久，这位化身就被派来指引我们如何用他徒弟潘德隆的装置获救。"

狄亚哥略微琢磨了一下。"你们说的这个化身……跟我长得是不是有点像？比如他的额头上是不是有个美人尖，就像这样？"

伊多检查了一下狄亚哥的头发。"是有点像,不过那位化身的头发乌黑发亮。"

德薇·科尔梅骂了一声,正要发作,却被狄亚哥按住了肩膀。"这位化身都教导了些什么东西?"

这句话让所有人都交头接耳起来,随后伊多又开口道:"我是不是可以理解为,你们也打算接受洗涤?"

狄亚哥稍微犹豫了下,德薇·科尔梅却抢先往前一跃,抽出匕首抵住伊多的喉咙。

"我们要进找塔的入口。"

那个胖子惊叫起来:"亵渎神灵!他们胆敢攻击红帽使徒!快向村里报警!"

两个人连忙高喊着警报朝村子跑去。德薇·科尔梅手上微微使劲,刀锋上便渗出了血迹。

"不想死就马上把入口指给我们。"

伊多却闭上了眼。"只有接受洗涤才能进塔得救。"

德薇·科尔梅差点没当场给他开膛破肚。狄亚哥及时抓住她的手腕,迫使她松开了刀。伊多捂着脖子跟跟跄跄地后退。

狄亚哥想安抚伊多和那个胖子,可他们却完全听不进去。他们俩凑在一块儿,面朝天空,嘴里念念有词,比画着极其复杂又不明其意的手势。狄亚哥费了许多口舌,却毫无用处,于是只得无奈放弃。他问德薇·科尔梅:"还是你来说服他们给我们说说这个洗涤仪式吧。"可她却收起了刀子,拇指轻抚着锋刃,冷冷地盯着他。

"你就行行好,帮帮忙吧。尽量别死人。只要不跟村里人爆发苦战,就算我承你的人情行不?"

于是她走到伊多跟前,把刀锋上的血污亮给他看。他低声哀嚎了一声,紧紧抓住身边的胖子。

"只要没人干预,我可以为所欲为。"

SONGS
OF THE DYING EARTH

❊

  黄昏时分，德薇·科尔梅和狄亚哥站在高塔下碎石铺成的广场上冻得发抖。他们俩现在身上拴了一套木条编成的挽带，在他们头顶汇成一个圆环。按照伊多的说法，这是为了好让炎陀的飞翼使者带着他们升空得救。而且为了防止他们被挽带割伤，所以他们俩现在除去腰间围了一条缠腰外别无寸缕遮身。他们身上还画上了各种复杂的图纹，伊多把它们的意义和作用都讲得特别清楚。

  虽然炎陀的这一整套仪式并不比其他宗教更荒诞，却处处透出嬉笑乖张，狄亚哥敢打包票这肯定都是他表弟发明的。

  "我已经给你们画好了绿纹，"伊多说道，"它们的位置无关紧要。当炎陀从无生之境被召来保佑我们的时候，他发现自己的左股在不经意间压碎了一窝科普兽的幼崽。绿纹就代表着这种温顺的生物留下的污痕。"

  天空中最后一抹紫色也终于消逝了。狄亚哥只能搂着身边瑟瑟发抖的德薇·科尔梅勉强御寒。他清了清嗓子，开始唱起赞美炎陀的圣歌。他发现德薇·科尔梅完全没有要唱的意思。

  "我们必须得唱。"

  有些时候，人们会用"温顺"一词来形容科普兽幼崽的魔鬼行为。它们一出生就吞噬自己的母亲和大部分同胞兄妹，在成长过程中还会侵入人类鼻腔，用神经元附着在那里寄生，让寄主不可自已地狂笑着旋转，给他们造成巨大的痛苦，几周后还会导致寄主死亡。可它们一旦成年就会长出浑身蓝灰色的软毛，变得十分可爱。因此常被养为宠物，备受娇宠。有些人（尤其是氤氲群岛的居民）认为它们体内居住着被它们所害男女的灵魂，因此还把它们视为家人看待。

  "我才不唱呢。"她拉着脸说。

"那飞翼使者就不会来。"

"这飞翼使者就是黑蝠怪吧?它饿了肯定会来。我可不想被库格尔当猴耍。"

"首先,飞翼使者就是黑蝠怪只是我们的假设。虽然这最有可能,但飞翼使者仍然有可能是另外一种能鉴别这种声音的东西。其次,就算飞翼使者真的就是黑蝠怪,它也肯定会对我们在仪式里不走心的表现起疑,就不会按照往常一样行动,那我们可就亏大了。"德薇·科尔梅听完保持沉默。

"你是同意了?"狄亚哥问道。

"我同意。"她的声音挺勉强。

"那就好。我来数到三,我们就一起大声点唱'待到炎陀生妙想,我辈欢喜把天登'。"

他们刚开始唱第二遍,狄亚哥就闻到黑蝠怪的焦臭气直钻鼻孔。随着一双巨大的翅膀呼啸而过,他们俩被带上了天空。挽带像铃铛一样猛烈摇晃着,让他们难以继续发声。可即便在黑蝠怪开口说话的时候,他们俩也坚持了下来。

"午餐们!"黑蝠怪挺开心,"很快你们中就有一个要进我的肚子。不过我到底该选谁?"

狄亚哥唱得更加卖力起来。他看到黑蝠怪白色的卵囊垂在它浑圆的肚皮下方,于是便朝德薇·科尔梅指了指。见到她伸手朝缠腰布里摸去,他赶紧甩起了脑袋,还着把唱词里"还未瞥见至高巅"的"还未"二字唱得更急迫些。于是她沉着脸抽回了手。

很快,他们看到高塔倾斜的尖顶上绽放着暗淡的光晕。还没等着陆,德薇·科尔梅就立马解开挽带,从缠腰布里掏出藏好的匕首往上一划,切开了黑蝠怪的卵囊。它爆出一声尖啸,蛋落入了漆黑的夜空。狄亚哥也解开了挽带,他的脚一碰到地面就往前一跃,抓住黑蝠怪的一只翅膀,用德薇·科尔梅给他的匕首切开。几乎失去

SONGS
OF THE DYING EARTH

一只翅膀的黑蝠怪失去了平衡，翻身朝漆黑的深渊一头栽去，它咧着尖牙，伸长了锹虫一般的头颅，死命抓着高塔边缘的石头拼命拍打着还完好的那只翅膀。

狄亚哥喘着粗气，在散落塔顶的一堆枯骨中坐下望着它挣扎。"为什么只有我们中一个？"他问道。

黑蝠怪继续挣扎着。

狄亚哥继续说道："你完了。你的胳膊很快就会脱力，掉下去摔死。为什么不回我的话？你说过我们中有一个要进你的肚皮。为什么只有一个？"

黑蝠怪用爪子钩住石墙上一处缺口，勉强维持住平衡。"因为他只要女的，把男的留给我补充营养。"

"你说的这个他是库格尔？"

黑蝠怪的獠牙上口水直淌。"我这辈子都在疲于捕猎，结果却要为此送命。都怪我跟魔鬼做了交易！"

"是不是库格尔？快说！"

黑蝠怪盯着他，松开了爪子，一声不吭地跌入了万丈深渊。

未知来源的暗淡光晕不停从塔尖上涌出。那里是一座竖井，内里环绕着旋梯。见猎物近在咫尺，德薇·科尔梅也顾不得矜持，她干脆扯下了缠腰布，抄起两柄匕首攀下旋梯。狄亚哥的缠腰布被缠在了扶手上，于是他也干脆把它扯了下来。

竖井底下是一座圆厅，四壁上正是狄亚哥在塔底看到的那些窗户。这里没有任何陈设，只被相同的无源之光照亮。他们顺着圆厅里的另一座阶梯下到另一间五芒星型的大厅里，这里空间更大，灰色大理石壁上布满了错综复杂的螺纹，勾栏上雕刻着精美的百兽浮雕。只不过空气里透着一股浓浓的酸腐气，仿佛干涸的汗液。这里的地面同样用灰色的大理石拼成复杂抽象的图案。五条弯曲的走廊从这里往外延伸。根据这座塔的面积，狄亚哥难以相信它们通向的深度。不过这也提醒他这里毕竟是一座属于巫师的高塔，想必一定有自然之外的律法在支配。

于是他们沿着第一条走廊谨慎前进，沿途检查了好几扇门。它们全都紧锁着。只有走廊尽头的大门洞开，里面似乎是一座实验室。德薇·科尔梅正要进去，却被狄亚哥拉住了胳膊。

"先看一看。"他说道。

她眉头紧锁，却没有还嘴。

他们看到室内穹顶上不停涌入七彩华光，四壁上陈列着古老的典册。一张长桌上，试管里的液体在神秘装置燃起的火焰炙烤下翻腾着泡沫，四周散落着闪亮的金属和水晶。一个硕大的钟形瓶里装满了红色的液体，里面浸泡着黑色的物质。这里还有好多类似的瓶子，里面都装着狄亚哥无法辨识的物体，其中有些还在动。他们眼前的景象忽然骤变。他们还是在同一个房间里，却距离桌子更近了些。浸泡在红色液体中的原来是一艘沉船的残骸，上面附着着许多灰色的生物，它们生着吸盘嘴，张着顾长如桨的手脚在残骸上搜寻。另一个瓶子里封印了一座微型城市，建筑的形状十分怪异，其中最高的两座塔正在熊熊燃烧。在最大的一个钟形瓶里，他们看到一群四脚野兽在湿润的草原上奔逃。它们披着柔顺的金发，还有女人一般的乳房。追逐它们的是一支树木组成的大军，挥舞着树根一般的触手。

狄亚哥和德薇·科尔梅并不放心。他们俩回到五芒星大厅，开始探索第二条走廊。他们走到尽头才找到一扇门。穿过它，他们看到一座金色的峡谷，四周的山丘向远方延绵，遍布着隆起的黑岩，仿佛一座座被时间风化的巨像。这里没有生命的迹象，完全没有任何动静，让狄亚哥感到十分不安。他们又在第三座走廊尽头看到了瓦尔昂卜瑞以南苏萨尼斯海岸的远景，那里的有高悬的红日，荒芜的山丘，延绵的森林，还有一片低地伸入大海，绽放着蔚蓝的光。

他们看到大如驳船的翼蛇沿着海岸翱翔,其中一只径直朝大门飞来,直到最后一刻才偏离航向。狄亚哥还从它眼中瞥见了一丝恐慌。

他们放弃了检查这些大门,不过在退回五芒星大厅途中,狄亚哥随意转动了其中一个门把手,听到里面传来一阵喘息声。

"是谁?"狄亚哥敲了敲门。

没人回答他的问题。于是他又拍了拍门。"我们是来救你出去的,快开门!"

过了片刻,里面传来一个女人的哭声。"救救我们!我们没有钥匙。"

一旁的德薇·科尔梅却有些按捺不住,她说道:"不管门后面是谁,都可以让她等等。还有两条走廊没探过呢。"

狄亚哥还没接话,她就自顾自地穿过走廊拐角。她的无视让他感觉自己受到了轻慢,这个念头既让他惊讶,又让他窝火。

他检查了一下门锁,发现螺栓是金属制成,没法用匕首撬开。他用肩膀抵住门板,试着撞击了一下,发现门很牢固。不过走廊很窄,他可以背靠对面墙壁用全身力量踢门。可他尝试之后,门锁依然纹丝不动。踢门的声音很响,可他不断朝门锁踢去,门板上终于掉下了木屑。又踢了几下后,门终于开了。他看到房间里有一张大床,一个衣橱,一面镜子,两个身披轻纱的黑发美人站在屋中朝他张望。狄亚哥下意识地遮住自己的身体。

这两位姑娘中有一位委顿在地,她几乎还是名少女。另一位年龄稍长,虽然有些惊讶,但依然神情倨傲。她上前一步,几乎跟他四目相对。她面容俊俏,骨骼精细,头发用一枚象牙翡翠发簪挽在一起,跟他在凯因陪伴的那些高门仕女别无两样。他无法想象这样的美人在尤科安沃给农民盛饺子。

"你是谁?"她的声音很镇定。

"凯因的狄亚哥·艾维斯。"

"我叫德蕾塔·奥黛。我曾经旅居在……"

"我们没时间交流往事。这里有地方可以让你们暂时躲躲吗?我没办法一边打架,一边照顾你们俩。"

德蕾塔别过了目光。"自从这里成为了化身的居所,我们就无处可藏。"

委顿在地的姑娘啼哭起来,德蕾塔的声音有些逼人:"罗斯卡娜觉得你会强奸我们。"

"我没这个打算。"他朝房间里的角落张望了一下,"你们还有没有其他人?"

"我们本来有十九个人。化身带走了十七个,却没有回来一个。他说她们都去侍奉炎陀了。"

✤

肯定是库格尔打算打开门径,所以派那些女人去尝试,观察她们的结果。狄亚哥心想不管怎么样,他都不会喜欢这样的结果。

"他才不是什么化身。"狄亚哥说道。

"我不是傻子,当然知道他是什么人。"她指了指一旁的衣橱。"如果你真想跟他斗,那你就需要一些帮助。这里有他的衣服,其中应该有适合你的。"

衣橱里有许多男装。里面的衬衫都过于紧身,妨碍行动,不过他还是找到了条他勉强能穿得进去的裤子。

"能告诉我他在哪儿吗?"

"哦,你很快就会见到他了。"

她的声音轻快得让他好奇。他刚转过身,就感到脖子上一阵刺痛。他看到德蕾塔迅速从他旁边抽身,脸上洋溢着胜利的笑容。他突然感到一阵眩晕,不由得单膝跪地。他背上又狠狠地挨了一下,把他直接打翻在地,接着背上又是一下。是那个叫罗斯卡娜的姑娘在踢他，她还笑得像个疯子。他想集中注意力，搞清楚德蕾塔在做什么，可他的视线开始模糊，她的声音也开始消退，变成难以听懂的回音。他也感觉不到罗斯卡娜踢在他身上的疼痛了，只不过每一下都让他更加远离现实世界。

不过让他清醒过来的还是声音。他听到女人的抱怨声，似乎是罗斯卡娜？他又听到另一个更加低沉的女声，询问她该怎么做。是德蕾塔。接着一个熟悉的男声让他彻底醒过来。他发现自己仰面躺倒，双手被捆在背后，他不等睁开眼睛就开始尝试挣脱绳索。

"跟他一起的肯定还有个女人。"库格尔的声音从远方传来。

"黑蝠怪不会把他单独带上塔顶。"

"也许饥饿压倒了它的责任感。"罗斯卡娜说道。

"这不是什么责任感的问题。"库格尔的声音有些愠怒，"我认为如果狄亚哥单枪匹马来到这里，黑蝠怪完全没必要把他带到塔顶，它大可以就地把他吃了。"

"我们已经找了大半夜了。"德蕾塔说道，"就算真的还有个女人，那她也已经不在这里了。也许她躲进了其中一条走廊的尽头。假如果真如此，那我们也没什么好担心的了。"

狄亚哥没听清楚库格尔的回答。他朝周围瞄了一眼，发现自己躺在一间别无陈设的灰色大理石屋里，紧挨墙边有一枚硕大的亮蓝色金属蛋，大约高十尺，宽五尺，下面有六根支柱。罗斯卡娜就站在房间另一头，身旁是一座楼梯，却并没有通道与之相连。狄亚哥觉得那里多半有一道暗门通向五芒星大厅。他一边观察，一边暗自加紧挣脱绳索。

"都准备好了？"德蕾塔也出现在他视野内。

"我必须参考一下尤考努的笔记，再做些微调。"

库格尔从金属蛋背后走了出来。他披了一件黑色高领斗篷，身穿黑紫纹天鹅绒罩衣和一条灰色马裤，右手拇指戴着一枚黑石戒指。

他尖削的面容仿佛就是他自己扭曲的倒影。他的圆滑和匪气已经被岁月磨平，变成了残忍和反复无常。他一出现便占据了狄亚哥的全部视野，仿佛他的整个人生都只缺了这一环就可以彻底圆满。亲眼见到他本人让狄亚哥恍然明白他对库格尔的嫌恶有多深，过去对他的憎恨只不过是雾里看花。强烈的反感甚至让他忘记了伪装昏迷。他用猎鹰瞄准猎物般的眼神瞪着表弟，直到库格尔朝他这边扫了一眼。

库格尔堆起笑脸，可眼睛里却没有笑意。"表哥啊！要不是你向德蕾塔报上家门，我还没能把你认出来。你现在真叫人望而生畏。你肯定一直都在运动吧？瞧瞧你身上这些伤疤，还有这些白发！你的生活肯定很不容易。"

狄亚哥无言以对。

库格尔继续发问："都过了这么多年，你怎么突然想来找我了？从你的表情看肯定不是想想重叙兄弟感情。那就是来算旧账的啰？可为什么呀？我都记不得是怎么伤你的了。当然谁也说不好你到底经历了什么绝境。"

狄亚哥费尽力气，念出了一个名字："希尔。"

库格尔在他身旁蹲下，歪起了脑袋。"希尔？这倒有点意思，不过嘛……"他拍了拍自己的额头，"你该不是说我们年少轻狂时代那个金发傻妞吧？她倒确实长得甜美动人，可她现在应该都给人当外婆了吧。她还好吗？"

"你这是明知故问。"狄亚哥愤愤地说了一句。

"哦，我想起来了。你当时没能救得了她，太可惜了，你当时有更重要的事要忙，谁让那些野蛮的比赛让你抽不开身呢。把希尔的死怪在我头上，就跟怪蜜蜂要采蜜差不多。"

狄亚哥想用一记扫堂腿把他撂倒，可库格尔的反应依旧跟过去一样灵敏。他略微侧身躲过这一记，还顺手抓住了狄亚哥的脚踝，把他直接拖拽到了金属蛋跟前。

"我还有正事要做,没工夫听你唠叨一个死了几十年的丫头。"库格尔猛然拉开这蛋形机器的透明舱门,指了指内里椭圆形的舱室,里面还有两张软垫座椅。"再过一会儿,我们就要离开这个死气沉沉的世界和行将就木的太阳,前往美好的全新世界。"

"赛迦摩的预言还没有证实。"狄亚哥说道。

"那现在呢?"

库格尔冷笑一声,走到墙边按下一处凹槽,随着一阵刺耳轰鸣,墙壁向四面收缩,变成了一扇圆窗。

"来跟这个世界最后一个早晨打个招呼吧。"库格尔说道。

窗外的天空很黑,却并非一片漆黑,反而弥漫着不祥的亮光,它们的来源高悬于窗户正中,那便是太阳。虽然此时临近正午,狄亚哥却只能直视太阳发呆。它现在已经仿佛一颗火盆中尚未燃尽的炭球,从余火未尽的缝隙中涌动出暗淡的橙光。他看到深红的火焰从太阳两端喷涌而出,高高扬入太空,最终形成硕大如钳的形状,仿佛要将地球碾碎。这样的光景实太可怕了,让狄亚哥感到四肢无力。罗斯卡娜吓得捂住嘴巴,德蕾塔则撑住了墙壁。只有库格尔面对如此景象露出了勃勃生气。

库格尔双手握在一起,开口说道:"罗斯卡娜,再把周围检查一遍。我们不能受到干扰。动作快点,姑娘!去检查一下储备。"

库格尔的声音重新燃起了狄亚哥对他的恨意。他继续挣脱着绳索,可他还需要争取一点时间。

于是他朝正在爬楼梯的姑娘大喊了一声。"罗斯卡娜!那东西里就只有两个座位。你相信他真的会等你回来?他可是把每个认识的女人都耍得团团转。"

"罗斯卡娜会骑在我大腿上。我们早就商量过了。"库格尔挥了挥手,"快去啊!"

"之前像你这样的姑娘可多了。"狄亚哥继续说道,"一开始上当的是我的希尔。她跟我吵了架。结果库格尔骗她说有办法弥补我们俩的关系,把她拐到了凯因的荒郊野外,还给她下了药。结果她死了,而他却逃之夭夭。千万别相信他。"

罗斯卡娜在楼梯中间停了下来,脸上阴晴不定。

库格尔嗤笑了一声。"你以为我会任由你在这里妖言惑众?你这人始终只有这点手段,总想挑拨离间,拉个弱质女流给你垫背。可我这里只有两个用情专一的女人,你谁也别想挑拨。我费了莫大的心血,花了天大的代价,可不能被你这样的家伙搅黄了。"他把手上的戒指凑到狄亚哥面前,给他看上面的黑石,"这是尤考努的戒指,我用他自己的魔法打败了他。我打败过恶魔,巨人,还有无数令你闻风丧胆的妖魔。你凭哪一点觉得自己能跟我斗?"

库格尔站在狄亚哥跟前,脸上毫无表情。他伸手从披风里抽出一枚卷轴,扔在狄亚哥的胸前。

"送你一件礼物,表哥。这是荒地庇护咒,你也许该好好练一练。先问问自己被困在一个一无所有的世界里活下去值不值,再做决定吧。"他转向楼梯,"快去吧,罗斯卡娜!"

那姑娘走上最后几步阶梯,按下天花板上的一个按钮。天花板随即打开了。

"你挑拨不动她,狄亚哥。"库格尔说道,"她对我百依百顺。"

罗斯卡娜却尖叫了一声。德薇·科尔梅从打开的天花板里闪了进来,还穿了一身男人的衬衣和马裤。两个女人短暂交锋之后,罗斯卡娜就掉了下来,脑门撞到了大理石地面。德薇·科尔梅朝库格尔瞄了一眼,直接朝他冲去。她匕首在握,怒容满面。库格尔连忙朝金属蛋奔去,德薇·科尔梅如同猛禽般大喝一声,仿佛怒火直接涌出了胸膛。她掷出匕首,但德蕾塔却把库格尔推向了一边。匕首直接没入她的喉咙,贯穿而过。德蕾塔倒下了。德薇·科尔梅又掷出第二枚匕首,却铛的一声从金属蛋的舱门上弹开,里面的库格尔安然无恙。德蕾塔的血在他面颊上流淌,让他形似小丑。

德薇·科尔梅奔下台阶,冲到舱门外拍门尖叫。库格尔十分迷惑,简直想要开口询问这个伤痕累累的疯妇是谁。不过他忙于最后的准备工作,无暇他顾,当然。他完全听到了她的尖叫。

狄亚哥终于挣脱了绳索。

随着库格尔闭着眼睛念出启动咒,金属蛋发出一阵沉吟。狄亚哥爬起来站到德薇·科尔梅身边,跟库格尔隔门相对。咒语念完了,库格尔睁开眼睛,望着他们,脸上带着无法捉摸的笑意、沉吟声越来越大了。

狄亚哥试探性地推了推门。他把德薇·科尔梅从门边推开,往后退了一段距离,然后用肩膀朝它猛撞。

库格尔的笑意有些发颤。狄亚哥的第二次撞击让它松动了些许。他的肩膀很痛,但他又撞了第三次。忧虑爬上了库格尔的面孔,但随着沉吟声变成隆隆作响的轰鸣,金属蛋的外表绽放起炫目的闪光,金属外壳开始震动,笑容又重新在库格尔脸上浮现。狄亚哥又猛冲了一次,这一次却被一股巨力直接甩得仰面倒地。那颗蛋纹丝不动,忽明忽暗地闪烁着,接着就消失了,只留下了一段半透明的残影。

狄亚哥望着残影在面前消退,心中充满了困惑。为何库格尔的笑容里闪过了一丝绝望?他为何突然感到了恐惧?那真的是微笑,还是面临末日绝路时露出的惊骇?也许狄亚哥的撞击起到了效果,又或者潘德隆的金属蛋实际上把库格尔送到了一个并不美好的世界,从而反应在了他的脸上?不过现在,一切推测都没有了意义。

他瘫倒在德薇·科尔梅身边。她则双手抱着脑袋。

"他不知道我是谁。"她的声音很悲凉。

狄亚哥想安慰她几句,可无论如何打不起精神。过了一会儿,他伸手按住她肩膀。她僵了一下,接受了他的举动。

"你遇到了什么？整晚上你都不在。"

"我遇到了怪事。有两个人拿着蓝色浓缩管到处找我。我只干掉了其中一个，所以我逃进了我们第一次探索的走廊，躲进了它尽头的房间里。"

"那间实验室？"

"是的。我在那里遇到了一个人……他很老。他给了我这些衣服，还给我说了很多事。但我现在完全想不起来他的样子，也不记得他说的话。"

"那肯定是潘德隆。"

"就算是，我也记不起来了。"

太阳表面忽然掠过一阵奇异的白光，仿佛某种放电现象。他们满怀希望地凝视太阳，可它仍然如同一面邪恶大旗上的徽记一般狰狞可怖。它焦炭般外壳上的一些裂缝正在愈合，表面的橙光也在变淡，但除此之外还没有别的变化。

"我们必须离开！"德薇·科尔梅连忙爬了起来。

"主意不错，可我们要怎么走？"

她走到墙边库格尔曾经按下的那处凹槽旁边，按下了另一处凹槽。一大段墙体伴随刺耳的轰鸣退去，光芒从一个巨大的空洞里涌现，另一座向下的旋梯出现在他们面前。狄亚哥问她是怎么知道的，她却只是摇了摇头，接着去取回自己的匕首。她踩着德蕾塔的肩膀，费了好大的力气才把刀子从她脖子上拔出来。她在裤子上擦干刀刃上的血迹，然后走下楼梯。狄亚哥觉得自己没必要为此揪心，反正死人就是死人。

他听到了一阵低语将他团团包围，仿佛来自这座高塔本身。它说"走吧，走吧……"高塔的墙壁如同烟雾般变幻，让狄亚哥有些担忧，恐怕潘德隆一直都跟他们在一起，而这就是他的声音。他就存在于墙壁上，地板上，这里恐怕并不只是他的居所，而就是他本身。但楼下的景象无论如何都不会比留下来更吓人。于是狄亚哥拿定主意，站起来下楼。

下楼的路很长，仿佛远远超过了塔的高度。他们在途中停歇了好几次。在其中一次歇脚的时候，德薇·科尔梅突然说了一句："那些女人为什么要跟他在一起？"

"你也跟他在一起过。"

"是的，可我一早就跟他分了。我们俩的合作只是各取所需。"

"那些女人一开始可能跟你一样。但库格尔总有办法叫人服服帖帖，哪怕她们一开始并不在乎他。"

"你觉得他还活着吗？"

狄亚哥耸耸肩。"这谁知道呢。"

他们沿着楼梯来到塔底，下面有一座半开的大门。他们穿过大门，来到碎石铺就的广场。太阳正高悬天顶，闪耀着微红的阳光。虽然它比过去暗淡了几分，但仍然在正常的亮度范围之内。他们瞪着太阳，困惑不解，接着伸手遮挡刺目的阳光。

在他们朝大厄姆森林的边境进发途中，德薇·科尔梅不解地说道："我不明白，难道太阳在我们下来的路上又重新点燃了？还是我们穿越到了另一个平行世界里？潘德隆真的帮了我们吗？虽说人生中处处无常，但这也太反常了。"

阳光洒在墨绿的树冠上，给它们染上了一层血红。他们沿着上次经过的两株曼陀罗之间的树荫前进。狄亚哥回头瞥了一眼，看到高塔在盘旋的迷雾中消融，接着迷雾中凝聚出新的形象，那是一个巨大的人影，全身笼罩在戴者兜帽的长袍中，看不清面貌，身躯也虚无缥缈。忽然，在这个幻象背后的天幕里闪烁了一束光，他看到了一个比萤火虫大不了多少的椭圆物体。它是蓝色的，跟库格尔逃跑时乘坐的金属蛋一个颜色，也脉动着相同的闪光，仿佛一颗在天上闪烁的星。它闪烁了好一阵，最后彻底被虚空吞没。

赛迦摩的预言

狄亚哥一开始以为库格尔还活着,并为此而沮丧。不过他转念一想,搞不好库格尔会永无止境在虚空中流浪,也可能被潘德隆的机器送进某个可怖的地狱,不然就是在走廊尽头房间里的某个瓶中世界,他可能会被囚禁在钟形瓶里,被异星猛兽追杀,永无止境……虽然他没法做出准确的判断,但这些想法驱散了他心中的阴霾。

潘德隆的幻象消散了,它越变越淡,最后天幕上只剩下了暗淡的红日和几抹云朵。狄亚哥快步跟上德薇·科尔梅,跟着她曼妙的身影步入幽暗。他知道一切都没变,但一切都已经改变。太阳还在,太阳底下的世界仍然被巫师和魔法统治着,而他们自己则被怀疑和迷茫的魔法所统治。知道这些让他不再压抑,反而让他有些振作起来。心中的阴霾不在了,仇恨也放到了一边。要是下次德薇·科尔梅再问他关于命运、定数一类难以回答的问题,要是碰上个好场合,他一定给她一个明确的答复。

后 记

我最初接触到杰克·万斯的作品是在初中时代,当时我读了一本套在教科书里面的《濒死的地球》(我讨厌代数课,所以总是在课堂上偷偷看书)。读了之后我就立刻上瘾了。我在书摊上搜寻万斯的书,我还记得当我找到他的《保的语言》的时候有多么兴奋。到了大学之后,我又找到了他的《恶魔王子》系列的前三本小说(还是套在教科书里看的)。我似乎把读万斯的小说跟某叛逆行为联系在了一起,而且我还加上了对某位历史教授的厌恶。他是个南方人,口音很重,老是把"封建主义"念得听不懂。

杰克·万斯的书我基本上全都读过。不过我认为其中对我写作

SONGS
OF THE DYING EARTH

启发最大的还是《濒死的地球》。因为它第一次让我领略到万斯的行文风采和语言风格。我要感谢我的父亲，因为是他没有让我向更权威的文学家学习写作，而是从万斯那里学会了他那样一板一眼又复杂的文风。可以说，除了电影以外，杰克·万斯就是我接触科幻奇幻小说的唯一窗口，因为我父亲禁止我阅读此类小说。所以他对我而言具有非常重要的启迪意义。他笔下描绘的那些生活在濒死世界中的人物和他们的故事深深地震撼了我，令我永远无法忘怀。虽然我的大部分小说都是发生在当代的故事，可如果没有万斯的影响，那恐怕我也跟许多作家一样，只会写一些失败婚姻的情感纠纷。虽然那并没有什么不好，但远没有我现在选择的道路有趣。谢谢你，万斯。

——卢修斯·薛坡德

泰德·威廉姆斯

常有人说，输赢并不重要，重要的是过程。可是几百万年后，在濒死地球上的这场令人啼笑皆非的惨剧中，输赢不但重要，更是生死攸关。

泰德·威廉姆斯凭借自己的第一部长篇小说《追猎者之歌》一跃成为全球知名的畅销作家。此后便凭借高超的作品质量长期霸榜《纽约时报》和《伦敦周日时报》。他还著有其他小说：《龙骨之椅》《告别之石》《绿天使之塔》《金影之城》《蓝焰之河》《黑曜之山》《银光之海》《卡利班之时》《古城之子》（与妮娜·霍夫曼合著）、《百花之战》《暗影行军》及《影子游戏》。他最近的作品是短篇小说集《秘仪》。除了写小说，他还为漫画和影视剧创作剧本。他和妻子黛博拉·贝亚勒即将出版他们的第一部合作作品《平凡农庄的巨龙》。他现在和家人一同住在加利福尼亚伍德赛德市。

啼笑皆非的惨剧

"我不是巫师。"雷修·拉克维朝店主说道,后者听到柜台上的铃声,正在朝他走来,"不过我要在巡回演出中扮演一个变魔术的巫师。"

"那先生你可算是来对地方了,"店主满脸微笑,点了点头,"推特瑞百货商店出售各种令人叫绝的新奇道具,我家的字号在整个艾默里都十分有名。"

"那敢问您是否就是大门招牌上写着的那位推特瑞呢?"雷修问道。

"正是区区在下,"胡子拉碴,身材矮小的店主拍去天鹅绒长袍上的尘土,"不过先生啊,我们何必把时间浪费在名字上呢。您到底需要点什么呢？您看闪光尘如何？它的效果十分惊人，却不会造成什么危害。"推特瑞说完，伸手探向斑驳的柜台，取下了一个陶罐，从里面抓了一把银粉，轻轻洒向地面，随着一声清脆的巨响，他们面前腾起了好大一股白烟。店主用力地用手扇了扇，再次朝雷修开了口，"您看，它还可以为精心设计的大变活人戏法充当完美的障眼法。"

雷修若有所思地点点头。"来点闪光尘的确可以起到很好的效果，不过它并不能满足我的全部需求。"

推特瑞笑着咧开嘴，里面的牙齿没剩下了几颗。"哎呀，您真是一位可敬的绅士，力求自己的表演完美无瑕。先生呀，您的观众一定会为您喝彩的。您看这根绳子怎么样？它可以像蛇一样灵活地舞动。要不然试试这个贝纳拉希安柜子如何？它可以很好地让您身段婀娜的女助手藏在其中，再用上这些内藏玄机的军刀，必定能为您的观众留下深刻的印象……"

然而雷修只是摆了摆手。"这些都不行。您大概误会了我的需求。我想要的不是这些简单的把戏，尤其不需要这种用镜子做机关的柜子，它既吓人又昂贵。"他伸手在贝纳拉希安柜子烤漆的表面上敲了敲，"我们的演出队伍规模很小，走的都是艾默里的乡间小路，只有一辆篷车携带所有物资。更何况，在我们常去的那些周边地区，魔术跟真正的魔法实际上并没什么区别。"

店主推特瑞听罢停顿了片刻。他伸手掸去胡子上早饭留下的残渣，这位顾客话里的意思似乎让他莫名有些不安。"我可能没太理解您的意思，您能不能稍微把话说明白一些，这样我才能更好地领会您的需求。"

这话让雷修皱起了眉头。"虽然您有些强人所难，但我还是打算跟您说个明白。"他清了清嗓子，继续说道，"我们是一个游方表演团，给农民兄弟们提供娱乐，传道解惑，甚至给一些贫瘠短缺的地方带去希望。不过并不是所有人都这样看待我们，有些心胸狭隘的家伙就污蔑我们是一群卑劣的骗子，这一点我绝不认同。"

"在我们富有教育意义的表演途中，我们会给观众提供大有裨益的药膏和补药。虽然常有一些不明就里的人诽谤我们，但我们提供的药物疗效远胜其他同行，甚至普遍比乡下医师们给他们开的药更管用。你明白我的意思了吗？"

"明白了，你们就是卖狗皮膏药的。"

"我的好店主啊，总而言之，虽然我不太认同'狗皮膏药'这个字眼，生活本身就处处充满了狗皮膏药。但不管怎么说，您的洞察力实在令人钦佩。言归正传，由于我在这个团体里扮演着巫师的角色，所以常有一些购买者私下来找我，他们都相信那些变出来的幻术都是真的。当然他们当中大部分都只想知道我变出来的银币是不是本来就在他们的耳朵里，所以是否本来就应该属于他们。"雷修一边说着，一边苦笑着摇头，"不过总有几个人希望借助我的魔力。他们一般都是想让我修补一下某个隐私部位的器官，要不然就是希望某个家庭成员早日安息，好让他们早日分割财产。"雷修接着抱起了双拳，"不过我有言在先，即便我有这个能力，我也绝不会接受这些委托，这并不仅仅出于我的道德感，而是因为农民兄弟们手里不但有尖利的家伙，还善于记仇，所以容不得我生出邪念。"他又清了清嗓子，"还有一些人会来求我帮他们找寻失物，甚至还有些人想要我帮他们寻找稀罕的怪物，总而言之，要求五花八门，其中绝大多数都是我办不到的，所以我只能眼睁睁地看着一大笔财富分散在乡下人的口袋里，不能让我发家致富。"雷修懊恼地甩了甩脑袋，"我已经厌倦了这种不公正的状态，所以才来请您襄助。"

推特瑞扭头望着雷修，脸上的错愕远超他人想象。"我恐怕还没有完全明白，先生。"老人的声音十分紧张，"也许您应该去我的好朋友德奇奥纳斯·恪隆的店里看看，他的店就在博利辛贝王冠之门外的村落里，距离此地只有四里，他那里也有专为挑剔的观众准备的魔术道具，十分精美。"

"先生，请别戏弄我了。"雷修一脸严肃地说道，"您肯定已经明白我对魔术道具和精心设计的舞台布景不感兴趣，对炼金术的坩埚试管以及学术上的追求也不感兴趣。说得再直白一点，我想购买真正的法术。像我这种没有经过魔法训练的人要求不高，只需要几个简单的法术就行了。想必您已经注意到了，我的声线足以让真正的巫师羡慕，还有一副十分具有巫师气质的尊容。"雷修·拉克维缓缓地拂了拂自己浓密的棕色胡须，仿佛在跟店主下巴上那一小撮稀疏的黄毛做比较。

"可我只是个普通商人，哪儿来的那种东西啊？"推特瑞的声音又急促又尖锐，"何况就算我真的有那种蕴涵着无上智慧的商品，我干吗要把它们卖给一个假扮巫师的家伙呢？就因为他穿了身天鹅绒长袍，还长了一把好胡子？我还不如把燃烧的魔法咒符送给一个孩子呢！"

"您又误会我了，"雷修回答道，"虽然您说自己只是个普通商人，可据我所知，您的真名实姓跟招牌上的名字并不相符。如果我没有弄错，您的真名并不叫'推特瑞'，而是奥克托留的伊莱斯特，曾经是最强大的红衣术士之一。顺道说一句，这个名号颇有戏剧性，我倒真想把它用于自己的表演，可惜我更适合漆黑和深蓝的装扮。"雷修笑了一声，"您看，正是因为我在竭力模仿你们的时候仔细专研了你们这一行，所以我才能在昨晚的路边酒馆中认出您，由此才能萌生现在的计划。您看我多走运啊！"

"我，我不明白……"不管店主是叫推特瑞还是伊莱斯特，他现在都往柜台后面退了好几步，"这样异想天开的事情怎么就走运了？"

"请别走开，您是逃不掉的。"雷修对他说道，"而且请您不要拿曾经拥有的宏伟魔力来吓唬我。因为我知道当您企图在您的兄弟同

SONGS
OF THE DYING EARTH

僚中夺取领导权的阴谋败露后，奇术从业理事会就剥夺了您的力量，并且禁止您夺回它们，也不允许您从事任何与巫师相关的职业，否则您的下场只有死路一条。所以如果您打算反抗的话，我就会向理事会告发您的行踪和您目前从事的职业。我相信您目前兜售的闪光尘和蒸馏器之类的玩意儿显然就在禁令的范畴之内。"

推特瑞似乎一下老了二十岁，他的声音颇有些悲伤。"我只会这门手艺，不会别的谋生之道啊。理事会根本没想到这一点。与其让我饿死，还不如把我直接处决算了。我当初只不过想改革一下理事会的监管流程，他们已经完全变成了一个臃肿的官僚机构了……"

雷修继续抱起了双拳。"很抱歉，我不想听您赘述心路历程，只希望您为我提供几个简单易学的法术，让我可以帮助那些热心观众，补贴演出收入。我这个人不贪心，我不企望让死人复生，也不奢求用树叶和泥土变出黄金。我只需要几个简单的秘方，足以应对农民兄弟就行，比方说能够找回走失牲畜的魔咒。当然，其他戏法也行，比方说让讨厌的邻居生疱疹的咒语之类。有很多人都向我求过这个，可惜到目前为止，我都没有办法让他们满意。"

化名推特瑞的伊莱斯特搓了搓双手，表情十分不安。"可即便这种法术也十分危险，价格也不便宜。"

"这您不必担心。"雷修用一种高贵般的姿态说道，"只要我用这些法术挣到了钱，我就一定回来把钱付清。"

店主的脸上露出了苦笑。"敢情您是来讹诈我的。"

雷修摇了摇头。"完全不是，我只不过想改变这种不稳定的生活状态罢了。不过为了避免您因为误解而对我动手，我打算请您看看我戴着的这枚臂环，它具有真正的魔力。"他亮出胳膊上的铜环，它绽放着不同寻常的亮光，这枚臂环是表演团里一位年轻姑娘在跟他亲热交欢后送给他的，据她说上面有一道免死咒符，能够保佑他逢凶化吉，这枚臂环是从她姑姑那里得到的，而她姑姑又是在她们家老太太意外身故后得到的，不过伊莱斯特仔细打量这枚臂环的目光还是让他有些不安，于是他继续说道，"如果您错误地认为您掌握的知识足以克制它的力量，那我必须跟您说明，这枚臂环并非我唯一的预防措施。一旦我有什么三长两短，我躲在暗处的助手就会立即向奇术从业理事会送去一封我早已写好的信件，其中详细注明了您最近犯下的罪行和您的准确地址。所以当您向我推荐法术，阐述使用说明的时候请千万要记得这一点。"

老人瞪着他看了很久，脸上的表情说不出到底是友善还是宽容，最后他开口道："那行吧，看来我已经落入了你的圈套，怎么挣扎都不管用，那就让我们谈生意吧。"

于是雷修跟伊莱斯特做完了交易，心满意足地带着崭新的法术抄本向这位前任巫师道别。

"顺便说一句，我不喜欢讹诈这个字眼。"雷修遥遥地向店门口朝他瞪着眼睛的店主喊道，"何况我还向您保证过，只要我挣到了钱就一定回来跟您结账。可您脸上的表情显示您仍然不太相信，要不然就是对这场十分公平的交易不太满意。我不喜欢这样，希望我们下次重逢的时候，您能稍微改变一下态度。"

※

雷修离开了凯丘米亚的市区，回到郊外剧团扎营的林地。他曾想过强迫老人当着他的面把咒语都诵念一遍，以免他在其中设下陷阱害他性命。不过由于伊莱斯特已经被奇术从业理事会明令禁止施展魔法，所以雷修也知道这只能是妄想。他只能希望自己的威胁产生了作用，只要他发生了任何意外，就会有一位同事向理事会告发。

不过这位同事实际上并不存在，是他即兴发挥虚构出来的人物，雷修在这方面相当有经验。不过鉴于伊莱斯特对此并不知情，所以它的效果并不会比一位真实存在的同事差。

此时大部分艺人们都还待在城里,只有惹人厌的费拉席蹲在篝火旁烤着一条面包,他身上套着一件地平线教会的祭司袍,抬头望着雷修靠近。

"喂!"他酸溜溜地吆喝了一声,"你挺开心的啊。带吃的来了吗?知不知道跟祭司分享食物可以给来世积德啊?你的灵魂跟来世的地平线离得有点远啊,可得好好改善改善。"

雷修愠怒地摇摇头。"少来了,费拉席,咱们这儿每个人都知道你的斑斑劣迹,你早就被教团除名,再也不能主持祭仪了。所以你少跟我提什么来世,我也不想听你对我的灵魂说三道四,你烤的面包我也不稀罕。"

"年轻人就是火气大,"费拉席说道,"也特别容易自以为是。事实上我发现你今儿比平日里更加自鸣得意。"

"即便如此,那也是理所当然的。我今天不光为我自己,也为你们这个团体作出了巨大的贡献,只要我这个奇术大师的名声传播出去,就能提高整个剧团的名气。"

这番话让费拉席皱起了眉头。他跟另一位自称药师卡威利翁的人在剧团里扮演权威,向农民兄弟们兜售宗教方面的服务。"你这个奇术大师的名头还没我这个祭司过硬呢,至少我还当真披过圣衣,你的巫师身份从哪儿说起呀?"

"就从今天开始。"雷修今天特别高兴,所以决定把话说明,"看看我的雄心和智慧的成果吧。"他朝费拉席挥舞着手中的卷轴,"只要我把它们研读完毕,我就是一名货真价实的巫师,马上就能出人头地。"

费拉席缓缓地点点头。"原来如此啊,那怪我眼拙,把您跟我们这群冒牌货混为一谈了。既然您马上就要成为一位功成名就奇术大师,那您恐怕也再也用不上那枚免死臂环了吧?您知道在咱们的巡回表演途中,总有那么几个愚昧的观众觉得我卖给他们的圣物不灵验,冲我大发脾气。所以我很需要这种东西来保护我。"

这话让雷修很不高兴。"想都别想,费拉席。免死臂环永远只属于我一个人。它是一位深爱我的女人送给我的,虽然她为了安定的生活抛弃了生活的浪漫,去年嫁给了一个癞蛤蟆都不如的马厩老板。你的这种痴心妄想简直荒唐可笑。"他嗤了一声,继续说道,"我要去研读法术了。等咱们下次再见的时候,你就休想再戏弄我。"

于是留在篝火边的费拉席只能满心妒忌地望着新晋的奇术大师扬长而去。

雷修·拉克维选择的咒语都经过了缜密的考虑。毕竟他不像绝大多数巫师一样经历了数十年的刻苦钻研,何况他也完全忍受不了如此漫长的学习时间。只要他发错一个音节,挥错一个手势,就极有可能要了他的小命,即便有免死臂环护身也无济于事。由于他完全没有经验,所以极有可能一次性只能记住一道法术,并且每次使用之前都得从头再记。正因为如此,他才精挑细选,只向隐姓埋名的伊莱斯特索要了四道用途广泛的法术。

他索要的第一道法术叫"犀波克拉嚏之誓",它可以拿任何人的鼻子搞恶作剧,随心所欲改变它们的形状,再把它们变回来。第二道法术叫"何足道哉咒",可以把人们的所见所想变得微不足道,法术的持续时间随人数多寡而定。第三道叫做"多梅辛催情咒",可以让人凭空产生情欲,或者在对方兴趣或缺的情况下令其心痒难耐。

他索要的最后一道法术叫做"轰雷绝罚咒"。它记起来最难,但威力也最强大。它可以把一名不速之客立即放逐到世界尽头,并在那里永远关起来。例如它可以把暴怒的老公或饥饿的白钩虾妖从艾默里立即扔到世界尽头无穷冰原的最远端,让他们永远待在那里。

这道法术需要从施术者身上汲取大量的能量,还只能用于应付个别极端情况,不过这种情况往往生死攸关,因此雷修丝毫也不怀疑它的价值。他还记得自己在选择这道咒语的时候,老迈的伊莱斯特十分不悦，还不停地抱怨，这无疑使雷修更加坚信自己作出了正确的选择。

✦

在随后的几个月里，雷修利用新学的魔法大获成功。他用鼻子戏法在乡下挑拨了好几场争端，还把一位老夫人的鼻子变成了硕大的发光海星。原因是这位夫人突然更改了遗嘱，不愿把财产留给原本钟爱的侄子，而那位侄子则非常乐意把其中一部分遗产赠送给雷修，所以希望雷修治好她以博取好感。他还用"轰雷绝罚咒"在不同的场合放逐了三条疯狗、一条骇人好斗的树鼬，还有三名老公和一位父亲。他们不巧撞见了雷修用"多梅辛催情咒"跟他们的妻女调情。他找上的其实有两名妻子和两名闺女，因为其中一位戴了绿帽的老公恰好还有一个刚刚成年的漂亮闺女。这一点他反复经过了确认，按照他的观念，性爱只应该发生在成年人身上，这也是他值得钦佩的众多品德之一。当然，他也在少数万不得已的情况下施展过"何足道哉咒"，让他溜之大吉，甚至趁机找回了场子。于是他的名声就在剧团途经之地慢慢响了起来。

就这样，当剧团来到一座叫做塞庇亚的小城后，当地城主在一天夜里率领着长老们找到了刚刚结束表演的雷修，向他求助。城主一边邀请他品尝陈年佳酿，一边说了出自己的请求。

"我们对您今晚的演出深表钦佩。"城主手里攥着装饰了许多羊角的礼帽，态度毕恭毕敬，"您的同袍卡威利翁和费拉席牧师的高论也让我们深受启发，你们的远见卓识对我们这座城市实在大有裨益。"

接着其中一位长老略带羞涩地开口道："不过既然说到这里，你们的药水真的能满足我夫人吗？要是果真如此，我就打算向卡威利翁买上几瓶。我家夫人总是不知满足，总是背着我偷吃，我都已经

啼笑皆非的惨剧

快要绝望了。"

"哦，卡威利翁的药水的确很管用。"雷修对他说道，"不过您可以把她送过来，我可以给她做一次检查，就能拔除她的饥渴，而且绝不多收您一分钱。"他又趁着这位长老道谢的时候追问了一句，"你们找我就为了这件事？"

"其实我们另有所求。"城主开口道，"虽说这件事对您这样的大师而言微不足道，可对我们这样的穷乡僻壤来说却大过了天。事情是这么回事，有只迪奥殆在本地矿场里安了家，让我们无法开采水晶矿，而那座矿场正是我们最重要的收入来源。不光如此，他还不时进城偷走孩童，趁夜抓走不太机灵的市民，带回洞里大快朵颐。为了消灭它，我们已经派出了好几位顽强的猎人，却都成了他的盘中餐。搞得现在城里只要一有风吹草动就人人自危。"

"所以你们要我助你们摆脱这个邪恶的妖魔？"雷修暗自得意地想到"轰雷绝罚咒"，于是继续说道，"这事好办。不过即便我经验丰富，造诣高超，这项工作的风险仍然很大。所以价格绝对低不了。"接着他报了一个价码，让长老们不禁脸色发白，就连城主也皱着眉头从礼帽上撕下一个羊角。

于是经过一番讨价还价之后，他们终于谈妥了价码。尽管作出了极大的让步，但成交的金额仍然抵得上雷修平时半年的收入。当晚他以疲惫为由送走了客人，希望抓紧时间记忆法术。他承诺第二天一早就跟他们会面，去解决他们的麻烦。

翌日清晨，雷修悠然享用了长老夫人烹制的丰盛早餐——他已经为这位夫人治疗了大半个夜晚。随后，他动身离开自己这半年挣来的帐篷前往城主的府邸。那是一座低调朴实的建筑，带着当地风格的圆顶。颇有风度的城主还率领了一大帮市民在路边夹道欢迎。雷修不慌不忙地对他们颔首致意，接着跟着向导朝城外山丘上的矿场出发而去。

SONGS
OF THE DYING EARTH

他们一直送他来到矿场外才离开，留他独自走向迪奥殆的洞穴。雷修走过寂静的矿场，对散落地面的工具漠不关心——它们显然是被仓皇逃命的矿工们落下的。其中也有不少动物和人的骨头，它们大多数都被折断，骨髓都被吸干。清晨的雾气笼罩了整座矿场，它隔绝了阳光，让雷修很难看清周围的情况，这让他多少有些紧张。不过念出"轰雷绝罚咒"只需要一瞬的时间，不久之前，他不就赶在那几个戴了绿帽的老公朝他脑袋挥出斧头的瞬间念出了咒语吗？若非如此，他雷修早就身首异处，而那几个朝他挥舞斧头的蠢货也不会被困在终末之地的冰天雪地里懊悔余生了。想到这里，他稍微安下心来，朝洞穴的方向喊去："有人吗？请可怜可怜我这个迷路的旅行者吧，我又肥又胖，找不到路，只能在这座废弃的矿场里游荡。"

他话音刚落，一个漆黑的身影便从迷雾中显现。它虽然并不太饿，但显然无法抵挡一顿现成的大餐。这只迪奥殆看起来像人，全身漆黑如烟，尖牙利爪闪烁着寒光。它一边靠近，一边用黄色的双眼打量着面前的猎物。

"迷路的，你完全是在夸大其词。"它的声音有些失望，"你哪有多胖啊，顶多是肚子上有点赘肉罢了。"

"就知道你们这帮怪物不长眼睛，"雷修朝它喊去，"我肚子上根本没有赘肉，这么说只不过是想把你引出来而已。我可不想花上半天工夫来找你。"

迪奥殆的眼神有些好奇。"难不成你也是个武士？可瞧你这一身松弛的软肉，倒像个四体不勤的商人。难道你想出高价让我离开塞庇亚？不瞒你说，我还真想另找个地方换换口味呢。"

雷修轻蔑地笑了。"奉劝你还是少做梦了，我才不是什么商人，我乃夜幕魔尊雷修·拉克维。就算你没有听过这个名头也不打紧，你有足够的时间在你即将前往的冰天雪域里懊悔余生。"

啼笑皆非的惨剧

迪奥殆缓缓靠近，直到雷修举手警告才停下，接着它说道："奇哉，我从没见过你这样的法师。除了手臂上戴了个魔环，浑身上下竟没有半点法力。别见怪，你半点也不像个法师。你不会搞错了吧？"

这句话让雷修无名火起。"搞错？那你也能搞错这个？"他挥舞手臂，用尽全力吼出了"轰雷绝罚咒"。刹那间，空中响起一声炸雷，迪奥殆焦黑的身躯上绽放出一阵电光。然而它却并没有像其他人那样落入忽然涌现的无底深渊消失无踪，反而如同被一股无形魔力吸住一般猛然朝雷修滑去，吓得雷修连忙抬手挡在面前，并在惊恐中发出了一声含糊的尖叫。然而迪奥殆在他一步之遥的距离突然停了下来，仿佛撞上了一面看不见的软墙。

雷修的手指仍然指着迪奥殆，在他面前的丑陋面目变得更加狰狞。那个妖魔望着他，非人的脸上闪过一丝困惑。

"奇怪的魔法。"它嘀咕了一声，向后退了一步，接着张开獠牙朝雷修飞扑而去，可上一次将它拦住的蔽障再次把它弹开，"奇哉，看来你的法术效果跟你想的完全相反。"那妖魔说道，"它并没有把我放逐，而是不断把我拉向你。"它转过身，可没等它迈出一步就被重新拉了回来，"我就像颗被行星拉住的卫星，无法离开你周围。而你手臂上的魔环又让我无法碰到你，将你碎尸万段。"它说着皱起了眉头，收起骇人的獠牙，"我不喜欢这样。放了我吧，法师，我保证马上离开，绝不找你的麻烦。"

雷修双眼瞪着面前的妖魔，它近在咫尺，身上散发的腐败恶臭让他发毛。他动了动嘴，最后只说了一句："可……可我办不到，我不知道该怎么解咒。"

迪奥殆厌恶地嘁了一声，它黄澄澄的眼睛骨碌碌地转起来。"那看来你既没本事当法师，也没本事杀了我。如果你没办法放了我，那我建议你不妨把魔环摘掉，好让我把你杀掉。这样至少我们当中还有一个能够按照虚空之灵的意愿继续生活。"

这话又激起了雷修的怒气。"我凭什么让你杀了我！你为什么不杀掉你自己呢？我看你那些锋利的爪子用在自己的脖子上一样好使。然后我的生活就可以重回正轨，那怎么都比偷窃幼儿，伏击路人的生活强得多。"

"显然我们没法轻易达成一致。"迪奥殆想了一下，继续说道，"你最近该不会得罪了其他法师吧？"

这话让雷修立刻想到了伊莱斯特，他在上次分别的时候的确很不高兴。不过既然雷修跟眼前的妖魔还谈不上相熟，那他自然也不愿跟它提起此事。"在我们深奥的小圈子里一切都有可能发生，你何出此言？"

"如果真是那样，那既有可能连死亡也无法将我们分开。如果真是有人蓄意作祟让你的法术失灵，那么极有可能我们当中任意一方死亡也不能让另一方解脱。我被强迫跟你在一起，那么极有可能我也会被迫永远留在你死掉的地方。换一种可能，就算你设法杀了我——尽管那极其渺茫，那我的尸体也极有可能继续跟你同在。我的尸体腐烂过程极其缓慢，又十分令人厌恶，那恐怕你只能被迫跟我腐烂的尸体度过余生。"

雷修在痛苦的沮丧中闭上了眼睛，接着恶狠狠地吐出了那个名字："伊莱斯特！这肯定是他干的。他竟然用这种诡计耍我，我一定要找他报仇！"

迪奥殆瞪着他。"他是谁？"

"就是我们必须要去找的人。只有找到他才有希望让我们俩摆脱这可悲的命运，我们这就走吧。"他接着苦笑了一声，"我们必须避开塞庇亚。现在城里的人肯定不会再欢迎我了，说实话，他们也从来不想看到你活命。"

啼笑皆非的惨剧

于是他们就像两只拴在一根绳子上的登山人一样穿过森林回到城外的营地。换作平时,剧团演员们大多对他回来漠不关心,可这一回他带回的同伴立刻在营地里引起了莫大的不安。

药师卡威利翁朝他大喊一声:"你身后有个可怕的妖魔!快趴下,我们会尽全力干掉它!"

"请不要伤害它!"雷修赶紧说道,"不然我多半就得拖着它恶臭可憎的尸体顶着垂死的太阳度过余生。"

于是他向众人说明了原委,让大伙儿十分震惊。卡威利翁对他说道:"那你必须找一个强大的术士才帮得上忙。"

"要不然就找一位仁慈的天神。"费拉席说道,他脸上一脸幸灾乐祸。

"你这么聪明,肯定能想办法解决。"一个叫敏卡的姑娘说道,她取代了那个把魔环送给雷修的女子,当上了剧团的领舞女郎。她对雷修颇有情愫,可对他最近的表现非常失望,至少她已经对自己的选择下了决心,"然后你能回来找到我们的。"

卡威利翁用不容置疑的口吻说道:"不管怎样,你都必须马上开始行动!"

"但我最好还是跟你们一起动身,毕竟剧团马上就要返回凯丘米亚了。"雷修继续解释道,"我必须保障我这位同伴的安全。我要想办法在我们的演出里用上这只迪奥殆,这一定能引起轰动!想想看这样的事情有哪个剧团做到过?"

"也没有哪个剧团敢在闹褐瘟的时候演出。"费拉席哼了一声,"招徕观众可不能光靠搞新奇,谁敢冒着生命危险,顶着令人作呕的气味来看演出啊。"

就连敏卡在内的其他人都同意假教士的观点,因而不管雷修怎么争辩恳求都无济于事。剧团强硬地打发他们俩上路,也没给他们多余的盘缠,还收回了送给雷修的私人马车。既然他不再可以发挥所长为剧团的表演做出贡献,那么自然也就没有了这个必要。

雷修·拉克维在荒郊野外度过的第一个夜晚极不舒服。一想到身旁躺着一只随时能把他大卸八块的非人妖魔就更加令他难以入眠。最后,他在黎明之前的寒夜里坐了起来。

迪奥殆似乎没有丝毫睡意,黄澄澄的双眼在黑暗中绽放着寒光。"你醒得很早嘛。难道你改变了主意,决定让我结束你的生命,好让你获得解脱前往彼界来生?"

"才不是呢。"雷修生起了火堆,给林地里染上了一层红色的暖光,迪奥殆就仿佛其中投下的一抹阴影。他不愿跟这个鬼魅般的妖魔说话,也不想就这么坐在它身边等待朝阳。于是他将手伸进背包,掏出了一个木盒。它展开后就变成了一块抛光的棋盘,上面布满了小孔。接着他又从盒子里的口袋里摸出一把钉子形状的棋子,开始把它们分别放置在棋盘两端。

"这是什么?"迪奥殆有些好奇,"这是敬神的祭坛?是用来做礼拜的吗?"

"不是,比那重要多了。你玩过斗王棋吗?"

黄澄澄的双眼缓缓地眨了三下。"玩过斗王棋?我没听懂……"

"这是一种对抗游戏。我小时候在迷雾群岛经常玩。人们用它一较高下,现在还拿它来赌钱。怎么样,想不想学学啊?"

"我没有钱,也不需要用钱。"

"那我们就随便玩玩,找点乐子。"雷修伸出手,把棋盘放在两人中间距离相等的位置,"既然咱们必须保持一定的距离,所以当你伸手移动棋子的时候,我也会后退相等的距离。你来执白方吧。"

迪奥殆狐疑地瞪着他。"白方又是个什么东西?"

"白方不是个东西,它就是指这些白色的棋子。只要你把它们往右移动一个,就必须再往左边移动一个棋子。不然你就必须往同一边同时移动两个,明白了吗?"

迪奥殆沉默了好半天。"往右移动一个?右边是哪边?"

雷修笑了。"我指给你看。你马上就能学会,在我们岛上哪怕最小的孩子都会玩!"

※

他们花了近一个月的时间才抵达了凯丘米亚。其间他们玩了上百局斗王棋,每一次都是雷修轻松获胜。迪奥殆对战术的理解相当死板,难以理解雷修在棋局中作出的灵活应对。它也完全不懂什么叫佯攻和误导,但它至少可以跟雷修正常对弈,仅凭这一点,雷修就已经知足了。跟活生生的迪奥殆拴在一起注定是孤独的,过去几周的经历就很能说明问题。单独的旅客一看到他们俩就逃之夭夭,根本不愿停下来了解雷修的遭遇。而结队而行的人恨不得消灭他身边的黑暗妖魔,同时也把雷修当成人类的叛徒。他们在夜里歇脚的谷仓有两次被人放了火,他们都差一点没能逃出来。

"坦白说我还没有完全理解你的困境。"雷修告诉迪奥殆说,"所有人都想干掉你,你也得不到任何人的帮助。"

那妖魔盯着他,眼神里夹杂着轻蔑和调笑。"恰恰相反,在大多数情况下都是我干掉了他们。我很有力量,速度也快,像你这样的人就算三五个一起上也不是我的对手。只能说我们现在的情况很特殊,正常情况下没有哪个迪奥殆会摈弃黑暗的庇护,在光天化日之下闯入敌营。正是因为你的法术才让我落到如此困境。更别提它还完全妨碍了我进食。"

这最后一句是雷修的强烈要求。他要求这名跟他拴在一起的妖魔只要在两人作伴的情况下就不得吃人,换言之就是永远都不行。迪奥殆一开始极不情愿,可雷修指出他可以轻易警告所有潜在的受

SONGS
OF THE DYING EARTH

害者，聋哑人除外。他还对它展示了"犀波克拉噬之誓"的威力，演示了他能轻而易举地把它的鼻子变大，直到完全遮挡它的视线。如此一来迪奥殆才心不甘情不愿地答应了。

不过他们俩总得吃东西，因而雷修对迪奥殆锋利的爪牙有了非常直观的认识。由于他们俩之间始终必须保持相等的距离，所以雷修也必须像迪奥殆一样学习在悄然无声中狩猎。然而他们之间的生理差异实在太大，这种种尝试只能让雷修更恨不得早日摆脱身边的妖魔。

可由于"轰雷绝罚咒"的作用让他始料未及——这肯定是伊莱斯特故意搞的鬼，所以除了手臂上的那枚魔环，雷修也不再奢望其他几道法术可以助他摆脱这妖魔的致命一击。"犀波克拉噬之誓"只能唬得住它一时，催情咒对它显然也完全不合适。他发现就连"何足道哉咒"都只能略微降低它对重获自由并将雷修碎尸万段的渴望。他原本还想对自己用这个法术来缓解不安，可他发现那样一来恐怕会同时使他对迫在眉睫的危机视而不见。

不过有趣的是，随着时间的推移，迪奥殆却变得越来越健谈。有好几个晚上，迪奥殆都趁他们下完斗王棋后一前一后倚靠着棋盘躺下的工夫打开了话匣，讲起了它幼年时代在一座拥挤的巢穴里挣扎求生。它只能依靠尖牙利爪来对付自己的兄弟姐妹，直到长大之后才杀了它们逃离了巢穴。

"我们没有城市，跟你们不一样。虽然我们共享领地，但我们平时都不相往来，只有交配和解决纠纷的时候才碰到一块儿。我们用力量比试解决纠纷，直到一方死亡才算结束。我自己在这样的纠纷中活下来了至少十几次。瞧，这道伤疤就是其中一次留下的。"迪奥殆一边说，一边抬手给雷修看，不过它的皮肤太黑，在篝火的光线下根本看不清，"我们天性跟你们不一样，不喜欢聚集，也不会修建房屋，总是满足于随遇而安。不过在我玩过你们这种游戏之后，我

376

啼笑皆非的惨剧

才开始意识到你们的优势。我们迪奥殆从来不会在狩猎成功后制订进一步的计划,不过现在我发现,未雨绸缪的确是你们一族比我们更高明的地方。我同时也开始理解误导和不实信息的用途,它们可不仅仅能杀你个措手不及。"迪奥殆突然向相同的方向移动了两枚白棋,露出了蓄意已久的攻势,"你看。"它咧着獠牙,那仿佛就是一种自我满足的微笑。

尽管迪奥殆运用了反常的战术,那天晚上雷修仍然取得了胜利。但他发现了一个事实:迪奥殆的棋艺在进步。如果他还想继续保持优胜不败的记录就必须在棋局上下更多的心思。他发现自己后悔了,就像过去他靠自己的技艺赢了几百次,却从来没有因此获得金钱上的回报一样。这种痛苦甚至比伊莱斯特对他的设计陷害还更加悲凉。

最后,他们终于抵达了推特瑞的百货商店所在的小城凯丘米亚。他们躲在城外一片林地里等待夜幕降临,那地方就在雷修的剧团曾经的营地附近。

"待会儿见到伊莱斯特的时候,不要被我们的对话困扰。"他告诫迪奥殆说道,"那将是一场激烈的谈判,最好让我一个人来应付。"他想了一下,接着继续,"等我进去的时候你最好留在门外,这样那个奸猾的法师就不会注意到你,当我需要你的时候也就不会对你有所提防。"

"可你已经试过想把我困在门的另一端了。"迪奥殆冷冷地说道,"那是一扇教堂的门,你以为这样可以加强策略的效果,可结果呢?"

"这你可就错怪我了!那已经是几个星期前的事情了,再说我也没打算在这里故技重施!"

"结果你发现,只要我被困在门外,自己连朝前走一步都难。"那妖魔提醒他,"我们俩现在就是拴在一根绳子上的蚂蚱,谁也摆脱不了谁。"

雷修沉着脸。"就我们目前的计划来说,我只希望开始的时候对你的存在保密。不过你可以自己来决定。"

"那行吧。不过你最好记得你说过的话。"

午夜降临后,他们俩悄悄地迅速溜过市区。不过他们在拐过一座打烊的酒馆时,迪奥殆趁机吃掉了卧在角落里的一名醉汉,引得雷修一顿严厉的呵斥。

那妖魔辩解说:"除了我,没人对他感兴趣。我已经饿了太久了,你没权力指责我。"

"可如果我们俩被人发现,那咱们就吃不了兜着走了。如果他的骨头被人发现,难道当地人不会马上察觉有你这样的生物出没吗?"

"他们会认为是溜进城的狼干的。"迪奥殆说道,"你为什么总要阻拦我呢?你甚至都不准我吃死人的肉。你们明明非常藐视死人,把它们埋得远远的!"

"我不准你吃死人肉是因为那太恶心了。"雷修甩着一张臭脸,"这恰好证明,不管你表现得多么不同,你都始终是头跟同类一样的野兽。"

"不管你怎么说,我们都绝不浪费可以吃的东西。我们的同类都非常乐意死后回到大家的肠胃里。"

雷修只能耸耸肩。"行了,咱们还在街上呢。"

可当他来到推特瑞的百货商店的时候,却发现这里已经彻底荒废了,这让他无比沮丧。"那个卑鄙的懦夫竟然逃跑了!我们进去看看,也许还能找到他当前下落的线索。"

迪奥殆随手一挥便将门闩打成碎片,接着他们俩走进黑暗空旷的店内。原本琳琅满目的货柜如今蛛网遍布,仿佛已经荒废了许久。一只被迪奥殆粗暴的行为吓到的耗子吱吱叫着逃进了角落的洞穴里。

"拉克维,他似乎给你留了封信。"迪奥殆指了指,"上面有你的名字。"

雷修的视力没有它敏锐,靠着摸索才发现钉在墙上的羊皮纸。

啼笑皆非的惨剧

于是他扯下信件,来到门外,借着路灯摇曳的光线辨认上面的字。

西贝货勒索者雷修·拉克维敬启:

  如果你正在阅读这封信,那么必然发生了下列二者之一:如果你是来偿还债务的,那么我非常欢迎。你必须向这栋宅子的房东支付一万三千块钱。他就住在隔壁。我会按照只有我自己知道的方式来取钱。我这人慈悲为怀,所以额外给你一条忠告:无论何时都不要对迪奥殆使用"轰雷绝罚咒"。

  如果你不是来偿还欠款的,那么想必你就是对那种黑暗的生物使用了"轰雷绝罚咒",却并没有达到我想要教训你一番的目的。这也许是因为当时我在匆忙中调换的两个关键字没有发挥预期效果,也有可能你那枚免死臂环的魔咒比表面上更有效用。但不管是哪一种原因让你活着回来,我对你施加的其他诅咒都仍然有效。另外,我已经搬到了另一座城市,还换了个新名字。所以就别想着向奇术从业理事会举报我了。

  先生啊,您就等着下地狱吧。
  此致
  敬礼

曾经的推特瑞敬上

  雷修狠狠地把羊皮纸捏成一团。"还钱?我要还得他拿不动钱包。我要把他的钱包还爆!"

  "你的比喻不太准确。"迪奥殆说道,"看来我们还没那么容易分开。"

✦

  离开凯丘米亚之后的几个月里,他们俩就仿佛被关在一间牢房里的囚犯一样愈发厌恶对方。雷修一门心思只想找到伊莱斯特的消息，可迪奥殇的存在却始终碍手碍脚，让他难以跟绝大多数人类攀谈。这让他几乎放弃了希望，要在成百上千的城市乡村里找到恶作剧的始作俑者无异大海捞针，他甚至还有可能搬到了比艾默里更偏远的地方。

尽管大多数时候他们遇到的都是人类，但偶尔他们也会遇到其他迪奥殇。它们对雷修既不害怕也不好奇，仅仅只把他当成潜在的大餐。然而它们的企图统统都被免死臂环阻挡，于是它们便转而跟他受困的同伴拉起了家常。他只能被迫倾听它们令人反胃的对话，以及对他唾弃吃人的嘲讽。他那位被魔法约束的同伴不免受到自己同类的鼓舞，因而以更旺盛的精力跟他对弈。虽然雷修依旧保持着不败的记录，但应对起来却越来越困难，这种情况让他很受刺激，因此经常在迪奥殇采取了无谓的举动后呵斥对方。

他经常在收拾棋盘的时候说："批评算不了什么，可任谁只要回顾一下咱们对弈的历史，就能知道谁才是更优秀的那一个。"他甚至开始习惯起这种生存方式来，尽管迪奥殇不管作为谈话对象还是竞争对手都并不恰当。

就这样又过了大半年，一直保护着雷修·拉克维的免死臂环忽然有一天失灵了。

✻

他当时正在做梦，梦见自己正在用魔法教训伊莱斯特，把他细削的鼻子变成了硕大的肉瘤，让他叫苦不迭，哀声求饶。可他却被迪奥殇恶臭的呼吸熏醒，发现那双黄澄澄的眼睛就凑在自己面前。

雷修刚发出一声尖叫，就被长着利爪的大手抓住了脖子。

"是啊，可惜你们人类太脆弱了。"那妖魔的声音很低，仿佛此时此刻声音只要稍大一点就会破坏它纯粹的乐趣，"我的爪子可以像穿过黄油一样轻易把你洞穿。不过我打算选择一个更加缓慢，也更令人愉悦的方式来好好消遣。"

"我，我的臂环，"雷修结结巴巴地说，"你把它怎么了？"

迪奥殆笑了。"我？我什么都没做。假如我记得没错，它能让你不会过早丧命。但不管它是怎么运作的，你现在都已经死到临头。或许换一种情况，你现在极有可能被天花板落下的瓦片砸死，又或者被脱缰失控的马车碾成肉泥。不过现在你至少不用费心去自寻死路，我的存在就是为了帮助你履行自己的命运！"

"可……可是你为什么要这样对我？我们在一起过了快一年了，难道我亏待了你吗？"雷修伸出颤抖的手，打算友好地拍一拍迪奥殆，可它那一口锋利的獠牙让他打消了这个念头，"我们两族中从来没有人做到这一步，从来没有人像我们这样亲密，这样了解彼此。难道你忍心将这一切化为泡影吗？"

迪奥殆发出一阵尖酸的嘲笑。"我被强行跟一大块烤肋排绑在一起大半年，现在好不容易重获自由。怎么，你以为我会跟烤肉交朋友？拉克维啊，我们俩在一起纯属迫不得已，你终究只是块肉而已。现在该轮到我把你干掉了！"

他感到脖子上的爪子越收越紧，忽然他想到一件事，连忙大喊起来："等等！你说过假如我死了，你极有可能被永远困在我死的地方！难道你忘了吗？"

"当我发现你的魔环失灵后，我就为此想了整整一个晚上了。我现在想到了绝妙的办法来解决这个问题：我准备把你吃干抹尽，连一块骨头都不剩下。这样我就不会有这样的困扰了。"它哈哈大笑，"你说过咱们之间很亲密，那还有什么地方能比我的肚子里更亲密呢！"

雷修几乎要被迪奥殆浊臭的气息熏得丧失了意识。他闭上眼睛，这样当它把他生吞活剥的时候就不必看到它骇人的眼睛。最后，他

SONGS
OF THE DYING EARTH

强忍着自己的颤抖，尽量用镇静的声音说道："那行吧。至少我死的时候知道迪奥殆永远都不能在斗王棋上下赢人类，这一点能让我安心赴死。"他说完，等待着对方的反应。

他等了很长一段时间。

雷修想起迪奥殆之前说过的话，它说它不想立刻割开雷修的喉咙，而是想要看着他慢慢地死。也许这就是它迟迟还不动手的原因？

最后，他睁开眼睛，看到对方闪烁着愤怒的黄眼睛里还夹杂着别样的情绪，还有些捉摸不清。

"你切中了要害。"迪奥殆承认道，"据我所知，你在公平较量中击败了我总共九百四十四次。不过最近我已经越来越觉得我快要掌握要领击败你了。你也必须承认我们俩现在的棋艺已经越来越旗鼓相当。"

"平心而论，你说得对。"雷修说道，"你无论是对战术的运用还是对时机的把握都有很大的进步。"

迪奥殆抓着雷修的脖子缓缓地起身，迫使他也站了起来。接着它说道："我决定咱们俩继续对弈。只要你能继续下赢我，我就让你活下去。我必须要赢，只有这样才能证明我的棋艺超过了你。"

雷修总算松了口气，他的命暂时保住了，可这并没能给他带来多少指望。迪奥殆不睡觉，不需要像他一样每天必须睡上那么多钟头。迪奥殆反应迅速，远比他身强力壮。而没有任何一个有脑子的人类会来搭救他。

不过，只要他还活着，他就仍有一线生机。未来仍有可能会发生不可预料的情况帮助他打败这个妖魔逃出生天。人生经验告诉他，生活中处处充满了转机，好运总有可能会降临。

于是他对迪奥殆说道："你必须让我吃饱肚子，健健康康。如果我因为饥饿和疾病导致状态不佳而输给你，那你的胜利就毫无意义。"

"那是当然。"迪奥殆收回了爪子,二话不说就开始启程。它在林间穿行,速度很快。雷修只能连忙跟上去,免得被魔法吸力拉散架。

"我们要去哪儿?"他上气不接下气地问道,"为什么不留在刚刚那里?那里有篝火,只要你搞定了晚饭,我们就能开始对弈。"

"咱们现在就去吃晚饭。不过我想吃的东西那儿附近可不多见。"

它说完这番令人不安的话后继续前进。当清晨的阳光渗入森林的时候,迪奥殆拖着雷修走出了密林,来到一片茂盛的草地,无数斑驳的石头散落其间,有些高大笔直,有些龟裂歪斜。它们大多都覆盖着厚厚的青苔。

"我们来这里干什么?这是一片墓园,都不知道废弃多久了。"

"说得没错。"迪奥殆说道,"不过这里并没有荒废太久,大部分人都是最近几年才埋下的。由于你横加干预,我已经太久没有吃顿好饭了。现在你休想再对我指手画脚了。我不想在咱们对弈的时候受到你的同类干扰,所以咱们就在这里安营扎寨。虽说这里尝不到人类的鲜肉,但风干腌制的熏肉却十分充足,而且埋得都不深。"它咧开嘴大笑一声,"跟你在一起了这么久,你可不知道我有多想吃上这样一顿大餐了。"

"那我呢?"雷修连忙问,"那我吃什么?你会为我打猎吗?"

"拉克维啊,别以为你自己还是发号施令的那一个。"迪奥殆的语气忽然严厉起来,"现在不会有任何人来救你,而我只需要一瞬间就能把你开膛破肚。为你打猎?别做梦了。"迪奥殆摇摇头,强壮的臂膀迫使他跪倒在地,"你得好好学学迪奥殆的生活之道。我吃啥,你就吃啥!现在赶紧把棋盘摆好,准备为捍卫你们人类的尊严而战吧。"

"与此同时,我要去给咱们俩挖一顿丰盛的早餐。"

SONGS OF THE DYING EARTH

后　记

　　说实话，我已经忘记自己是什么时候开始看《濒死的地球》的了，但肯定是十几岁刚刚萌发对科幻的热爱的时候。我看的第一本应该是库格尔的开篇故事《灵界之眼》。我很喜欢他笔下那些摒弃道德的角色，他为他们安排了纷繁复杂的情况，用生花妙笔和天马行空的想象力给我带来了难以言喻的欢乐。之后只有狄更斯和沃德豪斯的作品能让我如此沉醉，再也没有其他科幻小说能给我这种感受。

　　直到现在我都仍然深爱着杰克·万斯创作的所有作品。我也非常希望看到当今的一流作家们（当然也包括我在内）引领读者走进杰克·万斯的大门。他是当之无愧的大师，这句话我要重复三遍。因为在我看来，只有在赞叹和欢笑中拜读过他的作品，才不枉来人世走上一遭。

　　幸运的读者们，他那无尽的宝库正等待着你们探索！

——泰德·威廉姆斯

约翰·C.赖特

20世纪90年代末,约翰·C.赖特在《阿西莫夫科幻小说》上发表了他的早期作品,开始初露锋芒(其中一篇作品《客座法》被选入戴维·吉·哈特威尔的《美国年度最佳科幻小说集》)。他在新世纪初出版了"黄金时代"三部曲(包括《黄金时代》《黄金超越》和《凤凰狂舞》),获得了一致好评,他由此被公认为科幻小说界的一大新秀。后来,他又创作了"永恒"系列奇幻小说,包括《永恒的最后守护者》和《永恒迷雾》,以及"混沌"系列奇幻小说,包括《混沌逃亡者》《混沌孤儿》和《混沌巨人》。他最近出版的小说是《非A连续》,是A.E.范·沃格特的著名作品"非A"系列小说的续作。赖特与家人生活在弗吉尼亚州的森特维尔。

这一次,他为我们讲述了老罗玛斯城最后一位抗议者的故事,他用名为"无坚不摧的奎达尔暗铁魔杖"的神秘武器维持着城市街道的秩序。没过多久,他发现自己面临着前所未有的巨大威胁,来自恶魔、邪恶的魔法师和高耸入云的庞大巨人。幸运的是,他和魔杖将会以意想不到的方式得到帮助……

馆长古耶尔

老罗玛斯城

曼克索里奥·昆茨是老罗玛斯城的一位贵族，在古迹区过着悠闲的生活。

由于古迹挖掘的特殊性，整个街区被一堵一英寻厚、五厄尔高的暗红色石墙包围着。沿墙每隔一段距离都建有一座塔楼，塔楼上有巨大的路西法玻璃灯，还有花大价钱从凯因玻璃工匠那儿买来的灵巧的放大镜。具有特殊穿透力的光束能消灭任何可能出现的臭气、战栗、懒惰、亡魂、忧郁和幽灵，或是照亮逃亡者。大路上灯火通明，市民可以在夜里出门，而不必担心佩尔格兰或宪兵队。谋杀、盗窃和恶性事件很少发生。

然而，灯光并没有照到裂谷里。裂谷是一眼巨大的井，位于古迹区中心的行政官广场中央，在骷髅井架的阴影中向下伸展。裂谷

馆长古耶尔

中不时传出哭喊声和呻吟声，向过往行人提醒着古迹区的严苛法律。

城市里其他地区的秩序就没那么好了。无赖和走私者在水手区的码头出没，据说在月黑风高的夜晚，海湾的水域会传出一个声音，正是这个声音组织起了那儿的流氓团伙。一群迪奥殆占据了旧城区的空置宅邸，最近有人试图赶走它们，但都被凶猛地击退了。颓墙之地的游牧民搬进了探索者之尸街区的荒废建筑和商店，把他们的牲畜安置在空空荡荡的剧院里，在荒废的拱廊里砌起炉灶，拆毁宅院当成木柴，用他们的短弯弓射出玻璃尖箭，赶走监察官。每杀掉一支巡逻队，部落成员就会戴着彩绘侮辱面具，赤身裸体地在屋顶上跳舞。

监察官把守着通往古迹区的大门，就像在对付围城的军队一样。只有曼克索里奥·昆茨习惯性地前往城市中较为偏远的法外之地。他走的是他的父辈和祖父辈担任公民抗议者时所走的路线。本来还有手持闪耀着发光毒液的长枪的侍从陪同抗议者巡逻，抗议者却以自己不需要保护为借口，让侍从们中断了他们的职责。

曼克索里奥·昆茨的名声源自一件神秘的武器，它拥有古老的声誉，被称为"无坚不摧的奎达尔暗铁魔杖"，人们时常看到他随身携带这件武器，听到它发出不祥的嗡嗡声。

每天黎明，他都会踏上旧城区的废墟城堡的制高点，就连愤怒的迪奥殆也不敢骚扰他。

在这里，能看到酒红色的昏暗天光照耀着外城破败的街道和废墟，就像巫师桌上摆放的错综复杂的透视画。

这里还能看到北方的群山，山峰被染成了鲜红色，南面则是缓缓流淌的松雷河，在那里，三桅小帆船和多桨帆船运送着来自阿尔梅里、奈夫斯林河口和小远志佐的丝绸与香料。也是这些帆船运走了古迹区的出土文物：用灭绝动物的皮做封面的书籍和对开本，镶嵌着紫水晶、黄水晶或紫黄晶。每艘船的离开都令人惆怅，因为它运走的是独一无二的珍宝。

东边,在劈山的荒坡上,有时能瞥见巫师伊斯玛格的缟玛瑙塔上盘旋着奇异的光芒。西边蔓延着有去无回森林的阴影,逐渐侵蚀着没有屋顶的农场和杂草丛生的种植园。森林的外围是一片荒芜的山地,据说巨人马格纳茨在那里出没,他最近刚刚摧毁了环绕着珍珠墙的大都市恩多鲁米,象牙三公主曾在那里醉生梦死。这个方向经常传来巨大震动的回声,使得谣言愈发有说服力。至于这震动从何而来,连老罗玛斯城的古物学家们都说不出令人安心的理论。

众所周知,巫师伊斯玛格曾派一只舌头分叉的乌鸦去找城里的大监察官,建议让他施展自己的非凡技艺,赶走马格纳茨。这项神术的价格非常高昂:六百本从罗玛斯城地下发掘出的镶嵌宝石的华丽书籍,从城里选出十二名未满十六岁的美丽金发少女,两千塔兰特黄金,还有兽神奥乌神塔里的那只神圣白猴。大监察官考虑再三,决定征求观鸟占卜师和占星师的意见。

曼克索里奥·昆茨站在高处,俯瞰脚下的世界,一切都井然有序,城市的红瓦屋顶和绿色玻璃塔楼静静地待在下方,烟囱冒着蓝色的烟,他感到一种深深的满足。的确,世上有巫师、黑暗森林、巨人、走私者、游牧民和迪奥殆。可那又如何呢?这个世界的时间所剩无几,他们又来得及干什么坏事呢?历史已经开始休眠。再也没有大战、实验或壮举等待完成了。在地球上的生灵闭上眼睛开始沉睡前,这个时代所需要的努力,不过是喝上一杯热腾腾的朗姆棕榈酒。

死缠硬磨

一天早上,当他走下城堡的市政楼梯,来到人类居住的古迹区时,他的习惯被打断了。第三码头被称为跳跃者码头,码头两边都是著名自杀者的雕像,摆出了自杀的姿势。那天的黎明很朦胧,太

馆长古耶尔

阳的表面有一些脓包：在影影绰绰的光照下，雕像之间似乎多了一个人影。

曼克索里奥以为这个人影正打算跳下去自杀，因为此人驼着背的肩膀似乎随时准备一跃而起。这与他无关，他打算匆匆走过。就在这时，曼克索里奥发现这个人影正对着他，姿态突然显得充满了威胁。

兜帽下传来一个男人的声音。"你是曼克索里奥·昆茨？我在找你。"

"这的确是我的名字。"曼克索里奥顺手举起无坚不摧暗铁魔杖，并把它展开至全长。"看看这个工具！它的历史可以追溯到19纪元，智慧的法利亚人的时代。据说它可以控制八种不同的能量驱动器，其中三种能量可见，四种已经不再可见，还有一种精巧的反生命投射。"

那人走了过来。曼克索里奥用魔杖下端敲了敲码头上的石板，发出了几乎听不见的砰砰声。暗淡的金属表面闪烁着黑色的光晕。

"有了它，"曼克索里奥继续说道，"冷酷无情的奎达尔一招就杀死了怪兽阿姆法德朗，歼灭了这头巨兽！看吧！它不安分的心脏中正颤动着异世界的能量！"

那个人影说："不。"

曼克索里奥等着他继续说话，但这个裹在斗篷里的男人陷入了沉思。"不？你说出这种单音节否定句的目的是什么？"

人影叹了口气，开口说话。"我是说，不，你低估了它。这根魔杖来自更早的时代，十八纪元中期，按照索兴戈利安工程师的戒律而设计。它实际上拥有二十一种力量。用无坚不摧暗铁魔杖敲打大地，只是启动了它的修理周期，如果存储器没有耗光，魔杖就不会发出声音。只有空罐子才会响。魔杖与中央电位器的连接已被切断，只剩下次要功能。另外，和你所说的不同，怪兽并没有消失。腐化的蛇躯堵塞了松雷河，封锁了罗玛斯港口三个半纪元之久，又在几十年里开采出骨头、鳞片、软骨和其他有价值的副产品。"

曼克索里奥藏起自己的恐惧，再次轻敲魔杖，让它安静下来，不知道接下来会发生什么。然而，戴兜帽的陌生人只是一动不动地站着。

曼克索里奥假装漫不经心地说："这根魔杖是人类博物馆馆长的指挥棒的兄弟，这座城市的古物学家曾在很久以前查看过它的档案。在我祖父的时代，这件武器在斯卡格山的北坡炸出了一个口子，一直通向另一侧。这条隧道至今仍旧存在。我的父亲是最后一个抗议者，他轻轻一晃魔杖就能把一个装甲骑兵掀下马。在我年轻时，骨子里还残留着足够的美德，会用这根魔杖带来剧痛，就连成年的森林格列夫也会被吓得魂飞魄散。总之，这是一根坚固的警棍，我能用它打断骨头，末端还有一个钩子，可以让我像使用钩棍或拖杆一样使用它，如果工作需要，还可以用来刺穿头骨。"他打开钩子，它像时针一样从杖杆上突出来，让魔杖看上去像一把长柄镐。

兜帽男说："你的工作！具体是做什么的？"

"真是个奇怪的问题！你知道昆茨家族最伟大的传家宝的秘密，也知道我的名字，你在寻找我，却不知道我在这座辉煌的老罗玛斯城里做什么？"

"旅店里的一个酒保告诉了我你的名字，因为我在旅店老板打我的时候缠着他问问题。"

"旅店老板为什么打你？"

"我无意间付了他假币：我不熟悉你们的钱币。你们的钱币用水生巨型动物肚子上撬出来的鳞片制作而成。"

曼克索里奥听了这话大吃一惊。果真如此吗？他把手伸进包里，掏出两枚较大的蓝色钱币和一枚较小的粉红色钱币。这些钱币是半圆形的薄片，如钢铁般坚硬。珐琅？盔甲？在昏暗的玫瑰色阳光下，

馆长古耶尔

曼克索里奥眯起眼睛，惊奇地看着这些硬币。也许是阿姆法德朗的鳞片？这个想法令人不安。

曼克索里奥轻蔑地收起钱币。"我是一名执行者——在衰老的地球上，我是最后一个干这一行的人。我的工作性质是，解决法律困境，收集有价值的信息，阻止冒犯行为，观察细微差别，并在必要时对不法分子实施威慑，以此换取适当的报酬。"

"解开谜团的人？"

"啊……！你在寻找解谜者？看来你的情妇正沉溺于另一个人的怀抱！我能够理解你的愤怒。只要有一个钩子和一根细线，我就能把自己从屋顶或墙壁上最有利的位置上吊下去，用一种我称之为'偷偷挂玻璃'的技术，透过窗子或烟囱向屋里窥视。"

"我来找你并不是因为怀疑不忠。"

"你表现出迷人的天真！最好确定你想要什么。我追踪时发出的声音就像影子拂过雪地，我甚至能找出一个警觉的女人无故缺席的原因，或是罕见的失忆。"

"你的追踪技能无疑是登峰造极的，但我的需求并非如此。你能找到失踪的人或丢失的东西吗？"

"恕我直言，这是我的专长。你弄丢了什么？你姓甚名谁？你想让我找什么人？"

"我想要得到您的帮助，"青年说，"我已经失去了我的基本存在。我无法把我的名字告诉您：它已经不见了。失踪的人……就是我。"

他揭开兜帽。他的脸上有瘀伤，嘴角的弧度显示他的牙齿或下巴也在疼痛。他是一位矮小而健壮的青年，眼神清澈，举手投足不经意间流露出一种优雅，以至于曼克索里奥一开始并没有意识到，在厚重的斗篷下面，这个青年身上穿的邋遢衣服显然是从捡破烂的马车上找来的。

SONGS
OF THE DYING EARTH

关于记忆的疑问

　　这个陌生人快把曼克索里奥的好脾气给磨没了。他的谈话是一连串没完没了的提问，小问题和大问题、哲学问题和孩子气的问题，让曼克索里奥一头雾水。陌生人的行为也很古怪，他弯腰检查街上的东西，伸长脖子观察屋顶的细节。

　　他们很快就来到了曼克索里奥·昆茨的住所。客厅的墙壁是金绿色的，柱子上雕刻着鸟和藤蔓的复杂图案。

　　一侧的壁炉噼啪作响，屋里唯一的仆人比特恩用瓷杯盛来了热饮。曼克索里奥在一个旧箱子里找到了他父亲的衣服，很适合这个青年的身材，便让他换下了身上的破衣烂衫，曼克索里奥认为这些衣服不适合一个请求执行的人。

　　曼克索利奥好不容易才制止住这位青年，让他不要爬到地毯上检查墙裙的托梁，或是用手指着雕花的屋柱，询问有关艺术家、他的手艺流派以及木工使用的工具等问题。最后，他被安顿在壁炉旁的有翼靠背椅上。

　　曼克索里奥沉思着说："在我正式开始之前，请允许我作为一位老人，向青年传授我的智慧。"

　　"说吧。我非常渴望智慧。"

　　"我要说的很简单：请你考虑一下，如果停止进一步探究你迷失的自我存在，会有什么好处。"

　　青年扬起眉毛。"什么好处？"

　　"红色的太阳正在颤抖，很快就会死去。到那时，地球上所有的生命都将在阴影和寒冷中徘徊。面对即将到来的现实，你必须权衡一下，你所失去的自我曾经过着幸福的生活，而恢复原来的自我会让你重获幸福，这种概率有多大。与此相比，你正享受着无忧无虑的孤独，既没有债务也没有父母义务。好好想想吧！如果你找回了

馆长古耶尔

你的自我,并发现要经过漫长的航行才能回到你本来所在的地方,你会怎样?也许在航行结束之前,太阳就熄灭了。到家之后,等待你的也许是一场不幸的婚姻,或是兵役的煎熬,又或是繁重的宗教誓言,其中包括不同寻常而令人不安的自我牺牲和禁欲行为。不,统计数据并不建议你恢复中断的生活。明智的做法是,以哲学家的平和心态接受你的现状。"

青年轻轻摇了摇头。"对知识的渴求在我的灵魂深处隐隐作痛,就像一个凹陷的空洞。"

曼克索里奥点了点头。"你说起话来像个读书人(事实上,你的学识超乎想象),但你身上却没有任何巫师的怪异之处:你的眼睛很明亮,不像是一个背诵了连续干扰魔法的多维符文的人,你的指甲也没有被炼金试剂染黄,塞满渣滓。你不是巫师。然而,还有什么人会读书呢?你不是古物家。但你的肤色和口音都是本地人。你本就来自这片土地。"

"那我又是谁呢?我身上发生了什么?"

"有一种可能是颅骨受到撞击,扰乱了大脑纤维和结节,导致大脑皮层的记忆中枢失灵。但你的头部没有相应的伤口。第二种情况是精神失常,或者是由疯狂引起的纯精神的惊厥。同样,你的目的明确,认知正常,不像是患上了这种病。最后一种可能性是魔法。"

"有没有什么法术能修改记忆?"

"也许吧,但你没有表现出任何迹象。不,我推断是一种比魔药更原始的力量在起作用。艾恩石是凝固的原始伊伦,在死去恒星的中心因重力而坍塌,以奇特得无法形容的方式被提取出来,代表着一种隐秘的存在秩序:据说它们能像酒鬼饮酒一样吸收魔法的震动,吸干灵魂和生命的精华。据我所知,只有一样东西能够榨干心智中的记忆,那就是艾恩石。"

"谁拥有这惊人的宝物?"

"据我所知，谁都没有。各地的巫师们交流着病态的巫术和有毒的梦织，消磨着知识，用诡计互相贬低彼此，或是设计似人非人的怪物。一个巫师要是拥有了艾恩石所赋予的无与伦比的力量，就会立即成为同侪中的佼佼者。"

青年点了点头。"这就说明我的记忆被一个最近才拥有这种石头的巫师所剥夺，他还没有时间——或者说完全没有意愿——把他的意志强加给这个世界。"

曼克索里奥沉思着喝了一口茶。"你似乎能够清晰地推理，这与你精神上的缺陷不相符。你是怎么知道这些奥秘的，比如，随便举个例子，暗铁魔杖的具体细节？"

"我的脑中似乎有一种启示、一个幽灵、一个回声在颤抖。现在它消失了。"青年的脸上闪过鬼魅般的神情，"我看到知识的织毯，就像一幅巨大而多变的风景画，上面点缀着金色、褐黄色、银白色、翡翠色和海蓝色等丰富的色调，人和兽、时间和地点在其中沸腾，一个错综复杂的数学结构，比一座巨塔还要庞大。然后，脑雾又回来了，一切都消失了。"

曼克索里奥感到不安，他知道与自己同龄的朋友正忍受着衰老和岁月的摧残。"不管怎样，关于你的身世，还有第二条显而易见的线索。问题在于：一个失去记忆、身无分文、没有武器的人，能在衰老的地球上流浪多久？你的脸上没有长期饥饿的痕迹；你的肉体没有因干渴而皲裂，也没有伤疤，说明你不曾从森林里的迪奥殆、恐狼、食人怪物或独眼的亚里马斯爪下逃过一命。你甚至连胡子都没有长出来。你最早的记忆是什么？"

"我看到了一颗星星。我站在一块长满赭色苔藓的大石头旁，流下了泪水。"

"你是从哪个方向接近这座城市的？"

"我不确定。星星看上去很奇怪，好像偏离了它们惯常的位置。"

馆长古耶尔

"真有意思。我不知道你的话代表着什么。"

"我记得我曾沿着干涸的河床行走。"

曼克索里奥摊开双手,笑了起来。"那是斯卡姆河,被巨人马格纳茨喝干了,据说他正在西边的土地上跋涉,推翻大山,踏平高塔。如果你徒步而来,那就很简单了,只消花上一个下午,骑上骏马追踪你的踪迹,也许还能用阿霍夫追踪气味,就能发现你的自我丢在了哪里。"

青年站了起来。"你找到了一个优雅的解决方案!我们什么时候可以开始?"

"啊!我可不想跟一个拥有艾恩石的魔法师过不去。和你说话已经让我陷入了可怕的危险。谁知道这个法师会有什么千里眼?他的桑德斯汀可能藏在任何地方。也许现在,他正从某个被拴住的恶魔的皮毛中剥离出一缕神秘的物质,从某个术士的实验室出发,飞越数英里的距离,击碎我的门板,闯入这个房间,瞬间把我变成灰烬。不!问题在于没有合适的报酬。"

然后,他轻巧地从皮套中抽出无坚不摧暗铁魔杖,放在了陌生青年的大腿上。

合适报酬的问题

曼克索里奥·昆茨深思后说:"虽然从假设的角度来说,我很乐意以我的经验帮助你,仅仅为了智力上的乐趣,但现实中,我必须遵守等价交换定理。先知们对宇宙进行了研究,认为每一种行为都必须有相应的反作用力;每一笔债务,都必须偿还;每一次努力,都必须有回报;每一次不公正,都必须报复!当所有的平衡力量相互抵消,所有的压力得到释放,中立就会占据主导地位,宇宙就会沉入平静而疲倦的遗忘。"

"一个糟糕的理论。倘若确实如此,那么,发明这一理论的人得到了什么回报？如果他们仅仅是出于对真理无私的爱，那么这一理论就失效了。"

曼克索里奥困惑地皱起了眉头。"先告诉我，这根魔杖的力量还能恢复吗？"

青年眯起眼睛望着他。"你的力量会比曾经的大莫索兰更强大。这就是你想要的报酬吗？"

曼克索里奥摇了摇头。"我的野心远没有那么宏大。我希望无坚不摧暗铁魔杖能恢复到传说中的威力，这样我就能保护自己了。"

"从你的敌人手中？"

"我的敌人并不可怕。是你的敌人。"

青年没有再说话，而是展开魔杖，手指轻触魔杖的某处。让曼克索里奥惊讶的是，无坚不摧暗铁魔杖的外表面打开了，发出硬币碰撞般的响声。

魔杖露出了内部结构，五颜六色的丝线、玻璃、金属和火紧紧缠绕在脊柱上，脊柱上贴着黑色的金属盘、淡色的水晶片、嘶嘶作响而令人目眩的虚无之球，还有比萤火虫尾巴更小更蓝的光点。

"你是怎么打开它的？"曼克索里奥用嘶哑的声音问道。

"手动打开。打开魔杖的思维感应节点失灵了，导致无声指令不起作用。按下这两个凸起的地方，分子锁就会打开。"

"这两个……太怪异了！"曼克索里奥发现自己的身体正在往前倾。他想找回自己的尊严，也不想显得失落，便靠在椅垫里，淡淡地说，"我的父亲和祖父都没有告诉我这个锁。显然，我们不必知道它。"

青年尖锐地看了他一眼。"你拥有这个仪器这么多年，却从来没有对它进行过系统的检查？"

曼克索里奥搜肠刮肚想要找到合适的回答，但青年又回到了他的任务当中。"你现在在做什么？"

馆长古耶尔

"我正在根据我的生命模式调整内部寄存器,以便将诊断索引输入我的概念叶。我希望还有足够的神经通量残留,否则我就无法读取这个仪器。"

顿时,内部系统中闪烁的蓝色小光点一闪一闪地变暗了。

青年似乎心神不宁。"真倒霉!仅仅投入了一部分思想能量扩展器,就耗尽了主操作器的能量!"他合上圆柱形外壳,把魔杖缩成一根短棒。黑色金属没有发出任何声音。

"它死了!你杀了它!"曼克索里奥喊道,跳了起来,"我从小就认识这件工艺品!你这个杀人犯!"

"不要沉溺于拟人化。我还在修理呢。"青年不慌不忙地站起身来,再次展开魔杖,用杖跟猛烈地敲击着地毯。让曼克索里奥感到无限欣慰的是,魔杖轻轻发出了熟悉的低吟,那是一种力量的悸动。

青年做出了一个奇怪的举动。他朝向一个方向,然后又朝向另一个方向,按照弧形的轨迹缓慢移动魔杖。嗡嗡声此起彼伏。

"这滑稽的动作是什么意思?"曼克索里奥说,瞪大了眼睛。

青年再次用奇怪的眼神看了曼克索里奥一眼。"难道你从来没有注意到,修理周期发出的声音的音调和连贯性有所不同吗?"

曼克索里奥唐突地点了点头。"当然!我可是地球上最后一个执行者,一个有洞察力的人,总是能够敏锐地观察到细节!我经常挥动魔杖改变音调。这样可以吓唬嫌疑人,让他们作出奇怪的供述。"

年轻的陌生人说:"但你却从未好奇过变化的原因?你从未将波形绘制成图表?你从来没有追踪声音的变化,寻找它的源头?"

曼克索里奥茫然地望着他。"我猜你是想表达某种尖锐的观点,可现在,我不明白你的意思。"

青年冲着他轻松地笑了笑。"轻轻握住魔杖。随着我们越来越接近信号源,声音的音调也会越来越高,这意味着有能量供应。附近可能有一个能量源,我们可以在那里恢复仪器的能量。"

SONGS
OF THE DYING EARTH

下降的问题

在棕黑相间的瓷砖铺成的宽阔广场中央，黑色井架投下阴影，两个人在阴影下行走。一圈齐膝高的白色石头环绕着一条裂缝。他们走过去，站在裂谷处，向下望去。

裂谷破破烂烂，破碎的瓦片在黑暗的洞口上晃荡。太阳像玫瑰红葡萄酒的泡泡一样，已升至正午时分，铁锈色的暗淡光线斜射进坑洞。一个巨大的空间显露出来，能看到其中的柱廊和走廊，通向中央的井。

街道上的地砖是一座巨大无比的建筑物的屋顶，泥土与石块堆积于其上。建在屋顶上的城市就像谷仓屋檐下的白嘴鸦巢穴一样无足轻重。

下方的建筑很古老，有着地面建筑所没有的美感和细节；但垃圾和碎石却随处可见，上面爬满了蘑菇和孢子。阴暗的深处回荡着滴水的声音。

两名头戴方顶翎羽头盔、身穿用坚硬鲜艳的鳞片制成的鳞甲的军官，带着一队士兵，从行政大楼前的熟铁大门快步走来。他们手中拿着枪，枪尖是削尖的玻璃，还有透明的大圆盾。

曼克索里奥低声说："我们被发现了。他们是乌兰精英，监察团的私人卫队。这就是过度好奇的代价。如果他们尊重我的身份，我也许能阻止他们对我们胡作非为。不要用提问激怒他们！"

青年抬起眼睛，看到了他们。"瞧啊，他们身上的鳞甲呈现出朱红、紫色、玫瑰色和薰衣草色。他们的盔甲是用巨兽的皮制作的。圆盾是用脱落的角膜做的。"他似乎并不太在意他们正在靠近，"暗铁魔杖指向下面的西南方。第三层：看到镭射灯的暗色残留物了吗？在倒塌的拱门下，那些裂开的阀门后面，有一个能量源。"

士兵们都过来了。他们向曼克索里奥敬礼，挥舞着玻璃长矛，

馆长古耶尔

靴子跟发出咔嗒的响声,两名军官也礼貌地向他问好。

曼克索里奥礼貌地说:"请允许我介绍两位监察官,老罗玛斯的和平安宁都要仰仗他们的英勇无畏:这位是乌里林家族的乌尔法德,奥特巴德之子;这位是姆姆家族的姆玛纳隆右翼中尉,姆玛亚尔之子,一位宣教士和古物学家。他家族的大部分财富来自裂谷,他的父辈们也以研究裂谷为业。"然后他转向他们,"这是……呃……他叫无名。他正在协助我办案。具体细节比较敏感,需要谨慎行事。我想我无需多言了吧?"他露出了迷人的微笑。

乌尔法德轻柔地说:"尊贵的先生们,我不得不提醒你们注意,你们已经踏过了分界线,它清晰地刻在环绕裂谷的这圈白石上。这是对第一秩序的亵渎,违背了对公民的命令。先生们,我以你们崇高的地位命令你们立即离开这里。"

他说话时,坑里传来了一声沙哑的低语,然后是许多人轻声说话的声音。昏暗的光线中有一些身影,他们惨白而瘦弱,目光呆滞,衣衫褴褛。这些人正从地道尽头附近的乱石堆中探出头来。裂谷是漏斗形的,每一层的视野都越来越狭窄。在第一层的柱子和断壁之间,那些衣衫褴褛的人似乎是人类;在更低的地方,光线更暗,可以瞥见更大、更瘦的身影,也许是斯卡人或外来者,也许是野兽和人类的混血儿。

无名(现在他被如此称呼)开口说话了。"先生们,我能看到下面的孩子们的脸,他们瘦弱不堪,疾病缠身。如果这是你们安置罪犯的地方,这些孩子又为什么会在这里?"

曼克索里奥吓了一跳。

乌尔法德彬彬有礼地回答道:"按照正常的自然规律,一旦女性中的重犯、杀人犯、抢劫犯、骂人者、泼妇或妓女触犯了法令,她们就会被放进裂谷。犯罪的女人在黑暗中结婚,或未婚先孕,生下小崽子,就是你所看到的小脸蛋。"

无名说："可你们为什么不放下井架的平台，让孩子们上来呢？他们又没有犯法。"

乌尔法德笑了笑。"原则上，我想你是对的，但现代法律理论认为，除非在阳光下长大，否则孩子就不是真正的人类，因为我们的种族显然是在阳光下活动的。而这些生物是夜行动物。虽然他们在生物学上可能是孩子，但在法律意义上，他们属于不那么体面的一类。再说了，谁知道这些黑暗的生物在又湿又臭的地底深渊里对彼此犯下了什么罪行呢？他们肯定有什么罪！先生们，无论如何，我都坚持要求你们离开这里。任何人不得靠近裂谷。"

这时，一个声音从脚下传来。"乌尔法德，乌尔法德，乌里林家族的乌尔法德！我们饿得快不行了！放下平台，赐予我们食物和上好的棕色啤酒！我们口渴！我们再也不想吃蘑菇了！是我，西北埋骨走廊的首领乔姆德在说话！"

乌尔法德用长矛撞击透明的盾牌，发出哗哗的响声，声音大得出奇。"肃静，冥界的蠕虫！我在和有身份有地位的先生说话！从室外退回去！现在这个时间不允许你们见阳光！我说，退后，否则我就叫弓箭手来。他们从仙人掌虬曲的枝干上拔出了新的毒针，你们会痛苦地发现这些毒针扎进了自己的肉！退后！"

声音再次响起："尊贵善良的乌里林家族的乌尔法德！重要消息！一位泥浆里的游泳者发现了第二层的一个被淹没的舱口，通向第三层的宝库，在那儿的走廊上有一具具无人触碰过的干燥木乃伊遗骸，他们仍然保持着生前的姿势端坐着，在图书馆和大厅遗迹的残破辉煌中衰败！我们发现了从陵墓中取出的罕见水晶、战栗的脑石、19纪元女族长的法衣，还有手抄本和书籍。这些都是稀世珍宝，值得你们给我们送一些葡萄酒和肥母鸡！书籍都是手工装饰的，用红墨水精心写下了大写字母，并镶嵌了小粒的孔雀石。把我们心爱的平台放低四十九英尺。给我们送来母鸡，因为我们饿了，否则我

馆长古耶尔

们就把书烧了,你们的集市和商行也就得不到好处了!"

这时,另一个更微弱、似乎离得更远的声音喊道:"别理他,乌尔法德!大个子格沃德,第三地下城的首领,在此要求!我们合法地拥有这些书,它们是在我们这一层被发现的。把平台放低九十一英尺,我们会从罗玛斯的古老荣耀中倾倒出对开本和晶洞宝石!给我们送来灯盏,带油的灯盏,更多的宝藏将会属于你们!给我们送来武器,短剑和手枪,炸药和游击队,三叉矛和带铁喙的戈矛,让我们赶走第二层的野蛮入侵者!我们更勤劳,会把祖先的传家宝堆得眼花缭乱,让你们卖掉!"

乌尔法德用长矛撞击盾牌。"肃静!退后!想让我下令开闸吗?"

姆姆家族的姆玛纳隆紧张地对无名说:"土下之人的谈话常常很野蛮,都是些少见的黑话,难以解释!他们说要卖掉古罗玛斯的无价的考古宝藏,这当然只是一个简短的说法,一种比喻,指的是把这些稀世珍宝存放在古物学家的博物馆里,供学术研究之用。"

无名对监察官说:"我们打算进入裂谷,探索被埋藏的城市里的某些走廊和竖井,然后返回。如果我们耽搁了,就会失去信号。我们应该走什么程序?"

乌尔法德不紧不慢地说:"没有什么程序。没有行政官的命令,任何人都不能下到裂谷里,即使有命令,也必须经过研讨和官方听证,并咨询占卜师。现在,只要接近裂谷,就是非法入侵,你们必须离开。这就是无情的法律。"

无名说:"违抗这条法律会受到什么惩罚?"

乌尔法德鼓起腮帮子吹了口气。"你什么意思?如果情况恶劣,或者劳动力需要补充,擅闯者将被关进裂谷。"

"也就是说,一个人试图进入裂谷的惩罚,就是允许此人进入裂谷?"

曼克索里奥·昆茨犹豫地开口了。"无名,没用的。我们不能亵渎古老的仪式。如果行政官在这里的话……但即便如此,也没有规定允许无罪的人进入下层世界。这个想法很新颖,甚至是骇人听闻……或许我们可以去那边的法律图书馆看看。仔细研究一下法典,也许能发现一个被忽视的例外。"

无名一言不发,从曼克索里奥惊讶的手指中拔出暗铁魔杖,轻轻抛向空中。魔杖掉进了裂谷,不断撞到破碎的柱子和倾斜的地板,发出响声,在玫瑰色的天光之下闪闪发光。终于,响声停止了。隐约传来魔杖的险恶低吟。

从下方的柱子之间往上窥视的苍白面孔们被声音吓了一跳,赶紧跑开了。

无名说:"瞧吧。我承认我殴打他人,粗鲁无礼,偷窃无价传家宝。为了不给你们的行政官添麻烦,我在此为自己宣判。你们能用井架的链条把我放下去吗?否则昆茨家族的传家宝将永远不见天日。"

监察官们无言以对,站在那儿眨巴眼睛。

斯卡姆河之上

午后的天空乌云密布。曼克索里奥·昆茨骑着一匹令人不安的人形两足马,他用穿在马鼻子上的皮带控制着这匹马。无名骑着一匹更传统的蓝羽马。

他们沿着斯卡姆河干涸的河床骑行,两侧是古老河床的荒芜土墙。曾经是河畔的土地上长着一排弯曲的银杏树和桉树。周围是连绵起伏的斜坡,坡上长着齐腰高的草,干枯灰暗,点缀着花岗岩和燧石块。

河床里残留着一条连小男孩都能蹚过的小溪,在泥巴和石头之间无声无息地流淌,周围满是鱼类的尸骨。小溪里生长着睡莲叶和荷花,黄色溪水的一半都覆盖在绿色中。

馆长古耶尔

曼克索里奥一边骑马,一边把玩着无坚不摧暗铁魔杖。杖身的金属比以前更黑了,泛着浓厚的黑色光泽。每当曼克索里奥眯起眼睛,惊讶地看着魔杖时,杖尖就会冒出青白色的乙炔火花。他笑着看着火花消失,过了一会儿,他又带着天真的喜悦,眯起眼睛,让燃烧的火花再次出现。

无名说:"不要把能量用光。我已经提醒过,我只能激发两个次级功能:第一,侵入性暗区,它能使光谱上的所有颜色变暗;第二,多值放大。这是一种复杂的交感脉冲振动,能够部分放大任何三阶或更低阶的力量,并跟踪其矢量和配置,增强其力量。至于主要功能,我通过分流制造了旁路,但它很脆弱。在热导电模式下,燃素室的强度足以产生一束火苗。我无法恢复变量控制,因为孔阀已经失效;存储器会一次性释放所有能量。"

曼克索里奥满足于无声地命令钩子开了又关,发出令人愉快的啪嗒声。他的脑子能感到魔杖的力量,存在着,但并不突出,就像从黑暗的壁橱传入充满阳光的房间的低语。"你是怎么在裂谷里活下来的?地下发生了什么?"

"我发现节点被埋在被洪水淹没的博物馆大厅的废墟下,它仍旧闪烁着足够的能量,足以让我为辅助显像器充能。我三次屏住呼吸,潜入废墟中静谧、黑暗、冰冷的水底。我唯一的工具,是魔杖将空气暂时固化后所形成的东西。我无法修复主储存器。不过,当魔杖接触能量节点时,它探测到了另一股微弱的能量。就在这个方向。你应该用魔杖寻找它,这也是魔杖现在在你手里的原因,至少理论上是这样。"

"当然!我只是,呃……不过,土下之人怎么没有把你的身体撕成碎片,把你身上的肉都吃掉呢?"

"我恢复了照明的能量后,他们很感激我,在我和你协商放下一条坚固的锁链时躲到了视线之外。我答应会把他们放出来。"

"你还威胁要点燃一场大火,我猜这也是谎言吧?如果魔杖还像你说的那样弱小,它就不可能切开基岩和石板,让行政楼陷入一场浩劫!"

无名意味深长地看了他一眼。"我的描述比较保守。正如我所说,我无法更换主光束发射器上的孔阀。"

曼克索里奥吸了吸鼻子。"你很幸运,因为我想起了公民抗议者的古老特权之一就是减刑。否则,乌兰兵就不必用井架让你离开裂谷了。"

无名淡淡地说:"然而并没有任何法律程序来判我的罪。"

"这只是技术问题。你的行为太怪异了,犯了规矩。不过没关系,看那儿!"他指着河岸上被弄乱的灌木丛和草丛,"我们的调查快要水落石出了。你的足迹从这儿进入了河床。"

故城斯费尔

斜坡的泥土中,裸露的脚印清晰可见。"你的脚在这儿,印在了泥土里。仔细看看这些桉树叶,其他地方都均匀地落在地上,只有这里出现了被折断的树枝。两天前下过雨,水会磨平脚印的边缘,或者用泥浆把它们冲干净。这让我们有了一个时间上限。你还记得你穿过了这里的灌木丛吗?"

无名眯起眼睛,摇了摇头。"我记起我从什么地方滚了下来。也许就是这个斜坡。"

"你还记得什么?"

"那是一个夜晚。我说过,星辰的方位有些奇怪。我从斜坡上摔了下来,因为我没有意识到我在一座山坡上。"

"你为什么不等待黎明的曙光?"

"我不知道这个世界的夜晚会持续多久。"

曼克索里奥的脸惊讶地拉得老长。"你这说法真特别,甚至应该

馆长古耶尔

说是古怪。这让我有了一个奇怪的推测。"

两个人费了些工夫,把双足马和蓝羽马赶上泥泞的山坡。他们穿过灌木丛和桉树。曼克索里奥提着一盏用发光鱼形态的卡邦克鲁制成的灯笼,仔细观察地面。一个小时里,他们一直在追寻蛛丝马迹:一片破碎的树叶,一块错位的鹅卵石。

他们争论了一会儿该怎么办,是返回老罗玛斯城去找一群阿霍夫,还是用糖来吸引图克人。这时,高空风吹散了云层,樱桃红、玫瑰色和橙色的阳光洒落大地。赤红的光线照亮了远处的一堆明亮的石头。

他们的下方是一条宽阔的山谷,被河床一分为二。山谷的下部被淹没了,因为斯卡姆河被堵住了。巨大的石块堆成了一个粗犷的大坝,大坝后面是一片湖泊。水中升起断裂的柱子、长满青苔的无顶塔楼、残破的拱门和空荡荡的窗户。从它们的形状可以看出,堆大坝的石头原本是一座小城的房屋和塔楼、堡垒和防御墙,被某种不可思议的力量举起,堆在了一起。

他们观察着这些悲哀的废墟。不远处耸立着一块石头,石头上雕刻的图案爬满了青苔。草丛和灌木丛里四散着姿态优雅的少女雕像,失去了手臂,雨水将她们明快的五官冲刷模糊。雕像之间有一条白石铺成的道路,石板断裂,杂草丛生。一部分城墙仍然矗立着,像断裂的牙齿一样呈三角形,郊区的房屋和宅邸无门无顶、杂草丛生,但还有一些不曾被洪水淹没。

无名指出:"那就是我最初的记忆中的石头。"

曼克索里奥走过来,从双足马肩上的马鞍上摇摇晃晃地俯下身,用一把宽刃匕首刮去了石头上的些许青苔。"这里是斯费尔城,英雄王斯费伦杜尔在位第三年时建立的城市,受到九位幸运女神、长寿女神和安宁女神的保护。石头背面刻有防范入侵者的诅咒,但我得说……"(他苦涩地注视着整座城市遭到的巨大破坏)"……诅咒被证明是无效的。"他在马鞍上扭过身,看着无名,"如果这是你的家园,你逃过了一场致命的灾难。"

无名无比好奇地看着废墟。白色的石头在阳光下闪闪发光。早已湮灭的建筑物的方形地基像墓地一样排列着。羊群在断裂的柱子之间吃草。山坡之下的湖中,可以瞥见房屋和塔楼,还有环绕大剧场或是竞技场的石凳,半埋在泥土和水草中。

"我的心里什么感觉都没有。"无名说,"如果这是我的家园,那么我甚至失去了感受悲伤的能力。"

"你的足迹到此为止,"曼克索里奥说,"没有其他需要调查的东西了。"无名似乎没听见,他面无表情。

曼克索里奥的心里莫名生出一股同情,仿佛泥浆里冒出的气泡炸开了。"来吧,跟我回老罗玛斯城,虽然我年事已高,但我会收你为徒。你将学会调查的技艺,变得像猫一样警惕,像狗一样忠诚,像埃尔布一样危险!成为一个被人尊敬的人!我们可以首先学习如何勒住犯人,这种方法会引起疼痛,但不会留下任何痕迹,或者只留下一些无法解释的瘀伤。"

无名说:"我还没有放弃。不管我的自我被谁偷了,都并非发生在这场灾难降临之时。斯卡姆河是什么时候干涸的?"

"七年以前,不会更久。"

无名说:"如果你身为执行者,无法为我们找到更多信息,那就只能让我这个学者从另一个方向去寻找线索。请你再次举起无坚不摧魔杖,我们只剩下一个单纯的问题——找到魔杖探测到的无形脉冲的源头。我们离得更近了,也许会发现更清晰的迹象。"

曼克索里奥和无名下了马,走在荒凉的草地上。他们来到一片铺着彩色地砖的宽阔广场上,地面已经开裂褪色,像一座草地中的小岛,积着一两英寸深的恶臭死水。广场中央有一个倒塌的井口,塞满了树枝和漂浮的垃圾,风化了的河神雕像仍在井的上方倾斜着

馆长古耶尔

空水壶。

两天前的降雨让水井泛滥,细流从破裂的井口流淌而出。长着夸张足部的透明昆虫在积水表面飞舞,留下一圈圈细小的涟漪。一幅荒凉的画面。

"源头就在附近。"曼克索里奥说。

无名的脚步在积水中溅起水花,把恼怒的昆虫赶到空中,然后,他把手臂伸进井口的垃圾堆。曼克索里奥看到了一丝金属光泽。不一会儿,无名拿着一个和手鼓差不多大的东西回来了。

"这是一个跨多维漫游翻转器,被扔进井里当废品丢掉了。它偶然掉到了一堆树枝上,又被上涨的井水带到了上面。谁会如此随意地处理这样一件非凡的工艺品呢?"

青年手里是一个由黄铜和镜面水晶组成的形状扭曲的物体,但它的外表令人眼花缭乱,让曼克索里奥无法认清它的形状。从某个角度看,它似乎是一个彭罗斯三角形,中央有某种奇特的纵深;但当无名扭动它时,它又折叠成了类似莫比乌斯带的形状,一个半扭曲的扁平圆圈。

无名若有所思地说:"它似乎是新制造出来的。没有任何元素被洗脱。晶体没有变黄,也没有因微静脉扩张而产生的多普勒效应。"

曼克索里奥发出了没有感情的笑声。"它是你的。"

"什么意思?我可不会把这种东西扔到井里去。"

曼索里奥沉重地说:"尽管如此,它还是你的。这个工具是一扇闸门,可以把你带向空间经纬线之外的某个恶魔世界,或者是通往在深渊上方旋转的冥外行星世界。"

无名回答说:"这是靛蓝瞬移之路的终点,它允许能量和物质跨越任何距离,超光速飞行。要想让这条路畅通,就必须维护它的头和尾,而这一端没有固定的锚。可你是怎么知道的?"

"通过推理。从外表上看,你似乎是人类;你的肤色和口音也和老罗玛斯城居民一样：然而，是这个东西把你从别处带到了这里。你……"他停下话音，因为暗铁魔杖开始在他手中震动。

"这是什么意思？"曼克索里奥问。

然而，曼克索里奥的问题被魔杖本身所回答。魔杖对他的话做出了反应，直接把知识送进了他的意识：时空的张力已经达到了顶点，一旦超过这个顶点，自然法则就无法发挥作用。

太阳掠过一片薄云，昏暗的光线中可以隐约看到东方的满月，被繁星包围。通常在天光昏暗时歌唱的昆虫，和在阳光灿烂时歌唱的鸟儿都沉默了。没有一丝风。

曼克索里奥说："发生了超自然现象！"

斯费尔的先王

他说得没错：水下传来了钟声和锣声。湖面下那些毫无生气的建筑似乎变得完整了，屋梁仿佛镀了金，阳光透过彩色玻璃窗，为水下世界涂上了美妙的色彩。

两人站在那里惊叹不已，双足马和蓝羽马吼叫着、嘶鸣着，逃之夭夭。

湖面上弥漫着闪烁的白雾，仿佛雾中有萤火虫，然后逐渐变浓，勾勒出一个透明的身影，身披闪闪发光的铱衣，头戴由十三颗月光石组成的冠冕。

它开口说话了，话语无声，两人没有听到声音，却都理解了它的意思。看啊，我是斯费伦杜尔的影子、回声和残余，是他的献祭建立了这座美丽的城市。

无名跪下来，对着虚幻的影子说话。"了不起的幽灵，请问我是谁，从何而来？我要怎样才能找回失去的自我？"

他们再次领悟到了不经由话语表述的奇异意念。

你是斯费尔的古耶尔，盖尔之子，我最后的血脉，也是我所有

馆长古耶尔

族人最后的血脉,七年前被人残忍杀害。但我为你重新命名:斯费伦德鲁姆的古耶尔。你是人类博物馆的馆长,你用你的技艺将人类博物馆托起,像雷云一样巨大而轻盈,越过天空,飞向远方的虚空。

无名,或者说古耶尔,好奇地听着,曼克索里奥则惊讶地瞪大了眼睛。"馆长!"他敬畏地喃喃道。

你想要带走无尽岁月所积攒的知识,翱翔在星空的大道上,你追随着离开地球的法利亚人和野心勃勃的克兰布人的脚步;他们离开地球之前几世纪的梅里奥内斯人也是如此,这一种族的后人被改造成了心宿二之外的无情星神;还有更早的灰巫师们,他们秘密地离开了地球。在昴宿星团,出于孝道,你以我的名字命名了一个闪亮的新世界,称她为斯费伦德鲁姆。

地球在她自己的轨道上滚动了如此之久,时空的丝线已经磨损,让来自下界空间角落的黑暗访客闯了进来,时间的重压让世界的实体蒙上了一层污垢,来自千万年的恐惧和人类痛苦。与之形成鲜明对比的是,蔚蓝的斯费伦德鲁姆年轻纯净,巨大的恒星昴宿六闪耀着蓝白色的炫目光辉,比她更小的伴星们则为那个世界染上了朱红、蓝色和金黄的光芒。那里没有任何关于拉尔魔界的传言,也没有布利克达克在幽暗中的宁静渴求。

你将人类博物馆的知识解封,制造工具和仆人以利用它们,你召唤了来自毕宿星团和麦哲伦星云的失落的星主:被遗忘的艾尔利斯的圣职者,以及普努梅金,他曾为南船座里战火肆虐的星球上的失落王国辛勤工作,你解放了他们,找回了他们的人性。

当一切都已为地球上的迷失人类准备就绪,金色的宫殿也准备好迎接他们时,你降临到了这个星球。

幽灵抬起头,虚无的眼睛里闪烁着激动的光芒:出于对你父亲、九个兄弟和十二个叔叔的怜悯,你来到了你最初的家园斯费尔,召唤他们前往夜之海的彼岸。你必须为他的死复仇:那是我为你留下的印记。

去找出杀死他的凶手和你失去的记忆,等待怪物到来,因为我的出现激怒了他。现在他来了。他用斗篷盖住头,幻象消失了,只余咆哮骚动的湖水。

片刻之后,锣声沉寂;水下城市的城墙漆黑一片,模糊而残破,一如往昔。

巨 人

曼克索里奥说:"传说斯费尔的古耶尔是一个天生没有智慧的男孩。为了惩罚他无穷无尽的好奇心,他被派去萨庞尼德人的领土之外寻找神秘的人类博物馆。没人知道他在那里发现了什么。"

这位青年,如今被称作斯费伦德鲁姆的古耶尔,人类博物馆的馆长,对曼克索里奥·昆茨说:"显然,斯费尔的古耶尔——如果我就是他的话——找到了馆长,并担任了他的职务。"

"只有这样才能解释你为何拥有如此渊博的知识。你祖先的幽灵说了一些不祥的话。是巨人马格纳茨——一个恐怖的名字——摧毁了你祖先的家园,现在又开始找你。"

"你是怎么推断出来的?"

"第一,这里有很多坑洞,看起来很像巨大的脚印;第二,我的城市里流传着一个谣言,说巫师伊斯马格试图从罗玛斯城攫取巨额财富,他利用我们对马格纳茨的恐惧,就像秃鹫捕食馊肉一样;第三,我看到那边两座小山的山顶之间似乎冒出了第三座小山,但这座小山长满了头发,而不是树木,还有两个看起来像眼睛的湖泊。马格纳茨就在我们旁边!"

"我们无法逃走,选项仅限于藏匿、谈判和威慑。"

巨人的脚步声如雷贯耳。马格纳茨的脑袋像一轮丰收之月般在两座山顶间升起,映入眼帘,巨大而苍白。

馆长古耶尔

曼克索里奥站起身来。"我们还需要谈判或逃跑吗？这个怪物威胁着罗玛斯城，那么他就是我的敌人！你不是已经修复了这件可怕的武器，无坚不摧暗铁魔杖吗？你说只剩一发攻击了？哈哈！我用不着两发！"

曼克索里奥展开魔杖，朝着怪物挥舞起来，怪物的肩膀和躯干在山顶上清晰可见。红色的火光闪烁，一道次级瞄准光束射出，将马格纳茨的脸颊烧得微微发烫。魔杖没有发出愤怒的毁灭光束，而是发出了呜呜的声音，幽怨的音调不断降低，最终戛然而止。

"啊，"古耶尔惊呼道，"这我可没想到。"

马格纳茨一声怒吼，拔起一座山峰，准备扔向他们。当巨人把断峰高举到空中时，曼克索里奥召唤魔杖，变出像一片密云一样的无光区域。两个人都敏捷地向前冲：他们听到了世界末日般的响声，无数吨岩石和灰尘、树木和土壤朝他们扑过来，却没有击中。只有砾石像猛烈的冰雹一样砸在他们身上。

曼克索里奥调整了侵入性暗区，把它放在头顶。对他们来说，这是一个屋顶；对巨人来说，这是一个可以涉水的湖泊。

他把魔杖拿给古耶尔看。"检查一下这个。出了什么问题？"

古耶尔与魔杖交流了一下。"没有错误。这是一个安全功能。瞄准寄存器感知到巨人的生命带有魔法，使他对火、恐惧、铁、疼痛或定向能量免疫。马格纳茨既不会饿死、窒息，也不会淹死，因为他的周围有符文脉冲系统，从九个方向保护他的生命力。魔杖不会开火，因为攻击只会原路返回，把你杀死。"

"也许我们可以把他引到八十英寻深的坑里。"

"这个计划在理论上值得称赞，但毫无实操性。"

曼克索里奥说："你的翻转器！我看到它迸发着可怕的超维度能量。它能用炽烈的火焰喷射马格纳茨吗？如果不能，它能打开通往遥远世界的传送门吗？我们可以在那儿度过余生，成为不幸的流亡者，用异域美女和异世界美酒来慰藉自己，在度过漫长岁月后结束我们的生命，而不是像现在这样，在短短几分钟后死去？"

古耶尔将闪闪发光的物体从正方形扭成十字形，再扭成三角形，在电枢的铜条之间，似乎能看见遥远的星星悬挂在虚空中。"恐怕不行。虚无的流体没有固定在这一端，也没有比罗玛斯城更近的能量可以用来固定它。如果我通过超空间对缆绳施加张力，质量只会被吸引到最近的引力体上。目前无法打开前往斯费伦德鲁姆的通道。"

"没用的东西！那它能做什么？"

"它有足够的升力将一个人托到高空中，仅此而已。"

但已经没有时间说话了。巨人的双腿就像两个奇异的平行龙卷风，在黑暗密云之下清晰可见，他正涉水向他们走来，每走一步都生起尘土、灌木丛和碎石子组成的风暴云。

紧接着传来空气被劈开的声音，松树捆在一起做成的巨大棍子划过暗区，砸向地面。但这一击却偏离了方向：两人东面一百英尺处发生了一场大灾难，被击中的大地喷出了一股喷泉，造出了一片荒芜的小山谷，里面充满了蒸汽。

曼克索里奥看着暗铁魔杖。"好吧，也许我们本该首先尝试谈判。你不是给魔杖恢复了次级功能吗？"

古耶尔没有回答他，因为他们听到了巨棍落下的声音，都跳了起来。两个冒险家蜷缩在黑暗的伪装之下，在几分钟里疯狂地跳跃，躲避着马格纳茨的巨棍的雷霆一击。

古耶尔在石块翻滚的嘈杂声中嘶吼道："吸引他的注意力！掩护我！"说完，他迅速跑向巨人吱吱作响的大脚。

曼克索里奥吓得脸色煞白，一时说不出话来。然后，他看到了自己挣扎时从头上掉下来的那顶精心刷过漆的帽子，此时正破破烂烂地躺在冒烟的大坑上。这个画面让他鼓起了勇气。

他喊道："马格纳茨！听我说！不要打我，我有消息要告诉你！"

馆长古耶尔

巨棍正举在暗云之上，似乎准备再来一击，但传来的却是低沉的说话声，仿佛火山在说话："小人族的消息与我有何干？我的生命被施了魔法，什么也不能摧毁它。每一年我都变得更加巨大。我的步伐能推起高山，我吐一口口水就能填满宽阔的山谷。我像大海一样辽阔而可怕。"

曼克索里奥哆嗦着吸了一口气，咬紧牙关防止牙齿打战。"太对了，伟大的马格纳茨！但我有一个可怕的消息。巫师伊斯玛格欺骗了你！"

"我的兄弟？他怎么骗我了？"

"伊斯玛格预言你会来摧毁城镇，从人们手里勒索大量的财宝、迷人的美女、无尽的黄金和宝石。他可曾与你分享过这些财富？他在装满热牛奶的斑岩浴缸里沐浴，屁股圆润的少女们喂给他美味的葡萄，吟唱风流的小曲来消磨夜晚的时光！他为你做了什么？马格纳茨的黄金在哪里？"

回答他的是一声大笑，就像一阵飓风。"不，是我骗了他！他有那么多可怕的传说，却把时间都花在了用活镜片追逐梦泡泡上。在我的命令下，他像皇帝一样征税，目标是那些因为我即将到来而惶恐不安的人。我留下了金子和女人，拿来使用或消遣。我只把小玩意和垃圾留给了他！就在昨天，我们按照梦中的迹象，找到了一个星际流浪者，抢了他的东西，但伊斯玛格只拿了些不值钱的石头，放在他头上飘来飘去。毫无价值！这些石头根本挡不住我的双手。我们放过了那个流浪者，只是为了满足伊斯玛格的好奇心，看看他的失忆症会维持多久。我们希望罗玛斯城的宪兵队会以流浪罪把他扔到裂谷里去。"

古耶尔似乎倒在了马格纳茨脚下；至少，曼克索里奥看不到他了。然后，古耶尔喊道："我恢复的第二个功能是多值放大！现在就对翻转器使用它！"

SONGS
OF THE DYING EARTH

曼克索里奥眯起眼睛。暗铁魔杖在他手中跳动。暗区消散了。就在这可怕的一瞬间，巨人从他们后方升起，清晰可见，庞大无比。同时，巨人的脚趾下发出了一个怪异刺耳的三全音。有什么东西发生了猛烈的冲撞，尘土和狂风向上翻滚。曼克索里奥眨了眨眼睛，看到巨人马格纳茨在深蓝色的天空中逐渐消失，最终变成一粒微尘。

大约一分钟后，满月的苍白圆盘上出现了一个新的陨石坑，和第谷环形山一般大，月球的真空表面上漂浮着月尘。由于受到巨大物体的撞击，陨石坑变得白热，但光芒很快减弱，从黄色到粉红色，再到黯淡的红色。

暴云召唤

躺在脚印状碎石坑里的古耶尔爬起身来，艰难地走到曼克索里奥身边。

曼克索里奥说："你是怎么从巨人的脚下活下来的？"

古耶尔说："翻转器能够产生一种排斥力，我躲在排斥力下，就像乌龟躲在壳里一样。直到你使用了多值放大，翻转器的提升能量才得以增强，将怪物高高抛起。不幸的是，我没能控制住翻转器，它与昴宿星团的斯费伦德鲁姆相连的那缕恒星物质把巨人抛到了一个未知的地方。马格纳茨不会死，因为他身上有防止窒息的符咒，也不会老死，他会一直处于没有大气压的不适之中，眼、鼻、耳、口都在流血，直到熵增让宇宙停止运转。你怎么知道伊斯玛格和马格纳茨是一伙的？"

"执行者经过磨炼的直觉。名字相似。我对自己说，有魔法的生命意味着有人施了魔法；魔法让他的体形膨胀，意味着施法的是个魔法师。我问自己，为什么伊斯玛格会从马格纳茨的掠夺中获益；有利益的地方，难道就没有联盟吗？"

"你猜的很对。我松了一口气，我们很快就能满足我祖先的要求,但我离找回自我还差得很远。"

曼克索里奥难以置信地瞪大了眼睛。"你没听见吗?巨人自己描述了盗窃过程,并指认了犯人。"

"我当时正被踩在脚下,没有听到对话中的一些细微之处。"古耶尔承认。

"巫师伊斯玛格打败了你,夺走了你的艾恩魔法石和你的记忆,让你活着,好研究他的窃心术的效果。你的复仇之梦不可能实现,因为你无法战胜如此强大的对手。"

"你今天早些时候不是说到了等价交换定理吗?它要求受了欺负就应该报复。"

"但你否认了它不言而喻的真实性。"

古耶尔仰望天空,深深地叹了一口气。

曼克索里奥说:"那么,你愿意放弃这次探险吗?和我一起回罗玛斯城吧,我们会过上安逸的生活。"

"不,我叹息是因为我们没有时间做准备,就要去面对我们的命运了:那个巫师正在用暴云召唤把我们困住。"

空气中传来一阵嘈杂,仿佛有许多声音在咆哮。顿时,一股沸腾的黑烟从天而降。曼克索里奥再次指挥魔杖发出侵入性暗区,瞬间遮蔽了四面八方,但对暴云却毫无作用。两人被抓了起来,疯狂地旋转着,往四个方向拉扯,然后在一阵痉挛中被轻蔑地扔到地上。

天色依然漆黑。古耶尔惊讶地发现自己并没有身处火山口或冰海之中,这本来是取人性命的最有效的方式。相反,他在大道上呻吟着,意识到自己遍体鳞伤。他站起身,听到了一种奇特的嘶嘶声,仿佛把白热的电线突然插进冒泡的葡萄酒里。烧焦的气味、滚烫的岩石和熔化的金属气息从四面八方传来。

"先不要解除暗区,曼克索里奥!"古耶尔警告道,他希望曼克索里奥保持警惕,"有人对我们使用了高级棱镜喷雾——虽然它看上去没有起作用，但光子爆发无法烫伤我们。"

顷刻间，骚动归于平静。曼克索里奥解除了暗区，可见光重新回到了这里。

做梦的巫师

他们站在一座塔楼的庭院里，塔楼由缟玛瑙和深色玄武岩砌成，塔身雕刻着洛可可式的奇妙图案，由宽大的飞扶壁支撑着。院子里摆放着阴燃的瓮，里面满是燃烧的花卉，还有十几尊来自第一纪元的裂开的雕齿兽雕像，还有一个银色的喷泉，正往外冒着沸腾的蒸汽。每个方向的石板上都布满了细小的黑色星点，是刚下过的炽热的雨留下的痕迹。

一百根阴燃的丝带从庭院通向高高的阳台，巫师伊斯玛格站在阳台上，举起的手指尖还在发光，黑暗的满足神情逐渐变成了惊讶。

他穿着一件长及膝盖的绿色尖角外套，每个尖角的中心闪烁漂浮着人在清醒时从未见过的色彩。这些尖角眨着眼睛，警觉地注视着周围，它们还显现出了其他证据，表明这些尖角是有生命的物体，至少被激发出了生命的雏形。他的眉心植入了一只天狼星大神的眼睛，一根卷须显然深深扎进了他的脑盘中。

五颜六色的多边形艾恩石在他的脑袋上飞舞：球体、椭圆体、纺锤体，每个都有小李子那么大，石头内部散发出虹彩。

带着些许犹豫，巫师抬起手指，瞬时电击的音节从他口中喷涌而出。劈叉的闪电从阳台上落下，曼克索里奥在半空中变出一个圆盘状的厚厚的暗区，吸收了闪电，最终什么也没有发生。

悬在头顶的暗区遮住了他们的行动，古耶尔指着通往塔楼的铁制橡木门。曼克索里奥将魔杖的后端放在石头上，然后将魔杖的头部卡在一个装饰性的浮雕下面。他展开魔杖，用多值放大增强了魔杖的力量。门锁碎裂，大门敞开。

馆长古耶尔

缟玛瑙塔楼

曼克索里奥和古耶尔蹑手蹑脚地走进了入口大厅。巫师的奇妙墙壁和天花板被曼克索里奥的暗云遮住了,但地板却清晰可见:地板由空心玻璃砖组成,每块玻璃中都有颜色各异的鱼。大厅的一侧能看到几级台阶,通向一座像蜘蛛网一样脆弱的弯曲楼梯。

能量啪地一闪,暗区消失了。

古耶尔说:"出乎意料!伊斯玛格发现了解除侵入性暗区的方法。"

曼克索里奥低声说:"我怀疑是艾恩石。我们撤退吧,也许我们可以在散灯酒店的酒吧里,一边喝着陈酿金酒,一边悠闲地谋划一个更完整的计谋。"

古耶尔说:"我们不大可能撤退,因为塔楼已经被蓝色萃取物包围了。"附近有一扇拱形窗户,雕刻着做怪相的侏儒。下方的地面染上了海蓝色的脉动,格外令人不适。

他们沿着楼梯往上走,经过了一个炼金实验室,里面满是蒸馏锅和冒泡的曲颈瓶,然后是一个塞满镜子的房间,每一面镜子都显现出不同的异星景色。

他们在占星室发现了伊斯玛格,他正悠闲地躺在一张粉红色沙发上,手边放着一盘无花果蜜饯,手里拿着一支水烟。巨大的水晶窗户在伊斯玛格的沙发后面若隐若现,从窗户里能看到天空、红日和带着新环形山的朦胧满月。艾恩石像蜜蜂一样在玻璃穹顶的房间里飞舞。

"别来烦我,你们这些清醒世界的笨拙生物!"伊斯玛格叫道,"我没什么野心,只想在地球上舒舒服服地度过余生,收集我的梦境。它们是我的伙伴,在我熟睡时为我低吟情歌!"

古耶尔用末日般的声音说:"巫师伊斯玛格,为了斯费尔、乌尔和快乐的恩多鲁米的子民，以及其他无数人的死亡，也为了杀害我父兄之仇，我要求你投降，姑且饶你一命。这里站着的是老罗玛斯城的抗议者：他会把你抓起来，让你接受他们的治安官的审判。"

"什么？然后把我扔进裂谷，为了每天的面包和不干净的水而劳作吗？"伊斯玛格用一种奇怪的嘶哑而高亢的声音叫道。他发出了咯咯的尖笑声。他的两只眼睛呆滞无神，只有从天狼星的非人存在身上取下的第三只眼睛闪烁着锐利的光芒。

古耶尔说。"我请你投降！人的生命是可贵的：在一切永恒当中，每个人只拥有一次。劳作胜过死亡。"

"是的，我杀了你父亲和你所有的亲族！那又怎样？我已经安排你失去记忆，因此你不会感到真正的悲伤：你对我的怨愤就算不是荒谬的，也完全是理论上的。"

绝望之中，曼克索里奥鼓起勇气开口说道："请注意，我手中拿着的是无坚不摧暗铁魔杖。"

伊斯玛格大衣上的镜片因为情感波动而闪烁着光芒，梦境中的影像亮起又变暗。巫师站起身来，说道："我试图和你讲道理，但你太固执了！够了！"然后，他念出了利斯普格的无情一击。

一股纯粹的力量向曼克索里奥飞去。古耶尔纵身一跃，力量穿过了他的胸膛，他像个布娃娃一样被甩到了放满金银和绿铱板的架子上，所有东西都哗啦啦地掉到了镶满宝石的地板上。

曼克索里奥挥舞魔杖：闪耀着万丈光芒的长矛咆哮而出。曼克索里奥无法减弱白色火焰的冲击力。

终于，寂静降临，曼克索里奥眨了眨眼睛，赶走眼里的紫红色小点。魔杖变得黯淡无光，疲惫不堪。

伊斯玛格没有受伤，他的房间也没有被破坏，头上盘旋翻滚着的物体更加明亮了。他咯咯地笑了，大衣上的镜片看起来很开心。"我的艾恩石能吸收魔法振动！我可以抵御一切攻击！我已经找到了

馆长古耶尔

抵消你的暗区的方法。对我而言，你的无坚不摧暗铁魔杖已经没有任何威力了！"

古耶尔站了起来。他的外衣破了一个洞，但下面的肉体却毫发无损。"你对我的力量一无所知。"他缓缓地说。

就在这时，太阳的光芒出现了短暂的停顿——它像闪电一样闪烁着，然后整个世界陷入了黑暗，半秒钟后，月亮铁红色的脸庞也闪烁着黯淡下来。

法师紧紧捂住自己的三只眼睛，惊恐地大叫。"太阳！一切生命的死期到了！"

窗外传来一阵嘈杂：在漆黑的天空下，一声哀鸣传遍了四海八荒，每个活人以及其他生物，会说话的野兽和半人，所有知道这一叫声的阴暗含义的人都开始哭喊。那声音确实很微弱，因为塔楼远离任何人类的住所，但声音却从四面八方传来。

然而，幸运的是，这只是太阳的异常不透明导致的一次痉挛：太阳在新的努力下颤抖着。琥珀红的光从太阳表面的疤痕渗出，耀斑像火山爆发一样一跃而起，清晰可见。顷刻间，太阳的大半部分被重新点燃，世界变得和以前一样明亮，至少和以前差不多。

在高塔的圆顶中，无坚不摧暗铁魔杖的尖刺已经穿透了巫师伊斯玛格的头颅。血液和脑浆，以及巫师引入他神经系统的其他液体，沿着他的脖子和外衣滴落成河。镜片漆黑，生命力已经耗尽：巫师精心收集的所有梦境都已死亡。

斯费尔的古耶尔归来

曼克索里奥双手握住魔杖，惊恐地盯着尸体，稍稍直起身子，然后恢复了镇定。他喀嚓一声收起尖刺，尸体从魔杖末端重重滑落，溅到地上，开始溶解。很显然，艾恩石并不能保护肉体免受单纯的物理攻击。

他转向古耶尔，他看起来四肢健全，没有流血。曼克索里奥说："身为执行者，我很不想承认，但我确实无法理解你是如何幸存下来的，这个咒语连淬过火的钢都能刺穿。"

古耶尔微笑着举起拳头。他的指缝中闪烁着光。他张开手，放出一块小小的艾恩石，它开始像鱼一样飞快地绕着青年的脑袋转圈。"我们推测过，这些石头是我的。我跳起来接招的时候，从空中抢了一块。"

其他石头一个接一个离开尸体，紧跟着第一块石头，在古耶尔周围围成圆圈。艾恩石的颜色变了，而且越来越暗淡，先是长圆形的石头，然后是纺锤形和球形的石头，都放出了自己的精华。斯费伦德鲁姆的古耶尔变得更高了，脸上似乎开始显现出威严。

他的声音变得更加洪亮，仿佛充满了超凡脱俗的智慧。"我回想起了我的命运。伊斯玛格比我想象中还要愚蠢。昴星团的斯费伦德鲁姆人类博物馆距离地球有440光年，那儿的力量却能传到我这里，而且，就像你的魔杖一样，它只受思想压力控制。我早该知道，仅靠我的愿望就能释放出一级力量。看好了！"

古耶尔没有做任何手势，也没有说任何咒语，但曼克索利奥却感觉地板像船的甲板一样倾斜，仿佛在急速运动。运动停止后，曼克索里奥从圆形塔顶的窗户往外看，发现缟玛瑙塔楼现在正停在斯费尔废墟中间。

一股无形的力量将大坝上的石头一块块抬起，一缕缕银色的流水开始回到斯卡姆河下游干涸的河床上。

"有了艾恩石，我就能在无边无际的虚空中找到翻转器，把它召唤回地球，固定下来。都结束了！就让斯费尔成为第一个锚点。"

"斯卡姆河将重现生机，挤满朝圣者的船只和木筏。靛蓝瞬移之路将会带着所有想要离开濒死的地球的人飞向天外，飞向美丽的斯费伦德鲁姆！"

馆长古耶尔

曼克索里奥感到手中的无坚不摧魔杖开始震动，变得像铅一样沉重。

"正如我所承诺的那样，魔杖已经恢复了。"斯费伦德鲁姆的古耶尔用洪亮的声音说，"曼克索里奥，我命令你回到老罗玛斯城，告诉他们我带来的希望。地球的终结不一定是人类的终结。"

"有朝一日，来自地球各个大陆的人们聚集在此，这座衰败的城市将因为贸易而再次富饶，旅行者中既有逃离这个垂死世界的朝圣者，也有来自其他星球的学者，他们前来收集地球上的遗物和奥秘，还有从海底升起的被掩埋的城市。当然，罗玛斯古物学家的传说将是一项重要研究，你们过去的宝藏不会继续当成古玩出售，而应该由专家来保存、索引和检查。"

"我必须走了，在艾恩石耗尽之前离开，去我的新世界，我本希望能和父亲一起，但如今我只好孤身前往。"

"告诉所有人，地球上的生命岌岌可危，并建议他们去寻找另一个世界的光明；但要警告他们，如果这个世界上没有像我一样好奇的灵魂去寻找星辰，我就不会回来，这条路也将永远关闭。我的子民都被杀死了，对我而言这里还剩下些什么呢？在昴宿星团之外，我还有其他的责任与爱。我听到希儿的银色歌声在召唤我，到星辰中去。啊！希儿！我将回到你身边！"

老罗玛斯城的抗议者

曼克索里奥听了他的话之后越来越不安，但什么也没说。古耶尔推开塔楼的圆顶，升上天空，消失在一片靛蓝色的光芒之中。

古耶尔馆长消失时，传来了翻转器的古怪的三全音，然而哪里都找不到那个仪器。

曼克索里奥独自一人，花了一个下午的时间研究伊斯玛格收藏的各种配饰和护身符。他发现巫师的祖母绿外衣上的镜片有一个奇妙特性：它们看上去已经死了，但无坚不摧魔杖发出的蕴含意义的简单脉冲却能从镜片中激发出梦魇般的影像，那是来自人类的黑暗潜意识深处的东西，还伴随着令人不安的光环。

曼克索里奥从这些透镜中挑选出最恐怖的，一个接一个地埋在斯费尔山谷的周围，围成一个粗略的圆圈。他小心翼翼地把更多的透镜埋在河边，或任何容易靠近斯费尔的地方。他用魔杖唤醒这些镜片，顿时，眼前出现了一大群若影若现、令人毛骨悚然的幽灵。

他花了一个小时，在各处的岩石和墙壁，以及他用暗铁魔杖劈成两半的山上，用他知晓的各种文字切割出警告标志。他用了许多血淋淋的威胁和奇妙的暗示，警告所有人不要靠近，还提到了邪恶的靛蓝死亡之路。

他再次施展无坚不摧魔杖的威力，在一阵天旋地转中回到了老罗玛斯城，来到训诫之门的门口。

他在古董商区狭窄的街道上迈着庄严的步伐，朝着自己的居所走去，无比满意地回想着这一系列事件的结果。

"祖传的无坚不摧暗铁魔杖恢复了古老的力量。我一个人拥有一个旅，不，一个军团的力量。我杀死了一个术士和一个巨人，却没有受伤流血。而且，最重要的是，我现在又回到了安逸舒适的退休生活中！我避免了上万朝圣者的喧嚣，以及他们的罪行、疾病和奇怪的食物涌入我美丽的城市。来自星际的学问和智慧，庞大到令人恐惧，也不会在地球上传播，而古物学家的声誉也将不受干扰、不受质疑地流传下去。"

"怎么会有人想要逃离地球？少数人生来身居高位：统治是我们的责任和负担。其余的人则生来就要为无尽的劳动而痛苦流汗。如果一个人仅仅因为地球已经濒死而离开这里，那就是不忠，甚至是叛国！什么样的无赖会抛弃生病的母亲？情况不尽相同，但道德准则是一样的！"

馆长古耶尔

他漫步到街区中心广场的裂谷附近，停下脚步，因为一道奇异的光从地下照亮。他听到了地下世界的喧闹声，而他的房子就建在其上：他听到的不是土下之人的哭泣和乞求，也不是他们的孩子讨要面包而发出的呜咽声，而是一首庄严的歌。他分辨不出歌词，但音调充满了欢乐。

紧接着他听到，不是在空气中，而是在他的耳朵内部，响起了恍若天外的三全音，他意识到古耶尔为翻转器留下的锚点不止一个。

一个接一个，无数男人、女人和孩子从裂缝中腾空而起，以燕式跳水的姿势在无边无际的天空中翱翔，包裹在闪耀的靛蓝色光芒中，最终消失了。

后　记

在我逝去已久的青春岁月里，我有大把的时间，却没有多少钱来买书，因此我把我的每一本书都读了又读，直到内容烂熟于心。

当年平装书售价不到两美元，是父母溺爱的奖励，就像荒原里的绿洲一样珍贵。想象力可以逃离现实的灼热阳光，到这片绿色的花园里享受清凉。

我还记得我自己买下的头三本奇幻小说：我人生中第一次买书，是林·卡特编辑的 H. P. 洛夫克拉夫特的《梦寻秘境卡达斯》；第二次是彼得·毕格的《最后的独角兽》；第三次是一本薄薄的怪书，书中的故事以一个太阳濒死的世界为背景，在那里，可怕的魔法师和古怪的无赖们以若无其事的优雅姿态等待至终的黑暗降临世界：那本书是杰克·万斯的《濒死的地球》。

我的年纪足够大，还记得《龙与地下城》问世前的日子，那时的奇幻小说稀少而怪异，没有哪两本书是相似的。书店的书架上，

SONGS
OF THE DYING EARTH

《歌门鬼城》紧挨着《欧鲁勃洛斯之虫》，《世界尽头的水井》紧挨着《锡卡弗》。《莎拉娜之剑》尚未被拔出，《龙枪》也是几十年后的事了。

万斯的奇幻作品和这些书都完全不同，魔法与超科学奇妙地融合在一起。人类的本性被无情地展露，狰狞可怖，但又掺杂着优雅的言谈举止和尖刻的讽刺意味。那种混搭令人难忘。

在那个年代，奇幻小说避开了海明威的新闻体文风，以及海因莱因、克拉克和阿西莫夫的简单直白的叙述。克克拉克·阿什顿·史密斯的文笔和用词与威廉·莫里斯、E. R. 艾丁生以及马温·匹克都截然不同。他们用交响乐、琶音、咏叹调和阿拉伯风格的英语进行创作。其中最为与众不同的是杰克·万斯。

这些初期奇幻作品中有许多奇特而精彩的构思。每一位创作魔法故事的作者，都面对着同样的核心问题，那就是如何写出令人信服的情节，不让魔法轻而易举地解决所有戏剧冲突。对此，万斯有一个独特而单纯的绝妙解决方案：魔法师每天只能记住一定数量的魔咒的音节，这些音节几乎有自己的生命，能够扭曲现实，魔法师一旦把它们念出口，就会彻底忘记魔咒。当然，由于加里·吉加克斯从万斯那里借用了这个创意（以及一些咒语的名称），现在看来这一点似乎已经司空见惯，但这并不是一个司空见惯的创意。它仍然和万斯的一切作品一样奇特而精彩。

如今，奇幻小说已经普遍到销量超过科幻小说，每本书都显得平淡无奇、大同小异，然而万斯在半个世纪前创作的作品依旧与众不同，是一片想象力的绿洲，是过度肥沃的沼泽地中的一座清新的花园。

随着年龄的增长，我的阅读口味也理所当然地发生了变化。当我重读我年轻时钟爱的书时，很难做到兴致不减。杰克·万斯是个了不起的例外。

馆长古耶尔

如今,买书的钱多了,时间却很宝贵,我没有太多闲暇时间来沉浸在幻想当中,而杰克·万斯是我永远会挤出时间来一读再读的作家。

对我而言,《濒死的地球》永远是想象力的闪亮宝库,是永恒的绿洲。

——约翰·C.赖特

格伦·库克

黎明长鲨阿尔法罗在斯卡姆河上方瞥见了一个转瞬即逝的幻象，让他和一群鱼龙混杂、各怀鬼胎的巫师一起踏上了寻找伟大的失落之城的危险征程——事实证明，这座失落之城最好还是不要被人发现……

格伦·库克是一位畅销书作家，著有四十多部作品。他最为著名的作品是"黑色佣兵团"系列，包括《黑色佣兵团》《暗影徘徊》《白玫瑰》《银峰》《暗影游戏》《钢铁残梦》《荒芜岁月》《黑暗夫人》《恶水沉睡》《老兵不死》，详细讲述了一群铁血佣兵在残酷的奇幻世界中的冒险故事。同时，他也是"私家侦探加内特"系列的作者，包括《甜银铃》《苦金心》《冷铜泪》以及其他九部作品。这是一套混合了奇幻和悬疑元素的系列小说，讲述了一位私家侦探在连接我们的世界和超自然世界之间的残酷大街上工作时遇到的奇怪案件。多产的库克还创作了科幻小说"渔星者"系列、八卷本的"恐怖帝国"系列、三卷本的"黑暗战争"系列、最近的"黑夜的手段"系列（已出版两卷），以及《巴比伦的后裔》和《巨龙永不眠》等九部单行本。他最近出版的作品有"渔星者"系列新作《军舰通行证》，"恐怖帝国"系列新作《阴影堡垒》，"私家侦探加内特"系列新作《残酷的锌旋律》。库克现居密苏里州圣路易斯市。

了不起的魔法师

1

阿尔法罗·莫拉格,在心中称自己为"黎明长鲨",正骑着他的旋风车在森林上空飞驰。前方是血光闪烁的斯卡姆河和他的目的地布默加斯,他打算在那里保护一本由戒律师伊尔德丰斯收藏的罕见巨著。阿尔法罗身上包裹着范达尔的隐身衣,以防伊尔德丰斯不配合他的转移工作。

他想要的是《变化之书》,副标题是《美好的事物终有一死》。书中记载了关于延年益寿、青春永驻的一切秘密。戒律师拥有已知的最后一本。

伊尔德丰斯在分享方面非常吝啬。他不允许别人借阅或复制《变化之书》,这无疑是一种愚昧的态度。阿尔法罗·莫拉格当然有权查看书中记载的咒语,也应该有机会获得强效魔药的配方。

SONGS
OF THE DYING EARTH

莫拉格在天空中兜风时就是这么想的，他对戒律师和他的保守的小团体越来越不满，其中一些人很早就在圈子里混了，那时太阳还是黄色的，只有现在的一半大，离我们也没那么遥远。这些老古董认为阿尔法罗·莫拉格是个小崽子，自以为是的愣头青，迟来的插足者，被急躁和笨拙所奴役，只盯着自己想要的东西。

呸！那些人只是觉得他们受到了来自遥远南方的难民的威胁，遥远到任何本地地图都没有画出来。

阿尔法罗忽左忽右，忽上忽下地飞行。该怎样前进才好呢？他发现有一个影子遮住了太阳，时间短到他认为那一定是海市蜃楼。但他觉得这个影子很眼熟。

他调转车头，在微风中翩翩起舞。他又发现了那个影子，但只有几秒钟。他必须爬升一段高度，才能找到正确的角度，于是升到佩尔格兰即将开始盘旋的高空。当最后一束血色的阳光消逝时，这些怪物就会开始寻找大路上的不小心的旅行者，或是其他会飞的东西：惧鹰和花鸮。还有那些太小、太原始的旋风车，只用了一个咒语来保护。

阿尔法罗的车虽然隐形了，却在空中发出震耳欲聋的声音。莫拉格自己则散发出一顿大餐的气味。

阿尔法罗离开了前往布默加斯的路线。他降低高度，匆匆赶往他在附近的住处，位于斯卡姆河支流的杰维拉纳瀑布上游河谷。他在离湍急的溪流几码远的地方着陆，在此逗留了一小会儿，以确保他的旋风车停得足够稳，不会被调皮的微风吹走，然后朝着通往前门的梯子走去。"蒂霍米尔！我来了！把我的通讯镜拿到沙龙来，然后准备一顿丰盛的晚餐。"

蒂霍米尔出现在梯子的顶端，这是一个瘦削的男人，皮肤上到处都是疮和皮炎，头顶上有几缕细细的白发。他的头骨后侧有一个凹痕，右侧扁平。他就像阿尔法罗的病态分身，实际上则是他不幸的双胞胎兄弟。

蒂霍米尔扶着阿尔法罗走下梯子。"需要我把梯子收起来吗？"

"最好如此。看样子今夜会是个不平静的夜晚。然后把通讯镜拿来。"

蒂霍米尔歪着头。阿尔法罗经常想知道他脑子里在想什么。显然没有什么复杂的东西。

阿尔法罗的塔楼远不及阿斯科莱的老魔法师们的宫殿那般宏伟。但它价格低廉。当他发现这座塔时，它已经被遗弃了。他希望能在年内完成翻修。

位于塔楼第三层的沙龙同时也是他的图书馆。图书馆里连鲁东·卡萨隆的杰作《变化之书》都没有。他从书架上取下几卷统一用波特酒皮革装订的书，每卷高十四英寸，宽二十二英寸，书封和书脊都有金色浮雕。

廉价的复制品。

除了几本通过可疑手段获得的书以外，阿尔法罗的所有书籍都是远在东方的桑德斯汀血汗工厂制作的复制品。今晚他选中了一套艺术作品集，十四卷本的《当代纪元著名插画》中的第一卷到第四卷和第六卷。目前，阿尔法罗只买得起六卷。第五卷一直没有到货。

在蒂霍米尔拿来通讯镜之前，他快速翻阅了一遍第一卷和第四卷。"实验顺利吗？"

"一切都很完美。不过那些小不点要求更多的盐。"

"他们是强盗。"这是字面意思，自从阿尔法罗来到阿斯科莱后，旅人和强盗的数量明显减少了，他并没有夸耀这件事。他怀疑没人注意到这一点，"再给他们一点儿。明天一早。"

"他们还要求我们提供白兰地。"

"我也要。我们有吗？如果有就和晚餐一起拿一瓶来。"

蒂霍米尔离开了。莫拉格迷失在一张张插画里。

他坚持认为自己曾经看到过的那张插画藏在他最后查看的地方，那是第三卷的最后一幅插画。

"应该就是这儿。如果太阳在我身后，而且年轻几个纪元，那就一模一样了。"

他加热了通讯镜。

用木勺敲打没有反应。用大铁勺更用力地敲打也无济于事。阿尔法罗开始怀疑自己被无视了。

也许戒律师正沉浸于享乐之中，无法回应。

恼火的阿尔法罗选了一把银质音叉。他敲打了六次远视器的表面，念叨着："浮光掠影女士为伟大的夜之女士让路。"

通讯镜的表面亮了起来。一个身影出现了。应该是一个平时开朗但饱经沧桑的男人的脸。阿尔法罗无法提高他的四手设备的清晰度。"说话，莫拉格。"一反常态地粗鲁。

"看看这张插画。"莫拉格把《著名插画》中的图画拿到通讯镜前面，"你可知道这个地方？"

"我知道。说重点，莫拉格。"

"我今天晚上在斯卡姆河上空散步时看到了这个地方。"

"不可能。那地方几个纪元以前就已经被摧毁了。"

"可我还是在一个空无一物的地方看到了。因为闹鬼，没人会去那儿。"

一阵沉默。然后，通讯镜低声说："我们最好面对面讨论这个问题。明天。我会指示我的手下让你的旋风车接近，如果他们能看到它的话。"

"我会严格遵守您的指示，戒律师。"他一边说着，一边想，他能看到那片景象可真是好运。

在这个逐渐消亡的时代，像伊尔德丰斯这样的人的存在是有原因的。

他检查了他给戒律师看的图画。没有附文，只有一个词：摩阿德尔。

阿尔法罗在他贫瘠的图书馆里搜寻有关摩阿德尔的资料。他一无所获。

2

阿尔法罗从旋风车上下来，向伊尔德丰斯鞠躬致意，同时注意到他的车并不是第一辆，甚至不是第十辆停在布默加斯的宽阔草坪上的交通工具。他惊讶地发现，迎接他的竟然是戒律师本人。更让他惊讶的是，已经有这么多奇特的人先于他抵达，他们都是阿尔梅里和阿斯科莱的魔法师。潘德莱乌显然刚刚才到，他正在向巴班尼克斯和奥帕帕的敖唠叨他最新的收获——一本破旧的《熔炉之日》。"听听第二章里的这一段。'于是他们杀了一个贼，把最好的部分给了瓦尔摩，好让他快点上路。'"

到场的还有预言者赫拉克、梦行者维尔穆利安、戴着绝命黑多米诺的米亚瑟人达尔维克、一如既往身着红衣的吉尔伽德、佩尔杜斯汀、亡灵拜占庭，还有惠里湖的海兹，他披着新的绿色皮毛和新鲜柳叶，而其他人则夸耀着自己的头发。还有其他更安静的人，法师穆恩在阿尔法罗默默点名时溜了进来。法师穆恩比打扮浮夸的奇妙的里亚尔托早一点，而扎胡里克·昆兹比可憎的里亚尔托慢了一步。

阿尔梅里和阿斯科莱的大部分魔法师都在这儿了。阿尔法罗感受到了众多目光的压力。他没有努力去交朋友，也不觉得有必要这么做。至少到目前为止是这样。

这是什么情况？他不小心闯进了什么地方？作为一个群体，这些人——只能用最广义的称呼来定义这些家伙——由本地最不合群、最暴躁、最反传统的居民组成。有些人已经几十年没有说过话了。

魔法师们互相望着对方，他们对彼此的戒备之心与对这位插班生的戒备之心不相上下。

伊尔德丰斯走上讲台，举起双手。沉默的众人拘谨地聚过来。"应该没有人会来了。我们去日光浴室吧。我准备了一份简易自助餐，有早餐葡萄酒和精选的啤酒。然后，我们再来听听小阿尔法罗带来的消息。"

魔法师们眼前一亮。他们在自助餐上争先恐后。伊尔德丰斯的自尊心让他毫不吝啬。

阿尔法罗涨红了脸。英俊得令人生厌的里亚尔托和戒律师凑在一起。他们不停地朝他这边看。

阿尔法罗朝自助餐走去，却发现只剩下骨头、果皮、果核和羽毛。某些第21永恒纪元最精美的服饰沾上了果汁、肉汁、油渍和酒渍。

伊尔德丰斯是个聪明人。酒足饭饱的魔法师们很快放松下来。他的仆人们在他们中间走来走去，斟满他们最喜欢的酒水。

伊尔德丰斯请大家听他发言。"年轻的阿尔法罗，前天晚上在高空中偶然看到了不属于这个时代的东西，除非他看到了时间海市蜃楼。他看到了阿穆尔达。"

众人低声议论，阿尔法罗一个音节也没听清。

"他没有认出他看到的东西。但他知道这不同寻常。他是个聪明的孩子，自己建了一座图书馆，收藏了很多大师作品的廉价复制品。在其中一本书里，他找到了他曾经看到过的插画。他怀疑这件事很重要，就通过通讯镜联系了我。"戒律师用左手做了一个手势，横着，竖着，手指合拢，然后张开。日光浴室的西侧出现了摩阿德尔的插画。

一眼望去，大多数人都不以为然。"在我的时代之前，"一向沉默寡言的亡灵拜占庭抱怨道，"而且，鉴于那段历史，这绝对是时间海市蜃楼。"

惠里湖的海兹的叶子竖了起来,仿佛愤怒的猫毛,他问道,"如果这的的确确是真的,对我们来说又有什么意义呢?"

问题出现了。

同时还有名字。

历史事件被一一列举。

指责纷至沓来。

对某几位魔法师来说,这幅图像确实有特殊的意义。

争论开始了,然而当支持这些争论的咒语威胁到日光浴室时,主人便制止了这场争论。魔法师们习惯于迅速、热情地阐述自己的观点。

里亚尔托走近阿尔法罗。在莫拉格看来,他配不上他的称谓。里亚尔托也没有半点名声在外的傲慢。"阿尔法罗,是什么让你如此激动?"

"我的本意并非如此。一个偶然的机会,我在一个本应空无一物的地方发现了一座不祥的建筑。我大吃一惊,匆忙赶回家,做了些研究,偶然发现了在那儿飘浮着的插画。我向戒律师报告了这一凶兆。"阿尔法罗的意思是,要想在所有方面都准确无误,除非审问他为什么在发现摩阿德尔时恰好待在那个地方。

阿尔法罗提出了自己的疑问。"为什么大家这么激动?我没想到整个兄弟会都聚集在这里。"

"假设你真的看到了……那个……许多魔法师的生活可能都会受到影响。"里亚尔托径直离开了,他忘记了自己一贯的夸张举止。他介入了亡灵拜占庭和纳胡雷津之间的争执,两人都对伊尔德丰斯的陈酿表现出了过度的热情。纳胡雷津还患上了老年痴呆症,以为自己正在进行他年轻时的某场争执。

魔法师们享用了伊尔德丰斯的酒窖藏品后,情绪发生了变化。

最年长的那位变得特别阴沉暴躁。

里亚尔托表示他没有兴趣继续这场谈话，阿尔法罗便低调下来。其他人想要忽视他？他当然要享受此等好事。戒律师的手下补充餐品后，他就对自助餐进行了一场特别访问。他的灰色长外套里里外外有许多宽敞的口袋，魔法师的外套本应如此。当这些口袋快要溢出来时，他就漫步来到了草坪上。他的旋风车挤压着弹簧，因为车厢和车筐里塞满了沉甸甸的食物。

阿尔法罗第三次外出呼吸新鲜空气时意识到，他早已有了可乘之机，而他却差点没发现。

他身处布默加斯之中，身边是一群骚动的暴徒，如果《变化之书》失踪了，所有人都一样可疑。

3

阿尔法罗·莫拉格的天赋之一是几乎过目不忘的记忆力。第一次进入伊尔德丰斯的图书馆时，他什么也没碰。他仔细检查书脊，阅读那些以他认识的语言写就的书名，因此，当伊尔德丰斯发现他时，他正盯着一套据称是大莫索兰的范达尔所著的薄薄书卷，手里什么也没拿。

"莫拉格？"

"戒律师？是的，我进了不该进的地方，可我只是忍不住感到惊叹。我猜想没有任何图书馆像您的图书馆一样藏书丰富。我已经发现了三本书，我的老师曾信誓旦旦地对我说它们已经永远失传。"

"我并无此意，莫拉格。就像你经常做的一样，这对你并没有什么坏处。还有更多藏书处在更严密的保护之下。"伊尔德丰斯心情黯淡。"回到日光浴室。不要独自四处游荡。就连我自己也记不清为了抓捕闯入者而设下的每一个陷阱。"

阿尔法罗对此毫不怀疑。他也毫不怀疑阿尔法罗·莫拉格应付小陷阱的能力。

他跟着伊尔德丰斯来到沙龙，在那里，年长的魔法师们三三两两，不断变化组合。有些人一看到他，脸上就露出了会心的微笑。

一位仆人走了进来，穿着深蓝紫色的制服，点缀着各种夸张的橙色。"不知老爷们是否有兴趣，刚刚发生了历史性的太阳事件。上面的阳台是最佳观景点。"

魔法师们加满了酒，在仆人的催促下爬上了阳台。

胖胖的老太阳已经向西边的地平线下降了三分之一。它露出了一些不祥的痘痘，十几个斑点在它宽阔的脸庞上旋转飞舞。有些斑点碰撞后形成了更大的斑点，同时其他地方又长出了新的黑头。很快，这张红脸的四分之一都隐藏在一张变幻莫测的黑面具后面。

"这就是了吗？"有人问，"末日终于来了吗？"

太阳闪烁了一下，增大了约十分之一，然后颤抖了一下，把斑点全抖掉了。它又恢复了往日的大小。斑点散开了。最小的斑点沉入了暗红色的火焰中。

几个小时过去，魔法师们仍然目不转睛地看着这一幕。

伊尔德丰斯开始发布命令。他的手下开始行动。他宣布，"太阳的下肢将在一小时内到达地平线。我已经下令准备好我最大的旋风车。我们出发吧。年轻的莫拉格会指引我们，前往他发现那个夭折的奇迹的地方。"

吉尔伽德随口说道，"太阳长出了一个绿色的发髻。还有尾巴。"只有他与众不同的眼睛才能看到。他很快就忘了这件事。

4

伊尔德丰斯最大的旋风车简直就是一座宫殿。阿尔法罗难掩羡慕之情。

他还没弄清楚魔法师们为什么对摩阿德尔感兴趣。他们对他的问题置若罔闻。但很明显，他们并不高兴。他们很紧张。有些人甚至吓得不轻。好几个人向阿尔法罗投来阴沉的目光，确信他是个居高临下的骗子，怀揣阴谋诡计。

只有伊尔德丰斯跟他说话，带着明显的厌恶。"太阳马上就要落到阿穆尔达后面了。我们该去哪儿？"

"阿穆尔达？我以为那地方叫做摩阿德尔。"

"阿穆尔达是地方。摩阿德尔是画家。"

"哦。"阿尔法罗费了些工夫，想找个法子不要暴露他曾去过布默加斯附近。但他一无所获。伊尔德丰斯不大可能接受任何声明。他已经暗示得够多了。

莫拉格提供了真实的范围和高度。

他打算树立诚实合作的形象。如果以后需要灵活应变，这样的形象或许会派上用场。"在这个高度很难判断，但如果让我来领路，我会从斯卡姆河那儿往后退一百码，再上升六码。"

宫殿般的交通工具调整了位置，或许是在回应戒律师的想法。

"这儿。几乎就在这里……"

"好极了。"伊尔德丰斯的低沉语气显示，阿尔法罗·莫拉格赢得了一次机会。

来到阿斯科莱后，阿尔法罗与前辈魔法师们相处的时间并不多。他怀疑他们比假装出来的样子还要深藏不露。而且他们擅长让外人感到渺小。

5

在阳光的照耀下，阿穆尔达的尖顶和圆球形塔尖漆黑，似乎要攀上太阳。此前，魔法师们对此无动于衷。现在他们感兴趣了。有些人的兴趣非常浓厚。

伊尔德丰斯和里亚尔托在长廊的栏杆边一字排开。阿尔法罗靠在他们中间的栏杆上。里亚尔托喃喃自语:"我们或许错怪了我们的新伙伴。"

"确实。"伊尔德丰斯似乎有同样的怀疑。

"我个人很高兴。这或许是个绝佳的机会。阿尔法罗,再详细讲讲。"

"能说的我都说了。"

"是吗?那么,为什么你没有去调查,而是回家联系伊尔德丰斯?"

"我不是一个思维敏捷的人,也没有非凡的勇气去面对本不应该存在的事物。"

伊尔德丰斯说:"这群老埃尔布里的任何一个人遇上这种情况,都会径直冲进去,指望着发一笔横财。"

阿尔法罗注意到,扎胡里克·洪泽和预言者赫拉克都变得鬼鬼祟祟。他身边的同伴也没有表现出他们惯有的潇洒大方。

潘德莱乌站了出来。"伊尔德丰斯,我想起我的实验室里还有一个重要的实验。请返回布默加斯。我必须尽快回家。"

"然后呢?去干什么?"里亚尔托问道。

"现在不是你高高在上、冷嘲热讽的时候,里亚尔托。戒律师!我坚持返程。"

"最亲爱的潘德莱乌,我年轻时的伙伴,你大可自由来去。"

"这个想法非常吸引人,但你却把它变得不切实际。"

太阳落在了哈祖尔后面。余晖中没有阿穆尔达的踪影。什么也看不见,只有几只佩尔格兰在盘旋。

阿尔法罗不抱希望地问道:"谁能告诉我点什么吗?任何事都行?"

伊尔德丰斯说:"我们会满足潘德莱乌的要求。我会前往布默加斯。用过晚餐后,我们将返回图书馆,进行研究,并考虑明天应该采取或不去采取的行动。"

巨大的旋风车翱翔，倾斜，掠过即将消逝的光线。装饰旋风车的一百面彩旗划过天空。

6

旋风车靠岸后，一场争夺战开始了。大多数魔法师冲向自助餐，决心进一步消耗戒律师的食品储藏室。少数人则逃向草坪和他们的交通工具。那些人义愤填膺，叽叽喳喳地回来了。

伊尔德丰斯说："经过长时间的反思，我改变了主意。出于谨慎，我们必须团结一致，以统一的计划和坚定的目标面对未来。"

法师穆恩嘴里塞满了百灵鸟肝脏馅饼，说道："最有利的做法是继续执行自弗里乔夫围击事件以来所奉行的政策。无视阿穆尔达。"

少数人迅速表示同意。

预言者赫拉克宣布："我要提出一个议案。虽然阿穆尔达似乎莫名其妙地存活了下来，但自从大莫索兰时代以来，它没有发出过任何挑衅。让沉睡的埃尔布继续沉睡吧。"预言者还没有恢复血色。阿尔法罗担心，此人或许已经捕捉到了从未来飘来的可怕气息。

里亚尔托说："这是一个出色的战略，但有一个缺陷。当阿尔法罗发现阿穆尔达时，阿穆尔达也发现了阿尔法罗。"

莫拉格享受着一连串阴沉的眼神。这些魔法师很少会被逻辑说服。

"当我们前去了解阿尔法罗目击事件的真相时，阿穆尔达尔察觉到了我们的视线。特拉杰知道我们知道了。"

"不可接受。"潘德莱乌宣布。

赫拉克说："我要求投票决定是否谴责阿尔法罗·莫拉格，惩罚包括没收他的所有财产。"

伊尔德丰斯站了出来。"请各位自重。阿尔法罗只是个信使。不管怎样,如果他有什么有价值的东西,也早就被人拿去保管了。"

阿尔法罗打了个寒战。也许现在就是理想的时机,他可以重新装满口袋,赶紧回家,然后继续前进,也许会去颓墙之地以外的荒原。

赫拉克抱怨道:"没人支持我的议案吗?"

没有。但惠里湖的海兹的叶子又一次炸开了,他说:"我提议,让伊尔德丰斯、里亚尔托和其他有相关知识的人,向我们其他人充分讲述有关阿穆尔达的真相,在所有方面都开诚布公,毫无保留。"

"听他说!听他说!"十几个喉咙呐喊着。年轻人坚持要知道年长者为他们带来了什么。

阿尔法罗没有听到真正的附议,于是宣布:"我附议尊敬的海兹提出的动议。"

"听他说!听他说!"的大合唱让位于针对阿尔法罗的鲁莽自负的抗议。他没有资格。

"安静,"伊尔德丰斯说,"让拜占庭再说几句。"

亡灵吓了一跳,他背对着自助餐,望着戒律师。

"潘德莱乌,你在弗里乔夫围击时打了头阵。你很能说。告诉大家发生了什么。紧扣事实。不要夸大其词,也不要低调自谦。"

潘德莱乌酸溜溜地建议道:"让里亚尔托来说吧。他比我离现场更近。"

伊尔德丰斯不同意。"里亚尔托离得太近了。而且,我们都知道,里亚尔托非常自恋,不会准确无误地讲述任何涉及他自己的故事。"

莫拉格笑了。就连里亚尔托最亲密的朋友也对他的人品有所保留。

潘德莱乌沉着脸咆哮道:"好吧。围过来。我只讲一次,只说关键时刻。"

魔法师们聚了过来。那些只有两只手的人很难应付他们的食物和美酒。而伊尔德丰斯是那种不好客的主人，不允许客人在他的家里使用魔法。这也是他一直保持身体健康的原因。

潘德莱乌说："第16纪元的某个不确定的时期，史上第一位伟大的魔法师崛起了，他就是阿加吉诺的特拉杰，他可能比范达尔本人还要伟大。他早已不在人世，只存在于最古老的典籍的脚注中，他的名字不可避免地被拼错为希纳罗姆、弗里沙基或特拉瓦奇。"

潘德莱乌走向自助餐。

伊尔德丰斯清了清嗓子。"潘德莱乌，对于不熟悉这个名字以及情况的人来说，你说得太多余了。"

潘德莱乌抱怨道："都是现代教育的错。好吧。特拉杰在他的时代被称作了不起的魔法师。他认为，所有魔法都是一种恩赐，应该用来造福全人类。他的自以为是比里亚尔托的自大更令人反感。他自鸣得意、妄自尊大，让人难以忍受。他的魔法师同伴们认为有必要进行干预。必须让特拉杰醒悟过来。结果，地球上的许多地方都被烧得寸草不生。移民潮把大部分幸存者带向群星。他们的后代偶尔会回来，但由于变化太大，我们已经不把他们当作人类。"

阿尔法罗扫视着众人。没有一位魔法师对他的话表示反感。

"那是大莫索兰时代的事情了。自那以后，许多魔法师都想知道，正义的瓦尔达兰，区区一个政客，是如何消灭大莫索兰的法师的。答案就是依靠了不起的魔法师特拉杰。但最终，特拉杰和他的游荡之城被毁灭了。也可能被驱赶到了恶魔空间。瓦尔达兰屈服于时间的侵蚀。地球又回到了原来的样子，只是减少了几十亿人。"

"直到今天，"伊尔德丰斯说，他做了个手势，阿穆尔达又出现了，"在特拉杰消失后，摩阿德尔画了这幅画。他说，这幅画来自一个梦境。维尔穆利安当时说，它来自萦绕在梦境中的时间海市蜃楼。"

梦行者维尔穆利安从嘴里掏出一根鸫鸟腿。"我告诉过你,虽然摩阿德尔声称如此,我却没有发现任何有关梦境的蛛丝马迹。"

"是的,你说过。当时我太顺从了。特拉杰不再被人踩在脚下。当时的证据足以让人们以为问题已经解决了。"

阿尔法罗努力让自己保持低调。他有可能被卷入一场争吵,这场争吵让人联想到古老的对立,究竟应该对堕落严防死守还是睁一只眼闭一只眼。

过去可能又回来了。

阿尔法罗担心,过去不会让他好过。

7

布默加斯曾是一座规模宏大的宫殿。数不清的塔楼和房间——有些存在于地球之外的现实中——正与主人一同逐渐消逝。尽管鲁东·卡萨隆制造了种种奇迹,但伊尔德丰斯终究已近不惑之年。或者说,他已经失去了大展身手的兴致。没有访客的时候,他和他的手下们在布默加斯的一小块地盘上过着比普通商人好不了多少的生活。为了维持现状,他们需要付出英雄般的努力。

漫游布默加斯时没有伊尔德丰斯做伴,这确实是一种诱人的不幸。伊尔德丰斯偶尔也会踏入被自己遗忘的圈套。

在一个难以入眠的夜晚,阿尔法罗与伊尔德丰斯的手下交谈时了解到了这一点。这天夜里,不满情绪在人们心中蔓延。

伊尔德丰斯下定决心,当白日将诸多世俗的危险赶进森林和洞穴中时,他们就出发去对付阿穆尔达。

自助早餐很简单。一天辛苦工作的燃料。

何必去为将死之人准备美食呢?

为了振奋精神,戒律师宣布:"我已经在夜里安排好了我们的桑德斯汀。如果我们的发现不是时间海市蜃楼,那座城市将会是一座死亡之城。特拉杰应该已经开始行动了。他对我们的回忆不会像我们对他的回忆那么深情。好了，喝下最后一杯酒，出发吧！"

魔法师们怨声载道地来到草坪上，结果又一次失望而归。伊尔德丰斯确实允许大家使用各自的交通工具。遗憾的是，这些交通工具只能前往戒律师所指定的目的地。

大多数旋风车都由一种叫做桑德斯汀的小恶魔来提供动力。戒律师用威胁和有关释放的模棱两可的口头约束收买了这些家伙，这些都在他的权利范围之内。

他对里亚尔托说："和年轻的阿尔法罗一起带路。我殿后，清扫散兵游勇。"

阿尔法罗觉得，里亚尔托迎接今天上午的热情并不比潘德莱乌或扎胡里克·昆兹比。他们俩仍在恳求回家处理急事。

伊尔德丰斯在后面喊道："你们每个人来布默加斯时都带了几个咒语。我希望，这会让我们作为集体所拥有的法术种类足够丰富。"

"咒语？"阿尔法罗吞吞吐吐。"我没有……为什么会……"

里亚尔托用一种近乎怜悯的眼神看着他。如果不是轻蔑，就是怜悯，我想那不是他眼中的风。

8

魔法师们来到了哈祖尔附近。伊尔德丰斯放松了管控。他们嗡嗡地绕着岬角飞行，就像巨大的蚊子。阿尔法罗待在里亚尔托附近，尽最大可能让这位魔法师挡在自己和那个鬼魅之国之间。

四处闪现的魔法师吸引了各种各样的注意，先是来自斯卡姆河远岸的道路，然后来自上空。在低处，旅行者驻足观看。而在上空，这一切引起了佩尔格兰的注意，它们是带有少许人类血统的怪物。它们迟钝的大脑明白，在哈祖尔周围晃动的甜肉可能是致命的。奥帕尔的敖用他的卓越棱镜喷雾强调了这一点。

了不起的魔法师

　　一百支闪烁的长矛刺中一只过于大胆的佩尔格兰，河畔的观众发出了赞许的欢呼。怪物发出咝咝声，掉进了斯卡姆河。

　　魔法师们逼近了岬角，这是一片遍布枯木和矮树丛的岩石地。

　　伊尔德丰斯问里亚尔托："你觉得绝对明晰之正确选择咒会不会起作用？"

　　"只消耗费一个咒语去试试。它虽然是绝对的，但不太可能对阿穆尔达这样巨大的目标产生全面的影响。"

　　戒律师确认没有魔法师溜走。他喃喃低语。他的旋风车向森林飞去，堵住了通往哈祖尔的道路。他在树梢上绕了一圈，然后扔出了咒语。

　　阿尔法罗从未见识过正确选择咒。魔法师往往不会使用它，因为它能消除所有幻象，而不仅仅是施法者想要消除的幻象。

　　空气沸腾起来。一块一英亩大小的土地变成了从荒岩中升起的透明穹顶的侧面。穹顶后面是一座城市。

　　在天上盘旋的魔法师们俯冲下来观看。

　　戒律师洋洋得意。

　　里亚尔托对阿尔法罗说："咒语消去了他经历的光阴。他又变成了小男孩。"

　　莫拉格对这座城市更感兴趣。那不是幻境。

　　那里没有任何动静。没有明显的衰败，但这个地方看起来已经在害虫和灰尘中遗弃多年。

　　是很多纪元，阿尔法罗提醒自己。这表示有强力的存续魔法在起作用。

　　年长的魔法师们刚刚还在嚷着去别处打发时间，现在却兴高采烈地谈论着这里可能藏着的宝贝。

　　恐怖已被遗忘。贪婪占了上风。大家已经开始嘲笑，那些没有响应伊尔德丰斯召唤的人该有多后悔啊。

戒律师说："贪婪再一次战胜了谨慎。"

阿尔法罗看到了一样东西。"在那儿！你看到了吗？"

"什么？"

"一只蓝色的蛾子。它可真大。"

伊尔德丰斯说："蓝色是特拉杰最喜欢的颜色。"

"一个暗示，"里亚尔托说，"特拉杰似乎失去了耐心。他已经准备好直接接受考验了。"

戒律师的旋风车升起来冲了过去。阿尔法罗和里亚尔托紧随其后。巴班尼克斯在下方发射了一个法术，产生了戏剧性的效果。

咒语击中了穹顶，闪烁着耀眼的光芒，反弹回来，巴班尼克斯没来得及躲闪，被击中了。他那一头蒲公英般的白发爆炸了。他掉了下去，燃烧着，旋风车变成了碎片，驱动它的桑德斯汀在尖叫。残骸散落在哈祖尔的一侧。小火还没来得及蔓延就被烧灭了。

里亚尔托观察道："巴班尼克斯成功了。"

一个十几英尺宽的黑色圆环在穹顶表面跳动。惠里湖的海兹飞快地冲了进去。他没有立刻遭遇不幸。法师穆恩紧随其后。其他魔法师也没有浪费时间。

里亚尔托说："我们要是不跟上去，可就名声不保了。"

阿尔法罗听到了机会在敲门。如果逐渐缩小的圆环彻底关闭，十几处庄园就会成为无主之地。

伊尔德丰斯和他四目相对。"学会深思熟虑。"

阿尔法罗张开嘴，想要反驳。

"如果你早先掌握了这种技能，就没必要仓促搬家了。"

里亚尔托说："你学得很慢。不过，你还有希望。你有着年轻人的锐利目光。"

年轻人的锐利目光却无法与伊尔德丰斯的凶狠目光对视，只能望向那群在河边伺机而动的佩尔格兰，然后又望向微弱的太阳。"吉尔伽德说的没错。太阳有一个绿色的发髻。也许还有胡子或尾巴。"只要改变十几度方位，就能看到这两样东西。

里亚尔托和伊尔德丰斯也发现了它。里亚尔托还看到了别的东西。"有一条线，细如蚕丝，连接着地球和太阳。"

伊尔德丰斯说："要是摩阿德尔在这里就好了。"

阿尔法罗建议道："我可以让我弟弟来。他很擅长画画。"蒂霍米尔在这方面非常有天赋。

"不必了。太阳还会持续几天。我们的任务更加紧迫。里亚尔托。带路。我殿后。"

里亚尔托开着他的宝石旋风车飞向正在缩小的圆环。阿尔法罗不满地跟在后面。

9

"这里没有颜色。"阿尔法罗说。

"明明有，"里亚尔托反驳道，"特拉杰的颜色是灰色，包裹了千万种色彩。灰色是绝对正直的颜色。"

"有个令人不安的消息，"伊尔德丰斯说，"巴班尼克斯打开的洞口已经关闭。"

洞口变成了一个飘浮在空中的黑色圆圈。绝对明晰之正确选择咒所显现的一英亩地也缩小成了至多十几码的一小块地方。

里亚尔托说："我以前从没来过这里。"

伊尔德丰斯承认说："距离我上次来这儿已经过了太久，可能需要几周时间才能回想起来。阿尔法罗是对的。这里有一只蓝蛾。不过，我不用依靠回忆，就能看出下方的街道通往阿穆尔达的中心。"

其他人都往那边走了。他们的脚步扬起的灰尘弥漫在空气中。这里没有任何引人注目的事物。这是一座最为平淡无奇的城市。没有任何超过三层楼高的建筑，也没有奇形怪状的房子，只有出于实用主义而建造的灰色街区。

"塔楼去哪儿了？尖顶呢？洋葱形的圆顶呢？"

伊尔德丰斯说："我们所看到的影子，是了不起的魔法师认为他正在创造的东西。我们正身处他的理想所变成的现实之中。"

"就为了这个，正义的瓦尔达兰毁灭了大莫索兰的魔法师们？"

里亚尔托笑了。伊尔德丰斯没有回应。

阿尔法罗一声尖叫，被一只蓝色的大飞蛾吓了一跳，那只蛾子差点扑到他脸上。

前辈魔法师们放慢了速度。"该小心了。"里亚尔托指着一堆磨光的木头和柳条说，不久前它们还是一架旋风车。

"法师穆恩，"伊尔德丰斯断定，"我没看到尸体，说明他逃走了。"

几只大飞蛾，也可能是蝴蝶，在附近肆意飞舞，颜色从深绿松石到淡皇家蓝，深浅不一。阿尔法罗说："它们的翅膀上好像有字。"

"那些是特拉杰自己的手稿中的咒语。"戒律师躲开了一只和他的手掌一样大的飞蛾，"这是他对魔法的贡献之一。即便是他，一次也只能装备四个咒语，于是他创造了这些生物。如果他愿意，他可以读出它们身上的咒语，也可以把这些昆虫当做武器，让它们通过偶然的撞击带来灾难。眼前的例子就是后者。"

里亚尔托从他的旋风车的舵杆上取下一块紫色的小石头，对着它低语几句，然后把它扔向一只特别大的飞蛾。飞蛾仰面朝天，摇摇晃晃地掉了下去。

伊尔德丰斯看了看说："那只蛾子身上有凄凉之痒。"

"都是些讨厌的咒语。"里亚尔托挥舞着右手。他的紫色石头在蝴蝶和飞蛾之间穿梭，沾上了血迹和折断的翅膀。

它们一个接一个地掉在地上。然后，他们发现了法师穆恩，他正坚定不移地大步向前，五彩斑斓的披风在灰暗的环境中显得格外耀眼。他走过的地方闪烁着幽灵般的脚印,但很快就消失了。伊尔德丰斯看着他说:"估计他的脾气上来了。前进,穆恩!前进,快!"

法师穆恩做了一个粗鲁的手势。即便如此,里亚尔托还是俯冲下去和他说了几句话。他回来报告说:"他浑身上下只有尊严受了伤。不过,正如你所料,他已经开始抱怨赔偿问题了。"

阿尔法罗说:"我看见前面有东西。"

三人都慢了下来。

阿穆尔达的中央有一丝色彩,就像岩石缝隙长出的植物一样生机勃勃。它五彩缤纷,但每种颜色都很淡,就像原本的色彩的幽灵一样。

那儿也矗立着一些房屋,和他们在阳光下所看到的建筑类似。但它们都没有那些影子那么大。

建筑周围是一个宽阔的广场。一队无人的旋风车正等在那里。戒律师说:"除了巴班尼克斯和法师穆恩以外,所有人都到齐了。"

三人在灰色的石面上降落,每个人下车时,石面都瞬间颤动起一丝虹彩。

阿尔法罗明白了。这里的色彩很微弱,但之所以存在,是因为外来者把色彩带了进来。

10

倒下的鳞翅目昆虫标示着通往最方正、最灰暗的方形灰色建筑的道路,那里一丝光也没有。阿尔法罗从外套下抽出短剑。在适当的引导之下,剑柄上的月光石发出了柔和的光芒,照亮了方圆二十英尺的范围。里亚尔托和伊尔德丰斯赞叹不已。"这是我的传家宝。"阿拉法罗解释道。莫拉格兄弟为了得到了这把剑而搬到了阿斯科莱。

"太棒了,"伊尔德丰斯说,"然而这还不够。"

大厅似乎没有边界,只有他们进来时穿过的那堵墙。不过,其他魔法师就在附近,因为远处传来了回声和闪光。

"这是什么地方?"阿尔法罗问道。

戒律师说:"和你猜的一样。"

传来一声引擎发出的低沉哐当声。地板颤抖起来。伴随着越来越大的嗡嗡声,大厅里出现了光线。远处的声音似乎烦躁不安。

阿尔法罗熄灭月光石,缓缓转身。

背后的墙壁上出现了无数书架,一直延伸到上方的黑暗,和两侧的远方。"戒律师……"

"我告诉过你,有的图书馆比我的要更高级。前进!"

伊尔德丰斯迈开步伐。阿尔法罗紧随其后。眼下他不想一个人待着。空气中弥漫着危险的气息。里亚尔托也感觉到了。他显得异常紧张。沿着那些在黑暗中行走的人在尘土中留下的痕迹,伊尔德丰斯继续向前。

"幽灵。"阿尔法罗说,他们穿过一大片满是灰尘的桌椅。

高空中有生物向他们飘来。那是两个几乎赤裸的姑娘,看起来似乎有实体。里亚尔托喃喃地表示赞美。他名声在外,但还没有人拿出确凿的证据。

"小心点,"伊尔德丰斯提醒道,"她们比表面看上去更厉害。"

里亚尔托补充说:"我怀疑这是飞蛾主题的复杂变奏。左边那只似乎有点眼熟。"

戒律师说:"她在向你展示里亚尔托想要看到的秘密。这个陷阱由选择组成。你必须选择是否触摸。但你要是这么选了,你就没有时间后悔了。"

"这就是特拉杰的手段。通过迎合你的弱点来摧毁你。"

类似的幽灵在前方飘浮。它们飘在空中,为其他魔法师指引方向。有些幽灵并非女性,也有的并不年轻。

远处传来一声尖叫。一道耀眼的闪光。然后是半分钟的寂静,幽灵们一动不动。随后响起一阵摩擦声，仿佛数百吨花岗岩石块在互相摩擦。

伊尔德丰斯猛地跨出一步。阿尔法罗不得不跟上。里亚尔托紧跟在最后，一边与诱惑搏斗，一边喃喃自语。

11

那是佩尔杜斯汀的尖叫声。吉尔伽德报告说："他碰了一个姑娘。海兹看到了，试图阻止这一切。"

佩尔杜斯汀倒在地上，浑身烧焦，但还活着。他躺在一大片空地中央，头顶是广阔的天空。

"那个姑娘呢？"伊尔德丰斯问道。

"碎了。"一只戴着红手套的手指了指散落一地的纸片，"真可惜，这些年轻姑娘都不再真实了。"

"都是幻象。"海兹说，然后开始讲述他的见闻。

许多布满灰尘的巨大引擎包围了这片土地。"它们是从哪儿来的？"阿尔法罗问，"我们到达之前什么都没看到。"

吉尔伽德耸了耸肩。"在阿穆尔达内部，事物的运行方式与外界不同。"他吓得不轻，而且不止他一个人如此。

"那是什么？"莫拉格指向天空，天空中能看到陌生的星座。星座之间有一根根细线，尽管是黑色的，却清晰可见，就像海怪挥舞着触手，渴望享用星辰。

有人说："等特拉杰出现之后好好问问他。"

十几双眼睛凝视着夕阳西下时留下的那束淡绿色的曲线。

伊尔德丰斯跪在佩尔杜斯汀身旁。里亚尔托走来走去。其他魔法师们抱怨着，因为他们没有发现任何有价值的纪念品。

阿尔法罗回头看了一眼。那些书又如何呢？然后他继续研究天空。

写在空气中的橙红色文字从他肩头飘过。你正在见证星辰的演变。你每看三分钟，银河系就会流逝一百万年。

阿尔法罗震惊地看着天上的黑色触手。片刻之后，他转过身来，看到了他所见过的最年迈的小老头。他满脸斑点，几乎没有头发，左眼皮下垂得厉害。他的嘴巴左侧也下垂了。他的皱纹里长着皱纹。他的两只胳膊各搂着一只女妖。他的脚动起来拖拖拉拉。他们不是幽灵。阿尔法罗能感到他们散发出的热量。他们会流血，而不是像撕碎的纸片一样散落开来。

阿尔法罗看到了不可能发生的事情：自称无所畏惧的阿尔梅里和阿斯科拉的魔法师们开始啜泣、尿裤子，纳胡雷津甚至昏了过去。不过，准确地说，是疲惫和长期紧张造成了他的昏厥。莫拉格还注意到，有些人并没有受到明显的惊吓，其中包括戒律师和神奇的里亚尔托。

12

"特拉杰？"里亚尔托问。

老人歪着头，停顿了一下。他似乎不太确定。更多姑娘聚过来帮助他。她们的触摸并没有给他带来不便。

"她们的关心耐人寻味，"伊尔德丰斯喃喃说道，"她们按照他的意愿而存在。而且他并不健康。"

里亚尔托则认为："如果要招待这么多宝石，即使是我那充沛的资源也会不堪重负。"

阿尔法罗问："她们是什么？真是精致。是他自己创作的吗？"他自己的努力成果总是丑陋不堪。

"不是。很久以前，他穿越时空，采撷了最美的美人和名妓的精华，都是在她们最完美的成熟时刻：饱满、无瑕、略带青涩。他随心所欲地将这些精华倒进模具中。"

伊尔德丰斯补充道:"青春的幻象。"

里亚尔托说:"这些姑娘不太清楚自己是谁,却知道她们被他从时间的深海里捞了出来,她们的永生依赖于他的喜爱。"

阿尔法罗问:"他为什么这么老?"他是想说:为什么特拉杰要让他自己承受时间的屈辱?

里亚尔托说:"他的思想异于常人。不过,这只是一种表象,就像伊尔德丰斯、海兹或扎胡里克·洪泽,他的铁指甲上画了画。"

阿尔法罗打量着戒律师。伊尔德丰斯和往常一样,看起来是一位长着金色胡子的和蔼的胖老头。他还有更真实的一面吗?

了不起的魔法师变幻了模样,明显不那么屠弱了。他高大强壮、坚毅忧郁,完全没有幽默感。但他的眼睛没有变,依然衰老而半盲。他没有开口说话。

特拉杰用左手食指戳了戳空气。他的指甲闪闪发光。他写道:欢迎各位。阿尔法罗·莫拉格。命运的后裔。你们在路上花了很长时间。他的行文长达三十个字符,在黄绿色的水汽中飘浮消逝。

"总是在炫耀!"预言者赫拉克冷笑道。

时间背叛了我。你们非要再次破坏我的伟大事业吗?

里亚尔托表示怀疑。"我没有看到工作的痕迹,无论是伟大的、琐碎的、邪恶的还是其他的。我只看到了长年累月的忽视所带来的尘埃。"

我已经放弃了改善人类的一切努力。那野兽是个肤浅、自私、天生邪恶的忘恩负义者。我放任他进行那些自毁的娱乐。我只专注于知识的传承和太阳的管理。

了不起的魔法师做了个手势。他和众多魔法师之间的空气变成了一幅长六英尺、深三英尺的透视画。画上显现出一个与他们所处的空间完全相同的复制品,中间还有魔法师和姑娘们的迷你模型。

特拉杰伸出发光的食指,变成了一个四英尺长的黄绿色纤细指针。图书馆。包括13纪元以来的所有书籍。

伊尔德丰斯对阿尔法罗眨了眨眼。

这些引擎可以检测正在进行的创作。当作品完成时,一套咒语会中断时间,让一名助手前往创作地点,并复制出一件一模一样的作品。因此,没有一首诗、一首歌、一段罗曼史、一件魔法或历史的杰作会丢失。

阿尔法罗嗅到一丝疯狂的气息。

魔法师们急于寻找更加世俗的宝藏,忽略了这些书籍。然而,八个纪元以来的所有书籍(包括失传的范达尔魔法书、安柏林魔法书、瓦斯普里尔魔法书和津琴魔法书)自大莫索兰以来,四分之三的魔法知识已经失传。

瞎子都能嗅出几近沸腾的贪婪味道。

故意挑衅?阿尔法罗想不明白。

透视画中的几台引擎变成了淡紫色的玫瑰。那里跳动着阿穆尔达的心脏。它们正在进行伟大的时间工程。它们伸向群星,汲取太阳渴求的养分。

手势。一个球形空间出现在头顶,太阳在中央,就像一颗血色的豌豆。边界上闪烁着晚期恒星的光芒,忽视了真实的距离。黑色的丝线触碰着这些星星,连接彼此之间的空白区域。每根线都通过太阳两极伸出的两条绿色尾巴中的一条,把一些看不见的东西输进了太阳。

正如我赋予我的天使生命,我也赋予世间万物生命。来吧。

阿尔法罗脱口而出:"我?"

你。你是这里唯一无辜的人。

莫拉格大口大口地喘着气。他觉得自己就像一个小男孩,被发现自己的手放在了别人的钱包里。他不止一次遇到过这种情况。他扫视了一圈,发现所有的魔法师都没有动,甚至没有察觉。"停滞魔法？我离得很远，也不是施法者，却被排除在外了？"

是的。邪恶的微笑。了不起的魔法师变得愈发年轻力壮。在这里，除了照料引擎、学习和研究，我几乎无事可做。他笑得更邪恶了，他的两只宠物从他怀里溜走了。还有一个身材苗条的黑发美女，留着帽子般的波波头，自莫拉格看到她的那一刻起，她就在莫拉格的脑海中盘旋。她走到阿尔法罗身边。她邪恶的眼神告诉他，她很清楚，她可以瞬间让他成为她的奴隶。

特拉杰说，只要把所有的伟大魔法书尽收囊中，再加上充裕的时间，就连一个二流魔法师也能发现新奇的魔法。

阿尔法罗被女妖和他天生的缺陷分散了注意力，仅仅从最广义的概念上理解了特拉杰的话。

阿尔法罗刚刚开始发现自己与阿尔梅里和阿斯科拉的魔法师们有多么地格格不入。即使对于这样一个天真的年轻人而言，特拉杰所讲述的故事仍旧疑点重重。他已经开始明白，他急需控制自己的天性，否则就会遭受与他的小侏儒们相似的命运。

他捕捉到了另一个人的眼神，发现亡灵拜占庭有他自己的想法。

13

女妖像一只撒娇的猫一样蹭着阿尔法罗。他问："非得这样让人分心吗？"

我无法控制她们的感情。

阿尔法罗不知怎么就从引擎广场移动到了一个摆满木头家具的舒适的小图书馆。这里不可能容纳8纪元所创造的所有书籍。两个魔法师和三个女孩就已经快挤不下了。

你想看什么书？

阿尔法罗说："鲁东·卡萨隆的《变化之书》。"他对这本书的占有欲把他带到了这里。

特拉杰以一种超乎寻常的方式伸长胳膊，拿起一部书，交给阿尔法罗。这是一本崭新的书，从未被打开过。阿尔法罗把它轻轻放在一张柚木小桌上，桌子的表面凹陷进去，书几乎要沉到桌子里。他颤抖着问："你要对我做什么？"

我想让你成为我的学徒。

"为什么？"莫拉格脱口而出。

你是几个纪元以来第一个发现阿穆尔达的人。你身上没有来自过去的偏见和贪婪。只有被你的天赋夸大的微不足道的弱点。

"特拉杰怎么会想到要收一个学徒？"

美好的事物终有一死。

阿尔法罗百思不得其解。他很困惑。在他最诚实的时候，他会承认自己不是一个好人，只是一个擅长自我辩解的人。他不是了不起的魔法师那样的人。

这里面肯定有诈。

你来的正是时候。挑战造就人。几个纪元以来我一直在努力延续知识，延长太阳的寿命。18纪元的斗争消耗了我的力量，造成的伤痛至今仍在折磨我。

这个圈套会是情感上的吗？

即便我避世绝俗，拥有几个纪元的全部知识，我也无法夺回被夺走的东西。但现在机会来了。我可以准备一个替代品。

阿尔法罗藏起他的冷嘲热讽。他不相信。他只能按照自己的性格来想象现实。特拉杰一定是另一个阿尔法罗·莫拉格，因为多活了几个纪元而变得老奸巨猾。

即便如此，阿尔法罗还是决定坚持自己的本心。"我不是你在找的人。我不过是个流氓无赖。"而且他还有其他责任。

你的兄弟。当然了。但我有这些宝贝。我有上万个小甜心，每一百年中只有一天活在世上。我拥有这个世界，如果没有特拉杰的奇迹引擎,太阳那衰老疲惫的光芒都要熄灭了。

"你会读心?"

会一点。你的心是打开的。我那些古老的敌人,广场上的混乱自私的王子们的心则是关上的。但我了解他们。引擎也能理解他们。

我决定了。阿法罗·莫拉格即将开始训练,成为了不起的魔法师。

阿尔法罗的伙伴紧紧依偎着他,发出猫叫声。

14

伊尔德丰斯走进图书馆。姑娘们惊讶地尖叫起来。了不起的魔法师闪烁了一下。

戒律师问:"莫拉格,这是怎么回事?"

阿尔法罗脱口而出:"发生了什么?怎么会?……"

"法师穆恩来了。他打破了停滞魔法。不过,我敢肯定,他是在确认没有稀世珍宝需要装进口袋以后才打破的。请回答我的问题。"

"特拉杰想让我做他的助手。"

戒律官邪恶地笑了笑,他的笑声得到了外面其他魔法师的回应。伊尔德丰斯转向门口。"我把我的绝对明晰之正确选择咒用掉了。有人有驱散幻象的咒语吗?"

梦行者维尔穆利安走向前来。"我有一个符咒,不是真正的咒语,但可以区分幻象和清醒梦。"

"试试看吧。年轻的阿尔法罗需要看看他是如何被骗的。"

"这是不是太浪费了。"

"我们都年轻过。"

"好吧。反正这个符咒可以再生。"梦行者做了个手势,说了几句话。

伊尔德丰斯问道:"需要一段时间才能生效吗?什么都没发生。"

"效果立竿见影。"

"可是什么都没变。"

严格来说并非如此。他想要消除的幻象并没有改变。伊尔德丰斯自己倒是恢复了本来面目。他的变化乏善可陈。他长出了一个大肚子，失去了一些相貌、头发和伯父般的和蔼。

图书馆外出现了短暂的骚乱，魔法师们第一次清楚地看到了彼此。

图书馆丝毫未变。同样，三个漂亮姑娘也没有变。但现场弥漫着一股异味。

"哎呀！"阿尔法罗倒吸一口气，"特拉杰！"

符咒让了不起的魔法师再次变老，变成了一只干瘪的地精，然后一动不动了。

离他最近的阿尔法罗说："他死了！死了很久了。一具木乃伊。我们是在和鬼魂打交道吗？"

躯壳上闪烁着光芒。阿尔法罗脑子里有个声音说，我是一段记忆，和那些脆弱的生灵一样，储存在引擎里。美好的事物终有一死。但理念和梦想将永远活在阿穆尔达。就算最后一颗恒星熄灭，引擎仍会继续工作。

"这不是一场梦，"维尔穆利安发表意见，"是噩梦成真。"

伊尔德丰斯点了点头。阿尔法罗无法理解。他的小猫滑到他身上，咬着他的左耳垂。"我没有得到关键信息。特拉杰没有谈论他的宿怨。他认为只要不影响到这里就无所谓。"

"特拉杰是个狂热分子，他的观点非常狭隘，为了实现他所认为的正确，不惜摧毁文明。外面那座灰色的城市，就是了不起的魔法师为我们大家准备的礼物。"伊尔德丰斯激动地说。

"然而，在大莫索兰期间发生的事件之后，他不再与人类交往，专注于维持太阳的寿命。"

了不起的魔法师

"当然，我们应该对此表示感谢。但是……"

女妖把手伸进了阿尔法罗的外套和衬衫里。他无法集中注意力。

了不起的魔法师——或者说藏着他的鬼魂的机器——读懂了他的心思。

真理就是真理，不管它打扮成什么模样。

阿尔法罗并不认同。"对每个观察者来说，真理都是不同的。就连自然法则在某些情况下也会发生变化。"他把那姑娘的手从衬衫里拿出来，把她推得远远的，让她的体温不再让他热血沸腾，"某些势力试图通过引诱或威胁来拉拢我。为什么？"

伊尔德丰斯露出了一瞬间的惊讶。

"受诱惑者很容易理解。我的愿望和幻想会得到满足。而戒律师就不一样了……"

伊尔德丰斯明显管住了自己的嘴。

真理就是真理。咒语已经解开。从今往后，谁也不能撒谎，除非他保持沉默。但他们的脑海中将充斥着真理。戒律师想要掠夺阿穆尔达，然后彻底摧毁它。他是如此厌恶了不起的魔法师的愿景。

"甚至不惜牺牲太阳？"

美好的事物终有一死。还有其他太阳。阿斯科莱的魔法师们可以在梦行者维尔穆利安的宫殿中旅行。

为什么魔法师们如此憎恨了不起的魔法师的愿景？

引擎向他展示了特拉杰本打算创造的世界，首先依据他的真理，然后依据这个世界的众生的野心所带来的所有压力总和，由中立的机器计算得出。两者几乎没有相似之处。

莫拉格在引擎的记忆中观察着事件和真相，吸收着潜藏在偏见之间的真理。

15

时间流逝。伊尔德丰斯再次陷入了停滞魔法,他张着嘴正要抗议。姑娘们和木乃伊也是如此。

那个木乃伊不是了不起的魔法师。特拉杰早已在往昔的冲突中丧生。他被一个魔法水平较低的追随者取代了。

随着时间的推移,这个追随者自己也被取代了。

"解除停滞。"

伊尔德丰斯继续抗议。停滞警报的叫声打断了他。

"发生了什么?"他问。

"引擎让我看到了历史。"

伊尔德丰斯无言以对。外面的魔法师们也是如此。

"戒律师,特拉杰确实死在了弗里乔夫围击。出现在这里的了不起的魔法师是他的追随者,他抢救了阿穆尔达,偷偷维持着这个地方。他确保引擎能够在这一宇宙存续期间一直运转下去。阿穆尔达对你没有威胁。它会照顾太阳。它会照料特拉杰心爱的女儿们。它会保护它自己。"

伊尔德丰斯失去了正常的外表,无法隐藏自己的内心。他也无法瞒过阿穆尔达,因为阿穆尔达并没有对阿尔法罗隐瞒重要信息。

莫拉格说:"你们都要明白,你们所想的一切都行不通。你们就满足于现状吧。"

"你指的是?"维尔穆利安问道。

"我们是阿穆尔达的客人。只要阿穆尔达还愿意把我们当客人。"阿尔法罗向引擎传递了一个思维,"自助餐已经准备好了。跟着带灯的年轻姑娘们。克制住你们的欲望。维尔穆利安,去吧。戒律师,留下。里亚尔托,加入我们。"阿尔法罗心念一动,了不起的魔法师的躯壳飘然而去。莫拉格没有看。他怕它在离开时会看着他。

图书馆的空间发生了变化。出现了三张舒适的椅子，供三个男人坐进去，旁边还有三个美貌非凡的年轻姑娘。阿尔法罗回顾了自己的辛酸史。有个念头一直困扰着他：蒂霍米尔的伤。

又出现了几个姑娘。她们带来了美酒佳肴。

阿尔法罗说："我被一条毒蛇咬了一口，是这条蛇的毒液让特拉杰动了起来。我会按照他的要求去做。现在问题来了。我该怎么处置你们？"

"把我们放了。"里亚尔托心不在焉地说。他的两只膝盖上各坐了一位公主。

"机器认为这很危险。它知道你们在想什么。你们就是你们。但我更想把你们送回阿斯科拉。"

阿尔法罗让自己大吃一惊。他说起话来像个管事的。

他问："你们当中谁值得信任？"

里亚尔托和戒律师立刻自告奋勇。

"好吧。引擎不同意。我想派人去办一件事。但无论我派谁去，他都有可能扔下其他人不管。除了纳胡雷津，他会压根儿就不记得自己是来干什么的。好了。这主意真棒。就这么办。"

"怎么办？"伊尔德丰斯紧张地问。

"旋风车上的桑德斯汀们已经被选中参加任务，我会以此为交换，缩短他们在车上劳作的契约。"

"特拉杰就是这样变得不受欢迎的，随意使用他人的财产。"

"少了这些异世界仆人，应该会让你们难以实施针对阿穆尔达的行动。享受美酒。享受美食。享受陪伴。"阿尔法罗凑上前低声说，"我正在尽全力让你们活着离开这里。"

16

蒂霍米尔像个孩子一样望着这座灰色的城市。桑德斯汀把他和

SONGS
OF THE DYING EARTH

杰维拉纳瀑布旁的塔楼里的东西放在了广场中央。阿尔法罗急忙跑去迎接他的弟弟。他最喜欢的几位女妖也跟了过来。他满心期待着与其他姑娘见面。一万颗珍贵而奇妙的宝石！

广场上没有魔法师，也没有旋风车。

阿尔法罗拥抱了弟弟，然后开始慢慢地让蒂霍米尔理解他们的现状。他过于担心了。只要待在阿尔法罗身边，蒂霍米尔就会放松下来。他刚到的时候很害怕，是因为他们分开了一段日子，然后就出现了一群奇怪的恶魔，把他捉走了。

阿尔法罗·莫拉格。坏魔法师们逃跑了。

"那怎么可能？"然而他已经注意到，所有的旋风车都不见了，他自己的也是如此。

那些恶魔回来之后，那个名叫巴班尼克斯的家伙撑开了道路。恶魔们自己也对你缩短契约的承诺没有信心。

巧舌如簧的里亚尔托和伊尔德丰斯放大了恶魔的疑心，来影响桑德斯汀那摇摆不定的忠诚。

人们和这些恶魔订下契约而不是雇佣他们是有原因的。

阿尔法罗耸了耸肩。他还是很生气，因为他的旋风车被人占了——显然是法师穆恩——不过他已经解决了自己的问题，而且没有惹恼阿穆尔达。一个奇迹。他可以随心所欲地成为了不起的魔法师，随心所欲地让蒂霍米尔成为一个完整的人。

又有十几个姑娘赶来，帮阿尔法罗把行李搬进他那奇妙的新住处，这是阿穆尔达的引擎根据他内心深处的幻想而打造的。

就连伊尔德丰斯的布默加斯也比不上它的奢华。

他坠入了天堂。

❈

天堂是一把双刃剑。

了不起的魔法师

在随后的几个世纪里,有不少独自一人的魔法师,偶尔也有团体,试图盗取阿穆尔达的财富。所有计谋都失败了。

只有梦行者维尔穆里安通过在夜地潜行的方式进入了阿穆尔达。梦行者追踪着了不起的魔法师坠入的梦魇。

和所有了不起的魔法师一样,阿尔法罗·莫拉格发现仅有几千年的天堂生活让他付出了无法承受的代价。他和他们一样,开始渴望逃离这个美丽的世界。

更接地气、更圆滑的蒂霍米尔·莫拉格成为了他哥哥的继承人。

后 记

1962年,我高中毕业后进入海军服役,那时我患有严重的"野心缺失症"。尽管如此,当海军提出让我去上四年大学时,我说了声"呦、嗨、嗨!"就去了密苏里大学。作为一个身材瘦长、动作不协调的大一新生,我跟在一位前辈的身后蹒跚学步,这位前辈的名字我已经忘记了,但他给予我的最大的帮助让我至今记忆犹新。

这位前辈得知我也喜欢科幻小说后,把我拉进了酒馆隔壁的独立书店,晚上,我们时常在那里练习成为自由水手。在那儿,他强迫我花了75美分(加税!)巨资,买了杰克·万斯的《濒死的地球》的兰瑟出版社限量平装本。我大吃一惊。当时平装本往往才50美分,最多也就60美分。但我的钱花得很值得,相当值得。那本书已经不在了,还有后来的几个版本也是,因为我读了又读,都不知道究竟读了多少遍。

从第一页开始,我就迷上了这本书。这是智力上的兴奋剂。我无法摆脱这种瘾头,一直到现在都保留着写作新手的憧憬,渴望创作出"就像那本书一样"的作品。每一位作家面对自己最喜爱的作品时都会这样，这些作品在文学的坎伯兰峡谷中筚路蓝缕。我写作生涯中最激动人心的事情之一，就是受邀参与这个项目。因此，二十五年来，我头一次创作了一篇短篇小说，向带我进入这一领域的一位伟人致敬。

这篇小说所记录的事件发生在21纪元终结之时，在《神奇的里亚尔托》中的事件发生几个世纪后的一个沉闷的时代。

——格伦·库克

伊丽莎白·汉德

　　伊丽莎白·汉德著有十部长篇小说，包括《迷失的一代》《唤醒月亮》《凡人之爱》和《漫长冬日》，以及三部短篇小说集，其中最近的一部是《藏红花与硫黄：奇异故事》。她长期为《华盛顿邮报》《乡村之声》《沙龙》和《奇幻与科幻小说杂志》等杂志撰写书评和随笔。2008年，她的心理惊悚小说《迷失的一代》获得首届雪莉·杰克逊奖，她的小说还曾获得两次星云奖、三次世界奇幻奖、两次国际恐怖文学协会奖、小詹姆斯·提普垂奖和神话奖。她最近完成了《奇妙之墙》，这是一部关于法国象征主义诗人阿蒂尔·兰波的青少年小说。目前她与家人住在缅因州的海岸边，正在创作《迷失的一代》的续作《可得的黑暗》。

火焰女巫归来

漠不关心、忧郁症、感觉迟钝；普通的精神骚动和更复杂的身体不适（疖子，某种荨麻疹，能让不忠实的情人的皮肤爆发出大片紫锦葵色的皮疹）——莎罗娜·莫恩在她位于钴山阴影下的苗圃里培育着这些疾病。她这辈子都在呼吸山坡上富含孢子的昏暗空气，让她对人类的常见弱点和其他千百种弱点有了免疫力。她已经有十二年没有感到过丝毫倦怠或后悔，二十年没有感到过意志消沉或忧心忡忡。她从不知道胆怯，不知道幼稚的无忧无虑。有些人，比如离她最近的邻居，火焰女巫佩蒂姆·诺林加尔，说她从未有过童年；但佩蒂姆·诺林加尔错了。

同时，莎罗娜也接种了疫苗，避免了轻率、积极乐观和那些会影响睡眠的轻微而麻烦的厌烦感——去高山地区以外的地方旅行导致的恐惧，秋季长达数小时的黄昏带来的不安。莎罗娜的心中早已不存在绝望，也没了它顽皮的表亲，欲望。如果有人望向她平静的冰色眼睛，也许会认为她是幸福的。但幸福并没有在她光滑的脸颊上留下任何痕迹。

无动于衷是一种很容易设计和培养的情绪，而且出乎意料地受到客户的欢迎。也许她吸入了太多的无动于衷孢子，因为这似乎是她唯一拥有的品质。当然，只除了她的美貌，即便不算倾国倾城，也是名声远扬。

这天早上，她正试图从一排华美紫菇中唤起一种与众不同的气质，这些蘑菇就像许多沾满墨水的拇指。它们是一种腐生蘑菇，最喜欢的宿主是肉食性的迪奥殆，莎罗娜通过在附近的河里洗澡而成功引诱了它们。她用一把紫晶骗骗菇的干孢子放倒了迪奥殆，然后把它们拖进她在山坡上的小屋里。在那里，她用斧头劈开那些鳗鱼般漆黑闪亮的胸腔，趁它们的心脏还在跳动时，将孢子播撒在它们身上。七八天内，天蓝色的孢子囊会随着华美紫菇的出现而慢慢瘪下去，散发出木虱和姜黄的霉味。

再过一个星期，她就可以收获孢子了。这些孢子是一个复杂而寻常的配方的一部分，通常由自诩贵族的男人委托制作——这一次，是一个沉闷的中年贵族试图打动他年轻的情人，这情人是一个小地主，爱穿他不喜欢的奥西莱思灯笼裤。

无论她的客户是虚荣还是愚蠢，或者只是染上了一种致命的倦怠，都与她无关。这种倦怠会影响他们的判断力，就像太阳的血红光芒染上天空一样。不管怎样，她都需要填饱肚子。那位贵族会为他的虚张声势出个好价钱。那么，傲慢和虚伪的谦虚；一丁点奴态，以中和自恋的恶臭……再加上几粒华美紫菇的产物，药剂就完成了。

但事情有些不对劲。

昨天傍晚，她铺开细如蛙毛的生麻布网，铺在那些靛蓝色的拇指下面，以捕捉它们在夜幕降临时释放的孢子。第二天早上，纱布上本应出现精致的孢子画，蘑菇的菌褶在网上描绘出粉末勾勒的花粉黄和石板蓝的线条。

然而，薄纱上只有一块紫罗兰色和柠檬色的污渍。莎罗娜弯腰去看，把金盏花般的长发向后挽起，以免碰到纱布。

"不用费事了。"

她往旁边瞥了一眼，看到一位塔克女人骑着一只月蛾，在她头顶盘旋。"为什么呢？"莎罗娜问。

塔克女人拽了拽飞蛾的触角。它飞了下来，落在一棵为蘑菇园带来阴凉的矮针叶树上。

"给我盐。"她说。

莎罗娜从药剂袋里拿出一个盐袋递给塔克女人，等着她把盐袋绑在飞蛾的胸部。塔克女人直起身子，调整了一下帽子，然后摆出了一个姿势，就像裴奥里纳二世最著名的行刑肖像画一样。

"佩蒂姆·诺林加尔在朔月时来过，摇晃了你的孢子网。她没有发现我在场。孢子网产生的尘雾让我咳嗽不止，但我的情人发誓说我看起来比昨天早上更出众。"

莎罗娜歪着头。"佩蒂姆为什么这么做？"

"我只能告诉你这么多。"

月蛾升到空中，飘向远方，明亮的翅膀消失在山坡上翡翠森林的涟漪中。莎罗娜卷起孢子网，把它和待洗的衣物放在一起。佩蒂姆的行为没有让她烦躁不安，也没有让她感到愤怒或好奇。

可她还是得填饱肚子。

她已经答应那位贵族，两天后把药给他。如果今晚她能再捉到一只迪奥殇，也还是需要等一个星期，孢子才会成熟。她固定好孢子网，以防下雨或有人闯入，然后走到小屋旁边的围场，召唤她的棱镜船。

"我要见佩蒂姆·诺林加尔。"她说。

一瞬间,只有斑驳的阳光透过猫枞和云杉轻轻摇曳的叶片洒落下来。然后,秋日的空气仿佛着了火一般,开始闪烁。臭氧和烧焦金属的刺鼻气味四散开来,棱镜船在她面前盘旋,半透明的花瓣舒展开来,好让她跳上船。

"佩蒂姆·诺林加尔是个妓女,还是个贼。"棱镜船愤怒地说。

"她现在似乎也变成了一个破坏狂。"莎罗娜坐进沙发,小心翼翼地不压坏她的药剂袋,"她说不定已经准备好午餐了。现在已经不早了吧?"

"佩蒂姆·诺林加尔会趁你睡觉时毒死你。"飞船腾空而起,像一个彩虹泡泡一样在山坡上方飘浮,"你要是饿了,第二个瀑布附近有鲑鱼,椴梓也熟了。"

莎罗娜低头望着她的小农庄,一片由真菌组成的棋盘格、碧蓝、淡紫、乳黄、赤褐、薰衣草色,还有十几种莎罗娜发明的、没有名字的颜色。"佩蒂姆是个好厨子,"她心不在焉地说,"我希望她准备了牛奶冻。或者蝗虫果冻。你觉得呢?"

"我无法对此发表意见。"

飞船急速倾斜。莎罗娜用手按下控制装置,飞船发出了舒缓的声音。"好了,你不用担心。我有万能解药。这是二十七年陈酿的蝗虫果冻。她很慷慨,送了我一些。"

"她对你不怀好意。"

莎罗娜打了个哈欠,用长满雀斑的小手捂住嘴。"我要睡觉了,飞船。等我们接近她的领地时再叫醒我吧。"

钴山那覆盖着云杉和花岗岩的壮丽高地逐渐远去。莎罗娜·莫恩没有看到,棱镜船也没有注意到,因为她们对人类所谓的美毫不在乎。

SONGS
OF THE DYING EARTH

✦

  火焰女巫的别墅坐落在冈德洞穴附近的一个小山谷中。这栋别墅的状况已经大不如前。绯红宫廷的乐师海兰德·斯特里夫曾将它作为寝宫，他的放荡不羁导致他的三位愤怒的情人（佩蒂姆·诺林加尔是其中一位）先是勾引他，然后又用一种被称为"红浸"的方式折磨他。十七天后，乐师死了，火焰女巫为她的拷问者伙伴们准备了庆功宴，用夹竹桃串起加香烤肉。所有人都在天亮前抽搐而死。往后几十年里，这座寝宫被地震和暴风雨破坏，还曾被沙将军那臭名昭著的水晶中队袭击。

  当然，佩蒂姆自己的占卜事业也导致灰色的大理石墙壁和蜿蜒的石柱被烟尘熏黑，著名的挂毯也因烧焦和烟熏而面目全非，无法修复。这会儿，她正在被称为"文思的追寻"的挂毯遗骸前踱来踱去，全然不顾壁虎和黄鼻狐猴正在她最著名的一段恋情的背景上爬来爬去。

  佩蒂姆不屑于用魔法来增加自己的魅力，尽管几十年来她一直使用神奇驻颜秘药来保持青春的活力。她的美貌仍旧出类拔萃。和她的邻居一样，她也有一头火焰般的秀发，只不过佩蒂姆的秀发是张扬的虎皮百合，而莎罗娜的秀发则是黯淡的金盏花，而且佩蒂姆的眼睛是绿色的。她有着若牛奶般泛蓝的白色皮肤，遍布伤疤，这些伤疤是她在施魔法、修补大炮或是从炉子里拿锅时不小心被烧伤的。这些伤疤是她的骄傲，而不是羞耻；同时也警告她不要过于自信，尤其是在与舒芙蕾或巴吉里斯克打交道时。

  这天，她的思绪正沿着惯常的轨迹游荡：为当季丰收的楦梓开具收据；估算她的小巴吉里斯克何时能顺利交配；对各种旧伤和冒犯耿耿于怀。她在踱步中停顿了一下，从裤子口袋里掏出一个闪闪发光的小瓶，像一颗红宝石泪珠，皱着眉头凝视着它。

火焰女巫归来

一个接近黑色的深红影子在小瓶中盘旋又展开。这个影子凝聚成一个身穿猩红色和藏红花色衣服的吉沙特形象,它伸出双臂——她说不清是喜悦还是痛苦——然后,用一种蝙蝠般的声音向她宣告。

"佩蒂姆·诺林加尔,煽动者和叛逆者!你的流放已被撤回,因为裴奥里纳二十八世女王陛下突然不幸去世。裴奥里纳二十九世国王陛下在此邀请您出席他加冕礼后的舞会。仅以此表示遗憾……"

说到这里,小丑痉挛着翻了个身,又开始扭动。

佩蒂姆那紧皱的眉头舒展成了淡淡的微笑:任何了解她的人都会为这一变化而惊讶不已。她穿过密室,来到一张矮桌前,按下一个按钮,一个圆柱形的铁笼子从地板上升起。年幼的巴吉里斯克就睡在里面。它呼吸时,鼻孔周围闪烁着微弱的火焰,还散发着淡淡的硫黄臭味。

小瓶里装的是召唤,而不是请求。佩蒂姆的流放是自愿的,事实上,她厌恶裴奥里纳家族的所有成员,一直追溯到他们的祖先,一个自称发明了加沃特舞的宫廷舞蹈家。

新任国王陛下裴奥里纳二十八世,正沉溺于约定俗成的庸俗权力展示当中。当佩蒂姆还在宫廷里时,她曾注意到他向她投来的淫邪目光。那时,这些目光很容易被忽视——现任裴奥里纳当年还不过是个伸长了脖子的少年。可现在,他的目光就无法忽视了。

尽管如此,她还是决定去参加加冕礼后的舞会。她已经有些日子没有去山外面旅行了。此外,她最近发现了一个不同寻常的神秘咒语。她想要试试这个咒语,而咒语能否成功取决于佩蒂姆能否得到某些帮助。

但她需要的不是吉沙特的帮助。她抬起手,无动于衷地注视着小瓶,然后用脚轻轻敲了敲铁笼。巴吉里斯克骚动起来。它发出轻柔的嘎嘎声,张开嘴打了个哈欠,露出燃烧的舌头和熔化的喉咙。

"请转告国王陛下,我很乐意参加。"佩蒂姆宣布,"我可以带一位客人去吗?"

小丑停止蠕动,用明亮的小眼睛注视着她。银色的磷光闪烁着,覆盖了深红与漆黑的漩涡。吉沙特颤抖了一下,然后点了点头。

"既然如此,"佩蒂姆说,"请告诉陛下,莎罗娜·莫恩将会与我一同前往。"

"您的回复已在侍从武官处登记。欢迎您带一位客人前来。进一步的指示将——"

佩蒂姆眯起眼睛。她用一根修长的手指弹开了巴吉里斯克笼盖上的狭槽。她把红宝石小瓶放在笼口上方,笼中的生物急忙站起身来,满怀期待地伸长了脖子。小瓶掉进了巴吉里斯克的嘴里,伴随着一阵刺鼻的蒸汽,消失了。一声几乎听不见的尖叫搅动了整个房间,把壁虎们吓了一跳,它们纷纷躲到挂毯后面。

※

从空中俯瞰,佩蒂姆的别墅就像一堆被撒娇的孩子踢碎的玩具。常春藤和雪苔覆盖着从屋顶上掉落的手绘瓦片堆。宅子的整个东翼都坍塌了,埋住了日光浴室和鳄鱼池。当海兰德·斯特里夫没有在和某个秋水明眸的交际花幽会时,他煞费苦心地收集了许多音乐卷轴,这些卷轴都因为图书馆塔楼被雷击中而化为了灰烬。塔楼的骸骨耸立在北翼之上,像一个漆黑的脚手架。蜘蛛网堵塞了著名的黄杨木迷宫,石榴树和番泻叶在果园里疯长,黑压压的一片。莎罗娜在一棵楹梓树上发现了一个鹈鸟巢穴,一些倒霉蛋的白骨像断线的风筝一样挂在树枝上。

只有厨房侧翼完好无损。五根烟囱冒着浓烟,窗户闪闪发光。拖车在草药园和根茎菜园里穿梭,收获着白菜、甜罗勒和山药。莎罗娜低头望着,垂涎三尺。

"毒药,"棱镜船嘶声说,"麦角、苦樱桃、类叶升麻、艾菊!"

火焰女巫归来

"呸。"莎罗娜挥了挥手,示意她们要降落了,"留在花园里,别跟她作对。我闻到了炖南瓜的味道。"

她走近这间破旧的宅子,其他不那么诱人的气味也向她袭来,这些气味与火焰女巫的职业有关:硫黄、烧焦的布匹和头发、火药,还有巴吉里斯克的古怪腥甜味,让人想起烤桃子和烤鱼。佩蒂姆站在厨房侧翼的入口处,一头乱发被闪闪发光的黑色石榴石网勉强束缚住,裤子上沾满了南瓜籽和烟灰。

"母亲的姐姐最宠爱的孩子。"佩蒂姆使用了第四阶女巫喜欢用的问候语,虽然有些过时,但大家都很熟悉,"你愿意和我一起吃午餐吗?波特酒浸南瓜,云雀舌肉冻,都是刚摘的新鲜的。我还留了一些蝗虫果冻。我记得你很爱吃。"

莎罗娜点了点头。"就一口。而且我们要一起吃。"

"那是自然。"佩蒂姆笑了笑,露出了她镶在右侧虎牙里的装饰,那是她用乐师的指骨雕刻而成的,"请进。"

她们在吃午餐时进行了礼貌性的交谈。莎罗娜问了问最新一窝巴吉里斯克的情况,并假装沮丧地得知只有一只幸存。佩蒂姆天真地询问棱镜船是否在最近一波车辆强制检查中被没收了。

收拾好碗碟,吃完两人分享的蝗虫果冻的最后一勺后,佩蒂姆倒了两壶琥珀色的威士忌。她从厨房灶台上取下一对烧红的火钳,在两只酒壶中各插入一只,然后将用完的火钳扔进水槽。她把一杯热气腾腾的威士忌递给莎罗娜,然后毫不犹豫地喝掉了自己那杯。

莎罗娜凝视着沸腾的液体中的自己晃动的倒影。待酒冷下来后,她喝了一口。

"你可真是个了不起的厨师,"她说,"这实在是太美味了。云雀舌肉冻也是极品。上个朔月你为什么要摇晃我的孢子网呢?"

佩蒂姆可疑地笑了笑。"我想找个人陪我。我想邀请你共进午餐,又怕你会拒绝。"

莎罗娜想了想。"也许我确实会,"她承认,"可你的邀请让我损失了一个星期的孢子,我需要这些孢子来给一个客户治病。我负担不起……"

"你的魔法太幼稚了。"佩蒂姆说,她只忍耐了一个小时,就控制不住自己的急躁了,"我发现了一个威力巨大的魔咒,为了得到它,盖斯塔·雷斯蒂耶不惜杀死自己的婴儿!八名男巫和两倍于此的女巫为夺回这个咒语而丧命。别以为你能阻挠我,莎罗娜·莫恩!"

"我刚刚才知道你这个咒语。"莎罗娜把没喝完的威士忌酒杯放回桌上,"我没法阻挠你。"

"那你愿意协助我吗?"

莎罗娜扬起了金盏花色的眉毛。"我只是一个微不足道的精神活性蘑菇农夫,不是火焰女巫。我什么忙也帮不上。"

"这不是燃烧法术。这个咒语要致命得多。"

莎罗娜轻轻噘起嘴唇。"我发过誓,不会故意造成死亡。"

"任何死亡都会不留痕迹。"

"我发过誓。"莎罗娜重复道。

"我没有交通工具,需要用你的棱镜船。"

"只有我自己才能用我的飞船。"

"你刚才吃的果冻是用刺大戟和蓖麻茶制成的。两天前我吃了一点来以毒攻毒。"

外面,棱镜船发出了刺耳的声音。莎罗娜开始解开药剂袋的丝带。"我有万能解药……"

"没有解药。留着这个——"

佩蒂姆张开了手。掌心有东西在颤动,似乎是一滴水。

"这说不定是雨水。"莎罗娜说,"我觉得你在撒谎。"

"我没有。你可以喝下你的最后一滴灵丹妙药,但仍会抽搐而死。"

飞船的哀叹声越来越大,水槽里的碗碟都开始咔嗒作响。莎罗娜叹了口气。

"哦,好吧。"她把舌头伸向佩蒂姆伸出的手,感到舌尖上有一滴冰雹似的水珠,然后是一股热流,她龇牙咧嘴,"那是什么咒语?"

佩蒂姆让她陪她一起去图书馆塔楼的废墟。

"我在这里发现了它。"火焰女巫说,她的声音因激动而沙哑,"我没有移动它,以免有人不期而至,察觉到我的发现。各氏族曾为这个符咒争斗牺牲。我的曾曾曾祖母锯下了一个美声歌手的气管,据说他曾经拥有过它。"

"放在他的喉咙里?"

佩蒂姆踮起脚尖,躲开一摊绿色的淤泥。"没人知道咒语在哪里。人们割破喉咙,熔化金色的德西马琴,用少年少女的皮肤覆盖小鼓。海兰德·斯特里夫发誓说,他父亲趁他母亲熟睡时勒死了她,然后用她的头发为他的鲁特琴上弦。这一切都是白费工夫,这一切都是为了它。"

她在一座破败的楼梯前停了下来,楼梯沿着图书馆塔楼的废墟不断向上攀升。她像小女孩一样迅速握住莎罗娜的手,带她走上摇摇晃晃的台阶。整座建筑在她们周围颤抖摇晃,角木和马斯卡拉獠牙制成的支柱裸露在外,是塔楼墙壁仅存的部分。

冷风缠绕着莎罗娜的头发。风中弥漫着发酵的椴梓和发霉的纸张的气味,当她们走近顶层时,就被烟雾和臭氧的气味盖过了。塔顶摇摇晃晃,仿佛她们站在一棵在暴雨中飘摇的树上。她们来到一个小平台上,平台非常奢侈地用油绸板临时保护着。

火焰女巫放下莎罗娜的手,小心翼翼地穿过了这片难以行动的空间。一堵墙奇迹般地在很久以前的雷击中幸存了下来,墙上结满了蜘蛛网。弯曲发霉的墙体上有一排排小圆孔,像一个特大号的马丁屋。

"海兰德把他的音乐卷轴存放在这里。"佩蒂姆·诺林加尔解释说，"有时我会用它来生炉子。我发现它纯属偶然，或者说是误打误撞。"

凹凸不平的地板上散落着许多干枯的卷轴，佩蒂姆小心翼翼地在其间穿行。有些卷轴已经展开，卷轴上烧焦的符文仍能辨识。另一些则仅仅是卷起来的牛皮纸和灰尘。还有更多卷轴则放在墙上的格架里，还有电路和玻璃的微型组合、一根泰勒明魔杖、一圈圈鲁特琴弦和象牙制的鲁特琴调谐棒、一摞摞水晶圆盘、一组破碎的甘美兰琴。

佩蒂姆走到墙边时，她犹豫了。她的脸颊漫过一片绯红；她咬住下嘴唇，一滴血渗了出来。她急促地吸了一口气，然后把手伸进其中一个洞里。莎罗娜想起多年前，她与一位情人在加斯帕礁的浅滩上抓斐烈鱼，本打算度过一个悠闲的午后。那个年轻人把手伸进一个缝隙，打算抓住一条蠕动的斐烈鱼。然而，他却无意中惹怒了一只勒雷。至少她是这么认为的，因为裂缝周围绽放出一团血雾和碎骨，而她迅速游回了等待他们的帆船。

当然，这里不会出现勒雷，但有一瞬间，一片墨黑在佩蒂姆的手臂上蔓延开来，就像被鸩鸟咬了一口一样。随着一声惊呼，火焰女巫把手缩了回来。污渍消失了，或者说从未出现过。

但她的手指却紧紧握着一根闪闪发光的银棒，有她手掌的一半长。银棒上刻着一个发光的方程式，莎罗娜无法辨认其中的符文，就连火焰女巫似乎也对这些符文深感不安。

莎罗娜问道："这就是盖斯塔·雷斯蒂想要弄到手的符咒吗？"

火焰女巫点了点头。"是的，布拉泽的'安息小夜曲'第十七次迭代，有些人称之为黑鸣。"

她的嘴唇还没来得及说出最后一个字，一阵寒风撕裂了脆弱的墙壁，撕碎了油绸板，卷轴和破乐器变成了碎片。与此同时，一种奇怪的声音劈开了空气，莎罗娜的骨头和耳朵同时感到了这声音：低沉凄切的拨弦声，就像有人拨动了一把巨大的西奥伯琴，琴弦拉得太紧。

"快！"佩蒂姆·诺林加尔喘着粗气，向螺旋楼梯冲去。

莎罗娜闪身躲开，以免被刺耳的声音斩首，然后紧跟着佩蒂姆逃离。每走一步，楼梯都在她们身后倒塌掉落。塔墙的遗骸碎成了象牙和锯末。损毁的卷轴和烧焦的丝绸像礼花般不断落在她们头上，直到她们逃到地面，在塔楼倒塌几秒钟前冲出塔外。

她们刚跑进走廊，走廊就开始坍塌了。大理石圆柱和瓷砖地板纷纷碎裂，仿佛有一个巨大的无形磨盘向整座建筑碾压而来。莎罗娜冲过一扇通向厨房花园的窄门。佩蒂姆·诺林加尔跌跌撞撞地跟在她身后，仍然挥舞着那根发光的银棒。

"我有个明智的主意，你应该放弃它。"莎罗娜在石块和砖块碰撞的嘈杂声中喊道。她跑向棱镜船盘旋的地方，它仿佛一颗彩虹泪珠，在她靠近时花瓣绽放。

"灾难！"飞船惊呼道。莎罗娜轻轻碰了碰它，坐到了自己的座位上；但飞船继续发出警报，尤其是当佩蒂姆·诺林加尔爬进来坐到莎罗娜身边时。

"我可怜的巴吉里斯克。"火焰女巫凝视着她家的废墟。一滴泪水在她的眼角闪烁，然后化作一缕蒸汽逝去。

"也许它逃出来了。"棱镜船向上飘浮时，莎罗娜说道，事实上，她最大的遗憾是失去了佩蒂姆的厨房，尤其是仅存的一球蝗虫果冻，"它很可能会跟着我们。"

她瞥了一眼佩蒂姆手中的银棒。符文发出的光泽已经减弱，但不时有明亮的波纹在其表面闪过。这景象让莎罗娜打了个寒战。她似乎听到了那怪异凄切的声音的回声，瞬间退缩了，就好像有人在她耳边敲了一下锣。她真希望自己听从了棱镜船的警告,留在家里的蘑菇丛中。

现在,无论她自己面临着怎样迫在眉睫的危险,莎罗娜都必须遵守古老的好客法则。如果拒绝庇护火焰女巫,那就太无礼了;考虑到佩蒂姆所持符咒的威力,那也是愚蠢之举。棱镜船与火焰女巫的领地拉开了一段安全距离,掠过一望无际的蓝绿色云杉和冷杉树冠时,莎罗娜礼貌地清了清嗓子。

"我很好奇,对于像你这样精通火系魔法的人来说,音律符咒有什么用呢?"

佩蒂姆盯着放在腿上的棒子。她皱了皱眉头,然后轻轻弹了弹手指,就好像手指是湿的。空气中出现了一丝火焰,逐渐暗淡成烟,然后散开,留下一褶飘动的紫色天鹅绒,落在佩蒂姆的膝盖上。她迅速将它盖在银棒上。棍子和布都消失了。

"好了。"她说,莎罗娜注意到她松了口气,"在这一天一夜里,我们可以肆无忌惮地说起它。"她叹了口气,凝视着钴山的山麓,"我被召唤去裴奥里纳的宫廷参加加冕礼后的舞会。"

"我甚至不知道女王生病了。"

"女王自己也不知道。"佩蒂姆回答道,"她的弟弟毒死了她,并夺取了绯红宫殿的控制权。他还曾无礼地邀请我参加他就任裴奥里纳二十九世的加冕典礼。"

"一个值得庆祝的场合。那么这个符咒是给他的礼物?"

"除非死亡是妒忌的神灵赐予人类的恩惠。我的目的是摧毁整个裴奥里纳家族,这样我就再也不会被他们那可恶的庆典观念所影响了。"

"这似乎太过分了。"莎罗娜建议道。

"你从来没和他们一起吃过饭。"

她们无言地坐了几分钟。棱镜船在森林上空嗡嗡作响,箭一般地向家飞去。濒死的太阳逐渐接近地平线，红雾笼罩了天空，第一批不哑鸟开始在远处出现。

最后，莎罗娜转向火焰女巫，她的灰眼睛里满是真诚。"而你觉得这个——咒语——会比你自己的火系法术更有效吗？"

"我不觉得怎样。我知道这是一种威力巨大的符咒，依靠的是对音律的微妙操纵，而不是火焰。虽然可能性极小，但就算除了我们之外还有幸存者，或者举行审讯，我也不会成为明显的嫌疑人。"

"那我的清白呢？"

一阵火花四溅，佩蒂姆做了一个轻蔑的手势，并尖锐地将目光从莎罗娜身上移开。"你是一个谦卑的菌类学家，一提到绯红宫殿和它令人厌恶的王朝，你就深感敬畏。你的清白无可辩驳。"

棱镜船开始朝着莎罗娜的农庄降落，不哑鸟的哀嚎声变得更加疯狂，谦卑的菌类学家正若有所思地望着蔓延的黑夜。

❋

佩蒂姆很显然对自己的家园被毁感到不满，而且令莎罗娜懊恼的是，她对准备第二天的早餐没有显现出兴趣，甚至当莎罗娜在狭小的厨房里四处乱翻，寻找干净或比较干净的平底锅，以及她三年前最后一次使用的那瓶半透明油时，佩蒂姆也丝毫没有协助女主人的意思。

"你的厨艺似乎退步了。"佩蒂姆观察道，她坐在小树枝桌旁，周围摆放着一筐筐干蘑菇、闪闪发光的蒸馏器、移液管、坩埚之类的东西，还有棱镜飞船的废弃电路和主板，以及一只木乃伊老鼠，桌旁的面板上滚动着发光的字母，写着各种符咒和收据的细节和截止日期，其中有几项需要在第二天早上完成，"我好想念我的巴吉里斯克。"

"我的厨艺从未达到你的水平。试图提高似乎是在浪费时间。"

莎罗娜找到了半透明油,将少许油倒入一个生锈的炖锅中,并调整了加热线圈,当油开始飞溅,她扔进了几大把鸽子状的口蘑和一些新鲜的韭菜,然后用勺子戳了戳,"你还没告诉我,我该怎么应付那位被你毁掉符咒的顾客呢。"

佩蒂姆皱起眉头。那支魔杖就放在她旁边的桌子上,还裹在隐形天鹅绒里。她试探性地在上方挥了挥手,等到银色火花消失后才回答。"那个软弱的蠢货?我已经把他料理了。"

"你是怎么做的?"

"我冲着他的情妇的浴室施了一个烧焦咒。那个小地主已化为灰烬。因此,那贵族的需求也消失了。"

莎罗娜的鼻孔翕动着。"这太残忍了,蛮不讲理。"她说着,又往锅里扔了一捆韭菜。

"呸。那贵族已经另结新欢了。你的多愁善感一反常态。"

莎罗娜深吸一口气,转身回到炉子旁。佩蒂姆说得没错:莎罗娜几十年来表现出、感受到的情感都没有这么多。

这个发现让她不安。她还意识到,这种陌生的情感火花是在佩蒂姆大声说出音律咒语的名字之后出现的,而那个咒语此刻正裹在隐形天鹅绒里。然而,她的沮丧并没有因此得到缓解。

莎罗娜毫无必要地使劲摇晃着汤锅。自塔楼里的那一刻开始,她的耳边就不断响起低沉无调的嗡嗡声,轻柔得让人误以为是蜜蜂的歌声,或是夜风吹动卧室窗外的枞树的声音。

但现在还只是傍晚。没有风。没有蜜蜂,繁殖蘑菇和其他真菌不需要蜜蜂。

然而,噪声仍在继续。也许是莎罗娜的想象,嗡嗡声似乎变得更加急促,几乎是在威胁。

"你听到了吗?"她问佩蒂姆,"像屋檐下的大黄蜂一样的声音?"

火焰女巫向她投来鄙夷的目光,让莎罗娜转身回到炉子旁。

478

太迟了：韭菜烧焦了。她匆忙把所有东西倒在一个青灰色的盘子里，放在树枝桌上。

"这个——咒语。"莎罗娜拉来一张凳子，坐在佩蒂姆身边，开始吃饭，"它的效力似乎很强。我不明白在绯红宫殿使用它为什么需要我微薄的力量。"

佩蒂姆厌恶地看着蘑菇。"你虚伪的谦虚有失体统，莎罗娜。而且，我需要你的船。"她瞥了一眼窗外，褐红色的光芒标志着黎明的来临，"绯红宫殿对我疑心很重，这你很清楚，但这从未阻止他们想让我加入他们的随从，成为王室火巫。此外，我和这一任裴奥里纳有一段折磨人的历史。多年前，他曾向我提出过令人不快的建议，遭到拒绝后，他变得暴躁而愤恨。我确信，他的邀请是个陷阱。"

"那你为什么不拒绝呢？"

"那只会让他以后又提出相同的要求。又或者他会试图用武力把我抓走。我厌倦了他们的游戏，莎罗娜。我想现在就了结它，投入到更快乐的活动中去。我的巴吉里斯克。"她抹掉一滴嘶嘶发烫的眼泪，"还有我的烹饪……"

她瞟了一眼莎罗娜，然后又意味深长地看了一眼黑漆漆的锅。莎罗娜咽下一口口蘑。

"我还是不——"

佩蒂姆用拳头敲了敲桌子。"你将是我的隐形天鹅绒！我需要你播撒不可知的云朵、狂喜、遗忘、欲望，你有的任何东西——无论你想干什么，无论你能从这里变出什么分散注意力的东西——"

她冲过小屋，来到窗前，指着被清晨第一缕阳光染红的整齐的蘑菇床。"解除裴奥里纳的族人和下属的武装，这样我们进入宫廷时就会不受干扰，并保证黑鸣完好无损。在夜晚的娱乐活动中，我将施展咒语：他们腐败的王朝终将覆灭！"

莎罗娜一脸疑惑。"那我们自己要怎么躲开咒语呢？"

"那也会是你的功劳。"火焰女巫狡猾地看了一眼挂在莎罗娜腰间的药剂袋,"你有万能解药,不是吗?"

莎罗娜用手指划过皮袋,感受着放在里面的水晶瓶的熟悉轮廓。"我有。但去年制成的药剂已经所剩无几,我必须再等一个月才能收获孢子来制作更多药剂。"

佩蒂姆闻了闻。

莎罗娜吃完最后一盘蘑菇,把盘子推到一边。她的胃被填满了,可情感的微弱刺痛仍未消退。她现在甚至感到更加痛苦,更加不愿意投入到这场倒霉的冒险中。佩蒂姆的咒语一定非常强大,能够如此迅速地消除数十年的克制和自我抑制。如果火焰女巫知道莎罗娜突然变得迟钝,会很危险。

"你说你要用我的棱镜船和我的真菌糖衣炮弹。可我不知道这对我有什么好处。"

"忘恩负义的荡妇!我救了你的命!"

"在你差点要了我的命之后!"

佩蒂姆心烦意乱地敲打着窗玻璃。玻璃在她的指尖逐渐熔化,然后再次凝固,让窗外的景色变得模糊不清。"绯红宫殿的强大财产将会属于我们。"

"我在这里就很满足。"

"绯红宫廷有一个传说中的厨房。莎罗娜·莫恩,你在这里的毒羊肚菌和鸡油菌里煎熬得太久了!我冒着极大的危险,为你争取到了邀请函,让你可以品尝到裴奥里纳家族的水母泡沫和烘焙食品,还有闻名整个梅塔林山脉的酒窖,那里的葡萄酒稀有而美味。而你还在这里怀疑我的动机。"

莎罗娜站起身,走到火焰女巫身边。窗户上布满了细小的瑕疵,就像微小的陨石坑或星暴。炒蘑菇和烤韭菜的香味逐渐消失,变成了臭氧和热沙的气味。她的头发微微竖起,像触电一样刺痛。如果她拒绝火焰女巫的邀请，佩蒂姆很可能会做出对自己不利的辩护。

"我会尽我所能。"莎罗娜把一只手按在玻璃上，"我听说裴奥里纳家族有一个巨大的厨房，主厨的菜单也很独特，值得一试。但如果我失败了……"

"如果你失败了，你会在死前品尝水母泡沫，一种比蝗虫果冻更迷人的利口酒。你会听到布拉泽的'安息小夜曲'第十七次迭代。有人说，为这样的小夜曲付出死亡的代价是微不足道的。"

"我从来不是音乐爱好者。"

"我也不是。"佩蒂姆说，她把手放在莎罗娜的肩上，"来吧。是时候吃一顿像样的早餐了。"

✾

舞会那天早晨，莎罗娜已经设计出了半打不同威力的符咒和药剂。火焰女巫希望没有任何事情干扰她准备施放黑鸣；因此，她的计划是在空气中播撒疠毒和咒语，只要她在宫廷内，任何阻挠她的事情都会被阻止或延缓。最强力的是脉冲腐蚀法术，由豹斑鹅膏的孢子、粉红小菇和注入杜鹃蜜和贝母的脆弱精灵杯制成。其余符咒则大量使用各类真菌，会导致抽搐、暂时麻痹、幻觉、反向变形、痉挛、抽搐和精神错乱。

莎罗娜拒绝创造任何可能导致死亡的符咒。然而，多年来她一直偏爱一项娱乐活动，那就是研究如何通过她的作物来减少周围山区大片土地的人口。她在种植毒蘑菇的同时，还种植了一些无毒的、有时几乎无法区分的亲缘蘑菇，并为能够辨别出它们之间的细微差别而自豪，例如魔鬼牛肝菌和它散发着蜜香的表亲，网纹牛肝菌。她长期以来的冷静让这一行为成了一种可怕而纯真的乐趣。她从未想过有一天她会从这片有毒的仙境中收获孢子、茎和盖。

现在，她从配制毒药中感受不到丝毫乐趣。更令人担忧的是，她的确感到内疚。她认为这也与黑鸣的悠长回声有关。这个符咒一定非常强大，消除了她因长期处理大量精神药物而产生的情感免疫。

"在无辜的客人中挑起这样的骚动似乎不太合适。"她对火焰女巫说。

"我向你保证，绯红宫殿里没有人是无辜的。"

"可我是无辜的！"

佩蒂姆拿起一个致命的盔孢伞，莎罗娜声称这种蘑菇味道鲜美。"一种可疑的说法。无辜？你这个词用得太频繁了，也不恰当。'天真'更准确。或者'虚伪'。"

"无论是否虚伪，我们都得完全依赖万能解药。"莎罗娜说，她努力想要创造一个能使人暂时失聪的咒语，但没什么效果，"如果这个咒语真像看上去那么强大……"

"很少有咒语不会被你的神奇恢复剂逆转。"佩蒂姆用丝绸般的语调回答道，"你确定余量足以保护我们俩？"

莎罗娜从她的袋子里取出水晶瓶。只剩下少许蓝绿色液体，火巫师怀疑地看着它。"如果它对黑鸣也奏效，就足够保护我们了。它的药力很强，只要一丁点儿就能起作用。是的，足够了——但也只是刚刚好。我们要把它分成几份用，一滴都不能浪费。"

"实在不行，我们可以用蜂蜡堵住耳朵。"

"如果这样有用，那么这个符咒就比你之前所描述的要弱得多。"莎罗娜说道，收起小瓶。

佩蒂姆·诺林加尔什么也没说，只是站在一扇深深嵌入墙壁的窗前，哀伤地望着地平线上黑压压的云杉和猫枞。

她在寻找她的巴吉里斯克。莎罗娜本打算尖锐地反驳她，说它不可能再回来了。

但怜悯阻止了她开口，而一想到会惹恼脾气暴躁的火焰女巫，她又感到惴惴不安。莎罗娜从未见过她的邻居对其他人表现出多少好感。佩蒂姆对待她的前情人，那个宫廷乐师的态度并不反常。

然而，她对自己饲养的巴吉里斯克却表现出了超乎寻常的喜爱。它们是可爱的动物，水獭般大小，行动灵活，鳞片光亮，轮廓分明，颜色鲜艳，有珊瑚色、朱砂色、巧克力色和橙色；它们的尾巴像鞭子一样，爪子锋利得足以剥下椴梓树皮。它们有一双美丽的复眼，呈透明的黄宝石色。与神话中的同类不同，它们的目光并不致命。然而，它们的呼吸却炽热如火，在三步之外就能将沙子变成玻璃。

它们几乎不可能被驯服。据莎罗娜所知，只有火焰女巫成功做到了这一点。她的喜爱之情得到了回报，她喂什么它们就吃什么，不管是活物还是惰性物质，但它们明显偏爱经年的硬木。莎罗娜猜想，这就是为什么佩蒂姆的目光回到了附近的森林，尽管那里的常青树质量很差。

"也许它会找到这里来。"莎罗娜擦拭着指尖的真菌残渣，"你一直说它们有发达的归巢本能。"

"也许吧。"佩蒂姆叹了口气，"但这里不是它的家。再过几个小时，我们就要出发了。"

莎罗娜握住她的手。她希望这一行为能让她安心——她对这种事情没什么经验。在组装每个咒语的最后阶段，她非常需要火焰女巫的帮助。吃完早餐后，她们就在莎罗娜的农庄的最阴暗的角落里，在一片高耸的黑云杉林深处，并肩工作着。

在发光管和霓虹灯的照耀下，莎罗娜用一个古老的离子雾化器将孢子和毒药做成几乎看不见的粉尘。然后，火焰女巫用莎罗娜的伸缩注射器将毒素注入一堆宝石色的珠子里。佩蒂姆将这些宝石般的珠子串在一条上好的铂金链子上，作为莎罗娜参加舞会的首饰。莎罗娜和佩蒂姆都服用了一点毒药，用来以毒攻毒。

最后一个珠子串好后，她们回到了莎罗娜的小屋。莎罗娜把剩下的万能解药的一半倒入一个小瓶中，交给了火焰女巫。然后，佩蒂姆安排了午餐。莎罗娜仍在对即将到来的夜晚表示疑虑。

"我没有收到任何个人邀请函。他们肯定不会欢迎我。"

佩蒂姆站在炉子旁,烹饪着两份完美的蛋包饭,里面放着嫩煎韭菜和羚羊培根。"我对宫廷的答复很明确:你是我的客人。"

"我已经九年没有离开过这里了。"

"你早该去旅行了。" 佩蒂姆把一份蛋包饭放到铜盘上,摆在莎罗娜面前,旁边还有一个拇指大小的莱蒙馅饼和一杯新鲜的胡椒果冻,"来吧。趁热吃。"

"我没有合适的衣服。"

火焰女巫的左鼻孔冒出一缕白烟。"如果一位钻山女巫无法变出合适的衣服,来向裴奥里纳二十九世这样传说级的无能统治者朝拜,那今天可真是一个悲哀的日子。"

"如果我的无能胜过他呢?"莎罗娜烦躁地捅了捅蛋包饭,"那会怎样?"

"这将是一个短暂的瞬间,只有你会意识到。当然,除非你的迷惑法术失效,而且万能解药对黑鸣无效。在这种情况下……"

佩蒂姆的声音逐渐消失,变成令人不安的寂静。两位女巫面相觑,思考着这个不妙的前景。莎罗娜一阵痉挛,她用手捂住耳朵。

"你听到了吗?"她喊道。

火焰女巫脸色苍白。"我什么也没听到,"她说,然后又补充道,"但我怀疑隐形天鹅绒已经失效了。我们不能再谈论音律符咒了。甚至连想都不要想。"

莎罗娜咬着嘴唇。她用叉子戳着蛋包饭,闷闷不乐地回想着,在过去的一天半里,她从佩蒂姆的烹饪中得到的快乐是多么少。

她想,这也是因为那个恶毒的咒语。

在另一阵痉挛袭来之前,她开始吃饭,但远没有过去那么津津有味。

火焰女巫归来

✦

暮色降临，天空与阴影交织在一片苋色薄雾中。自从她们离开森林的边缘，棱镜船就已经连续几个小时发出高亢的警告声，其间还夹杂着撕心裂肺的哭喊。由于莎罗娜现在似乎拥有了一颗心，这艘船的哀鸣让她的神经衰弱到了极点，也让火焰女巫愤怒到了极点。莎罗娜不得不两次在物理上阻止她把船变成冒烟的金属和烧焦的电线。

"那你就让它安静点！"佩蒂姆要求道。

"这我可办不到。赋予它知觉的神经纤维也控制着它的航行。"

佩蒂姆危险地眯起眼睛。"那我们就走过去。"

"然后明天到达。"莎罗娜不耐烦地说，"也许这是测试你的蜜蜡耳塞的好机会。"

火焰女巫用力呼出一口气，她旁边的窗帘下摆卷起来变成了灰烬。莎罗娜没有理会，回到了自己的卧室。

衣服散落一地。沾满污渍的实验外衣；用薄如纸片的碲①装饰的丑陋褶裙，当她把它扔到一边时，褶裙发出了欢快的哨声；一件从未穿过的古老丝绸和服，上面绣着无意义的符文；橡胶靴子和花园连衣裙；一件她用迪奥殆的皮亲手制作的皮上衣，仍旧散发出一股变质的肉和口蘑的臭味。

莎罗娜把这些东西塞回衣柜，然后坐在她的小雕花床边沉思了几分钟。她独自居住在这里，已经很多年没有过情人，对时尚也毫无兴趣。不过，施展一个裁缝法术还是轻而易举的。

然而，如果一个人对时尚缺乏感受力，甚至没有一点兴趣，那么这种咒语又有什么用呢？它变出的服装会不会很不雅观，甚至成为致命的冒犯呢？很显然，它不适合像加冕舞会这样的隆重场合。

---

① 碲：非金属元素，符号 Te，呈白色晶体或棕灰色晶体。

事实上，莎罗娜很天真。她和她所在的地区的大部分人一样，普遍蔑视当权的王朝，但她从未去过宫廷，也从未期待过有朝一日会去。因此，她对她即将面对的场合感到非常焦虑。她重新推开衣柜的门，检查她刚刚否决的衣服，再一次发现它们并不合适。

一刻钟后，她仍然穿着她那件褪色的实验服。

"准备好了吗？"佩蒂姆的声音在大厅里急促地回响着。

"再过一分钟。"

莎罗娜咬着下唇。她匆匆脱下衣服，只留下亚麻罩衫和深红色的乳胶丝袜——她认为，这种颜色可能会被视为对王室的仰慕。她套上一条深紫色的宽松棉缎裤子，然后穿上一件透气的白色丝绸上衣，上面绣着许多小眼睛，一遇到亮光就会睁开，露出猩红的虹膜。

"莎罗娜！"火焰女巫听上去已经快疯了，"现在就走。"

莎罗娜发出一声无声的尖叫，把金盏花色的头发梳成一个凌乱的发髻，用一对金色的螳螂固定住，螳螂爪子把她的发根拽得生疼。她往镜子里看了最后一眼，发现自己比想象中还要邋遢。她脖子上那串微微发光的毒珠项链显得格外突兀，上面的假珠宝像维萨亚石一样闪闪发光。她的破旧皮拖鞋也没能让她的造型看起来好一点儿，包裹脚趾的长长鞋尖卷曲着，末端是橙色的流苏。

但她已经没时间换鞋了。走廊上响起了佩蒂姆的脚步声，莎罗娜拿起丝绸和服冲出了房间。

"我准备好了。"她气喘吁吁地说，把自己裹在和服的褶皱里。

火焰女巫勉强看了她一眼，用手指轻轻抓住莎罗娜的手肘，带着她走出前门，往围场走去。"你的船识路吧？"

一声介于涡轮爆炸和产妇尖叫之间的回答表明，棱镜船知道目的地。

莎罗娜点了点头，然后瞥了一眼她的同伴，眼睛睁得大大的。

火焰女巫报以淡淡的微笑。"我已经很多年没穿过这件衣服了。

没想到它仍然合身。"

佩蒂姆全身包裹在一件柔韧的水蜥皮长袍中，泛着绿柱石、海泡石和月光玉石的色调，只露出雪白的肩膀和纤细的脚踝。暮色触及她双乳之间的沟壑，乳白色的火花闪烁旋转。她的手臂上缠绕着火红的金手镯，状如蝰蛇和斐烈鱼。一把形似巴吉里斯克的头的铜梳子束住她闪亮的秀发，只有几缕金色的发丝俏皮地垂落在脸颊上。

"你的打扮太适合你了。"莎罗娜说。

"没错。"

火焰女巫阴森地笑了笑，展示着用情人的指骨雕刻而成的齿间装饰，然后举起手。那根打败了盖斯塔·雷斯蒂的魔杖闪闪发光，仿佛一根刚刚淬火的金属棒。它是如此明亮，连佩蒂姆都眨了眨眼睛，看向一旁。

更让莎罗娜·莫恩感到不安的是魔杖发出的声音。一连串微妙、精致而又诡异的音符，既悦耳又不祥，仿佛是以地球的皮肤作为鼓膜，把附近的峭壁和石尖当成鼓棒而演奏出的。这些音符在莎罗娜的头骨里响起，让她直喘粗气。

但在她下一次呼吸之前，声音消失了。随之而来的寂静充满不祥的预兆，和那怪异的音乐相比，莎罗娜觉得这寂静反而更令人不安。

她没有时间琢磨自己的不安。佩蒂姆轻柔地催促她向围场走去。随着她们走近，空气开始动荡。常青树的沉重枝干在颤动。枯死的冷杉针叶和蕨类植物飘了起来，在微型龙卷风里旋转。栅栏柱被吹弯，然后炸成碎片。成群的不哑鸟从最高的云杉树顶飞起，尖叫着逃向黑暗的天空。

"你就不能管管它吗？"佩蒂姆喊道。

莎罗娜闭上眼睛，遮住一道紫色的等离子体。"我觉得它不想走。"

她说话时,空气变浓了,直到飞船的轮廓变得清晰可见,在闪电中发亮。

"背叛、堕落、解体、绝望。"飞船发出雷鸣般的声音,"罪孽、灾难、末日、末日、末日。"

"我去跟它说。"莎罗娜匆匆走过火焰女巫身边,招手打开了船门。半透明的花瓣从空中浮现,她滑上船。

"你必须立刻带我们去绯红宫殿。"莎罗娜将手掌按在导航膜上,"我们是,我是,裴奥里纳二十八世国王陛下的客人。"

"二十九。"飞船发出轰鸣声,但随着莎罗娜对多孔膜施加更大的压力,它的暴躁逐渐减弱,声音也成了刺耳的刮擦声,"混乱的乱伦变态,这个氏族受到了诅咒!"

"我必须去。"莎罗娜透过荡漾的等离子雾瞥向火焰女巫站立的地方,她双唇紧抿,眼睛紧盯着染血的西方天空,"佩蒂姆·诺林加尔拥有一个可怕的法术。我害怕与她交手。"

"什么咒语?"

莎罗娜低下头,直到她的嘴唇拂过飞船温暖的等离子膜,然后轻声回答。

"佩蒂姆·诺林加尔声称那是黑鸣;布拉泽的'安息小夜曲'的第十七次迭代,盖斯塔·雷斯蒂为了使用它犯下了滔天罪行。却徒劳无功。"她补充道,向火焰女巫投去意味深长的目光。

"一个音律符咒,拥有无可置疑的力量。"飞船在短暂思考后说道,"最好我现在就杀了你,干脆利落。"

"不!"莎罗娜把手从导航膜上拿了下来,"也许我们可以躲开咒语。如果不能,我一定会逃走,然后你就把我送回家。"

她的语气暗示着她并不这么认为,但飞船的能量场却松弛下来,从鲜艳的紫色变成了更加柔和的紫褐色。

"它知道路吗?"当花瓣再次打开,让她登船时,佩蒂姆·诺林加尔问道。

"当然知道,"莎罗娜说,"请躺在沙发上。我得为我的飞船提供第一段旅程的指引,然后再与你会合。"

她们没有再说话,在船舱里各就各位。莎罗娜闭上眼睛,再次将手放在导航膜上。

"带我们去绯红宫殿。"她低声命令道。

棱镜船颤抖了一下,犹豫片刻后,还是平稳地升入空中,并倾斜船身,让船首指向东北方向。当飞船在群山上空飞驰时,闪电从厚厚的云层中射出,飞船经过时,蓝白色的火焰和磷光脉冲猛然爆发,就像圣艾尔摩之火。从地面上看到这一幕的人寥寥无几,他们纷纷躲避,生怕遭遇震撼群山的狂风暴雨。

然而,当他们蜷缩在粮仓和地下壁橱里时,却感到了皮肤的刺痛,一段微弱而不快的音乐渗入了他们的意识,这种声音痛苦而绝望。听到这声音的人连续几夜无法入眠。睡着的人们则大声哭喊,乞求从禁锢他们的幻境中解脱出来。即使只是路过,安息小夜曲也拥有如此的力量。

※

她们刚刚看到绯红宫殿时,它就像一颗颗闪烁的陨星,绯红、金黄和朱红,散落在崎岖的梅塔林山脉中的一个狭窄裂缝中。棱镜船开始下降,莎罗娜看到了海螺形塔楼的轮廓,外侧大门和大门附近用碎裂的软朱砂筑成的雉堞,以及广阔的迷宫花园,长着巨大獠牙的面具龙在其中徘徊,据说,它们以裴奥里纳的私生子为食。

"是它吗?"她大声问道。

"是的。"佩蒂姆·诺林加尔说,她一直没出声,正在集中精力创造并维持一个遮蔽咒语,可以在她们参加加冕舞会前把魔杖藏起来,"这里曾是一座由脆弱的红色石头堆砌而成的高峰。现任国王有一位雄心勃勃的祖先，他在一个纪元前开始建造这座山峰。一千二百名奴隶花了十五年时间清理山顶上的森林和碎石。又过了半个世纪，人们才从朱红色的岩石上雕出现在的结构，巨大的挖洞王甲虫费了九牛二虎之力才在最深处挖出了主楼和王国的内庭。"

"建造过程中一定死了很多奴隶。"

"没错，不过他们的尸骨并没有埋在这里或其他地方。王甲虫是一种身形庞大的杂食动物，我听说这只王甲虫因贪食而死，它的甲壳仍卡在我们下方数百厄尔的一条被遗忘的走廊里。"

"你知道好多这座要塞的传说。"莎罗娜观察道。

"海兰德的爱好就是了解这个可恶的地方的一切。他本该去别处找点乐子。"

火焰女巫的语气显示她已经忘记是谁让她的情人遭受了红浸的折磨。莎罗娜太过沮丧，无心指出这一点。

"我可以留在船上，在庆典结束后等你回来。"她说，此时棱镜船正在一片长满草的洼地上盘旋，附近有一条被其他交通工具堵塞的道路。"这样我们也许能更加迅速而安全地返回我的农庄。"

"我们的安全返回既无保障，也非必要。"火焰女巫反驳道，"推翻专制者的王座是多么高尚啊！为了推进如此有意义的事业，我们渺小的生命又算得了什么呢？"

船在降落时撞到了地上。

"什么代价？"莎罗娜转过身来，怒气冲冲，"我不赞同你的自杀冲动，在你想要实现的这一切当中，我显然是多余的。你为什么要让我参与这场毫无前途的冒险？"

佩蒂姆退缩了。她紧紧抱住黑鸣，现在它伪装成了她胸前的一束五彩缤纷的捧花。

"为什么不呢？"她回答道，"你自己也承认需要多出去走走。来吧，这个座位实在太难受了，我的腿抽筋得厉害。"

火焰女巫归来

飞船张开花瓣，火焰女巫蹒跚着下了船。莎罗娜紧随其后。她每走一步，船都在颤抖，她拍了拍船。

"好了，好了，别担心，我会回来的。在这儿等着。我不会迟到的。"

飞船最后一次郁郁不乐地抖了抖。紫色的等离子场暗淡下来，变成了金属色的微光。然后整艘飞船缩进了草丛中，只留下一圈蜗牛黏液般的模糊闪光。

"离开你的水银船。"火焰女巫命令道，"如果我们能活下来，这些交通工具我们想坐哪个就坐哪个。"她指了指等在一旁的敞篷车和长着翅膀的大篷车，这些车与架着缰绳的军马和熟睡的魔鬼龙一起，停在长而弯曲的车道两旁。

莎罗娜最后悲伤地看了一眼她的船，然后跟上佩蒂姆。

她的心像灌了铅。她再也假装不下去了，被装有黑鸣的魔杖影响了几天后，她几十年的情感停滞被不可逆转地打破了。人生中头一次，她回忆起了更早，更美好的时光，她不曾意识到这些经历是幸福的化身。绿油油的草地上生长着数百只乳白色的小伞，这是温暖的夏雨结出的第一批果实；画眉鸟和玫瑰色胸脯的蜡嘴雀的歌声；一朵洋红色的云从濒死太阳的表面剥落，分解成紫色的碎片，预示着地球的末日。所有这些莎罗娜都曾瞥见过，还有数以千计的其他事物；但她从未与其他人分享过任何一件事。

这就是遗憾，一个声音在她脑中低语。这就是独自生活的苦果。

"快点，莎罗娜·莫恩——我们已经迟到了。"火焰女巫抓住莎罗娜的胳膊，"这儿——"

火焰女巫把一包东西塞进她手里，转身快步走向一个巨大的石雕拱门，拱门通向一座门厅，比莎罗娜见过的任何宅第都要大。身穿制服的禁卫军靠在堡垒的墙上，几个客人在门口闲逛。一位留胡子的少妇；一个胖子，浑身的肥肉仿佛身上长满苔藓的树懒；来自恐怖山的甘安特人，有着玻璃般的皮肤，脸笼罩在白色的薄雾中，模糊了他们的特征，但仍然显现出一种神秘的美。

莎罗娜沮丧地审视着自己的服装——裤子皱得一塌糊涂，可笑的卷头拖鞋被露水浸湿了；软趴趴的和服从她的肩上垂下来。只有这条毒项链似乎反而和绯红宫殿相配。她转过身，愤怒地盯着火焰女巫。

佩蒂姆耸了耸肩。"你和我一起。"她说，走向大门。

莎罗娜握紧拳头，捏碎了佩蒂姆给她的那个小包。她打开之后发现，小包的内容物没有损坏，是两坨黄色的小豆，那是佩蒂姆给她用来抵抗黑鸣的蜂蜡耳塞。莎罗娜气得想把它们踩在脚下磨成粉末，但又不想进一步糟蹋她的拖鞋。

"请问您的邀请？"

莎罗娜抬起头，看到火焰女巫正面对一个打扮成小丑的年轻人。

佩蒂姆举起手。"我的邀请？"

一只蛇形手环抬起身子，仿佛准备攻击，然后张开了嘴。它吐出一颗闪闪发光的红宝石珠子，悬在空中，一个幽灵般的高亢声音开始吟诵。

佩蒂姆·诺林加尔，煽动者和叛逆者！你的流放已被撤回，因为裴奥里纳二十八世女王陛下突然不幸去世。裴奥里纳二十九世国王陛下在此邀请您出席他加冕礼后的舞会。

火焰女巫放下手。蛇缩了回去，金色火焰一闪而过，幽灵消失了。

小丑低下头。"佩蒂姆·诺林加尔。请原谅我。"

"这位是我的客人，莎罗娜·莫恩，一位著名的钻山女巫。"佩蒂姆说着，挥舞着她的假捧花，"好了，让我们进去。"

她们沿着一条由柔软的红石雕刻而成的狭窄走廊走下去。

古怪的音乐在召唤着她们，还有燃烧的牛膝草、甜克里斯特和陈皮的香味。不远处的中庭里,莎罗娜瞥见了身穿华服的狂欢人群,他们戴着莎雅花和石榴石的花环。当她们走近入口时,火焰女巫突然停下来,抓住了莎罗娜的胳膊。

"我越发感到你的装束不适合这样重大的庆典——我担心你的出现会使我们俩受到过多的注意,从而妨碍我们施展那个不可阻挡的符咒。"

莎罗娜点了点头,急匆匆地转身,打算离去。"我完全同意,我在外面等你。"

"没有必要。一个简单的魔法就能让你变时髦。闭上眼睛,免得强光把你弄瞎。"

莎罗娜沮丧地停下脚步,还是同意了。在闭着的眼皮后面,她感到一阵轻微的烟火,她的衣服变得凌乱,随后被整理成令人愉快的质感。

"好了。"佩蒂姆满意地说。

莎罗娜睁开眼睛,发现层层叠叠的冰色丝绸代替了她那身不合身的服饰,头发被一个硬塔夫绸网包裹成了鹦鹉螺的形状。可笑的流苏拖鞋变成了镶有活晶蚁的银头穆勒鞋——同样可笑,但时髦得多。而那条有毒的项链也与她的服饰搭配得很好。她本能地向腰伸出手。药剂袋的触感让她安心,它伪装成了一只水蜥皮手提袋,她的手指勾勒着袋子里的水晶小瓶熟悉的轮廓。

"来吧,"佩蒂姆说,"也许连国王本人都会想要邀请你与他共舞一曲加伏特舞。"

这个可能性让莎罗娜脸色一变,但她的同伴已经走进了中庭。莎罗娜紧随其后,扑面而来的是更多芬芳的气味和隐藏于其下的更浓烈的汗臭味,还有欢快的笑声和悦耳的音乐。头顶上,天堂般的灯光照射出紫罗兰和萤火虫绿的迷幻漩涡。舞者们沉溺于"刺激你的主人"的复杂舞步中,或是成双成对地在凹室里嬉戏。观众们则一边欣赏着他们一边大快朵颐，啜饮着一罐罐水母利口酒和绯红啤酒。

"国王在吗？"莎罗娜问。

佩蒂姆犹豫地指着一个镀金看台。"他在那儿找乐子，穿着他的礼裤，那是他执政的标志。随着地球变得衰老虚弱，裴奥里纳家族也随之衰落。一个堕落家族的末裔：没有人会哀悼他的死亡。"

莎罗娜看到一个佝偻的身影，他手里拿着一个酒壶，壶里的酒泛着泡沫。他臃肿的躯干上披着破旧的黄色羽毛。绯红王冠的扭曲圆环上粘着男式短褶裙的花边丝带的残余物，石榴石闪烁着暗淡的光芒，礼裤上有令人不快的污渍。

国王还在手舞足蹈，大声嬉笑。他跟跟跄跄地走在同样醉醺醺的宾客中间，他们来回推搡着他，仿佛他是个皮球。

"这确实是不堪入目。"莎罗娜赞同道，"然而，聚在这里的人不一定都是毫无美德，应该被毁灭的吧？"

"难道不是吗？看那儿！拉鲁拉·林丁尼，在那顶修女头巾后面，她是多么可爱而堕落——她在全家人熟睡时把他们都串了起来，然后把尸体喂给了一群战栗。还有那个娃娃脸的万弗雷多·德拉·鲁伊斯，他和一个格洛思同床共枕。还有连体兄弟迪尔和多拉·克拉森·豪，他们甚至会对喵喵叫的婴儿和等离子锯发情。如果正义的赞多吉斯在我们之间现身，这里的所有人都会受到永恒的折磨。"

"那我们又该如何逃避惩罚？"莎罗娜问，"你还没说我们的逃跑计策。"

"幸运的是，赞多吉斯没有现身。"火焰女巫用手指划过莎罗娜脖子上的假首饰，瞥了一眼另一只手上的假捧花，她狡猾地向莎罗娜使了个眼色，指了指拥挤的大厅，"我相信你会在这场宴会上找到乐子。用水母泡沫补补身体，然后在这群趾高气扬的人当中播撒你的真菌烟幕弹。我会摸清这个地方，还有出口；然后，黑鸣将会响起，你和我就可以匆匆离开了。"

莎罗娜还没来得及抗议，佩蒂姆就钻进人群消失不见了。莎罗娜浪费了几分钟时间去寻找她，然后决定去享受裴奥里纳家族享有盛誉的美食。

实际情况却令她失望。用楤梓和杜松熬制的黑背鼠海豚太过甜腻，马达鲁斯克蹄髈寡淡无味，而蝗虫牛奶冻则远远不如佩蒂姆·诺林加尔的果冻。

只有水母泡沫超出了她的预期，这种粉红色的利口酒清澈透明，味道微涩。三杯酒下肚，莎罗娜的焦虑顿时消失殆尽，她一时忘记了自己为何身处这场盛宴：她在人群中无精打采地闲逛，欣赏着光洁的墙壁上映出的自己包裹丝绸的倩影，享受着醉醺醺的朝臣或贵族太太偶尔投来的赞许目光。

然而，有个人向她表现出过度的性暗示后，莎罗娜愤怒地解开了项链，喃喃地说了一句激活咒语，然后在他的鼻子前面压碎了第一粒毒珠。

"好香的气味。"朝臣色眯眯地说。随即，他发出了一声凄厉的尖叫，仰面倒在地上，激动地手舞足蹈，然后突然沉沉睡去。

莎罗娜看了看自己的作品，然后开始穿过拥挤的中庭。每走几步，她就会取出另一粒珠子，念出相对应的咒语，然后用指尖捏碎那宝石般的容器。她在大厅里转了一圈，用完了所有真菌毒药之后才停下来，回头看着人群中不同寻常的骚动，脸上带着自得的微笑。

寻欢作乐的人们一个接一个地跳到空中，仿佛得了圣维斯特舞蹈病一样激动地旋转着，然后又迅速跌到地上，失去了知觉。其他人则像盛装的雕像一样在原地一动不动。还有一些人开始肆无忌惮地大笑，眼里满是疯狂，撕下自己的衣服在中庭狂奔，像小公鸡和漱口鸽一样啼叫。

"可爱的本塔的屁股啊，国王的疯狂传染了他们！"一个朝臣惊呼道。

莎罗娜踮起脚尖,看到一个高挑的身影飞快地向王室所在的看台跑去。火焰女巫冲上看台,把舞者、乐师和卫兵甩到一边,直到她站在国王面前,国王看到她后尖声大笑起来。

"这是只鸺鹠,挠痒痒就能抓住!"他喊道,试图搂住她的腰,"我等待您回到我们欢乐的大家庭已经很久了!来吧,和我跳舞,可爱的醉鬼!"

"辛波洛斯·裴奥里纳!"

火焰女巫的声音响彻中庭。人们听到国王的名字被肆无忌惮地喊出来,不禁倒吸一口气,还有人则发出了毫不掩饰的哄笑声。但国王只是来回摇晃,当火焰女巫举起手臂时,他松弛的嘴唇里漏出咯咯的笑声。

"见证你那无知血统的毁灭吧!"她喊道,"让骨头和筋肉奏响最后一首加伏特舞曲!"

佩蒂姆·诺林加尔的眼里闪烁着可怕的光芒。她的手镯融化成一缕缕嘶嘶作响的黄金;巴吉里斯克龇牙咧嘴。她抬起手,亮出一根闪耀的魔杖,上面闪烁着深奥的数字和未知的符号。魔杖上闪过一道火红的光,一分为二,每一半都燃烧着谱号、二全音符、中音、分叉的线条和法布鲁丹;每一个符号都是某种神秘音符、语言或赞美诗的精灵。

莎罗娜眨了眨眼睛,目瞪口呆地忘了逃跑,甚至连动都没有动一下。火焰女巫发出一声刺耳的尖叫,将魔杖举过头顶,用一端敲打着另一端。一片死寂,只除了国王粗重的呼吸声。

这是个骗局,莎罗娜心想,人群中也传来松了一口气的声音,露出如释重负的表情。

她迅速转身,准备离去,认为这是回到船上的绝佳时机。这时,一个具有穿透力的甜美音符从高处传来。

莎罗娜愣住了，陶醉其中。当艾斯特拉加尔第一次为大地奏响清晨的乐曲，从睡梦中的大海深处唤醒黎明时，他用黄色芦笛吹响的也许就是这样的音符。她开始哭泣，回想起少女时代的一个午后，她在一片珊瑚菌和妖精菇之间睡着了，醒来时看到满天的流星。

她从未听过如此美妙的音乐！萦绕在她耳边的音符让她的心中充满了爱意，仿佛舌尖正在品尝琼浆玉液；她所看到的每一张面孔都和她一样，混合着狂喜与遗憾、渴望与满足、兴奋与沉思。

除了佩蒂姆·诺林加尔。她像杂技演员一样紧张地从看台上跳下来，停下来喝掉了一个小瓶里的东西，然后向门口跑去。

莎罗娜皱起眉头。她的狂喜逐渐变成了不太愉快的朦胧记忆，她回想起了一种舌尖上的涩味……

万能解药。

她慌乱地在丝绸长袍的褶皱中寻找装有药品的手提袋。她的手指撕扯着缎带，从袋子里掏出水晶瓶。莎罗娜打开瓶塞，将它送到嘴边。

只有一小滴液体碰到了她的舌头。她难以置信地往嘴巴里倒了倒，然后把小瓶拿到近处看。

瓶子是空的。

背信弃义的火焰女巫！

太迟了，佩蒂姆的背叛昭然若揭：她坚持让莎罗娜一起来，只是为了利用她的棱镜船，偷走她那份解药，加倍保护自己。此时此刻，她正在外面偷走另一艘交通工具，而她天真的邻居却死于佩蒂姆的背叛。莎罗娜绝望地吮吸着水晶管，试图在屈服于黑鸣之前吸收一点抵抗。

但就在此时，忧郁的音乐被一首新的、令人魂牵梦萦的曲子取代了。仙女号和手鼓、长笛和铿锵的奥博来罗组成了一首波莱罗舞曲，旋律激昂、急促，然后渐渐消失，最后又以疯狂而残酷的节奏重新响起。莎罗娜跌跌撞撞地向房间外围走去,在她周围,迷茫的狂欢人群焦躁地拍打着空气,跌跌撞撞地走来走去,就像孩子们在玩三牌赌一张。

"瓦莉娅娜!哦,美丽的瓦莉娅娜,这是怎样的背叛?"

"我永远不会离开你,卡皮洛索,我的心属于你。"

"艾西克·长星,我可怜的孩子……"

空气中响起了撕心裂肺的哭喊声;所有人都把活人当成了死去已久的人。音乐消失了,然后又重新响起,愈发喧闹。母亲们哀悼着被残害的孩子;被背叛的恋人们抓挠自己的脸颊和胸脯。禁卫军脱下制服,把他们的同事当成奸夫淫妇而大打出手,莎罗娜停下了离开这里的不合时宜的脚步。

她知道这首狂野的摇篮曲——她一定在摇篮里就听过吧?她犹豫了一下,双脚开始在瓷砖地板上迈出一连串复杂的步伐。

然而,仅有的一点万能解药还是在她体内起了作用。她踢掉脚上笨重的银趾缪勒鞋,奋力爬到墙边。她停在那里喘了口气,环顾中庭,寻找佩蒂姆·诺林加尔的踪迹。

火焰女巫不见了。皇室看台上,假面舞者们摸索着把国王团团围住,国王站在台子上,嘴巴张得大大的,仿佛想用舌头接住倾泻而出的音符。颤音、微妙的鼓点、齐特琴和班多拉琴的齐奏、甜美的曼陀林和低音提琴——共同汇聚成震耳欲聋的轰鸣,受到蛊惑的宾客们化身乐队,演奏着野蛮的狂想曲。

国王张开的大嘴松开了。一缕缕柔韧的肉丝从他灰黄的脸上落下来,变成一把深红色的竖琴。肋骨从胸腔中一根根刺出,开始奏出迷人的滑音。随着一阵鼓声,他的头骨从血淋淋的颈椎上掉来,碎裂开来,镶着石榴石的绯红王冠滚落在地砖上。

就这样,除了莎罗娜·莫恩以外,在场的每一位客人都成了乐器,演奏着布拉泽的小夜曲。血染的短笛尖叫着,筋和头发串成的竖琴为之伴奏，无肉的手指敲打着头盖骨制成的响板和胸骨制成的古钢琴。这首死亡交响乐只有一位听众，她所服用的那一丁点万能解药支撑着她；她本来很想错过这场演出。

地狱交响乐逐渐到达高潮。随着一个个音符响起，要塞分崩离析成一块块碎片，深红色的石头和彩绘的瓷砖雨点般落在莎罗娜一动不动的身躯周围。她太过紧张，动弹不得，只能眼睁睁地看着要塞化为朱砂和石榴石构成的巨大废墟，沾满了血迹，成为晶蚁的食粮。裴奥里纳的血脉终结于此。

黑鸣消散。热情洋溢的管弦乐队陷入沉寂。莎罗娜·莫恩惊醒了，她的耳朵嗡嗡作响，惊恐地注意到身后的大厦正在土崩瓦解。墙壁倒塌，背后显露出一股紫色的湍流。

"毁灭、灾难、末日、末日、末日。"

莎罗娜一声大叫，认出了她的棱镜船，它盘旋在尘土飞扬的空中，展开花瓣。她喘着粗气扑了上去。

"谢谢你！"

飞船的等离子场包围了她。莎罗娜把手放在导航膜上，输入正确的坐标。

飞船已经开始倾斜飞行。莎罗娜静静地注视着下方的绯红宫殿残骸。马车和军马被埋在冒烟的石堆下。要塞变成了被阴郁的火焰笼罩的朱红色岩石残骸。尽管火焰女巫背信弃义，莎罗娜还是懊悔地叹了口气。

"我早就说过。"棱镜船恼怒地说，载着她回了家。

当曙光染红山麓的天空时，飞船回到了家。最后一群不哑鸟回到巢里，在常青树最顶端的树枝上喃喃私语，抖动翅膀。

"你可以睡觉了。"莎罗娜摸了摸飞船的薄膜。它轻轻旋转，然后静止下来。

莎罗娜跳出飞船。她赤脚踩在长满青苔的地面上，感觉凉爽无比。她撩起丝绸长袍的下摆，匆匆向自己的小屋走去，然后吸了吸鼻子。

前门不远处的地面被烧焦了。苔藓和地衣被烧掉了，形成一个直径一厄尔的圆圈。莎罗娜困惑地四处张望，发现一个蜿蜒的小身影正蹲在一块烧黑的岩石后面。

那是一只巴吉里斯克。

莎罗娜咬了咬嘴唇，然后伸出手，发出呜呜声，试图安抚它。巴吉里斯克有气无力地嘶叫着，警惕地竖起尾巴，转身逃向森林，身后留下一串烧焦的蕨类植物。

在接下来的几天里，莎罗娜试图用一些她认为或许有吸引力的小玩意儿来引诱它——云杉木板、硬木节、破椅子的扶手。但巴吉里斯克只是在树边责备地盯着她，有时还会怨愤地烧焦她的孢子网。

它竟然到现在都还没有饿死，一个寒冷的下午，她一边想一边开始为自己准备又一顿乏味的餐食。几分钟后，棱镜船的围场传来一阵骚动。

"喂！小心！花园！"

莎罗娜从窗子向外张望。一位高大的黑衣人大步流星地穿过长满青苔的田野，怀里抱着巴吉里斯克。

莎罗娜来到门口迎接她。"母亲的姐姐最宠爱的孩子。"她说，战战兢兢地看着佩蒂姆弯下腰，让巴吉里斯克在小屋里自由奔跑。"你的到来真是出人意料。"

佩蒂姆没有理睬她。她直起身子，不以为然地看着厨房里一如既往散落一地的脏碗碟和干蘑菇。她的衣服凌乱不堪，黑色长袍上沾满了灰烬和铁锈色的污渍。她的手臂和脸上有几处尚未愈合的伤疤。过了一会儿，她转向莎罗娜。

"你看起来状态不错。"她冷冷地说,她的齿间闪烁着石榴石做成的第二颗装饰,就在琴师的指骨旁边,"你的解药比我想象中更强大。"

莎罗娜一言不发。巴吉里斯克正拿鼻子冲着一篮子木耳呼气,冒出一缕青烟。莎罗娜试图把它赶走,它朝她叫了一声,嘴里呼出黄色的火焰,她赶紧退了回去。

佩蒂姆不屑地看了莎罗娜一眼,然后穿过厨房,走向壁炉。

"好吧。"火焰女巫一挥手,点燃了炉灶,然后拿起一只炖锅,"准备好吃午饭了吗?"

后 记

14岁那年,我们一家人在缅因州租了一间湖边小屋。那是1971年,我上高中之前的夏天。我把大部分时间花在了游泳上,或者和弟弟妹妹以及其他来度假的孩子们在门廊上没完没了地玩大富翁。

然而,多年来——几十年来——我一直忘不掉那个下雨的星期六,那天的大部分时间我都独自待在屋里(这本身就是一个奇迹)。那天清晨,我陪父亲去当地的杂货店买早餐的食材,包括鸡蛋和培根,还有一袋刚做好的甜甜圈。那是正宗的甜甜圈,放了很多糖蜜,用猪油煎炸。

回到小屋后,我独自待在屋里,到处找书看。

当我们还在庞德岭时,我母亲曾在图书馆打折的时候买回了一箱书。我已经读完了其中大部分书,那天却在箱底发现了一本封面被剥掉的平装书。我窝在窗边的老野营椅里,窗外大雨倾盆,膝上放着一袋甜甜圈。我打开书,开始阅读。

这是我一生中最强烈的一次阅读体验。几年前,我曾迷上了

SONGS
OF THE DYING EARTH

《魔戒》，但那花了好几周时间。这本书更像一种毒品（那时我还不知道什么是毒品）——让人不知所措、目眩神迷、焦虑不安，还有点恶心。恶心的感觉被甜甜圈强化了。我根本停不下嘴，就像我忍不住不断翻开下一页一样。多年以后，我一直将阅读这本书时那种让人不可自拔而又略带恶心的刺激感觉与甜甜圈的味道联系在一起，还有雨中的湖上闪烁的绿色倒影，以及林间的风声。那是我的玛德琳蛋糕。

可我却记不起书名和作者了。多年来，我只记得那本书的味道。我甚至没法去旧书店里找它——那本书的封面被剥掉了。然而，在我的作家之路上，我听说了杰克·万斯，以及他写过一本名叫《濒死的地球》的经典小说。有一天——那应该是1985年，我住在国会山——我去家附近的一家名叫威渥书店的二手书店买书。楼上有一个小书架专门用来放科幻小说，我扫了一眼书脊，看到了《濒死的地球》。我拿出这本书，开始阅读，尝到了糖蜜和焦糖的味道。

就是那本书。

我把它带回家，通读了一遍。这次没有甜甜圈。在此之前，我并未意识到《濒死的地球》对我的写作产生了多么巨大的影响，但现在我明白了。没了这本书，我的前三部小说以及后来的许多作品都不会诞生。现在，我正在缅因州的一间被雨水冲刷的湖边小屋里中写下这篇文章，《濒死的地球》就放在手边。如果没有遇上这本书，也许我也不会成为现在的我。

——伊丽莎白·汉德

拜伦·蒂特里克

在下面这个故事里,一个小男孩启程去寻找自己的父亲,但是他对于这位臭名昭著的父亲却一无所知,这一路也发生了其他超乎他预想的事情……

拜伦·蒂特里克和他的妻子卡罗尔居住在美国印第安纳州费舍斯。他曾在号角西部科幻奇幻作家写作坊[①]学习。他的短篇小说收录于各种主题选集之中,比如夏洛克·福尔摩斯的冒险经历。他还与马丁·H.格林伯格合编了有关越南战争的小说集《墙的阴影下》。作为一名已经退休的空军战斗机飞行员和国际航空公司机长,他还写了一本关于航空行业的非虚构书籍。他目前正在创作一部以杰克·万斯的"阿拉斯特尔星团"宇宙为背景的致敬作品,以及一本关于图书收藏的非虚构类作品。拜伦很荣幸成为杰克·万斯多年的密友。

[①] 1968年成立的号角写作坊致力于培养科幻和奇幻新人作者。在封闭式的训练营里,学员们会接受高强度的写作训练,这种模式获得了极大的成功,培养出了很多优秀的作家,并开设了两家分校——号角西部和号角南部写作坊(后者已经关闭)。

魔法师学院

德林戈爬上了蒙巴克安比特最后一座毫无新意的山丘，随着一道暗紫色的光线一闪而过，夜幕彻底降临。近在咫尺的下方，小村庄影影绰绰的灯光投在周围的树枝上，现出棕色的剪影。远在天边，又好似近在眼前。夜间生物的尖叫和哀鸣似乎正在以惊人的速度逼近。先是一声突如其来的怒吼，紧接又响起了刺耳的嚎叫，这撕碎了他的最后一丝神经。他们在争夺我，德林戈这么想着，同时加快了步伐，即使他知道自己现在几乎没有机会到达安全的地方。他拔出小匕首。去往前头村庄的路上，有只夜莺在悲鸣，预示着危机就迫在眉睫。

"我觉得我们最好再快点儿，你觉得呢？"一个声音在德林戈身旁突然响起，他的心脏跳得比自己以为的更快。

这是一个衣着华美的年轻人，他看起来像是要去会见什么显赫的贵族一样，没有一句介绍就加入了德林戈，和他一起奔跑。这位陌生人宽大的乳白色长袍就拖在身后,像是在大风中飘扬的三角旗。尽管他一只手攥住了银线制成的丝带,但一顶华丽的尖顶帽仍旧在他头顶上晃来晃去。"我刚才施了一个隐身咒,"他喘着气,断断续续地说,"但是估计撑不了多久。"

在渐深的朦胧夜色里,德林戈不是很能看得清快步走在他身旁的人,只知道他似乎和自己年龄相仿,身高类似。他暂且先把对魔法师的怀疑放在一旁;有一个未知的盟友总好过明明白白地死在一只斐斯普或者迪奥殆的嘴里。"你知道还有什么魔法能用吗?"德林戈同样气喘吁吁地问道。

"在这种情况下,没有任何魔法能帮得了我们。所以我估计,我们之间落后的人就会成为后边怪物的晚餐,把它喂饱了,这样另一个人就有机会去到安全的地方。"说完他便哈哈大笑,而后向前冲去。从远处看去,他珍珠色的衣袍变得如同鬼影一般。

村里的灯光更近了些,但是距他们依旧有一段距离。这时年轻的魔法师突然停了下来,弓着腰将双手搭在膝盖上。他依旧上气不接下气地说:"我们到村庄周围的保护咒范围里了,现在安全了。"

德林戈放慢了脚步,但没有停下来,"你能确定吗?"

"我看到了,"陌生人生气地说,"就像金属卡里铬,它闪烁的光芒超出了可见光谱。我估计你看不到它。"

德林戈不满足于这种含糊的——他看不见的——保证,他继续前进,很快就超过了那个陌生人。他艰难地喘着气,好像就要昏倒一样;他仿佛看到了晕厥前才会见到的闪烁的光晕,德林戈心想,还是让他去填饱那些夜行生物的肚子吧。

"等等!慢点!等我一小会儿再走。"那人恳求道,他又笑了起来,挺直身子往前走,"等会儿第一杯酒我请。走慢点,别丢下我一个人。"

"这不是很值得我用生命冒险。"德林戈回答。

"没错,但是在守护小镇的魔法屏障里,我保证我们是安全的。"

他说了几个稀奇古怪的词,挥了挥手,"你现在应该能看到这层微光了吧,就是它保护着我们。"

德林戈环顾四周。空气中似乎有一种黯淡的、在夜间依稀可见的微光,然后眨眼间就从他的视野消失了,"可是它现在不见了。"

"不。不是。我只是没有充足的力量维持它现形了。但你确实看到它了,对吧?所以走慢点吧,我们的冒险不急在这一时半会儿。"

虽然满怀疑虑,德林戈还是停下了脚步等他。

"我在外游荡有些日子了,一路上只有鞋底磨擦的声音和乌鸦、各种动物的尖叫陪着我。"他伸出一只手,"我是加斯泰洛。我们一起从死里逃生,是注定要成为朋友的。"

德林戈回复道,"我叫德林戈,也在孤独地四处游历。你如此精通魔法,还这么年轻,这很了不起。否则我们是不会活下来的。"

加斯泰洛谦逊地摆摆手,"我之前的咒语并不能拦住这些怪物多久,我微弱的魔力也远远比不上现在保护我们的力量。其实,正是因为我想成为一名大魔法师,才离开了舒适懒散的生活,启程冒险。你呢?你看起来既不像流浪汉,也不像游侠。"

德林戈只犹豫了一会。敞开心扉有什么不好的呢?"我在找我的父亲。我只知道——至少我母亲是这么说的——他长什么样子,除此之外,关于这个给我生命的男人,我就没有任何线索了。"

"一个高尚的原因,德林戈!喝着我答应的麦芽酒再畅想未来吧。已经到镇子周围了,这儿能闻到烤肉的香味,况且我带着的水已经发臭了,得喝点其他东西才行。"

等他们再走近些,镇子就展现出了令人惊讶的活力,因为敢于住在安比特的人们普遍都不惧怕黑暗。许多临街小屋的窗子都开着,使这里的道路都笼罩上了一层柔和的微光。当这两位异乡人路过时,碰巧探出头来的人都慷慨地给予了他们数不清的问候和美好的祝愿。

这里的人都仿佛刚刚听说濒死的太阳会在明日复苏，所以期待着一觉醒来，黎明重新焕发光芒，他们就乐观至此。

这条路通往一块小商区。加斯泰洛指向那里唯一的两层建筑。

一块饱经风霜的木板悬挂在同样摇摇晃晃的绞架之上，这根横梁上还有一只闪烁的灯笼，它被朦胧的光照着粗糙地写着"格里波旅店"的招牌。"这就是我们的目的地了，前面看起来也没有更好的去处。"加斯泰洛打开木门，两位旅者走进了店里。

在里面，欢快友好的氛围则更为热烈。每张桌椅上的人都面带笑意、脸庞红润。高处有一间侧厅，似乎是屋子里所有人关注的中心，尽管当德林戈和加斯泰洛进来时，也有许多人转头打量他们。一个年轻人从挑高的房间里站了起来，大喊道："加斯泰洛！我们还以为你不来了呢。过来坐吧。"他粗暴地推搡着旁边老头的肩膀，"给我们的朋友挪点地方。"那人恭敬地点了点头，站起身来。趁着其他几个人站到了一旁，德林戈瞥了一眼说话那人的同伴。那是四个青年人，两个身着精美的花缎紧身上衣，另外两个穿着和加斯泰洛类似的飘逸长袍，他们坐在两条长椅上，中间是一张雕刻着圣符的桌子。桌上摆满了鲜美的食物，这让德林戈心生羡慕，肚子也开始饿得咕咕叫。

加斯泰洛站起来，转身向犹豫不决的德林戈说："这是我的朋友们，一起坐下来吧。"

就在这时，一位面露凶相的老板把几位当地顾客推开，匆匆忙忙走了过来。"让开！你们这些没教养的流氓，别挡他们的路。让这些高高在上的混蛋能凑在一块儿。"老板领着他们穿过人群，到了餐桌前，"我猜你们要一杯啤酒，还是想要什么更烈的吗？苦艾酒？绿克罗地亚酒？我是格里波，随时为你们效劳。"

"啤酒就好。"加斯泰洛没有看一眼旅店老板就回答道，他热情地拥抱着自己的朋友，"凯沃尔·森特戈尔，你看起来气色很好。准备好开始训练了吗？"

"是。"他回答说，"我们这么长时间以来，都生活在自己强大的父亲的羽翼之下。他们守着自己的宅子，满足于看着濒死的太阳愈发陷入病态，而且用自己的魔力戏弄他们的对头，还对小市民施以毒手。"

"正是如此！"加斯泰洛表示同意，"就算末日会在21世纪到来，我们也要有蓬勃的活力，如获新生般地度过这些日子——但是现在，让我来向你们介绍德林戈。我们两个刚刚从一只斐斯普——或者其他什么同样吓人的妖魔——的爪子底下逃脱。"加斯泰洛叫出桌边自己每一位朋友的名字：凯沃尔·森特戈尔、特里洛·马克肖、齐米·加尔克、卢比·弗洛斯和波普·基尔雷伊。他们都是名气或大或小的魔法师的儿子，并且都将在学院里成为同学。德林戈觉得自己很渺小，有些不自在。这些年轻人显然都地位颇高，有很好的教养。

他们在房间里的桌子空出来后入了座。一个身材结实的女孩送来了啤酒，羞涩地朝德林戈笑了笑。加斯泰洛掏出自己的钱包，但是凯沃尔阻止了他，"不用自己付账单。学校设立了一个账户。不过，你也可以往共同账户里边多放几个特斯。"

"父亲们的慷慨真让我吃惊。"加斯泰洛说。

德林戈试探着加入对话，"是你们在镇子周围设下了保护圈吗？"

"呵，"波普·基尔雷伊冷哼，"我们连赶走一只昆虫都需要钻研学习好几个周才行。不是我们，是莱辛巴尔大人为了保护我们才庇佑了这个小镇。"他挥舞着一只手臂，做出一个包罗众人的手势，"因此，他们都很感激我们。"

"我不大能理解本地人节日般欢快的心情。安比特人并不以敢在魔木树的阴影下漫步出名，更别说是在昏暗的街道上大肆狂欢。"

特里洛·马克肖笑着说："估计是莱辛巴尔大人希望我们能有个

远离学院的地方干些年轻人的事情,别去影响他的平衡。他是个挑剔的魔法师,脾气也不大好,但是被逼着来指导我们这群不学无术的家伙。"他向另一个丰满的服务生点了点头,她正扭着腰走向隔壁的桌子,"我很期待在这儿的日子。当镇上的人献出女儿的贞洁后,我们才会知道他们有多感激我们。"

凯沃尔把一盘炸鳟鱼推向德林戈,然后对波普说:"把那个看起来红红的东西递过来。你们看起来都饿坏了。格里波!给桌上的人都再来一杯酒。"

德林戈有些饿了,他都忘记了桌上还有食物。加斯泰洛和他把盘子装满了,更多啤酒也被端上了桌。这个夜晚仿佛在时间的匆匆来去中转瞬即逝。这里有很多笑声和善意的打趣,因为只有没有牵挂的年轻人才能彻底没有怨恨。虽然依旧拥挤,但是客栈开始安静下来,一小群人走向门口时,通常会在他们的桌边停下来,摘下帽子说几句谄媚的话。在这些强大魔法师的儿子的簇拥下,德林戈有些飘飘然。不过,他们似乎也很享受他的友谊,就像他对他们那些夸夸其谈的玩笑一样。旅店老板为他们安排好了楼上的房间,但是他们一致决定在休息前再喝最后一杯。

卢比·弗洛斯向德林戈靠过去。"接下来你打算上路去哪儿?"他问。

"问得好,卢比。等明天头脑清醒点儿我会考虑的。我正在寻找我的父亲。"他夸口道,"他也是一位魔法师,你知道吗?"

"什么?"卢比大喊道。他转向桌子上的其他人,"德林戈告诉我他的父亲是位魔法师。"

他尴尬地伸出一只手,"等一下!这只是我母亲讲给我的故事。她和他在一起的时间很短,但他确实告诉她,自己是一个低阶的魔法师——当然了,在她嘴里,他也吹嘘了很多自己并不具备的东西。我甚至都不知道他是否还活着。"

"德林戈告诉我,他要去寻找他的父亲。"加斯泰洛说。

"再跟我们说说。"齐米说。

"是啊!"波普补充道。

"没有什么好说的了,"德林戈说,"虽然我不知道该从哪里开始,也不知道我是否能做得到,但我还是要去找他。今天晚上如果没有加斯泰洛帮忙,我的旅程就到此为止了,只会剩下一堆被咬碎的骨头昭示着我的失败。但这是我母亲临终前我承诺她的事。"德林戈比出了个手势,"你们今天晚上都说了些诋毁自己父亲的话,我完全理解为什么。可是你们都有可以用来自己定义的人。我却没有。"

桌子上的人都陷入了沉默。但随后凯沃尔鬼鬼祟祟地往前靠了靠,"我有个大胆的想法,德林戈。跟我们一起去学院吧。如果你想为未来的考验做准备,还有什么比掌握一套任你驱使的法术更好的呢?"

一瞬间大家都开口赞同。"是啊!"特里洛喊道。"好极了!"齐米说。"完美!"波普也表示同意。卢比举起他的啤酒致意,和加斯泰洛碰杯。

德林戈迷糊了,他喝得头晕目眩,有一大堆想法在大脑里乱窜。这是个荒唐的主意。"这怎么可能呢?我没什么钱,也没有可以帮我交学费的父亲。我对魔法一无所知,而很明显你们都有基础。"他接着又阐述了一连串其他论据,声音也变得越来越悲伤,因为他突然意识到,自己确实想去学院,超过任何事。

"这根本不重要,"凯沃尔说,"学院有魔法师协会的资助。再多一个学生也没什么关系。我们会帮你支付其他费用。难道不是吗,朋友们?至于魔法技巧,我们都只是新手罢了。只有加斯泰洛的魔法水平稍微高一些。"

"这是我的荣幸,好朋友们,"德林戈诚恳地说,"尽管你们的地位都比我要高。你们提到的莱辛巴尔大人会清楚地知道我并不属于这里。"

他犹豫了一会儿,然后沮丧地补充道,"我是个私生子。"

他们看向彼此,突然整张桌子都爆发出了喧杂的笑声。

最后,加斯泰洛实在无法控制笑意,只能结结巴巴地说,"我们都是私生子,德林戈。你难道以为魔法师会娶妻吗?他们都住在自己的豪宅里,被庞克特斯、桑德斯廷斯①和其他魔法生命包围着。他们的兴趣有时候甚至不在人类。他们恣意妄为,永远不值得信赖。我估计我的父亲有很多私生子;至于他为什么选择我,这对蠢笨的我来说就跟最复杂的魔咒一样神秘。"

"这些都让我怀疑自己是不是想要这样的生活,"特里洛开玩笑说,"德林戈可以取代我。"

凯沃尔把一只手放在桌子上,掌心向下,"哦,我们不会和他们一样的。我们现在来做个约定吧,第一:我们是永远的朋友,不能变成自私的老家伙;第二:我们一定要能够轻而易举地使用魔咒。"

这些年轻人一个接一个地把手叠在另一个人手上。他们都看向德林戈。

他笑了笑,把自己的手也放到了上面。

❦

莱辛巴尔大人皱着眉头从一个高台上俯视着所有人。他在讲台上来回踱步,在寂静的房间里,他长袍摆动的声音就如同窸窣的落叶。"我的任务,"他终于用一种有力又洪亮的声音开口说道,"把你们这些愚蠢的菜鸟改造成巫师。说实话,把一只蚱蜢变成老鹰都比这更容易——而且是容易得多。"

德林戈听到特里洛对波普低声说了些什么后,他们都笑了起来。

---

① 杰克·万斯小说中的变形怪。

SONGS
OF THE DYING EARTH

莱辛巴尔大人瘦削的脸被一缕灰色的稀疏胡须拉得更长了，因为生气，脸色也变得阴沉。他喃喃地吐出一串很难辨别的单词。

所有的声音都仿佛消失了，礼堂里一片寂静。脚步声、纸张的沙沙声，甚至是齐米轻微的喘息声都在一瞬间停止了。德林戈感觉动弹不得。他试图看向身边，但他的视线和他的身体一样被束缚住了。他的肠子里突然产生了一种灼烧般的刺痛感，并且迅速愈演愈烈。

莱辛巴尔大人怒视着他们，"我要求你们对我的所有命令，都要绝对听从和服从。"他露出微笑，但更像是满怀着恨意，"我再补充一句，我也需要你们保持安静和专注。有什么问题吗？"

不出意料，他们都维持着原状。

"很好，那我们继续。"他说。

"我刚刚连续施了三条低阶咒语。"他举起一根手指，"第一条是僵劲咒。"他又竖起第二根手指，"第二条是弱化的卢格维勒的悲愁瘙痒术——你们不会想要体会这条咒语真正的力量。第三个是……"

这时，一团火在德林戈的内脏中熊熊燃烧。身体瘙痒难熬到他恨不得把自己的身体撕成碎片来找到源头。莱辛巴尔大人顿了一下，仿佛思路断了。"啊……是，我忘记说第三条了。"他笑了笑，然后又念出了一串复杂的奇怪音节。

一时间，房间里充满了如释重负的呻吟声。德林戈环顾四周，发觉他们都和自己一样遭受了莫大的痛苦。

莱辛巴尔大人没有提醒就继续讲了。"第三个是特里斯科尔的大逆转术，它解除了前两个法术。即使只是牢固地掌握一条咒语，也需要大量的钻研，一丝不苟的施法。念错一个音节，就会产生无法预料的后果。考虑到这一点，我们会先学习《安伯林警告：后患无穷》，这是一则对所有法术的构成都至关重要的箴言。"

这就是他们充满屈辱和痛苦的开学第一天。即使是一开始被公认施法更为娴熟的加斯泰洛，也表现得颇为笨拙。但令人惊讶的是，尽管德林戈第一次尝试施展初级咒语彻底失败了，但是他发现自己可以理解莱辛巴尔大人关于理论的讲座。所以他并没有感到不知所措，还开始对自己有了一丝信心。当他们从房间里鱼贯而出时，莱辛巴尔大人不加掩饰的嘲讽还回荡在耳边。突然，德林戈高昂的情绪被破坏了。

"德林戈，晚饭前来我房间。"莱辛巴尔大人命令道。

好吧，他知道会是这样。早上离开旅店来学院的时候，他们七个人就已经计划好了怎么实施这个诡计。为了更好地扮演一位年轻贵族，他的朋友们各自捐出了几件精美的衣服。特里洛愿意为德林戈担保。"你就是我的远房亲戚，我父亲非常看重你的家族。"特里洛建议道，"最坏的情况不过是莱辛巴尔大人会拿他的靴子狠踢我的屁股，就在他对德林戈做完同样的事情过后。"事情是这样的，德林戈的父亲是一位伟大的魔法师，他迟迟没有收到学校成立的通知，所以就先把德林戈送了过去，同时自己和公会商议此事。

德林戈挺直肩膀走进莱辛巴尔大人的房间，强装镇定。"莱辛巴尔大人，您有什么事吗？"

莱辛巴尔抚摸着下巴上粗硬的胡须，紧盯着德林戈。最终他开口道："德林戈，我没有招收你入学的权威文件，也没有收到相应的学费。"

德林戈对上他的目光，尽他所能大胆地回答，"莱辛巴尔大人，我确定我的证件已经在路上了。我从平海以西的大陆而来，肯定是在路上超过了带着文件的信使。"

"恐怕这个解释有些单薄。"莱辛巴尔大人摇着头说。

他的朋友们建议过德林戈可以大肆夸夸其谈，如果必要的话，用一个有权有势父亲的怒火来威胁莱辛巴尔大人，然而德林戈现在确信这种方法不会奏效。莱辛巴尔大人显然不会被这套吓到，这只会为他招来更多无法回答的问题。"我恳求您的原谅，莱辛巴尔大人。我为自己今天的表现感到羞愧，但是我真诚地期待着您明天的课程。我会做得更好的。请您不要开除我。"

莱辛巴尔大人若有所思地看了他一眼，然后对德林戈说："我会再给你几天时间。现在从我眼前消失，去吃你的晚餐。"

德林戈感到惊讶，他离开了，决定不再考虑这件事。无论他做什么都无济于事。毕竟明天太阳就可能不再升起，将这个问题留在黑暗之中。

第二天，莱辛巴尔大人精力充沛地指使着他们，要求所有事情都必须做到完美，抱着极大的热忱来惩罚出错的人。尤其是德林戈，得到了令他痛苦的关注。当天晚些时候，莱辛巴尔大人一言不发地离开了房间，再也没有回来。被留下的学生们只能自己讨论是否也可以离开去吃晚饭。悲愁瘙痒术的阴影还在他们脑海里挥之不去。

之后的一天情况没有什么改善，之后的几天也是。在第五天，德林戈和加斯泰洛的荧光闪耀咒坚持了短短一瞬。他们的兴奋激励了其他人，在两天之内，整个班级的学生都复刻了这一成就。

之后的几周，莱辛巴尔大人变了，这种变化的神奇程度完全超出了德林戈的想象。他们的导师已经变成了一个耐心、热情的教师，现在他的赞扬、鼓励和之前的讽刺、谩骂一样多。在乏味地学习了一天克利爪所著的《实践魔法入门》后，他邀请所有人去自己的露台上喝酒。斑驳的太阳在淡紫色的光芒中摇晃，缓缓落在安比特的圆顶丘陵下，傍晚的空气凉爽而芬芳，弥漫着丹花和特兰克西丝的甜美香气。

"一开始，我讨厌离开自己的宅邸，"莱辛巴尔大人开口说，"但是你们的青春活力和热情改变了我。"他停下来，给他们的酒杯又添了一杯醇厚的黄酒，"你们的进度不错，所以我认为今天晚上你们可以进行第一次实践。"

这句话使得在场所有人都叫苦连天。

莱辛巴尔大人大笑着说:"这是给你们的测试:今晚你们可以去格里波旅店。但我要警告你们,这一路可是危机四伏:斐斯普、厄妖、荒兽、阿斯姆斯,所有失败的魔法造就的怪物。"他顿了一会儿,然后补充说,"当然,如果你们觉得自己没有准备好……"

德林戈的声音第一个响起,"不!我们准备好了。"

淡紫的暮色中回荡着一片响亮的赞同声。

第二天晚上,年轻的魔法师们回来了,他们的视线模糊,步履蹒跚,但神态轻松自在。德林戈也重新找回了自信。背诵几个词语是一回事,在压力下能准确运用合适的法术又是另一回事。昨天晚上,他和加斯泰洛抵达格里波旅店后,回忆起他们初次见面的骇人场景,哈哈大笑了起来,这已经像是很久以前的事了。

莱辛巴尔大人开始和他们一起在小公共休息室里用餐。正如白天的讲座,夜晚也渐渐变成了学习的时间。有美餐配着好酒,魔法似乎也变得更通俗易懂了。

几个月转眼就过去了。太阳每天清晨都费力地从满覆霜雪的地平面升起,尽管它起到的效果微乎其微,但冬天还是暖和的。特里洛·马克肖的实力并不逊色,但他打算离开魔法师学院了。"当濒死的地球在为自己的解放而欣喜时,我们在刻苦训练。这颗绚烂的星球为我们献上了珍果和美酒,赤裸的仙女们在纯真地玩闹,濒死的地球之歌依旧萦绕在耳畔,这时我们应该欣悦地加入这场庆典。"

偶尔去格里波的时候,他们会想念特里洛,可莱辛巴尔大人对他们的要求一刻不停,所以他们没有很多时间想着这件事。德林戈的表现依旧出色,但他还是担心莱辛巴尔大人可能会重新翻找他缺失的入学文件。让他感到安心的是,一旦重新开始寻找自己的父亲,至少他已经为迎接未知的挑战做好了更充分的准备。

莱辛巴尔大人从不允许年轻的魔法师使用疯灵之外的魔咒,疯

SONGS
OF THE DYING EARTH

灵是一种较为低阶的精灵法术,更容易控制。冒险将咒语的运作过程解码到不可预测的更高级生灵的思维中,给许多巫师招致了不幸。他特别强调,每天的课程涉及实际操作时,都必须小心谨慎。

灾难的降临,通常都开始于年轻人对万事万物的傲慢。

凯沃尔·森特戈尔正在试着推导深化魔咒。由于没能准确地吟诵咒语,使得一个低阶的生物去向一个易怒且报复心强的恶魔求援。恶魔周身环绕着地下世界的雾气和恶臭,耸立在他们头顶上方,凶狠的翠绿色双眼来回打量着。它的背部扇动着像海洋生物一般的脊鳍,松垮的肚腩就像是刚刚吃完了一顿大餐,下边晃荡着它垂落的性器。它盯着凯沃尔说:"你召唤的时间有点不合适。但是我会克制自己的欲求,执行你的命令。"它的声音听起来和人非常相似,而且异常平静,但是接下来的一句话又令人毛骨悚然,"我需要一个助手。"它又一次环顾了整个房间,把目光投向凯沃尔,"你们都不够格。我要做一个傀儡,用你们其中一个人的眼睛。"他看着加斯泰洛,"就你了。"它转向了波普·基尔雷伊,"我打算用你的腿,它们看上去很结实。我想……"

凯沃尔用沙哑的声音喊道:"停下来!你的任务被取消了。你可以回自己的来处去。"

恶魔放声大笑,"一次召唤只能有一个命令。我必须先完成之前的指令。"它转过身去,继续打量人们身体的各个部位,而它咧开的嘴角似乎是一个笑容。

德林戈看向莱辛巴尔大人,他低声念着咒语,愁眉不展,似乎陷入了沉思。德林戈猜测着莱辛巴尔大人会施什么类型的咒语:可能是远程传送咒。无论如何……看起来都没任何帮助。什么能强化他的咒语呢?

他一冲动,吟出了琼科的欲念平息术。

他们都非常讶异,而后松了一口气,默默地看着彼此。那个怪物消失了。

莱辛巴尔大人明显受到了惊吓,对德林戈说:"做得好。你为什么觉得那条咒语会有用?"

"那个恶魔似乎对自己的目的非常执着,这让我突然想到,如果你的咒语没有额外的安抚作用的话,就很难起作用。我们之前用琼科的欲念平息术安抚过森林里的小动物。"他耸耸肩,摊开双臂,"这是所有我当时能想到的所有。"

莱辛巴尔大人朝德林戈走过去,用瘦骨嶙峋的手臂环住他的肩膀。这是他们所有人里,第一次有人和这个神秘的男人有身体接触。"我再说一遍,干得好。我没想过可以组合使用这些咒语。现在我明白了结合两条咒语可能有用得多。我相信我们晚餐时可以多喝点儿酒。我绝对是要多喝两杯的。"他转身离开了房间。

德林戈依旧能感觉到肩膀上挥之不去的温暖。"哎,他飘逸的长袍底下,也不过是一位虚弱的老人罢了。"他胸中涌起一阵波澜,想道。

晚饭过后,莱辛巴尔大人让德林戈到他的房间见他。在一顿其乐融融的晚餐后,德林戈没有理由感到不安,因为莱辛巴尔大人大肆赞扬了德林戈的聪慧。但当他进房间时,情况就变了。

莱辛巴尔大人严肃地说:"我接到指示,如果没有人资助你的学费,你就得被开除。"

德林戈脸色苍白,"我明白,只要再给我一些时间……"

莱辛巴尔大人抬手示意他停下,"你在这里表现得很好,德林戈,我不是那种听任同僚指使的人。"他的表情变得柔和,露出笑容,"有人会资助你的学习,德林戈。我会做你的赞助人。"

莱辛巴尔大人在魔法师学院变得谨慎了。"我现在意识到自己在教学中可能有些鲁莽。恶魔现形简直是场灾难,我们还是把重点更多放在理论,以及触媒和魔药的使用上。即使是魔索兰王国最伟大的魔法师最终也会因为轻率和粗心自取灭亡。"

许多强大的魔法师开始拜访学院，因为有传言说莱辛巴尔正在培养他们的潜在竞争对手。德林戈认为他们都一样傲慢、自大、目中无人，而且都很浮夸，喜欢自吹自擂。这帮人无一例外，一见面就妄图把他们扭曲的标准强加给别人，德林戈明显意识到，莱辛巴尔大人认为自己允许这次访问是一个错误。他收到了一封来信，信里说笑面术士艾考努将前来对学校进行考评，没有什么比这件事让他更担心。

艾考努的出场盛大而炫目。德林戈和他的同学们从楼上的窗户看着那个肥胖的巫师从车上跳下来，迈着粗短的双腿跨过一小片摇曳的草地，用命令的口吻朝楼里喊道："我艾考努来了。趁我现在心情还不错，没有感到恼怒和烦躁之前，赶紧来人迎接。"

一个侍从向艾考努问好，领着他进门、上楼，来到教室，所有人都在那里等候他的到来。

莱辛巴尔大人迎接艾考努道："你的旅程顺利吗？"

艾考努咯咯笑，声音尤为刺耳，"有个小麻烦，但是很快就解决了。对我这样的人来说根本不值一提。"

他身着一件不大合身的淡龙胆紫色长袍，印着抽象的栗色图案。这丝毫没有掩饰他的肥硕。他的大脑袋就悬大堆的丝织品上，仿佛一块失去平衡的巨石。"所以这些就是我经常听说的年轻法师。"他环视着房间说，突然，艾考努伸出手臂，手指僵硬地指着一个方向，用音调高到超出听觉频谱上限的声音大声叫骂。"库格尔，是你！"

莱辛巴尔大人顺着艾考努凶狠的目光看过去，对着他说，"你弄错了。这是德林戈。"

艾考努从衣服某个在暗处的兜里掏出一副金边眼镜，走近了几步。"啊……他们相像得吓人。一样修长的身材。乌鸦翅膀般颜色的头发。狐狸一样的脸。"艾考努皱了皱眉，但似乎很平静。

德林戈非常惊讶，往前走了几步。"所以你认识我父亲？"他毫无保留，诚恳地说，"我想找到他。"

艾考努厉声道："我认识你父亲吗？我认识你父亲吗？他是一个小偷，一个骗子。他比我阴囊上的溃疡更让我恼火。"他举起胳膊冲向德林戈，看样子要教训他。

莱辛巴尔大人立即跑上前，挡在两人中间。"马上住手！艾考努，我不允许你破坏学院的和谐。不管你有什么不满，都和德林戈没有任何关系。他是……"

艾考努吟出一个转换空间的咒语，将莱辛巴尔大人抛向房间的另一边，撞在墙壁上。这股力量使房间的石块都变得松动，开始往下掉落，缕缕灰尘从房椽上飘下来，落在倒在地板上的莱辛巴尔大人身上。

德林戈冲到他的身边。

莱辛巴尔大人努力抬起头，但是没有成功。德林戈跪下，用手托住他的后脑勺。

"对不起，德林戈……"莱辛巴尔大人用年迈的声音艰难说道，他抓住德林戈的手，将一个大小和重量都和一个玻璃弹珠相差无几的物体塞到德林戈掌心，"我把我的遗产留给你，亲爱的朋友。"他低声说。

艾考努居高临下地看着他们，"德林戈，你长得太像你父亲了。你想要找到你父亲吗？你会见到他的！"他吟出远程传送的咒语，接着施了凄绝囊锢术。

现实开始扭曲，意识变得混沌，天空和星星都在漩涡中流动，德林戈还是可以听到艾考努叽叽歪歪的声音。

✿

德林戈透过神秘的赭色灯光看着自己，他的影像被一种奇怪的

SONGS OF THE DYING EARTH

不透明物体进一步扭曲了,仿佛是一块琥珀。他的眼睛睁着,但是不能眨眼。浑身动弹不得。不能发出一丝声音。他试着挪动身子,但这种感觉超出了他的认知。空洞。虚无。身体和意识的完全分离。他察觉不到自己的心跳,一瞬间甚至连呼吸都无迹可寻。没有痛苦,没有寒冷,没有温暖。那么有生命吗?原来这就是凄绝囊锢术。比被活埋了还糟糕。等等!他被活埋了。确切地说是在地面下45英里的地方。可是就算是死亡,也没有终结这种永恒虚无的可能。他想起了艾考努。至少还有恨。但他甚至无法坚持仇恨,如果他还有可能"感觉"到什么东西的话,他仍然能感觉到手中里莱辛巴尔大人脆弱的头颅。莱辛巴尔大人还活着吗?德林戈哭了,但他没办法真正哭出来。

时间一分一秒地流逝。或者他以为是这样的。他的宇宙现在运行着一套完全不同的时间。他似乎没有睡觉,但是有时候他的意识会不自主地消退,之后又会像梦境一般突然逐渐清晰起来。他突然想到,现在的情况会让他变得癫狂。故而他开始训练自己的头脑,一字不差地背诵他所学过的每一个咒语的音节。但凡有一个错误就从头开始。后来,稍微犹豫一点儿就重新开始。更多时间就这样溜走了。

❖

德林戈的精神恍惚,在意识游走间,他凝视着囊锢体奇异的倒影,突然,他注意到自己脸上有个从未注意过的小缺陷。就像路过一幅挂在墙上的画作,每天有人进进出出,但是只有一个人真正看向它的时候,它真实的模样才为人所知。这是他第一次把注意力放在影像之上。尽管模糊不清,还是有一些细微的差别突然变得明显起来了。现在,他终于明白艾考努说自己可以见到父亲是什么意思了。

他注视着的是自己的父亲，而不是他自己。艾考努让他直面库格尔，讽刺与残忍变得更加明显。一切真实了起来。他之前似乎并没有对空间的感知，但现在他可以看到库格尔距离他最多一臂之遥。他在想什么？他甚至不知道自己有个儿子。他会不会认为艾考努制造了一个分身，作为更变态的折磨？也许库格尔的神智已经离开了他的躯体，他的想法也就是无关紧要的。我的父亲。现在这是件值得深思的事。

时间在流逝。德林戈现在认为他存在于越来越像梦境的状态中，在不同的意识层面摇摆不定。他最初对精神错乱的幽闭恐惧减退了。有时他看着父亲的眼睛，脑子里想象着他们的对话。他发现还有其他事情可以考虑。当太阳做最后的挣扎时，他能还感觉到吗？

正是在这么一个沉思的时刻，他有了知觉。那是一种非常细微的知觉。但是在一片虚空中，任何细小的东西都会显得巨大。他甚至还没来得及在身上找到那股感觉的来源，时间就过去了；最后，感觉的来源消失了。那是莱辛巴尔大人留给他的小圆球。它动了。

身体的知觉在恢复。起初他的手开始发麻，紧接着就像有只动物在手臂上来回跑动。他开始感受到温度和气息，肺里全是温热、不新鲜的空气。他眨了一下眼。发现自己在眨眼后，他又眨了眨眼。

大约一英尺远的地方，有个只有几英寸宽的岩架，上面坐着一个小矮人，调皮的脸上带着得意的表情。"我完成了契约，"它说，"放了我，就像我救了你这样，这样我才能回到地下世界。"

德林戈转动着他的头。他自由了。他只需要念一个咒语就能回到地面。"我很感激你，小朋友。"德林戈说。他的声音对自己的耳朵来说非常奇怪。

面前的生物冷笑一声，露出锋利的尖牙，"我不是你的朋友，而且我也不小。我之所以变得这么小，是因为把你压垮的话，会妨碍我圆满完成任务。不然你觉得我是怎么会在莱辛巴尔大人的小球里的?现在放了我吧。"

"当然,你被——"

那个精怪消失了。

"——释放了。"

德林戈的囊锢体已经消失了,但是留在地上的坑洞甚至不能让德林戈转动肩膀。库格尔的囊锢体还是和之前一般无二。自己父亲的五官现在更清晰了。他伸出手触碰囊锢体的表面,尽管他的手不能穿过它,也不能感受到它。库格尔会知道发生了什么吗?如果不能感知到这一切的话,他很快就会大吃一惊。德林戈练习了将自己送回地面需要的六个句子。呼吸变得越来越困难,温度也高得让人难以忍受。他自信地吟诵了这些词语。

德林戈像流动的岩浆一样被挤出去了。他躺在湿漉漉的草地上,虚弱得一动不动,只有用力呼吸几口凉爽的空气。这是晚上;还是说太阳已经熄灭了?现在这都和他无关了。最后,他用颤颤巍巍的双腿站了起来,在黑暗中慢慢地挪动脚步。在精疲力竭之前,他念出同样的咒语,并且加上了三个关键的咒文。

大地摇晃着,震动着,随即爆发。库格尔被抛到距德林戈大概三英尺远的地方,一动不动地躺了一会,令人忧心。在黑暗中,德林戈可以看到他的胸膛上下起伏着,但是这具身体里是否有一个神智清晰的灵魂呢?

突然,库格尔坐了起来。"我渴了。"这是德林戈听到父亲说的第一句话。

"你能站起来吗?"德林戈问道,"我们得去找水喝。"

库格尔费力用胳膊把自己撑起来,但是没有成功。"稍等一会儿。看来我在地下的时间比我想象的要长些。"他抬头仰望天空,"现在是晚上吗,还是太阳在濒死的地球上留下了最后一抹阴影?"

德林戈也朝天空看了看,"我觉得只是天黑了。我们借着夜色可以勉强看到彼此和脚底的路面,再过几个小时我们就能确定了。"

库格尔笑了起来。"正是如此!"他瞥了一眼德林戈,"这是艾考努跟我开的什么残忍的玩笑吗?你看起来就像是我的复制品,只是风度姿态还差点儿。"不等德林戈回答,他就缓缓地翻过身去,将自己蜷缩成一团,最后站了起来,"好吧,就算你是被派来模仿我的,只是让我看见虚假的希望,至少把我埋回去之前,给我点水喝吧。"

德林戈回答说:"我可以保证,我是活生生的人。但你很敏锐,察觉到这可能是艾考努的恶毒把戏。他坏得超乎你的想象,库格尔。"

"你知道我的名字!更能证明有人在背后操纵这一切。"

德林戈没有理睬他的话,转身面对着他们从中脱身的山丘的下坡。"走吧,我们去找点水。我们有很多事可以聊。"

他们在黑暗中跌跌撞撞地走下小山丘。库格尔停下休息了两次,在第二次的时候他说:"你去找吧,我就在这里等你吧。你看起来比我精神多了。你甚至可以找到一个合适的器皿,把水带回来,这样我们两个就不用都在这些崎岖的坡道上艰难行走了。"德林戈无视了库格尔的抱怨,继续往前走。地势越来越低,他们最后遇到了一排芬芳的米哈迪亚树,小河就从旁流过,传来汩汩的水声。他们两人接连用手捧着甘甜的河水来喝,直到肚子胀得鼓鼓囊囊。

他们一起坐在水面上一块宽阔平坦的岩石上。

库格尔的心情变好不少,他笑着对德林戈说:"我们相像得非同一般。如果你不是艾考努的傀儡,那么你是谁?"

德林戈对库格尔的迟钝摇了摇头,"你想不出其他可能吗?"

库格尔一言不发,双唇禁闭。

德林戈意识到,他对父亲的不耐烦与其说是沮丧,不如说是焦虑。"我是你的儿子!"他脱口而出。

他紧盯着库格尔的脸,留心他的反应。可是他的反应却出乎德林戈的意料。

库格尔忍不住大笑，"这根本就不可能。你和我的年龄差不了多少。艾考努，现身吧。你的诡计果然有漏洞。"他附身向前，仔细观察德林戈的容貌，瞬时，他勃然大怒道，"原来真是这样。艾考努，你夺走了我太多时间，这根本无法想象！凄绝囊锏术已经把我逼疯了！我以为在地下只过了一年或者两年，但这？这太过分了。平衡法则遭到了极端的破坏，需要同等严厉的惩罚才能恢复平衡。"

最终，他平静了下来，再次看向德林戈，"所以说我有一个儿子了。你的母亲是谁？也许你能帮我回忆一下？""我母亲的名字是阿玛丁。可惜她已经去世了。"

库格尔摇了摇头，"不，我记不得她了。但这是个很美的名字。她漂亮吗？"

"她是赛纳提斯十七贞女之一。她们因美丽、纯洁而被选中。贞女的出场是露天盛宴最隆重的时刻。有一年，护送这些年轻贞女的队伍由一个自称是聪明人库格尔的年轻人守卫。结果抵达目的地时，只有两个女孩还是处女之身。我母亲却不是其中之一。"

库格尔的脸上闪过一丝微笑或坏笑。在微弱的光下，德林戈分辨不出是哪种。"是，我想起来了。我误解了自己的职责，也没来得及向大神官解释这件事。商队顺利抵达了，我所作的一切价值远高于约定好的报酬，这里得补充一句，我也从来没有收到过报酬。"他顿了一下，想了想说，"你母亲是浅色的头发，琥珀灰色的眼睛吗？"

德林戈回答："不是。"

"啊，她是不是个子不高，黑头发，胸部很丰满……"

"我的母亲，"德林戈打断了他，"一个失去了崇高地位的年轻女子，生下了没有父亲陪伴的私生子……"他的声音有些颤抖。

库格尔点头道："我很抱歉。但是你应该考虑到，这段时间艾考努对我施加的残酷惩罚，我没有任何恶意，但是他的动机不仅不可理喻，而且手段太过毒辣。"他的语气不再轻浮，"我曾经以为自己终于摆脱了艾考努，但他找到了死而复生的办法。我不知道是出自灵界、魔界还是地下世界，但事实就是如此。而他的复仇就是凄绝囊锢术。"

德林戈不禁用另一种态度去看待自己的父亲，"我也亲身感受过艾考努的残暴，父亲"。

库格尔在岩石上放松了些，"跟我说说你的故事"。

德林戈说完后，库格尔对他说，"我们还可以聊很多事情，我觉得你能教我很多魔法。那就这么说定了。我们可以联手策划一场终极恶作剧来对付笑面术士。"

他们在誓言中紧扣着双手。黎明的曙光照亮了天空，那颗红色的球体也攀上了他们先前下来的那座山。

"太阳还是升起了，"库格尔对儿子说，"看来这个古老衰败的地球还有一天日子。我们开始吧。"

后 记

我在一开始爱上奇幻和科幻小说的时候，就认识了杰克·万斯。约翰·C.温斯顿公司出版的《太空野蛮人》是我买过的第二本或第三本精装书；但是我开始真正欣赏杰克非凡的才华主要还是通过 Ace Doubles 发行的背靠背形式出版的小说，他们的封面设计也非常富有想象力，由杰克·高恩、埃德·埃姆什维勒和埃德·瓦利古斯基等名家设计。

在当地图书馆读完了温斯顿和罗伯特·海因莱因的青少年小说之后，我渴望阅读更多复杂的书籍。每本35美分的 Ace Doubles 是完美的下一步。《大行星》《克劳的奴隶》《龙主》和《五枚金环》——

SONGS
OF THE DYING EARTH

这正是我想要的!

然而对于一个十几岁的男孩来说,读这些书是一个挑战。我意识到自己翻阅字典的次数比平时更多。读了他的好几本书之后,我才发现他甚至还会自己造词,天哪!他笔下的人物名字通常都很奇怪,并且不怎么讨人喜欢。我喜欢DC的漫画,我已经习惯了我看到的超级英雄是……怎么说呢,就是超级英雄。当然杰克·万斯还有其他吸引我的地方。《灵界之眼》的出版让杰克·万斯变成了我最喜欢的作家之一。这是《濒死的地球》四部小说中的第二部,也是第一部介绍聪明人库格尔的小说。我记得那时是我第一次读一本书,而且真正品味了构成这个故事的文字。杰克·万斯的小说总会让我进入色彩斑斓、语言复杂和习俗各异的陌生世界,但那是我第一次意识到他是如何做到这一切的。我不得不偶尔去查一个单词是有原因的。杰克·万斯创造一个词也是有目的的。

马克·吐温说过"用词准确与用词近乎准确,这两者之间的差异就如闪电与萤火虫之间的差异"。

杰克·万斯曾在一次科幻大会上被问及他是如何想出"库格尔"或是他书中其他角色的名字的。他回答说,"我编出一个名字,然后把它来来回回在口中念出来,琢磨它听起来如何"。杰克·万斯被称为科幻小说界的莎士比亚。我轻轻念出这句话,感觉恰到好处。

——拜伦·蒂特里克

塔尼斯·李

塔尼斯·李是最为知名而多产的当代幻想作家之一,她有一百多部作品,其中最为著名的是《出生墓穴》《饮下蓝宝石酒》《别咬太阳》《夜的主人》《风暴之王》《影中歌唱》《沃尔卡瓦》《阿纳克尔》《夜之巫术》《黑色独角兽》《草的日子》《玫瑰之血》《维维亚》《猫狗之治》《光明熄灭》《大幻象》《众神饥渴》《投下明亮的影子》《这里是寒冷的地狱》《水下的脸》《白如雪》《终有一死的太阳》《死亡之日》《金属之爱》《没有火焰只有我》《海盗:奇异女孩的公海冒险》以及续篇《海盗2:回到鹦鹉岛》。她的许多短篇小说被收集在《红如血》《塔玛斯塔拉》《戈耳工》《暗与光之梦》《夜色》和《夜之森林》中。她的短篇小说《戈耳工》于1983年获得世界奇幻奖,短篇小说《三人行(命运)》让她于1984年再次获得世界奇幻奖。她最近的作品是《帕拉迪斯的秘密书籍》和新的作品集《诱惑众神》。她与丈夫住在英格兰南部[1]。

如果你生活的地方像小村庄拉特格拉德一样无聊,脑子里装满狂野冒险和英雄事迹是一种打发时光的诱人方式。但正如老实人埃维罗即将学会的那样,试图复制这些冒险会让你陷入许多你并未准备好去处理的麻烦……

---

[1]塔尼斯·李已于2015年5月24日去世。

老实人埃维罗

1. 德尔纳河之上

在一片陡峭的森林峡谷中流淌着细长的德尔纳河,峡谷背后有一片萧瑟的风景,其间点缀着一些小村庄。一天夜里,人们发现一个不到两岁的男孩在附近徘徊。在昏暗将逝的红色天光之下,在高大的唾液草和蔓延的黑刺柳之间,这个婴儿本会被忽视,但他那闪耀的金发有可能会被误认为是某种值钱的贵金属。

犯下如此错误的人名叫斯温德,他认识到了自己的错误,却还是把那个婴儿抱到了邻近的拉特格拉德村。

"嚣,斯温德:你就不能把它留在原地吗?你的仁慈之心到哪儿去了?毫无疑问,路过的饥饿食尸鬼会很高兴见到它。"

老实人埃维罗

"嘘,"斯温德闷闷不乐地说,把哭泣的男孩扔在泥地上,"在太阳濒死的时代,生命更为珍贵,必须得到延续——当然,生命也可能会因为太过执着而受到惩罚。"

就这样,斯温德和他的妻子斯兰特按照村里的传统方式,把这个孩子抚养长大。他们让这个男孩挨饿,不时殴打他,辅以村里传统的辱骂调侃。他在如此照顾之下仍旧长到了十八岁,身材匀称,相貌英俊,皮肤呈灰褐色,有一双深色的大眼睛,尽管斯兰特和其他人勤奋地往他的头发里抹脏东西,他仍旧有一头金发。

人们为他取名叫做布勒克尔。然而,七岁时,他坚持认为他回想起了自己的真名,埃维罗。除此以外,他对自己的过往没有任何记忆。

拉特格拉德村与当地另一个村庄——同样无趣的普洛奇村关系密切。每月一次,两个村子的居民都会在一块光秃秃的岩石上聚会,这块岩石被称为拉特普罗德或普洛奇尖峰。他们会围坐在一个大火堆旁,喝着发酵埃尔布莓果汁,唱起各种不着调的歌,讲着各类索然无味的故事。

节日又到了。

拉特格拉德全村的人都去了尖峰,埃维罗也不得不如此。

庆典一如既往地进行着,每分每秒都变得更加令人厌恶。当老太阳开始爬向它在西边的巢穴时,尖峰和它周围的灌木丛中响起了粗野的歌声和嗝声。

为了躲避村里某些不讨人喜欢的姑娘的注意,埃维罗爬上了岩石后面的一棵高大的面包树,它孤零零地伸展着古铜色的枝丫。在这儿,他突然看到一个孤独的身影朝尖峰走去。埃维罗那双漆黑的眼睛紧紧盯着,以为眼前的景象是幻觉;那里不常有访客。夕阳变得像丹维尔卡特的陈年老酒一样红,这个身影却越发明显。那是个人影,穿着紧身长袍,戴着兜帽。

埃维罗的耳朵里隆隆作响：是他的心跳。

就在这时，村里的守望者，也就是那天晚上的主人公福普，也发现有人造访，发出一声大叫。

惊愕的寂静笼罩着狂欢者。许多人醉醺醺地跳了起来，每只眼睛都盯着那个灰袍子的陌生人。

"不许动，"福普吼道，拔出菜刀，"道出你的身份和来意。"

"你还应当知道，"屠夫格拉克补充说，"我们会立刻杀死敌人，来访的朋友则需要赠送一个礼物。"

神秘的身影走近，用低沉而洪亮的声音开了口。

"我非敌人，亦非朋友。但我会献上礼物。"

村民们的愚蠢贪婪战胜了愚蠢的虚张声势。他们聚到前面，簇拥着走到火光里的陌生来客。

埃维罗在树上看着，等待着某种神奇的伪装被剥离，揭示出这个人是一个弗里特或某种魔鬼。但那个戴兜帽的人影并没有变成其他东西。他来到火塘边，在一块平坦的大石头上坐下。就在这时，埃维罗感到他透过那人的网状面罩，瞥见了两只人类的眼睛，它们闪烁着远超常人的心智。有那么一瞬间，他们四目相对，然后又移开视线。

"请坐，"陌生人对村民说，他身上的威严让每个人都立刻照做了，"我的礼物并不贵重，但你们应当得到它。请你们知晓，我乃预言家坎亚·维克。他被一种无名而无所不能的力量驱使，在濒死的地球上旅行，向任何愿意聆听的人讲述地球的往事。"

仿佛那些盲目的、醉醺醺的喧闹从未出现过，仿佛西沉的太阳最后一次用浸满葡萄酒的海绵抹去了它所有的痕迹。在无边的寂静中，村民们像被施了魔法的孩子一样坐着等待，睁大双眼，嘴巴张开。埃维罗也和他们一起；他比所有人都更加期待。

在那个没有月亮的夜晚里，预言家不断讲述着他的故事。

老实人埃维罗

有的故事刺激又可怕，也有的迷人而令人陶醉，或是神秘的，粗鄙的，滑稽的，恐怖的。坎亚·维克如此控制着他的听众，所有人都一动不动，除了眨眼、喘气、叹息或一瞬的笑声以外，没有任何生命的举动。饮料无人品尝，火焰逐渐暗淡，而他们静坐不动。埃维罗仿佛终于找到了真正的现实，找到了世界本身，和两岁起就关押着他的狭窄牢房天差地别。

坎亚·维克在描绘他的男主角和女主角的故事的同时，也讲述着故事背景中的各地。他讲到了阿斯科莱，以及几近摧毁的白城凯因，讲到了萨波尼德的土地，那儿的金眸民族居住在高高的阿奎拉之外。他说起倾斜的颓墙之地，野性的考奇克，以及像遭受厄运的奥勒克尼特这样的古老大都市，还有像钴山这样的神秘隐蔽的地区，以及可怕的森林利格·蒂格或大尔姆。他提到杰尔德的魔界，为容纳邪恶而建造，而实际确实如此；还有恩比里昂，那是看不见的魔术师潘德鲁姆为隐藏自己而创造的另一个世界，那儿的天空是摇曳的彩虹。他还讲述了南方的阿尔梅里，从那里走出了——与其说是一位英雄，不如说是所有英雄主义的化身——自称智者的库格尔，一个引人注目的人，双腿修长，双手灵巧，被恶魔的幸运和被诅咒者的不幸所祝福，两种状态此消彼长。库格尔是个机智狡诈的天才，但有时又是个彻头彻尾的呆子。

终于，黑色的夜幕在东方渐渐拉开。红日从睡梦中醒来，凝视着这个它仍旧需要服务的世界，尽管它早已过了领取退休金的年龄。

被迷住的村民们逐渐清醒过来。

他们望向东方，以当时的方式来衡量太阳盘的情况。看到它仍在燃烧，他们又向坎亚·维克坐过的石头看去。但他已经离开了。

只有埃维罗没有理会太阳，看到了他是如何站起身，抖掉袍子上的露水，悄悄离去。只有埃维罗，从面包树上滑下来，敢于去追赶这个说书人中的法师，离开岩石，离开村庄，头也不回地走进德尔纳之上的陡峭森林。

※

大约在中午时分，埃维罗追上了坎亚·维克，他正停留在一个树木繁茂的山嘴上。从这里能看到下方的河流，像一条匆忙的大蛇一样飞溅着穿过峡谷。

"伟大的先生——"

坎亚·维克没有转身。

"先生——伟大的魔术师——"

对此，坎亚·维克回应道。"我的身份是预言家。"

"伟大的预言家——"话说到这里，在乡村概念中浸淫已久的埃维罗，竟想不出任何办法来表达他的愿望，相反，他尴尬而陈词滥调地问道，"可您不饿吗，先生？您今天吃过了吗？"

"没有，"坎亚·维克严肃地回答道，"但我明天已经吃过，那个太阳熄灭的明天。吃饱喝足了。"

埃维罗敬畏地等他说下去。

"我的意思是，"坎亚·维克温和地解释道，"就像所有编故事的人一样，我既能看到未来，也能看到过去。我想你还没有，"他补充说，"喝过他们的发酵埃尔布莓果浊酒。很好。和类似风格的茶一样，它叫这个名字并不是因为它的刺激性，而是因为过度摄取时带来的刺痛。你或许知道，真正的埃尔布是人、熊、陆生蜥蜴和恶魔的组合。至少某些资料是这么说的。"

"范达尔的紫皮书？"埃维罗猜测说，又回到了预言家的故事。

坎亚·维克摇了摇头，温和地问道，"你想从我这儿得到什么？"

埃维罗觉得自己说不出话来。他张开双臂，眼神绝望。"我希望——能像古耶尔那样的英雄一样生活——或者图尔间——或者库格尔！最好能像库格尔那样！"

老实人埃维罗

"冷酷无情、善于操纵的库格尔？机智的笨蛋库格尔？"

埃维罗感到自己没法构建句子。他把手伸进自己肮脏的头发里，沮丧地扯着头发。

"先冷静一下，"坎亚·维克说。"你看，你已经从你的起点出发走了很远。如果你要成为故事中的英雄，那么就要自己去创造命运。大河就在那儿，那里有一条古老的断路，会带着你走到波菲隆伤疤，然后到达白墙的凯因城。"

"还有阿尔梅里——"埃维罗低声说。

"一场漫长的旅程，"坎亚·维克说，像遥远的星星一样冷静，"除非你有超凡的交通方式。"

埃维罗陷入了欣喜若狂的恐慌，他盯着河对岸的道路，从这个高度看过去，那条路窄得像一条细线。突然，一片黑影悄无声息地晃动了一下。埃维罗环顾四周，看到坎亚·维克又一次悄悄地消失了。这个年轻人独自站在他命运的边缘，站在悬崖边上。就在这一瞬间，天空中响起一声疯狂而可怖的尖叫。一只瘦削的黑鸟飞了下来，它有成年男子的三分之一大，猩红的喙正对着埃维罗刚刚醒来的心脏。不知是自身意志的决定还是恐怖的失误，埃维罗直接从山嘴上跳了下来，落向远处的河流。

2. 奇思

埃维罗下落时，感到有三股风拍打着自己的脸。然后他掉进了河里，河水或许是被他的突然到来所激怒，像拉特格拉德人一样凶狠地殴打他。埃维罗从银色的河水跌进黑色的河水，有那么一会儿，他变得毫无知觉。

然后，一股相反的力量抓住了他，他从恍惚中清醒过来。他再次被抬了起来，撞回德尔纳河的表面，仿佛穿过了一盘爆炸的玻璃。

埃维罗拼命呼吸，发现自己正被一只长着蓝色鳞片的黑色人形生物的粗壮手臂高高举起,对方一脸不悦。

"以我的种族中无与伦比的神,裴茨卡·埃斯卡隆的名义,你怎么胆敢侵犯神圣的河流深处?"

"我——"埃维罗试图说话,因为他从肺里呛出了一定比例的所述深度。

"停止你那害人的叫声,你这渺小的人类!你从哪里来,带着如此无礼的冲动?你敲门了吗,你这乡巴佬?不,你并没有。你要知道,你这闯入的人,我是鱼人河的一位强大的领主,当时正和我王国的一位美丽女士度过美妙的时光,这愉快的过程却被你这肮脏的不请自来搅乱了。若不是因为我曾在无与伦比的裴茨卡·埃斯卡隆那永恒的鳍上发过誓,在任何一个早晨都不能杀生超过三条命,并且已经提前用掉了今天的配额,我就会把你的四肢从躯干上撕下来,在你堕落的眼睛前面吞噬你毫无价值的肝脏,并把你的残骸扔进可怕的卡鲁的地盘。"

"我——"埃维罗又尝试开口。

"用珍珠扣住你的嘴唇,你这可怜的牡蛎。我已经没有话要对你说了。去吧,去受苦吧!"

带着此类情绪,这个怪物把埃维罗扔到了德尔纳河对面,扔到了路边的刺鼻的灌木丛中。

埃维罗从灌木丛中爬出来,坐在大路边。

实际上,这条路经常因为河流泛滥而断开。旅行者不得不在河岸上绕来绕去,岸上满是荆棘和发出空洞哨声的管草。埃维罗觉得,几里格外的大地似乎有了变化。那儿也许就是波菲隆伤疤?埃维罗的震惊逐渐消散,他感到自己的渴望又回来了。没过多久,他注意到一位高大的男性正大步向他走来。

那人走到面前时,埃维罗站了起来。

"请原谅我的无知,"他小心翼翼地开口说,"城市是往那边走吗?"

这个人相当之高;他的身高远远超过一又四分之三厄尔。长长的黑发垂到腰部,衣服是湛蓝天空和乌黑夜空的颜色。他用深蓝色的眼睛看着埃维罗。"我的名字,"这个人说,"是凯因伊。你由此能推断出什么?"

"你是凯因城的公民?"埃维罗不着边际地答道。

"这本来,"那人说,"该是个错误的推论。你应当避免如此。然而,关于我个人而言,你是正确的。不过,当你再次踏上旅途时,要小心那只躺在你脚下草丛中漂亮的大蜗牛。"

埃维罗惊讶地低头一看,发现了那只蜗牛。那位高大的勇者已经消失在道路的拐弯处,但此人对蜗牛命运的关心给埃维罗留下了深刻的印象。倘若无人提醒,埃维罗很可能会踩到它。凯因人一定都非常敏锐而文明!

埃维罗准备小心翼翼地跨过这只蜗牛。这只蜗牛的确很吸引人,身体像一块美玉,它的壳则是晶莹剔透的漩涡。蜗牛开口了:"请原谅我,朋友,我被迫听到了你和暗黑绘图师凯因伊的交流。你是正打算去城里?"埃维罗激动不已。一只会说话的蜗牛!而且还很有教养!这不正是寓言、魔法和精妙之物!

"的确如此。"

"那我是否可以拜托你让我与你同行?恐怕你需要扛着我,否则我就会不幸严重落后。但我体重很轻,偶尔吃点有益健康的叶子或莴苣就能维持生命。我也不渴求任何昂贵的酒精饮料。"

埃维罗同意了,拿起蜗牛。他把它放在自己的左肩上,正如蜗牛所说的那样,它在这儿可以和他一样看到路。

他们在沉默中前进了一会儿。实际上,埃维罗太过害羞,不知道该说点什么。

终于,蜗牛开始了简短的聊天。"正如我所提到的,之前和你说话的人是一位暗黑绘图师。你也许要问,什么是暗黑绘图师?他要在太阳变暗、万事万物与阴影融为一体之前,为世界绘制地图。"

"你或许也很好奇我为何在这儿,远离我在凯因的家。事实上,我的职业是通过在患处丝滑地爬行来治疗烧伤,而在我干活谋生的时候,一个无赖用下了药的莴苣制服了我。他无耻地承认,他打算用大蒜把我煮熟,以诱惑他所渴求的情妇,她是桑波尔草原的一个吃青蛙的邪恶老太婆,因为时常把男人送进坟墓而出名。绑架我的人咆哮着说,他已经躲开了一个躲不开的人,方法很简单,就是不靠近他,尽管需要一些诱因,例如以金线编织的挂毯,或一些类似的纺织品。幸运的是,无赖的同伴对他不满,追了过来,在半路上杀死了这个迫害我的人。在这一过程当中,没有任何人注意到我,于是我逃了出来。从那时起,我已经在回家的路上度过了六天六夜。"

"好了,我的事已经说够了。咱们来聊聊你吧。你要去白墙的凯因城寻找什么呢?"

埃维罗很紧张,担心他会让他那雄辩的同伴感到厌烦。他谦虚地回答说:"我只是一个无足轻重的农民。但即便是我也听说过这个城市的奇迹。"

"你的名字呢?"

"我——叫自己埃维罗。"

蜗牛似乎在思索。"我不熟悉这个名字。我叫做奇思。"

他们在安静中又走了几英里。

然后奇思再次开口。"告诉我,我的朋友埃维罗,你带着什么本领去城里?"

埃维罗叹了口气。"据我所知,没有。"

"要在那里取得成功,"奇思用它那银铃般的如歌嗓音继续说,"你至少需要掌握阅读、算术和战斗的技能,排名不分先后。"

"这些我都不会。"

"哎呀,"奇思说,"那么让我们先停下来吧。"

埃维罗垂头丧气地和蜗牛又一次坐下来。他们现在来到了一片宽广的土地上,看到了他们面前的波菲隆伤疤。但这有什么用呢?很明显,埃维罗不适合继续走下去。

"我该怎么办?我只能回到拉特格拉德村和普洛奇村那绝望的联姻当中去吗?"

"不要去想如此悲伤的事情,"奇思赶紧建议道,"现在就去学习。我愿意教你我所列举的三种能力,以及一些其他能力。我甚至能教你治疗烧伤,以及一些小魔法,例如,也许,范达尔的手不释卷咒。或许我还能教你不可或缺而令人不安的自在之身,虽然我认为这是一把双刃剑。然而,根据不可忽视的等价交换定理,作为这些课程的回报,你必须反过来为我提供一些相应的小服务,你几乎不会注意到。那么,你是否同意进行这样的交易呢?"

埃维罗的头转了转。他盯着蜗牛奇思那祖母绿的双眼,这些眼睛镶在玉一样的柔弱触角上,像两颗珠子一样凝视着他。

"可你要花多长时间来教育我呢?我对这一切一无所知。"

"那我们就更应该迅速进行。错误的旧知识往往会阻碍新知识的吸收。请注意,我的族类虽然动作迟缓,但思维却很敏捷,在教授知识的时候也是如此。如果人类能够意识到这一点,他们的星辰帝国就不会陷入困境,即将熄灭的太阳现在也不会疲惫不堪,而是再生,并重新创造整个地球。"

埃维罗惊愕地坐着。

奇思又看了他一会儿,然后说了一些令人昏昏欲睡的短语,其中包括特维鲁拉·普莱姆、浦恩和安迪莫瑞尔等甜美的词语。

这个年轻人又一次毫无知觉地躺在管草丛中,奇思爬上一朵绽放的红色牛膝草顶端,开始了催眠教学。

与此同时，太阳似乎听懂了奇思的吹嘘，焦躁地将自己笼罩在淡紫色的蒸汽中。不难想象，这一现象在整片大地上引起了惊恐和骚动，因为人类一直在等待着随时可能出现的永恒黑暗。然而，蒸汽在三分钟以内消失了；一切都恢复如初。

埃维罗醒来时，立刻发现自己拥有许多实用的技艺，其中最重要的便是武术。当天晚些时候，当他直面波菲隆伤疤时，一只白化怪从隐蔽处突然出现，让他得以一试身手。

埃维罗很快就认出它曾出现在坎亚·维克的故事里，他一跃而起，将怪物击倒。然后，埃维罗本能地伸手拿起他的剑，把这只苍白的白化怪钉在一棵孤独的树上。

"可是，"埃维罗想，"我怎么会有剑带和剑？我一下子就拿到手了，而且当我挥剑时，我发现剑身闪烁着奇怪的蓝色光泽。"

"那是因为它被打磨得很好。当你睡觉的时候，我在草地上发现了这套东西。鉴于你所拥有的新能力，我猜想它应该属于你。"奇思回答，尽量显得合理。

波菲隆伤疤之下是凯因，城市之外便是桑瑞尔湾的淡蓝色水域。埃维罗飞快地往下走，经过疯王辛的高架竞技场，看到了现任统治者坎迪夫的宫殿，他有时被叫做黄金之人。

街上到处都是有趣的人，黑皮肤的和白皮肤的，还有穿着长裙的美艳女子。奇思谨慎地喃喃自语了几句话，指挥着埃维罗快速穿过一排排复杂的街道，先是高大的房屋，然后是不太高的房屋，最后是最为低矮的房屋。他们沿着一条运河的杂乱岸边往前走，运河散发着最好不要描述其成分的气味。眼前出现了一家破旧的旅馆，名叫倦日旅馆。

"进去吧，找个房间。"奇思命令道。

"我？可我不知道该说些什么——"

"相信我对你进行的高级指导。"埃维罗不久之前刚把潜伏的白化怪串了起来，为那时所展现的力量激动不已。他雄赳赳气昂昂地走进旅馆，张口就来。

"请给我一间房，"他对旅馆老板说，"另外，还要一餐带酒的饭。"

旅馆老板是个没有牙齿的忧心忡忡的男人，他不满地皱起眉头。

"先说说你为什么穿得破破烂烂走进来，头发里满是尘土。此外，你的肩上为什么有一只蜗牛？你想让我们把它做成菜吗？请注意：我们只提供我们自己的食材，从不屈尊料理外带。我们也不为穷人服务。我们需要预先付款。我怀疑你是否见过特斯币，更不用说拥有它了。"

又一次，该说的话一下子从埃维罗的脑海中跳到他的嘴边。

他响亮地宣称："听好了，不值一提的旅馆老板，我是高贵的埃维罗勋爵，由一位比坎迪夫王子本人更高尚的人物派来暗访凯因的酒馆。王子希望了解他的城市是如何开展商业活动的，特别是对于陌生人是否以礼相待。我已经注意到你的无礼和愠怒。若不是我曾从我的表弟那儿听说过你的情况——"说到这里，埃维罗犹豫了一下，事实上他无法说出一个名字——"我不能在此说出他的名字，他认为你好心肠而又有礼貌，我会立刻向殿下报告你的行为。但我将给予你第二次机会。"

老板赶紧从柜台后面走出来。"好先生，请原谅我的玩笑——当然，这玩笑很容易被曲解。我一眼就看出您是您所说的那个人。我将亲自带您去最漂亮的房间，并安排一顿精美的晚餐。我很高兴能亲自为你烹饪蜗牛——"

"呸！这只蜗牛不是用来烹饪的。它是一枚价值惊人的魔法胸针，是魔术师范达尔的后裔赐给我的。不要再说任何话，以免你进一步冒犯我。"

在楼上的房间里，埃维罗洗了澡，刮了胡子，在壁橱里找到了

SONGS
OF THE DYING EARTH

一些干净的衣物和异常丰富的布制品，包括一顶红葡萄酒色的长嘴帽。穿上这些衣服之后，他被催促着去照镜子，镜子也是在衣橱里意外发现的。然而，在照镜子的时候，他的注意力被其他东西吸引了。一片蓝绿色的景象突然出现在镜子里。眼前显现出一片泛着蛋白石光泽的美丽风景，有山有水有树林，都折叠在绿松石色的发光体中。紧接着，它消失了。而奇思似乎什么都没注意到。埃维罗将这片海市蜃楼归咎于他过度刺激的神经。

他们下楼去吃晚饭，就这样度过了一个夜晚。埃维罗从未见过如此奢侈的东西，尽管这家旅馆不是最好的那一类，但与拉特格拉德相比，它简直就是天堂。奇思的晚餐是一片生菜。

周围的食客们都互相挤眉弄眼。"瞧啊，那是坎迪夫王子的近臣，毫无疑问，他与统治者也有关联，看看他的丝绸外套，看看他头发的颜色！"

大约在这个时候，埃维罗发觉奇思长高了一些，毫无疑问是因为沙拉的滋养。

当埃维罗和奇思准备离开时，一位迷人的年轻女子从上层走廊向埃维罗走来，她有着紫水晶般的头发和美丽的双眸，穿着相当极端。

她询问他独自一人在陌生的建筑里过夜是否会不舒服，并提出要陪伴他。她向他保证，她只会向他收取她自己的旅馆房间的费用，虽然，为了和他待在一起，她并不会使用这个房间。她很遗憾地说，这个房间有些奢华，因此价格很高。但她说，如果有需要，她随时准备放弃这个房间。埃维罗非常感动，也被她所吸引，正打算答应的时候，奇思严厉地提醒他，他根本就身无分文。于是，埃维罗忍痛拒绝了这位女士的提议。

瞬间，她的态度莫名其妙地改变了。她用高了几个八度的声音大喊大叫。最后，她召唤了一只恶魔，把它叫做卡达莫克，要求它责罚所有侮辱她这个可怜的打工女孩的人。埃维罗和奇思匆忙退场。

一切再次安静下来。旅馆之外，疲倦的太阳沉到了倦日旅馆后面，不可言说的东西被顽皮地泼进运河里。

3.老城

夜里，白化怪费了一番工夫后终于从树枝上挣脱出来，从旅馆的窗户跳了进来。它循着埃维罗的气味进了城——对这类生物而言，这样的行为并不寻常——然后爬上了旅馆那摇摇欲坠的墙壁。

喧嚣四起。叫声和咒骂声，攻击和反击声，家具的碰撞声，再加上颤抖的咆哮声。

紧接着，房间的门炸开了。埃维罗和白化怪冲了出来，让其他客人惊慌失措。几分钟里，许多人尖叫着冲出旅馆来到街上，身上只裹着床单。其他人则躲在大厅的桌子下面，恐慌蔓延之下，一盏灯不可避免地被人从低矮的房梁上弄掉，引发了火灾。终于，仍在搏斗的埃维罗和白化怪再次退到上层房间，这个年轻人在那儿成功地用夜壶打中了那玩意儿的头，然后把它从窗户扔进了运河。它在一团白色泡沫中沉进河里。楼下的火也被扑灭了。埃维罗躺了下来，没有理睬身上的伤痕，疲惫地回到了梦乡。然而，他没能睡太久。

天刚蒙蒙亮，他房间的门就再次被撞开了。

"起来，恶棍！"一位浑身肌肉的队长吼道，他带着一队城市民兵，每个人都挥舞着剑和棍棒，"跟我们去监狱。"

埃维罗昏昏欲睡，却仍然感到自己巧舌如簧。"你找错人了！"他喊道。

"不，我们没有。你这卑鄙小人，把一只肮脏的怪物引来这间旅馆，好破坏这里。更恶劣的是，老板早先向我们举报，你竟敢冒充皇室成员。"埃维罗苦苦哀求，却还是被缴了剑，迅速带到了街上。随后，他被带进了满是残垣断瓦的凯因老城，城里有一座七层深的恐怖地下城，由坏脾气的古比尔在几个世纪前建立。他被扔到一层巨大而恶臭的阴暗地牢里，这才发现奇思竟然陪着他，仍旧坐在他的左肩上。

他们在那里度过了一段不愉快的时光。这间大牢房已经关满了罪犯。有的人在呻吟，有的人则在诅咒各种人、护身符和让他们失望的神灵。一部分更有活力的人则在争吵打架。还有的人鬼鬼祟祟，试图对其他人干一些不友善的勾当。其中一个人甚至试图偷窃奇思，以为它是一件珠宝。埃维罗劝阻了这个人，告诉他这颗宝石不仅一文不值，还带有诅咒，正是它让埃维罗被关了起来。

中午时分，铁栅栏上的一块板子被打开，一大锅滚烫的稀粥被推了出来。大多数人都扑了上去，垂涎欲滴，大呼小叫。只有那些过于虚弱或绝望的人才没有理睬。埃维罗把自己归为后者。

然而，随着中午到来，几缕褐红色的光线透过几处裂缝渗进了监狱。在这惨淡的光线之下，埃维罗注意到一个穿着考究的高大老人，头发漆黑，独自坐在一旁。他既没有吃饭，也没有悲叹，更没有抱怨，而是用他那双犀利的灰眸注视着埃维罗。

"小心，"奇思悄声说，仿佛在自言自语，"这是巫师彭达斯·巴尔德。"

埃维罗绞尽脑汁，但他的智慧已经耗光了。他没有认出这个名字，尽管有那么一瞬间，它听上去有些耳熟。此人的目光让他不安，由于奇思并未给出指导，埃维罗起身向他走去。

冷峻的双眼抬了起来。"你可认得我？"法师问。

"你是巫师彭达斯·巴尔德。你又为什么待在地牢里呢？你的力量离你而去了吗？"

这话或许太大胆了；这个人皱了皱眉，然后露出傲慢的笑容。

"我法力无边，师承家父，他乃是悲剧的大法师卡特拉斯佩。听好了，我在这里是为了进行一项实验，推导自范达尔的自在之身紫色定理。"

埃维罗回想起奇思曾在他们初次交谈时提到过这一法术。

"这一定理的内容是什么?"他问。

"显然,"法师说,"这是多么显而易见?"

埃维罗暂时放下心来。"请原谅我的鲁莽,但您似乎盯着我看了一会儿。也许您有什么任务需要我完成?具体来说,是不是一个可以使我迅速从这间监狱中解放出来的重要任务?"

"不,并非如此,"法师回答道,"只是刚才我看你有些面熟。你是否经常旅行?"

埃维罗不得不承认他并不时常旅行。但随后他有了新点子,想起了他那浪迹天涯的英雄库格尔,补充说:"但我曾在心中游历四方。我的心已经去过许多地方。阴沉的北方——叹息之海——昏暗光秃的山陵阿尔梅里,汹涌的赞河,有时也被称为推什……笑面魔法师的玻璃塔楼——"

"很好。"彭达斯·巴尔德插嘴总结道。

就在这时,一声巨响震动了地牢,紧接着是尖叫声。人们匆忙推搡着争抢食物时,餐车翻倒在众人中间,有一个人的腿脚被烫伤了。当这个倒霉蛋躺在地板上时,埃维罗忽然感到一阵奇怪的强迫感。他离开法师,跑到伤者身边。埃维罗趴在地板上,开始在那人受伤的腿上爬行。他的动作引来一阵羞辱的嘲笑声,然而等他结束后,笑声消失了。伤者蹦了起来。"我痊愈了!病痛已经离开了我!我的皮肤完好如初!"眼见为实,铁证如山。

其他囚犯迅速把埃维罗团团围住。"您可真是一位强大的巫师。拯救我们吧,了不起的大师!我们都像刚出生的婴孩一样纯洁无辜!放我们出去吧,我们甘愿成为您的奴隶。而倘若你拒绝——不管你是不是法师,都得死!"

埃维罗惊呆了,无论是奇思的教导,还是关于库格尔智谋的回忆,都没有为他提供适用于眼前场合的话术。

"奇思!指导我——现在该如何是好?"

奇思悄声说了几句话。

"了不起的大师在念咒,"囚犯们猜测道,"希望这能招来我们的释放——为了我们,也为了他!"

"如你们所愿,"埃维罗急忙肯定,"但你们要站远一点,否则咒语释放的力量可能会把我们都撕成碎片。"囚犯们四散开来。奇思又嘀咕了一句。在嘀咕的指引下,埃维罗及时转过身来,看到真正的魔术师彭达斯·巴尔德正处在若隐若现的波动中。

遵照奇思的下一个指令,埃维罗冲向法师,扑到他身上,四肢死死地扒住他。

彭达斯·巴尔德的喉咙里冒出一声愤怒痛苦的嘶吼,但波动已经无法停止,把埃维罗也卷入其中。下一秒,法师、年轻人和蜗牛一起从地牢里消失了。

4. 复制品

那一天,阿尔梅里出现了一种恶劣的天候。三个旅行者掉进了一场暴雨,就像同时落在赞河或推什河的东岸一样。

埃维罗发现,他从脸上抹掉的不是水滴,而是一种灵活的蓝色小动物,它们在他身上到处蹦跶,撕咬着他。

有那么一小会儿,彭达斯·巴尔德和埃维罗联合起来,像跳舞一样疯狂地甩掉了这些可怕的昆虫雨。随后,法师想到用巫术架起一个钢铁穹顶,无意中也为埃维罗提供了庇护。他们蜷缩在其中,穹顶之外天空塌陷,河水爆裂,嗞嗞作响。

"你将为此接受我最诚挚的诅咒,你这恶棍,这个诅咒邪恶到无法详述,持续一辈子,"彭达斯·巴尔德暴怒道,"报上你的名字,好让我彻底解决你这祸根。"

"我能否谦逊地拒绝这一荣誉？"

"那我就立刻把你榨成糖浆。"

"布勒克尔。"埃维罗说。

"真是谢谢你。想想你自己吧，布勒克尔，你已经没有几天日子好过了。我不会费事去诅咒你的胸针。我不屑于这么干。我不是不理解你的心情，但难道你不知道，你愚蠢地试图给我一个告别的拥抱，会导致自在之身偏移？看你害我掉到哪里去了！"

"哪里？"埃维罗问道，他没有认出这里。

"我和我父亲卡特拉斯佩一样，通过范达尔的定理几乎完全掌握了自在之身，这让我得以进入古代监狱，好验证我对人性卑劣之处的某些看法，然后回到我在老城的住所。你那独断专行的调停反而导致我们两个人穿越空间，进入了阿尔梅里之境，因此我只好假设你，因为显然不是我，被这个国家迷得神魂颠倒。"

"阿尔梅里……"

"正是如此。獠牙甲虫雨倒是减少了：瞧啊，山坡之上就是那害虫的庄园，住着笑面魔法师伊库努。他已经发觉了我的到来，送来了一团咬人螨虫的风暴。他是我父亲的死对头。荒谬的是，现在也成了我的死对头。"

埃维罗曾在库格尔的故事里学到过伊库努的邪恶，但也知道他已在某些故事中被战胜。"可伊库努不是已经死了吗？我曾听说——"

"呸：这种坏蛋永远不会死，他们无法根除。"

"那你能不能赶紧施展自在之身，离开这个地方？"

"这便是我计算中的缺陷。我在监狱里发觉，我无法立即重新施展咒语。要经过两个小时，我才能做好离开的准备。在此关头，你干扰了我的行动。通常，施咒者——我自己——可以通过自在之身，瞬移到他所知晓的地球上的任何地方，或者至少是他能够部分想象到的地方。然而事实证明，你对这个地方的念想，也就是伊库努所在的地方，比我对我自己家的公式化记忆还要强。我要第二次诅咒你，布勒克尔，还有第三次！"

埃维罗垂头丧气地离开了钢铁穹顶的庇护。甲虫雨已经停了，尽管乌云仍然在深蓝色的天空中飘浮，只在缝隙间露出红宝石般的太阳。

不过他还是看到了——山顶上的不远处——坐落着坎亚·维克曾经精确描述过的那座庄园。它那高耸的山墙，还有那雕栏玉砌的天桥与阳台在变幻莫测的阳光下闪闪发光，绿色玻璃穹顶一会儿闪烁着橄榄石般的光彩，一会儿又闪烁着红玉髓般的光彩，让他想起了毒蛇那闪烁的舌头。

"我该怎么办？"他咨询奇思。

"做男子汉该做的事。你已经走到了这里。你必须继续走下去。"

埃维罗感到奇思变沉重了许多，似乎也大了许多。仿佛这只蜗牛象征着法师释放的诅咒的重量——这诅咒大概是没有打中埃维罗。

埃维罗爬上山丘，回头看了一眼，发现彭达斯·巴尔德用魔法在地上给自己挖了一个深深的藏身洞。

❦

通向庄园的路由沧桑的棕色石板铺就。埃维罗还发现了一个被树木占领的无人村庄。周围还有几处可怕的废墟，看上去年代久远。总而言之，除了魔法师的家之外，这里的一切都破败不堪。

埃维罗从预言家所讲述的故事中推断出，就连伊库努也终于棋逢对手——这对手与其说是库格尔本人，不如说是他通过神灵般的恐怖存在萨德拉克释放的能量，以及可怕的飞溅光。当然，那位坏脾气的法师潘达塔斯肯定知道真相。

荒凉寂寥的气氛笼罩着整个建筑。抵达之后，这个年轻人像曾经的库格尔那样小心翼翼地从一扇扇窗户往里看。透过第一扇窗户，他看到一间挂满红色纸张的房间，隐约有样东西在地板上旋转。另一扇窗户里是一间大厅，铺着由森林绿、淡紫色和橙色交错编织而成的地毯。地毯上有一个修长的钽基座，一只啮齿动物的骨架在其上缓慢而优雅地起舞。他在第三扇窗户里看到一只美丽的银发精灵，但他一看到她，她就消逝了。第四扇窗户里什么也看不见——意思就是，无，因为整个房间是一片令人不安的虚空，让埃维罗迅速移开了目光。

他本并不想冒险进入，但追星的好奇心驱使他绕着这座致命的宅子转了一圈。他的老师奇思也没有提示他，只是发出了一两次啧啧的声音。

然后，埃维罗发现这座石头建筑外侧有一扇侧门是虚掩的。

门的另一侧是一个院子，院子里有一棵修长的木贡树，长满了紫色叶子。有那么一瞬间，太阳从云层中露了出来，紫红色的光淹没了这里，树下闪现出一个人。埃维罗仿佛昨天才见过此人一样，一眼就准确无误地认出了他。他身材矮小，呈梨形，上半身塞在一件黑色外衣里，衣领由长长的羽毛组成。他那双像鸟一样瘦削的腿穿着一条五彩斑斓的长裤。他的光脑袋像南瓜一样扁圆泛黄；他的眼睛仿佛枯木。他的嘴上挂着永恒的笑容。那可不就是笑面魔法师吗？

"瞧瞧是谁来了？"伊库努问道，露出无情的笑容，"又一位访客？啊，如此受欢迎真让人受宠若惊！快请进，来参观我的宝藏。不要吝惜你充满想象力的野心，尽管尝试偷窃你所看到的任何东西。沉浸在你最卑鄙的幻想中吧！你并不是第一个这样做的人，我想也不会是最后一个。毫无疑问，在太阳熄灭之前，许多人会抱着类似的目的来到这里。"

奇思没有提供任何建议。埃维罗的大脑向舌头发送了一条信息。

"很高兴见到您平安无事,先生。"他说,深深鞠了一躬。

"你曾听说我出了什么事吗?"

埃维罗发觉自己犯了错误。

伊库努兴高采烈地继续说,"我猜你听说了某些故事,大傻子库格尔骗了我,让我在喷泉中丧生,被飞溅光吞噬?"

"这显然是夸大其词……"埃维罗结结巴巴地说。

"也许并非如此。你觉得如何呢?你相信我死了吗?或者说,我相信我死了吗?"

埃维罗谨慎地一言不发。

"我要说,"魔法师继续说,"不管伊库努是活着还是死了,又或者是他曾经死过但又活了过来,不管他是在庄园的某处进行秘密研究,还是正离开家拜访别人,我都在,而且会一直如此。你有本事就听好了:我是伊库努按照自己的模样造出的复制品。现在由我看守他的城堡。如果你想在我身上试一试,你就会发现我拥有他所有可怕的和有趣的能力,因为我已经被永久地赋予了这些能力。好了,扔掉你的害羞,走进来吧。"

"唉,您的慷慨与我的时间不匹配。我得按时到达我雇主的庄园,他派我去寻找他的宠物,它从花园里跑出来了。"埃维罗掩饰道。

"啊,一只宠物。"伊库努的复制品说,"伊库努也曾,或许现在也有一只。巧啊,它就系在那儿!艾提斯,小宝贝,过来!过来!"

上方立刻传来一声尖锐的叫声。

埃维罗也记起了艾提斯。库格尔为避免饮下魔术师提供的毒药而耍了个小伎俩,导致了这只动物的死亡。与它相同的生物从空中飞了下来,应该是从一处矮墙上跳下来的。它同样圆滚滚、毛茸茸,有一双圆形的黑眼睛,但埃维罗发现故事中的艾提斯缺少两个特征。第一,日光能透过它的身体;第二,它的尖牙与利爪长而敏锐,非同寻常。艾提斯似乎已经成了一只不死的吸血鬼。

"真抱歉——我已经听到我的主人正不耐烦地召唤我,我必须走了。"埃维罗喊道,拔腿就跑。

他本打算立刻下山,去赞河那边。如果有必要,他就直接跳进河里,即使这样会让另一位鱼人情人感到不快。

然而,魔法师的咒语,或者说与他同形态的守护者的咒语,已经被激活了。埃维罗绝望地发现他只能绕着庄园跑,不时跃过台阶和小雕像之类的障碍物。他在奔跑中经过他之前往里张望的那些窗户,无意中发现,啮齿动物的骨头现在跳起了塔兰泰拉舞,然而在红纸房间里旋转的事物像那只精灵一样消失了。然而,当他无奈地跑来跑去时,一个令人不安的想法袭击了他。他似乎在虚无中捕捉到了一段对话的微弱回声:"让今夜永不终结!"一个人说。"我自己的感慨是,"另一个人说,"'此时此刻'就是最为珍贵的经验。"

难道库格尔在胜利中说出了一些无耻的诡辩,从而激活了一个休眠中的致命保护装置,会导致时间停止?

但他已经没有余力去思考了。埃维罗狂奔着,自他进监狱起就没了剑,也无法从魔术师的围墙里逃脱。艾提斯在他身后飞奔,一会儿在地上,一会儿在空中,它欢快的犬类叫声刺痛着他的耳朵。

"奇思,"当埃维罗绕着这幢巨大的建筑跑第二圈时,他气喘吁吁地说,"你是否知道自在之身的咒语?在我看来,你或许会。若是如此——你能否施展这一本领,把我们救走?"

奇思回答道,"尽管我正处在颠簸当中,但我会尽力的。但你自己必须想象一个迷人而安全的地方。只靠我自己无法完成。"

此时此刻,埃维罗感到他肩负的蜗牛无比沉重。

"我对世界一无所知,而且我的脑袋里装满了库格尔的旅程——但只要不是这里就行。"

埃维罗喘着气刚说完这句话,就被一堵矮墙绊倒了。他掉进了一丛开着花的卡斯布林，一些残留的蓝甲虫从中飞出来咬他。同时，艾提斯像一张毛茸茸的煎饼一样从空中飞来，伸出爪子。

埃维罗绝望了。然后，他又一次体验到迷糊眩晕的感觉，他和彭达斯·巴尔德逃出监狱时就是这种感觉。不是埃提斯，而是另一个国家猛烈地撞上了他的国家的脊椎。他躺着，凝视着摇摆不定的幻景，柔和的蓝色雾气笼罩着一片海绿色山丘。这一切持续了不到一次心跳。下一瞬间，他透过一棵巨大的桑伯橡树的枝叶，盯着日落时分的血红天空。天上已经能看到星星，它们组成的星座却十分陌生。莱拉勒斯座的钻石面具让他困惑。

他终于意识到自己正孤身一人身处一片林间空地中。他甩掉了烦人的埃提斯，也甩掉了他的导师奇思。

哀叹之后，埃维罗站起身来，发现他根本不是孤身一人。

这一次，他掉进了利格·蒂格或大尔姆的春日迷宫里，那是遥远北方的一片广袤而不祥的森林。库格尔曾在这儿经历了一些考验和磨难。

沼泽地周围的树木紧紧地簇拥在一起，高耸的雪松和巨大的琥珀树被胭脂红的光线勾勒出形状。北方的曼都尔斯面露愠色，仿佛被烟雾笼罩的牧师。形成对照的是，傍晚的西风中飘来了美妙的香草气味。香气从一个长长的土烟斗中飘出，三个长着剑齿的食人族迪奥殆正走来走去，身上的皮肤是非人类的烧焦黑色。他们抽着烟，微笑着欢迎埃维罗参加晚餐，而他自己就是食物。

5.利格·蒂格与蓝灯旅馆

日光消退，个子最高的迪奥殆走近埃维罗，开口了。

"欢迎你来到这片林间空地。我和我的朋友们已经好几天没吃东西了。我们最后的——应该说——赞助人给我们留下了这个烟斗、一袋豆荚和药草，多么无私。我们好好享用过了。"

老实人埃维罗

埃维罗瞥了一眼迪奥殆。"听你说起友谊,可真是一剂良药。我担心我自己的朋友,一个叫休吉的胖子,已经掉队了。我非常想念他,他可真是个好伙伴,虽然没有那棵树的高度,腰围却有它的三倍粗。"

迪奥殆停了下来,显得很感兴趣。

"是吗?那么他为何如此令人遗憾地掉队了呢?"

"我想,起初他是为了说服我们的另外两个大伙伴,分别名叫戈干图安和莱克怀斯,加入我们的远行。"

"好吧,那么,"迪奥殆带着胜利的微笑说,"当我们等待这些出色的同伴时,我们可以在宴席前吃点开胃菜。来吧!我们坚持希望你参加;实际上,你必须参加。而且,当你的朋友到来时,我们将以同样的喜悦迎接他们。"

"这就有些尴尬了,"埃维罗悲痛地说,"如果我不做出特定的行为,休吉、戈干图安和莱克怀斯就不会出现。让我来阐释一下。你可曾注意到我是以一种超自然的方式来到这里?我可以在眨眼间从任何一个地方转移到其他地方。休吉,不可避免地,也能做到这一点。然而,他最近染上了一个愚蠢的习惯,他希望我每到达一个地方,都能举行一个繁琐的仪式。他能从远处看到我的一举一动,因此如果我不照做,他就拒绝跟随我。显然,其他那些高大的朋友也不会。"

另外两个迪奥殆已经走过来了。他们优雅地坐在附近的树桩上,收起烟斗。其中一人唱起了小曲儿。

"一只路过的鹈鹕叫了声好日子,
但它没有说对谁好。"

"那么这个仪式需要些什么呢?"另一个人问。

"那可真是非常麻烦,"埃维罗回答说,"我觉得我应该省略它。让我们直接开始讨论食物吧。毕竟,像我的朋友这样三位巨大的绅士肯定会耗尽你们的储备。"

"不完全如此,"第一个迪奥殣向他保证,"不,不,我们渴望与他们见面。我敦促你准备仪式。我们会耐心等待。"

"唉,我必须请你协助。但不——你不必这么做!让我们开始享用开胃菜,不管它是什么样的。"

"怎么会呢。请放心。我们非常愿意帮助你。"

另外两个迪奥殣也热情地表示赞同。"很好,那么,我必须用从我衣服上撕下来的布条绑住你们的眼睛,就像这样——没错,必须是我自己的衣服上的布条,否则休吉会发现,并拒绝来和我做伴。好了。我相信它们不会太紧。现在,我们必须面朝下躺在地上,轮流数数,一直数到一百。你,先生,第一个。然后是你,先生,最后是你,先生,你。我必须数最后一个数,只有这样我的傻朋友休吉才会看到。"

迪奥殣们趴下来,把脸贴在地上。

此时,森林已经暗了下来,染上了迷人的考奇克麦酒色和紫色。埃维罗在橡树旁站得笔直,假装自己也趴在地上。

"我们都已各就各位,"他告诉迪奥殣们,"我要给你们一些最后的建议。在我发出信号之前,不要开始数数——休吉非常敏感。你们结束后,不要动,更不要四处张望,直到我数完我自己的数,在此期间,休吉和其他人会加入我们。请注意,由于休吉体形庞大,无论他转移到哪里都会扰乱那里的平衡,更何况他还有同伴。你们会因为突然的变化而受到巨大的威胁,眼睛尤其危险——因此,我已经蒙上了你们的眼睛。紧紧抓住地面。等待我的信号。对于由此产生的不便,请接受我无数的歉意。"

埃维罗停了下来。天空漆黑如墨,只有莱拉勒斯座依然清晰可见。

"开始!"他命令道,然后急忙悄无声息地出发寻找森林中的大道。

然而，他刚跑了不到五十个数，就听到了追兵。

黑暗中，埃维罗听到头顶传来一声细小哀怨的叫声。他抓住一棵巨树的树干，飞快地爬上高处的树枝。

发出叫声的人眯着眼睛看着他，小眼睛发着光。他是一个塔克人，他的蜻蜓坐在附近，在树叶间拍打着翅膀。

"为了报答这个恩情，"塔克人说，"你需要给我盐。"

"可我没有。什么恩情？"

"有人亏欠了我，"塔克人说，"你要知道，我的族人最近被冷酷无情的法师彭达斯·巴尔德引诱到北部边界，承诺给我们无尽的盐。他正在执着地寻找安迪莫瑞尔王国，让我们替他操办了各种各样的事情。当他需要付薪水时，便把我们带到海边，建议我们在无潮的海浪中寻找我们的报酬。"

"我很遗憾听到这一切，"埃维罗低声说，"但我请求你稍微安静一下。追捕我的人正在下方徘徊。"

塔克人望向三个迪奥殆，他们在一颗巨大的星星的照耀下嗅着树根，时不时地若有所思地往树上张望。

"也许我应该把你出卖给他们，"塔克人喃喃自语，"迪奥殆有时带着盐，用来给不太美味的猎物调味。"

埃维罗感到手臂上有一股奇怪的凉意。他心不在焉地看了看，发现了奇思。不过，奇思在他们分开期间惊人地长到了一只猫的大小。

下方传来了令人沮丧的声音，迪奥殆正试图用灵活的双脚爬树。

"控制住你的惊讶，"奇思用一种不同以往的暴躁语气指示道，"我们必须马上离开。由于你的愚蠢，我们不仅再次错过了目标，还在传送过程中被分开了。我们现在应该再次尝试自在之身。都到这时候了，看在鲁玛斯五恶魔的分上，你只能去想一些安全的目的地，而且,最好是,蓝色的。"

埃维罗的大脑一片空白。然而,奇思和他已经开始波动,他们身体的原子正在解散。他的脑子被一片不知从哪儿来的蓝色记忆充满。他认为这是库格尔的另一个临时据点,并想象出了蓝灯旅馆,在南方的萨斯克沃伊。

这照旧引起了一阵耽搁和混乱,两个旅行者从旅馆高处的一扇关闭的窗户进了旅馆,导致一阵玻璃雨落到了几个不满的食客身上。

※

埃维罗和奇思从一只烤鸡和一大盘木梅炖乳牛中解脱出来。由于离得太近而被卷入自在之身的塔克人和蜻蜓则冲进了盐盘。

一位旅馆老板出现了。埃维罗猜测他是克拉斯纳克,就是预言家的故事中等待库格尔的那个人。他黑眉毛、高个子,瞪着眼睛。他的额头上有一道微弱的疤痕,预示着事情不妙。

"难道我的房子永远摆脱不了这些超现实的入侵吗?在那个厄运之夜,两个可恶的家伙玩起了赌徒的把戏,其中的恶行后来才被我发现。从那时起,坏运气就在这家旅馆里阴魂不散!"

"的确如此,"一位身穿樱桃红塑料衣的丰满太太说道,虽然埃维罗以一种不符合社会常理的方式进了旅馆,她却还是对埃维罗满面笑容,"可怜的克拉斯纳克被一种看不见的力量打中脑袋,掉进了楼下的储藏室,洒落、打碎了价值十九弗罗林的物品!此外,一位可敬的养虫人被一只从水箱里放出来的硬壳虫怪弄伤了脚,照明被弄坏,胡须被割断,厕所里的绅士们受到打搅。"

"而现在,"克拉斯纳克咆哮道,"食尸羊克莱尼兹已经在地窖里住下了,它在那里等着我的酒侍们!"

在他的提示之下,楼下传来了音量不合适的恶毒咩咩声。地板震动了一下。

老实人埃维罗

"如果因为你蛮横无理地掉进我的大厅，"克拉斯纳克威胁说，"导致这玩意儿受了惊，我将向你收取两百特斯币。萨斯克沃伊的正直名声受到了威胁。"

大多数顾客都在撤离旅馆，甚至包括那位穿樱桃红衣服的女士。看来他们并不喜欢克莱尼兹的声音。

"我很抱歉，老板，"埃维罗说，"我一个子儿也没有。"

"不过，"奇思嘶吼道，由于它现在已经有一只小狮子那么大，就算它压低嗓门，声音也还是很大，"洒出的盐里有一枚闪闪发光的戒指。把它交给他，咱们就两清了。"

埃维罗接过戒指。它的价值很可能超过整个旅馆，一颗巨大的蓝绿色阴燃宝石镶嵌在蓝色的钽金属中，底座镂刻着蓝金。

克拉斯纳克的态度改变了。"这可真是不错，先生。我请求你吃完你已品尝过的晚餐……或者需要我带你去如厕吗？"

埃维罗拒绝了。一股绿松石色的光芒从宝石中闪现。这光芒似乎充满了旅馆，让路西法灯的蓝色光亮褪去，变成灰烬。

他又看到了神秘缥缈的树林、丘陵、谷地和山脉，还有云纹绸一般的湖泊，他曾无数次瞥见过这一切。埃维罗被这片光彩迷住了，他想知道这种景象是否和库格尔所经验的世界之眼一样，不仅影响着视觉器官，也影响着所有其他感官。因为埃维罗似乎闻到了树木、花朵和流水的芬芳，他几乎能感觉到绸缎般的树叶拂过他的面颊。

奇景的中央出现了一个女人。她身材苗条，却又凹凸有致。她的皮肤仿佛苍白透明的珠贝母。粉红而富有光泽的长发如寒冷的黎明，从她身上流淌下来。她的眼睛就像薰衣草色黄昏中的绿宝石。她是美的化身，埃维罗立刻发现他知道她的名字，他在狂喜中大声呼喊："特维鲁拉·普莱姆！"

"不要把你的诅咒倾泻在我身上。"克拉斯纳克怒吼道，"要知道，我有护身符加护。熄灭巫术之光，交出宝石。仔细想想，我发现它只能勉强支付晚餐的费用,打破窗户和扰乱秩序是另外的价钱。何况我还得花钱赶走山羊。"

此后同时发生了两件事。奇思用一种极具穿透力的阳刚语气对着克拉斯纳克说了一些不堪入耳的话。旅馆老板因为受到冒犯而大吼大叫。下方则传来了打碎壁柱的声音,从塌陷的地板中冲出了食尸羊克莱尼茨。

"我们实施自在之身,"奇思以至上的权威命令道,"埃维罗,紧紧盯着戒指里的景象,不要再召唤你那些可笑的库格尔风格场所了。"

路西法在一束蓝色的火焰中炸开了,旅馆的照明即是以此为能源。只余下迷雾和旋转。

6.安迪莫瑞尔

安迪莫瑞尔那散落着湖泊的美丽土地向四面八方无尽延伸。就像埃维罗曾瞥见过的那样,鬼斧神工的景色被斑斓的蓝绿色光芒笼罩。头顶的天空是玉色和琉璃色,不知被什么照亮,不像是阳光,而像是白炽的满月照耀下的迷人黄昏。

埃维罗四处寻找奇思,但那只蜗牛又不见了。取而代之,他身边的湖岸上坐着一位王子风貌的年轻人,与埃维罗年龄相仿。这个新来者高大强壮,有着青铜色的长发和黑孔雀石般的眼睛。他身披紫色玉石,戴着一顶有七个尖角的宽檐帽,闪烁着胭脂红的光泽。

"你非要看就看吧。"他不以为然地说道,"我想,现在的我和过去一样,让人目不转睛。"

"奇思在哪儿?"埃维罗问。

"哈!你认为呢?"

"你就是——它。"

"当然。我便是奇思王子。我知道你是个傻子。我现在不需要你做任何事了。"

"那这里又是哪儿呢？"

"可爱的安迪莫瑞尔王国，太阳永不照耀也永不死亡。这就是我的王国，我曾被魔法师卡特拉斯佩的阴谋赶出了这个王国。而它，我相信，就是我的战车。"

这的确是一辆被精心保养的强大战车，一只由维尔若特和克拉里斯杂交而成的孔雀蓝色骑乘动物正拉着战车，步伐端正地沿着岸边前进，甩动着它的四角头和黄绿色鬃毛。

这位曾经化身蜗牛的王子起身轻巧地跳上鞍具。他优雅地邀请埃维罗："如果你愿意，就与我同行吧。我要去我的家，无与伦比的普恩宫。"

埃维罗发现他没有其他选择，便遵照了奇思王子的建议。

他们前进时，王子和坐骑轻快地前行，埃维罗则气喘吁吁在一侧跌跌撞撞地奔跑。奇思讲述着他的故事，以及埃维罗在其中扮演的角色。

"卡特拉斯佩按照范达尔的理论，以自在之身进入了我的领地，他，不值得一提的卡特拉斯佩，不知何故——无疑是意外——做到了这一点。卡特拉斯佩随后占据了安迪莫瑞尔的领土。当然，我进行了抵抗。虽然我自己也精通奇术，但那魔鬼用一种难以解释的复杂伎俩战胜了我。解释它所用的时间会超过我们在一起的时间，更会超过你的智力。因此我就简短地告诉你，卡特拉斯佩把我放逐到地球的一个微不足道的平行世界，并在那里剥夺了我说出自己困境的能力。然而，由于等价交换定理，这个恶棍不得不允许我保留一些能力。这包括我在各个领域的知识和技能，以及我所掌握的魔法公式。他还必须允许我，尽管是草率地，收回我自己的王家之剑，一套王子的服饰，以及标志着我统治者身份的戒指。

"然而，卑鄙狡猾的魔术师让我根本用不上这一切。他规定，一旦我的脚接触地球表面，我就会成为我在那里看到的第一只动物的模样，只不过更有吸引力一些。也就是说，就连你也能猜到，一只蜗牛。

"当时我唯一的希望是，或许我能找到一些好骗的傻瓜，这是卡特拉斯佩预料之外的。如果我能把目前对我没用的才能灌进他的脑瓜，他和我就会形成一个力量之源。同时，我的学生可能会遇到的每一件宝藏都会立即转移到我身上，同时，按照等价交换定理，他会遇上霉运。就这样，我会不断积累自己的力量。

"你的迟到让我等了很久，但我不会因此责备你。因为虽然我遇到了许多傻瓜，但要让他们相信我，还是太机灵了。而那些容易上当的人的脑子里早已塞满了白痴，让我的知识无处安放。而你却是完美的。一个蠢人，却又像月夜一样脑袋空空。

"很快，你就得到了我的剑，然后是衣服，最后是戒指。每次获得它们，你都会短暂地瞥见安迪莫瑞尔。最后，我的领土的景象在你的想象中成形了。如此一来，自在之身需要的时间越来越短，直到最后不需要间隔。只有你对库格尔的顽固不化的迷恋造成了麻烦，但到最后也无关紧要了。我们来到了安迪莫瑞尔。重返这片神圣的土地后，我恢复了本真的我，清空了你的大脑，拿走了我的智慧。现在一切都属于我。注意，就连那把剑也回到了我身边。"

奇思愉快地笑了。埃维罗感到自己脑袋空空，迷惑不解。奇思继续补充道：

"顺便说一句，监狱里的法师彭达斯·巴尔德盯着的不是你。他是在盯着我。他从未见过我，无论是作为王子还是蜗牛，但他在我身上感应到了他那被诅咒的父亲的一些残余。你可能会觉得很有意思，彭达斯在一次不同寻常的探望长辈的过程中，用萨庞尼人的毒液亲自送走了他父亲。此后，彭达斯一直在寻找安迪莫瑞尔本人。正如我们所知，他一无所获。"

老实人埃维罗

埃维罗被这段绝非简短的叙述弄得筋疲力尽,他就像被逼着锻炼过一样,一头扎进了草地。从这个角度,他发现浦恩的宫殿就在附近。宫殿由绿松石柱和众多修长的高塔组成,仿佛当归的枝条。整个宫殿被花园笼罩,满是松脂木和米尔哈丁,苔藓和龙胆草。

大门里是那个粉色头发的美丽女子。奇思高兴地大喊,停下战车。"看,我的妻子,特维鲁拉·普莱姆,唯一与我的辉煌相配的女性!"奇思回头看了一眼,又说道,"埃维罗,你可以走了。我很快就会打开一扇传送门,你会被送回你那无用乏味的存在的源头。"

然而,在此之前,美丽的特维鲁拉·普莱姆坐上了一辆猫头战车,战车用兔子的腿跃上了山。

"你这么快就回来了吗?"她用一种奇怪的粗哑声音对她的丈夫喊道,"我要告诉你,奇思,由于你常年外出,特维鲁拉·普莱姆百无聊赖,和一个帅得不太典型的格列夫跑了。我已经取代了她的位置。"

"那你又是谁?"奇思王子问道。

"恶魔卡达莫克。来吧,来拥抱我吧。"奇思的脸色变得苍白。战车翻转,让他摔了下来,掉在埃维罗身边。

"哦,埃维罗,亲爱的朋友,尽管我恢复了力量,但恶魔的力量比我更强大!让我们立刻回到心爱的濒死地球上——"

"不,夫君。你应该和你心爱的卡达莫克在一起!"恶魔发出难听的怪叫,她长出了两个头,每个头上的六个鼻孔里都冒出了烟,"为了确保这一点,我要把你的一部分力量转移给那个黄发人类。他可以将它们留作这次快乐重逢的纪念。"

埃维罗的头挨了一下。他感觉到安迪莫瑞尔的传送门打开了,并明智地失去了意识。

SONGS
OF THE DYING EARTH

❦

埃维罗在凯因的红色阳光下落到地上。许多双手协助他起身，空气中弥漫着嘈杂的声音，诉说着人们怎样四处寻找他。然后民兵们赶来把他围了起来。

疲惫不堪的埃维罗等着被带到监狱，但相反，人群欢呼雀跃，把他带到了坎迪夫的金色宫殿里。

"亲爱的孩子，真高兴我们终于找到了你，"坎迪夫说，"我已经没有儿子和侄子了；他们都喜欢长途旅行，然后一去不复返。我们咨询了许多圣人，最终决定让你成为我的直接继承人，而不是其他人。因为你是我同父异母的妹妹的孩子，十六年前，她在访问德尔纳河上的一个不起眼的地方时，由于疏忽大意，在拉特格拉德村附近把你弄丢了。"

埃维罗迷惑不解地站着。他的好运气回来了吗？他还意识到，他的确获得了傲慢的奇思的某些力量。埃维罗已经从奇思的个人化等价交换中解放出来，现在一定可以享受这些力量。当然，他也能享受白墙凯因的继承人这一身份。

当他考虑未来时，在人群中看到了暗黑绘图师凯因伊。埃维罗回忆起他是如何误解了这位勇者的警告——不是避免踩到蜗牛，而是要完全避开蜗牛。

人是如此容易干蠢事。必须把事情弄明白。

因此，他立刻问坎迪夫："我的名字可是埃维罗，正如我从七岁起就认为的那样？"

"根本不是，"坎迪夫不解地回答，"百科全书在上，是什么让你产生了这样的念头？"

"那么，先生，我的名字是什么呢？"

"怎么了，我的孩子，听好了，然后自豪地记住你真正的名字，它已被写进阿斯科莱的档案里。你的名字就是布勒克尔。"

埃维罗踉跄了一下。坎迪夫以为他太高兴了，便拍了拍他的背。

然而这是因为，彭达斯·巴尔德的三倍诅咒的全部力量终于找到了归宿。这个年轻人感到，法师冲着布勒克尔这个名字念下的诅咒像一群石头一样附在他身上。

那天晚上，当所有人都在坎迪夫的奢华宫廷里大吃大喝时，又一次现身的白化怪一反常态地从吊灯上扑到了布勒克尔身上。它的攻击已经通过实践得到了很大改进。

后　记

对我来说，杰克·万斯是文学之神之一。

20世纪70年代早期，有段时间我曾处在非常难过沮丧的状态，我那神奇而睿智的母亲（她已经让我开始接触神话、历史和科幻）给我买了杰克·万斯的《濒死的地球》。我一下子就摆脱了我的颓丧状态，进入到万斯那非凡的衰退未来世界中，那片闪亮的风景喧闹而充满讽刺意味。

我仍旧留着这本书——英国的五月花版——我很珍惜它，不时读一读，尽管现在它的书页已经变成了淡褐色，许多书页已经松动。（书脊仿佛被一只佩尔格兰咬过。）

《濒死的地球》的小说和故事是真正意义上的流浪冒险，是快节奏的漫游世界。这些作品继承了《一千零一夜》的元素，还继承了《格列佛游记》等其他诙谐严肃的史诗，更不用说弥尔顿和布莱克的幻想。万斯似乎真的用科幻奇幻的外衣包裹着中世纪的核心：在这里，世界随时可能毁灭，神奇的野兽和怪物与罪恶自私、（偶尔）有灵性的人共存。叙事风格从令人捧腹的滑稽到屏息凝神的美丽，再

SONGS
OF THE DYING EARTH

到令人震惊的——描写一丝不苟的——暴力。至于黑色幽默,也许就是万斯发明了它。

从第一次阅读开始,这样的杰作就激发了我的想象力,或者说——我希望是——教会了我如何想象。影响这个词太小了。身为一个狂热的书迷和不可自拔的作家,万斯的天才带给我的财富是无法计算的。

万斯的每本书都在我无数次的重读中反复展现其无与伦比的魅力。事实上,我不太相信杰克·万斯发明了濒死的地球。我心中有一部分知道他曾去过那儿。经常去。

不过,他也曾把我们带到那儿去过,不是吗?

——塔尼斯·李

丹·西蒙斯

丹·西蒙斯是一位颇具实力、视野开阔、雄心勃勃的作家，一位不甘局限于任何一种体裁的兼收并蓄的天才。1982年，他在《迷离时空》杂志上发表了第一篇小说。到了20世纪80年代末，他已经成为恐怖小说和科幻小说领域最受欢迎、最畅销的作家之一。1990年，他凭借史诗科幻小说《海伯利安》获得雨果奖，同年又凭借恐怖小说《魔鬼在你身后》获得布拉姆·斯托克奖。此后，他又获得了两次布拉姆·斯托克奖和两次世界奇幻奖（《迦梨之歌》和《今年的班级合影》）。他一直在科幻小说（《海伯利安的陨落》《空心人》《安迪密恩》《安迪密恩的觉醒》《伊利昂》《奥林匹斯》）和恐怖小说（《迦梨之歌》《夏之魇》《夜之子》）领域大展拳脚，但也有几部小说不属于任何类型（例如《重力相位》，这是一部纯文学小说，但它是作为科幻小说系列中的一本而出版的），还有一些（如《夜之子》）既能当做是科幻小说，也能当做恐怖小说，取决于你如何看待它们。同样，他的第一部小说集《献给破碎石头的祈祷》包含了科幻小说、奇幻小说、恐怖小说和"主流"小说，他最近的小说集《爱死》和《足够的世界与时间：悬疑故事五篇》也是如此。他最近出版的许多作品愈发变幻莫测，包括以二战为背景、以海明威为主角的间谍惊悚小说《海明威与骗子工厂》，介于悬疑和黑色喜剧之间的"统计学惊悚小说"《达尔文之刃》，硬汉侦探小说《硬壳》《硬冻》和《硬如钉》，以及鬼故事《冬日惊魂》。他最近的作品包括介于历史小说和恐怖小说之间的畅销小说《极地恶灵》、中篇小说

《火之缪斯》以及一部关于查尔斯·狄更斯的重磅新作《谋杀狄更斯》。西蒙斯出生于伊利诺伊州皮奥瑞亚，现与家人居住在科罗拉多州。

在下面这个复杂而又充满想象力的故事中，他带领我们穿越未知的领域，奔向濒死地球的尽头，可怕的敌人紧追不舍，所有人的命运岌岌可危，而一切都依靠……一个鼻子的指引？

乌尔芬特·班德罗兹的导引鼻

在21纪元的凋零千年里,在濒死的地球上无数个不知名的混乱时代中,末日即将来临的惯常征兆突然变得更加凶险。总是迟迟不肯升起的巨大红日变得前所未有地迟缓。臃肿的太阳就像一位不愿起床的老人,在某些清晨摇晃、颤抖、踉跄,摇荡出抗议性的隆隆地震,从东方地平线一直辐射到西面,横穿古老的大陆,就连低矮的山脉也被震得摇摇晃晃,它们早已被时间和地心引力磨损得像老白齿一样。缓缓升起的太阳的昏暗脸庞上,太阳黑子像痘痘般反复出现,整个白天都笼罩在暗淡的褐红色暮光中。

在通常放纵自我、充满节日气氛的斯伯恩月,有五天几乎是完全黑暗的,从阿斯科莱、阿尔梅里到考奇克那遍布沼泽的遥远边境,庄稼都歉收了。阿斯科莱的斯卡姆河在仲夏夜的清晨结成了冰,冻结了成千上万的沉浸在多重情色联系的斯卡姆仪式当中的人们的神圣愿望。颓墙之地仍矗立着的少许石块和墙板像杯中的骨头一样嘎嘎作响，倒了下来，砸死了无数懒惰的农民，千百年来，他们愚蠢地把小屋建在颓墙边缘，只为省下第四道墙的费用。在圣城埃尔泽·达马思，成千上万只佩尔格兰成群结队地飞来，无论是人类还是非人类都从未见过如此规模，它们盘旋了三天，然后俯冲而下，带走了六百多名最虔诚的朝圣者，并用它们满是骨头的粪便弄脏了黑奥贝里斯克。

西边，夕阳的脉冲似乎越来越猛烈，越来越近，直到大尔姆森林燃烧起来。潮水冲走了悲伤纪念角上的所有城市和生命痕迹，而阿兹诺梅城南部四十里格的古老集镇谢谢斯，在某天午夜过后三分钟，夏日集市最热闹的时候，彻底消失了。有人说这个小镇在一次巨大的地震中被整个吞没了，也有人说它在一眨眼的工夫就转移到了躲避星阿切纳尔的一个没有空气的世界，但不管是哪种说法，附近的大都市阿兹诺梅的许多居民都惊恐地蜷缩在家中。阿兹诺梅周围的地区曾被叫作大莫索兰，在上述所有悲剧发生的同时，这片地区也遭受了洪水、干旱、瘟疫、货币贬值和频繁的黑暗。

在濒死的地球和此前的黄日地球时代的悠久历史中，人们，无论是人类还是其他生物，在这种艰难时期的反应都是一如既往的；他们寻找替罪羊，进行追捕、殴打和杀戮。在这种情况下，最严苛的指责落在了巫师、魔法师、术士，在自以为是的男性统治下苟延残喘的少数女巫，以及其他从事魔法行业的人身上。暴民们袭击魔法师的庄园和会议；巫师的仆人进城采购蔬菜和葡萄酒，就会被撕成碎片；在公共场合念咒语，就会立即遭到手持火把、干草叉、刀剑和长矛的农民的追杀，这些都是过去的战争和大屠杀遗留下来的丑陋武器。

对于这个疲惫世界的魔法师们来说，这种人人喊打的情形并不是什么新鲜事，因为他们活得比普通人的一生要久得多。起初，他们的反应就和过去遭受迫害时一样：他们用咒语、围墙和护城河保护自己的庄园，用来自天国和地域的更加强大的恶魔和实体代替被杀害的仆人，从巨大的地下室和墓穴中拿出罐装食物（同时在咒语保护的领地内让仆人种植菜园），并低调行事，有些人甚至字面意义上隐形了。

但这一次，偏见并没有很快就消失。太阳继续闪烁、震动，引起地球的抽搐，黑暗的日子和光明的日子几乎一样多。濒死地球上的几十个人类种族与数以千计的非人物种——无处不在的佩尔格兰、迪奥殆、徘徊的埃尔布、蜥蜴人、鬼魂、石像鬼、萨庞尼德、亡灵、异形和穴居生物，它们只是非人生物的冰山一角——达成了共识，而这个共识就是杀死魔法师。

当这场魔法师大屠杀开始时，阿尔梅里和阿斯科莱（以及颓墙以西的其他地方）曾经隶属于现已解散的"蓝色原则会"或其后继组织，即所谓的"大莫索兰新绿紫学院"的魔法师们做出了符合他们性格的反应：一些人解开了十二维结，溜到了阿切诺尔·扬克或由旧奥姆克洛佩拉斯蒂安·卡巴发现的其他共存世界之一，逃离了濒死的地球；有些人逃到了过去的更美好的纪元；更多的人则带着他们的活动庄园或自给自足的格里布球，在银河系内外逃亡。（特瓦奇，一位公认的中枢长老，带着一整个私人无限世界。）

极少数较为自信，好奇心较强，希望通过他人的不幸而获得成功，又或者仅仅是胆子大（也可能只是更容易忧郁）的魔法师冒险留在了濒死的地球，等待着接下来发生的事情。

✦

恶魔学家施鲁厄比大多数人都要乐观。这或许是他的年龄所导致的——他比他的任何一位巫师同伴所猜测的都要年长。又或许是因为他的魔法特长——大多数来自超凡世界、冥界、异星和其他永生界的恶魔和魔鬼的专业束缚者都在痛苦中英年早逝。也可能是因

SONGS
OF THE DYING EARTH

为传闻中几千年前的一段破碎的关系和破碎的心。（据说，施鲁厄曾经爱上了伊阿莱，与她同床共枕、结为连理，最终却失去了她。伊阿莱曾是潘德鲁姆最为钟爱的舞者，也是十四丝之舞的创始人。还有谣传说，早在马格纳茨山脉还很锋利的时候，施鲁厄迷上了他的男学徒。这个美少年偷走了施鲁厄最强大的符文，带着一本皮质的《萨朋伊德》逃离了夜之城萨朋斯，导致施鲁厄在往后的几个世纪里都没有碰过魔法。）

这些传言施鲁厄都听说过，并对它们一笑置之——尽管笑得很悲伤。

大恐慌来临时，恶魔学家施鲁厄关闭了他可爱的庄园维威泽，位于韦尔森林北边的山上，拥有许多房间和雕刻塔楼。他使用了古老咒语遗忘胶囊的一种压力较小的变体，将他的庄园、美丽的花园和十三名仆人中的十二名沉入了濒死地球表面之下约四十五英里处。施鲁厄的恶魔设备、纪念品、图书馆的大部分藏书，以及几世纪以来收集的奇珍异宝和恶魔助手都将安全地藏在地下。当然，除非这一次，伟大的红日真的吞没了濒死的地球。至于他花园里那些令人惊叹的花草树木和外星动植物（更不用说他的十二个人类和近乎人类的仆人了），都被包裹在微型万能蛋中，每个蛋都依次被包裹在独立的时空停滞中。施鲁厄有信心，如果地球和他能幸存下来，他的家仆们也会如此，在几个月、几年、几个世纪或几千年后苏醒过来，就像从恢复性睡眠中苏醒过来一样。

施鲁厄只留下了老瞎子邦普，他的男仆和无可替代的大厨。他带着邦普一起北上，来到遥远的次极地海边的避暑别墅。邦普斯对极地小屋及其受保护的场地了如指掌，就像他对维威泽的无数房间、炮塔、隧道、密道、楼梯、客房、厨房、花园和庭院了如指掌一样。

施鲁厄把他随身携带的几十个小恶魔、魔鬼、桑德斯汀、石像鬼、元素精灵、大沃特、戴哈克和（几个）符文鬼魂，其他的都在遗忘胶囊中与维威泽庄园一起沉入海底——但每个都能通过最简短的咒语在瞬间被召唤出来。只有一只除外。

施鲁厄带到次极地海边的别墅里的唯一异世存在，是克尔德里克。

克尔德里克是几种力量的奇妙混血——一部分来自14纪元的变异桑德斯汀，一部分来自恩德拉·哈德拉的完全体戴哈克。在后黄日时代的濒死地球历史上，只有最伟大的大魔法师才敢尝试控制成熟的戴哈克-桑德斯汀混血儿。恶魔学家施鲁厄同时控制着三只如此可怕的生物，其中两只正在地表下四十五英里的地方休息，克尔德里克则和施鲁厄、老瞎子邦普一起向北前进，垫在从维威泽的宽阔大厅带出来的一块大地毯上。这块金色的地毯在夜间铺设，高度从未超过五千英尺，受到施鲁厄的万能球以及古老地毯上轻声歌唱的魔法线产生的隐藏之云的保护。

施鲁厄花了三十五年的时间召唤出克尔德里克，又花了六十九年的时间将其完全束缚，花了十年的时间教会这个怪物诅咒和咆哮之外的其他语言，又花了两百多年的时间让这个混血的戴哈克变得在表面上足够文明，能够在施鲁厄的忠实仆人中占有一席之地。施鲁厄认为，是时候让这只生物开始自食其力了。

※

施鲁厄在极地小屋的最初几周，就像最孤僻的恶魔学家所期望的那样安静而平淡。

每天清晨，施鲁厄都会起床，与兰菲茨战争时期绑定的私人化身练习一个小时的战斗技巧，然后退到花园里进行长时间的冥想。施鲁厄以前的同行或竞争对手都不知道，这位恶魔学家长期以来一直精通德鲁·舒尔的慢速修行法，每天都在锻炼这些高难度的精神能力。

SONGS
OF THE DYING EARTH

  这里的花园与维威泽的花园相比并不算大，而且大部分都位于周围的草坪和低矮的苔原下方，却仍旧令人印象深刻。施鲁厄与大多数魔法师相反，并不钟情于异域植物——羽毛伞树、银色和蓝色的钽箔树叶、三叶空气葵、透明树干等等——与施鲁厄看待其他事物一样，他更倾向于内敛而赏心悦目的植物：从伊佩里奥和格拉格等古老世界引进的三尖杉、夜晚绽放的岩草和风铃草，以及会自我修剪的王绿草。

  早晨，当巨大的红日终于从南边的地平线上完全露出头时，施鲁厄会穿过长长的码头，展开他那造型优美的五帆游艇的桅杆和风帆，在次极地海的平静海面上航行，探索海湾。当然，即使在极地附近风平浪静的浅海之下也有海怪，寇多芬和四十英尺高的水影最为常见。不过，就连这些水下掠食者也早已学会不要骚扰像恶魔学家施鲁厄这样声名显赫的大法师。

  经过一两个小时的平静航行后，他就会回来享用邦普为他准备的丰盛午餐，包括梨子、现烤皮塔饼、伯尔尼意面和冰镇金葡萄酒。

  下午，施鲁厄会在他的诸多工作室中的一间（通常是绿色小屋）里工作几个小时，然后出来在图书馆喝一杯傍晚的甜酒，听听克尔德里克的每日巡逻报告，最后打开邮件。

  这一天，克尔德里克蹒跚着走进图书馆，他弓着腿，赤身裸体，只裹着一条橙色的腰布，丝毫掩盖不了怪物的性别和他奇特的身形。他把自己收缩成戴哈克中最小的体形，但他的身高仍是普通人类的两倍。他有蓝色的鳞片，黄色的眼睛，六根手指，颈部和腹部有鳃裂，多排门牙，胸前和头上的红色角骨上长着紫色羽毛。更不必说五英尺长的背鳍，每当克尔德里克变得焦躁不安或是想威慑敌人，背鳍就会张开，变得利如刀刃。每次带这个仆人外出时，施鲁厄都要给他穿上宽松、飘逸的蓝色长袍，戴上菲尔施尼亚修道士的面纱。

  今天，如前所述，戴哈克只穿了猥琐的橙色腰布。他拖着脚步来到恶魔学家面前，磕了磕额头做出敬礼的样子——或许只是为了梳理一下从他尖锐的眉骨上长出的白色羽毛——之后，克尔德里克不可避免地发出了咕噜声、咆哮声和吐痰声，然后才能开口说话。（施鲁厄早已通过咒语和疼痛禁止了戴哈克的咒骂和怒吼，至少在魔法师面前是这样，但克尔德里克仍在尝试。）

"你今天看到了什么？"施鲁厄问道。

（咕噜声，吐痰声）"一只巨灰熊，沿着海岸向东走一个小时就到了。"克尔德里克用接近亚音速的声音隆隆地说道，但施鲁厄已经改装了自己的耳朵，可以捕捉到这种声音。

"嗯。"恶魔学家喃喃自语。巨灰熊非常罕见。据说，这种巨大的棕熊是由一位居住在极地的魔法师赫雷斯特克·格尔克在19纪元重新创造的。传说中，几百万年前极地仍然寒冷而广袤，在那里生活的白熊与来自南方大草原的凶恶棕熊杂交诞生了巨灰熊。"你是怎么处理巨灰熊的？"施鲁厄问道。

"当午餐吃了。"

"还有别的事吗？"恶魔学家问。

"我在进入终末森林大约五英里的地方遇到了五只迪奥殆。"克尔德里克咕哝道。

施鲁厄本就弯曲的眉毛翘得更高了。迪奥殆不是极地森林或金雀花草原的本土生物。"哦，"他温和地说，"你觉得它们为什么会来到遥远的北方？"

"想领走魔法师的赏金。"克尔德里克咆哮着，露出了三四百颗锯齿状的牙齿。

施鲁厄笑了。"那你对这五只怪物做了什么，克尔德里克？"

龇牙咧嘴的戴哈克举起拳头砸向施鲁厄的茶几，张开手，让六十多颗迪奥殆的獠牙落在镶木桌面上，发出响声。

施鲁厄叹了口气。"收起来，"他命令道，"让邦普把它们磨成和往常一样的粉末，放在蓝徽章工坊的那个药罐里。"

克尔德里克咆哮着，把重心从一只巨大的利爪上移到另一只，双手像窒息者一样抽搐着。施鲁厄知道，戴哈克每时每刻都在测试他的束缚法术。

"就这样吧，"恶魔学家说，"你可以走了。"

克尔德里克从图书馆的五个门洞中最高的门洞离开了，施鲁厄则打开窗户，面向他的庭院里的巢，叫来了当天新来的一批斯百灵。

今天一共有九只灰色无鸣小鸟，在施鲁厄的椅子扶手上一字排开。一只只小鸟依次靠近魔法师的手，施鲁厄打开小鸟的小胸膛，抽出第二颗心，把每颗心丢进空茶杯里，发出一声轻响。然后，施鲁厄为每只小鸟变出一个新的、预先编程的空白记录心，并安装到位。完成后，九只小鸟飞出窗外，离开庭院，向南飞去，执行它们的任务。

施鲁厄按铃叫来了老邦普，这个小个子悄无声息地走进房间后，他说："今天只有九只。请加点绿茶，提提味。"老邦普点点头，准确无误地找到了放在老位置上的茶杯，然后像进门时一样，以盲目而赤脚的步伐走出门。五分钟后，他端着热气腾腾的茶回来了。当仆人走后，恶魔学家喝了一口茶，然后闭上眼睛，阅读他的邮件。

戒律师伊尔德丰斯似乎离开了他逃跑的目的地，回到了濒死的地球，因为他有几套天鹅绒正装忘记带了。这位自命不凡的魔法师在他那华美的庄园里解除隐形后，立刻遭到了两千多名当地农民、佩尔格兰和迪奥殆组成的暴徒的围攻，相当奇怪。他们用胶带封住了伊尔德丰斯的嘴，蒙住了他的眼睛，固定住手指，让这个愚蠢的老魔法师来不及动弹一下手指或嘟囔一句诅咒，更不用说施咒语了。他们剥光了这个老傻瓜的衣服、项链、护身符和符咒。他们一用手触摸他的身体，伊尔德丰斯的防御蛋就闪闪发光，但暴徒们只是把它搬进了城里，埋在下议院中心那间独户石头监狱里，监狱里的粪

乌尔芬特·班德罗兹的导引鼻

堆一直堆到天花板，并在监狱和粪堆周围安排了二十四名守卫和五名饥饿的迪奥殆。

施鲁厄笑了笑，读起了斯百灵之心带来的其他新闻。

乌尔芬特·班德罗兹死了。

施鲁厄猛地从椅子上坐起来，茶杯飞了起来，摔得粉碎。

乌尔芬特·班德罗兹死了。

魔鬼学家施鲁厄一跃而起，在背后紧握双手，开始在他的大图书馆里快速踱步，眼睛仍然紧闭着，就像老邦普一样看不见东西，但是，就像邦普一样，他对大图书馆的地毯、木地板、书架、桌子和其他家具如此熟悉，从未弄掉过一件古董或打开的书卷。施鲁厄天生能够永不停歇地集中精力，现在他比以往任何时候都更加专注。

乌尔芬特·班德罗兹死了。

其他魔法师曾怀疑乌尔芬特·班德罗兹是他们之中最年长的，也是濒死的地球上最年长的魔法师。但是，几千年来，所有在世巫师的记忆中，乌尔芬特·班德罗兹对他们的领域的唯一贡献，就是维护着传说中的终极图书馆和《大莫索兰及更早时期的魔法学汇编最终版》。数以万计的巨大古籍和魔毯、深视器、会说话的圆盘以及其他古老媒介藏品，构成了濒死的地球的衰亡世界中仅存最大的魔法知识汇编。乌尔芬特·班德罗兹只在极少数情况下，按照自己的喜好允许其他魔法师前来参观，但无数个世纪以来，大多数在世的魔法师都曾参观过终极图书馆，并在书架林立的走廊中惊奇地穿行。

但无济于事。

终极图书馆中的每件物品都被下了某种诅咒或咒语，只有乌尔芬特·班德罗兹——或许还有在那里工作的几个学徒——才能从书籍和其他设备中挖掘出意义。字母在每一页上移动、窜动、融化，无法翻译。能说话的藏品说出的话含糊不清，跳来跳去，经常陷入沉默。古老的图画、挂毯和图片模糊不清，甚至在人们研究它们时也会褪色。

而乌尔芬特·班德罗兹——一个又宽又胖，满脸胡须，豆豆眼，散发着臭味的老古董——会嘲笑那些沮丧的魔法师，并让他的仆人带他们出去。

几千年来，施鲁厄曾三次前往终极图书馆，两次都事先被告知字母和单词的随意性，并因此准备了用于固定的反咒、魔法解决方案、附魔透视镜和其他计划，但每次字母都在移动，句子开始后又消失了，那些长长的、神秘的书面咒语和神秘学数字公式从他的眼睛和记忆中消逝。

乌尔芬特·班德罗兹发出了呱呱的笑声，施鲁厄则再次败下阵来，离开了这里。

一些巫师选择了最简单的方法，带着恶魔和攻击法术偷偷来到图书馆，他们的计划很简单——杀死乌尔芬特·班德罗兹，逼迫他那些古怪的学徒（都是由过去的纪元的动物和生物重组而成）及时说出修复书籍的秘密，或者，如果做不到这一点，就干脆占领终极图书馆，好让他们这些巫师有足够的时间解开谜题。

没有人成功过。乌尔芬特·班德罗兹不会被恐吓，也不会在自己的图书馆里被人耍得团团转。成千上万愚蠢地尝试过这种战术的人的尸骨被磨成了白色鹅卵石，铺在了终极图书馆前门的迷人的白色人行道上。

但现在，乌尔芬特·班德罗兹已经死了。斯百灵之心显示，这位古老魔法师的尸体在死后变成了石头，目前正躺在图书馆最高的石塔楼顶的卧室里。心的消息还告诉施鲁厄，据说几十名学徒中只有一人幸存，但他被关在了终极图书馆里，因为乌尔芬特·班德罗兹死后立即变成了石头，留下十几道可怕的咒语屏障将图书馆与外部世界隔绝开来。

恶魔学家施鲁厄不用睁开眼睛，也不用查阅地球仪或地图册，

乌尔芬特·班德罗兹的导引鼻

就能知道大莫索兰及更早时期的终极图书馆和《大莫索兰及更早时期的魔法学汇编最终版》在哪里。乌尔芬特·班德罗兹的图书馆就在伯劳鸟村东南方向五千里格的地方,再往上走两里格就是莫里亚特山,位于迪林迪安河的高处,就在商队交汇的城市迪林德·霍普兹的正上方,距离颓墙最南端的西南方大约两百里格。那是一片荒凉的国度,仅仅依靠迪林德·霍普兹,这座城市位于圣城埃尔泽·达马思的九商路中的一条路上,才让这片土地不那么危险而荒凉。

施鲁厄睁开眼睛,将修长的手指和光滑的手掌合在一起。他想出了一个计划。

首先,他从城堡上的骨窝里召唤出一只盖尔,用魔法让这只可怕的猛兽动弹不得,然后为它准备了第二颗信息心。信息送给德尔维·科雷姆女士,她曾是多姆伯家族的成员,现在则是领导米尔玛宗的女武神。施鲁厄知道,德尔维·科雷姆目前正和她的米尔玛宗一起护送一支朝圣者队伍前往埃尔泽·达马思,距离施鲁厄的目的地迪林德·霍普兹仅有一百里格。

在抑制咒语允许的范围内,盖尔扭动着身体发出抗议。大猛龙的红眼睛试图将仇恨印到恶魔学家施鲁厄身上。施鲁厄没有理会它;他曾见过更可怕的人和野兽的仇恨目光。他命令道:"超音速前进。"他释放了盖尔,看着它飞出庭院,沿着预设的航线向南飞去。

然后,施鲁厄碰了碰呼唤克尔德里克的绿色脉动宝石。出于老习惯,弯脚的戴哈克摇摇晃晃,却还是听从了施鲁厄的命令。

"去牧场找一匹强壮聪明的马怪。勒努德就不错。然后从马厩里找一辆大马车,给勒努德套上马具,在马车里装上一周的食物和酒,再从地窖里拿八到十块便宜地毯,也装进去。完成之后就上来取我的旅行箱。对了,还要从大桶里小心地倒出一些奥西普树液及其萃取物,也装起来。"

"一个铅罐子?"克尔德里克咆哮道。

"除非你想要死在次极地海以北的漂流途中。"施鲁厄干巴巴地说,"穿上你的长袍。我们要向南航行五千里格,去一个叫做迪林德·霍普兹的地方,在颓墙之外。"

施鲁厄通常认为,没必要向他的仆人们透露他的计划和逻辑,以及其他任何事情。但他知道,早在他第一次召唤克尔德里克之前,这只恶魔就已经在地下一英里的牢房里度过了不愉快的二百年,到现在仍然会无端联想到活埋;施鲁厄希望这只怪物为即将到来的航行做好准备。

克尔德里克不可抑制地发出咆哮声和吐痰声,说道:"法师大人,您打算把马车开到五千里格以南的地方吗?"

施鲁厄知道,这只戴哈克在讲笑话。次极地海沿岸一千五百里格范围内没有道路,马车不可能穿过几乎就在别墅前的苔草屏障。"不,"施鲁厄说,"我要用持续扩收隧道魔法。我们会坐着马车在旅行地道里行驶。"

克尔德里克试图打破牢不可破的束缚咒语,使劲扭动着身体,他巨大的眉毛、灵活的鼻子和多排牙齿咬得咯咯作响,荡漾着,扭曲着。然后他平息下来。"主人……"戴哈克开口道,"我谦卑地提出一个更快的方式,把大独角兽地毯修整一下,把马车放在上面,然后飞……"

"闭嘴!"恶魔学家施鲁厄说,"现在这世道不适合巫师靠魔毯出门。准备好马怪和马车,拿上我的行李箱,穿上深蓝色菲尔施尼亚僧袍,四十五分钟后在草坪上等我。我们今天下午就出发。"

❦

最后几里格比起穿过岩石和岩浆的几小时地下旅程,与朝圣者队伍一起在路上颠簸的最后几里格要惬意得多——即便对施鲁厄而言也是如此。克尔德里克曾被命令,到了地面上以后要保持安静,

乌尔芬特·班德罗兹的导引鼻

恶魔学家施鲁厄　克尔德里克　德尔维·科雷姆　毛兹·梅里沃特　佩尔格兰　福瑟尔梅　元素精灵　米尔玛宗首领

但在最后的几英里和几里格旅程中,他一有机会就用嘶嘶声和打嗝声表达他的不满。

在更加和平的日子里,这样一支穿越敌地的队伍——这里的主要骚扰来自风棍幽灵、岩石哥布林和人类强盗——会聘请一位初阶巫师,用他的各种保护咒语来保护队伍,并付给他酬劳。但自从对魔法师的偏见导致的杀戮开始流行,前往圣地的朝圣者、商人和其他队伍就只能靠雇佣兵了。这支十八名米尔玛宗雇佣兵队伍的首领是女武神德尔维·科雷姆。

德尔维·科雷姆和恶魔学家施鲁厄相识已有比尔博树的年龄那么久,但这位女战士不会泄露魔法师的真实身份。当她放弃她的美吉拉,坐上施鲁厄的帆布马车时,她确实笑出了声。恶魔学家坐在缰绳旁,穿着一身普通的黄褐色商人长袍,他那张满是皱纹的可怕阴郁面孔深深地藏在一顶帽子的阴影之下,这是一顶阿兹诺梅工会的地毯商帽子,帽尖柔软,帽檐软而宽,用绿色天鹅绒制成。两人惬意地聊着天,施鲁厄的木轮马车跟在四十多辆类似马车组成的队伍后面,克尔德里克在后座的地毯中间吃喝着、吐着唾沫、嘶嘶地叫着。德尔维·科雷姆带着一只长着獠牙利爪和双腿的美吉拉,因为戴哈克气味的刺激而进入了爬行动物的极度兴奋状态,在一旁蹦蹦跳跳。

女武神德尔维·科雷姆的过去很模糊,几乎都已湮没在传说中,但施鲁厄知道,这位满身伤痕的美丽的老战士曾经是一个柔弱、天真、闷闷不乐的女孩,也曾是一位百无一用的公主,是希尔现已不复存在的多姆伯家族的第五顺位王位继承人。有一天,笑面魔法师伊库努为了惩罚一个流浪小偷,强迫他踏上无用的远征。他绑架了年幼的德尔维·科雷姆,掠夺她以取乐,最后把她卖给了一群卑鄙的污水河布西阿科人,以换取可疑的旅途情报。布西阿科人粗暴地利用了她一年多。最后,德尔维·科雷姆的性格和心肠变得像钢一样硬,她杀死了六个把她当作享乐奴隶的布西阿科人,和一个名叫科纳德的野蛮人战士在维格斯沼泽和马格纳茨山脉游荡了几年(她的武艺比濒死地球历史上任何一位公主都要高强,而且,据说她比头脑简单的科纳德还要强),然后独自旅行,一边当雇佣兵谋生,一边向所有曾经伤害过她的人复仇。德尔维·科雷姆最终在阿尔梅里找到了一开始绑架她的流浪小偷,尽管她那时已将绑架视为一种恩惠。虽然德尔维·科雷姆原本打算让这个跛脚的蠢货遭受任何物种的雄性都不愿想象,更不愿经历的侮辱,但她最终还是故意让他完好无损地逃脱了。(他虽然不怎么样,但毕竟是她的第一个男人。比起她的父母或小时候的宫廷教师,是他那特殊的自私冷漠让德尔维·科雷姆成了今天的她。)

几十年来,女武神德尔维·科雷姆亲自训练并雇佣了她的三百名米尔玛宗——她们都是女战士,每个人都有自己的故事和态度,和她们的首领一样凶残——从事有利可图的雇佣兵工作。共有十八名米尔玛宗来保护队伍(当然,对付几百个等着劫掠商队的风棍幽灵、岩石哥布林和人类强盗,四五个人就足够了),每个年轻的女战士都骑着美吉拉,身穿紧身龙鳞甲,左胸裸露在外。就连米尔玛宗的对手,也会在生命的最后一秒,被这种仪式性的着装吸引注意力。

乌尔芬特·班德罗兹的导引鼻

他们聊着聊着，德尔维·科雷姆突然笑着说："你还是一如既往地幽默、机智而亲密，施鲁厄。我经常想，如果你更年轻，而我对我们这个物种中的男性更有好感，我们会成为怎样的关系。

"我经常想，如果你更年长，而我是我们这个物种中的女性，我们会成为怎样的关系。"恶魔学家施鲁厄说。

"你有魔法。"女武神德尔维·科雷姆笑道，"就这么办！"说罢，她吹了一声尖锐的口哨，她的美吉拉跑到马车旁边，低下长满鳞片的脖子，她跳上鞍具，乘着这只怪兽离开了。

❖

迪林德·霍普兹的商队小镇挤满了流离失所的朝圣者、商人和旅行者。盗窃和打砸抢在南方各处都非常猖獗，即使是前往埃尔泽·达马思的最虔诚的朝拜者也不得不在迪林德·霍普兹逗留，等着私人军队清理道路。小镇东北方向的平原上有一个巨大的临时营地，施鲁厄队伍中的大部分朝圣者都在那里扎营，住在马车里，德尔维·科雷姆和她的米尔玛宗则在那里建立了由高大的红帐篷组成的城市。然而，施鲁厄要假装成地毯商人，同时也想尽量靠近河畔的山，因为山顶上有终极图书馆和最终汇编。他带着克尔德里克找到了一家旅馆。

高档旅店都位于迪林迪安河高处的悬崖上，那里凉风习习，视野开阔，而且远离迪林迪安河附近的诸多下水道；但所有的高档旅店都客满了。最后，施鲁厄终于在六盏蓝灯那又老又破的旅店屋檐下找到了一个小房间和一张更小的床，却要为此支付高得离谱的二十特斯费用。

独眼旅店老板施莫尔茨有一双比施鲁厄的大腿还粗的前臂，他冲着克尔德里克点点头说："如果您的僧侣睡在地板上，或者在您睡觉时站在房间里，就要额外加收十二特斯。"

"菲尔施尼亚的追随者只追求禁欲和身体折磨。"施鲁厄说,"这位僧侣从不睡觉,只需在你的谷仓中的粪堆里待一夜。"

"谷仓需要十特斯。"施莫尔茨低吼道。

把克尔德里克安顿在谷仓里之后,施鲁厄回到自己的房间,把自己带来的一块地毯铺在地板上,填满了床和墙之间的狭小空间。他把自己的干净床单和毯子铺在了那张可疑的小床上,在一个无焰的蓝色漩涡中烧掉了旧床单和毯子。然后,恶魔学家来到休息室吃晚饭。阿兹诺梅公会的地毯商人从不在公共场合摘下帽子,让施鲁厄还算舒适地躲在低垂的天鹅绒帽檐、丝带、半面纱和软耳罩的遮掩下。

他的炖肉才吃到一半,喝了一杯冷漠的蓝色毁灭酒,一个矮小的秃顶男人就坐到了他对面的空椅子上,说:"请原谅我的冒昧,您是恶魔学家施鲁厄吗?"

"并非如此。"施鲁厄用瘦骨嶙峋的手摸了摸商人的帽子,喃喃地说,"你肯定认出了阿兹诺梅公会的标志吧?"

"啊,是的。"这个长着一双豆豆眼的矮胖男人说,"不过,我还得冒昧地补充一句,我也认出了一位名叫施鲁厄的大法师那修长深邃的五官。很久以前,我曾有幸在阿尔梅里的一次神术用品展销会上见过这位著名的恶魔学家。"

"你认错人了,"施鲁厄轻轻叹了口气,说,"我是迪斯可·费恩舒姆,来自阿斯科莱南部诗蒙琴省翁克的地毯商和月历挂毯手艺人。"

"看来是我弄错了,"福瑟尔梅说,"不过,请允许我向尊敬的商人迪斯可·费恩舒姆解释一下,我,福瑟尔梅本来要与魔法师施鲁厄进行紧急交易。我保证您的时间不会白白浪费,先生。"福瑟尔梅示意服务员,也就是施莫尔茨年轻丰满的妻子过来,点了一壶更好的酒。

乌尔芬特·班德罗兹的导引鼻

施鲁厄知道福瑟尔梅，但两人从未交谈过，也从未互相认识过。福瑟尔梅在佩尔杜什港以北的森林荒原过着默默无闻的生活，住在一个朴素的（对魔法师而言）庄园里，假装成一个最不起眼的魔法师，同时恐吓着整个地区，谋杀和抢劫路人，通过获得古玩和护身符慢慢增强自己的魔法力量。他本人看起来没什么杀伤力——矮个子，秃头，驼背，鹰钩鼻，眼睛又小又近。一头乱蓬蓬的灰发散落在福瑟尔梅同样多毛的耳朵上。老魔法师穿着一套黑色的天鹅绒套装，因为穿了太多年而又薄又亮，只有他的十根指头上戴满的戒指，才能让人看出他的富有和狡诈。

"你瞧，"福瑟尔梅给施鲁厄倒了一杯酒，"就在这个疲惫不堪、臭气熏天的商队小镇的东南方，莫里亚特山的山顶上，有一座终极图书馆……"

"这和我有什么关系？"施鲁厄打断了他的话，他又开始喝他那瓶所剩无几的蓝色毁灭酒，"图书馆需要地毯吗？"

福瑟尔梅像啮齿动物一样笑了，露出古老的黄牙。"你我并不是乌尔芬特·班德罗兹死后第一批来到这里的巫师，"小弑客者嘶哑地说道，"至少几十个巫师把他们的尸体留在了莫里亚特山顶，就在图书馆主人留下的咒语防护墙外。"

施鲁厄事不关己地吃着炖肉。

"乌尔芬特·班德罗兹留下了十几层防御。"福瑟尔梅低声说，"有一层是窒息呼吸。另一层是内部冲突。然后是惰性层，但里面有饥饿的石像鬼和吸血鬼亡灵。还有一层是完全遗忘毁坏者，接着是……"

"你把我当成了另一个人，"施鲁厄说，"我对你的粗鲁保持沉默，你却以为我对这个话题有兴趣。"

福瑟尔梅脸红了，施鲁厄看到老魔法师的眼中闪现着仇恨，但杀手的表情立刻恢复了慷慨友好的假象。"当然，恶魔学家施鲁厄，我们俩最好能把彼此的资源集中起来,这样更明智、更安全……当然,我的资源要比你微薄得多,但联合起来肯定比单独行动要强,因为我们都想在黎明之后通过十二防御层……"

"既然你这么着急,为什么还要等到天亮呢?"施鲁厄问道。

福瑟尔梅的脸上闪过真正的恐惧。"莫里亚特山以食尸鬼、哥布林、鬼魂、狼和白化迪奥殆而闻名,即使在乌尔芬特·班德罗兹的魔法防御之外也是如此。你甚至能听到暴风雨拍打旅店屋檐的声音……"

"我确实听到了暴风雨的声音,"施鲁厄一边说,一边站起身来,示意施莫尔茨的女儿收拾他的桌子,他带走了剩下的蓝色毁灭酒,"这让我昏昏欲睡。我希望明早能加入一支南下的商队,所以我祝你今晚睡个好觉,……福尔科姆爵士?"

他微笑着把福瑟尔梅抛在身后,像克尔德里克最想掐死他的主人时那样弯曲着双手。

施鲁厄在凌晨两点准时醒来,和他在催眠中给自己下的指令一样。有那么几秒钟里,他困惑于床上的另一个躯体散发出的温暖。然后他想起来了。

他上楼后发现,德尔维·科雷姆在他的小房间里等着他,赤身裸体地躺在被子里,扭怩地看着他。她被被子压得很低,施鲁厄能看到敞开的窗户吹进来的寒冷河风让她受了凉。"对不起,"他掩饰着惊讶说,"我还没来得及施变性咒。"

"那我得让你见识一下,女性版的施鲁厄应该如何取悦我。"德尔维·科雷姆说。结果,施鲁厄回想起来,这位多姆伯家族的前公主并不像他想象中那样厌恶男人。

他从被子里悄悄钻出来,小心翼翼地不去吵醒轻声打鼾的战士,把地毯商人的衣服和帽子扔进无声无息的蓝色漩涡中,默默穿上他最优雅的深灰色外套、马裤和最稀有的蜘蛛丝制成的飘逸长袍。然后,他启动地毯,让它悬停在离地面四英尺高的地方,带着背包爬上地毯。

德尔维·科雷姆轻声问道:"你是不是打算只给我留张字条?"

自他的青年时代——消逝在时间浪潮中的青年时代——以来,恶魔学家施鲁厄就再也没有结巴过,但此时此刻,他差一点就结巴了。"恰恰相反,我计划在黎明前赶回来,从我们中断的地方开始。"他轻声说。

"哈。"女武神说,从被子里溜出来,迅速穿上了龙鳞甲。

"我还不知道米尔玛宗和她们的首领在鳞甲下什么都不穿。"施鲁厄说。

"如果刀片或光束划破了鳞片,"德尔维·科雷姆一边扣上高筒靴的扣子一边说,"下面最好不要出现可能感染伤口的异物。干净的伤口是最好的伤口。"

"这也是我的生活态度。"施鲁厄的地毯飘浮在女武神裸露的左胸前,他低声说道,"需要我捎你一程吗?"

德尔维·科雷姆穿戴好两把匕首、一把腰间短剑、一支飞镖、一个用来发信号的空心伊伯克号角,以及她的全套剑和剑鞘,把它们滑到一边,然后爬上飘浮的地毯,坐在他身后。"我和你一起去。"

"我向你保证,没有必要……"施鲁厄开口道。

"我们睡着前的三个小时也是没有必要的,"德尔维·科雷姆说,"但效果还不错。我想看看这个所谓的终极图书馆和《大莫索兰及更早时期的魔法学汇编最终版》。而且,我也想见见多年来久仰大名的乌尔芬特·班德罗兹。"

"他……或许会让你失望。"施鲁厄说。

"大部分男人都是如此。"女武神德尔维·科雷姆说。她用双臂

SONGS
OF THE DYING EARTH

搂住施鲁厄的肋骨,他则点了点飞行纹路,操纵着魔毯向前飞去,飞到距离河面六十英尺的上空,然后向上向东,驶向莫里亚特山的黑暗地带。

✦

终极图书馆雕刻在莫里亚特山的岩石上,一群厚重而闪亮的塔楼、山墙、凸起、圆顶和炮塔从山顶冲向天空。城堡是盲目的,窗户都是狭缝,不比德尔维·科雷姆纤细(但有力)的手掌更宽。层层叠叠的保护咒让整座建筑闪烁着乳白色的光芒,施鲁厄想,在过去的漫长岁月里有过无数消逝在记忆中的城堡,它们在月圆之夜一定就是这般模样。随后,施鲁厄的忧郁愈发深重,他意识到,他认识的活人当中没有人会想到月光照耀之下的濒死地球。几百万年前,月亮就已经迷失在深邃的太空中,甚至连许多传说都不再提起。现在,他们头顶上的夜空几乎漆黑一片,只有几颗昏暗的星星闪烁着微弱的光线,那是曾经骄傲燃烧的星座的余烬。

施鲁厄努力摆脱令人沮丧的忧郁,集中精力完成眼前的任务,但他控制不住地一千次、一万次问自己,他进入终极图书馆阅读乌尔芬特·班德罗兹的藏书的真正动机是什么。知识是他的部分动机。权力低声嘀咕着一个更诚实的部分。好奇心则是同样诚实的一部分。掌控濒死的地球则是这位恶魔学家疲惫而忧郁的大脑中最深层、最不容易消解的核心。

"你究竟什么时候打算让这块破布着陆?"德尔维·科雷姆在他的肩膀后面问,"还是我们就在迪林迪安上空一千英尺处盘旋,直到太阳升起?"

施鲁厄将地毯降到三英尺的悬停位置,解除魔法,他们走下地毯。克尔德里克按照命令在图书馆外等候。僧袍要么是被他脱了,要么是在路上被死到临头的野兽扯掉了。

584

乌尔芬特·班德罗兹的导引鼻

"伟大的克姆在上,"女武神米尔玛宗首领低声说道,她的手条件反射般地握住了剑,"你选的仆人可真丑,施鲁厄。"

"你应该见见老瞎子邦普。"克尔德里克用咕噜和咆哮说道。

"安静,"施鲁厄命令道,"我得研究一下乌尔芬特·班德罗兹的多层防御阵地。"

他很快就发现,那个可恶的福瑟尔梅基本上是对的:图书馆有十二层防御,其中八层是主动法术,四层是物理防御,还包括幽灵。探索途中,施鲁厄感到有些失望。乌尔芬特·班德罗兹曾是濒死地球的魔法师中最强大的法师之一,但这些防御措施——虽然对普通魔法师或野蛮人破坏者来说足够致命——却能轻易打败和消除。施鲁厄只花了不到五分钟就搞定了前八道防御,克尔德里克则在几秒钟内就让那些咒语缠身的饥饿狼人、石像鬼和吸血鬼亡灵得到了解脱。

他们走过巨大的老吊桥,图书馆的护城河的装饰性大于实用性,尽管施鲁厄看到鳄鱼在黑水中游动。眼前是一扇同样巨大的门,门锁异常沉重。

"你要把它炸掉吗?"德尔维·科雷姆问,"或者要不要用我的刀?"

"恐怕你和你的刀都活不了。"施鲁厄轻声说,"文明人用钥匙。"他从袍子里掏出一把钥匙,插进去,喀嚓一声打开了沉重的大门,米尔玛宗迅速投来尖锐的询问目光,施鲁厄补充道,"很久以前我曾是这里的客人,当时我冒昧地研究了一下门锁。"

终极图书馆内部黑暗而寂静,死气沉沉,就像一个尘封了几世纪而不是几星期的房间或墓室。为了提防陷阱,施鲁厄让克尔德里克从胸口发出明亮柔和的光芒,照亮了三人前方二十步内的一切。施鲁厄也指示着戴哈克在前面带路。他们从一个房间走到另一个房间,踏上布满灰尘的楼梯,从一层楼上到另一层楼。地板上躺着一些东西,他们起初以为是石像,矮小而不似人类。直到最后,施鲁厄说:"它们是乌尔芬特·班德罗兹的仆人和学徒。看来他死后他们也变成了石头。"

昏暗的图书馆的每一层里都有书台、书架和书堆,大多数书都有施鲁厄的三分之一到一半高。他们走了不少路,在施鲁厄较为确定不会遭遇哥布林或黑暗势力的致命袭击后,他从书架上拿起一本满是灰尘的书,重重地放在一张高而倾斜的木质老阅览桌上。

"我想读一读,不管这是什么。"德尔维·科雷姆低声说道。在回音很强的空间里很难用正常音量说话。

"请便。"施鲁厄说,打开了那本大书。他越过女武神那披着龙鳞的肩膀,读着,或者说,看着。克尔德里克胸口发出的淡黄色光芒足以照亮书中的内容。

德尔维·科雷姆的头猛地向后一仰,就像被人打了一巴掌。施鲁厄努力集中精神,但那些句子、单词和字母却忽隐忽现,就像用水银书写的一样。

"啊,"女战士叫道,"光是认清一个词,就让我头痛欲裂。"

"盯着这些书看的人都瞎了。"施鲁厄低声说道。

"你是说魔法师?"德尔维·科雷姆说。

"没错。"

"你的怪物看得懂吗?"她问。

"不,"克尔德里克歪着头说,"我精通九百多个表音文字和象形文字,以及一万一千多种书面语言,包括死语和仍在使用的语言。但这些符号只要一见光,就像蟑螂一样四散奔逃。"

施鲁厄干笑着,朝德尔维·科雷姆和他的戴哈克鼓起掌来。"祝贺你,"他对女人说,"你刚刚让克尔德里克说了一个比喻,这在一百多年来还是头一回……"

他们身后的黑暗中传来了声音。

乌尔芬特·班德罗兹的导引鼻

德尔维·科雷姆旋身而起,她的长剑在克尔德里克的胸灯下闪闪发光。戴哈克握紧巨大的六指拳头,露出一排牙齿。施鲁厄举起三根修长的手指,与其说是在防御,不如说是在克制他的同伴。

一个身高不到四英尺的矮个子从阴影中走了出来,用分不出性别的声音尖声说道:"不要伤害我!我是你们的朋友。"

"你是谁?"施鲁厄问道。

"你是什么?"米尔玛宗首领问道。

"我叫毛兹·梅里沃特,"小个子吱吱地说,"我曾是乌尔芬特·班德罗兹的男仆,从出生起就一直是。"

"男仆?"德尔维·科雷姆重复了一遍,放下了剑。

施鲁厄已经准备好扩张蛋咒语,只要他发出最后一个音节,就能把他们包围起来,更不用说他的高级棱镜喷雾咒语可以瞬间把这个新来者切成碎片。但就连恶魔学家——他很少以貌取人——也没有从这个小家伙身上感受到任何威胁。毛兹·梅里沃特身上长着花纹,胳膊和腿比施鲁厄衰老的手腕还要纤细坚韧。他的小手长着三根指头,硕大的头颅上长着过于靠后的大耳朵,长鼻子上只有几根胡须,还有一双巨大的黑眼睛。

"你是什么?"德尔维·科雷姆重复道。

小家伙似乎对这个问题感到困惑,于是施鲁厄替他回答了这个问题。"乌尔芬特·班德罗兹有一个癖好,再造遥远过去的失落生命,并以此充实他的手下。"他轻声说道,"我相信,我们的矮个子朋友毛兹·梅里沃特来自某个早已被遗忘的啮齿动物家族。"

"您可以叫我梅里沃特,"这个害羞的小家伙吱吱地说,"'毛兹'是某种尊称……我想。"

"好吧,那么,梅里沃特,"施鲁厄说,他的声音带着锋芒,"也许你能解释一下,为什么乌尔芬特·班德罗兹的其他仆人都和他们的主人一样变成了石头,而你却幸存下来。"魔法师指了指地板上的一尊石像——这可能是将一种名叫猫的古代动物变为人形的尝试。

"那是格尼萨维恩,主人的新猫,也是我们这些小仆人的导师。"梅里沃特说,"她……在主人死的那一瞬间……就变了,和其他人一样。"

"那我们再问一遍。"施鲁厄说,"你为什么没变?"

那个小身影耸了耸肩,施鲁厄第一次注意到梅里沃特长着一条瘦而短的尾巴。"也许我不够重要,不足以变成石头。"他说,声音吱吱作响,充满了痛苦,"或者,我能幸免于难是因为尽管我无关紧要,但主人似乎对我有些好感。乌尔芬特·班德罗兹大师的多愁善感并不广为人知,但这可能是我得以幸免于难的原因。我想不出其他可能性了。"

"也许吧,"施鲁厄说,"好了,梅里沃特,带我们去见你的主人。"

德尔维·科雷姆、施鲁厄和克尔德里克跟着这只小怪物爬上楼梯,穿过隐蔽的门洞和更加巨大的房间,书架从地板一直摆到天花板。

"你有没有为你的主人整理过这些书?"当他们爬上另一层楼,踏上旋转楼梯时,施鲁厄问小家伙。

"哦,是的,先生。是的。"

"那你能读懂书名吗?"

"哦,不,先生,"梅里沃特说,"图书馆里没人能读懂书名或书的任何内容。我只知道书应该放在书架或书堆的哪个位置。"

"你是怎么做到的?"德尔维·科雷姆问。

"我不知道,先生。"梅里沃特吱吱地说,他指了指一扇低矮的门,"这里是主人的寝室。里面是……呃……主人。"

"主人死后,你进去过吗?"施鲁厄问。

"没有,先生。我……害怕。"

乌尔芬特·班德罗兹的导引鼻

"那你怎么知道你的主人死在里面了？"施鲁厄问。恶魔学家知道乌尔芬特·班德罗兹已经死了，在房间里的床上变成了石头，因为他通过趴在窗户窄缝上的间谍斯百灵的眼睛看到了。但如果事情有诈，他就打算识破这个毛兹·梅里沃特的谎言。

小助手吱吱地说："我从钥匙孔里看到了。"

施鲁厄点了点头。他对克尔德里克说："到外面的吊桥上站岗。"他对德尔维·科雷姆和颤抖的梅里沃特说，"请站到那些粗柱子后面。谢谢。"

施鲁厄摸了摸门闩，发现乌尔芬特·班德罗兹的房门没有上锁。他打开门，走了进去。

瞬间，范达尔的高级棱镜喷雾发出了无数凝固的色彩碎片，每一片都像带刺的水晶一样可怕，飞快地射向恶魔学家施鲁厄所在的空间。施鲁厄的改良版扩张蛋将它们冻结在了半空中，恶魔学家做了个手势，销毁了它们。

天花板、地板和乌尔芬特·班德罗兹本人的石尸中冒出一股绿雾，人类或魔法师一旦吸进肺里就会瞬间致命。施鲁厄举起双掌，将绿雾转化为无害无色的雾气，然后挥手将其驱散。他等待着。

没有任何东西喷发、爆炸、缓缓溢出，或是发亮。

"你们可以进来了。"施鲁厄对女武神和毛兹人说。

三人站在床边，床上躺着终极图书馆和《大莫索兰及更早时期的魔法学汇编最终版》的主宰的石尸。乌尔芬特·班德罗兹的石尸看起来古老而庄严，他穿戴整齐地躺在那里，闭着眼睛，双脚并拢，双手平静地放在下腹部上。

"他似乎知道死亡即将来临。"德尔维·科雷姆轻声说。

"在……在……在这之前的几年里，主人的身体一直不好。"梅里沃特用他最轻柔的声音支吾道。

"你的主人经常不在图书馆吗？"施鲁厄问助手。

"从我记事起,每个月都有一周不在图书馆。我成为主人的忠实助手已经有好几个世纪了。"毛兹人尖声说。

"正如我所想,"施鲁厄喃喃自语,"还有另一座图书馆。"

"什么?"米尔玛宗首领喊道。

施鲁厄张开双手。"实际上是同一座图书馆,亲爱的,只是在空间上相隔了几百或几千英里,毫无疑问,在时间上也相隔了至少几分之一秒。所以这里的书无法阅读。"

"另一个图书馆里的书可以阅读吗?"德尔维·科雷姆问。

"不能,"施鲁厄笑了笑,"但在另一座图书馆中,一定有办法让两座图书馆恢复同步。"他转向梅里沃特,"你有双胞胎吗?"

这个长着花纹的小人儿吓了一跳,飞快地举起了三指小手,古怪的耳朵也向后竖了竖。"是的,一个妹妹,她在出生时就死了,或者说,在我们被吞噬时就死了。主人曾多次对我说,她没能活下来真是太遗憾了。他给她起名叫作明迪沃特。您是怎么知道的,先生?"

"她出生时并没有死,"施鲁厄说,"几世纪以来,你的双胞胎妹妹一直在乌尔芬特·班德罗兹的相位转移第二图书馆里当助手。这就是为什么你有时会'知道'你应该把书放在哪个架子上。"

"主人死后,她没有……没有……变成石头?"梅里沃特用颤抖的尖嗓子问道。

施鲁厄心不在焉地摇了摇头。"我怀疑没有。我们去了就知道了。"

"那是在哪儿?"德尔维·科雷姆问道,她的脸上洋溢着探险家,也可能是掠夺者的咄咄逼人的笑容,"那儿会有什么宝藏?"

施鲁厄再次张开双臂,指着他们脚下和周围的图书馆。"万世的力量、科学和魔法的秘密宝藏。"他轻声说,"伟大的范达尔的失传已久的奥秘。潘古尔的主要戒律。克拉姆哈特、廷格勒、夏法乔,还有上百位古代魔法师的秘密。和他们相比,今天的魔法师们,包括我自己,就像玩彩色积木的无知孩童。"

"我们该怎么找到它?"女武神问道。

施鲁厄穿过朴素的房间,来到一个用简易屏风遮挡的壁橱前,检查了一下是否有陷阱,然后把屏风推向一边。古朴的梳妆台上方有一个玻璃柜,柜子里有一块光滑的水晶,闪着微光,大小和形状都像一个蛋。轻轻跳动的水晶里闪烁着一条缝,就像一只猩红色的猫眼。

"这是什么?"梅里沃特吸了一口气。

"寻觅晶石。"施鲁厄说,"它有魔法,能指引持有者找到重要的东西……比如第二图书馆。"他轻咬薄薄的下唇,研究着装有宝物的水晶盒,"现在要想办法打开它,而不去……"

德尔维·科雷姆拔出宝剑,反转剑身——龙鳞战甲保护她的手不被锋利的剑刃刺伤——将沉重的剑柄砸向珍贵的水晶盒。水晶盒碎成无数碎片,女武神收剑入鞘,把猫眼水晶球拿了出来,递给了施鲁厄。他沉思片刻,把它放进长袍口袋。

"我们必须立刻踏上冒险!"女武神德尔维·科雷姆喊道,"启动你的魔法,或者给你的地毯施法,或者唤醒你的布,不管你要做的是什么。宝藏和战利品在等着我们!"

"我认为我们应该……"施鲁厄开口说话,却被一旁的克尔德里克打断了。

"我们有伴了,"戴哈克咕哝道,"其中有一只红精灵。"

黎明前的第一缕曙光照亮了山顶和图书馆周围的峭壁和乱树。福瑟尔梅带着他的小部队出现在那里。十一只佩尔格兰,比施鲁厄见过的任何佩尔格兰都要大,每只佩尔格兰的鞍上似乎都驮着一个人或恶魔。然后是一个高大英俊的金发人类男学徒，也是一身黑衣，还有九只恶魔。最后这些恶魔让施鲁厄大吃一惊。不是说这个肮脏的小魔法师会带着恶魔出现，那是肯定的，而是他竟然能召唤出如此可怕的实体。学徒和福瑟尔梅（他仍旧身着黑衣，手上的戒指在晨光的映衬下愈发闪亮）身后有九只元素精灵，三只黄色（意料之中）、三只绿色（对于任何21纪元的魔法师来说都非常了不起）、两只紫色（相当惊人，但一点也不可怕）和一只红色。

施鲁厄知道，红精灵的出现改变了一切。恶魔学家不禁要问，这个侏儒是如何召唤并束缚住红精灵，却没有丢掉小命？他大声说："欢迎你，福瑟尔梅。按照你的要求，我来此参加我们的黎明之会。"

盗贼法师狡猾地笑了。"哦，是的……地毯商人？如果你最大的本事就是那只傻笑的戴哈克，那么也许你真的只是个地毯小贩。"

施鲁厄耸了耸肩。他能感觉到德尔维·科雷姆在他身旁蓄势待发，但这位米尔玛宗首领即使面对黄精灵也是输多赢少，绿精灵或紫精灵也是一样，面对福瑟尔梅和他的学徒更是毫无胜算，更不用说面对红精灵了。克尔德里克的十二个感知维度的注意力完全集中在了红精灵身上。施鲁厄能感觉到，戴哈克在无形的束缚下奋力挣扎，就像一头被绳子拴住的狼。克尔德里克的高亢咆哮的频率已经超越了人耳的上限，但两只紫精灵和那只可怕的红精灵听到了克尔德里克的战吼后，都露出了一排排獠牙。

"我的小虫已经窥视过曾经是乌尔芬特·班德罗兹的那块石头，"福瑟尔梅继续道，"我的书桌上不缺镇纸，也就用不上这个死去的图书管理员了。但我确实想要他的……嗝！……这只加入你的队伍的老鼠是谁，恶魔学家？"

一直畏畏缩缩地躲在德尔维·科雷姆身后的梅里沃特，把长鼻子和大眼睛探到了她的装甲臀部旁边。身材矮小的毛兹人张大嘴巴，又惊又怕。

乌尔芬特·班德罗兹的导引鼻

"他只是我正在面试的新仆人而已。"施鲁厄说,"您是要说您想……和我们一起去村子里吃早餐?还是说,您和您的随从打算进入图书馆,向乌尔芬特·班德罗兹致以最后的敬意,我们则直接返回迪林德·霍普兹?"施鲁厄依然面带微笑,启动了小地毯,让它在一旁飘着。

红精灵抽动着六只锋利的爪子,施鲁厄的魔毯——来自黄日时代的传家宝——在冰冷的猩红火焰中爆炸了。红日挣扎着从东面的河岸升起,灰烬在微风中散落。

"好了,不要再企图飞行了,"福瑟尔梅嘶哑地说道,"你的马车和其他地毯也都已经灰飞烟灭了,施鲁厄。我需要寻觅晶石,现在就要。"

施鲁厄微微扬起左眉。"寻觅晶石?"

福瑟尔梅笑了笑,伸出手,似乎准备释放红精灵。"施鲁厄,你真是个傻瓜。你刚刚发现乌尔芬特·班德罗兹通过时空相位转换,让这里的书卷无法阅读……但你却以为有第二座图书馆。只有这一个终极图书馆,在时空中发生了位移。当我将相位转换坍缩之后,百万年的神奇传说将属于我。现在把寻觅晶石给我。"

施鲁厄依依不舍地用两只手将水晶从长袍中取出,修长粗糙的手指仍紧紧握住水晶,水晶在他的掌心闪闪发光。在他们脚下,莫里亚特山的花岗岩随着太阳的升起而摇晃,臃肿的红脸闪烁着斑点。

"福瑟尔梅,是你没有想清楚。"施鲁厄轻声说,"你还不明白吗?是乌尔芬特·班德罗兹不小心篡改了时空,导致这个终极图书馆不稳定。这……"他将一只手从寻觅晶石上拿开,指向身后的图书馆的颤动的石块,"……这就是为什么濒死地球在既定的短暂末日到来之前就开始死去。"

福瑟尔梅又笑了。"你一定以为我昨天才出生,恶魔学家。乌尔芬特·班德罗兹让这座图书馆保持稳定,但时空分离的时间比你,甚至比我活着的时间还久。立刻把水晶交给我。"

"你要知道，福瑟尔梅，"施鲁厄说。"直到我来到这里，才明白目前世界不稳定的真正原因。不知为何，乌尔芬特·班德罗兹在死前几个月就失去了对两座图书馆的相位转换的控制。两座图书馆在时间上越接近，对红日和濒死地球本身造成的时空破坏就越大。如果按照你和你的红精灵的想法，将两座图书馆的存在合二为一，那么一切都将走向终结……"

"胡说八道！"福瑟尔梅笑道。

"请听我说……"施鲁厄开口道，但他随即看到另一位魔法师的眼中闪烁着疯狂，他现在明白了，问题不在于福瑟尔梅是怎么把红精灵召唤出来的，福瑟尔梅是红精灵的傀儡，而非反之，元素精灵根本不在乎濒死地球上的数百万人能不能多活一天，无奈之下，施鲁厄说，"我们无法保证你的红精灵——即使有紫精灵的支持——能打败来自14纪元的桑德斯汀-戴哈克混血儿。"

福瑟尔梅的眼里红光一闪。这不是幻觉，也不是摇晃的朝阳的反射。这个小小的人类躯壳已经被某种古老而非人的东西占据，燃烧着想要逃出去。"你说的没错，恶魔学家施鲁厄。"福瑟尔梅说，"我们无法保证我的红精灵一定会获胜——只是有压倒性的胜算而已。但你和我一样清楚，如果我们都放出我们的使魔，三十秒后会发生什么——你的戴哈克，和我的元素精灵。你或许会活下来，这很有可能。可那个妓女和啮齿动物会在三十秒的前五秒内死去，下方山谷里的八千人也是一样。决定吧，施鲁厄。我要拿到水晶……现在就要。"

恶魔学家施鲁厄把水晶扔向福瑟尔梅。突然间，施鲁厄似乎缩小了，变成了一个穿着蜘蛛丝长袍的高挑瘦弱的老人，年龄的重负和可怕的疲惫压弯了他的脊背。

"我现在就想杀了你们，"福瑟尔梅说，"但这样做会浪费我旅途所需的能量。"福瑟尔梅用一种比他们脚下的大山还要古老的语言咆哮着,命令两只紫精灵留在原地,阻止施鲁厄和他的随从离开图书馆。然后,福瑟尔姆、他的学徒、颤抖的红精灵、三只黄精灵和三只绿精灵骑上变异佩尔格兰,飞上天空。

就算隔了一段距离,施鲁厄也能看到鞍上的福瑟尔梅弯着腰,看着他那发光的寻觅晶球,十一只巨大的佩尔格兰正向东南方飞去,最终消失在柔和的红色晨光中。

"来吧,"施鲁厄疲惫地说,"紫精灵可能会让我们活得久一点,我们不妨在图书馆里找点吃的。"

德尔维·科雷姆张了张嘴,似乎想愤怒地说点什么,又猛地看了看这个佝偻的老人,他几小时前还是她精力充沛的情人,然后厌恶地跟着施鲁厄走进图书馆。毛兹·梅里沃特和克尔德里克——也就是戴哈克——一边抽搐一边移动,不情不愿地跟着他。恶魔的多维视线从未离开过两只紫精灵。

※

一进门,施鲁厄的举止就完全变了。魔法师在图书馆的书架间穿行,像个小男孩一样跑上楼梯。梅里沃特的黑色赤脚拍打着石头地板,德尔维·科雷姆要跑着才能跟上,她的右手紧握剑鞘和伊伯克号角,以免它们叮当作响。"你想到什么了吗?"当恶魔学家再次冲进乌尔芬特·班德罗兹死去的房间时,她冲着施鲁厄喊道。德尔维·科雷姆因为奔跑而微微喘气,但她有些恼火地注意到,施鲁厄的呼吸毫无变化。

"并不是想到了什么,"施鲁厄说,"我一直都知道。那颗美丽的寻觅晶石只是个诱饵。它会让福瑟尔梅和他的元素精灵走上歧途——至少是他们想去的歧途。我希望它能把他们带到南极海的灯嘴利维坦张开的大嘴里。"

"我不明白，"梅里沃特看着玻璃碎片吱吱地说，寻觅晶石曾摆在玻璃柜里最显眼的位置，"主人为什么要离开……"小毛兹人看着施鲁厄，停下话音。

"问题就在这儿。"施鲁厄说。他把手伸进双肩包，拿出一把石凿、一把锤子和一个精致的玻璃面小木盒。他像一位迟来的医生一样俯身趴在乌尔芬特·班德罗兹的遗体上，用凿子用力敲了三下，削掉了这位死去的魔法师的大鼻子。他做了一个手势，小盒子上的玻璃板随之滑开，施鲁厄将鼻子放进去，让玻璃板合上。盒子里的空气被全部抽出，发出嘶嘶声和叹息。施鲁厄将盒子完全平放，玻璃面朝上。另外两个人挤在一起，克尔德里克则留在门口，透过木头、铁和石头，盯着外面的两只紫精灵。

盒子里的鼻子像罗盘针一样颤动着，缓缓转动，直到鼻孔指向东南偏南。

"太棒了！"德尔维·科雷姆喊道，"现在你只要让随便哪块地毯飞起来，我们就能在日落之前找到另一座终极图书馆！"

施鲁厄沮丧地笑了笑。"唉，福瑟尔梅说他已经毁掉了我的所有飞毯，事实的确如此。"

"你是个魔法师，"米尔玛宗首领说，"只要你一声令下，任何地毯不是都会变成飞毯吗？"

"不，亲爱的，"施鲁厄说，"在这些奇妙的飞毯魔法布匹背后，有一种叫做科学的东西。福瑟尔梅今天早上的破坏行为非常严重。光是那些地毯，就比埃尔泽·达马思地下墓穴里所有传说中的宝藏要更有价值。另外，福瑟尔梅说的是实话——他的红精灵的咒语能让整个濒死地球的所有飞毯坠落——这就是红元素的威力。"

克尔德里克咆哮了一声，施鲁厄意识到戴哈克是在说，"隧道魔法？"

"不行，在那么多石头下面，导引鼻不会起作用。"施鲁厄轻声说。

"我们可以带着美吉拉,我多带了一些,"德尔维·科雷姆说,"但如果另一个终极图书馆在世界的另一端,那就需要花……"

"一辈子的时间。"施鲁厄笑着说,"而且,上次我查过了,你们的美吉拉并不热衷于游泳。途中可能会有好几片海域。"

"那我们没辙了?"梅里沃特问道。小仆人听起来松了一口气。

施鲁厄瞥了一眼这个小家伙,他的目光冷峻而又充满了赞赏。"我猜你已经是这支探险队的一员了,毛兹·梅里沃特。如果你愿意的话。"

"如果我的双胞胎妹妹真的在另一座图书馆里,我想去见见她。"他吱吱地说。

"很好,"施鲁厄说着,把装有乌尔芬特·班德罗兹鼻子的箱子小心翼翼地放进双肩包里,夹在一套多余的内衣里。"想要飞行,除了魔法以外还有其他方法。从这里沿着迪林迪安河向东南方向走五十里格,就能到达商队的中转枢纽莫斯曼枢纽,如果我没弄错的话,古老的天空帆船塔和船只都完好无损。"

"的确完好无损,"德尔维·科雷姆说,"但自从通往遥远北方的贸易航线关闭后,航行所必备的提升液就没有供给了。过去两年,没有一艘天空帆船从莫斯曼枢纽起飞。"

施鲁厄又笑了。"我们可以带上你的美吉拉,"他轻声说,"如果我们愿意把它们骑得半死——我这个老魔法师的屁股会生鞍疮——我们明天中午就能到莫斯曼枢纽。不过,我们得先去一趟我的马车,去取我的旅行箱。"

"福瑟尔梅说他已经烧掉了你的运货马车和里面的所有东西,"德尔维·科雷姆提醒道。

"说是这么说,"施鲁厄说,"但我的箱子很难偷,更难烧毁。我们会在灰烬中找到它。莫斯曼枢纽的天空帆船主会很高兴见到克尔德里克装在我的箱子里的东西……这倒提醒了我。克尔德里克?"

戴哈克的红色角骨上的紫色羽毛竖了起来,触到了十二英尺高的门框,他那巨大的六指双手不停地抽动、开合,咆哮着回应。

"能不能帮个忙,"施鲁厄说,"把等在外面的两只紫精灵给杀了?"

克尔德里克笑得露出了獠牙,从一只尖耳朵咧到了另一只尖耳朵。再往前几英寸,他的半个头就要掉了。

"但要把他们带到超凡世界第十层去做这件事。"施鲁厄补充道,他转向梅里沃特和德尔维·科雷姆,解释道,"这样可以大大减少附带伤亡。至少能减少这个世界的伤亡。"他再次转向克尔德里克,说道:"在超凡世界完成任务后,立刻和我们汇合。"

克尔德里克眨眼间消失在人们的视线中,几秒钟后,一声惊天动地的霹雳把图书馆震得哗哗作响,戴哈克把两只紫精灵从一个世界拖到了另一个世界。乌尔芬特·班德罗兹的石尸在高高的床上晃动着,书籍和秘方从书架上和台面上滚落下来。

"为该死的美吉拉干杯。"施鲁厄说。他们离开房间,德尔维·科雷姆松开了腰带上的伊贝克号角。

毛兹·梅里沃特没有立刻跟上。小家伙站在没了鼻子的石尸前,双手合十,低下了头。他巨大的黑眼睛里噙满了泪水。"再见了,主人。"他说。

然后,梅里沃特匆匆下山,与另外两人会合。女武神德尔维·科雷姆震耳欲聋的号角声在山坡上回荡,而山谷中也响起了回应的伊伯克号角声。

❖

在莫斯曼枢纽的商队城市上空,有三座高大的钢铁塔,就像日晷上的金属指针。塔顶高出城镇和河流三百到六百英尺。每座塔都

乌尔芬特·班德罗兹的导引鼻

由开放式大梁建成，骨架分明，功能齐全，也有一些被遗忘的时代的装饰风格。每座塔的顶部都是一两英亩的平地，起重机、码头吊架、坡道、棚屋、乘客等候区和货物传送带将其分割开来，它们都曾为当年空中遍布着的空中大帆船提供所需的服务。现在，施鲁厄和他的同伴们，包括与她们的首领同行的十七个米尔玛宗，正沿着莫斯曼枢纽宽阔的主干道骑行。居民们、滞留的朝圣者和其他人正争先恐后地躲开疲惫不堪、怒气冲冲的美吉拉。恶魔学家看到，这里只剩下三艘大帆船了。几个世纪以来，随着奥西普树液及其萃取物的供应越来越少，天空帆船贸易也逐渐萎缩。大多数曾以莫斯曼为主要港口的老天空帆船都停到了其他地方，或是被海盗偷走，在濒死地球的海洋或河流中承担着更为实际的工作。

然而，仍有三艘帆船停留在各自的出发塔上，相对完好无损。他们还没有到达塔楼的阴影之下，施鲁厄就已经拿出望远镜，观察着他们的选项。

第一座塔楼伸向正午的深蓝色天空，属于至尊马修斯舒适游轮公司，如今只剩下生锈的大梁支撑着腐朽的木横梁。外面的楼梯已经坍塌，宽大的电梯也早已坠入井底。施鲁厄可以看到粗糙的绳梯如蜘蛛网般密布在塔楼上，还有人在距离河面三百英尺高的平台上移动，但他们似乎在拆卸停泊在船坞里的那艘曾经骄傲的大帆船。船上的桅杆上已经没有了风帆，大部分甲板结构和部分船体上的无价铁木已经被剥离。

第二座塔楼上的古老标志和横幅仍在宣扬卢玛西亚豪华旅游！我们的游轮和中转站能够前往濒死地球上任何地方！极致舒适、绝对安全、超级奢华的空中大帆船！欢迎朝圣者！雅恩特、贾斯泰纳夫、范普恩、阿尔代玛和苏尔的信徒们——赞美他们的名字！——10%折扣！与第一座塔楼和帆船相比也好不到哪里去。塔顶上不见人影，就连卸货工人的棚屋也倒塌了。停在塔上的天空帆船比第一艘帆船要大，但看上去似乎经历过一场战斗——它的船身烧焦破损，插满了十英尺长的铁鱼叉，让这艘古老的大帆船看上去像只豪猪。

施鲁厄叹了口气，研究起第三座，也是最高的一座塔楼。楼梯——一共六十层弯弯绕绕的楼梯——看起来摇摇晃晃，但很完整。升降梯平台仍在井道底部，但施鲁厄可以看到，所有的悬浮设备都已拆除，剩下的金属缆绳——看上去又旧又细，承受不了太多重量——连在底部的手动曲柄上。这里的标语更加朴素——希奥尔科公司。前往菲尔格斯谷、布默加斯和悲伤纪念角的天空帆船中转站（奥西普供应准许）。

好吧，施鲁厄想，自从最近的海啸以来，没人会花钱飞往悲伤纪念角了。他把望远镜对准塔顶。

那里有帐篷，也有人，这既让人放心，又让人沮丧。无论这些潜在的乘客是谁，他们似乎已经等了很久。旧帐篷之间的绳子上挂着衣物。不过，这里的天空帆船看上去更令人期待。这艘船停在高高的支架上，比其他两艘船都要小，看起来不仅完好无损，而且随时可以起飞。方帆整齐地裹在前桅和主桅的支柱上，大三角帆的帆布则绑在两根后桅上。帆船甲板上方六七十英尺处的前桅上飘扬着醒目的红色三角旗，施鲁厄还看到了颜色鲜艳的炮口，不过炮口是紧闭的，他无法判断是否真的有炮弹或炮手。吊架底部能看到船体底部的巨大椭圆形和方形水晶玻璃窗在阳光中闪闪发光。一些年轻人——施鲁厄猜测是希奥尔科的儿子们——正忙着跑上斜坡，熟练地爬过桅杆、缆绳和支柱。

"来吧，"施鲁厄说着，催促着气喘吁吁、闷闷不乐的美吉拉。"我已经选好了帆船。"

"我可不想爬六十层又锈又烂的楼梯。"德尔维·科雷姆说。

"当然不会。"施鲁厄说，"那儿有个升降机。"

"升降平台得有一吨重，"德尔维·科雷姆说，"只有一根缆绳和一个曲柄来驱动它。"

"而你有十七个肌肉发达的米尔玛宗战士。"施鲁厄说,

※

天空帆船的船主兼船长沙姆贝·希奥尔科是个身材矮小、肌肉发达的白胡子男人,讲价时一直不松口。

"正如我所说的,施鲁厄老爷,"希奥尔科说,"在你们前面已经排了大约四十六名乘客——"他们站在离河面六百英尺的平台上,希奥尔科正指着平台上在风中飘摇的杂乱帐篷和棚屋,"大部分人已经等了两年多了,我一直没弄到奥西普萃取物和大气乳化剂,只有这些玩意儿能让我们美丽的帆船起飞……"

施鲁厄叹了口气。"希奥尔科船长,我已经向你解释过了,我可以给你奥西普萃取物……"施鲁厄向德尔维·科雷姆点了点头,她从他的箱子里拿出一个沉重的密封大桶,把它搬过来重重地放在了平台的木板上,施鲁厄从他的长袍里拿出一个铅制小盒子,闪着淡淡的绿光,"我还有你需要的大气乳化剂晶体。只要你让我们上船,我就把这两样东西白送给你。"

希奥尔科船长抓了抓他的短胡须。"还要考虑旅途的开销,"他喃喃道,"我八个儿子的工资——他们是船员,你知道的。还有六十名乘客的食物、水、烈酒、葡萄酒和其他必需品。"

"六十名乘客?"施鲁厄说,"只需要给我和这个仆人准备……"他向毛兹·梅里沃特做了个手势,他正裹在一件小巧的菲尔施尼亚僧袍里,"待会可能还会有另一位同伴加入我们。"

"还有我,"女武神德尔维·科雷姆说,"和我的六名米尔玛宗。其他人可以返回我们的营地。"

施鲁厄挑了挑眉毛。"当然,亲爱的,可你不是还有其他更……有利可图的……事业要做吗?这次远航不知道要花多久,实际

上,我们说不定会一直航行到濒死地球的另一端,而且路线迂回曲折……"

"那就算你们九个人,"希奥尔科船长不情不愿地说,"再加上等待已久的四十六人。这样就有五十五名乘客的补给,当然还有九名船员,算上我自己,一共有六十四张嘴要吃饭。斯特萨之梦的伙食一向很好,先生。不算我们的薪水,光是补给就要……嗯……五千三百特斯的伙食费,再加上两千四百特斯,用来为我们的劳动和技艺买单。"

"岂有此理!"施鲁厄大笑道,"如果我不给你奥西普萃取物和乳化剂,你的天空帆船就得永远停在这里。应该是我向你收取七千五百特斯,希奥尔科船长。"

"您请自便,施鲁厄老爷。"老水手咕哝道,"但这样一来,您的旅费就会增加到一万四千多特斯。我觉得第一种方法更简单些。"

"但显然,"施鲁厄指了指人群,说道,"这些善良的人并不想进行如此漫长而……我承认……危险的航行,因为我坚持,虽然我们的目的地还未确定,也要作为本次航行的第一站。把我们送到之后,你可以再回去接这些人。这些奥西普萃取物足以让你那美丽的大帆船悬浮起来……"

"斯特萨之梦。"希奥尔科船长说。

"是的,这名字真美。"施鲁厄说。

"以我已故的妻子和八名船员的母亲的名字命名。"老船长喃喃地说。

"那就更迷人了,"施鲁厄说,"但是,正如我所说的,即使我们同意付给你过于高昂的酬劳,这些善良的人们也不应该冒着生命危险踏上如此危险的航行。他们仅仅是想去更加和平的地方而已。"

"恕我直言,法师老爷,"希奥尔科说,"瞧瞧这些人,他们已经在这里耐心等待了两年多,您就会明白为什么只要斯特萨之梦有机

乌尔芬特·班德罗兹的导引鼻

会离开支架,他们就会坚持要上船。那三个穿着蓝色华服的人是塞普雷奇牧师和他的两位妻子,他们预订了我们的船票,打算去度蜜月,而那已经是二十六个月前的事了,先生。牧师的宗教信仰禁止他在三人正式度蜜月之前进行结婚宣誓,所以在这两年多里,他们一直在小屋附近那个漏风的旧麻布帐篷里等待……"

施鲁厄喉咙里发出了难以形容的声音。

"还有那七个穿棕色工装的人,"希奥尔科继续说,"他们是弗罗玛拉克兄弟,他们不过是想把亡父的骨灰带回遥远的东庞波杜罗斯的什旺草原上先祖的草棚里,然后他们就可以回到莫斯曼,继续在采石场工作……"

"但东庞波杜罗斯几乎一定不在我们的路线上。"施鲁厄说。

"是的,老爷,"希奥尔科说,"但正如你所说的,如果我们不用把你们送走之后再掉头去接他们,我们就可以把七兄弟送到半路,他们每人只需要付我八百特斯的辛苦费。还有那个高个子,他是宇宙大学的胡埃大讲师……他已经在那个纸板棚里等了十九个月了……他要去梅兰廷湾对面的倒塔城,否则他就无法完成他的论文,研究古董效应对工人阶级环矿侏儒的影响。我只收他一千五百特斯的绕道费。还有,在那群孤儿的后面,有一位尤纳拉修女,她以前是布格拉内特的人,她必须……"

"够了!"施鲁厄举起双手喊道,"你会拿到你的七千五百特斯,你的奥西普萃取物和你的乳化剂,你还可以带上这个自掏腰包的马戏团。我们什么时候才能启航?"

"只需花一个下午和一个晚上,我的儿子们就能装好我们航行头几个星期所需的食物和水壶,法师老爷。"希奥尔科咕哝着说,对自己的胜利露出一丝得意,"如果奸诈的太阳选择再眷顾我们一次,我们就可以在黎明启航。"

"那就黎明吧。"施鲁厄说。他转过身去打算向德尔维·科雷姆解释，但那个女人已经在挑选六名随行的米尔玛宗战士，并指示其他人返回米尔玛宗营地。

✦

不可思议的是，施鲁厄就这样开启了他一生中最快乐的三个星期。

希奥尔科船长言出必行，当红日开始煎熬地升到深蓝色的天空中时，斯特萨之梦就离开了停靠支架。帆船仿佛一个以木头和水晶做成的巨大气球，在离莫斯曼枢纽大约一千英尺的上空盘旋了一会儿，莫斯曼枢纽的全体居民几乎都来观看它的启航，希奥尔科的八个"儿子"（施鲁厄已经注意到其中三人是年轻女子）摇动帆布船帆，船长启动了船尾的大气乳化器，它使天空帆船的船体和船舵下方的空气变得浓稠，足以让它迎风前进和转舵。恶魔学家咨询了装有乌尔芬特·班德罗兹鼻子的小盒子之后，指示船员将帆船的航向设定为东南偏南。

希奥尔科的四十六位老客户，以及德尔维·科雷姆和她的米尔玛宗、梅里沃特（仍穿着长袍）和施鲁厄本人都挤到了中层甲板的栏杆或是私人客舱露台上，向下面呼喊的人群挥手致意。起初，施鲁厄以为莫斯曼枢纽成千上万的居民、农民、商人和竞争对手的天空帆船工人在向航行者们大喊着表达他们的赞许和祝福，但后来他发现，投向斯特萨之梦的还有在清晨的阳光下闪烁的箭矢、弩箭、石块和其他各种东西。他意识到，两年多来天空帆船的首次启航所获得的并非纯粹的赞许。不过片刻之间，大帆船就上升了几千英尺，先是沿着迪林迪安河向南航行了几里格，然后向西南航行，来到郁郁葱葱的库梅齐安丘陵上方，把莫斯曼枢纽和它越来越小的叫喊声远远抛在身后。

在接下来的几天和几周里，施鲁厄的作息和飞船融为一体。

乌尔芬特·班德罗兹的导引鼻

每天清晨日出时分,恶魔学家会从他与德尔维·科雷姆共享的舒适套房的双人吊床上醒来。他会爬上靠近主桅杆顶端的盖尔巢穴,在那儿用乌尔芬特·班德罗兹的导引鼻获取新的航向,然后按照德鲁·舒尔的慢速修行法进行冥想。白天,他会多次通过鼻盒检查航向,希奥尔科船长则是一位微调航向的大师。午夜时分,当希奥尔科的儿女掌舵时,他会借着罗盘箱的灯光最后一次调整航向。

斯特萨之梦本身就是濒死地球晚期最稀有的阿瓦斯之一——一台内部结构复杂的机器。在航行的第一天,希奥尔科船长自豪地向施鲁厄、德尔维·科雷姆、穿着长袍的梅里沃特以及其他感兴趣的乘客和朝圣者炫耀这艘漂亮的船。施鲁厄随即明白了,由八个"儿子"组成的小小船员队伍之所以能驾驭如此复杂的飞船,依靠的并不是常见的魔法,而是因为这艘巨大的天空帆船几乎是自动化的。船尾四分之一甲板上的控制区域(这里是希奥尔科的私人领地,除非船长特意邀请乘客上来)或船尾发动机舱和舵手室里的其他控制装置能够收帆和卷帆,移动并卷起无数的绳索和缆绳,根据需要移动压舱物,甚至计算风力、阻力和质量,让奥西普萃取物得以高效地穿过遍布船体、桅杆、船柱和船帆的蜂窝状管道迷宫。施鲁厄迷上了乳化机,它不需要魔法就能发光和震动;还有那些安全装置、神秘的仪表盘和令人毛骨悚然的无咒语震动,他经常会在睡不着的时候,来到发动机旁边和舵手室里,观看这些机器工作。

天空帆船被建造得非常舒适,就连票价最低的乘客也能享受到舒适的环境。对于施鲁厄和其他花了大价钱的乘客来说,这趟旅程简直就是奢华。恶魔学家和德尔维·科雷姆的舱房位于靠近船尾的第三层,有一扇水晶窗,可以向外俯瞰。即使在最可怕的暴风雨之夜,他们的双人吊床也会轻柔安稳地摇晃。早上,当施鲁厄检查完他们的航向,并完成戒律仪式后,他会叫醒他的战士室友,两人一起在私人浴室里洗澡。然后,他们会走出私人阳台,呼吸清晨凉爽

SONGS
OF THE DYING EARTH

的空气，随后沿着中央走廊前行，来到靠近船头的乘客用餐区，那里有一扇水晶窗，可以看到前方和脚下。随着人们逐渐熟悉下层房间的玻璃地板，眩晕感也会逐渐消失。

到了第五天，一路向东的斯特萨之梦驶出了为人所知的区域。就连希奥尔科船长也承认，他很兴奋地想要知道前方有什么。那天深夜，船长与施鲁厄和德尔维·科雷姆喝酒时解释说，他的天空帆船是按照环游世界的标准而制造的。然而，希奥尔科的妻子斯特萨在世时太过担心丈夫和孩子们会遇到危险，出于对她的爱和尊重，船长收起了对世界尽头的迫不及待，转而满足于把乘客送往已知的（相对安全的）目的地，例如菲尔格斯谷、布默加斯、悲伤纪念角的旧城，以及旅途中的城镇和港口。船长说，现在，他和他的儿子们，勇敢的乘客们，还有斯特萨如此喜爱而又惧怕的这艘大船，都要踏上斯特萨之梦生来本该进行的大航海。早在希奥尔科和他已故的妻子出生前几个世纪，这艘船的设计和建造就已经开始了。

※

第一周过后，施鲁厄有些不耐烦了，急切地想要赶到第二终极图书馆。他确信，克尔德里克已经被击败，并在超凡世界的某个地方被肢解，而紫精灵又回到了福瑟尔梅的邪恶队伍当中。他催促希奥尔科船长把大帆船开到濒死地球所剩无几的高空气流中，那里狂风呼啸，简直要把白帆撕成碎片，桅杆和绳索上都结满了冰。乘客们不得不回到密封的舱室里，裹着毛皮和毯子，任由冰冷的空气挤压着他们的房间。

德尔维·科雷姆轻声对他说："福瑟尔梅的假寻觅晶石能把他引向另一座图书馆吗？"而在她开口之前，他就已经看出了其中的问题。

"不能，"施鲁厄说，"但他——或者更有可能是红精灵——迟早

乌尔芬特·班德罗兹的导引鼻

会明白他们被骗了。然后他们就会来找我们。"

"你打算让他们发现我们冻僵了,因为喘不过气来而面色发青吗?"女武神说。

施鲁厄摇了摇头,为自己的急躁向船长和乘客们道歉,并让希奥尔科把斯特萨之梦缓慢温柔地降到温暖的低海拔,在更悠闲的微风的吹拂之下前行。

在航行的第二周,恶魔学家施鲁厄经历了一些难忘的时刻:

整整一天,斯特萨之梦都在巨大的层积云之间缓慢穿行,云层高达九里格,然后在平流层的高处变成砧状云。当天空帆船不得不穿过云团时,船上的灯笼会自动亮起,希奥尔科的一个儿子会启动船头的声音幽怨的雾号,凝结的湿气从船桅和索具上滴落。

还有两天,他们一直在森林大火的上空飞行,大火已经吞噬了数百万公顷的古老林地。斯特萨之梦在剧烈的热上升气流中颠簸翻滚。烟雾太过浓重,希奥尔科只好把飞船开到了不至于结冰的最高高度,而施鲁厄和乘客们上甲板时仍然不得不用围巾蒙住鼻子和嘴。那天夜里,五十四名乘客,包括德尔维·科雷姆的米尔玛宗和懒得再穿僧袍的毛兹·梅里沃特,都在鸦雀无声中用餐,透过餐厅的水晶地板凝望着下方不到一英里处肆虐咆哮的地狱。

在接近海岸线时,天空帆船低空飞过一场战争的最后阶段,一支围攻的军队正在进攻一座被铜墙铁壁包裹的堡垒城市。几道锈迹斑斑的古城墙已经被攻破,爬行动物骑兵和装甲步兵如蚂蚁般涌入城中,守军封锁了街道和广场,进行最后的拼死抵抗。德尔维·科雷姆用她那双经验丰富的眼睛判断出,十多万人的围城军队正与不到一万人的守城士兵展开殊死搏斗。"真希望他们能雇佣我和我的三百个姑娘。"德尔维·科雷姆轻声说,而大帆船正从大屠杀和燃烧的港口上方驶过,向东南方的大海漂去。

"为什么?"施鲁厄说,"你肯定会完蛋。整个地球的历史上都不会有三百个勇士能拯救那座城市。"

女武神微笑了。"啊,但那是荣耀,施鲁厄!荣耀。我的米尔玛宗会将战斗延长数周,甚至数月,我们的英勇战斗和荣耀会被传唱到红日西沉。"

施鲁厄点了点头,尽管他完全不明白,但还是碰了碰她的胳膊说:"也可能只是几周或几天,我的朋友。无论如何,我很高兴你和你的三百号人不在下面。"

斯特萨之梦转向正东方,驶过一片绿色的浅海,然后来到一片群岛上空,希奥尔科船长和施鲁厄都认为这就是传说中的赤道群岛。乘客们在露台上享用午餐,俯瞰着希奥尔科把大帆船开到距离热带岛屿和绿色泻湖上方不到一千英尺的地方。岛屿本身似乎无人居住,但岛屿间的水道、海湾和无数泻湖上却挤满了成百上千艘精致的游艇,有的几乎和空中帆船一样大,都是巴洛克式的木制设计,有着明亮的黄铜装饰、顶部为锯齿状的塔楼和拱形的船舱,游艇上的旗帜、横幅和五彩丝绸一艘比一艘多。

他们离开了群岛,向着东南方向,进入了更深的水域,海水从绿色变成浅蓝色,随后变成了与濒死地球的天空相媲美的深蓝色。往下张望,能看到的会动的东西只有形状模糊的巨大鲸鱼,以及吃鲸鱼的海怪。那天晚上的餐厅里,能看到海面上的磷光仿佛让大海活了过来,在下方的灯嘴海怪的弧光灯的衬托下,显得更加流光溢彩。人们随即意识到,这些怪兽能将斯特萨之梦一口吞下。希奥尔科尔船长把大帆船开到更高的地方,以寻找更有利的风向时,施鲁厄和其他乘客都松了口气。

第二天一早,希奥尔科船长的一个儿子向德尔维·科雷姆和施鲁伊展示了如何将他们的编织小吊床钩在盖尔巢上方,在主桅高处的横木上。这天狂风大作,大船先是转向,然后又迎风飞奔,船帆和桅杆顶端不时倾斜三四十度。魔法师和女武神的小吊床在甲板上六十英尺高的地方摇摆，然后瞬间翻滚到数千英尺高的地方，下方是好几里格厚的风暴云层。这是一个没有太阳的白天，主要的光线来自他们脚下的云层中翻滚荡漾的闪电。

"真奇怪，"德尔维·科雷姆一边说，一边从自己的吊床上滚下来，钻进了施鲁厄的吊床上，当德尔维坐起来跨坐在他身上时，施鲁厄吊床上的廉价扣子和细细的网绳被拉扯着发出了呻吟声，但还是撑住了，"直到今天，我才知道自己有恐高症。"

第二周的第六天晚上，希奥尔科和他的儿子们打开了美丽的大宴会厅，大厅的水晶地板几乎占了船体底部的三分之一。乘客和希奥尔科的儿子们举办了一个航行中点庆典，尽管根本没人知道航行是否到了中点。到了午夜时分，就连施鲁厄也不再关心这些令人头疼的细枝末节。

虽然已经共同生活了两个星期，同伴们庆祝节日的本领还是让施鲁厄惊讶不已。他发现，希奥尔科的儿子们每人都会演奏一种乐器，而且演奏得很好。大宴会厅的侧窗敞开着，海上的夜色中传来了天钟的复杂钟声，小提琴、塞皮斯琴和球形提琴的弦乐，长笛、萨克斯、竖琴和小号的清脆音符，以及手鼓和悲鼓的低音。事实证明，希奥尔科船长不仅是一位船舶大师，也是三层钢琴大师，舞会就这么开始了。

塞普雷奇牧师和他的两位妻子——威尔瓦和科弗兰——自航行开始后就再也没有走出过他们的船舱，但今晚他们身着亮丽的蓝色丝绸亮相，并向兴致浓厚的节日人群展示了狂野奔放的德维安·塔兰图拉舞。弗罗玛拉克兄弟暂时把丧事抛在一边，带领大家跳起了跳跃的探戈·康加舞，到最后，三分之二的舞者都笑得倒作一团。然后，大讲师胡埃——就是那个高大、沉默、严肃的人，每天晚上

SONGS OF THE DYING EARTH

施鲁厄都会在前甲板上和他下棋——把深色的讲师袍留在了堆满书本的仓房里，光着膀子，穿着金色拖鞋和银色马裤，在砰砰作响的钢琴和手鼓声中跳起了狂野的阔斯特独舞。这支反重力的舞蹈令人叹为观止，六十多位乘客和船员都跟着节拍鼓掌，直到最后胡埃跳到了天花板上，在那里跳了三分钟超乎想象的踢踏舞，然后像蜘蛛一样降到下面的水晶舞池中，鞠躬致意。

小毛兹·梅里沃特拿出了一件他拼凑起来的乐器，由管风琴、蒸汽笛风琴和雾角构成。梅里沃特穿着他最时髦的黄衬衫、白手套和红短裤，穿着特大号木屐跳着踢踏舞，用假声唱歌，同时拉动绳索启动各种号角、管子和蒸汽警报器。这场表演非常滑稽，他赢得的掌声与大讲师胡埃不相上下。

不过，在这个漫长的夜晚里，施鲁厄最为惊奇的也许是女武神德尔维·科雷姆和她的六位米尔玛宗的变身。

施鲁厄从未见过德尔维·科雷姆和她的战士们脱下贴身的龙鳞甲，但这一夜，她们穿上了无比性感的飘逸的薄长袍，由柔软的七彩半透明丝绸制成，闪闪发光。当米尔玛宗像彩虹一样飘然而至时，舞厅里的每个人都惊呼起来。就像彩虹中的色带一样，随着七位女子以及其他人不断移动，色调和饱和度也在不断变化。德尔维·科雷姆身着红裙入场，当施鲁厄来到她身边邀请她跳舞时，她的薄纱裙变成了紫色。每一位年轻女子的长裙都会随着她们的肢体在布料下移动而变换颜色，但彩虹始终呈现出七种颜色。

"太绝妙了。"过了好一会儿，施鲁厄紧紧拥抱着德尔维·科雷姆跳舞时低声说道，管弦乐队在已经在狂舞中筋疲力尽，开始演奏一曲缓慢的华尔兹，它的历史有时间本身一半久远，舞会就要结束了，水晶窗外闪烁着黎明前的灰暗光线，两人在水晶地板上缓缓移动，施鲁厄能感觉到德尔维·科雷姆的胸口紧贴着他，"你的礼服——你所有的礼服——都令人惊叹。"他又说。

乌尔芬特·班德罗兹的导引鼻

"什么?这件旧衣服?"德尔维·科雷姆说着,把一条几乎透明、似乎没有重力的飘带扔到一边——它现在是绿色的,"只是我和姑娘们在洗劫莫伊城后捡到的东西。"她显然被施鲁厄的惊讶逗乐了,"怎么了,恶魔学家?战士穿这种衣服不符合你们魔法师的哲学吗?"

施鲁厄轻声吟诵道——

"所有魔法
一碰到冰冷的哲学不就都消散?
天空中有道可畏的彩虹:
我们知道它的纬线,它的组织;
它被列入普通事物的沉闷目录里。
哲学会剪去仙人的翅膀,
规矩和绳墨可以征服所有神秘事物,
荡涤鬼魅的空气和地精守护的矿脉——
拆开彩虹"①

"太精彩了,"德尔维·科雷姆低声说道,"谁写的?你在哪里找到的?"

"没人知道是谁写的,"施鲁厄说,把她拉近,贴着她的脸颊轻声说,"我刚才还在想,这首华尔兹的历史有时间本身一半久远……好吧,这首诗的作者已经失传,但它和时间一样古老。而且,比我们所有的记忆都要古老——除了我母亲的记忆,她曾用古代诗歌哄我入睡。"

德尔维·科雷姆回过神来,仔细端详着施鲁厄的脸。"你?恶魔学家施鲁厄?还有母亲?真是难以想象。"

---

① 译者注:引用自济慈的诗《拉弥亚》。

施鲁厄叹了口气。

突然,大讲师胡埃插了进来——不是和德尔维·科雷姆跳舞,而是兴奋地对施鲁厄说话。

"我刚才是不是听到你在说什么地精矿?我正在写关于地精矿的论文,你知道的!"

施鲁厄点点头,握住德尔维·科雷姆的手,说:"很有趣。但恐怕我和这位女士现在必须回去了。我改天再和你聊聊地精矿——也许在明天下棋的时候。"

大讲师胡埃光着上半身,系着红色腰带,穿着银色马裤和金色拖鞋,看起来不像平时那么专业,显得有些沮丧。

他们沿着大楼梯走出舞厅,德尔维·科雷姆低声说:"我一离开就会毁了彩虹。"

施鲁厄笑了。"其他六种颜色中的五种在几个小时前就和绅士们一起离开了。"

"好吧,"女武神说,"很难说和我一起离开的是一位绅士。"

施鲁厄猛地瞥了她一眼。虽然他的表情没有变化,但他惊讶地发现自己的感情受到了深深的伤害。

德尔维·科雷姆似乎察觉到了这一点,捏了捏他的手。"我要和这次航行中的唯一一位绅士一起离开。"她轻声说道,"在我波澜壮阔的一生中认识的所有男性里的真正的绅士。也许是在整个濒死的地球上。一位绅士,同时也是一位魔法师——这可不是常见的组合。"

施鲁厄没有反驳。他们走进房间,而他一言不发。

※

两天后,黎明刚过,斯特萨之梦越过了另一片大陆的西部海岸线。乌尔芬特·班德罗兹的鼻子在它的小箱子里向东北方向移动了至少十度,天空帆船也跟着改变了航向。

"船长,"施鲁厄站在原本空无一人的后甲板上,在掌舵的希奥尔科身边说道,"我注意到船上有大炮……"

希奥尔科发出水手的大笑。"只涂了油漆而已,魔法师老爷。只涂了油漆。为了吓走停靠港口后出现的天空海盗或愤怒的丈夫。"

"那你没有武器吗?"

"武器柜里有三把弩和我祖父的弯刀。"希奥尔科说,"哦,船舱里还有鱼叉枪。"

"鱼叉枪?"

"一个用压缩空气驱动的笨重东西,"船长说,"发射一根八英尺长的带倒钩的鱼叉,鱼叉上拖着一到三英里长的细钢缆。本打算用来猎杀鲸鱼或小灯笼鱼之类的东西。我和我的儿子们从来没有理由也没有机会用它。"

"你也许会想要把它带到甲板上,看看它是否管用,"施鲁厄说,"练习一下。"

当天下午晚些时候,大帆船穿越了一片闪烁着水晶光芒的赭红色和朱红色沙漠。斯特萨之梦飞得很低,所有人都能看到那些巨大的蓝色生物——施鲁厄倚在栏杆上看着,觉得它们更像是软壳的腔室鹦鹉螺——它们进化出了一个巨大的轮子,并靠着轮子在红色的沙漠上单个或成群地滚动,留下十里格长的足迹。

"我们可以用其中一只来练习!"希奥尔科的一个儿子对施鲁厄叫道。他和另外两个人已经在甲板上组装连接好了气动鱼叉枪,但还没有发射过带倒钩的鱼叉。

"我不会。"施鲁厄说。

"为什么不会呢?"好脾气的年轻人问道。

施鲁厄指了指。"看到那些蓝轮子在沙子上留下的痕迹了吗?它们是古老的文字。这些生物在祝愿我们一路顺风。"

当他们越过沙漠时，德尔维·科雷姆和他一起站在栏杆边。"施鲁厄，和我说实话。你从未打算逃离濒死地球的末日，不是吗？"

"没有。"施鲁厄说，他的脸上闪现了一瞬不同寻常的笑容，"这一切实在太有趣了，让人不忍错过，不是吗？"

❦

翌日清晨，他们飞进了一片群山，高大险峻，前所未有，山峰高到山顶上还残留着真正的积雪。突然，前方低矮的云层散开了，斯特萨之梦飘浮在高大狭窄的金属玻璃塔楼之上，比灯笼还要明亮的东西照耀着塔楼。

十几辆古老的飞车像大黄蜂一样从塔上飞到空中，冲向大帆船。

希奥尔科船长拉响了警报——他不得不从梅里沃特拼凑起来的乐器中收回几只喇叭和警报——乘客们按照演习，回到了甲板下方。船长的儿子们在索具旁和消防站里各就各位。施鲁厄看到，三把古老的弩都派上了用场。希奥尔科本人在掌舵，扣上了他的一个女性"儿子"带给他的弯刀。给他带来的。德尔维·科雷姆和她的六个米尔玛宗也带着短弩和尖刀部署完毕，两个女人站在左舷栏杆上，两个女人站在右舷栏杆上，一个在船头，一个在船长身后的甲板上，而德尔维·科雷姆自己则在四处巡视。施鲁厄仍留在左舷栏杆处。

三辆飞车冲了过来。希奥尔科让他的一个儿子举起白蓝相间的通用旗帜时，三辆飞车向斯特萨之梦发射了狭长而强劲的光束。两片船帆和甲板上的窄圈顿时燃起熊熊大火，被希奥尔科的儿子们用水桶在半分钟内扑灭了。

又有四辆飞车加入了前三辆飞车的行列，它们从左舷掠近，在一百码外释放炽热的光束。

"开火。"德尔维·科雷姆说。七名米尔玛宗启动了钝而有力的弩机。她们从腰上的箭囊中快速装填弹药，施鲁厄甚至看不清她们的动作。不到一分钟，七个人一共发射了十一排弩箭。

弩箭刺穿了七辆中的六辆古老飞车那泛黄脆弱的顶篷，驾驶员已经死亡，飞车穿过云层坠落在下方的雪峰上。第七辆飞车摇摇晃晃地飞走了，不再受飞行员的控制。

剩下的五辆车开始在半英里开外绕着斯特萨之梦飞行，试图用它们衰减的光束点燃大帆船宽大的白帆。

施鲁厄瞥了一眼压缩空气鱼叉枪，但希奥尔科的儿子们正忙于冷却船帆上的白圈热点，根本无暇操作这种笨拙的武器。施鲁厄闭上眼睛，抬起双臂，将手指变成快速移动的召唤爪，念起一个世纪前一个名叫查玛斯特的厌女法师教给他的咒语。

东北方向的云层中出现了一条半英里长的深红色巨龙，它的翅膀比大帆船还长，眼睛燃烧着黄色，长长的牙齿在阳光下闪闪发光，大嘴足以同时吞下五辆飞车。斯特萨之梦上的所有人都停下呼喊和动作，只余船帆的拍打声和巨龙皮质翅膀发出的更加响亮的拍打声。

飞车笨拙地转过身，向远处的塔城飞去。

巨龙不再追逐金属和塑料制成的飞行器，转而对斯特萨之梦产生了兴趣，它那蜿蜒的长身在云层间飞舞，像海蛇般起伏不定。它那双黄色的眼睛显得十分饥渴。

"鱼叉枪！"希奥尔科船长冲着他的儿子们喊道，"操作鱼叉枪。"

施鲁厄摇了摇头，举起一只手，制止了年轻人。在确认最后一辆飞车离开视野后，施鲁厄再次举起双臂——长袍袖子上的灰色蜘蛛丝向后滑动——做出动作，仿佛在指挥一支无形的交响乐团，巨龙在雷鸣般的爆炸声中消失了。乘客们报以热烈的掌声。

当天傍晚，施鲁厄来到甲板上，又赢得了一阵掌声。乘客们看到的是一条更小、更绿，但更愤怒的龙，它试图跟上天空帆船的速度，却落在了后面，因为强风从西南方向直袭而来，推着斯特萨之梦越过并远离最后几座山峰和随之而来的云层。小龙朝大帆船喷火，然后转向云层和高峰。

"我觉得你的第一条龙更有说服力。"当甲板上的乘客再次为魔法师鼓掌时,希奥尔科船长说道。

"我也这么认为,"德尔维·科雷姆说,"这条龙似乎有点……不太结实。有些地方几乎是透明的。"

施鲁厄谦虚地耸了耸肩。他没有理由告诉他们第二条龙是真的。

✳

天刚亮,他们就发现了追随者。施鲁厄和德尔维·科雷姆被一个儿子叫醒,在得到希奥尔科船长的允许后,匆忙爬上了后甲板,来到船尾栏杆处。船长,他的几个儿子,大讲师胡埃,梅里沃特和其他几位乘客正共同使用希奥尔科的望远镜,研究西边地平线上闪烁的小点。清晨的天空万里无云,无比澄澈。施鲁厄自己的小望远镜折叠得像单片眼镜一样扁平,但它却是斯特萨之梦上最强大的仪器。恶魔学家展开望远镜,朝地平线看了很久,然后把这架更好的望远镜递给船长。"十一只佩尔格兰。"他轻声说,"福瑟尔梅发现我们了。"

"有一个鞍是空的。"轮到德尔维·科雷姆看望远镜时,她说。

"学徒好像失踪了,"施鲁厄说,"但你会发现,两只紫精灵都回来了,坐在各自的鞍上。"

德尔维·科雷姆抬起苍白的脸,看向施鲁厄。"也就是说,你的戴哈克,克尔德里克,失败了。如果真是这样……"

"如果真是这样,"施鲁厄说,"那我们都完蛋了。但我们在这里看到的两个紫精灵可能是福瑟尔梅的投影。更确切地说,是红精灵的投影,因为我相信福瑟尔梅本人已经几乎没有自主权了。他们显然认为,让我们相信克尔德里克已经被打败,可以打击我们的士气。"

乌尔芬特·班德罗兹的导引鼻

"这当然会打击我的士气。"梅里沃特尖声说。

施鲁厄将长长的手指放在嘴唇上。"没有人需要知道克尔德里克与紫精灵的战斗。那么,不管紫精灵是不是投影,我们这支小队伍的士气都不会受到影响。"

"直到福瑟尔梅和他的红紫军团杀掉我们。"德尔维·科雷姆非常轻声地说。但她在微笑,眼中闪烁着光芒。

"是的。"施鲁厄说。

希奥尔科船长走到他们身边。他和其他船员及乘客只知道施鲁厄认为有必要告诉他们的事情——有可能遭到另一个魔法师及其爪牙的追击。

"他们正在靠近。"希奥尔科说,"除非斯特萨之梦受到西南强风的眷顾,他们就会继续逼近。他们会进攻吗?"

"我想不会,"施鲁厄说。"我有他们想要的东西,但他们最想要的是到达乌尔芬特·班德罗兹的鼻子指引我们去的地方。但随着他们越来越近,我相信我可以抑制他们的任何冲动行为。"施鲁厄转向身高七英尺的大讲师胡埃和矮小的毛兹·梅里沃特,"两位绅士可否陪我到下面去?"

十分钟后,施鲁厄牵着一个十一英尺高的人影再次出现在甲板上。人影完全笼罩在蓝色长袍和黑色面纱之中,是一位菲尔施尼亚僧侣。施鲁厄带着这个高大而略有不稳的身影来到船尾,把僧侣的手放在栏杆上。

"如果我要移动,该怎么办?"大讲师胡埃低沉的声音从高大僧侣的胸口传来。

"你不必移动,除非他们发动攻击,"施鲁厄说,"如果真到了那一步,我们的小伪装早就被看穿了。哦……不过,如果你们中有谁需要用头,梅里沃特可以引导你们,而我们中的一个人可以握住你的手,大讲师。"

SONGS
OF THE DYING EARTH

"太棒了。"面纱后面传来一声沮丧的尖叫。

下到他们的船舱后,德尔维·科雷姆低声问道:"真正的克尔德里克获胜并及时返回帮助我们的可能性有多大?"

施鲁厄耸耸肩,露出他修长的双手。"正如我之前说,亲爱的,这样一场发生在超凡世界的战斗可能会持续十分钟到十个世纪不等。但克尔德里克知道一获胜就立刻返回的重要性,如果他获胜并活了下来的话。"

"有没有可能是戴哈克逃走了?"她低声问道。

"没有,"施鲁厄说,"完全没有。克尔德里克仍然被彻底束缚着。如果他活了下来——他和两只紫精灵,总有一方得死——他将立即返回。"

※

这一天,佩尔格兰和它们的鞍上乘客越来越近,最后,这些拍打着翅膀的黑色身影停在了天空帆船后面不到两里格的地方。施鲁厄催促希奥尔科船长,让他的儿子们练习空气鱼叉枪。在这漫长而炎热的一天里,他们一直在勤奋地练习,一次又一次地发射并卷起长长的倒钩。中午过后,乌尔芬特·班德罗兹的导引鼻转向正东方,大帆船和后面的佩尔格兰也相应地改变了航向。

"我从来没见过这么大的佩尔格兰,"那天下午晚些时候,希奥尔科对施鲁厄说,两人都在用望远镜研究他们的追逐者,"它们几乎是普通怪物的两倍大。"

的确如此。佩尔格兰以人类为食,这是它们最喜欢的食物,但是普通佩尔格兰只能用爪子抓走一个成年男女。而这些怪物看起来好像每只爪子都能叼走一个人,同时还能用喙叼走第三个人。

"多亏了福瑟尔梅和红精灵的魔法育种。"施鲁厄喃喃自语道。当三个儿子再次发射鱼叉枪时,中甲板上传来了压缩空气的平缓爆炸声。然后传来了尖锐的呼啸声，他们开始费力地收回四分之一英里长的钢缆。

※

巨大的夕阳映照着这十一只飞行的身影，其中一只佩尔格兰打破队形，开始缩小与大帆船的距离。

"无鞍的那只，"德尔维·科雷姆说，她正用施鲁厄的望远镜观察着，她和她的米尔玛宗们把所有武器都绑在了龙鳞甲和腰带上。"该死！"

"怎么了？"希奥尔科船长和施鲁厄同时说。

"它扛着一面白蓝相间的旗帜。"

事情就是这样。希奥尔科的儿子们竭尽全力，用笨重的鱼叉枪瞄准越来越近的佩尔格兰，德尔维·科雷姆的米尔玛宗却发现，用她们短小但威力强大的弩箭射击要容易得多。而那只佩尔格兰的肉乎乎的粉色小翅膀手里确实拿着一面白蓝相间的休战旗。他们让它飞近一些，落在左舷的栏杆上。

大多数乘客在甲板上围成一个巨大的半圆，然后又围成半个半圆，试图躲在这只臭气熏天的佩尔格兰的上风口。几个米尔玛宗和希奥尔科的儿子们则紧盯着他们身后的另外十只佩尔格兰，确保这次来访不是声东击西。

施鲁厄和船长又往前走了几步，进入了笼罩在怪物周围的腐肉恶臭。恶魔学家注意到，佩尔格兰戴着烟雾护目镜——它们讨厌在白天飞行。

"你想干什么？"希奥尔科船长问道，他想了想，又补充道，"如果你在我的栏杆或甲板上拉屎，你就死定了。"

佩尔格兰露出了狰狞的笑容。"你的魔法师知道我们想要什么。"

"我刚用完寻觅晶石。"施鲁厄说，"福瑟尔梅的学徒怎么了？"

SONGS
OF THE DYING EARTH

"他变得太……野心勃勃了，"佩尔格兰喘着气说，"所有学徒迟早都会这样。福瑟尔梅不得不……惩罚……他。不要转移话题，恶魔学家。把鼻子交出来。"

这个要求的措辞让施鲁厄和德尔维·科雷姆都笑了起来。其他乘客和船员看着他们，好像他们疯了一样。

"告诉红精灵和他的傀儡福瑟尔梅，他们可悲而错误地预测了紫精灵的本领。"施鲁厄说，他朝船尾栏杆处沉默不语的高大僧侣身影点了点头，至少，梅里沃特已经设法让大讲师胡埃转过身来，让兜帽下的黑纱对着佩尔格兰的大致方向，"我们知道超凡世界之战的真实情况了。"

佩尔格兰看起来毫无兴趣。"你是打算把鼻子给我，还是让福瑟尔梅从你手里抢过来？"

施鲁厄叹了口气。"让我给你看点东西，我的朋友。"他轻声说，"年轻的希奥尔科·阿文——你能把多出来的木块和索具给我吗？好的，把它放在我面前的甲板上。谢谢。你在看吗，佩尔格兰？"

那只超大的佩尔格兰的黄眼睛饥饿地不断旋转，看着四面八方，就是不看甲板上那块沉重的木块和绳子。它舔着自己的臭嘴，看着乘客们说："哦，这里正在举行生日派对吗？你们都请了村里的魔术师吗？这老头是不是要让我们看看他袖子里什么都没有，然后让那又大又坏的木块和索具消失？那一定会让全宇宙十七位红精灵之一印象深刻！"

施鲁厄微笑着打了个响指。

沉重的木块消失了。

佩尔格兰痛苦而惊恐地尖叫着。它的爪子和两只肉乎乎的小手紧紧抓住自己的肚子。

"你看起来很饿。"施鲁厄说，"我知道福瑟尔梅和福瑟尔梅的主人正在通过你观察和倾听。让他们知道，在我把乌尔芬特·班德罗兹的鼻子送到别处之前，他们永远别想夺走它——而且是比你这肮脏的肚子更不可能的地方，佩尔格兰。"

那只佩尔格兰还在嘶吼着，拍打着翅膀飞到空中，扭动着身体，翻滚着，然后尖叫道："我要抓你们当晚餐，凡人。"它佯装朝施鲁厄的方向飞去，但突然向旁边一扑，用爪子抓住了塞普雷奇牧师的年轻妻子威尔瓦，然后朝南飞去，威尔瓦尖叫的时候，它也在痛苦地尖叫着。

"快！"施鲁厄喊道，示意愣住的希奥尔科的儿子们向压缩空气鱼叉枪走去。

米尔玛宗不需要任何提醒。当六支弩箭猛烈地射向怪物的肩膀、后背和上部多毛的胸部时，佩尔格兰离她们不过三十码远——女战士们正努力避免射中挂在它爪子上的女人。米尔玛宗立刻重新装填，德尔维·科雷姆举起手，准备发出第二轮射击信号。

"不！"施鲁厄喊道，"如果它死了，就会扔下威尔瓦。"他朝希奥尔科的儿子们做了个开火的手势，同时嘴里念着咒语，手指在空中弹奏着，就好像在弹奏船长的三层钢琴一样。

在能量的指引下，鱼叉不可思议地精准击穿了佩尔格兰厚厚的胸膛。黄色的汁液四处飞溅。佩尔格兰的尖叫声变成了超声波。

"快！"施鲁厄叫道，帮助儿子们摇动金属缆绳。

"我要把她扔下去！"愤怒的佩尔格兰尖叫道，"我以你们信仰的最高神灵起誓，放我走，否则我就咬掉她的头，把她扔下去！"

"放下她，你现在就得死。"施鲁厄喊道，仍在把佩尔格兰拉回来，六只米尔玛宗的弩箭毫不犹豫地瞄准了它的脑袋，"把她安全送回去，你还有机会活命，"他说，"我保证给你自由。"

佩尔格兰发出沮丧和痛苦的尖叫。他们把它摇上船，就像拉着一条巨大的、弯腰驼背的、散发着腐肉臭味的、长着羽毛的鱼，佩尔格兰翻滚着、蠕动着、吼叫着，把黄绿色的黏液吐得到处都是。

但是威尔瓦获得了自由,被塞普雷奇牧师抱在怀里,哭泣着,但还活着。

"你答应过给我自由!"巨大的佩尔格兰尖叫道。

"我的确答应了。"施鲁厄说,并向德尔维·科雷姆点点头,后者立即用她最长、最锋利的剑击中了这只巨型佩尔格兰的胸部上方,切断了它毛茸茸的躯体。光是这一块躯体就比梅里沃特还大,梅里沃特不得不纵身一跃,慌忙躲开它刺来的毒刺。佩尔格兰的胸部扑倒在甲板上,仍然被长长的带倒刺的鱼叉刺穿。施鲁厄又做了一个手势,反手一挥,那只嘶吼着的佩尔格兰剩下的部分仿佛被一只无形的巨手扔到了海里。它坠落了一千多英尺,尖叫着,诅咒着,流着鼻涕,然后才想起自己还有翅膀。

这是一个漫长的夜晚,施鲁厄和德尔维·科雷姆都一宿没睡。乌云密布,到了午夜时分,斯特萨之梦已被厚厚的云雾笼罩,船员们将船帆全部收起,大帆船只能勉强前进。施鲁厄和米尔玛宗首领蜷缩在驾驶室船长希奥尔科附近的船舵上,只能看到主桅上明亮的灯笼发出最微弱、最遥远的球形光芒。除了希奥尔科的某个儿子一刻钟一次的报时外,船上唯一的声音就是水滴从桅杆和索具上滴落的声音。然而,船外却传来了十只佩尔格兰扇动皮质翅膀的声响,随着时间的推移越来越近。

"你觉得他们今晚会上船吗?"德尔维·科雷姆低声问道。施鲁厄觉得有意思的是,他从她的声音中听不出任何恐惧或担忧,只有淡淡的好奇。在潮湿的甲板上,她的六个米尔玛宗裹在毯子里,睡得像孩子。而且,施鲁厄知道,与孩子不同的是,当警报响起时,她们可以在一瞬间完全清醒过来。他想知道,训练有素、严于律己到可以消除恐惧,会是一种什么样的感觉?

乌尔芬特·班德罗兹的导引鼻

他说:"这取决于红精灵控制的福瑟尔梅是否认为他真的有机会偷走鼻子。"施鲁厄拍了拍他的长袍,小盒子就放在他心脏旁边的口袋里。

"他……有机会吗?"德尔维·科雷姆低声问道,"我是说,真正的机会。通过魔法?"

施鲁厄在船舱柔和的灯光下对她微笑。"没有我对付不了的魔法,亲爱的。至少在如此明显的尝试中,我都能对付。"

"这么说,在战斗中,你和红精灵以及福瑟尔梅不相上下?"女人的低语似乎带着一丝锋芒。

"我很怀疑,"施鲁厄说,"我可以让他们抢不到鼻子,但要是硬碰硬地打斗,我的胜算很小。"

"那,"德尔维·科雷姆拍拍肩上的短弩,低声说,"如果福瑟尔梅突然死去呢?"

"也是一样,"施鲁厄低声说道,"但即使没有红精灵,名叫福瑟尔梅的古代魔法师也不是那么容易被杀死的。但我今晚担心的不是这个。"

"今晚你在担心什么呢,施鲁厄?"德尔维·科雷姆说着,将长满老茧的手指伸进他的长袍,抚摸他裸露的胸膛。

施鲁厄笑了笑,但还是拉开了手,从袍子里取出了那个小盒子。他把盒子放在船舱灯附近,低声说:"这个。"

乌尔芬特·班德罗兹的导引鼻在盒子里悬浮着,让玻璃盖子咔咔作响。施鲁厄将盒子翻转过来,鼻子就像被磁力吸住一样滑到了顶端,鼻孔朝上,在夜雾中只向左偏了一点。

"在我们上方?"德尔维·科雷姆嘶哑着嗓子问道,"这不可能。"

施鲁厄摇了摇头。"你看到希奥尔科舰长附近的柱子上,位于轮盘和绞盘之间的那个刻度盘了吗?下面的奥西普引擎室里的小型装置会从龙骨旁的船体上的大气乳化器发出脉冲,这些脉冲会返回到接收器,告诉船长船的真实高度,即使在黑暗和浓雾也准确无误。你会注意到,现在读数刚好在海拔五千五百英尺的数字上方。"

"所以呢?"

"我们在一个山谷里。"施鲁厄低声说,"我们已经沿着它的轮廓走了好几个小时。终极图书馆就在我们头顶东边的一座山峰上——大概在海拔九千尺左右。"

"为什么我们没有撞上周围的悬崖而死?"德尔维·科雷姆问道。施鲁厄又一次注意到,她的疑问里只带着淡淡的好奇。

"我们飞得很慢,随着微风飘动。"施鲁厄轻声说,"另外,我还设计了一个小仪器——在那里,你可能会注意到我们的好船长正密切关注着我从梅里沃特的蒸汽笛风琴那里临时弄来的四个刻度盘。"

战士首领看了看从设备上引出的电线,又看了看船头附近一个盒子里的东西,笑着摇了摇头。"男孩和他们的玩具。但有什么办法能让福瑟尔梅和他的佩尔格兰在黑暗中不撞上周围的岩石呢?"

"啊,"施鲁厄叹了口气,"恐怕它们比我们更清楚,它们自己在哪里,我们又在哪里。佩尔格兰是一种夜行飞行生物。它们通过物体反射回来的声波来导航。这就是我的'小仪器'所连接的——我们不幸的佩尔格兰访客震动的胸部。这种生物也是通过胸部来'听'的……这就是为什么我让我们的朋友靠得这么近,而且和他打了半天交道的原因。"

"你需要他的胸部。"

"是的。"他捏了捏她的手,她的皮肤非常冰冷潮湿,但她的手却没有丝毫颤抖,"亲爱的,你想睡就睡吧,"他低声说,"除了直觉,我没有任何依据,但我认为红精灵和福瑟尔梅、三只黄精灵、三只绿精灵以及他们的佩尔格兰今晚不会在黑暗中行动。"

"睡觉?"多姆伯家族的前公主德尔维·科雷姆低声问道,"错过这一切?你一定是在开玩笑。"她铺开一条毯子,从施鲁厄的外袍下钻进去，把他拉到自己身旁。

希奥尔科舰长朝他们的方向瞥了一眼，轻轻哼了一声，然后又把注意力放回到乳化器和胸廓刻度盘上。

※

天刚蒙蒙亮时，鼻子开始旋转。云层先是呈现出黎明前的乳白色光芒，然后随着红日奋力升起而散开。希奥尔科船长让大帆船完全停了下来，然后让它上升了三千多英尺。

第二终极图书馆位于一个岩石岬角上，悬在垂直落差达四千英尺以上的葱郁山谷之上。这个版本的图书馆没有护城河，但山峰之间有一片林木茂盛的荒野，向西面延伸了数英里。

"你可以在前门附近的峡谷里降落。"施鲁厄对船长说，"然后放我们出去，继续运送其他乘客。"

希奥尔科咧嘴一笑。"我比你更清楚，魔法师。无论如何，那个恶魔福瑟尔梅和操纵他的红色玩意儿都不会放过我们的。如果你愿意，我们会把你放下，然后我们会停在瀑布附近那棵巨大的老树附近，我们可以在那儿重新装满我们的木桶，如果可以的话，我们也会监视并提供帮助。我们的命运就是你们的命运。我们知道这一点。"

"我很抱歉事情变成这样。"施鲁厄真诚地说。

希奥尔科船长耸了耸肩。"不知怎的，我觉得我是在代表飞船上的每一个人说话，也许也是在代表濒死地球上的每一个人说话。我不知道怎么就变成了这样……我也不是特别在意。但我想，如果没有你的领导，我们或许会更糟，魔法师施鲁厄老爷。我可没看到附近有什么臭烘烘的儿童生日派对。"

SONGS
OF THE DYING EARTH

❋

就在斯特萨之梦盘旋着放下舷梯时，十只佩尔格兰也降落在峡谷中。德尔维·科雷姆第一个下去，随后是她的六个米尔玛宗，带领着呆滞而昏昏欲睡的美吉拉，它们刚刚从巫术带来的三周小睡中醒来，中层甲板上牲畜圈里的稻草还粘在它们的鳞片上。

当施鲁厄牵着高个子长袍蒙面人的手走下跳板时，福瑟尔梅笑了。"你的戴哈克看起来有点摇摇晃晃，恶魔学家！"福瑟尔梅叫道，穿长袍的身影战战兢兢地迈出脚步，走到地上。

"嗯，"施鲁厄说，"他经历了一场艰苦的战斗。至少他比你那些可悲的紫精灵更强韧。"

福瑟尔梅的笑声停了下来，却还是挂着巨大的笑容。"你很快就会知道我的紫精灵有多强韧了，死人。"

所有的元素精灵都从鞍上下来了——三只黄精灵、三只绿精灵、两只紫精灵和一只高大的红精灵。十只佩尔格兰开始吼叫着躁动起来——在漫长的追逐中，它们显然没有吃到新鲜血肉。

"安静！"傀儡福瑟尔梅大吼一声，大手一挥，就把佩尔格兰冻成了一块冒着蒸汽的时空停滞块。

施鲁厄目瞪口呆地看着福瑟尔梅——或者说，实际上是红精灵——轻松地施展了如此高难度的咒语。

福瑟尔梅走了过来。他那笨拙的、弓着腿的步子很像一个被操作得很拙劣的傀儡。不过，施鲁厄想，在佩尔格兰的鞍上坐三个星期也会产生同样的效果。

"福瑟尔梅，"施鲁厄说。"你的学徒呢？"

"学徒，"小个子魔法师咆哮道，"呸！你了解学徒，施鲁厄。他们总是自不量力……总是这样。这就是为什么你从来不收学徒。"

"没错。"施鲁厄说。

乌尔芬特·班德罗兹的导引鼻

"把鼻子给我，"福瑟尔梅要求道，"我就可以让你的宠物士兵妓女活下去。我甚至可以让天空帆船完好无损地离开。但你，施鲁厄，可是没希望了。"

"我母亲经常这样对我说，"施鲁厄说，他把手伸进袍子，取出鼻盒，"向我保证，福瑟尔梅……还有你也要向我保证，超凡世界第十一层的红元素精灵？"

"我们向你保证。"福瑟尔梅和红精灵异口同声地说。

"很好，"施鲁厄拿着盒子，鼻孔朝向他们，"然而，我有点伤心地发现，你们俩的话加起来也抵不上一堆冒着热气的佩尔格兰粪便。克尔德里克！"

身穿蓝色僧袍的高大身影用巨大的六指双手拉开兜帽和面纱，露出红色角骨和紫色羽毛，然后将袍子撕成碎片，大摇大摆地走了出来。克尔德里克的背鳍张到十英尺宽，因内部发热而散发出橙色的光芒。它的白色眉毛、胸部和大腿上都有新伤，但看起来比原来更加高大强壮，肌肉更结实，也更凶狠自信。

"他在晚上跟着我回了家，"施鲁厄说，"我决定留下他。"

"我的紫精灵。"红精灵说着，两只投影眨眼熄灭。

"你的紫精灵战斗到了最后一滴血。"克尔德里克说，"他们的能量已经在我体内，还有他们的骨头和内脏。也许你能看出来，元素精灵。"

福瑟尔梅只是瞪大了眼睛，看着红精灵迅速向前迈了三步。"没有任何一个桑德斯汀-戴哈克混血儿能抵挡得住超凡世界第十一层的红元素精灵！"巨大的身躯咆哮道。

还没等戴哈克说话，施鲁厄就轻声说道："克尔德里克是来自恩德拉·哈德拉骑士团的戴哈克混血儿。你真的想把你的存在赌在你和他的胜败上吗？终极图书馆对你就这么重要吗？"

"呸！"红精灵怒吼道，"终极图书馆对我来说毫无意义。濒死地球上所有失落的纪元中所有书籍里的所有咒语，都比不上刚破壳的红精灵与生俱来的知识！"

"闭嘴，火蜥蜴，"克尔德里克咕哝道，"战斗吧。然后去死……"

戴哈克和元素精灵的边缘都开始模糊，准备瞬移前往十几个维度中的某一个。

"呸！"红精灵再次喊道，"反正你和你的图书馆以及你的濒死地球只剩下不到二十四小时寿命了，恶魔学家。有本事就尽情享受吧！"元素做了个轻蔑的手势，从内侧坍塌，离开了濒死的地球。不到一秒钟，黄精灵和绿精灵也跟着消失了。佩尔格兰仍然被冻在凝固的时空停滞块里。

只剩下福瑟尔梅一人，因为红精灵从他的神经、大脑、内脏、肌肉和筋腱中抽离而抽搐、踉跄，迷茫地向后退了一步。

施鲁厄让自己长到二十英尺高。晨风吹拂着他的蛛丝长袍，就像一面灰色的旗帜。"现在，"巨人咆哮道，"你还有事要烦我吗，福瑟尔梅，旅人的拦截者，杀害夜客、奶牛和老妇人的凶手？"

矮个子魔法师摇了摇他的光头，像弄丢了假牙的人一样四处张望。

"那就滚吧。"施鲁厄说。他挥动手臂，福瑟尔梅飞到空中，不到五秒钟就变成了一个小点，消失在西边的地平线上。施鲁厄恢复了正常的体形。

梅里沃特走下跳板。经历了三个星期的空中帆船航行后，他原本就像橡皮一样的双腿显得格外不听使唤。施鲁厄将鼻盒装进口袋，又从口袋里取出一把沉重的钥匙，转身对克尔德里克、德尔维·科雷姆和梅里沃特说。"我们现在进去看看这个图书馆吧？克尔德里克！把我的旅行箱拿来。"

乌尔芬特·班德罗兹的导引鼻

一切都看上去和第一图书馆一模一样：同样的长凳、书架和狭窄的窗户，同样的地方摆放着同样难以辨认的书籍。

阴影中传来一阵窜动声，毛兹·梅里沃特的孪生妹妹——毛兹·明迪沃特——尖叫着跑来拥抱她的哥哥。两人拥抱着、亲吻着，激动相拥的持续时间和强度和望着彼此的目光，对于兄妹来说并不太合适，至少在德尔维·科雷姆和恶魔学家施鲁厄看来是如此。克尔德里克仍然背着主人的大箱子，没有发表任何意见。

过了一会儿，施鲁厄清了好几次嗓子，才让两人分开。

"哦！"明迪沃特用只比哥哥高八度左右的尖细声音喊道，"见到你们可真高兴！这一切太可怕了——先是主人乌尔芬特·班德罗兹变成了石头，然后是地震和大火，还有每天早上长满痘痘的红日——哦，我吓坏了！"

"我相信你已经知道了，亲爱的，正如外面的红精灵提醒我们的那样，你的图书馆和第一图书馆将在不到一天之内进行时空重组，而我们对此无能为力。在明天日落之前，濒死的地球可能真的会迎来末日。但我们还活着，应该趁现在庆祝我们的小小胜利。"

"我们确实应该这样做。"梅里沃特吱吱地说，"但首先，我们应该上去祭拜一下这边的乌尔芬特·班德罗兹的石像，施鲁厄老爷。我能借用一下鼻盒吗？我们的主人——明迪沃特和我的主人——不应该躺在那里却没有鼻子。"

"你说的没错，我的小朋友，"施鲁厄严峻地说，"如果不是为了来这里，我本来是用不上凿子的。"他取出鼻盒，犹豫了一下，又把它装进了口袋，"但现在，梅里沃特，我的老骨头因远航而疼痛，我的神经因差点与元素精灵对决而颤抖。这座石堡里有没有什么地方，可以让我们出去晒晒太阳，放松一下，然后再去向乌尔芬特·班德

SONGS
OF THE DYING EARTH

罗兹致意？"

"主人卧室外走廊尽头的露台？"明迪沃特用她细小甜美、犹犹豫豫的声音说。

"那可真不错，"施鲁厄说，"走吧，克尔德里克。别把点心弄乱了。"

濒死的地球因地震而生机勃勃。巨石伴着雪崩坠落，密林中的树木摇晃。太阳史无前例地努力地向天顶爬升，就连闪烁的阳光也似乎捉摸不定。尽管如此，当毛兹双胞胎、女战士、戴哈克和恶魔学家踏上露天平台时，清晨的空气仍然令人振奋。在下方的空地和果林里，六个米尔玛宗搭起了帐篷，准备在这里过夜，正在遛美吉拉。希奥尔科将大帆船停泊在瀑布旁的巨树上，他的儿子们把巨大的水桶在跳板上滚上滚下，乘客们则在草地上伸展双腿。

"今天是个好日子，适合活着。"施鲁厄说.

"活着的每一天都是好日子。"德尔维·科雷姆说。

"让我们为此干杯。"恶魔学家说。尽管梅里沃特和明迪沃特急不可耐，他还是花时间从克尔德里克放下的大箱子里取出了一大桶冰块。他慢慢地从冰桶里取出一大桶金葡萄起泡酒。然后，他从衬垫中取出四只水晶高脚玻璃杯。

"我们应该去看看主人的身体……"梅里沃特开始说。

"时候正好。"施鲁厄说，他把高脚玻璃杯递给兄妹俩，然后递给德尔维·科雷姆，为他们的酒杯斟满了起泡酒，然后又斟满自己的酒杯，"这是我酒窖里最好的酒，"他自豪地说，"有三百年的历史，刚刚达到最佳状态。整个濒死的地球上都没有比这更好的金葡萄起泡酒了。"

他举起高脚玻璃杯敬酒，其他人也举起杯子。"敬活着的每一天都是好日子，"他说，喝起酒来。其他人也喝掉了酒。克尔德里克毫无兴趣地看着。施鲁厄重新斟满了他们的酒杯。

"亲爱的，"他对德尔维·科雷姆说，"无论发生什么事，我都会留在第二图书馆。你有什么计划吗？"

"你是说，如果世界不会在一天内毁灭？"她抿了一口酒，问道。

"是的。"施鲁厄说。

德尔维·科雷姆轻轻耸了耸肩，笑了。"我和姑娘们讨论过这个问题。我们的猜测是，我们离阿斯科莱、阿尔梅里、考奇克和颓墙之地已经太远了，再往东走也不会离家更近。所以我们觉得骑着美吉拉回家可能会很有意思。"

"有意思？"施鲁厄重复道，再次满上所有人的高脚玻璃杯，"你们可能要花上好几年才能回家……如果你们有人在冒险中幸存下来的话，而这一点本身就值得怀疑。"

德尔维·科雷姆微笑着喝了一口金葡萄起泡酒。梅里沃特和他的妹妹皱着眉头，不耐烦地一口喝掉了第三杯酒。

"好吧，"施鲁厄对米尔玛宗首领说，"我希望你的美吉拉会游泳，亲爱的。不过话又说回来……如果我们能渡过当前的危机……正如你所说，你的冒险将会被传唱千年，甚至更久。"

"哦，我想……"德尔维·科雷姆开口道。

"我真的觉得我们需要进去看看主人的尸体。"梅里沃特打断了她的话，"我至少可以看看我们的主人乌尔芬特·班德罗兹的鼻子吧？也许我们有办法重新接上它。"

"当然可以。"施鲁厄抱歉地说，他把酒杯放在石栏杆上，在长袍里摸索着找盒子。他把盒子递给梅里沃特。

毛兹双胞胎一下子攥紧盒子，面色一变。梅里沃特把盒子往石头上一砸，砸碎了玻璃，把鼻子拿了出来。兄妹俩高高举起鼻子，一道光芒从石块中涌出，包围了他们俩。然后，两人张开嘴，一股

SONGS
OF THE DYING EARTH

雾气流淌出来，包围了施鲁厄、德尔维·科雷姆和克尔德里克。

施鲁厄通过时空停滞毒气的香水味认出了这个咒语，但还没等他做出反应，他的身体和肌肉就被冻结在了原地。连戴哈克也僵立在打开的行李箱上。

梅里沃特和明迪沃特咯咯地笑着，互相扭动摩擦。"哦，施鲁厄，你这个老傻瓜！"梅里沃特尖叫道，"我和我亲爱的有多么担心你会在我们下手前就发现！我们是那么自寻烦恼，担心你比实际上更聪明……我们把红精灵送给福瑟尔梅，来分散你的注意力，但现在我怀疑我们是不是想太多了。"

他们俩分开来，围着被冻僵的三人跳舞。明迪沃特朝他们尖叫道："我亲爱的哥哥，我亲爱的爱人，从来都不只是个书记员，你们这些愚蠢的魔法师。在第一终极图书馆，他是乌尔芬特·班德罗兹在第一终极图书馆里最信任的学徒……就像我在第二终极图书馆一样。乌尔芬特·班德罗兹信任我们每一个人……需要我们，因为只有通过我们血脉相连的头脑和孪生的感知力，他才能解开由众多书籍中被时间扭曲的标题和内容……所以他教了我们一些微不足道的技巧，但我们一直在学习，学习……"

"学习！"毛兹·梅里沃特怒吼道。他说话时，周围的能量光从银色变成了红色。就像他和着自己的蒸汽笛风琴的音乐跳舞时，这个小个子踮起脚跟旋转着，嘟囔出一个咒语，召唤出一个蓝色火球，扔向天空帆船。大船那收起的主帆一下子燃烧起来。梅里沃特又扔出了一个蓝色火球，明迪沃特也加入了他。

希奥尔科船长扔下跳板，放弃船锚，但为时已晚，斯特萨之梦已经多处着火。梅里沃特和他的妹妹手舞足蹈，兴高采烈，燃烧的天空帆船向一侧倾斜，高度不断降低，身后拖着滚滚浓烟，当希奥尔科试图把它引向瀑布时，它又撞进了树林。

梅里沃特转过身，径直走到施鲁埃面前，站在栏杆上，捏了捏

乌尔芬特·班德罗兹的导引鼻

这个被时间冻结的恶魔学家的长鼻子,同时举起了他的昔日主人的石鼻子。

"这……"身上有花纹的啮齿动物高举着石鼻叫道,"是我们最后的担忧。但这个担忧已经结束了,你们的性命也是如此,我的傻帮手们。感谢你让我和亲爱的团聚。感谢你确保了濒死地球的终结,正如你们所知的那样。"梅里沃特手舞足蹈地走到门边的特大号钟表前,"二十二小时后,两座图书馆将会汇聚……"

"……世界将会终结……"明迪沃特尖叫道。

"……新时代将会开始……"梅里沃特说。

"……红精灵和其他元素精灵会加入我们,他们的主人在……"梅里沃特尖叫道。

"……在新时代里……"

"……在……在一个新时代……"

"……在……我的肚子怎么疼起来了?"明迪沃特尖叫道。

"……新时代……我的肚子也疼。"梅里沃特尖叫道,他冲向被冻结的施鲁厄,"你干了什么,恶魔学家?你……在哪里……说了什么!你胆敢试着施咒就……死。说!"他挥舞着戴着白手套的三指手。

施鲁厄舔了舔嘴唇。"学徒总是自不量力。"他轻声说。

梅里沃特痛得大叫一声,倒在地上,抽搐着翻过身。明迪沃特倒在他身上,也在扭动和尖叫,他们的短尾巴抽动着。十五秒后,扭动和尖叫消失了。两具带花纹的尸体纠缠在一起,一动不动。

时空停滞雾开始消散,施鲁厄发出一声低喃,驱逐了最后一丝雾气。克尔德里克颤抖着恢复了意识。德尔维·科雷姆半跪跄着,在施鲁厄的搀扶下摸了摸她苍白的额头。

"金葡萄起泡酒里放了什么东西吗?"她说。

"哦,是的。"施鲁厄说,"你可能会在几个小时内感到有些不自在，但这对我们没什么严重的副作用。酒里的药非常有针对性……这是一种古老而强效的老鼠药。"

※

梅里沃特曾吹嘘说，距离世界末日只剩下二十二个小时了：施鲁厄和德尔维·科雷姆用剩余时间中的九十分钟帮助希奥尔科和他的儿子以及乘客们扑灭了最后的火焰，并处理了消防员的表皮烧伤。斯特萨之梦受到的大部分损坏仅限于船帆。船帆可以替换，但还需要花费数天甚至数周的时间来寻找、切割、更换、打磨，还有为甲板和船体上的新木板上漆。

然后，恶魔学家、女战士和戴哈克又花了两个小时，试图从乌尔芬特·班德罗兹杂乱无章的工作室和私人房间里找出一管或一罐环氧树脂。施鲁厄知道五十多种捆绑和连接咒语，但任何咒语都不像简单的环氧树脂一样对石头生效。

克尔德里克找到了那根管子，它被放在一张有七十多个抽屉的凌乱书桌的最底层抽屉里，和一些可疑的色情物品藏在一起。

施鲁厄小心翼翼地将鼻子连接到无鼻石尸的脸上，然后擦去多余的环氧树脂痕迹。德尔维·科雷姆一直想问，既然施鲁厄没有在这里用上他的凿子和锤子，那为什么这具乌尔芬特·班德罗兹的尸体也没有鼻子？但她决定，关于连在一起但又各自独立的时空之谜，以及它们的十二个维度结和十二乘十二种共存的潜能，可以等到时间不那么紧迫的时候再问。现实情况是，乌尔芬特·班德罗兹的这具尸体也已经变成了石头，而且——至少自施鲁厄在半个多世界之外的三个星期前凿开它以来——确实是没有鼻子的。此时此刻这一现实，是德尔维·科雷姆不曾理解的概念，至少在她十几岁时被从希尔和多姆伯家族绑架后就不曾理解了。

乌尔芬特·班德罗兹灰白色的尸体变成了粉红色的花岗岩，然后又逐渐变成了粉红色的肉体。

终极图书馆和《大莫索兰及更早时期的魔法学汇编最终版》的主人坐了起来,环顾四周,从床头柜上拿起眼镜。他把眼镜架在鼻子上,看向望着自己的两个人类和戴哈克,说:"你,施鲁厄。我就知道是你……当然,也有可能是伊尔德丰斯或自称神奇的里亚尔托。"

"伊尔德丰斯被活埋在粪堆里,里亚尔托已经逃离了地球。"施鲁干巴巴地说。

"那好吧……"乌尔芬特·班德罗兹笑道,"这就难怪了。距离图书馆汇合和世界末日,我们还有多少时间?"

"这个嘛……十八小时,有半小时误差。"施鲁厄说。

"嗯,"乌尔芬特·班德罗兹皱着眉头喃喃自语,"时间有点太紧了,不是吗?也许是想讨好这位女士吧?嗯?"

施鲁厄没有回答这个问题,但德尔维·科雷姆的笑容似乎让复活的老图书馆馆长很高兴。

"你需要多长时间才能将两个图书馆的时空分隔纠正过来?"施鲁厄问道,"我能帮上什么忙吗?"

"时间?"乌尔芬特·班德罗兹重复道,好像他已经忘记了这个问题,"修复我所谓的学徒们的小破坏所需要的时间?哦,我想大概要持续工作四天吧。按照你们的说法,有半小时误差。"

施鲁厄和德尔维·科雷姆交换了眼神。他们都意识到自己已经无法和时间赛跑了,每个人都在想自己生命中的最后十八个小时——有半小时误差——该怎么度过,而他们不仅在彼此的眼中看到了答案,也让乌尔芬特·班德罗兹看到了答案。

"哦,天哪,不,"图书馆馆长笑道,"我不会让世界在我拯救它的时候毁灭。我们会为濒死的地球施展时空停滞,我将从中超脱出来,在时间之外进行修复,正如他们所说,就是这么一回事。"

"你能做到?"施鲁厄问道,"你能让整个世界陷入停滞?"他意识到,自己的声音听起来怪怪的,就像梅里沃特的吱吱声。

"当然,当然,"乌尔芬特·班德罗兹说,他跳下床,走向通往工作室的楼梯,"干了很多次了。你不也是吗?"

图书管理员突然在楼梯口停下脚步,抓住施鲁厄的胳膊。"哦,我不想扮演什么大法师中的大法师,亲爱的孩子,但我确实有一个重要的建议。你介意我说吗?"

"完全不介意。"施鲁厄说。一百万年甚至更久远的失传传说的奥秘都在这位魔法师的掌握之中。

"永远不要雇一只老鼠当你的学徒,"乌尔芬特·班德罗兹低声说道,"那些害虫真是天杀的不可信。没有例外。"

在施鲁厄和濒死地球上其他人类的感知中,时空裂缝在一眨眼间就被修复了,绝大部分人(除了仍在飞逃的福瑟尔梅)甚至都不知道时空裂缝的存在。

地震停止了。海啸消退了。全暗的白天减少了。年迈的红日仍在清晨挣扎着升起,偶尔也会露出黑痘痘,但事情一直都是这样——至少在任何活人的记忆中都是如此。濒死的地球仍在垂死挣扎,但它的垂死挣扎回到了自己的节奏。有人认为,针对魔法师的大屠杀还会持续数月或数年,这种爆发有其自身的逻辑和时间线,但德尔维·科雷姆认为,一两年后就会出现全面和解。

"也许不完全和解会更好。"施鲁厄说。

米尔玛宗首领尖锐地看向他,施鲁厄解释道:"我们亲爱的濒死地球失去平衡已经太久了,"他轻柔地说,"数百万年前,这种失衡让政治暴君、商人和名叫科学的早期魔法的使者受益。长久以来,财富和权力一直属于那些愿意长期与世隔绝以成为真正巫师的人。

乌尔芬特·班德罗兹的导引鼻

也许实在太久了,我们中那些——我得说——在消磨时光和与人交往中最没有人性的人,已经占有了世上太多的文学、美食、艺术和财富。也许濒死的地球还剩下足够的年岁,让我们在末日来临之前进入另一个更健康的阶段。"

"你有什么建议?"女武神笑着问道,"全世界的农民,联合起来?"

施鲁厄摇了摇头,悲伤地笑了笑,因为自己的高谈阔论而有些不好意思。

"但无论发生什么,你都想等着见证这一切。"德尔维·科雷姆说,"一切的一切。包括结局。"

"当然。"恶魔学家施鲁厄说,"你不也是吗?"

在帆船和人们获得休整的几个星期里,日子过得轻松愉快,甚至可以说是放纵自我,然后,一切都突然结束了(就像所有的离别时刻一样),所有人都该出发了。乌尔芬特·班德罗兹宣布,他必须去第一图书馆看望自己——另一个死去的石头自己——并修复死亡的疏忽。

"你要怎么才能办到?"德尔维·科雷姆问道,"你需要石鼻,而石鼻只有一个,施鲁厄已经用在了你身上?"

老图书管理员心不在焉地笑了笑。"我会想出办法来的。"他说。他给了德尔维·科雷姆一个拥抱——在施鲁厄看来,这个拥抱太长、太热情了——然后她把半管环氧树脂递给了图书管理员,他一眨眼就不见了。

"我太不确定,"施鲁厄摸着长长的下巴沉思,"瞬时旅行怎么能让人在途中想出任何事情。"

"你也打算这么回家?"德尔维·科雷姆问道,"瞬时旅行?"

"我还没决定。"施鲁厄直截了当地说。

希奥尔科船长和他的乘客们投票决定——虽然不是全体一致,

但也是压倒性的——他们将绕远路回家,继续绕着濒死的地球向东旅行。

"想想看,"当舷梯被拉起时,希奥尔科船长喊道。"斯特萨之梦可能是现代第一艘环游地球的天空帆船——如果地球真的是个球的话。我亲爱的妻子斯特萨一定会为我和儿子们感到骄傲。我们可能会在一个月——或两三个月后回到莫斯曼枢纽,也可能四个月——最多六个月。"

你们也可能会被一条比我变出的龙更大的龙吃掉,施鲁厄想。他大声祝愿大家一路平安快乐。

然后就只剩下他们八个人了,算上克尔德里克一共有九个人。还没等施鲁厄伊向米尔玛宗道别,戴哈克就清了清嗓子——声音只比大石头的山崩稍微轻一点——说道:"法师大人,束缚者,肮脏的人类败类,我谦卑地请求留下来。"

"什么?"施鲁厄说,这是很久很久以来,他第一次真正地、完全地感到困惑,"你在说什么?待在哪里?你不能待在任何地方。你被束缚住了。"

"是,主人。"克尔德里克咕哝道,戴哈克的双手紧握又松开,但与其说他是在演练掐脖子,倒不如说他是在用转一个无形的帽子,"但是乌尔芬特·班德罗兹大人让我留在图书馆做他的学徒,如果您能放了我——或者把我借给他,至少是暂时的——我愿意这样做……主人。"

施鲁厄瞪了他半天,然后仰头大笑。"克尔德里克,克尔德里克……你知道吗,这意味着你将受到双重束缚。被我,然后被乌尔芬特·班德罗兹,他的束缚咒语可能比我的还强。"

"是的。"克尔德里克咕哝道。这隆隆声像孩子的恳求般闷闷不乐,但又充满希望。

"哦,看在众神的分上。"施鲁厄吐了吐舌头,"那好吧。你就待

乌尔芬特·班德罗兹的导引鼻

在这个东边的鸟不拉屎的地方的图书馆里吧。整理书籍……一个戴哈克整理书籍，学习基本的魔法咒语。真是浪费。"

"谢谢你，法师大人。"

"我会在一个世纪或更短的时间内夺回你。"施鲁厄呵斥道。

"是，法师大人。"

施鲁厄轻声对戴哈克下达了最后一个命令，然后漫步走到米尔玛宗人的所在地，她们正在拆卸帐篷，把行李装到美吉拉身上。他眯着眼睛看着这些令人讨厌、会吐口水、有毒而奸诈的爬行动物，以及放在背包和武器前面的又高又小、看起来极其不舒服的鞍具。他向着德尔维·科雷姆说话，她正在系紧上千根带子中的最后一根："你的史诗般的七骑回家的胡话竟然是真的。"

她冷冷地看着他。

"你还记得吗，"他同样冷冷地说，"我们是怎样飘洋过海来到这里？"

"是的，"她说着，系紧了最后一根带子，紧到巨大的美吉拉呼呼地喘着臭气，"也许你能从几个世纪的书本学习中记起来——也许你只是想吹嘘自己在那里有一间小屋——大极地海和次极地海上有陆桥。这就是为什么它们被称为海，施鲁厄，而不是洋。"

"嗯。"施鲁厄不置可否地说，仍然皱着眉头仰望着那些不安分地蠕动着、吐着唾沫的美吉拉。

德尔维·科雷姆站在他面前。她穿着她最高的骑靴，手里拿着一根鞭子，时不时地拍打着长满老茧的手掌。恶魔学家施鲁厄承认，他隐约觉得有些兴奋。

"想不想跟我们走，你自己决定。"她严厉地说，"我们没有多余的美吉拉和鞍，但你又瘦又轻，可以骑在我后面。如果你能紧紧抓住我，就不会掉下来太多次。"

"会有那么一天的。"恶魔学家施鲁厄说。

SONGS
OF THE DYING EARTH

德尔维·科雷姆还想说点什么，但又停住了，她抓起一块松动的鳞片，轻松地跃过背包、弩和剑，坐上了小鞍。经验丰富的她轻松地用靴子地踢了踢镫，向米尔玛宗们挥挥手，七只美吉拉朝西边跃去。

施鲁厄目送她们远去，直到她们消失在西边最远的山脊上，只剩下一片尘土。"你们在这趟旅程中幸存的概率，"他对着远处的尘埃云说，"都是零减一。濒死地球有太多锋利的牙齿。"

克尔德里克带着施鲁厄要求的东西从图书馆出来。他先把地毯铺在松针上——大小适中，施鲁厄盘腿坐在地毯中央时想，五英尺宽九英尺长。有足够的空间让他伸个懒腰打个盹。或者在上面做其他事情。

然后，克尔德里克摆上了柳条篮子，里面有施鲁厄的热午餐，装着三瓶冷藏好酒的桶子，一件毛斗篷以防天气变冷，还有一本书和一个更大的箱子。"这是个最糟糕的混合隐喻。"施鲁厄自言自语。

"是的，法师大人。"克尔德里克说。

施鲁厄沮丧地摇了摇头。"克尔德里克，"他轻声说道，"我是个傻瓜中的傻瓜。"

"是的，法师大人。"戴哈克说。

没有多说一句话，施鲁厄伸出手指，为旧地毯的飞行线施法，让它悬停在离地面八英尺的地方，转过身来，侧脸直视着戴哈克那双冷漠的——至少是不置可否的——黄眼睛，最后摇了摇头，指挥着地毯向西飞去，快速越过树林，追逐着消失的尘云。

克尔德里克看着这个小点越来越小，然后摇摇晃晃地走进图书馆，想找点事情做——或者至少是找点有趣的书读——等着他的新主人乌尔芬特·班德罗兹回来，独自一人或是与另一个自己。

后 记

1960年夏天，我12岁，到比我年长许多的哥哥特德和叔叔沃利家做客，他们住在芝加哥麦迪逊街附近的北基尔代尔大道上，沃利叔叔的三楼公寓里。白天我一般会坐地铁去博物馆、卢普区或北大街海滩，或者去天文馆附近的海滩，或者去看电影，但有些白天——还有很多晚上——我会躺在沃利家的小起居室的躺椅上，在敞开的窗户下，伴着芝加哥街头的热气和嘈杂，阅读杰克·万斯的作品。

事实上，我当时在读一大摞我哥哥的王牌双书系小说、《奇幻与科幻小说杂志》的过刊，还有其他平装书，但我最为记忆犹新的还是杰克·万斯的作品。我记得《大行星》的广阔和奥德赛式的力量，《星际海盗》（后名《五朵金花》）的叙事能量，《帕奥的语言》让我接触到语义学，《魔法师玛兹瑞安》（后名《濒死的地球》）的沉郁奇幻光彩，还有《长生不老》的文学风格。

让我最为印象深刻的是文体。当时我的阅读食谱已经不局限于单纯的科幻小说和类似题材，但随着我的口味越来越刁钻，对文学的食欲也越来越旺盛，我不仅领略到了类型小说中最优秀的文体力量，还领略到了普鲁斯特、海明威、福克纳、斯坦贝克、菲茨杰拉德、马尔科姆·劳瑞等作家的力量，而其中让我最为记忆犹新的是杰克·万斯那广阔、从容、有力、干练、丰饶的文风，层层叠叠的难以磨灭的意象与最幽默的对白相得益彰，与准确而轻快的语言相结合，将想象力发挥到了极致。

20世纪80年代中期，我终于回到了科幻领域，不仅作为一位读者，也作为正在创作第一部科幻小说《海伯利安》的作家。这部小说颂扬了新旧科幻风格，从太空歌剧到赛博朋克，但最重要的是，通过向杰克·万斯的作品致敬来表达我对科幻和奇幻的热爱。请注意，我并不是说要模仿杰克·万斯的风格；模仿万斯独特的风格，就像试图再现他的朋友波尔·安德森、我的朋友哈兰·艾里森或文学界其他真正的风格大师的文风一样，是不可能的。

如今，当我重读杰克·万斯的作品，我仿佛回到了四十八年前，芝加哥的声音和气味从基尔代尔大道三楼的窗户传进来，我回想起了真正地、完全地、不可磨灭地进入一位伟大的魔法师的思想和世界的感受。

——丹·西蒙斯

霍华德·沃尔德洛普

霍华德·沃尔德洛普被称为"本时代的怪人"和"像个酒馆女郎"①的作家,是业内公认最优秀的短篇小说作家之一。他著名的小说《丑陋的鸡》于1981年获得了星云奖和世界奇幻奖。他的作品被收录在以下作品集中《谁是霍华德?》《近年有关怪兽的一切:霍华德·沃尔德洛普精彩故事集》《库特斯之夜:霍华德·沃尔德洛普的更多精彩故事》《再度归家》,以及他的小说集《梦工厂和无线电图片》纸质版(之前只能在网络上下载)和他与别人合作的故事集《卡斯特的最后一跳与其他合作作品》。

霍华德·沃尔德洛普还与乔治·桑德斯一同创作了小说《得克萨斯-以色列战争:1999》,他也独立创作了《骨》《一堆艰难的工作》和小册子《更美好世界的诞生!》。他现在正写作新的小说,暂定名为《穆恩世界》。他最新的书是一本回顾性的大合集——《事情不会一成不变:1980—2005短篇小说选》。在华盛顿州生活了多年之后,沃尔德洛普最近搬回了他的故乡得克萨斯州的奥斯汀,这让当地居民都为此欢呼和庆祝。

在这里,他将我们带到了濒死地球的最后时刻,向我们展示了一件永不停歇的事情,那就是对知识的追求。

---

① 原文为 a Honkytonk Angel。Honkytonk 既指为观众演奏乡村音乐的酒馆,也指这种场合所演奏的音乐风格,所以"像个酒馆女郎"大概表示作者的写作风格富有韵律和感情,吸引力强,令人难以忘怀。

蛙皮帽

这是太阳最好的时日。

它有金子和黄油的色泽,像用蛋黄制成一般。

黎明时的空气是浅蓝色的,似水般清澈。这个世界似乎变得崭新又鲜活,就像以前一样。

戴着蛙皮帽的男人(他原先的名字是提伯尔特)注视着鲜艳的太阳升起。他转向西边,拿星盘观测到了一颗较小的星星。他小心地操作着仪器,调整了其中的微小部件,目光从指针上移开,自顾自地读出那些数字。

身后光线的变化吸引了他的注意。他转身——不是云,也不是一只飞过的鸟,而是更大的东西。

人类曾经会为了它不顾危险数年跋涉,去这颗曾经蓝绿相间的

蛙皮帽

星球上最远的地方观察和记录。现在只需要往上看就够了。

一个圆点，大小相当于被胳膊举起的一枚大铜钱，正在靠近、穿越早晨太阳的表面。

他看到金星似乎触碰到了太阳，然后瞬间被充斥在太阳的光照亮。所以这是真的，然后：这颗行星上仍然有大气，尽管曾经距太阳如此之近（曾经一颗叫水星的内行星，很久之前就被吞噬了）。金星曾经被浓密的云层覆盖；它的大气层现在看起来稀薄而悲哀，而且毫无疑问，阳光无情地照射在它的表面。

他希望自己随身带了视镜，而不是把它留在塔楼里。但是他知道其他人的故事，他们用眼睛直视太阳，有的人变成了瞎子，有的人多年来都得经受太阳眩晕。所以他坐在墙上，从眼角斜看向运行的金星，直到那颗大圆点越过太阳的表面消失不见，在太阳的背面变成另一个明亮的光点。

❋

许多年前，他在一堆废墟中翻找书籍时发现了他的蛙皮帽。蛙皮薄得像纸一样，现今年岁最长的那批人，或者是他祖父的记忆中，都没有任何活着的青蛙。这顶帽子可能属于更早的时间，那时候还有青蛙可以剥皮，天上也可能还挂着一轮月亮。

他第一次戴上蛙皮帽的时候，就感觉像是为他量身定做的。这是另一个标志，从更早的时期到他的时代。从那天起，他的本名，提伯尔特就被遗忘了，人们只知道他是"戴蛙皮帽的人"。

这天早上他正在钓鱼，溪水从悬崖上的一个洞穴里涌出。他手持一根纤细的柳条竿和一条六股马鬃的钓鱼线，线的末端是一个精巧的鱼钩，羽毛和毛皮巧妙地附着在上边，就像是一只昆虫。他打算钓些鱼带到城里去，以此和旅店老板换取住宿（和一顿可口的晚餐）。他要去欢乐镇，那里的人马上就要欢庆泥浆节了。季节性降雨回归之后，泥浆节今年已经拖迟了整整一个月（无疑是因为太阳的强烈波动）。

洞口小溪里的鱼自然是没有眼睛的，但是这并没有影响它们的口感。它们从黑暗的环境中游出来，这是太阳光线通常都很昏暗的证据。

他的人造苍蝇落在了岩石旁的水面上。他抖了几下鱼线，在苍蝇旁激起了圈圈涟漪。

巨大的水花飞溅，一大条盲鱼吞下苍蝇潜入水底。提伯尔特用轻巧的鱼竿去追逐四处游动的鱼。不一会儿，鱼就在岸上扑腾了。他把这条鱼和抓到的其他三条鱼都装进湿的帆布鱼袋里，觉得这些用来交易已经足够了。

他把鱼线缠在钓竿上，把苍蝇插在竿子的底部，扛起沉重的背包，继续向欢乐镇进发。

宴会正热闹。人们穿着节日的服饰，伴着许多乐器合奏的音乐起舞，或者站在原地晃动身体。

那些正在兴头上的人们仅围着腰布，裹满了泥浆，还有的人身上只有泥浆。他们刚从潮湿的山坡和下边的泥坑里回来。

看到原始的水闸机在加湿使滑道，提伯尔特很激动。或许罗戈尔·多梅多弗斯的精神在漫长的岁月中从未消亡。在这个时代的终结之际，并非只剩下了魔法和巫术。对科学和知识的追求始终在巫术的泥沼下酝酿着。

"KI-YI-YI！"有人在潮湿的山坡滑道的最高处喊道，借着山坡的弧度俯冲下来，变成了一个不断加速的、不断变暗的物体，然后从滑道的尽头飞出，在巨大的喧闹和震耳欲聋的噪声中落进了远处的泥坑里。

观赏的人群中随即响起了礼貌的掌声。

提伯尔特已经用那些鱼换取了自己在旅馆的住宿（留了一条自己吃）。起初，旅店老板，那个留着灰红胡子的矮胖男人说："都住满了，跟镇上其他地方一样。"但是当提伯尔特把包里的东西都倒在桌子上时，那个男人的眼睛就瞪大了。"你抓的鱼很不错，"他说，"而且我们最近的补给有点不大够，整个星期人们都只能放慢吃东西的速度……"他摸了摸下巴，"我们有一间佣人房，她可以回家和姐妹们一起住。这一大堆鱼应该够……什么？……两个晚上吧。可以吗？"

他们像在锯木头一样把手叠在一起。"没问题！"提伯尔特说。

✦

一个几乎没穿衣服的漂亮女孩说："美丽的女士们，壮健的先生们，"她的声音无比悠扬悦耳，"今晚你们将第一次亲眼见证太阳的真实历史！"

她走向空地的一边，面前拥挤混乱的人群变得安静了下来。"为了向你们展示这个奇迹，让我们有请本时代最伟大的魔法师，小罗戈尔·多梅多弗斯。"

这个放肆的舞台称号吓到了提伯尔特。真正的罗戈尔·多梅多弗斯生活在很久远的年代，他是最后一个致力于保护科学和机器的人，此后人类就深陷魔法和迷信之中了。

那人于一股火焰和滚滚浓烟中出现。

"我携着奇迹而来，"他说，"那些我在青瓷宫殿，也就是人类博物馆里学到的东西。"

"那里有所有的奇迹，"他接着说道，"但是大多数只被研究过一次，然后就被遗忘了。只要你知道去哪里找寻，所有问题的答案在这里都会水落石出。"

"看,"他说,"太阳。"临时舞台的上空弥漫着温和的金色光芒。光芒形成一颗小球,它的侧面出现了一颗黄色星球的影像。星球从东面开始移动,在上方绕了一圈,然后往西落下。一个更小的银色球体围绕着它。

"几个世纪以来,太阳一直绕着地球转,"他说,"它有一个同伴,月亮,在太阳下山后的夜晚散发光芒。"

错了,提伯尔特心想,但是看看他要说什么吧。

被看作太阳的小球已经落到了舞台左侧的"地平线"以下,而充当月亮的小球在上方缓缓转动。然后,当太阳开始闪耀,在黎明时分爬上舞台的东面时,月亮则旋转着往西去。

"天呐,"观众们说,"啊!"

"随后,"小罗戈尔·多梅多弗斯说,"人们在练习魔法的时候,幻化出一条凶猛的巨龙,一口吞掉了那颗月亮。"

一个盘旋的形状在月亮和太阳小球中间出现,凝聚成了一条纯黑色的蛇形的龙。这条龙吞下了代表月亮的球,只剩代表太阳的球留在舞台的"天空"中。

错了,提伯尔特又想,但是我明白你的意思。

"人类还是不满足,"小罗戈尔·多梅多弗斯说,"在练习魔法的时候,尽管不得不削弱太阳的光亮,他们还是把太阳拉得离地球更近了。因此,才有了我们今天看到的太阳。"

代表太阳的球体变得更大,表面变得更红,巨大的日珥从它身上卷出,它布满了斑点,就像传说中的古爱尔兰人一样。

"因此,人类凭借自己的智慧和年岁,给了自己一个合心意的太阳。愿人类的精神和魔法长存,愿熠熠生辉的太阳永远在天际飘摇。"

掌声适时地响起。在远处的滑坡上,另一个白痴摔进了泥坑里。

蛙皮帽

✱

下雨了。他们同小罗戈尔·多梅多弗斯和他的同伴，齐莉娅住在同一间旅馆里。齐莉娅在她的面前摆了一个银色的球和三个银质的牛铃。

"哈！"提伯尔特说，"铃铛和球的老游戏。"他转过身去看着小罗戈尔·多梅多弗斯。

"精彩的表演，"他说，"但你知道那不是真的。无情的波得定律加上不可抵挡的洛希极限，月亮无疑就会被吞噬了！"

"真正的物理学只会让演出变得糟糕。"魔法师说。

齐莉娅晃动着铃铛，速度快到已经有些模糊不清了。提伯尔特指向中间那个。

她提起铃铛，露出了下面的球，然后迅速将它归位，再次挪动铃铛。

提伯尔特指向左边的铃铛。

她拿起铃铛，在小球露出来的时候微微皱了皱眉头。

"听现在的雨声，"小罗戈尔·多梅多弗斯说，"庄稼今年的长势会很好。整个生长季节都会有集市、节日和激动人心的活动，最后还会办丰收宴会！"

"没错，"提伯尔特说，"是有一些迹象表明风向规律正在变化。传统的季节将不再像以前那样稳定，太阳热量也在变化。我很高兴这些预言都被证伪了。当你还是人类博物馆馆长的时候，肯定看到过这些话吧？"

"在一些老书上看到过，"魔法师说，"有关魔法的书没有提到过多少，大部分是在那些学术性的书里。"

"但肯定……"

"我确信那里有许多关于思想和科学的书，"小罗戈尔·多梅多弗斯说，"那些书我留给了脑子不太灵光的人。"

齐莉娅让飞快移动的铃铛停了下来。她抬头用疑问的眼神看着提伯尔特。

"哪个里都没有，"他说，"球在你手里。"

她没有一丝要生气的样子，拿一个铃铛盖住了扔回桌上的小球，把另外两个放在旁边。

"那你不回人类博物馆了吗？"提伯尔特调整了一下他的蛙皮帽，问道。

"等这个收获季节过去吧，很多个月之后。或者不回去了。"

齐莉娅又移动了铃铛。

远处的滑坡上，一个白痴尖叫着，挺着肚子掉进了沟渠的最深处。

"给人们看他们想看的东西，"小罗戈尔·多梅多弗斯说，"他们每次都会来。"

※

有了盛大丰收的迹象，这个国家的大多数人民都有特别慷慨的好心情，可是即使这样，南下的路途依然十分艰辛。人们会邀请他睡在自己简陋的谷仓，分享粗糙的食物给他，就好像这是一顿盛宴。

经过几个月的跋涉，在一个金黄的日落时分，他见到了那座青瓷宫殿，这就是人类博物馆。

从这个距离看，它看起来像是由一块青瓷精雕细琢而成，在傍晚的阳光下，塔楼和尖顶发出柔和的绿色光芒。趁阳光还没有消失，他加快了脚步。

※

他迅速地翻找了一轮，发现这里有他期待的一切东西。一册又一侧用各种语言写成的大部头书；一些图表和地图；早已沦为废墟的城市规划。一个又一个有关动物、植物王国，以及人类发展历史的藏品都摆放在长厅里。有为空中飞行设计的机器；还有一些看起来可以在海底潜行。有些金属人和人类一般模样，但是他不能理解这些东西的用处。在日落之前他还有时间去探索最北边的塔楼，这里装备着一架制作精良的巨大观测镜，是一座瞭望塔。

他找到了一个大厅，摆满了博物馆前馆长的肖像。几个月前，就在他跟罗戈尔·多梅多弗斯和齐莉娅道别时，她给了他一页折起来封好的纸张。

"这是什么？"他问。

"总有一天你会需要它的，那时候再打开吧，"她说。把它揣在口袋的这几个月来，他一直都感到很安心。

他顺着肖像厅往前走，在很久之前的罗戈尔·多梅多弗斯的画像前驻足。他继续向前走，仿佛在时间中穿梭一般，画中衣物的风格发生了变化，从高翼领变成了露肩皮带。最后一张肖像就挂在馆长室的门口，是小罗戈尔·多梅多弗斯。提伯尔特注意到他和罗戈尔·多梅多弗斯本人有些许相似之处——乱蓬蓬的卷发、唇边的纹路和纤长的脖颈。这些特征几乎不可能隔着这么多代人，只出现在了后世的一位同名者身上。

门外还有一个空的画框，四枚针插在中间。

提伯尔特把手伸进口袋，掏出那张被折叠、封存好的纸张，打开蜡封，把它展开。

上面是他的肖像，一幅棕色铅笔画。他戴着自己的蛙皮帽。下面标注着："科学家提伯尔特""蛙皮帽""人类博物馆的最后一位馆长"。这些话让他不安，但是肖像画得栩栩如生。前一天晚上他们还在玩铃铛和球的游戏，在第二天阴雨的早晨他们就分开了，齐莉娅是在什么时候画出了如此精致的作品。

他把那幅画钉在画框里——正好合适。这让他感到惬意，仿佛此处即是归处。

他又注意到，随着夜色渐深，房间的墙壁开始映照出微弱的蓝光，天色越来越黑，这种蓝光也会变得越来越耀眼。他从办公室向外看去，整个博物馆都发出了同样的光芒。

他找到一个写字的工具，几大张纸，在桌子上理出一块空间，开始在最上面的一张纸上写：

我们太阳的真实历史

提伯尔特、"蛙皮帽"

人类博物馆馆长作

※

他工作了大半个晚上。随着一道红光向东浸染，墙壁渐渐开始褪色。

提伯尔特伸了个懒腰。他刚刚列好提纲，恒星诞生、成长、衰老和死亡的基本顺序。目前就这么多了，他得去查阅一些书，也得找一些食物。他饿坏了，前天下午晚些时候他吃了一些干枯的玉米，是在一间农舍里找到的，之后他才走进了通往人类博物馆的森林。所以这附近肯定有食物。

他走出青瓷博物馆，转身面向东方。

漆黑的太阳就像一颗破裂的鸡蛋，摇晃着升起。在他的注视下，太阳的下颌出生出胡须状的杂乱火舌，不停消长。

一团火焰从太阳的顶部席卷而出，它的表面变得坑坑洼洼，愈加黑暗，好像患了什么病似的。

这是太阳最坏的时日。

蛙皮帽

后　记

我还记得1962年的那个夏天，坐在木兰树下一张白绿相间的草坪椅上（我住过的地方只有这儿有木兰树），读着杰克·万斯的《濒死的地球》。

在那些夏季的早晨，我在没有空调的环境里阅读，直到天气变得太热，我就步行两英里，去市政游泳池游一下午。之后我回到家，吃点东西，去服务站工作，每周七天、每晚五小时，在那里我既是个万事通，又是个机油工[1]。

我当时读的版本是我现在手上的这本，1962年出版的《濒死的地球》。

兰瑟科幻图书馆第二次印刷限量版，也是这本书第一次对公众发行的版本。我的朋友杰克·桑德斯收藏杰克·万斯的作品，他有许多万斯在《惊险奇异故事》[2]和《惊人故事》[3]杂志中发表的原版作品；甚至还有《濒死的地球》的首印本（由《飞行男孩》漫画的出版商希尔曼出版）。

我记得这本兰瑟版本的书，它的书角是圆的（这是记忆的幻觉，事实上在20世纪60年代早期，是雅芳出版社的平装书采用了圆角设计，而不是兰瑟出版社）。

除了书目上的异同，兰瑟出版社在初次印刷的12年之后，又重新出版了这本被世人遗忘的经典之作，为世界做了一件好事。

我记得我进入了那个由魔法师、疯子、奇异的植物，以及可望

---

[1] 原文为 being somewhere between a Johannes Factotum and a grease monkey，用来形容一个人多才多艺，同时具备多个领域的技能。
[2] 雨果·根斯巴克创设的科幻杂志，创刊于1929年7月，1955年停刊。
[3] 美国科幻杂志，1939年创刊，1955年停刊，创办者为莫尔特·魏辛格。

而不可即的漂亮女人所组成的世界，仿佛它就发生在我周遭的生活中，在我16岁时，我就看到时间在向前延伸，直到永远。

万斯可能是在第二次世界大战期间，某艘大西洋或太平洋的商船上，在漏水的浴缸里开始创作《濒死的地球》中的一些故事。他的想象力超越了时代——其他科幻作家还在惊讶于人为的核灾难，并写下这类故事时，万斯就把目光投向了地球、太阳和宇宙都已经变老的时代，而人类也找到了应对它的办法。

重读《濒死的地球》时我有了新的发现，那时我一只眼睛上满是血，正躺在退伍军人医院里。它已经是一本完全不同的书了，现在它的含义更为丰富。（部分是因为我在46年间的个人成长；部分还是因为万斯在这本书中蕴藏的写作深度）。

《濒死的地球》是经过深思熟虑的、纯粹的幻想作品。时隔多年，它再次与我对话（我当时的状态很糟糕）——只要有人还在读书，它就会继续与人对话。

而每次有新人读到它，它就会变成一本不同的书。

还有比这更美妙的事吗。

——霍华德·沃尔德洛普

乔治·R. R. 马丁

乔治·R. R. 马丁是《纽约时报》畅销榜作家，多次荣获雨果奖、星云奖和世界奇幻奖，被誉为"美国托尔金"。他的代表作是《冰与火之歌》系列奇幻小说。

乔治·R. R. 马丁出生于美国新泽西州贝永市。1971年卖出第一部作品后不久，他就跻身20世纪70年代最受欢迎的科幻作家之列。马丁很快成为本·波瓦主编的《类比》杂志的明星作者，发表了《晨临雾逝》《杀人前请三思》《第二种孤独》《风港的暴风雨》（与丽莎·图托合作，后拓展为长篇小说《风港》）、《凌控》等故事，同时也在《惊奇》《幻想》《银河》《轨迹》等杂志发表作品。中篇小说《莱安娜之歌》在1975年为他赢得了第一尊雨果奖。

到了20世纪70年代末，马丁在科幻界的影响力达到顶峰，创作出许多优秀作品，比如《沙王》（他最著名的小说之一，在1980年同时荣获星云奖和雨果奖。后来他又在1986年凭《子女的肖像》再次荣获星云奖）、《十字架与龙》（同样在1980年荣获雨果奖，使马丁成为史上首位同时获得两尊雨果奖的作家）、《孽海花》《石头城》、《星际女郎》等。收录这些故事的小说集《沙王》是这段时期小说选集中的翘楚。此后，马丁很少在《类比》杂志发表作品——不过20世纪80年代还是在斯坦利·施密特主编的《类比》发表了一系列哈维兰·图夫滑稽的星际冒险故事，后来结集为《图夫航行记》出版。此外还有《夜行者》等著名中篇小说。20世纪七八十年代之交，他的作品主要刊登于《欧姆尼》杂志。马丁在这一时期还出版了令人

SONGS
OF THE DYING EARTH

难忘的《光逝》——他唯一单独完成的长篇科幻小说，以及小说集《莱安娜之歌》《沙王》《星与影之歌》《死者们唱的歌》《夜行者》和《子女的肖像》。20世纪80年代初，马丁从科幻转向恐怖小说，出版了长篇《热夜之梦》，中篇《梨形人》（获布莱姆·斯托克奖）和《狼皮交易》（获世界奇幻奖）。然而20世纪80年代末，恐怖小说市场萎缩，马丁雄心勃勃的长篇《末日狂歌》也遭遇商业失败。他遂离开出版业，去影视界打拼出一片天地。好莱坞的十多年里，他在新《阴阳魔界》和《侠胆雄狮》等剧集中担任故事编辑或制片人。

离开多年后，马丁于1996年回归出版界，发表了奇幻小说《权力的游戏》，获得巨大成功。这是他"冰与火之歌"系列的开山之作。从本书节选的独立中篇小说《龙之血脉》为马丁在1997年赢得第四尊雨果奖。此后的续作《列王的纷争》《冰雨的风暴》《群鸦的盛宴》和《魔龙的狂舞》（待出版），使"冰与火之歌"成为广受欢迎和赏誉的现代奇幻系列小说。他的最新作品有回顾整个职业生涯的大型自选集《梦歌》、中篇小说集《星际女郎与密合体》，以及与加德纳·多佐伊斯和丹尼尔·亚伯拉罕合著的长篇小说《猎人行》。他同时作为编辑，出版了长期负责的《百变王牌》系列小说的两本新书《缺角同花》和《内听顺子》。[1]

本书中，马丁把我们带到了坍墙之地，穿过鬼影幢幢的森林和阴郁荒凉的湖畔，在以嘶叫鳗鱼闻名的湖畔客栈度过了一个危险而神奇的夜晚，与一群鲜活的怪客为伴——他们各怀鬼胎。

---

[1] 本书首版于2009年，故简介有些过时。此后马丁出版了《魔龙的狂舞》《冰与火之歌的世界》《血与火》等作品，"冰与火之歌"系列小说被改编为剧集《权力的游戏》。

湖畔客栈之夜

忧郁的莫洛寇斯来了,四具迪奥殆尸体用铁轿抬着他,穿过紫色的黄昏。

头顶悬着一轮肿胀的太阳,太阳里暗红的火海日渐萎缩,被灰烬的大陆取代。身前和身后隐隐现出森林的鲜红阴影。七尺高的迪奥殆肤色黑如玛瑙,只穿着褴褛的裙子。右前方那位比同伴新鲜一点,日渐腐烂的躯体鼓鼓胀胀。他身上有成千个被强效棱镜七彩喷射戳穿的洞,每走一步都渗出毒液,在路面留下一串湿斑。这条杂草丛生的古径,铺设于索辛格的辉煌年代。而如今索辛格早已被人遗忘。

一里接一里,迪奥殆稳健地小跑。死去的他们感觉不到空气中的寒意或是脚下的碎石。轿子轻轻摇晃，让莫洛寇斯回想起母亲的摇篮。他也曾有过母亲，但那是很久以前了。母亲和孩童的时代已逝，人类正日渐消亡，恐妖、厄妖和黑蝠怪占据了他们留下的废墟。

然而追忆往昔只会让人更忧郁，莫洛寇斯宁愿思考他膝上的书。先前他花了三天时间，想再次记住强效棱镜七彩喷射，却以失败告终。于是他将那卷厚厚的魔法书（黑铁铰链装订的朱红皮封面已经开裂）放在一边，拿起一本薄薄的情色诗集。它来自舍瑞特帝国最后的岁月，其情欲之歌业已尘封了亿万年。最近他越来越忧郁，就连这些热切的韵律也难以唤起内心的激荡，但至少它们不会像魔法书的文字那样，变成蠕动在牛皮纸上的虫子。这个世界漫长的午后已经步入傍晚，在这片黄昏中，就连魔法也开始失效和消逝。

随着肿胀的太阳缓缓西沉，字迹越来越难辨认。莫洛寇斯合上书，将望之生畏斗篷披在腿上，看着树木后退。随着光明的消逝，它们看起来一棵比一棵险恶。他瞄到灌木丛中似乎有东西在动，不过定神细看时，却找不到了。

路旁一块起皱开裂的木牌写着：

湖畔客栈

距此半里格

以嘶叫鳗鱼闻名

这是条沉闷荒凉的路，莫洛寇斯对路边旅店不抱什么期望，但好歹聊胜于无。等天一黑，恐妖、厄妖和白钩虾妖就会出来游荡，饥饿驱使下它们甚至可能冒险攻击望之生畏的巫师。过去的他不会害怕这些怪物，每次需要离开安全的宅邸时，他都会像同行一样，准备好五六个强大的法术。但现在，这些法术就像手兜不住水一般，从他的记忆中溜走。即便是还能掌控的法术，每次召唤起来也愈发无力。此外还得提防影剑，有人说他们是易形者，面容像烛蜡一样

湖畔客栈之夜

可塑。莫洛寇斯不知真假，但其恶意毋庸置疑。

很快他就会抵达凯因，安然享受高大白墙和古老魔法的保护，与汗德鲁姆公主和法师伙伴们一起喝黑葡萄酒。但如今，即便这个无聊的湖畔客栈，也胜过在凶险的松林中再搭一夜帐篷。

❋

车子在布满车辙的路上摇摇晃晃，两只高耸的木轮在石块上蹦蹦跳跳，让齐姆瓦兹①老是磕到牙。他把鞭子攥得更紧了。齐姆瓦兹脸庞宽大，鼻子扁平，泛青的皮肤松弛下垂、疙疙瘩瘩，舌头不时伸出来舔舔耳朵。

左边隐约可见又密又黑的险恶森林，右边则是个山间小湖，乏味的湖畔零星点缀着树木和一丛丛盐草。天空的紫色渐渐变深为靛蓝，现出疲惫的星光。

"再快点！"齐姆瓦兹吩咐牵着挽绳的波利姆福，他回头看了看，没望见追兵的迹象，但无法保证特微克人不会追来，这些讨厌的小东西尽管美味，却很会记仇，甚至为此不顾一切，"天色晚了，就要入夜了！赶紧动起来！必须在天黑前找到避难所，你这蠢货。"

鼻孔毛茸茸的颇纳人没有回答，只哼了哼。于是齐姆瓦兹抽了一鞭，给他鼓劲。"动动脚，你这害死人的粗汉。"这次波利姆福躬身拉紧挽绳，双腿抽动，肚皮翻滚，有个轮子撞上了石头，车子跳了下，齐姆瓦兹咬到了舌头，口中满是血的味道，像霉面包一样又浓又甜。齐姆瓦兹冲着波利姆福唾了一口，青色的痰液和黑色的浓水黏在他脸颊，然后掉下来溅在石头上，"再快点！"齐姆瓦兹大吼，皮鞭奏出悠扬的乐曲，让颇纳人脚步不停。

终于树丛稀了，旅店出现在前方。它位于三条道路相汇处的石

---

① 这位角色得名自马丁高中结识的好友霍华德·沃尔德罗普当时写的同人小说《齐姆瓦兹赞歌》。

丘上，下层石砌，上层木筑，看起来坚实而喜人。山墙堂皇，塔楼高耸，宽大的窗户透出诱人的温暖红光，还有欢快的乐声、笑声和杯盏交碰声，仿佛在说"来吧，快来吧！快脱掉靴子，抬起脚，倒上一杯麦酒"。尖顶后面，平静的湖面在阳光下闪着红光，就像一块锤出来的铜板。

伟人齐姆瓦兹从未见过这么诱人的景象。"停下！"他喊道，用鞭子在波利姆福的耳朵上轻轻一舔，好叫颇纳人专心，"别动！收腿！这就是我们的避难所！"

波利姆福踉跄着慢慢停下。他疑虑地看了看客栈，又嗅了嗅。"如果是我的话，会继续前进。"

"我相信你会这么干。"齐姆瓦兹从车上跳下来，软靴在泥泞中啪唧作响，"等特微克人追上来，拿矛刺我时，你只会咯咯笑着袖手旁观。呵，他们绝对找不到这里。"

"除他以外。"颇纳人说。

他就在那里：一个骑着蜻蜓的特微克人在头顶肆无忌惮地盘旋，发出嗡嗡轻响。他肤色淡绿，头盔是个橡子壳。眼见对方端平了长矛，齐姆瓦兹惊恐地举起双手。"你为什么要骚扰我？我什么也没干！"

"你吃了高贵的弗洛伦达尔。"特微克人说，"你吞了梅莱斯恩斯夫人，以及她的兄弟三人。"

"没有的事！我反对指控！是别人长得像我。你有证据吗？出示证据！怎么，没有吗？那就滚吧！"

特微克人却向他飞来，长矛敏捷地对着鼻子刺去。但齐姆瓦兹动作更快，他伸出又长又黏的舌头，把小骑手从坐骑上卷了下来，对方只来得及发出哀嚎。薄脆的盔甲在齐姆瓦兹锋利的绿牙之间粉碎，尝起来有薄荷、苔藓和蘑菇的味道，真是开胃。

完事后，齐姆瓦兹用小长矛剔了剔牙。"就他一个。"看到没有其他特微克人大驾光临后,他自信地宣布,"嘶叫鳗鱼等着我。颇纳人,留在这里看好车。"

❋

莉里安妮转着圈边走边跳。她身材苗条,双腿修长,天真活泼,生机勃勃,步履昂扬。一身灰色和暗玫瑰色的她,柔软而光滑的罩衫用蛛丝纺成,领口敞开三颗扣子,天鹅绒宽檐帽上歪插着一根俏皮的羽毛,臀边挂着灰色软皮剑鞘,里面插着"温柔一挠",高筒靴也是相配的颜色。她有白如牛奶的皮肤,布满雀斑的脸颊,一头蓬乱的赤褐色卷发,一双活泼的灰眼睛,一张为淘气笑容定而生的嘴,和一个上翘的小鼻子,随着她的呼吸而颤动。

夜晚的空气中弥漫着松树和海盐的味道,但隐隐约约地,莉里安妮还能嗅到一丝厄妖、垂死的恐妖和近处食尸鬼的臭味。不知太阳下山后,它们敢不敢出来和她玩。想到这里,她不由得笑起来。她摸着温柔一挠的剑柄,在树下转了一圈,靴子后跟扬起一小团灰尘。

"姑娘,你为什么要跳舞?"一个微弱的声音说,"天色已晚,黑影已长。现在不是跳舞的时间。"

一个特微克人在她头边盘旋,另一个紧随其后,第三个和第四个也相继出现。他们的矛尖在夕阳照耀下闪着红光,骑乘的蜻蜓则泛出淡绿荧光。莉里安妮在树林间瞥见更多同伙,星星一般细小的光点在枝头飞来飞去。"太阳快死了,"莉里安妮告诉他们,"黑暗之中无法舞蹈。朋友们,和我一起玩吧。趁着暮色,在傍晚的空中编织明亮的图案。"

"我们没时间玩了。"一个特微克人说。

"我们要打猎,"另一个说,"之后再跳舞。"

"之后。"第一个人赞同。特微克人的笑声弥漫在林间,像碎瓷一样尖锐。

  "附近有特微克村镇吗?"莉里安妮问。

  "附近没有。"一个特微克人说。

  "我们已经飞得很远了。"另一个说。

  "你有香料给我们吗,舞者?"

  "盐?"另一个说。

  "胡椒?"第三个人问。

  "番红花?"第四个人叹道。

  "给我们香料,我们就告诉你密道。"

  "在小湖边。"

  "在旅店边。"

  "啊哈!"莉里安妮咧嘴一笑,"什么旅店?我好像闻到了。是个神奇的地方,对吗?"

  "是个黑暗的地方。"一个特微克人说。

  "太阳正在熄灭,世界即将变暗。"莉里安妮想起从前的另一个旅店,那是个简陋的地方,但很友善,地上铺满干净的灯心草,炉前睡着一条狗,那时世界就已经奄奄一息,漫漫长夜中处处险恶,但在院墙内,仍然可以找到友谊、欢乐,甚至爱情,莉里安妮还记得烤肉在噼啪作响的火堆上转动,脂肪滴到火中炸响;她还记得那上头的黑啤酒,带着啤酒花的味道;她还记得一个女孩,那是旅店老板的女儿,有着明媚的眸子和傻傻的笑容,爱上了流浪的旅人,她现在死了,可怜的人儿,但那又有什么关系呢?这个世界也快死了,"我想看看这个旅店,"她说,"还有多远?"

  "一里格。"特微克人说。

  "不到。"第二个人反对。

  "我们的盐呢?"两人齐声问。

  莉里安妮从腰间的小袋里给每人掏出一撮盐。"带我去,"她说,

湖畔客栈之夜

"然后你们还能拿到胡椒。"

※

湖畔客栈不乏主顾。这里坐着个长胡子白发男人,用勺子舀着令人作呕的紫色炖菜。那里躺着位黑发女郎,像捧着刚出生的婴儿一样端着酒杯。靠墙的一溜木桶边,一个雪貂脸络腮胡子的男人正在吸吮蜗牛壳。他的眼神看起来阴险狡猾,但背心上的银扣和帽子上的孔雀羽扇说明他并不缺钱。靠近炉火的地方,一对夫妇和两个大块头的呆儿子围着桌子,分享一个巨型肉饼。从外貌看,他们来自一个只有棕色的国度。父亲留着显眼的浓密髯须,儿子们茂密的小胡子遮住了嘴,母亲的胡子要少一点,还能看清双唇。

乡巴佬身上有股白菜味,于是齐姆瓦兹走到房间另一边,跟那个银纽扣背心的有钱人攀谈。"蜗牛怎么样?"

"黏糊糊的没味道。我不推荐。"

齐姆瓦兹拉过一把椅子。"我是伟人齐姆瓦兹。"

"而我是'可怕的'罗卡尔洛王子。"

齐姆瓦兹皱了皱眉头。"什么王子?"

"就是这样。"王子又吸了一只蜗牛,把空壳丢在地上。

答案没法让他满意。"伟人齐姆瓦兹不好惹。"他警告这个所谓的王子。

"然而你却坐在这里,在湖畔客栈。"

"和你在一起。"齐姆瓦兹有些气恼地补充。

店主登场了,点头哈腰的他倒是明白自己的身份。"请问您有什么吩咐?"

"我要尝尝你们有名的嘶叫鳗鱼。"

店主抱歉地咳了一声。"唉,这鳗鱼是……呃……不在菜单上的。"

"什么？怎么可能？你的招牌说，嘶叫鳗鱼是本店的特色。"

"从前的确如此。它们美味，但也调皮。有条鳗鱼吃了一个巫师的小妾，巫师大怒之下让湖水沸腾了，鳗鱼就此绝种。"

"也许你该换个牌子。"

"每天醒来时，我都这么想。可我又想，世界或许就在今天结束，难道我要手执画刷在梯子上度过最后的时光？于是我给自己倒了点酒，坐下来思考这个问题。等到晚上，我发现冲动已经消失了。"

"你的冲动与我无关。"齐姆瓦兹说，"既然你没有鳗鱼，来只烤得香脆的鸟也成。"

店主看起来泪眼汪汪。"唉，这里的气候不适合养鸟。"

"鱼呢？"

"湖里的？"店主打了个寒战，"我建议别吃它。湖水不干净。"

齐姆瓦兹越来越恼火。他的同伴靠在桌子对面说："任何时候，都不要吃这里的紫果汤①，软骨馅饼也吃不得。"

"抱歉，"店主说，"我们现在只剩肉馅饼了。"

"馅饼里是什么肉？"齐姆瓦兹问。

"褐色的，"店主说，"还有大块的灰肉。"

"那就来个肉馅饼吧。"也没别的办法了。

馅饼很大，这是它唯一的优点。齐姆瓦兹发现里面的肉主要是软骨，偶尔有几块黄脂肪，还有一次咬到的东西很可疑。灰色的肉比褐色的多，有一块还闪着绿光。他还发现了一块胡萝卜，也可能是一根手指。不管是什么，都已经煮得烂熟。至于饼皮嘛，还是不说为妙。

最后齐姆瓦兹把馅饼推开，他只吃了不到四分之一。"聪明人也

---

① 译注：原文 scrumby 当为自造词。从上下文看是种紫色炖菜，从词根看或与苹果有关。

湖畔客栈之夜

许会听从我的警告。"罗卡尔洛说。

"一个没饿肚子的聪明人也许会听。"这就是特微克人的缺点,不管吃了多少,一小时后又饿了,"地球很古老,但夜晚还年轻。"伟人齐姆瓦兹从袖子里掏出一叠彩绘牌,"你玩过'裴果提'吗?这个欢乐的游戏和麦酒很搭。想不想来几轮?"

"这个游戏我不熟,但我学得很快。"罗卡尔洛说,"如果你能解释下要领,我乐意试试手气。"

齐姆瓦兹开始洗牌。

✤

这家旅店比莉里安妮预想的宏伟,看起来怪怪的,与环境格格不入,她压根没指望在坍墙之地的林间小路边能找到这种地方。"以嘶叫鳗鱼闻名。"她大声念道,然后笑了。旅店后面,一抹红色的残阳浮在黑色的湖水上。

蜻蜓在她身边嗡嗡作响。随着莉里安妮沿路而行,越来越多特微克人加入她的行列,四十、八十、一百,现在她已经数不清了。他们坐骑的薄纱翅膀在傍晚的空气中颤动,紫色的黄昏也随之哼唱。

莉里安妮捏着鼻子嗅了嗅,浓郁的法术气息差点让她打了个喷嚏。这里有魔法。"啊哈!"她说,"我闻到了巫师的味道。"

吹着俏皮的小曲,她漫步走近。一辆要散架的车停在台阶下,轮子上趴着一个体形巨大的丑八怪。他大腹便便,恶臭扑鼻,耳朵和鼻孔里钻出又粗又黑的毛发。莉里安妮走近时,他抬起头来。"如果是我的话,不会走上台阶。那是个坏地方,只有人进,没有人出。①"

"这个嘛,我不是男人,相信你也看出来了。此外我也喜欢坏地

---

① 原文men既可泛指人,又可专指男人。

方。请问你是哪位？"

"我叫波利姆福，是个颇纳人。"

"我不熟悉颇纳人。"

"很少有人熟悉。"他耸了耸肩，两道巨大的涟漪在肩上泛开，"那些特微克人是你的吗？告诉他们，我主人躲到旅店里了。"

"主人？"

"三年前，我和齐姆瓦兹玩裘果提。钱输光后，我拿自己下注。"

"你主人是个法师吗？"

又耸了下肩。"他自认为是。"

莉里安妮摸了摸温柔一挠的剑柄。"那么你可以自认为自由了。我会替你还清欠债。"

"真的吗？"他站了起来，"我能把车带走吗？"

"只要你愿意。"

他咧嘴笑了。"上车吧，我载你去凯因。没有危险，我保证。颇纳人只在星辰排成一线时才吃人肉。"

莉里安妮抬头看了看。树林上方有半打星星，好似紫色天鹅绒上蒙尘的钻石在闪烁。"那么该由谁来评判星辰何时排成一线呢？"

"这一点你可以相信我的判断。"

她咯咯笑了。"不，我看不行。我要去旅店。"

"而我要上路。"颇纳人拉起挽绳，"如果齐姆瓦兹抱怨我不在，就告诉他，你替我还债了。"

"我会的。"莉里安妮看着波利姆福朝凯因走去，空车在他身后一蹦一跃，隆隆作响。她跳过蜿蜒的石阶，推门进入湖畔客栈。

大厅里能闻到霉味、烟味和食尸鬼味，还有点白钩虾妖的气味，不过看不出它们的踪影。一张桌子边挤满了毛茸茸的乡巴佬。另一张桌旁坐着一个胸脯硕大的邋遢女人，拿着带凹坑的银杯抿酒。一位穿得像古代索辛格骑士一样老气的长者寂寞地独自坐在一边，长长的白胡子上沾满紫色的汤渍。

不难认出齐姆瓦兹。他和另一个流氓坐在麦酒桶边,很难说哪个看着更讨厌。前者闻起来像蛤蟆,后者有老鼠的臭味。鼠脸人穿着灰色皮背心,上面有闪亮的银纽扣,里面是件蓝白条纹的紧身衬衫,带有蓬松的大袖子。他的尖头上支着一顶蓝色宽檐帽,上面的孔雀羽毛布成扇形。蛤蟆人则有低垂的两腮和疙疙瘩瘩的青色皮肤,看起来有点恶心。他的软帽像个瘪蘑菇,锦葵紫外衣脏兮兮的,领子、袖子和下摆有金色的蔓草纹,脚尖挂着绿鞋子。他的双唇饱满肥厚,嘴裂得快碰到耳垂了。

两个流氓都猥亵地盯着莉里安妮,在心中盘算怎么来一场艳遇。蛤蟆甚至色眯眯地笑了一下。莉里安妮知道该怎么玩这个游戏。她脱帽向他们致意,走近那张桌子。粗糙的木桌板上,摊满了彩绘牌,旁边是吃剩的肉馅饼,油脂已经凝结,不怎么吸引人。"这是什么游戏?"她问道,装出一脸纯真。

"裴果提。"蛤蟆人说,"你会玩吗?"

"不会,"她说,"但我想玩。你能教我吗?"

"乐意之至。请坐,我是齐姆瓦兹,人称'勇者'。我的朋友叫'可慢的'罗卡尔洛。"

"是'可怕的',"鼠脸人纠正,"如果你高兴,可以叫我罗卡尔洛王子。店主就在附近。来杯酒吗,姑娘?"

"好,"她说,"你们是巫师吗?你看起来会法术。"

齐姆瓦兹不屑地摆了摆手。"你的眼睛不仅漂亮,也很敏锐。我的确会一两个法术。"

"让牛奶变酸的符咒?"罗卡尔洛提示,"很多人都会,不过得花六天时间。"

"不止这个,还有其他的,"齐姆瓦兹吹嘘,"一个比一个强。"

"能给我看看吗?"莉里安妮用激动的声音问。

SONGS
OF THE DYING EARTH

"也许等我们更了解彼此的时候吧。"

"噢,太好了!我一直想看看真正的魔法。"

"魔法给乏味的生活增添了调料,"齐姆瓦兹色眯眯地盯着她宣称,"但我不屑于在这群粗汉和榆木疙瘩面前浪费法力。等会儿我们独处的时候,我会为你表演毕生难忘的魔术,让你欢呼雀跃,敬畏不已。但先来点麦酒,再玩两三轮裴果提,好让身心都兴奋起来!我们赌什么?"

"噢,我相信你会有主意的。"莉里安妮说。

✦

"忧郁的"莫洛寇斯看到湖畔客栈时,肿胀的太阳已经缓缓西沉,就像一个老胖子坐到最爱的椅子上。

法师下令停轿,用自从灰法师前往群星后就没人说过的语言轻声嘀咕。山间湖畔的旅店乍看之下极为诱人,但莫洛寇斯生性多疑。他早就知道,外表与实质往往不同。莫洛寇斯喃喃念出一句简短的符咒,举起一根黑檀法杖。杖顶的水晶球里有只金色的大眼睛,滴溜溜转个不停。任何咒语和幻术都无法欺骗真视眼。

湖畔客栈褪去了魅惑术,变得灰暗破旧。它有三层楼高,窄得出奇,歪得像个醉酒的牧虫手。一条扭曲的石板台阶通向大门。绿色菱形玻璃窗给里面的光亮染上麻风病的色彩。屋顶长满菌类,像无数绳子一般垂下来。旅店后面暗如沥青的小湖散发出腐烂的气息,点缀着淹死的枯树,漆黑油腻的水面泛起不祥的波纹。旅店边是间马厩,朽烂得连迪奥殆尸体都不敢进去。

客栈的台阶下有块牌子,上面写着:

湖畔客栈

以嘶叫鳗鱼闻名

右前方的迪奥殆开口了,"地球正在死去,太阳即将熄灭。这座腐朽的小屋，正适合莫洛寇斯度过余生"。

"地球正在死去，太阳即将熄灭。"莫洛寇斯赞同，"但如果末日就要降临，我宁愿坐在火堆旁品尝一盘嘶叫鳗鱼，而你则站在寒夜中瑟瑟发抖，看着自己身体一点点腐烂，一块块掉到地上。"他整理了下望之生畏斗篷，收起修长的黑檀法杖，走下轿子，步入杂草丛生的庭院，登上通往旅店的台阶。

上方的门砰地开了，走出来个矮子，一脸谄媚，围裙上溅满肉汁，想来正是旅店老板。他在围裙上擦了擦手，匆匆走下来。等他终于看清莫洛寇斯的样子，顿时一脸煞白。

不足为奇。望之生畏斗篷下，莫洛寇斯肤白如骨。他的双眼深邃黑暗，充满悲伤，鹰钩鼻子下是阴郁的薄嘴唇。他修长的一双大手富于表现力，右手指甲涂成黑色，左手涂成红色。颀长的腿上穿着同样颜色的条纹马裤，裤腿塞进抛光的恐妖皮长靴里。头发也是半黑半红，鲜血与暗夜交织。他头戴一顶紫色天鹅绒宽檐帽，上面装饰着一颗绿珍珠和一根白翎。

"可畏的先生，"旅店老板说，"那些……那些迪奥殆……"

"……不会给你带来麻烦。死亡让这些蛮子的胃口变小了。"

"我们……我们很少在湖畔客栈看到法师。"

莫洛寇斯并不意外。濒死的地球曾经盛产法师，但在这最后的时光里，魔法也在衰弱。记忆和吟诵法术越来越难，它们也不再像从前那样有效。就连魔法书本身也开始瓦解，躺在古老的图书馆里化作尘土，因为保护它们的符咒已是风烛残年。随着魔法失效，魔法师也跟着衰亡。有些人落入昔日的仆役之手——那些曾经言听计从的恶魔和精灵。有些人被影剑追杀，或是被愤怒的女暴民分尸。最聪明的人溜走了，逃去了别的时代或其他地方，庞大而通风的宅邸像拂晓的雾气一样消失，而他们的名字则只留在传说中：魔法师玛兹瑞安、米尔的图亚安、奇人莱尔托、谜之穆弗、吉尔迦德、潘德鲁姆、"导师"埃尔德方斯……

但莫洛寇斯还在,他打算留下来,活着喝下最后一杯酒,亲眼见证太阳熄灭。"你面前是'忧郁的'莫洛寇斯,诗人、哲人、大法师、死灵术士、死语学徒、魔族之祸。"他告知畏缩的店主,"我知道这个濒死地球的每一个角落。我收集远古时代的珍奇文物,翻译无人能解的残破卷轴,与死者对话,让生者愉悦,使怯懦者恐惧,令蒙昧者敬畏。我的仇恨是冷酷的黑风,我的情爱是温暖的丹日。我对凡人的规矩和律法不屑一顾,就像旅人拂去斗篷上的尘土。今夜,你有幸迎接我大驾光临。无需任何仪式。我要最好的房间,干爽又宽敞,还有张羽垫床。我也要用餐,一大块野猪肉就成,再来点厨房端得出的配菜。"

"我们没有猪,不管是野猪还是家猪。大部分叫恐妖和厄妖吃了,剩下的都被拖到湖里去了。我可以给您端上一盘肉馅饼,或者一碗热气腾腾的紫果汤,但我不觉得您会喜欢前者,倒觉得您会讨厌后者。"旅店老板吞了吞口水,"实在抱歉,可畏的先生。我的破房子不适合您这样的人住。毫无疑问,您可以找到更舒服的旅店。"

莫洛寇斯脸色一沉。"毫无疑问,"他说,"但既然没有其他旅店来找我,我只好在你这里将就。"

旅店老板用围裙擦了擦额头。"可畏的先生,请您原谅。我没有冒犯的意思,但法师们以前给我添过麻烦。有些人不像您这么诚实,他们钱包里是施了法的石头,用魅惑术把粪块装成金子来结账。还有人稍有不满,就让无辜的侍女和老板长出疖子和疣子。"

"这好说,"忧郁的莫洛寇斯宣布,"确保所有服务到位,你就不会有麻烦。我向你保证,不会在大厅里施展法术,不会让侍女长疖子和疣子,也不会用粪便来结账。但现在我不想再闲聊。白天结束了,太阳落山了,我也累了,所以我要在这过夜。你的选择很简单:听我的,否则我就施展'伽估的恶臭',让你余生都被自己的体臭呛

湖畔客栈之夜

住。不过你的余生不会太长,因为黑蝠怪和厄妖喜欢这气味,就像老鼠喜欢上好的熟奶酪。"

旅店老板的嘴张了又合,但终究没说出一句话。片刻之后,他挪开了身子。莫洛寇斯点点头,登上最后几级台阶,推开旅店大门。

湖畔客栈里边和外面一样,黑暗潮湿而压抑。空气中弥漫着一股奇怪的酸味,说不出是来自老板、顾客,还是厨房里的东西。莫洛寇斯一进门,大厅里顿时鸦雀无声,所有目光都盯着他。这在意料之中,穿着望之生畏斗篷的他看起来着实骇人。

莫洛寇斯在靠窗的桌子坐下,然后开始打量屋里的同伴。靠近炉火的那群人用低沉而粗俗的声音对着彼此咆哮,让法师想起长毛的芜菁。麦酒桶边,一个年轻漂亮的姑娘正和一对显而易见的无赖打情骂俏,其中有个似乎不是纯血人族。附近有个老人趴着桌子睡觉,头枕在交叉的双臂上。他身后的女人一边啜着酒糟,一边好奇地打量着对面的巫师。莫洛寇斯一眼看出她是个妓女,不过已经不年轻了。她奇怪的耳朵有点让人不安,不过容貌算不上狰狞,体形也不错。深色的大眼睛清澈明亮,黑色的长发映出炉火的红光——

——至少在莫洛寇斯天生的双眼看来如此,但他深知视觉会骗人。轻轻地,他低声念了一句咒语,通过法杖上的魔力金眼窥视。这次看到了真实的世界。

由于客栈的招牌菜没了,法师点了个肉馅饼当晚饭。莫洛寇斯吃了一口便放下勺子,感觉更忧郁了。缕缕蒸汽从饼的缺口升起,在空中形成狰狞的面孔,一个个都张着嘴,好似在经受拷问。当店主回来询问饭菜是否合胃口时,莫洛寇斯责备地扫了他一眼,"你很幸运,我不像多数同道中人那样易怒。"

"我很感激您的宽容,可畏的先生。"

"希望你的卧房比厨房强一点。"

"只要三个特斯,您就可以和穆颇一家子分享大床。"店主指了指靠近壁炉的乡巴佬;"单间则要十二特斯。"

"忧郁的莫洛寇斯只住最好的房间。"

"我们最好的房间要二十特斯,目前属于罗卡尔洛王子。"

"马上把他的东西搬走,给我准备好房间。"莫洛寇斯吩咐,他本想再说几句,但那个深色眼睛的女人起身走了过来,来到他桌前。他朝对面的椅子点了点头,"坐吧。"

她坐了下来。"你为什么看起来这么悲伤?"

"这是人的命运。从你身上,我能看到还是孩子的你。你曾经有过母亲,她将你搂在怀里;你曾经有过父亲,他把你抱在膝头。你曾经是父母的掌上明珠,他们从你的眼中再次看到了世界的奇迹。但他们都已逝去,世界也在死亡,而他们的孩子把她的悲伤卖给陌生人。"

"我们现在是陌生人,但无须一直如此。"女人说,"我的名字是……"

"与我无关。你还是三岁孩子吗,竟敢对法师说出自己的真名?"

"明智的建议。"她的手搭上他的袖子,"你有房间吗?让我们去楼上弥补悲伤,我会让你幸福的。"

"不太可能。地球正在死去。人类也一样。任何情欲的行为都对此无能为力,再变态,再放纵,都无济于事。"

"还是有希望的。"女人说,"无论是你,还是我,乃至所有人。就在去年,我睡过的男人说,萨斯克沃伊有个女人生了孩子。"

"要么他在撒谎,要么他被骗了。萨斯克沃伊的女人和其他地方一样哀泣,把自己的孩子吞噬在子宫里。人类一天天变少,很快就会消失。地球将成为迪奥殆、黑蝠怪乃至更糟糕的妖兽的家园,直到最后的光明熄灭。没有孩子,也不会再有。"

女人颤抖起来。"可是,"她说,"可是,只要还有男人和女人,就值得尝试。跟我试一试吧。"

湖畔客栈之夜

"如你所愿。"他是忧郁的莫洛寇斯,已经看清了她的真面目,"等我回房休息时,你可以过来,我们一起试着去找寻真相。"

❖

明艳的彩绘牌是用暗黑色的木头做的,像纸一样薄,在莉里安妮翻动时轻轻噼啪作响。游戏很简单,赌注是特斯。莉里安妮赢的比输的多,但她注意到,每当赌注很大时,无论她手上的牌多好,不知怎的,齐姆瓦兹总能翻出最亮的牌。

"今晚你运气不错,"齐姆瓦兹在十几轮后宣布,"不过这种小打小闹已经玩腻了。"他把一枚金肯图[①]放在桌上,"有人跟吗?"

"我跟,"罗卡尔洛说,"地球快死了,我们也一样。对死人来说,几个硬币算什么?"

莉里安妮一脸沮丧。"我没有金子可以赌。"

"没关系,"齐姆瓦兹说,"我正好看中了你的帽子。用它来下注就好。"

"噢,可以吗?"她歪着头舔舔嘴唇,"来吧。"

不出意外,帽子很快就易手了。她招摇地把赌注递给齐姆瓦兹,甩开头发,以微笑回应他的目光。法师刚一进来,莉里安妮就注意到了,但她一直小心翼翼地不去直视坐在窗边的对方。这个阴森可怕的瘦削法师身上散发出浓郁的法术臭味,相比之下可恶的骗子齐姆瓦兹的魔法味道不值一提。如今大魔法师要么死了,要么逃了,要么被影剑杀了,要么去了某个世界或灵界,乃至遥远的群星。留在濒死地球上的少数人都聚集到凯因,寻求白墙之城古老魔法的庇佑。这位肯定也不例外。

她手心痒痒的,"温柔一挠"唱出无声的歌。莉里安妮杀死第一

[①] 原文为 golden centum,从词意看,应该相当于一百个基本单位。而一特斯(terce)则相当于三个基本单位。

个巫师时,用他的血淬炼了这把剑,那时她才十六岁。任何防护法术都无法抵御它的锋刃,然而她自己没有任何防御手段,只能用智慧。杀死巫师的难点在于选择时机,因为大多数巫师只要说出几个合适的词,就能瞬间把你化为灰烬。

麦酒上了两轮,莉里安妮啜饮着第一杯酒,第二杯则放在手边没动。但她的同伴们都喝光了。罗卡尔洛叫来第三轮酒时,齐姆瓦兹便意来了,摇摇摆摆地穿过大厅去找厕所。莉里安妮注意到,他远远避开死灵术士的桌子。那个苍白阴森的家伙似乎在专心与旅店常驻的妓女对话,对蹒跚而过的凸眼垂腮的无赖视而不见,但他巫师法杖上的金色眼睛却一直盯着齐姆瓦兹,一举一动都历历在目。

"齐姆瓦兹一直在骗我们,"等蛤蟆人走后,她告诉罗卡尔洛,"上一轮我赢了,之前两轮则是你赢了,然而他的特斯却越堆越高。只要我们不注意,硬币就会移动,爬过桌子跑回老家。而牌也会偷偷换脸。"

王子耸耸肩。"这有什么关系呢?太阳就要熄灭了,死后还有谁来数我们的特斯?"

他厌倦的态度惹恼了她。"哪个王子会让蹩脚巫师当傻瓜耍?"

"体验过卢格维勒的悲愁瘙痒术的王子,我可不想再来一次。齐姆瓦兹逗我开心。"

"给齐姆瓦兹挠个痒,我也会开心。"

"我相信他会笑个不停。"

然后一个阴影落在他们身上。莉里安妮抬起头来,发现那个面目狰狞的死灵术士正站在身边。"我有三百年没玩过裴果提了,"他阴郁地说,"可以加入吗?"

❖

伟人齐姆瓦兹的肚子阵阵发胀。要么是因为肉馅饼里的软骨和

湖畔客栈之夜

板油,要么是在森林里吃的特微克人。美味的小东西,可惜不好消化。他们可能还在肚子里用那些小笨矛到处乱戳。他本该吃到十二个时打住,可一开吃,就老是禁不住想,噢,再吃一个就好,或许还能再来一个。他们的长矛说不定下了毒。齐姆瓦兹之前没考虑过这点,现在想来真让人不快。

就像这旅店一样。他本该听颇纳人的话。湖畔客栈没什么好东西,也许只有那个加入裴果提牌戏的雀斑妞儿除外。他已经拿到了她的帽子,靴子和袜子也快了。等大厅里多数旅行者回去休息,齐姆瓦兹就会认真出击。他确信慵懒谨慎的罗卡尔洛不会干涉。输光衣服之后,这漂亮女孩便只好拿自己当赌注了。之后就可以把她拴在车前,永远比波利姆福领先一臂之遥。从此颇纳人就会迫不及待地抽动他那双毛茸茸的腿追着她跑,省去齐姆瓦兹甩鞭子的功夫。

旅店厕所又挤又臭,没有凳子和横杆,只在地板上开了个破洞。齐姆瓦兹蹲在上面,脱下马裤,哼哼唧唧呻吟着排空肠胃。这个动作对他而言总是不怎么愉快,因为有可能惊醒那只窝在他下体肥肉里的小恶魔。它的第二大乐趣是用尖酸的词汇高声挖苦齐姆瓦兹的阳具,至于它的第一大乐趣,齐姆瓦兹不愿回忆。

这次好歹幸免于难,但更糟糕的事情还在后头。回到旅店大厅时,他发现那个面目狰狞的高大魔法师已经坐了过来。齐姆瓦兹与大法师打过不少交道,他可不想再来一次。他现在的模样就是在十字路口与某位大法师发生误会的结果,而马裤里那个喋喋不休的小恶魔则是女巫艾露娜留给他的纪念品。当年他年轻苗条又英俊,与她有过两周的情缘。这个身穿红黑衣服的法师虽然没有艾露娜的魅力,但很可能和她一样喜怒无常。谁也不知道一个巫师会把什么鸡毛蒜皮的无心之失当成要命的侮辱。

然而为时已晚,除非他立刻逃出旅店。这种做法似乎不太明智,毕竟夜晚属于恐妖、食尸鬼和白钩虾妖。而且说不定还有更多的特

675

微克人在等着他。所以齐姆瓦兹摆出最灿烂的笑容重新回到座位上,咂嘴说道,"看来我们又多了一个玩家。老板,赶紧给我们的新朋友拿点麦酒来!动作快点,否则你鼻子上会长个脓包!"

"我是忧郁的莫洛寇斯,我不喝麦酒。"

"看来你是位法师。"齐姆瓦兹说,"我也一样。你记了几条法术?"

"不关你的事。"莫洛寇斯警告。

"别这么说嘛,只是关心同行。我自己带着六条强力法术,九条普通魔咒,还有一大堆符咒。"齐姆瓦兹洗了洗牌,"我的精灵候在门外,他伪装成拉车的颇纳人,只要一声令下,随时可以带我直冲云霄。但请不要在餐桌上施展法术!这里由命运女神主宰,容不得法术搅和!"他随即把一枚金肯图放到桌子中央,"来,来,下注吧!让闪闪发光的金子给裴果提增添滋味。"

"就是这样。"罗卡尔洛王子把他的金肯图叠上去。

莉里安妮只能噘着嘴(她噘起嘴来真漂亮)说:"我没有金子,只想赢回帽子。"

"那你必须用靴子下注。"

"真的吗?噢,很好。"

法师什么也没说。他没有伸手去掏钱,而是敲了三下黑檀法杖,念出一个驱散幻觉的小符咒。齐姆瓦兹的金肯图立即变成了一只肥大的白蜘蛛,伸出八条毛腿在桌上爬动,而他面前的一堆特斯则化作一群四散奔逃的蟑螂。

女孩尖叫,王子呵斥。齐姆瓦兹咽下不安,站了起来,两腮抖个不停。"看你干的好事!你欠我一枚金肯图。"

"才怪!"莫洛寇斯勃然大怒,"你想用这种三脚猫魅惑术来耍我们?难道你以为这种戏子的伎俩会让忧郁的莫洛寇斯上当?"他法杖上的金色大眼睛眨个不停,绿色的蒸汽在水晶球内不祥地旋转。

"小声点,小声点。"罗卡尔洛王子抗议,"我被麦酒弄得昏昏沉沉,听不得高声喧哗。"

"噢,你们要来场巫师的对决吗?"莉里安妮拍拍手,"我们有机会见识伟大的魔法?"

"旅店老板可能会抗议。"罗卡尔洛说,"在主人屋檐下来这种比试可不合适。剑客们决斗时,损失最多是一些碎盘子和地上的血迹,一桶热水和一块抹布就能善后。而巫师的决斗会让旅店成为冒烟的废墟。"

"呸!"齐姆瓦兹两腮颤抖着说,十几条反讽涌向唇边,一句比一句恶毒,但谨慎的他最终没有出声,而是猛然起身,速度之快带倒了椅子,"旅店老板不必为此害怕。我的法术威力太强,不适合没帽子的荡妇和假冒的王子闲暇消遣。伟人齐姆瓦兹不容嘲笑,记住我的警告。"趁着红黑法师还未再度发难,他匆匆撤退。肥蜘蛛和蟑螂排成一队跟着他飞速爬开。

❋

火堆已成余烬,黑暗笼罩屋角,空气越来越冷。壁炉旁的乡巴佬们挤成一团,隔着胡须互相嘀咕。忧郁的莫洛寇斯法杖上的金眼扫视四方。

"你要让骗子逃走吗?"女孩问。

莫洛寇斯不屑回应。他感觉得到,所有面纱很快都会揭开。骗子齐姆瓦兹只不过是个小麻烦。影剑也在这里,还有更糟糕的东西。而且他似乎能听到轻微柔和的嘶吼声。

店主突然出现,省去了他被继续追问的麻烦。店主宣布房间已经准备好了,现在就可以去休息。

"好。"莫洛寇斯倚着法杖起身,整理了一下望之生畏斗篷,"带路吧。"

SONGS
OF THE DYING EARTH

旅店老板从墙上取下一盏灯笼,点燃灯芯,拨亮火光。"请跟我来,可畏的先生。"

莫洛寇斯跟着店主的灯笼,爬上三层长长的扭曲台阶,来到顶层一扇沉重的木门前。

湖畔客栈最好的房间也不怎么气派。天花板太低,地板危险地嘎吱作响。唯一的窗户外边是湖面,可以望见暗红色星光下黑色的波纹。床边有张三条腿的小桌,一根歪歪扭扭的牛油蜡烛立在一摊硬化的油脂里,火光摇曳。家具只有一个箱子和一把直背椅。房间的角落里遍布阴影,黑得像迪奥殆的肚子。空气潮湿阴冷,莫洛寇斯能听到风从百叶窗的缝隙中穿过。"床垫里是羽毛吗?"他问。

"只有湖畔客栈实打实的稻草。"旅店老板把灯笼挂在钩子上,"您看,有这两块厚木板挡住门窗,您今晚大可以放心安睡,不必担心不速之客。床脚的箱子里有条备用毯子,也可以用来存放衣物和贵重物品。旁边是便桶。您还需要什么吗?"

"独处。"

"遵命。"

莫洛寇斯听着旅店老板下楼。享受了片刻独处后,他开始仔细检查房间,敲打墙壁,察看门窗,用法杖叩击地板。床脚的箱子有两层底,可以从下面打开,通往一条狭窄的管道。这无疑是小偷和杀人犯的密道,好帮助粗心的旅人解脱财物和生命的重负。至于那张床……

莫洛寇斯避开床垫,手执法杖坐在椅子上。最后几句法术在脑海中唱响。没多久,第一位访客就来了。她的敲门声轻柔而执着。莫洛寇斯开门把她带进来,又重新闩上门。"这样就不会有人打扰。"他解释。

黑发女人魅惑地笑了。她解开长袍衣带,让它滑过肩膀摊在地上。"能脱掉你的斗篷吗?"

湖畔客栈之夜

"等我脱掉皮肤之后吧。"忧郁的莫洛寇斯说。

女人在他怀里发抖。"你说话真奇怪,吓到我了。"她手上起了鸡皮疙瘩,"你手里是什么?"

"安息。"他刺穿了她的喉咙。她跪在地上嘶吼,嘴中露出又长又尖的獠牙,在烛光下闪闪发光。黑色的血顺着脖子流下来。是只白钩虾妖,他想,或者更奇怪的东西。如今荒野里全是奇怪的东西:恶魔与迪奥殇的混血杂种,魅魔和梦魔的后代,培养缸里长大的人造人,用腐肉做成的沼泽怪物。

忧郁的莫洛寇斯俯身拂开她的头发,亲吻苍白的尸体:眉心一次,两颊各一次,最后在唇上深深一吻。生命颤抖着离开她,喘息着进入他的躯体,像他年轻时的夏日和风一样温暖,那时的太阳依然明亮,人类的都市里还能听到笑声。

尸体冷却后,他念出卡祖尔契约,于是她又睁开眼睛。他命令她起来,在他睡觉时站岗。他累了,但还不能松懈。毫无疑问,这个夜晚还会有其他访客。

他梦见了凯因,在雪白高墙内熠熠生辉。

❀

齐姆瓦兹从旅店侧门溜走时,夜空中弥漫着一股寒意。湖上升起灰雾,能听见水声,好似有什么在暗处移动。他蹲下来左右张望,凸圆的球眼在宽檐帽下转动,但没看到特微克人的迹象,也没听见蜻蜓翅膀的不祥颤音。

看来他们没发现目标。那就好,是时候离开了。树林里肯定有厄妖和食尸鬼,但总比死灵术士好对付。只要轻扬几下鞭子,他的颇纳人就能打败它们。万一不能的话……好吧,波利姆福的肉比齐姆瓦兹更多。他咧开横贯双耳的嘴笑了,一路蹦下石丘,肚子一颤一颤。

才到半路，他便发现车不见了。"臭名昭著的颇纳人！"他惊得跌跌撞撞，"小偷！小偷！我的车呢？你这满身虱子的呆瓜！"没人回答。台阶脚下只有一座形状骇人的铁轿和四名高大的迪奥殆，通体暗如黑夜，站在齐膝深的湖里。齐姆瓦兹忽然意识到，湖面在升高，湖畔客栈已经变成了孤岛。

愤怒克服了恐惧。迪奥殆喜欢人肉的味道，大家都知道。"你吃了我的颇纳人吗？"他问。

"没有，"一名迪奥殆回答，露出满口闪亮的白牙，"但如果你再靠近一点，我们很乐意吃你。"

"呸！"齐姆瓦兹说，走近后他发现迪奥殆已经死了，无疑是死灵术士干的。他紧张地舔了舔耳垂，想到一条妙计，"你的主人莫洛寇斯吩咐，立即把我抬到凯因。"

"是——"迪奥殆嘶叫，"莫洛寇斯下令，我们服从。来，爬上来，我们就走。"

齐姆瓦兹开始犹豫自己的计划是否明智，可能是因为对方说话的方式，或者是四名迪奥殆磨牙的样子。举棋不定时，他突然察觉身后微弱的骚动，颈后有风声。

齐姆瓦兹转过身来。一个特微克人正浮在面前一尺远，平举长矛，还有十几个盘旋其后。随后他凸出的双眼差点跳了出来，因为湖畔客栈屋顶趴满了特微克人，像塔斯普妖一样多，恶毒犹有过之。他们的蜻蜓聚成一团发亮的绿云，像雷暴云一样翻腾。"去死吧！"特微克人说。

齐姆瓦兹黏稠的舌头抢先出击，把绿色小战士从坐骑上卷下来。但他咀嚼吞咽时，绿云也起飞了，愤怒地嗡嗡作响。伟人齐姆瓦兹惊叫一声，无奈之下，只好顺着台阶逃回旅店，身后蜻蜓和迪奥殆的笑声穷追不舍。

湖畔客栈之夜

莉里安妮很恼火。

如果能让两个巫师为她而战,耗尽彼此的法力,那就简单多了。可怖的莫洛寇斯肯定会解决掉可恶的齐姆瓦兹,但总得耗掉几条法术。等给他挠痒时,他就没那么多法术了。

可惜莫洛寇斯已经回房休息,而齐姆瓦兹则窜进夜色中,像螃蟹一样怯懦。"看他把我的帽子糟蹋成什么样了。"莉里安妮抱怨着,从地板上捡起帽子。齐姆瓦兹逃跑时把羽毛踩断了。

"是他的帽子,"罗卡尔洛王子说。"你输了。"

"对,但我想把它赢回来。不过或许我该庆幸它没有变成蟑螂。"她撑开帽子戴回头上,歪成一个轻佻的角度。"他们先毁了世界,之后又毁了我的帽子。"

"齐姆瓦兹毁了世界?"

"他,"莉里安妮阴郁地说,"还有他的同类。巫师、法师、贤者、魔法师、大魔法师、女巫、男巫、戏子、幻术师、拜魔人、死灵术士、地术士、空术士、火术士、奇术士、梦行者、梦织者、梦食者。所有这些人。他们的罪孽就写在天上,像太阳一样黑暗。"

"你把世界的灭亡归咎于黑魔法?"

"呸!"男人就是这么傻,"白魔法和黑魔法是同一枚特斯的两面。你若能正确解读古老典籍,就可以读到这个故事。从前没有魔法,天空是明亮的蓝色,太阳是温暖的黄色,树林里到处是红鹿、野兔和鸣禽,地球上人类兴旺发达。古人建造了比山还高的钢筋玻璃塔,以火为帆的船只把他们带往群星。如今却都只是辉煌往事,消亡了,失落了,遗忘了。魔法、幻术和诅咒取而代之。空气变得寒冷,林中满是恐妖和食尸鬼,迪奥殂在古城的废墟中出没,黑蝠怪统治着人类曾经翱翔的天空。这是谁造的孽?巫师!他们的魔法是太阳里的黑斑，灵魂上的污点。每当地球上有人念出一条法术，太阳就变暗一分。"

她本来还想道出更多秘密，但那个凸眼齐姆瓦兹突然现身，长臂抱着头跌跌撞撞跑进门。"把他们弄走！"他在桌子之间乱窜，大声叫嚷，"噢，噢，噢，放开我，我是无辜的，是别人干的！"他跌倒在地，一边打滚，一边拍打着脑袋和肩膀，一边恳求帮助，可攻击他的人却不见踪影，"特微克人，"他喊道，"特微克人，特微克人，该死的特微克人！走开，走开！"

罗卡尔洛王子抽搐了一下。"够了！齐姆瓦兹，别像个娘们一样哭闹。我们正在喝酒呢。"

流氓滚坐起来，大屁股上的肉一抖一抖，正好当垫子。"特微克人……"

"……都在外面。"莉里安妮说。门依然敞开着，但没有一个特微克人跟进来。齐姆瓦兹眨了眨大眼睛，转了一圈眼珠，才放下心来。虽然特微克人不见踪影，但他脖子后面被长矛刺伤的地方布满溃烂的疖子，脸颊和额头上还有更多疖子不断冒出来。

"希望你会医疗法术。"罗卡尔洛说，"看起来真恶心。你脸上那玩意正在渗血。"齐姆瓦兹的呻吟声像是呱呱叫，"卑鄙的东西！他们没道理这样虐待我。我做的一切都是帮他们解决多余人口，他们还多的是呢！"他喘着气爬起身，捡回帽子，"那个害人的旅店老板在哪里？我急需药膏，这些针眼已经开始发痒了。"

"痒只是开始，"莉里安妮善解人意地笑道，"特微克人的长矛下了毒。等到明早，你的头会肿得像南瓜，你的舌头会发黑爆裂，你的耳朵会充满脓液，你会突然生出一股无法抗拒的欲望，想和一头暴走兽交媾。"

"暴走兽？"齐姆瓦兹惊骇地呱呱叫起来。

"也可能是恐妖，取决于毒的类型。"

湖畔客栈之夜

齐姆瓦兹的脸更绿了。"我为什么要受到这种屈辱？脓液？暴走兽？难道无药可医，无方可救，无法可解吗？"

莉里安妮歪头思索，"这个嘛，我听人说过，法师的血可以治愈任何中毒。"

❈

齐姆瓦兹勒蹙手蹑脚爬上楼，同伴们悄悄跟在身后。莉里安妮拿着剑，罗卡尔洛王子握着匕首，齐姆瓦兹只有一双手。他的手又湿又软又强壮，但是否强壮到能拧下巫师的脑袋呢？马上就知道答案了。

台阶又陡又窄，在他的身下吱吱作响。齐姆瓦兹一边爬一边轻轻喘气，舌头从嘴里伸出来。他想知道莫洛寇斯睡了没有，他想知道法师是否闩了门，他想知道为什么自己会走在最前面，可已经没有回头路了。莉里安妮紧随其后，挡住了退路。罗卡尔洛跟在她身后，微笑着露出尖尖的黄牙。而他脸上和脖子上的疖子越来越痒，越来越大。耳朵下面有个疖子已经肿得像鸡蛋。要一点血也不算什么，就当是魔法师之间的惺惺相惜吧。唉，可惜莫洛寇斯未必这么想。他可没有齐姆瓦兹这样慷慨的灵魂。

三个阴谋家爬到楼顶，聚在法师的门外。"他在里面，"莉里安妮抽着她小巧玲珑的鼻子，"我闻得到巫师的臭味。"

罗卡尔洛伸手去抓门把。"轻点，"齐姆瓦兹小声提醒，"噢，轻点，慢慢来，慢慢来，吵醒他就不礼貌了。"他抓了抓眉心的疖子，但似乎越抓越痒。

"门闩着。"罗卡尔洛低声回答。

"唉！"齐姆瓦兹松了一口气，"计划失败，那就回大厅去吧。让我们就着麦酒再讨论一番。"他狂抓着下巴呻吟。

"为什么不破门而入？"莉里安妮问，"像你这种大个壮汉……"她捏着他的手臂微笑，"还是说你宁愿去取悦暴走兽？"

683

齐姆瓦兹打了个寒颤，不过就算暴走兽恐怕也胜过瘙痒。他抬头看到门楣上有条缝，应该够了。"罗卡尔洛，朋友，把我架到你肩膀上。"

王子跪了下来。"如你所愿。"他比看上去强壮，似乎不费吹灰之力就把肥硕的齐姆瓦兹举到空中。齐姆瓦兹下体发出的紧张喇叭声也没有让他过于惊诧。

齐姆瓦兹把鼻子凑近门楣，舌头穿过缝隙滑到门内，在闩门的木板上绕了三圈。慢慢地，慢慢地，他把木板从凹槽中抬起来……然而它太重了，舌头支持不住，木板哗啦一声掉到地上。齐姆瓦兹向后倒去，罗卡尔洛王子失去了平衡，两个人四仰八叉地跌倒在地，不停闷哼和咒骂，莉里安妮则灵活地跳到一边。

然后门开了。

※

忧郁的莫洛寇斯一言不发。

他无声地示意他们进来，他们也默默服从。齐姆瓦兹手脚并用地爬过门槛，同伴们灵活地跟上来。对方全进来后，他把门关上闩好。

那顶软帽下，流氓齐姆瓦兹面目全非，蛤蟆脸上满是溃烂的疖子和淋巴，那是来自特微克人长矛的吻痕。"药膏，"他呱呱叫着，摇摇晃晃爬起来，"我们是来找药膏的，抱歉打扰您了。可畏的先生，如果您正好有些止痒的药水……"

"我是忧郁的莫洛寇斯，我不卖药水。过来抓住我的法杖。"

齐姆瓦兹迟疑了一会，似乎打算夺门而出。最终他低头挪过来，用柔软的蹼状手指握住修长的黑檀法杖。水晶球内的真视眼定格在莉里安妮和罗卡尔洛身上。莫洛寇斯顿了下法杖，金色大眼睛眨了一下。"现在再看看你的同伴，告诉我看到了什么。"

湖畔客栈之夜

齐姆瓦兹张大了嘴,鼓鼓的眼睛要蹦出来了。"那个女孩披着阴影,"他喘着气说,"她那张雀斑脸下是个骷髅头。"

"而你的王子……"

"……是个恶魔。"

那个叫罗卡尔洛王子的东西大笑着解除了魔咒。他通红的肉体没有皮肤,像太阳一样发光,也像太阳一样被黑斑半掩。他的鼻孔里呼出恶臭的烟雾,手上长出刀一样的黑爪,地板在脚爪下冒烟。

然后莫洛寇斯说了一个词,使劲顿了下法杖。房间角落阴影中,一具女尸突然跳起来,爬到恶魔背上。它们在房间里打斗撕扯,莉里安妮灵活地跳到一边,齐姆瓦兹一屁股坐到地上。空气中弥漫着烧肉的臭味。恶魔扯下一条冒烟的手臂,甩向莫洛寇斯。但尸体感觉不到疼痛,她的另一只手锁住了恶魔的喉咙。黑色的血顺着她的脸颊像泪水一样流下来,她把他往后拉到床上。

莫洛寇斯又顿了下法杖。床下的地板豁然裂开,床垫倾斜,恶魔和尸体一起滚落到漆黑的深渊里。片刻之后,下面传来一阵巨大的水花,接着是狂暴的嘈杂声,恶魔的尖叫声混杂着可怕的啸叫和嘶吼,仿佛一千只水壶同时沸腾。床复位后,声音逐渐减弱,但过了很久才完全消失。"那……那是什么?"齐姆瓦兹问。

"嘶叫鳗鱼。这家旅店的招牌菜。"

"我明明记得旅店老板说过,鳗鱼不在菜单上。"齐姆瓦兹说。

"鳗鱼不在我们的菜单上,但我们在它们的菜单上。"

※

莉里安妮扮个鬼脸,"湖畔客栈的招待不怎么让人满意"。

齐姆瓦兹慢慢挪到门口,"我要向店主投诉。我们的账单理应作些调整。"他愤怒地抓了抓疖子。

"我建议不要回休息室。"死灵术士说,"湖畔客栈里的人各怀鬼胎。壁炉旁的一家乡巴佬是穿着人皮的食尸鬼,来这里吃肉派。穿着古代索辛格骑士褪色衣裳的灰胡子是个恶灵,因为生前吝于付小费而受到诅咒,永远只能喝紫果汤。恶魔和白钩虾妖已经不足为虑,但我们的主人才是最阴毒的。智者会选择逃跑,我建议你用窗户。"

伟人齐姆瓦兹无需进一步怂恿。他匆匆走到窗前,打开窗叶,然后发出一声惨叫。"湖!我都忘了。湖水已经包围了旅店,没法出去了。"

莉里安妮在他身后张望。"水涨了。"她沉思着说。这可是个麻烦。没学会走路时她就会游泳了,但湖里油腻腻的水看起来不怎么干净。虽说任何一条嘶叫鳗鱼都不是温柔一挠的对手,但游泳和击剑很难同时进行。她回头面对死灵术士。"看来我们完蛋了,除非你用法术拯救大家。"

"你想要哪种法术?"莫洛寇斯语带讥讽,"用远程打包术把我们仁送到世界的尽头?用强效棱镜七彩喷射的天火将这间邪门旅店烧成灰烬?用梵达尔的战栗寒气把湖水冻成石头,好让我们跑过去?"

齐姆瓦兹满怀希望地抬起头,"好的,请吧。"

"哪个?"

"随便哪个。伟人齐姆瓦兹可不该变成肉饼。"他挠了挠下巴上的疖子。

"你自己肯定会这些法术。"莫洛寇斯说。

"是的,"齐姆瓦兹说,"不过有个恶棍偷了我的魔法书。"

莫洛寇斯笑了,那是莉里安妮听过的最悲伤的声音。"没关系。万物都会死去,即便魔法也一样。魔咒消逝,幻术崩解,魔法书化为尘埃,甚至最虔诚的法术也不再像以前那样有效。"

莉里安妮歪着头,"真的吗?"

"真的。"

"啊哈。"她拔出剑,给他的心挠了一下。

湖畔客栈之夜

死灵术士无声无息死去，双腿缓缓跪倒，仿佛在祈祷。女孩将剑拔出来，一缕猩红的烟雾从伤口升起。那是夏夜和少女气息的味道，甜得像初吻。

齐姆瓦兹大惊失色。"你为什么要这么做？"

"他是个死灵术士。"

"他是我们唯一的希望。"

"你没有希望。"她用袖子擦着剑，"我十五岁时，有个受伤的年轻冒险家倒在我父亲开的旅店门口。我父亲太温柔，不忍心让他死在尘土中，所以我们把他抬上楼。他在我照料下恢复了健康。他走后不久，我发现自己怀上了孩子。有七个月时间，我的肚子慢慢变大。我梦中的婴儿有他的蓝眼睛。但第八个月时，肚子不再变化，此后我一天天消瘦。产婆向我解释了一切。给一个垂死的世界带来新生命有什么用？她说，我的子宫比心更明智。我问她为什么这个世界会死时，她靠近我轻声说，巫师造的孽。"

"不是我干的。"齐姆瓦兹两手抓着脸颊，痒得要疯了，"如果她错了呢？"

"那你就白死了。"莉里安妮闻到了他的恐惧，他身上有魔法的气息，然而很微弱，淡淡的味道淹没在他恐惧的绿臭之下，这家伙确实是个蹩脚的魔法师，"你听到鳗鱼了吗？"她问，"它们还饿着呢。想不想挠下痒？"

"不用了。"他快步退开，张开血淋淋的手指。

"这比被鳗鱼生吞活剥痛快。" 温柔一挠在空中舞动，映出闪烁的烛光。

"别过来，"齐姆瓦兹警告她，"否则我就召唤强效棱镜七彩喷射。"

"可能吧，如果你会的话，可惜你不会。或者说，如果它有效的话，可惜它无效，我们已故的朋友估计没骗人。"

齐姆瓦兹又退了一步，绊倒在死灵术士尸体上。慌乱之中，伸手抓到了法杖。他倚着法杖爬起身。"别过来。我警告你，他的法杖里还有力量。我能感觉到。"

"也许吧，但你驾驭不了这力量。"莉里安妮很肯定。这家伙连半个巫师都不如，估计那些彩绘牌是他偷来的，然后花钱请人给蟑螂施了魅惑术。可怜又可恨的东西。她决心尽快结束他的痛苦。"站着别动。温柔一挠会治好你的痒病，我保证不疼。"

"这个疼。"齐姆瓦兹双手抓住巫师的法杖，将水晶球砸在她的头上。

※

齐姆瓦兹把两具尸体都剥得干干净净，扔到床后的滑道里，希望能让嘶叫鳗鱼安静下来。女孩光着身子比穿衣服时还漂亮，在被拖过房间时还无力地动了动。"真是浪费。"齐姆瓦兹嘟囔着把她扔进深渊。她的帽子对他来说太小，而且羽毛断了。但她的剑是用上好的弹性钢锻造，她的钱包里装满特斯，她的皮靴柔软无比。虽说不合他的脚，也许有一天他会找到另一个漂亮的雀斑女孩。

即便死后，死灵术士还是那么骇人。齐姆瓦兹本来不敢碰他，但下面的鳗鱼仍在饥渴地嘶吼。如果喂饱了它们，他逃跑的机会就大多了。于是他鼓足勇气，跪低身子，解开了可怖的巫师的斗篷搭扣。扯下衣服后，法师像黑蜡一样在地板上融化。他眼睛昏白，嘴里没牙，光头上布满蛛网一样的暗蓝血管，皮肤干枯得像羊皮纸一样，身子还没一袋朽叶重。齐姆瓦兹把他扔给嘶叫鳗鱼前看了最后一眼，他的唇边还挂着一丝浅笑。

瘙痒似乎已经消退了。齐姆瓦兹最后挠了几下，把死灵术士的

湖畔客栈之夜

斗篷扣在肩膀上。他瞬间觉得自己变得更加高大、强健与严厉。为什么要害怕大厅里那些东西？他们应该怕他才对！

他头也不回地走下台阶。幽灵和食尸鬼远远望见就知趣地躲开了，即便它们也明白不要招惹望之生畏的巫师。只有旅店老板敢于搭话。"可畏的先生，"他喃喃说，"您要怎么付账呢？"

"用这个。"他拔出剑，给那东西挠了一下，"我不会向其他旅行者推荐湖畔客栈。"

黑色的湖水依然环绕着旅店，但也不过腰深，很容易涉水而过。特微克人消失在夜色中，嘶叫鳗鱼也安静了，但迪奥殆仍站在之前见面的地方，候在铁轿旁。有个迪奥殆开口招呼。"地球正在死去，太阳即将熄灭。"它说，"最后一道光亮消失后，所有法术都将失效，我们要享用莫洛寇斯坚实的白肉。"

"地球正在死去，但你已经死了。"齐姆瓦兹回答，惊叹于自己那深沉而阴郁的音色，"当太阳熄灭时，所有的法术都将失效，你会腐烂成原初的淤泥。"他爬上轿子，让迪奥殆起轿，"去凯因。"也许在白墙之城某处，他会找到一个矫捷的少女，可以穿上雀斑女孩的高筒靴为他裸舞。找不到少女的话，暴走兽也成。

忧郁的莫洛寇斯走了，四具迪奥殆尸体用铁轿抬着他，穿过紫色的黄昏。

后 记

我第一次接触杰克·万斯的作品是在十岁或十一岁，当时我从新泽西州贝永市第一大街和凯利巷相汇处那家糖果店的旋转货架上拿了本半红半蓝书脊的"王牌双面书"。所谓双面书，指的是将两位作家的两部完整的长篇小说（按今天的标准而言属于长中篇小说）

SONGS
OF THE DYING EARTH

背靠背拼成一本书出版。不过我拿的这本书两面的作者名是一样的，一面是《克瑙之奴》，另一面是《大行星》的节选版。

十一岁的我看完《克瑙之奴》后，认定它写得不赖。而即便是节选版的《大行星》，也让我激动不已。此后每次到货架前，我都会寻找万斯的名字。直到几年后，我碰巧发现了蓝瑟出版社的《濒死的地球》平装本。

半个世纪之后，那本薄薄的小集子仍然是我的最爱，几乎每年我都要把它拿出来，再次沉浸其中。万斯创造的世界可与托尔金的"中土"和罗伯特·E.霍华德的"西伯莱时代"相媲，堪称奇幻中最令人难忘，最有影响力的设定。万斯语言中的诗意也打动了我。（更别提还能扩大我的词汇量！）尤其他的对话，机敏干脆而诙谐，无论何时何地，我永远看不腻。但我最爱的还是人物：特塞和特瑟，斯费尔的古亚尔，米尔的图亚安……当然还有劫匪莱纳，他与躲不开的楚恩的相遇永远是我最喜欢的短篇奇幻故事。

万斯的第二本"濒死的地球"系列让我等了十六年，到《灵界之眼》出版时，我早已习惯在第一时间抢购书店里每一本写着他名字的书。令我诧异的是，新书和第一本完全不一样。这一次，杰克向我们展示了他创造的世界全然不同的另一面，还向我们介绍了聪明人库格尔，这个卑鄙无耻的流氓让哈里·弗拉什曼看起来像骑警杜德雷。[1]这样的家伙，你怎么能不爱呢？从库格尔回归的次数看，显然其他读者也有同感。坏人总归会脱颖而出。

如今我已经读完了杰克·万斯写过的每一本书：科幻、奇幻、悬疑（对，甚至包括他以埃勒里·奎因身份写的那些书[2]）。所有的

---

[1] 哈里·弗拉什曼是"弗拉什曼"系列小说的主角，以好色无耻著称。骑警杜德雷源自20世纪60年代动画，以正直开朗著称。

[2] 20世纪六七十年代出版的埃勒里·奎因系列推理小说多为代笔，其中有三部是杰克·万斯写的。

湖畔客栈之夜

书都很棒,不过我也有偏好。比如"恶魔王子"系列、"冒险星球"四部曲、《埃姆菲瑞尔》、"里昂尼斯"三部曲、获得雨果奖的中篇《龙主》和《最后的城堡》、令人难忘的《月亮飞蛾》……但《濒死的地球》及其三部续作永远高居榜首。

能与好友加德纳·多佐伊斯一道编辑这本致敬选集,真是我的荣幸。更荣幸的是,我还能写一个属于自己的"濒死的地球"故事。当然,除了杰克·万斯之外,没人能写得像杰克·万斯一样。不过我还是希望莫洛寇斯、莉里安妮和齐姆瓦兹能配得上与莱尔托、特赛、莱纳、库格尔以及杰克笔下其他令人难忘的角色做伴。但愿所有爱杰克的读者都能享受在湖畔客栈的小憩——它的招牌菜是嘶叫鳗鱼。

——乔治·R.R.马丁

尼尔·盖曼

在某一个时刻，不管这个时刻距离现在有几百万年，那最后一天终将到来。太阳会熄灭，就像烧竭的余烬一般冰冷死寂。

到那时会发生什么？

作为当今科幻、奇幻和恐怖小说领域最炙手可热的明星之一，尼尔·盖曼曾经获得过三次雨果奖、两次星云奖、一次世界奇幻奖、六次轨迹奖、四次斯托克奖、三次盖芬奖以及一次神话创造学社奇幻奖。盖曼第一次引起公众的广泛注意，是他担当系列图像小说《睡魔》的作者的时候，该系列至今仍是史上最受好评的图像小说系列之一。盖曼一直是图像小说界的超级明星，他的图像小说包括《突破》《关于生命的死亡谈话》《绿焰传奇》《最后的诱惑》《只是又一次世界末日》《镜子面具》，以及同戴夫·麦基恩合作的大量作品，如《黑兰花》《暴力案件》《信噪比》《庞奇先生的悲惨喜剧或诙谐悲剧》《墙壁里的狼》《那天，我用爸爸换了两条金鱼》。

近年来，他在科幻和奇幻领域也取得了同样的成功，他的畅销小说《美国众神》赢得了2002年的雨果奖、星云奖和布莱姆·斯托克奖，《鬼妈妈》[1]在2003年摘得了雨果奖和星云奖，短篇小说《绿字的研究》则拿下了2004年的雨果奖。他还凭借跟查尔斯·韦斯合作的小说《仲夏夜之梦》获得了世界奇幻奖，以作品集《天使与拜访：一本文集》获得了国际恐怖小说评论家协会奖。盖曼的其他长篇小说包括《好兆头》（与特里·普拉切特合著）、《乌有乡》《星尘》

---

[1] 原标题"Coraline"，又译"假如我有完美妈妈"。

以及最新出版的《蜘蛛男孩》[1]。除了《天使与拜访》之外,他还有短篇小说集《烟与镜:尼尔·盖曼头皮发麻短篇集》《午夜》《警告:包含语言》《夜间生物》《声音的两出戏》《梦市场的冒险》和《易碎品》。他还发表过《别慌张:银河系漫游指南官方指导手册》《漫步屠宰场》(与吉恩·沃尔夫合作)以及《蝙蝠侠》和《巴比伦5号》的衍生小说,编辑出版《惊魂动魄》(与金·纽曼合作)、《梦之书》(与爱德华·克拉默合作)和《现在我们病了:下流诗歌选》(与斯蒂芬·琼斯合作)。盖曼最新出版的作品有长篇小说《坟场之书》和两部青年小说《奥德智斗霜巨人》[2]《危险的字母表》(与格里斯·格林利合作)。改编自他的小说《星尘》的电影已于2007年在全球各大影院热映。

---

[1] 本书初版于2009年,《蜘蛛男孩》初版于2005年。
[2] 又译"奇迹男孩与冰霜巨人"。

无视咒语

佛罗里达到处都有跳蚤市场，而这还不是其中最糟糕的一家。这里曾经是一间飞机库，但当地的机场早就关闭了。市场里有上百位卖家，他们坐在金属桌子后面，其中大部分都在卖假货：太阳镜、手表、手提包还有皮带。有一个非洲裔家庭在卖木雕动物，在他们后面，一个名叫夏里蒂·帕罗特（我无法忘记这个名字）[1]的大嗓门粗俗女人在卖没有封面的平装书，还卖一些过期的通俗杂志，纸张都已经发黄开裂了。在她旁边的角落里，一个我从未得知她名字的墨西哥女人在售卖电影海报和一些卷曲起来的电影剧照。

有时候，我会在夏里蒂·帕罗特那里买书。

很快，那个卖电影海报的女人走了，取而代之的是个戴墨镜的

---

[1] 意为"慈善鹦鹉"。

小个子男人，他的灰色桌布铺在金属桌子上，上面摆满了小小的雕刻艺术品。我停下脚步，观察它们——这是一组奇怪的生物，是用灰色的骨头以及石头和深色的木头做成的——然后又观察他。我猜想，他可能遭遇过一场可怕的事故，那种需要整容手术才能修复面容的事故：他的脸很不对劲，脸的曲线，脸的形状，都不对劲。他的皮肤太过苍白了。他的深色头发看起来像是一顶假发，或许，是用狗毛做的。他的眼镜颜色很深，完全藏住了他的双眼。他看上去跟佛罗里达的跳蚤市场没有任何格格不入的地方：摆摊的都是些奇怪的人，来这里逛的也是些奇怪的人。

我没有从他那里买东西。

我下次去那里的时候，轮到夏里蒂·帕罗特离开了。她搬走以后，摊位被一个印度裔家庭占了，他们卖的是水烟筒和各种吸烟用具；但是那个戴墨镜的小个子男人仍然坐在跳蚤市场后面的角落里，他的灰色桌布也在。上面摆出来的雕刻生物比上次更多了。

"我不认识这些动物。"我对他说。

"嗯。"

"是你自己做的吗？"

他摇了摇头。在跳蚤市场，你不可以询问任何人他们的货品来源。在跳蚤市场，被列为禁忌的事不多，但有一条名列其中：货品来源自由。

"生意怎么样？"

"足够养活自己了，"他说，"能让我有地方遮风挡雨。"接着，他又续道，"它们的价值高过了我的标价。"

我拿起一件看上去有点像鹿的东西——假如鹿是肉食动物的话——说，"这是什么？"

他往下瞥了一眼。"这应该是个原始索恩兽。很难讲。"他又说，"这是我父亲的。"

此时，一阵铃声响起，这意味着跳蚤市场很快就要关门了。

"你想吃点东西吗？"我问。

他谨慎地看着我。

"我请客，"我说道，"别有心理负担。马路对面有家丹尼餐馆。或者去那边的酒吧也行。"

他想了一会儿。"丹尼餐馆就挺好，"他说，"我待会过去找你。"

我在丹尼餐馆等待着。过了半个小时以后，我觉得他不会来了，结果他让我大吃一惊：我到餐馆50分钟后，他来了，手里拎着一个棕色的皮包，用一根长线绑在手腕上。我估计这里边肯定装着钱，因为它被提起来的样子看上去很空，不可能装他的货。很快，他就开始对着一个垒着烤饼的盘子大吃起来。他喝着咖啡，打开了话匣子。

※

正午刚过，太阳便开始熄灭。太阳先是闪烁不定，接着，太阳从一边开始迅速变暗，然后这股黑暗爬过了太阳那张深红色的脸，直到它变成黑色的，就像是一块木炭从火堆里被撞了出去；世界又被黑夜所笼罩。

"慢性子"巴尔萨泽匆忙赶下山，他的网被他遗留在了树上，没来得及检查，也没来得及清空。他一言不发，控制着呼吸，以一种和他那引人瞩目的巨大身形相匹配的速度前进着，直到他来到了山脚下他那栋只有一个房间的小木屋的前门口。

"蠢货！到时间了！"他喊道。接着，他跪了下来，点燃了一盏鱼油灯。鱼油灯噼啪作响，散发出臭味，燃起一束摇曳的橙色火焰。

小木屋的门开了，巴尔萨泽的儿子出来了。他的儿子比父亲高一点点，但是瘦削不少，而且没长胡子。这个年轻人的名字随他的祖父，当他的祖父还在世的时候，这个小男孩被人们称为小法法尔；

现在，人们叫他——甚至当着他的面——"倒霉蛋"法法尔。若是他把一只下蛋母鸡带回家，这只鸡就不会再下蛋了；若是他拿起斧子砍树，那这棵树倒下的位置一定会造成最大不便、带来最少好处；若是他在田地边缘发现一个半埋在地下的上锁箱子，而这个箱子里装的又是一些珍稀古玩，那么箱子钥匙一定会在他转动的时候断掉，只在空气中留下一首歌谣的微弱回声，好似遥远的合唱团在演唱，而那箱子则会分解成沙子。他所钟情的年轻女子，要么会爱上其他男人，要么会被变成恐妖，要么会被迪奥殡抬走。这就是万物之道。

"太阳熄灭了。""慢性子"巴尔萨泽对儿子说。

法法尔说："那么，就这样了。这就是末日。"

天气更加清冷了，毕竟此时太阳已经熄灭了。

巴尔萨泽只是说："很快就到末日了。我们只有几分钟时间了。我为这一天做好了准备，还不赖。"就把鱼油灯高高举起来，走回木屋里边去了。

法法尔跟着父亲走进了这间小小的居所。整个房子就只有一个大房间，在最里边有一扇上了锁的门。巴尔萨泽走到这扇门前面。他把灯放在门口，从脖子上拿出一把钥匙，打开了门。

法法尔张开了嘴。

他只是说，"这些色彩。"又说，"我不敢走过去。"

"傻孩子，"他的父亲说，"穿过去，过的时候小心点。"接着，见法法尔没有挪步的意思，他的父亲把他推过了那道门，然后关上了这扇在他们身后的门。

法法尔站在那里，眨着眼睛。他不习惯这光线。

"就像你理解的那样，"他的父亲把双手放在他的便便大肚上，一边打量着他们所在的这个房间，一边说道，"这个房间在时间上并不存在于你所知道的那个世界，而是存在于我们的时代之前一百多万年，也就是最后一个雷莫兰帝国的时代。那个年代的标志是精妙的琉特琴曲、鲜美的珍肴异馔，以及美貌顺从的奴隶阶层。"

法法尔揉了揉眼睛，然后看了看竖立在房间中央的木制窗框，他们刚刚才穿过这个窗框，它好似一扇门。"我有点明白了，"他说，"为什么你经常不在。对于我来说，我有好几次看见你穿过那扇门，走进这个房间，却从来没有感到过困惑，只是强迫自己熬过你不在的这段时间。"

这个时候，"慢性子"巴尔萨泽开始脱掉他的深色麻布衣服，一直脱到精光。这个胖男人有一把长长的白胡子和一头修剪过的头发。然后，他用颜色鲜艳的丝织长袍盖住了自己的身体。

"太阳！"法法尔呼喊道，他正透过房间的小窗口往外窥去，"看哪！橘红色的跳动的火焰！感受它释放出来的热量吧！"然后他又说，"父亲。为什么我从来没有想过要问你为什么你会在我们的单间木屋的第二个房间里待那么长时间？又是为什么，我从来没有说起过有这么一个房间存在，甚至没有问过我自己？"

巴尔萨泽系好了最后一个扣子，用丝织衣服盖住了肥硕的肚子；衣服上遍布优雅怪物的刺绣。"有可能，"他承认，"部分原因在于恩普萨的无视咒语。"他亮出脖子上挂着的一个小黑盒，它的大小几乎装不下一只甲壳虫，"就是这个，只要正确地启动它，念动咒语，就能让我们不被人注意到。就像你无法对于我的到来和离去感到好奇一样，处于这个时间和地点的人们也不会对我感到好奇，无论我做什么跟第十八代暨末代拉莫兰帝国的风俗习惯相违背的事情，他们也同样不会感到好奇。"

"厉害。"法法尔说。

"太阳已经熄灭了，这并不重要；再过几个小时，顶多几个星期，地球上的全部生命都将死亡，这也不太重要。因为在这里，在这个时刻，我是'精明人'巴尔萨泽，是天空之舟的商人，是古董、魔法物品和神奇货物的经销商——而你，我的儿子，将会留在这里。

面对所有好奇你的来历的人,答案简单直接:你将是我的仆人。"

"你的仆人?""倒霉蛋"法法尔说,"为什么我不能做你的儿子?"

"原因很复杂,"他的父亲表示,"太琐碎、太不重要,甚至不值得在此时此刻讨论。"他把黑盒子挂在房间角落的一颗钉子上,法法尔觉得自己在那个小盒子里看到了一条腿或者是一个头在舞动,这个部位属于某种甲壳虫类的生物,不过他没有费神去察看,"还有个原因在于,我在这个时代有很多儿子,他们是我跟我的诸多小妾生的。他们可能不太愿意知道还存在另外一个兄弟。虽然,考虑到你们相隔甚远的出生日期,再过一百多万年你才可以继承财富。"

"还有财富?"法法尔问道。他正在用全新的视角观察他所处的这个房间。他在时间尽头、一座小山脚下的一栋只有一个房间的小木屋里度过了一生,靠着他的父亲用网在空中捕到的猎物生存。网中的猎物通常只有海鸟或者会飞的蜥蜴,不过偶尔也会有其他东西被捉住:那些自称为天使的生物,还有那些自命不凡的蟑螂一样的生物,它们戴着高高的金属头冠或是巨大的青铜色胶状物。他们从网里把它们拿出来以后,要么把它们扔回天空,要么把它们吃掉,要么拿它们跟路过这里的零星旅人交易。

他的父亲得意地笑了笑,轻抚他那一把令人印象深刻的白胡子,就像是一个人在抚摸一只动物。"确实有财富,"他说,"在这些时代,来自末日地球的鹅卵石和小石头很受欢迎:对于一些咒语、戏法和魔法工具来说,它们几乎是不可替代的。而我就经营这些东西。"

"倒霉蛋"法法尔点了点头。"还有,要是我不想当仆人,"他说,"而只是想要回到我们来这里之前的地方,通过这个窗框回去,要怎么做呢?到时会发生什么?"

"慢性子"巴尔萨泽只是说,"我没什么耐心回答这种问题。太

SONGS
OF THE DYING EARTH

阳已经熄灭了。几小时以后，或许几分钟以后，世界就将终结了。或许整个宇宙已经终结了。不要再去想这些事了。反倒是我会去舟市给这个窗框买一个带锁闩咒的生物。在我去办这事的时候，你可以整理、擦洗你在这个小房间里看到的所有物品，但要注意别把你的手指头直接放在那支绿笛子上（因为它会带给你音乐，但会以一种永远无法满足的渴望取代你灵魂中的满足感），也不要弄湿那尊缟玛瑙博加迪猿雕像。"他饱含深情地拍了拍儿子——一个身着彩色丝绸衣服的光彩照人的生物——的手，"我已经保你不死了，孩子，"他说道，"我已经把你及时救了回来，让你开始了一段新生命。在这一生当中，你不是我儿子，是我的仆人，但这有什么关系呢？生命就是生命，它比另外的选择要好上无数倍，或者说，我们是这样推断的，因为没有人回来质疑这一点。这就是我们的座右铭。"

他一边说着，一边在窗框下面摸索着，掏出来一块灰色的抹布，递给法法尔。"拿着，去干活吧！好好干，我会让你见识见识古代的宴席有多么丰盛，那真是比烟熏海鸟和腌奥萨克根好太多了。无论在什么情况下，无论受到什么刺激，都不要移动这个窗框。它的位置是经过精确校准的。要是动了它，那它可能会把开口开向任何地方。"

他用一块编织布盖住了窗框，于是，这个不靠任何支撑就竖立在房间正中央的巨大木制窗框看上去就不那么显眼了。

"慢性子"巴尔萨泽走过一扇法法尔之前没有注意过的门，离开了这个房间。门闩被插上了。法法尔拿起他的抹布，开始慵懒地擦拭灰尘、擦亮器具。

几个小时后，他觉察到有一束光穿越门框射了进来。这束光非常明亮，足以穿透罩布，但它很快就消失了。

法法尔被介绍到"精明人"巴尔萨泽家里，成为家里的新仆人。他注意到，巴尔萨泽有五个儿子和七个小妾（不过他没有资格跟他们说话），还被介绍给掌管钥匙的家庭总管，以及那些在家庭总管的命令下来来回回匆忙奔波的女仆。在这个地方，除了法法尔自己以外，她们的地位就是最低贱的。

女仆们怨恨法法尔，也怨恨他苍白的皮肤，因为他是除了他们的主人之外，唯一有资格进入至圣堂的人。那是巴尔萨泽主人的奇迹之室，巴尔萨泽大人单独去过的地方，迄今为止就只有这里。

就这样，日子一天一天过去，几个星期之后，法法尔不再惊异于明亮的橙红色太阳——它是如此巨大、如此引人注目——也不再惊异于白天时天空的颜色（主要是浅粉色和淡紫色），也不再惊异于从遥远世界抵达舟市的满载着异宝奇珍的船只。

法法尔很可怜，即便他身边是各种令人称奇的事物，即便他身处一个被遗忘的时代，即便他身在一个到处都是奇迹的世界。下一次巴尔萨泽走进圣堂门的时候，法法尔对商人说了这样的话。"这不公平。"

"不公平？"

"我在打扫擦洗这些珍宝和稀奇玩意儿的时候，你和你其他的儿子却在享用美食、参加聚会、出席盛宴、结交各色人等，还能做很多其他的事，在时间的曙光中一起享受这里的生活。"

巴尔萨泽说："最小的儿子总是不一定能享受到哥哥们的特权，他们都比你年长。"

"红头发那个不过才十五岁，黑皮肤那个十四岁，那对双胞胎不超过十二岁，而我是个十七岁的成年人⋯⋯"

"他们比你年长一百多万岁，"他的父亲说道，"我不会再听你说这些废话了。"

"倒霉蛋"法法尔咬着下嘴唇，不让自己接话。

就在这个时候，庭院里喧闹了起来，好像是大门被撞开了，动物和家禽的叫声此起彼伏。法法尔跑到那扇小窗跟前，朝外面看过

SONGS
OF THE DYING EARTH

去。"有人来了，"他说，"我能看见他们武器上的反光。"

他的父亲看上去并不惊讶。"当然了，"他说，"现在，我有个任务交给你，法法尔。我自己估计错误，有点过于乐观了，导致我们几乎已经用完了那些石头，而它们是我全部财富的基础。我耻辱地发现，我已经无力偿还现在的债务了。因此，你和我有必要回到我们过去的家，尽我们的能力捡拾一些石头。如果我们两个一起走，会更加安全。时间是最关键的。"

"我会帮助你，"法法尔说，"只要你同意，今后对我好一点。"

庭院里传来一声叫喊。"巴尔萨泽呢？你这个无耻之徒！骗子！撒谎精！我的三十块石头在哪儿呢？"这嗓音低沉而有穿透力。

"我以后会对你好很多的，"法法尔的父亲说，"我发誓。"他走到窗框前，拉开了那块布。透过窗框，看不到任何光亮，木制的窗框内除了深沉无形的黑色之外，什么都没有。

"也许那个世界已经完全毁灭了，"法法尔说，"现在除了虚空之外就只剩下了虚空。"

"自我们从这窗框穿过来，那边只过去了几秒钟，"他的父亲告诉他，"这就是时间的自然规律。它在年轻的时候流逝得更快，路径也更窄；等到了万物将要走到尽头的时候，时间早已经扩散开来，流逝的速度也变慢了，就像是在平静的池塘上倒下的油。"

接着，他拿掉了他放在窗框上的咒语生物，那东西行动迟缓，是当锁用的。他推了推窗框内侧，窗扇缓缓打开了。一阵寒风从里边吹了出来，法法尔打了个冷战。"父亲，你让我们去送死。"他说。

"我们都会死，"他的父亲说，"然而，你在这里，在你出生之前的一百万年，仍然活着。毫无疑问，我们都是奇迹的产物。现在，儿子，这里有一个袋子，你将很快注意到，它里面充满了斯万的非凡能力灌输，可以装下你放进去的所有东西，无论其重量、质量和体积。我们一到那边，你就必须尽可能多地捡起石头，放进这个袋子里。我自己则会跑到山上,去检查一下网里有没有宝贝——或者是那些假如我们带回现在这里就会被视作宝贝的东西。"

"我先走吗?"法法尔抓着袋子,问道。

"当然。"

"太冷了。"

作为回答,他的父亲用一根坚硬的手指戳了戳他的后背。法法尔嘟嘟囔囔地爬过了窗框,他的父亲也跟在后面钻了过去。

"这太糟糕了。"法法尔说。他们在时间的尽头走出了小木屋,法法尔弯腰捡起了鹅卵石。他把第一块鹅卵石放进了袋子,石头在里面发出微弱的绿光。他又捡起一块。天空昏暗,但似乎有什么东西把天空充满了,某种无形的东西。

有东西在闪烁,跟闪电不太一样的东西。借着这东西的闪光,他可以看到父亲正从山顶的树上往下拖网。

一声爆裂声响起。网燃烧起来,消失了。巴尔萨泽狼狈不堪地从山上跑了下来,上气不接下气。他指着天空。"是虚空!"他说,"虚空已经吞噬了山顶。虚空已经掌控了一切。"

此时,刮起一阵强风。法法尔眼看着他的父亲噼啪作响,接着又见父亲升上天空,最后消失了。法法尔向后退去,想要远离虚空,那是一片包裹着黑暗的黑暗,有细小的闪电在它的边缘闪现。然后,他转身开始跑,跑进了房子里,穿过那道门,进入了第二个房间。可是他并没有完全穿越进第二个房间。他站在门口,然后转身看向濒死的地球。"倒霉蛋"法法尔看着虚空占据了外墙、远山和天空,之后又目不转睛地看着虚空吞噬了冰冷的太阳,一直看到什么都不剩下,只有一股黑暗的无形力量在拉扯着他,仿佛在焦躁不安地想要结束这一切。

直到这个时候,法法尔才走进了木屋的内室,走进了一百万年前他父亲的隐秘圣堂。

SONGS
OF THE DYING EARTH

外门被撞了一下。

"巴尔萨泽？"是庭院里的那个声音，"我给了你乞求的日子，混蛋。现在，把我的三十块石头还给我。给我石头，否则我将履行我的承诺——你的儿子们将被带出去，带到特来布的布德利乌姆矿区干活，而那些女人会被安排到卢修斯·林的万乐宫里当乐手，当我——卢修斯·林——与我的娈童们跳舞、唱歌、激情四射地尽情欢爱时，她们将有幸为我们演奏美妙的音乐。我不会浪费口舌来讲述我将为你的仆人们所准备的命运。你的藏匿咒语是徒劳的，因为，你瞧，我没怎么费工夫便已经找到了这个房间。现在，把我的三十块石头交给我，否则，我便会打开这扇门，用你那具肥胖的身躯来炼油，把你的骨头扔给狗和迪奥殆。"

法法尔害怕得浑身发抖。时间，他想。我需要时间。他尽可能地压低声音，喊道，"等一会儿，卢修斯·林。我正在施展一项复杂的魔法程序，以清除你的石头里面的负能量。如果我在这个过程中遭到干扰，那么后果将是灾难性的。"

法法尔环视了一下房间。唯一的窗户太小了，他没法爬出去，而这个房间唯一的门又已经被卢修斯·林堵住了另一边。"确实很倒霉。"他叹了口气。然后，他拿起父亲给他的袋子，把他能拿到的所有小装饰品、杂物和不值钱的玩意儿全都扫进了袋子里，不过他仍然小心翼翼地没有用赤裸裸的肉体去触碰那支绿色的笛子。这些东西全都消失在了袋子里，然而这个袋子并没有变得更重，看上去也没有比之前更鼓胀。

他盯着房间中央的窗框。这是唯一的出路，它通向虚空，通向万物的终点。

"够了！"声音从门外传了过来，"我的耐心已经到终点了，巴尔萨泽。我的厨子们今晚就要把你的内脏给煎了。"门上传来一声脆响，好像有什么坚硬沉重的东西砸到了门上。

接着传来一声尖叫，之后是一片寂静。

卢修斯·林的声音响起："他死了吗？"

另一个声音——法法尔觉得这声音听起来像是他的一个同父异母的兄弟——说，"我怀疑有魔法保护守卫着这扇门。"

"那么，"卢修斯·林果断地低声说道，"我们应该破墙而入。"

法法尔很倒霉，但并不笨。他把父亲挂在钉子上的那个黑漆盒子取了下来。他听到里边有东西在急促地跑动。

"父亲告诉我，不能移动窗框，"他自言自语道。然后，他用肩膀顶着那窗框，猛一使劲，把这件沉重的物事推动了将近半英寸①。填满窗框的黑暗开始变幻，现在窗框里填满的是珍珠灰色的光。

他将那个盒子挂在了脖子上。"这已经足够好了。""倒霉蛋"法法尔说。有东西在往房间的墙上撞。此时，他拿起一根布条，把那个袋子——里边装着"精明人"巴尔萨泽剩下的全部宝物——系在了左手腕上，然后奋力挤进了窗框。

于是便有了光。那光太过明亮，以至于他闭上了眼睛。他走过了那扇窗框。

法法尔开始坠落。

他在空中摇摆着，在足以刺瞎人眼的光芒照射下紧闭着双眼，感觉到有风从他身边呼啸而过。

有东西推动着他，把他吞没了：是水，微微有点咸，暖暖的。法法尔扑腾着水，惊讶得忘了呼吸。然后，他浮起来了，脑袋伸出了水面，他大口地吞吸着空气。接着，他在水面划动，直到他的手抓住了某种植物。他手脚并用，爬出了绿色的水体，踏上了一片松软干燥的土地。他向前走着，留下湿湿的脚印，身上还在往下滴水。

---

① 约合1.27厘米。

"那道光，"坐在丹尼餐馆的人说道，"那道光很刺眼，而当时太阳还没有升起来。但我得到了这个，"他敲了敲太阳镜的镜框，"我远离了阳光，所以我的皮肤不会烧得太严重。"

"那现在呢？"我问。

"我在卖这些雕刻品，"他说，"另外，我还在寻找另一扇窗框。"

"你想回到你自己的时代？"

他摇了摇头。"那个时代已经死了，"他说道，"还有我所知道的一切，以及像我一样的所有东西。那个时代已经死了。我不会回到时间尽头的黑暗中去。"

"那你要去哪？"

他挠了挠脖子。从他衬衫的开口，我能看见一个黑色的小盒子。小黑盒挂在他的脖子上，也就一个吊坠纪念盒大小，里边有什么东西在动：一只甲壳虫吧，我想。但佛罗里达有大甲壳虫，它们并不罕见。

"我想回到起点，"他说，"回到开始的时候。我想站在那里，站在宇宙自我觉醒的光芒中，站在万物的曙光中。如果我会被照瞎，那就被照瞎吧。我想在太阳初生时站在那里。这道古老的光芒对于我来说还不够亮。"

他拿起餐巾在手里，伸手进了皮包。他小心翼翼地掏出一个很像笛子的乐器，这东西大约一英尺[①]长，是用绿色的玉石或者类似的东西做成的。他只隔着布触碰它，将它放在桌子上，放在我的面前。"为了这顿饭，"他说，"给你的谢礼。"

随后，他站起身来，走了。我坐在那里，盯着这支绿笛子看了很久。最后，我伸出手来，用指尖去感受它的冰冷，然后轻轻地，

[①] 约合30.48厘米。

无视咒语

用我的嘴唇触碰它的吹口。我不敢吹气,也不敢尝试着吹奏出时间尽头的音乐。

后　记

我当时应该是13岁。那本精选集叫《闪光之剑》,小说题目是《莫雷昂》,我的梦想就是从它开始的。我找到了一本《濒死的地球》的英国版平装翻印本,书里到处是奇怪的错印,但小说都在那里,它们就像《莫雷昂》一样神奇。在一家昏暗的二手书店里——穿着大衣的成年男人会在那里买二手色情书刊——我发现了一本《灵界之眼》[①]的翻印本,然后是一些落满灰尘的短篇小说小册子——我当时认为,现在也依旧这么认为,《月亮飞蛾》是有史以来最优秀的短篇科幻小说——大约在那个时候,杰克·万斯的书开始在英国出版,突然间,我再想要读杰克·万斯的书,唯一要做的就是买下它们。而我确实买了:《恶魔王子》《阿拉斯托尔》三部曲等等。我喜欢他偏离主题的写作方式,我喜欢他想象事物的方式,最重要的是,我喜欢他写下这一切的方式:嘲讽地、温和地、幽默地,就好像神也会被逗笑。但他的写作方式绝对不会让他呈现出来的内容少于他小说的篇幅,就像詹姆斯·布兰奇·卡贝尔[②]那样,不过他在用头脑写作的同时,也在用心去写。

偶尔我会意识到,自己创作出了一句万斯式的句子。每当此时,我都会很开心——但他不是一位我胆敢模仿的作家。我不认为他是

---

① 《灵界之眼》:杰克·万斯于1966年出版的长篇小说,是《濒死的地球》系列小说的第二部。

② 詹姆斯·布兰奇·卡贝尔(1879—1958):美国奇幻小说作家、美文作家。普遍认为,他的作品虽具讽刺意味,但又逃避现实。

SONGS
OF THE DYING EARTH

可以被模仿的。

在我13岁时喜欢的作家的作品当中,很少有能让我在过去二十年里回头再读的。但杰克·万斯的小说,永远值得我重读。

——尼尔·盖曼

单　位

　　本书的单位多为欧洲旧单位，长度因国家和时代而异。这里给出它们在英制中的标准值，以供参考。

　　寸：1寸合25.4毫米。

　　尺：1尺等于12寸，约合0.305米。

　　厄尔：1厄尔等于45寸，约合1.14米。

　　码：1码等于3尺，约合0.914米。

　　寻：1寻等于6尺，约合1.83米。

　　里：1里等于1760码，约合1.61千米。

　　里格：1里格等于3里，约合4.83千米。

　　亩：1亩等于43560平方尺，约合4047平方米。

　　及耳：约合142毫升。

　　盎司：约合28.3克。

通用注释

"濒死的地球"世界设定

迪奥殆：黑皮肤的类人生物。

黑蝠怪：像蝙蝠的凶猛飞禽。

极跃兽：擅长跳跃的怪兽。

塔斯普妖：绿色蝎形怪兽。

恐妖、厄妖、白钩虾妖、暴走兽、食尸鬼：都是"濒死的地球"中的怪兽，特征不详。

人畜：外表与人相同，体形高大，但缺乏智力。

冈斯：体形庞大的类人生物，缺乏智力，夜晚出没，以人为食。

特微克人：骑蜻蜓的微型人族生物。

牧虫手：在以蠕虫为动力的船上照料蠕虫的人。

SONGS OF THE DYING EARTH

独角兽书系

乔治·R.R.马丁
"冰与火之歌"系列
"百变王牌"系列

泰德·威廉姆斯
"回忆，悲伤与荆棘"系列

安杰伊·萨普科夫斯基
"猎魔人"系列

布兰登·桑德森
"迷雾之子"系列
"飓光志"系列

丽贝卡·罗霍斯
"天地间三部曲"系列

布莱恩·赫伯特
凯文·J.安德森
"沙丘序曲"系列

西尔维娅·莫雷诺-加西亚
《玉影之神》
《墨西哥哥特》

柴纳·米耶维
"巴斯-拉格"系列

◎选题策划 / 邹 禾　◎装帧设计 / 谢颖设计工作室

独角兽书系公众号
weibo.com/tianjiankt

独角兽编辑部微信
Little Unicorn

作者简介

乔治·R. R. 马丁
GEORGE R. R. MARTIN

乔治·R.R.马丁，1948年出生于美国，世界级奇幻大师。其著名小说包括史诗奇幻经典之作"冰与火之歌"系列，《血与火：坦格利安王朝史》《冰与火之歌的世界》等。迄今为止，他已获包括四尊雨果奖、两尊星云奖、一尊世界奇幻文学奖、一尊世界恐怖文学奖、十二尊轨迹奖、一尊世界奇幻文学终身成就奖在内的无数奖项。2011年，美国《时代周刊》将马丁评为"全世界最有影响力的一百位人物"之一，肯定了乔治·R.R.马丁在欧美文坛的至尊地位。

加德纳·多佐伊斯
GARDNER DOZOIS

加德纳·多佐伊斯曾担任《阿西莫夫科幻小说》编辑近二十年，也是"年度最佳科幻"系列的编辑，凭此系列他已赢得二十次轨迹奖年度最佳选集奖，成为迄今为止最成功的科幻编辑。此外，他还赢得了十五次雨果奖年度最佳编辑奖，并以自己的短篇作品赢得了两次星云奖及一次侧向奖。